KB058751

1936년
그들은
희망이
되었다

THE BOYS IN THE BOAT

1936년 그들은 희망이 되었다

베를린올림픽 미국 조정 국가대표팀의 일생일대 도전기

대니얼 제임스 브라운 지음 | 박중서 옮김
Daniel James Brown

RHK
알에이치코리아

일러두기

- 이 책에 나오는 조정 용어는 대부분 번역자가 의역했다. 대한조정협회의 현행 용어는 영어의 음차가 많아서 일반 독자에게는 생소할 수 있다고 판단했기 때문이다. 의역은 가급적 독자가 의미를 쉽게 짐작할 수 있도록 했으며 (예를 들어 '셸' 대신 '경주정'으로 옮겼다.) 적당한 용어가 없는 경우에만 (예를 들어 '스트로크' '스컬' '에이트'의 경우처럼) 대한조정협회의 현행 용어를 사용했다.
- 길이와 무게와 온도 등은 우리에게 익숙한 미터와 그램 같은 단위로 고치는 것을 원칙으로 하되, '마일'처럼 조정경기의 구간을 나타내는 예외적인 경우에는 원문의 단위를 그대로 유지했다.
- 이 책에 나오는 '에이트'는 노잡이 8명, 키잡이 1명의 9인승 조정 종목을 뜻하며, 보통은 '8+(에이트 플러스 원)'이라는 약자로 나타낸다. 이 책에서는 편의상 '에이트'로 표현했다.

고든 애덤
척 데이
돈 흄
조지 "쇼티" 헌트
짐 "스터브" 맥밀린
바비 모크
로저 모리스
조 랜츠
존 화이트 2세

그리고 1930년대에 밝게 빛나던 모든 소년들,
우리의 아버지와 할아버지와 삼촌과 오랜 친구들에게
이 책을 바친다.

조정은 대단한 예술이다. 그야말로 세상에서 가장 훌륭한 예술이다.
이것은 동작의 교향악이다. 여러분이 조정을 잘하게 되면 완벽에 가까워진다.
완벽에 가까워지면, 여러분은 신성함에 가닿게 된다.
즉 여러분들 중의 여러분을 접하게 되는 것이다.
그것은 바로 여러분의 영혼이다.
— 조지 요먼 포코크

οἴκαδέ τ' ἐλθέμεναι καὶ νόστιμον ἦμαρ ἰδέσθαι...
ἤδη γὰρ μάλα πολλὰ πάθον καὶ πολλὰ μόγησα κύμασι...

(하지만 나는 매일같이 집에 돌아가기를, 내가 돌아가는 날을 만나기를 열망하고 소원합니다.
왜냐하면 나는 이미 파도 위에서 무척이나 많은 것들로 인해 고통받고 고생했기 때문입니다.)
— 호메로스

차 례

• 주요 조정경기 개최지 •

워싱턴 대학 조정부는 매년 큰 경기를 두 차례 치른다.

하나는 전통의 라이벌 캘리포니아 대학과 벌이는 태평양 연안 조정대회로

두 대학은 4월마다 시애틀과 캘리포니아를 오가며 경기를 펼친다.

다른 하나는 뉴욕 포킵시에서 열리는 전국대학조정협회 대회로,

아이비리그의 동부 대학들과

상대적으로 역사가 짧고 재정적 지원도 적은

서부 대학의 양자 대결구도가 형성된다.

1936년에 워싱턴 대학 조정부는 프린스턴에서의 올림픽 선발전을 거쳐

독일 그뤼나우에서 열리는 올림픽 조정 에이트 종목에 출전했다.

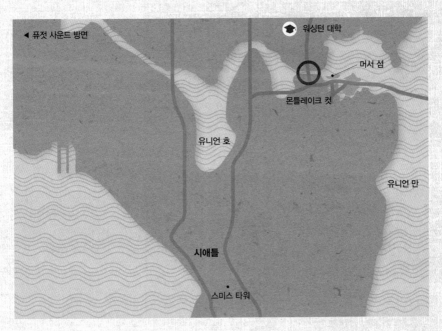

◀ 퓨젓 사운드 방면

워싱턴 대학

머서 섬

몬틀레이크 컷

유니언 호

유니언 만

시애틀

스미스 타워

워싱턴 대학교 조정부, 시애틀 몬틀레이크 컷
1934년 4월 태평양 연안 조정대회 개최

캘리포니아 대학교 조정부, 캘리포니아 오클랜드 에스추어리
1933년 4월, 1935년 4월 태평양 연안 조정대회 개최

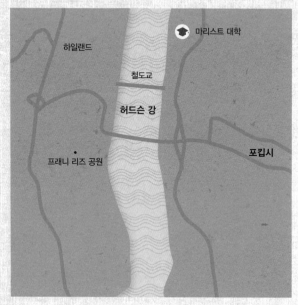

뉴욕 허드슨 강 포킵시
1933년~1936년 6월 전국대학조정협회 대회 개최

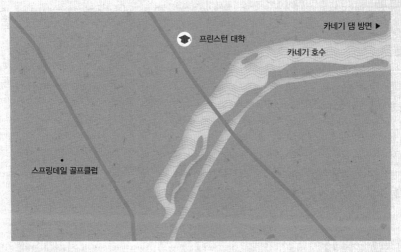

카네기 댐 방면 ▶

프린스턴 대학

카네기 호수

스프링데일 골프클럽

뉴저지 프린스턴 카네기 호수
1936년 7월 올림픽 대표 선발전 개최

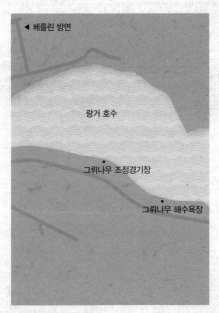

◀ 베를린 방면

랑거 호수

그뤼나우 조정경기장

그뤼나우 해수욕장

독일 베를린 랑거 호수
1936년 8월 14일 베를린올림픽 조정 에이트 종목 결승전 개최

워싱턴 호수에서의 새벽 훈련

프롤로그

이와 같은 스포츠, 즉 힘이 많이 들고, 영광은 많지 않지만, 여전히
모든 세기마다 인기를 누렸던 스포츠에는, 보통 사람은 알아보지
못하지만 비범한 사람은 알아보게 마련인 어떤 아름다움이 반드시
있다.

―조지 요먼 포코크

이 책이 태어난 것은 쌀쌀하고 부슬부슬 비까지 내리던
늦봄의 어느 날이었다. 나는 우리 목장을 둘러싼 삼목 통나무 가로대 울
타리를 넘고 촉촉이 젖은 숲을 지나 조 랜츠Joe Rantz가 얼마 남지 않은 생
을 보내고 있는 수수한 목조 주택으로 향했다.

그날 내가 그의 딸인 주디Judy의 집 현관문을 두드렸을 무렵, 내가 조
에 관해 알고 있는 바는 겨우 두 가지뿐이었다. 그중 한 가지는 70대 중
반인 그가 산에 올라가 삼목 통나무를 혼자 힘으로 가뿐하게 들고 내려
왔고, 그 통나무를 쪼개서 울타리 가로대와 기둥을 만든 다음, 내가 방
금 넘어온 바로 그 울타리를 이 목장 주위에 총 길이 680미터로 세워놓
았다는 사실이다. 그야말로 헤라클레스의 위업이라 해도 좋을 만한 일
이어서, 그 일을 생각할 때면 나는 감탄한 나머지 고개를 절레절레 저을
수밖에 없었다. 또 다른 한 가지는, 그가 1936년 올림픽에서 조정 종목
에이트 부문eight-oared rowing 금메달을 획득하여 세계 조정계와 아돌프 히틀

러를 깜짝 놀라게 한 워싱턴 주 태생의 아홉 청년(이들은 하나같이 농장, 어촌, 벌목장 출신이었다.) 가운데 하나라는 사실이었다.

문을 열어준 주디는 나를 아늑한 거실로 안내했다. 키가 188센티미터인 조는 안락의자에 몸을 뻗고 누워서 다리를 받쳐놓고 있었다. 그는 회색 땀복에 새빨간 오리털 장화를 신고 있었다. 듬성듬성 흰 턱수염이 난 얼굴은 창백했으며 눈은 부어 있었다. 울혈성 심부전증 때문이었는데, 그의 명을 재촉하는 원인도 바로 그것이었다. 옆에는 산소탱크도 하나 있었다. 장작난로에서는 나무 타는 소리가 들렸다. 벽에는 오래된 가족사진이 걸려 있었다. 저편 벽에는 유리 진열장이 하나 있었는데, 인형과 도자기 말과 장미 문양 그릇이 잔뜩 들어 있었다. 숲을 내다볼 수 있는 유리창에는 빗방울이 부딪히고 있었다. 오디오에서는 1930년대와 1940년대의 재즈음악이 나지막이 흘러나왔다.

주디가 나를 소개하자, 조는 특이하다 싶을 정도로 길고 가느다란 손을 내밀었다. 주디는 언젠가 내가 쓴 책 가운데 하나를 아버지에게 읽어주었는데, 그때 조가 나를 직접 만나 이야기를 나눠보고 싶어 한 것이다. 놀라운 우연의 일치로, 젊은 시절에 그는 내가 쓴 책의 핵심 등장인물인 사람의 아들 앵거스 헤이 2세Angus Hay Jr.의 친구였다. 그래서 우리는 한동안 그 이야기를 나누었다. 그리고 잠시 후에 우리의 대화는 그 자신의 삶에 관한 이야기로 접어들었다.

그의 목소리는 가늘고 연약했으며, 거의 끊어질 지경으로 나지막했다. 때때로 그는 말을 멈추고 가만히 있기도 했지만, 딸이 조심스럽게 재촉하는 가운데 자기 인생 이야기를 몇 가닥 천천히 풀어내기 시작했다. 어린 시절에 관해, 그리고 대공황 당시에 보낸 청년 시절에 관해 이야기하는 동안, 비록 말이 자꾸 끊어지기는 했지만, 그는 결의에 찬 모습으로, 자기가 겪어야 했던 고난과 자신이 극복한 장애물을 연이어 들려주었다. 자리에 앉아 메모를 하던 나는 처음부터 깜짝 놀랐으며, 급기야는 아주 경악하기에 이르렀다.

워싱턴 대학에서의 조정선수 경력에 관해 이야기하면서, 그는 때때로 눈물을 보이기도 했다. 조정 기술을 배운 것, 경주정과 노, 그리고 전술과 기술에 관한 이야기였다. 그는 청회색 하늘 아래 펼쳐진 물 위에서 오랫동안 추위를 무릅쓰던 일을, 확고한 승리며 가까스로 모면한 패배를, 독일에 가서 히틀러가 지켜보는 가운데 베를린올림픽 주경기장으로 행진해 들어간 일을, 자기 팀 동료들을 회고했다. 하지만 이런 회고를 하면서는 눈물을 흘리지 않았다. 그러다가 '보트'에 관해 이야기를 시작하자 말을 더듬었으며, 초롱초롱하던 눈에는 눈물이 고였다.

처음에 나는 그가 '허스키 클리퍼 Husky Clipper 호'를 말하려는 것이라고 생각했다. 그 배는 그가 영광으로 향하는 길에서 저었던 시합용 경주정이었다. 아니면 자기 동료들을, 즉 조정 역사상 가장 위대한 업적 가운데 하나를 만들어낸 그 보기 드문 청년들의 모임을 말하려는 것이었을까? 뭔가 말을 만들어내려고 계속해서 애를 쓰지만 뜻을 이루지 못하던 조를 보다가, 나는 그 '보트'가 단순히 배나 팀 이상의 뭔가를 의미한다는 것을 비로소 깨달았다. 조에게 그 단어는 양쪽 모두를 아우르는 동시에 초월하는 것이었다. 신비스럽고 언어로는 정의할 수 없는 뭔가였다. 그것은 바로 공통의 경험이었다. 즉 이미 오래전에 지나간 황금기에 펼쳐진 유일무이한 일이었다. 그때 아홉 명의 선량한 청년들은 하나가 되어 노력하고, 함께 노를 저었으며, 자기가 가진 것을 서로에게 모조리 내줌으로써 자부심과 존경심과 사랑 안에서 영원히 하나가 되었다. 조는 눈물을 흘리고 있었다. 한편으로는 그 지나간 순간의 상실 때문이기도 했지만, (내가 생각하기에) 또 한편으로는 그 지나간 순간의 아름다움 때문에 더 그런 듯했다.

그날 오후의 방문을 마치고 내가 떠날 무렵, 주디는 유리 진열장에서 조가 받은 금메달을 꺼내어 구경시켜주었다. 내가 그 물건을 감상하고 있노라니, 그녀가 문득 말했다. 몇 년 전에 금메달이 없어진 적이 있었다는 것이다. 당시에 온 식구가 집 안을 샅샅이 뒤졌지만 결국 찾지 못하고 어디선가 잃어버렸으리라는 결론을 내렸다. 그런데 여러 해가 지나 집을 개축하는 과정에서 마침내 금메달을 찾아냈다. 엉뚱하게도 다락방의 단열재 사이에 감춰져 있었던 것이다. 짐작컨대 그 번쩍이는 금빛을 마음에 들어 한 다람쥐 한 마리가 금메달을 가져다가 자기 보금자리에 보물처럼 감춰둔 모양이었다. 주디로부터 그 이야기를 듣는 순간, 문득 내 머릿속에 한 가지 생각이 스쳤다. 그 금메달과 마찬가지로, 조의 이야기도 너무 오랫동안 사람들의 시선 밖에 감춰져 있었던 것은 아닐까.

나는 조와 악수를 나누고, 언젠가 다시 찾아와 더 길게 이야기를 나누고 싶다고 말했다. 그리고 그가 조정선수로 활약하던 시기를 책으로 쓰고 싶다고 했다. 조는 내 손을 붙잡더니 기꺼이 응하겠다고 대답하고는 다시 한 번 떨리는 목소리로 점잖게 경고했다. "단지 나에 관한 책이어서는 안 됩니다. 그 책은 보트에 관한 것이어야 합니다."

제1부
1899~1933년

조 랜츠, 워싱턴 대학 조정부에 들어가다

1930년대, 워싱턴 대학의 경주정 보관고

제1장

나로 말하자면, 열두 살이라는 어린 나이부터 노를 저어왔고, 그때 이후로 줄곧 조정과 관련된 일을 했으므로, 이른바 눈에는 보이지 않는 조정의 가치라고 부를 만한 것에 관해서, 즉 기록으로 남아 있는 전 세계 스포츠 중에서도 가장 오래된 이 스포츠의 사회적이고 도덕적이고 영적인 가치에 관해서 자신 있게 이야기할 자격이 있다고 본다. 교훈벽이 있는 가르침을 가지고는 청년의 영혼에 이런 가치를 심어주지 못한다. 청년이라면 반드시 스스로의 고찰과 학습을 통해 이런 가치를 터득해야만 한다.

— 조지 요먼 포코크

1933년 10월 9일 월요일, 시애틀의 하루는 회색으로 시작되었다. 회색의 시기에, 회색의 하루인 셈이었다.

부두를 따라서, 고스트 항공운송회사의 수상비행기가 퓨젓 사운드Puget Sound의 수면으로 천천히 떠올라 서쪽으로 웅웅거리고 비행하더니, 구름 덮인 하늘 아래로 낮게 날아올라 겅중겅중 튀면서 브레머턴Bremerton에 있는 해군 조선소를 향해 나아갔다. 콜먼 부두Colman Dock에서 나온 연락선들은 마치 오래된 백랍처럼 잔잔하고 흐린 물 위를 천천히 지나갔다. 도심에는 스미스 타워Smith Tower가 마치 우뚝 치켜세운 손가락처럼 흐린 하늘을 가리키며 서 있었다. 타워 아래의 거리에는 허름한 코트에, 다 떨어진 신발에, 낡아빠진 펠트 중절모 차림의 남자들이 나무 수레를 끌고 거리 모퉁이로 향하고 있었는데, 이들은 이곳에서 하루 종일 사과와 오렌지와 껌을 각각 몇 페니씩에 판매하게 될 것이었다. 모퉁이를 돌면 예슬러 웨이Yesler Way의 가파른 경사로가 나왔고, 시애틀에서도 오래된 번화가였던 이곳에는 더 많은 사람들이 고개를 숙인 채 길게 늘어서 있었는데, 젖은 보도를 바라보며 조용히 이야기를 주고받으면서 무료 급식소가 문을 열기를 기다리는 것이었다. 〈시애틀 포스트 인텔리전서Seattle Post-Intelligencer〉의 트럭이 포석 깔린 길을 따라 덜컹거리며 지나가면서 신문 꾸러미를 아래로 던졌다. 양모 모자를 쓴 신문배달부 소년들이 저마다 꾸러미를 챙겨서 분주한 교차로로, 전차 정거장으로, 호텔 출입구로 향했고, 그곳에 도착하면 신문을 위로 치켜들고, 한 부에 2센트라고 소리치며, 이날의 헤드라인을 불러주었다. "미국 내 실업급여 수령자 1,500만 명!"

예슬러 웨이에서 남쪽으로 몇 블록 떨어진 곳, 엘리엇 만Elliott Bay의 가장자리를 따라 이리저리 뻗어 있는 판자촌에서는, 침대로 사용하는 축축한 판지 상자 안에서 아이들이 깨어나고 있었다. 부모들이 양철과 타르지로 만든 판잣집에서 기어나왔을 때, 공기 중에는 하수구 냄새며, 서쪽으로 펼쳐진 개펄에서 풍기는 썩은 해초 냄새가 가득했다. 이들은 나무 상자를 부수더니 연기가 모락모락 피어나는 모닥불에 나무를 더 집어넣어 불을 지폈다. 이들은 사방으로 펼쳐진 회색 하늘을 올려다보면서, 조만간 더 추운 날씨가 찾아올 징후를 깨닫고는, 과연 자기들이 또 한 번의 겨울을 견뎌낼 수 있을지 궁금해했다.

도심에서 북서쪽으로는 발라드Ballard라는 오래된 스칸디나비아인 동네가 있었는데, 그 옆의 운하에서 예인선이 시커먼 연기를 내뿜으며 긴 통나무 뗏목들을 갑문 속으로 끌고 들어가면, 워싱턴 호수의 수위에 맞게 운하의 수위도 올라갔다. 하지만 갑문 주위에 모여 있는 자갈투성이

시애틀의 후버빌

조선소와 보트 제작소는 대부분 조용하기만 했다. 아니, 사실은 거의 문을 닫은 상태였다. 거기서 동쪽에 있는 새먼 만Salmon Bay에는 열댓 척의 어선이 있었는데, 몇 달 동안 사용하지 않은 상태로 계류장에서 물결에 따라 위아래로 흔들렸으며, 낡아빠진 선체에서는 페인트칠이 벗겨지고 있었다. 발라드를 굽어보는 피니 리지Phinney Ridge 산맥을 배경 삼아 수백 채의 수수한 집들의 부엌 연통이며 굴뚝에서 나온 장작 연기가 저 위 안개 속에 감돌고 있었다.

대공황은 벌써 4년째 지속되고 있었다. 모두 합쳐 1,000만 이상 되는 미국의 노동 가능 인구 네 명 가운데 한 명은 일자리가 없었으며, 조만간 일자리를 얻을 가능성도 없었고, 그중에서도 또다시 네 명 가운데 한 명만이 어떤 식으로든지 실업급여를 받을 수 있었다. 이 4년 동안에 산업 생산량은 절반이나 떨어졌다. 최소 100만 명, 어쩌면 최대 200만 명에 달할 사람들이 노숙자가 되어 결국 거리에서, 또는 시애틀의 후버빌 Hooverville 같은 판자촌에서 살았다. 미국의 여러 도시마다 문을 영구적으로 닫지 않은 은행을 찾아보는 일은 불가능해졌다. 그런 문들 뒤로 수많은 미국인 가정의 예금이 영원히 사라져버렸다. 이 힘든 시간이 언제쯤 끝날지, 아니 과연 끝나기는 할지 아무도 차마 말할 수 없었다.

그중에서도 최악은 따로 있었다. 즉 은행가이거나 빵집 주인이거나, 또는 주부이거나 노숙자이거나 간에 이 최악의 것은 밤이고 낮이고 항상 따라다녔다. 바로 미래에 대한 끔찍하고도 가차 없는 불확실성, 다시 말해 내 아래에 있는 땅이 어느 순간 완전히 무너져버릴 수 있다는 느낌이었다. 3월에는 이런 상황에 기묘하게도 딱 어울리는 영화가 나와서 큰 인기를 끌었다. 〈킹콩〉이었다. 전국의 극장 앞에 사람들이 길게 늘어섰고, 남녀노소 가릴 것 없이 귀중한 푼돈을 내놓으면서까지 구경을 간 이 이야기에서는, 거대하고 비이성적인 짐승이 문명세계를 침략하고, 그 주민들을 제 손아귀에 움켜쥐었다가 결국 벼랑 끝에 달랑달랑 매달리게 남겨두었다.

앞으로 다가올 더 나은 세상에 대한 징조도 가물거리기는 했지만, 어디까지나 가물거리기만 할 뿐이었다. 그해 초에는 주식시장이 반등했는데, 다우지수는 3월 15일 하루 동안 개장 때 15.34퍼센트에서 폐장 때 62.10퍼센트로 사상 최대 급등 기록을 세우기도 했다. 하지만 미국인들은 1929년에서 1932년 말까지 이 기간 동안 워낙 많은 자본이 파괴되는 것을 보았기 때문에, 다우지수가 이전과 같은 381포인트로 돌아가려면 한 세대가 (즉 25년이) 족히 걸릴 것이라고 믿는 사람이 대다수였다.(그리고 이런 믿음은 사실로 드러났다.) 그리고 어쨌거나 제너럴 일렉트릭의 주가가 급등했다고 해봐야, 아예 그 주식을 갖지도 못한 미국인 대부분에게는 아무런 의미도 없었다. 이들에게 정말로 중요한 것이 있다면 침대 밑에 있는 금고와 유리병뿐이었다. 이들은 평생의 저금 가운데 남은 것을 그 안에 갖고 있었는데, 대개는 위험할 정도로 텅 빈 상태였다.

백악관에 입성한 새로운 대통령 프랭클린 델라노 루스벨트(FDR)는 역사상 가장 낙관적이고 활기 넘치는 대통령이었던 테디 루스벨트의 먼 사촌이기도 했다. FDR는 낙관주의가 넘치는 가운데 집권하면서 수많은 구호와 프로그램을 선전했다. 하지만 그의 전임자인 허버트 후버도 이와 똑같은 낙관주의를 갖고 집권하면서, 미국인의 삶에서 가난이 영원히 사라질 날이 머지않았음을 섣불리 예견한 바 있었다. "우리나라는 자원이 풍부합니다. 그 눈부신 아름다움은 정말 놀라울 지경입니다. 수백만 가구의 행복으로 가득합니다. 안락과 기회의 축복을 받았습니다." 후버는 취임 연설에서 이렇게 말한 뒤 다음의 한마디를 덧붙였는데, 이것이야말로 특히나 아이러니한 발언으로 드러날 예정이었다. "그 어떤 나라에서도 이처럼 성과의 열매가 확고하지는 않습니다."

여하간 새로운 대통령 루스벨트가 과연 어떤 결과를 만들어낼지 알아내기는 쉽지 않았다. 여름 내내 그가 이런저런 프로그램을 시작하자, 그를 급진주의자니 사회주의자니 심지어 볼셰비키라고 부르는 적대적인 목소리의 커다란 합창이 시작되었다. 하지만 그런 소리에 사람들은 별로 신경 쓰지 않았다. 상황이 워낙 좋지 않았기 때문에, 미국인 가운데 극소수는 러시아인이 가는 길로 따라가는 게 차라리 낫겠다고까지 생각했다.

마침 그해 1월에는 독일에서도 새로운 인물이 정권을 잡았는데, 그가 속한 국가사회주의 독일 노동자당은 종종 난폭한 행동을 저지른다는 평판을 듣던 집단이었다. 하지만 그런 행동이 과연 무엇인지를 알아내기는 쉽지 않았다. 히틀러는 세계대전 이후 독일을 무장해제시킨 베르사유조약에도 불구하고 자기 나라의 재무장에 필사적이었다. 대부분의 미국인은 유럽의 정세에 유난히 관심이 없었던 반면, 영국인은 날이 갈수록 유럽의 정세에 신경을 썼으며 혹시나 세계대전의 공포가 재현되는 것은 아닌가 하는 의구심마저 가졌다. 물론 그럴 일은 없어 보였지만, 그래도 가능성은 충분히 있었고, 지속적이며 신경 쓰이는 먹구름을 만들어내고 있었다.

바로 전날인 1933년 10월 8일에 〈시애틀 포스트 인텔리전서〉를 비롯한 열댓 가지 미국 신문들의 일요판 부록인 〈아메리칸 위클리American Weekly〉(1896년에서 1966년까지 간행된 일요판 신문으로, 허스트 계열의 일간지에 부록으로 첨부되었다 – 옮긴이)는 지면 절반을 차지하는 단칸짜리 만화를 실었는데, 바로 "도시의 그림자City Shadows"라는 제목의 시리즈 가운데 하나였다. 목탄으로 명암을 준 어두컴컴한 느낌의 만화를 보면, 한 남자가 중산모를 쓰고 과자 가판대 옆 보도에 풀이 죽어 앉아 있고, 그의 뒤에 누더기 차림의 아내가 있고, 그의 곁에는 신문을 든 아들이 있었다. 만화 아래 설명은 이러했다. "아, 포기하지 마세요, 아빠. 일주일 내내 아빠가 하나도 못 파시기는 했지만, 저처럼 신문 판매 구역이 없는 것까지는 아니잖아요." 하지만 가장 눈길을 사로잡은 것은 아버지의 얼굴에 나타난 표정이다. 마치 뭔가에 사로잡힌 듯한, 수척한, 희망 없음을 이미 넘어선 어딘가에 가 있는 듯한 표정은, 그가 더 이상 자기 자신을 믿지 못함을 노골적으로 암시한다. 매주 일요일마다 〈아메리칸 위클리〉를 읽는 수백만 명의 미국인 가운데 상당수에게 이것은 너무나도 친숙한 표정이었다. 즉 매일 아침 거울을 들여다볼 때마다 목격하는 표정이었다.

하지만 그날 시애틀에서는 흐리고 우울한 날씨가 지속되지는 않았다. 정오가 가까워지자 하늘을 뒤덮은 구름 사이에 틈이 생겨났다. 이 도시의 뒤쪽으로 뻗어 있는 워싱턴 호수의 잔잔한 수면은 회색에서 녹색을 거쳐 청색으로 천천히 바뀌었다. 호수를 굽어보고 있는 절벽 위에 자리 잡은 워싱턴 대학 캠퍼스에서는, 학생들이 커다란 신축 석조건물인 도서관 앞 넓은 사각형 잔디밭 위를 오가며 구름 사이로 비스듬히 스며드는 햇볕이 어깨를 따뜻하게 감싸는 가운데 점심을 먹거나 책을 들여다보거나 한가하게 이야기를 나누었다. 매끌매끌한 깃털의 검은 까마귀들이 학생들 사이를 깡충거리며 뛰어다니다가 무심코 놓아둔 소시지나 치즈 조각을 보면 얼른 달려들었다. 도서관의 스테인드글라스 창문 위쪽, 하늘로 치솟은 신 고딕 양식의 첨탑에는 요란하게 우는 갈매기들이 천천히 푸른 빛으로 물드는 하늘을 배경 삼아 새하얀 원을 그리며 맴돌고 있었다.

대부분의 학생들은 남자끼리, 또는 여자끼리 무리지어 모여 있었다. 남학생들은 잘 다린 바지를 입고 새로 닦은 구두에 카디건 스웨터를 입었다. 식사를 하면서 이들은 강의에 관해, 곧 있을 오리건 대학과의 풋볼 경기에 관해, 이틀 전에 있었던 월드시리즈에서 벌어진 의외의 결과에 관해 진지하게 이야기를 나누었다. 월드시리즈에서는 10회 투 아웃 상황에서 체구가 작은 멜 오트Mel Ott가 뉴욕 자이언츠에 한 점을 올려주었다. 오트는 투 스트라이크 투 볼 상황까지 갔다가, 곧이어 외야 한가운데 좌석으로 라인드라이브 홈런을 날려 보냈고, 이로써 워싱턴 세너터스를 이기고 월드시리즈 우승을 하는 결승타를 기록했다. 이것이야말로 체구가 작은 사람이 여전히 뭔가 중요한 차이를 만들어냄을 보여준 셈이었고, 이를 본 사람들은 세상 일이 얼마나 갑작스럽게 좋거나 아니면 나쁘게 달라질 수 있는지 상기하게 되었다. 대학생 가운데 몇몇은 파이프를 한가하게 피워댔고, 프린스 앨버트 담배 연기가 이들 사이에 떠돌았다. 다른 학생들은 담배를 입에 문 채로, 오늘자 〈시애틀 포스트 인텔리전서〉에서 한 지면의 절반을 차지하는 광고를 만족스레 보았는데, 바로 흡연이 건강에 도움이 된다는 내용이었다. "월드시리즈 챔피언 자이언츠 선수 23명 가운데 21명은 캐멀 담배를 피웁니다. 월드시리즈에서 우승하기 위해서는 튼튼한 정신이 필요했으니까요."

여학생들은 몇 명씩 무리를 지은 채 잔디밭에 앉아 있었는데, 굽이 낮은 신발과 레이온 양말, 무릎까지 내려오는 치마, 소매와 목둘레에 주름 장식이 달린 헐렁한 블라우스 차림이었다. 이들의 머리카락은 유행에 따라 다양한 형태로 꾸며져 있었다. 남학생들과 마찬가지로 여학생들도 강의에 관해 이야기했고, 가끔은 야구 이야기를 하기도 했다. 주말에 데이트를 한 여학생들은 시내에서 새로 개봉한 영화 이야기를 했다. 파라마운트 극장에서는 게리 쿠퍼 주연의 〈어느 일요일 오후One Sunday Afternoon〉가, 록시Roxy에서는 프랭크 카프라 감독의 〈하루 동안의 귀부인Lady for a Day〉이 개봉했다. 남학생들과 마찬가지로 여학생들 가운데 일부는 담배를 피웠다.

오후 중반쯤 되어서 해가 구름을 뚫고 모습을 나타내자, 따뜻하고 투명한 황금빛이 들었다. 이때 다른 학생들보다 키가 큰 두 청년이 도서관 앞의 사각형 잔디밭을 서둘러 뛰어갔다. 그중 한 명은 키 188센티미터의 신입생 로저 모리스Roger Morris로 홀쭉한 몸집에 헐렁한 옷을 입고 있었다. 검은 머리카락은 흐트러졌고, 앞머리는 영원히 그의 긴 얼굴 앞으로 흘러내릴 듯 위협을 가하고 있었다. 짙고 검은 눈썹 때문에 첫눈에 그는 마치 언짢은 표정을 지은 것처럼 보였다. 또 다른 청년 조 랜츠 역시 신입생이었는데, 186센티미터의 키에 더 건장한 체구였고, 어깨가 딱 벌어지고 다리도 단단하고 힘이 좋아 보였다. 그는 금발의 상고머리였다. 턱 선이 뚜렷한 얼굴은 잘생기고 균형이 잡혔으며, 눈동자는 회색이면서 가장자리에는 청색이 감돌아서, 잔디밭에 앉아 있는 여학생들 다수로부터 은밀한 눈길을 받았다.

두 청년은 같은 공학 강의를 들었으며, 햇빛 좋은 오후에 똑같이 대담한 목표를 갖고 있었다. 도서관 모퉁이를 돌아, 프로시 연못의 콘크리트원을 따라 지나가서, 잔디 덮인 긴 경사로를 내려가, 몬틀레이크 대로를 건너면서, 그들은 수많은 자동차들의 끝도 없는 물결을 이리저리 피해 갔다. 두 사람은 야구장과 풋볼 경기장으로 사용되는 말발굽 모양의 공터 사이를 지나서 동쪽으로 향했다. 그러다가 그들은 다시 남쪽으로 방향을 틀었고, 흙길을 따라 탁 트인 숲을 지나서 워싱턴 호수와 맞닿은 늪 지역으로 접어들었다. 그렇게 걸어가는 동안, 두 사람은 같은 방향으로 향하는 다른 청년들을 따라잡기 시작했다.

마침내 이들이 도착한 곳은 몬틀레이크 컷Montlake Cut이라는 (이 동네에서는 그냥 '컷'이라고만 부르는) 수로가 워싱턴 호수 서쪽에 있는 유니언만Union Bay으로 흘러들어가는 지점이었다. 이곳에는 기묘하게 생긴 건물이 하나 서 있었다. 건물의 양옆은 (비바람에 시달린 판자로 덮여 있었고, 커다란 유리창이 여러 개 있었는데) 위로 갈수록 좁아졌는데, 그 위에 맞배지붕이 덮여 있었다. 두 청년이 건물을 돌아 앞쪽으로 다가가자 커다란 미닫이문 한 쌍이 있었는데, 문의 위쪽 절반은 거의 창유리로 되어 있었다. 미닫이문에서부터 컷 수로의 물가와 나란히 떠 있는 긴 선착장까지 널찍한 목재 경사로가 이어져 있었다.

이곳은 미국 해군이 1918년에 지은 낡은 비행기 격납고로, 원래는 세계대전 동안 해군 항공대 훈련소에서 수상 비행기를 정박해두기로 되어 있었다. 그런데 건물이 실제로 사용되기도 전에 전쟁이 끝나버렸기 때문에, 1919년 가을에 워싱턴 대학으로 소유권이 이전됐다. 그 후 이 건물은 대학교 조정부의 경주정 보관고로 사용되었다. 이제는 물까지 이어지는 널찍한 나무 경사로는 물론이고, 건물 동쪽에 있는 좁은 땅 위에도 청년들이 모여 웅성거리고 있었다. 무려 175명에 달하는 이들 대부분은 키가 크고 말랐는데, 그중에는 유난히 키가 작고 가냘픈 사람도 몇 명 있었다. 나이가 많은 청년도 몇몇 있었는데, 이들은 자주색으로 커다랗게 W가 새겨진 흰색 저지셔츠를 입고 건물 벽에 기대어 서서, 팔짱을 낀 채로 새로 온 청년들을 눈여겨보고 있었다.

조 랜츠와 로저 모리스는 건물 안으로 들어갔다. 널찍한 보관고 안에는 벽마다 길고 매끈한 경주정들이 네 개의 나무 선반 위에 놓여 있었다.

번쩍이는 목재 선체를 뒤집어놓았기 때문에, 위에 뚫린 창문을 통해 들어오는 하얀 빛줄기가 번쩍이며 반사되었고, 그로 인해 보관고 안은 마치 대성당 같았다. 공기는 건조하고도 조용했다. 니스와 갓 잘라낸 삼목 냄새가 달콤하게 풍겼다. 높은 서까래에는 여러 대학의 깃발이 걸려 있었는데, 색이 조금 변하기는 했지만 여전히 선명했다. 캘리포니아, 예일, 프린스턴, 해군사관학교, 코넬, 컬럼비아, 하버드, 시러큐스, MIT. 보관고의 구석마다 가문비나무로 만든 노가 똑바로 세워져 있었는데, 길이는 3미터에서 3.6미터였고, 끝에는 하얀 노깃이 달려 있었다. 보관고 뒤쪽의 다락에서는 누군가가 나무 가는 줄을 이용해 작업하는 소리가 들렸다.

조와 로저는 신입생 부원 등록부에 이름을 적고 나서, 햇빛 찬란한 밖으로 나와 벤치에 걸터앉아 다음 지시를 기다렸다. 조는 어쩐지 느긋하고 자신 있어 보이는 로저를 흘끗 바라보았다.

"너는 긴장되지 않아?" 조가 속삭였다.

로저도 그를 흘끗 바라보았다. "불안해 미치겠어. 다만 경쟁자들의 사기를 꺾기 위해서 태연한 척하는 것뿐이지." 조는 미소를 지어 보였다. 하지만 너무 불안한 까닭인지 그 미소를 오래 유지하지는 못했다.

조 랜츠로 말하자면, 아마도 몬틀레이크 컷 수로 주변에 앉아 있는 청년들 가운데 어느 누구보다도 더 중대한 결정이 그날 오후에 이루어질 참이었으며, 본인도 이를 잘 알고 있었다. 도서관 앞 잔디밭에 앉아서 그에게 유심히 눈길을 주던 여학생들은, 그에게서 고통스러우리만치 뚜렷한 한 가지를 간과하고 있었다. 그의 옷차림이 대부분의 다른 학생들과 달랐다는 점이다. 그의 바지는 깔끔하게 다리지도 않았고, 구두도 새것이 아니며 금방 닦은 것도 아니었고, 스웨터는 포근하지도, 깨끗하지도 않았으며 그저 낡고 구겨진 중고품에 불과했다. 조는 냉엄한 현실을 깨달았다. 어쩌면 자기는 애초에 여기 속하지 말았어야 한다는 생각조차 들었는데, 만약 경주정 보관고 안에서의 일이 잘되지 않는 날에는 잘 다린 바지며, 담배 파이프와 카디건 스웨터며, 흥미로운 발상들, 수준 높은 대화며 솔깃한 기회 같은 것들로 이루어진 이 세계에서 어차피 오래 머물지 못할 것이었다. 그는 결코 화학 공학자가 되지도 못할 것이며, 앞으로 함께 삶을 꾸려나가려는 마음에서 그를 따라 시애틀까지 와 있는 고등학교 시절의 여자친구와 결혼할 수도 없을 것이었다. 조정부 선발에서 실패할 경우, 최선이라고 해야 결국 올림픽 반도에 자리 잡은 작고 황량한 마을로 돌아가는 것이었고, 그때가 되면 그에게 남은 전망이라고는 춥고 텅 비고 반쯤 짓다 만 집 안에서 혼자 살아가면서, 기껏해야 임시직으로 일하고, 먹고살기 위해 고생하고, 혹시나 운이 좋다면 또 실업자 구제용 공공근로단체인 '민간 작업단'에 들어가 고속도로 공사판 일이나 얻는 것뿐이었다. 그리고 최악의 경우 예슬러 웨이에 있는 것과 같은 무료 급식소 앞에 늘어선 실직자들의 긴 대열에 그 역시 끼어들어야 한다는 뜻이었다.

물론 신입생 조정부원이 된다고 해서 조정선수 장학금을 받는 것은 아니었는데, 왜냐하면 1933년의 워싱턴 대학에는 그런 장학금 자체가 없었기 때문이다. 하지만 일단 조정부원이 되고 나면 그건 곧 캠퍼스 어디에선가 파트타임 일자리가 보장된다는 뜻이었으며, 이는 (고등학교 졸업 이후로 힘든 육체노동을 하면서 그가 저축할 수 있었던 쥐꼬리만 한 금액과 함께) 그에게 대학을 무사히 졸업할 만큼의 돈을 제공해줄 것이었다. 하지만 불과 몇 주의 짧은 기간이 지나고 나면, 지금 자기 주위에 몰려 있는 청년들 가운데 여전히 신입생 조정부원 자리를 노리는 경쟁자가 크게 줄어 오로지 몇 명에 불과하리라는 것을 그는 알고 있었다. 신입생팀 보트 1호에는 좌석이 겨우 아홉 개뿐이었기 때문이다.

그날 오후의 나머지 시간은 대부분 관련 정보를 수집하는 일에 소비

되었다. 조 랜츠와 로저 모리스를 비롯한 유망해 보이는 지원자들은 지시에 따라 체중계에 올라갔다 내려오고, 키재기 자로 각자의 키를 측정해보고, 각자의 병력病歷을 자세히 적어서 내야 했다. 부副코치들이며 나이 많은 학생들은 메모판을 들고 옆에 서서 이들을 지켜보다가 정보를 기록했다. 확인 결과, 신입생들 가운데 30명은 키가 180센티미터 이상이었고, 25명은 182.5센티미터 이상, 14명은 185센티미터 이상, 6명은 187.5센티미터 이상이었으며, 1명은 190센티미터, 2명은 어느 스포츠 기자의 말마따나 "공중으로 192.5센티미터나 뻗어 있었다."

이 절차를 감독하는 사람은 커다란 메가폰을 든 늘씬한 청년이었다. 신입생 담당 코치인 톰 볼스Tom Bolles는 원래 워싱턴의 노잡이 출신이었다. 온화하고 호감 가는 얼굴에, 턱이 약간 여위고, 금속테 안경을 썼으며, 전공은 역사학인데 현재는 석사과정을 밟고 있어서인지 학구적인 느낌이 확연히 풍겼다. 이런 외모 때문에 시애틀의 스포츠 기자들 가운데 일부는 벌써부터 그를 "교수"라고 지칭했다. 여러 면에서 이번 가을에 그의 앞에 놓인 역할은 (매년 가을에 하던 것과 마찬가지로) 교육자로서의 역할이었다. 농구장이나 풋볼 경기장에서 그와 똑같은 일을 담당한 동료들의 경우, 매년 가을마다 신입생 지원자를 처음 만날 때면 상대방이 고등학교 시절에 그 운동을 했으리라고, 또는 최소한 그 운동에 관한 기초적 지식 정도는 가졌으리라고 충분히 짐작할 수 있었다. 하지만 이날 오후 경주정 보관고 밖에 모여든 청년들 중에는 노를 저어본 경험이 전혀 없는 사람이 대부분이었고, 경주정처럼 섬세하고도 만만찮은 배에 올라타서 여기 모인 사람들 대부분의 키보다 두 배는 더 긴 노를 저어본 사람은 당연히 아무도 없었다.

그들 대부분은 아까 양모 바지와 카디건 스웨터를 말끔하게 차려입고 잔디밭에 모여 있던 다른 학생들과 마찬가지로 도시 출신이었으며, 변호사나 사업가의 아들이었다. 물론 그중 몇 명은 조와 마찬가지로 농부나 벌목꾼이나 어부의 아들이었으며, 전국에 자리 잡은 안개 낀 해안마을이라든지, 습기 찬 낙농장이라든지, 연기 자욱한 벌목장에서 자란 청년이었다. 자라나는 과정에서 이들은 도끼와 작살과 쇠스랑을 자유자재로 다루었으며, 그로 인해 강한 팔과 넓은 어깨를 갖게 되었다. 이런 체력이 곧 자산이 된다는 점은 볼스도 잘 알았지만, 조정이란 (그 역시 다른 사람들과 마찬가지로 잘 알고 있는 바에 따르면) 근력 못지않게 기술이 필요한 운동이며, 강인한 체력 못지않게 예리한 지성도 중요했다. 0.75톤에 달하는 인간의 살과 뼈를 싣고 있는 너비 60센티미터의 삼나무 경주정이 어느 정도 속도와 우아함을 드러내며 물 위를 달릴 수 있도록 하기 위해서는, 배우고 숙달하고 제대로 집중해야 할 세부사항이 수두룩했다. 이후 몇 달에 걸쳐서 그는 이 청년들에게, 또는 신입생팀을 구성한 이들 중 일부에게 그런 온갖 소소한 것들을 가르쳐야 했다. 그리고 일부 중요한 것들도 함께 가르쳐야만 했다. 시골 아이들이 과연 이 스포츠의 지적인 측면을 따라잡을 수 있을까? 도시 아이들이 한마디로 말해 살아남기 위해서 필요한 강인함을 갖고 있을까? 볼스가 알기로, 대부분의 지원자는 그렇지 못했다.

경주정 보관고의 넓은 문간에는 또 한 명의 키 큰 남자가 서서 조용히 상황을 지켜보고 있었는데, 평소와 마찬가지로 짙은 스리피스 정장을 흠 잡을 데 없이 갖춰 입고, 빳빳한 흰색 셔츠에, 넥타이에, 중절모를 쓰고, 한 손으로 끈에 매달린 우등생 동아리 파이베타카파Phi Beta Kappa 열쇠를 빙빙 돌리고 있었다. 워싱턴 대학 조정부의 수석코치인 앨 울브릭슨Al Ulbrickson은 세부사항을 중시하는 사람으로, 그의 옷차림은 알아듣기 쉬운 메시지를 보내고 있었다. 자기가 바로 대장이라는, 그리고 자기는 오로지 조정만 생각하는 사람이라는 게 그 메시지였다. 그는 이제 겨우 30세였다. 자기가 가르치는 학생들과 자신 사이에 분명한 경계선을 그을 필요가 있을 정도로 젊었다. 그의 양복과 파이베타카파 열쇠는 그런

점에서 도움이 되었다. 아울러 그가 놀라우리만치 잘생겼고, 체격이 노잡이처럼 월등하다는 것도 도움이 되었다. 실제로 그는 1924년과 1926년에 전국선수권대회 우승을 차지했던 워싱턴 조정부에서 스트로크 노잡이로 활약했었다. 그는 키가 크고 근육질에 어깨가 넓었으며, 광대뼈가 도드라지고 깎은 듯한 턱 선에 냉정한 회색 눈을 가진 뚜렷하게 북유럽적인 용모를 지녔다. 그 눈이야말로 그에게 도전할 의향이 있는 어떤 학생이라도 눈길 한번에 쏙 들어가버리게 만들 만한 것이었다.

울브릭슨은 이 경주정 보관고에서 멀지 않은 시애틀의 몬틀레이크 지구에서 태어났다. 그는 워싱턴 호수를 따라 몇 킬로미터 아래에 있는 머서 섬Mercer Island에서 자라났는데, 물론 그곳이 부자들의 안식처가 되기 이전의 일이었다. 사실 그의 가족은 잘사는 편이 아니었고, 그럭저럭 벌어서 먹고사는 정도였다. 프랭클린 고등학교에 다니는 동안, 그는 무려 4년간을 매일같이 혼자 작은 보트를 저어 시애틀까지 3킬로미터나 되는 거리를 오가야 했다. 그는 프랭클린에서 두각을 나타냈지만, 결코 한 번도 교사들로부터 도전의 기회를 제공받은 적은 없었다. 워싱턴 대학에 입학하고 조정부에 들어가서야 비로소 그는 실력을 발휘하게 되었다. 마침내 강의실에서나 물 위에서나 똑같이 도전의 기회를 제공받자, 그는 양쪽 분야 모두에서 두각을 나타냈으며, 1926년 졸업하자마자 워싱턴은 재빨리 그를 신입생 담당 신임 코치로 채용했고, 나중에는 수석 코치로 승진시켰다. 이제 워싱턴의 조정부는 그의 삶이며 그의 호흡이었다. 대학과 조정은 그를 지금과 같은 모습으로 만들었다. 이 두 가지는 이제 그에게 거의 종교나 마찬가지였다. 따라서 그가 할 일은 개종자를 얻는 것이었다.

울브릭슨은 또한 캠퍼스 내에서 가장 말이 없는 사람이었는데, 어쩌면 주州 전체를 통틀어 가장 말이 없었을 수도 있으며, 그의 과묵함과 포커페이스는 그야말로 전설적이었다. 그의 혈통은 덴마크계와 웨일스계

앨 울브릭슨

가 반반씩 섞였는데, 뉴욕의 스포츠 기자들은 그로부터 그럴싸한 인용구 한마디를 얻어내기가 무척이나 힘들다는 사실에 짜증을 내면서도 어딘가 매력을 느꼈는지 그를 가리켜 "뚱한 덴마크인"이라고 불렀다. 그에게 배우는 노잡이들 역시 이 별명이 딱 어울린다고 생각했지만, 감히 면전에서 입에 올릴 엄두는 내지 못했다. 그는 선수들로부터 어마어마한 존경을 받았지만, 결코 목소리를 높이는 법 없이 이런 존경을 얻은 셈이었는데, 사실은 그가 학생들에게 직접 말하는 일은 거의 없었기 때문이다. 어쩌다 한번 그가 하는 몇 마디 말은 워낙 신중하게 선택한 표현을 통해 효율적으로 전달되었기 때문에, 그 말을 듣는 선수들에게는 마치 칼날처럼 날카롭게, 또는 향유처럼 달콤하게 다가왔다. 그는 선수들의 흡연, 욕설, 음주를 엄격하게 금지했지만, 선수들의 눈과 귀로부터 안전하게 멀어져 있을 때에는 그도 그 세 가지 모두를 때때로 한다고 알려져 있었다. 선수들에게 그는 종종 감정이라고는 거의 없는 사람처럼 보였지만, 매년 그는 선수들 각자가 아는 한 저마다의 가장 깊고 가장 확실한 감정을 뒤흔들어놓는 데는 성공하고 있었다.

그날 오후에 모인 새로운 신입생들을 울브릭슨이 서서 지켜보는 사이, 〈포스트 인텔리전서〉의 스포츠 담당 편집자 로열 브로엄Royal Brougham 이 그에게 다가왔다. 브로엄은 워낙 마른 체구였기 때문에, 그로부터 몇 년 뒤에 ABC의 키스 잭슨Keith Jackson은 그를 가리켜 "명랑하고 작은 요정"이라고 부르기도 했다. 하지만 그에게는 명랑한 면이 있는 반면 교활한 면도 있었다. 그는 울브릭슨의 항구적인 엄숙함을 잘 알고 있었으며, 자기 나름대로 이 코치에게 별명을 붙여주기도 했다. 가끔은 "무표정한 녀석"이라고 불렸고, "바위 얼굴을 가진 사람"이라고도 불렸다. 그는 울브릭슨의 굳은 얼굴을 흘끗 바라본 다음, 그에게 질문을 (쿡 찔러보는 질문, 그리고 성가신 질문을) 던지기 시작했다. 브로엄은 본인의 말마따나 "키 큰 목재"인 저 새로운 신입생들에 관한 이 '허스키'(견종 가운데 하나로 1922년부터 워싱턴 대학의 마스코트로 사용되었는데, 이 학교나 재학생을 종종 '허스키'로 지칭한다—옮긴이) 코치의 생각을 알아내려는 결의에 차 있었다. 울브릭슨은 한참 동안 아무 말 없이 경사로 위에 서 있는 학생들을 뚫어지게 보다가, 또 컷 수로 위에 반사되는 햇빛을 흘끗 바라보다가 했다. 기온은 무려 20도 대까지 올라갔는데, 시애틀에서는 10월 오후치고 유별나게 따뜻한 편이었으며, 새로 온 학생들 가운데 몇몇은 셔츠를 벗고 햇볕을 쬐고 있었다. 그중 일부는 선착장을 따라서 어슬렁거리다가, 허리를 굽혀 가문비나무로 만든 긴 노를 들어올려서 그 느낌을 알아보기도 하고, 그 상당한 무게를 가늠해보기도 했다. 오후의 황금 햇빛 속에서 학생들은 우아하게 움직였다. 유연하면서도 튼튼하고, 당장이라도 뭔가를 향해 덤빌 채비가 되어 있었다.

울브릭슨이 마침내 브로엄을 바라보며 대답했는데, 그나마도 별로 도움이 되지 않는 한마디뿐이었다. "즐겁군요."

로열 브로엄은 이미 앨 울브릭슨을 무척이나 잘 알게 된 다음이었기 때문에 이 말의 이중적 의미를 재빨리 간파했다. 울브릭슨이 답변을 내놓는 방식에는 항상 뭔가가 있었는데, 예를 들어 어조라든지 눈빛이라든지 입가의 미소 같은 것이 단서여서, 브로엄은 그런 부분에 주의를 기울였다. 다음 날 그는 울브릭슨의 답변에 관한 자기만의 해석을 독자들에게 내놓았다. "이것을 좀 더 솔직한 말로 풀어 쓰자면 이렇다. '아주 좋습니다.'"

앨 울브릭슨이 무슨 생각을 하고 있는지에 대한 로열 브로엄의 관심은 단순한 변덕에서 우러난 것이 아니었다. 매일 쓰는 칼럼에다가 간결하기 그지없는 울브릭슨의 발언을 또 한 번 인용하려는 열망보다는 좀 더 많은 이유가 있었다는 뜻이다. 브로엄에게는 한 가지 목표가 있었다. 이것이야말로 그가 〈포스트 인텔리전서〉에서 기자 생활을 시작한 이래 68년 동안 연이어 세운 여러 가지 목표 가운데 하나였다.

이 신문사에서 첫걸음을 내디딘 1910년 이래로 브로엄은 이 지역의 전설과 같은 존재가 되었으며, 야구 스타 베이브 루스에서 권투 스타 잭 뎀프시에 이르는 유명 인물들로부터 정보를 뽑아내는 남다른 능력으로 유명해졌다. 그의 의견, 그의 연줄, 그의 끈기는 워낙 인정을 받았기 때문에, 브로엄은 급기야 시애틀의 시민 생활에서 일종의 심판과도 비슷한 지위에 서게 되었으며, 온갖 종류의 명사들이 그를 찾기에 이르렀다. 정치인, 스타 운동선수, 대학 총장, 스포츠 흥행업자, 코치, 심지어 마권 영업자들까지도 마찬가지였다. 하지만 다른 무엇보다도 브로엄은 최고의 흥행업자였다. "한편으로는 시인, 또 한편으로는 P. T. 바넘Barnum(1810~1891, 미국의 흥행업자로 '바넘 앤드 베일리 서커스'를 크게 성공시켰지만, 볼거리나 과장 광고를 동원한 '상업주의의 화신'으로 악명이 높았다-옮긴이)." 시애틀의 또 다른 전설적인 기자인 에머트 왓슨Emmett Watson은 그를 이렇게 불렀다. 그가 다른 무엇보다도 흥행을 시키고 싶어 한 것은 바로 시애틀 자체였다. 그는 자기가 살아가는 이 회색의, 졸음에 취한, 벌목과 어업으로나 유명한 이 도시를 바라보는 세계의 시각을 훨씬 웅장하고 더 우아한 쪽으로 바꿔놓기를 원했다.

브로엄이 〈포스트 인텔리전서〉에 처음 들어갔을 때, 워싱턴 대학의 조정부라는 것은 기껏해야 난폭한 시골 청년들 몇몇을 데리고, 물이 줄줄 새는데다가 욕조처럼 생겨먹은 경주정을 가지고 워싱턴 호수 주위를 오락가락하는 수준이었고, 많은 사람들에게 붉은 머리의 광인으로만 보이던 하이럼 코니베어Hiram Conibear라는 사람이 코치를 맡고 있었다. 이후 여러 해가 흐르면서 조정부도 상당히 발전하기는 했지만, 서부 연안 지역 바깥에서는 거의 인정을 받지 못하는 실정이었다. 브로엄은 이런 상황을 모조리 바꿔놓을 적기가 도달했다고 생각했다. 어쨌거나, 웅장하고 우아한 것이라면 세계 수준의 조정부에 버금갈 만한 것이 또 없었으니까. 이 스포츠는 귀족적인 느낌을 풍겼다. 그리고 그 선수들이야말로 그들이 소속된 학교나 도시를 세상에 알리는 좋은 방법이었다.

1920년대와 1930년대에 대학 소속 조정선수는 상당히 인기를 끌었는데, 이 종목에 쏟아지는 언론의 보도와 대중의 관심은 야구나 풋볼에 버금갈 정도였다. 두각을 나타낸 노잡이들은 전국 단위 언론에서 유명인사 취급을 받았고, 심지어 전설적인 야구 스타인 베이브 루스와 루 게릭, 조 디마지오의 시대인데도 불구하고 그러했다. 그랜틀랜드 라이스Grantland Rice라든지, 또는 〈뉴욕 타임스〉의 로버트 켈리Robert Kelley 같은 최고 수준의 스포츠 기자들도 주요 조정대회를 취재했다. 수백만 명의 팬들은 자기가 응원하는 팀을 훈련 시즌부터 경기 시즌에 이르기까지 끈질기게 뒤쫓았고, 동부에서는 그 정도가 더했기 때문에 심지어 어느 키잡이의 후두염처럼 사소한 사건이 신문 헤드라인을 장식하기도 했다. 이튼 같은 영국의 엘리트 교육기관을 본떠 만들어진 동부의 사립학교에서는 조정을 '신사의 스포츠'라고 가르쳤으며, 이 학교를 졸업한 젊은 신사 노잡이들은 하버드와 예일, 프린스턴을 비롯한 전국의 유명 대학들에 입학했다. 열성 팬들은 심지어 자기가 좋아하는 팀의 선수 카드까지도 수집했다.

1920년대에 서부의 팬들도 자기네 지역 팀에 이와 유사한 관심을 갖기 시작했다. 이를 배후에서 촉진시킨 것은 바로 치열한 경쟁이었는데, 기원은 1903년으로까지 거슬러 올라가며, 그 주인공은 바로 캘리포니아 대학 버클리 캠퍼스와 워싱턴 대학이라는 대형 공립대학이었다. 하다못해 자기네 캠퍼스 안에서라도 자금 지원과 공식 인정을 받으려고 여러 해 동안 노력한 끝에, 양쪽 학교 모두 조정부를 출범시키고 동부의 여러 대학과 경쟁을 벌여 때때로 성공을 거두었다. 이즈음 캘리포니아의 팀이 올림픽에서 두 번이나 금메달을 따기도 했다. 양쪽 학교는 이제 수만 명의 학생들, 졸업생들, 그리고 열광하는 시민들에 기대어 매년 4월에 열리는 조정대회에 출전할 수 있었고, 서부 연안의 조정 최강자라는 명예를 얻기 위해 싸웠다.

하지만 동부의 코치들에 비하면 서부의 코치들이 받는 급료는 "새 발의 피" 수준이었고, 서부의 두 팀은 지금도 여전히 자기들끼리만 경쟁하는 수준이었다. 양쪽 학교 모두 훌륭한 선수를 모집하는 데 필요한 장학금 예산이 전혀 없었으며, 부유한 후원자들이라곤 사실상 아무도 없었다. 미국 대학 조정 분야에서 무게중심이 여전히 케임브리지, 뉴헤이번, 프린스턴, 이타카, 애너폴리스(하버드, 예일, 프린스턴, 코넬, 해군사관학교 같은 미국 동부의 주요 대학이 있는 도시들-옮긴이) 사이의 어디엔가 놓여 있다는 사실은 모두들 알고 있었다. 만약 그 무게중심을 어찌어찌해서 서부로 옮겨놓을 수만 있다면, 결국 시애틀이 바로 그 중심이 됨으로써 이 도시가 무척이나 존경받는 곳이 될 수 있으리라고 로열 브로엄은 계산했다. 하지만 그는 지금의 상황으로 미루어, 어쩌면 무게중심이 자칫 캘리포니아로 넘어가버릴 가능성도 있음을 잘 알았다.

시애틀의 경주정 보관고에서 앨 울브릭슨이 신입생들을 살펴보고 있던 그날 오후, 거기서 동쪽으로 8,000킬로미터 떨어진 베를린의 한 사무실에서는 39세의 건축가 베르너 마르히Werner March가 밤늦게까지 설계대 앞에 앉아 구부정한 자세로 일하고 있었다.

며칠 전인 10월 5일에 그는 아돌프 히틀러와 함께 베를린 서부의 교외에 도착해 검은색 메르세데스 벤츠 방탄 승용차에서 내렸다. '독일 올림픽조직위원회' 위원장인 테오도르 레발트Theodor Lewald 박사와 제국 내무장관 빌헬름 프릭Wilhelm Frick도 이들과 함께 있었다. 이들이 차에서 내린 장소는 약간 경사진 곳이었는데, 베를린 도심보다 무려 30미터나 높았다. 서쪽으로는 오래된 그뤼네발트 숲이 자리 잡고 있었는데, 16세기에는 독일의 군주들이 그곳에서 사슴과 멧돼지를 사냥했고, 이 당시에는 베를린 시민들이 계급을 막론하고 도보여행이나 소풍, 버섯 채취를 했다. 동쪽으로는 상쾌한 가을 공기 속에서 붉은색과 황금색으로 변한 나무들의 바다 너머로 베를린 중심부에 솟아난 오래된 교회 첨탑들과 뾰족한 지붕들이 보였다.

이들은 1916년에 (결국 불운하게 끝난) 올림픽 경기를 위해 건설되었던 예전의 '독일 경기장'을 살펴보러 온 것이었다. 베르너 마르히의 아버지인 오토Otto는 (당시까지만 해도 세계에서 가장 큰 경기장인) 이 구조물을 설계하고 건축을 감독한 바 있었는데, 올림픽 경기는 결국 세계대전 때문에 취소되고 말았으며, 그 전쟁도 독일에게는 크나큰 굴욕을 안겨주었다. 이제는 그 아들의 지휘 아래 이 경기장을 쇄신함으로써 독일이 개최할 1936년의 올림픽을 준비해야 했다.

히틀러는 애초에 올림픽을 개최할 의도가 전혀 없었다. 이와 관련된 발상이라면 하나부터 열까지 그에게는 거슬리는 것뿐이었다. 1년 전만 해도 그는 이 경기를 가리켜 "유대인과 프리메이슨"의 발명품이라고 비난한 바 있었다. 올림픽의 이상(즉 전 세계, 모든 인종의 선수들이 한데 모여서 똑같은 조건 아래서 경쟁한다는 이상) 한가운데에는 국가사회주의당의 핵심 믿음에 정반대되는 내용이 들어 있었다. 그 믿음이란 바로 아리아인이 다른 모든 민족보다 월등히 뛰어나다는 것이었다. 게다가 히틀러는 유대인과 흑인을 비롯해 세계 각지의 부랑자 인종들이 독일에 와서 돌아다닌다는 생각 자체에 혐오감을 품고 있었다. 하지만 1월에 정권을 장악하고 나서 8개월째가 되자, 히틀러는 마음을 바꾸기 시작했다.

이런 변화를 만들어낸 장본인은 바로 대중 계몽 선전 장관이던 요제프 괴벨스 Joseph Goebbels 박사였다. 괴벨스는 (특히나 악의적인 반유대주의자로, 히틀러의 정치적 성장과정에 상당히 기여한 인물이었는데) 그 당시에 독일 내의 자유언론 가운데 아직 남아 있는 것들을 체계적으로 해체하고 있었다. 150센티미터가 간신히 넘는 키에, 기형이고 (일명 '내반족'이라고 하는) 짧은 오른쪽 다리에, 작은 몸에 비해 너무 커 보이는 기묘한 모양의 머리를 지닌 괴벨스는 비록 배후 인물의 역할을 추구하지는 않았지만, 히틀러의 이너 서클 중에서도 가장 중요하고 영향력 있는 일원 가운데 하나였다. 그는 똑똑하고, 논리정연하고, 놀라우리만치 교활했다. 사교계에서 그를 만난 사람들 가운데 상당수는 [그중에는 독일 주재 미국 대사 윌리엄 도드(1933~1937년 재직 – 옮긴이)와 그의 아내 매티, 그리고 딸 마사도 있었다.] 그가 "재미있는" "마음을 사로잡는" "독일인치고 유머감각을 지닌 보기 드문 사람"이라는 사실을 발견했다. 그는 작은 체구에도 불구하고 놀라우리만치 설득력 있는 어조를 가졌는데, 군중 앞에서 말할 때나 라디오를 통해서 말할 때나, 이 도구를 마치 칼처럼 휘둘러댔다.

바로 그 주에 그는 베를린의 언론인 300명을 소집해서, 나치의 새로운 '국가언론법'의 조항들을 통보했다. 첫째이자 가장 중요한 내용은, 독일 내에서 언론 활동을 하기 위해서는 앞으로 자기가 만든 언론 조직인 '독일언론연합'의 정식 회원이 되어야 하며, 최소한 조부모 중 한 명이 유대인이라든지, 또는 그런 사람과 결혼한 사람은 결코 회원 자격을 얻지 못한다는 것이었다. 사설의 경우, 당의 허가를 받지 못한 내용은 누구도 간행할 수 없었다. 특히 "국내에서나 국외에서나 제국의 힘을, 게르만 민족의 공동체 의지를, 자국 군대의 사기를, 자국의 문화와 경제를 약화시킬 것으로 추정되는" 내용은 결코 간행할 수 없었다. 이런 통보에 상당한 충격을 받은 언론인들을 향해, 괴벨스는 이 가운데 어느 것도 문제는 없으리라고 차분하게 장담했다. "여러분이 쓰는 내용의 방향을 국가의 이익에 맞추는 것뿐인데, 여러분이 왜 어려움을 겪게 된다는 것인지 모르겠소. 때때로 정부가 (개별적인 수단에서) 실수하는 일은 가능하지만, 정부보다 더 우월한 뭔가가 그 자리를 차지하리라고 가정하는 것은 터무니없는 일이오. 따라서 사설에 나타난 회의주의가 무슨 소용이 있겠소? 그건 오로지 사람들을 불편하게 만들 뿐이오." 하지만 이 문제를 확실히 매듭짓기 위해서, 바로 그 주에 새로운 나치 정부는 "반역 가능성이 있는 기사"를 간행하는 사람에게는 최대 사형까지 언도하는 별도의 수단을 법제화했다.

하지만 괴벨스는 독일의 언론을 통제하는 것보다 더한 일에 초점을 맞추고 있었다. 그는 베를린에서 발산되는 더 커다란 메시지를 만들어 낼 새로우면서도 더 나은 기회를 항상 엿보았기 때문에, 올림픽을 개최하는 것이야말로 나치에게는 문명화되고 현대적인 국가로서의 독일, 친근하면서도 강력한 국가인 독일을 전 세계에 알릴, 그리고 전 세계가 독일을 충분히 인정하고 존경하도록 만들 수 있는 유일무이한 기회가 된다는 사실을 단박에 깨달았다. 히틀러 역시 괴벨스의 설명을 듣는 한편, 앞으로 며칠, 몇 달, 몇 년 후에 자기가 독일을 위해 계획한 일을 잘 알고 있었기에, 갈색 셔츠 차림의 돌격대(SA)와 검은색 셔츠 차림의 보안 경찰이 지금까지 보여주었던 모습 말고 좀 더 매력적인 모습을 세계에 보여주는 것의 가치를 느리게나마 깨달았다. 최소한 올림픽이라는 막간은 그가 시간을 버는 데에 도움을 줄 것이었다. 즉 그가 머지않아 닥칠 어마어마한 투쟁을 위해서 독일의 군사 및 산업 역량을 재건하는 사이에, 자신의 평화적인(실제와는 다른) 의도를 전 세계에 확신시킬 시간 말이다.

그날 오후 히틀러는 올림픽 주경기장 부지에 모자도 벗은 채 서서, 예전 경기장에 덧붙여진 경마용 경주로 때문에 대규모 확장이 불가하다는 베르너 마르히의 설명을 아무 말 없이 들었다. 경주로를 지켜보던 히틀러는 마르히를 깜짝 놀라게 할 한마디를 내뱉었다. 저 경주로는 반드시 "없어져야" 한다는 것이었다. 어마어마하게 큰 경기장을 지어야 하며, 최소한 10만 명은 수용할 수 있어야 한다고 했다. 뿐만 아니라, 다양한 종류의 경기장으로 이루어진 대규모 복합시설도 주위에 갖추어서, 단일화된 '제국 종합운동장'을 만들라는 것이었다. "이것은 국가의 과제가 될 거요." 히틀러가 말했다. 이것이야말로 독일의 천재성과 문화적 우월성과 독일의 성장하는 힘에 관한 증언이 될 것이었다. 1936년에 베를린을 굽어보는 이 높은 대지에 전 세계가 모이면, 그들은 단지 독일의 미래만이 아니라 서양 문명의 미래를 보게 될 것이었다.

그로부터 5일 뒤, 베르너 마르히는 밤늦게까지 설계대 앞에 앉아 있었다. 히틀러 앞에 시안을 제출해야 하는 마감일이 이날 아침으로 다가왔기 때문이었다.

거의 비슷한 시간에 시애틀에서는 톰 볼스와 다른 부코치들이 신입생들을 돌려보내고 있었다. 낮이 짧아지고 있었기 때문에, 오후 5시 30분이 되자 경주정 보관고 서쪽에 있는 몬틀레이크 다리 너머로 해가 지고 말았다. 학생들은 몇 명씩 무리를 지어 캠퍼스가 자리 잡은 언덕을 향해 걸어 올라갔고, 고개를 설레설레 저으면서, 팀에 들어갈 수 있는 자기들의 기회에 관해 조용히 이야기를 나누었다.

앨 울브릭슨은 부양선착장 위에 서서, 호숫가에 물이 찰싹찰싹 부딪히는 소리를 들으며 학생들이 돌아가는 모습을 지켜보았다. 그의 확고한 시선 뒤에서는 머릿속의 톱니바퀴가 평소보다 더 빠른 속도로 돌아가고 있었다. 그는 재앙이나 다름없던 1932년의 시즌을 아직도 머릿속에서 지우지 못하고 있었다. 당시 캘리포니아와 워싱턴 간에 벌어지는 연중 대결을 구경하기 위해 1만 명 이상의 관중이 호숫가에 늘어서 있었다. 본편이라 할 수 있는 대학대표팀 경주가 시작되기 직전에 강한 바람이 불었고, 호수에는 흰 파도가 거품을 일으켰다. 경주가 시작되자마자 워싱턴의 보트는 물살을 가르기 시작했다. 하지만 중간 지점 표시에 이르렀을 때, 활주 좌석에 앉아 움직이던 노잡이들의 앞뒤 몇 센티미터 사이에서 철벅거리며 물이 튀고 있었다. 캘리포니아의 보트보다 무려 열여덟 정신艇身이나 뒤처져서 워싱턴의 보트가 결승선을 통과했을 때, 유일하게 중요한 문제는 과연 이 배가 결승선을 통과하기 전에 가라앉느냐 마느냐 하는 것이었다. 배는 아직 어느 정도 물 위에 떠 있었지만, 그 결과는 워싱턴 역사상 최악의 패배로 나타났다.

그해 6월에 울브릭슨의 대학대표팀은 뉴욕 주 포킵시Poughkeepsie에서 열린 '전국대학조정협회' 주최 연례 대회에서 체면을 살리고자 시도했지만 또다시 캘리포니아에 참패했으며, 이번에는 양쪽의 차이가 다섯 정신이었다. 늦여름에 워싱턴 대학대표팀은 매사추세츠 주 퀸시가몬드 호수에서 열린 올림픽 대표 선발전에 출전하여 다시 한 번 체면을 살리고자 시도했다. 이번에도 그들은 예선전에서 탈락하고 말았다. 설상가상으로 울브릭슨은 8월에 로스앤젤레스에서 캘리포니아의 수석코치인 카이 이브라이트Ky Ebright가 이 분야에서 가장 선망받는 상인 올림픽 금메달을 따는 것을 지켜보았다.

울브릭슨의 선수들은 재빨리 재조직되었다. 1933년 4월, 새롭게 재구성된 대학대표팀은 곧바로 복수에 나서, 올림픽 메달리스트인 캘리포니아 베어스Cal Bears를 그들의 본거지인 오클랜드 에스추어리에서 이겼다. 그로부터 일주일 뒤, 이들은 또다시 이겼다. 캘리포니아 주 롱비치에서 열린 2,000미터 경주에서 캘리포니아와 UCLA를 물리친 것이다. 1933년의 포킵시 조정대회는 대공황의 여파로 취소되었지만, 워싱턴은 그해 여름에 롱비치로 다시 가서 동부 최강의 선수들인 예일, 코넬, 하버드의 대표팀과 맞서 싸웠다. 워싱턴은 2위인 예일을 무려 2.5미터 차이로 누르고 사실상의 전국 챔피언이 되었다. 울브릭슨이 〈에스콰이어Esquire〉와의 인터뷰에서 한 말에 따르면, 이때의 대학대표팀이야말로 이제껏 그가 지휘한 선수들 중에서 최고였다. 기자의 말마따나 이 팀은 "대단한 속력"을 갖고 있었다. 최근의 기록을 고려해보면, 그리고 그날 저녁에 경주정 보관고에서 멀어져가는 신입생들 가운데 몇 명의 전도유망한 모습을 고려하면, 울브릭슨은 이번 시즌을 낙관적으로 생각할 이유가 충분히 있었다.

하지만 짜증스러운 사실이 하나 남아 있었다. 이제껏 그 어떤 워싱턴 코치도 올림픽에 가까이 다가가본 적이 없었던 것이다. 최근 워싱턴과 캘리포니아의 조정부 사이에 나타난 악감정을 고려해보면, 캘리포니아가 획득한 두 개의 금메달이야말로 차마 인정하고 싶지 않은 현실이었다. 울브릭슨은 벌써부터 1936년을 기대하고 있었다. 그는 자기가 말할 수 있는 것 이상으로, 아니 자기가 말하게 될 것 이상으로 시애틀에 금메달을 안겨주고 싶어 했다.

이를 위해서는, 우선 앞에 놓인 여러 개의 장애물을 치워야 한다는 것을 울브릭슨은 잘 알고 있었다. 작년의 저조한 성적에도 불구하고 캘리포니아의 수석코치 카이 이브라이트는 여전히 비범할 정도로 교활한 상대로 남아 있었으며, 이 종목에서 가장 "머리를 잘 쓰는 인물"로 널리 간주되고 있었다. 그는 큰 경기에서 이기는 특별한 요령을 갖고 있었는데, 그것이야말로 정말 중요했다. 울브릭슨은 새로운 선수를 찾아야 했고, 그래야만 이브라이트가 거느린 최고의 선수들을 물리칠 수 있었으며, 올림픽이 열리는 해에는 반드시 그래야만 했다. 그런 다음에 그는 1936년에 포킵시에서 개최될 전국대학조정협회 대회에서 동부의 엘리트 학교들을 (특히 코넬, 시러큐스, 펜실베이니아, 컬럼비아 등을) 물리칠 방법을 찾아내야 할 것이었다. 그러고 나서 그는 올림픽 대표 선발전에서 예일, 하버드, 프린스턴 등을 (즉 포킵시 대회에는 굳이 출전할 필요조차 느끼지 않는 학교들을) 상대하게 될 것이었다. 예일 대학은 1924년에 금메달을 차지한 바 있었다. 동부의 사설 조정클럽들, 특히 펜실베이니아 체육회와 뉴욕 체육회는 1936년의 대표 선발전에 나올 가능성이 있었다. 마지막으로, 설령 그가 베를린에 입성한다 하더라도, 거기서는 전 세계에서 온 최고의 노잡이들을 상대해야 할 것이었다. 특히 옥스퍼드와 케임브리지에서 온 영국 대표팀이라든지, 새로운 나치 정권 아래서 비범할 정도로 강하게 훈련된 독일 대표팀, 1932년에 금메달을 아깝게 놓친 이탈리아 대표팀 등이 있었다.

이 모든 일의 시작은 반드시 이 선착장에서, 그리고 저물어가는 햇빛 속에서 멀어져가는 저 학생들과 함께해야 한다는 사실을 울브릭슨은 잘 알고 있었다. 저 녀석들 (저 파릇파릇하고 아직 검증되지 않은 학생들) 가운데 어딘가에는, 그의 선발을 거쳐서 이 모두를 헤쳐나갈 능력을 갖춘 재목이 상당히 있을 것이었다. 문제는 노 젓는 힘을 위한 잠재력, 거의 초인적인 체력, 불굴의 의지력, 그리고 기술의 세부사항을 숙달하는 데에 필요한 지적 능력을 지닌 극소수가 이들 가운데 누구인지를 찾아내는 것이었다. 이런 자질들만 해도 쉽게 찾아보기 힘든 수준인데, 여기다가 또 한 가지 가장 중요한 자질을 덧붙여야 했다. 그건 바로 자기 자신의 야심을 무시할 수 있는 능력, 자아를 보트 난간 너머로 내던질 수 있는 능력, 그렇게 내던진 자아를 배가 지나간 자리에 그대로 가라앉게 내버려둘 수 있는 능력, 다시 말해 단순히 영광을 위해서가 아니라 한 배에 탄 동료들을 위해서 노를 저을 수 있는 능력이었다.

1917년경 해리, 조, 프레드, 넬리

제2장

이 숲의 거인들은 정말 장관이 아닐 수 없다. 그중 일부는 1,000년 동안이나 자랐으며, 각각의 나무는 한 세기에 걸친 생존 투쟁에 관한 이야기를 저마다 가지고 있다. 나이테를 보면 나무가 어떤 계절을 지나왔는지 알 수 있다. 가뭄이 든 해에는 죽을 뻔도 했고, 성장도 거의 눈에 띄지 않았다. 반면 어떤 해에는 성장이 훨씬 빨랐다.

—조지 요먼 포코크

      1933년의 그날 오후, 조 랜츠가 잔디밭을 지나서 경주정 보관고로 가던 길은, 그가 젊은 시절 가운데 상당한 기간 동안 지나가야 했던 더 길고, 더 힘들고, 때로는 더 어두웠던 길에서 이제 마지막으로 남은 수백 미터에 불과했다.

    그의 출발은 충분히 경사스러워 보였다. 그는 해리 랜츠Harry Rantz와 넬리 맥스웰Nellie Maxwell 부부의 둘째아들이었다. 해리는 덩치가 큰 남자로, 키가 180센티미터가 넘었고, 손과 발이 큼지막했으며, 골격 자체가 육중했다. 그의 얼굴은 훤하면서도 평범했으며, 딱히 두드러진 용모는 아니었어도 친근하고 수수한 느낌을 주었다. 여자들은 그가 매력적이라고 생각했다. 해리는 단순하면서도 정직한 표정을 지으며 상대방의 눈을 똑바로 바라보곤 했다. 하지만 얼굴의 평온함은 유별나리만치 활동적인 정신을 감추고 있었다. 그는 창의적인 수리공 겸 발명가였으며, 각종 기계장치의 애호가였고, 온갖 종류의 기계와 신제품의 설계자였고, 큰 꿈을 꾸는 몽상가였다. 그는 복잡한 문제를 해결하기 위해 애썼으며, 남들 같으면 100만 년이 걸려도 생각해내지 못할 만한 종류의 새로운 해결책을 고안해내는 것에 자부심을 품었다.

해리의 시대는 대담한 꿈과 황당한 몽상가들을 잔뜩 낳은 시대였다. 1903년에 그와 별반 다르지 않았던 수리공 두 명이 (그들의 이름은 윌버Wilbur와 오빌 라이트Orville Wright였으며 형제 사이였다.) 노스캐롤라이나 주 키티 호크에서 자기들의 발명품에 올라탔고, 모래밭에서 3미터 떠올라 12초 동안 하늘을 날았다. 같은 해에 캘리포니아에 살던 조지 애덤스 와이먼George Adams Wyman은 샌프란시스코에서 오토바이를 타고 출발하여 뉴욕 시에 도착했다. 그는 모터 달린 차량을 타고 대륙을 횡단한 최초의 인물이 되었으며, 그것도 단 50일 만에 성공했다. 그로부터 20일 뒤에, 호레이쇼 넬슨 잭슨Horatio Nelson Jackson과 그의 애완견 불도그 버드는 낡고 진흙투성이인 윈턴 승용차를 타고 샌프란시스코에서 출발, 결국 앞서와 똑같은 위업을 자동차로 달성한 최초의 인물이 되었다. 밀워키에서는 21세의 빌 할리Bill Harley와 20세의 아서 데이비드슨Arthur Davidson이 개조한 자전거에다가 직접 고안한 엔진을 장착하고, 자기네 작업장에다가 할리-데이비드슨이라는 간판을 내건 뒤, 정식으로 오토바이 판매 사업을 시작했다. 같은 해 7월 23일에는 헨리 포드Henry Ford가 고객인 언스트 페닝Ernst Pfenning 박사에게 반짝거리는 붉은색 A모델 자동차를 판매했는데, 이것이야말로 이때부터 1년 반 사이에 그가 판매하게 될 1,750대 가운데 첫 번째였다.

이런 기술적 승리의 시대에, 충분한 천재성과 적극성을 지닌 사람이라면 거의 무엇이든 달성할 수 있다고 해리는 확신했으며, 따라서 새로운 골드러시의 시대에 혼자만 뒤처지고 싶지 않았다. 그해 말이 되기도 전에 그는 자기 나름의 자동차를 처음부터 설계하고 제작했으며, 이웃들의 놀라움과 염려에도 불구하고 운전대 대신 손잡이로 조종하는 이 자동차를 자랑스럽게 운전해서 거리를 오갔다.

그는 1899년에 전화상으로 결혼식을 치렀는데, 이 당시만 해도 흥미진진하고 새로웠던 이 발명품을 이용하여 두 도시 사이에서 맹세를 교환한다는 신선함과 놀라움을 느끼기 위해서였다. 넬리 맥스웰은 피아노 교사로, 사도교회 교파에 소속된 근엄한 목사의 딸이었다. 이들 부부의 큰아들 프레드Fred는 1899년 말에 태어났다. 세상에 이름을 떨칠 수 있을 만한 곳을 찾아보던 해리는 1906년에 급기야 가족을 데리고 펜실베이니아 주 윌리엄스포트Williamsport를 떠나 서쪽으로 향했고, 결국 워싱턴 주 스포켄Spokane에 정착했다.

여러 면에서 스포켄은 그 당시만 해도 19세기에 있었던 무법천지의 벌목업 도시와 별다르지 않았다. 차갑고도 맑은 스포켄 강이 여러 군데의 낮은 폭포를 따라 떨어지며 하얀 거품을 일으키는 곳에 자리한 이 도시의 주위에는 굳은소나무 숲과 탁 트인 교외가 있었다. 여름은 무척 더웠으며, 공기는 건조하고 굳은소나무 껍질에서 풍기는 바닐라 향기가 감돌았다. 가을에는 완만하게 경사진 밀 경작지에서 서쪽으로 갈색의 먼지구름이 때때로 불어왔다. 겨울은 지독하게 추웠으며, 봄은 인색하고도 느리게 찾아왔다. 1년 내내 토요일 밤만 되면 카우보이들과 벌목꾼들이 시내의 술집과 환락가에 모여들어 위스키를 마시고, 비틀거리고 소리치며 도시의 거리를 돌아다녔다.

하지만 19세기 말에 노던 퍼시픽 철도Northern Pacific Railway가 개통되고, 수만 명의 미국인이 난생처음 북서부를 방문하게 되면서, 스포켄의 인구는 급격히 늘어나 1만 명이 넘었고, 원래의 벌목업 도시 옆에는 새롭고도 품위 있는 공동체가 자라나기 시작했다. 번창하는 상업 중심지는 강의 남쪽에서부터 시작되었으며, 이곳에는 위풍당당한 벽돌건물 호텔이며, 육중한 석회석 건물 은행이며, 훌륭한 상점, 평판 좋은 상업시설이 다양하게 자리했다. 강의 북쪽에는 작은 목조주택으로 이루어진 말끔한 마을이 깔끔한 잔디밭 구획 위에 올라앉아 있었다. 해리와 넬리와 프레드 랜츠는 바로 이런 주택 가운데 한 곳인 이스트 노라 애버뉴 1023번지로 이사했으며, 이곳에서 1914년 3월에 조가 태어났다.

해리는 곧바로 자동차 제작 및 수리 전문점을 개업했다. 털털거리며 들어오는 자동차건, 아니면 노새에 끌려 들어오는 자동차건 간에, 그는 자기 가게 문으로 들어오는 거의 모든 종류의 자동차를 고칠 수 있었다. 하지만 그는 새로운 자동차를 만드는 일을 전문으로 했으며, 때로는 인기 좋은 1기통 매킨타이어 임프 소형차를 조립하기도 했고, 때로는 자기가 고안한 완전히 새로운 차량을 만들어내기도 했다. 머지않아 그는 동업자인 찰스 핼스테드Charles Halstead와 함께 더 견고한 (당시에 최신형이었던 프랭클린 같은) 자동차들의 지역 영업 대리점을 차리게 되었으며, 도시가 급격히 성장하면서 이들은 자동차 수리점과 판매점 양쪽 모두에서 넘칠 정도의 일거리를 갖게 되었다.

해리는 매일 아침 4시 반에 일어나 가게로 나갔으며, 저녁 7시가 넘었는데도 집에 들어오지 않는 경우가 종종 있었다. 넬리는 평일에는 조를 돌보면서 이웃 아이들에게 피아노를 가르쳤다. 그녀는 아들들을 끔찍이 아꼈는데, 하나부터 열까지 세심하게 돌보았고, 아이들이 죄와 어리석음에서 벗어나도록 만드는 것을 사명으로 삼았다. 프레드는 학교에 다니면서, 토요일이면 가게 일을 도왔다. 일요일 아침이면 온 가족이 센트럴 크리스천 교회에 갔으며, 넬리는 이곳에서 수석 반주자로 일했고, 해리는 성가대에서 노래했다. 일요일 오후면 이들은 휴식을 취했는데, 때로는 시내까지 걸어가서 아이스크림을 먹거나, 도시 서부에 있는 메디컬 호수Medical Lake로 차를 몰고 소풍을 나가거나, 시원하고 그늘진 은신처인 내터토리엄 공원Natatorium Park에 가서 강을 따라 자라난 사시나무 사이를 산책했다. 그곳에서 이들은 세미프로 야구경기처럼 느긋하고 친숙한 오락이나, 번쩍이는 신형 회전목마에 올라타는 무사태평한 놀이나, 야외음악당에서 열리는 존 필립 수자John Philip Sousa의 음악회처럼 감동적인 시간을 즐겼다. 어느 면으로 보나 무척 만족스러운 삶이었다. 이 정도면 해리가 서부로 올 때에 품었던 꿈 가운데 일부는 성취한 셈이었다.

하지만 조가 기억하는 어린 시절이 줄곧 그러했던 것은 아니었다. 오히려 드문드문 끊어진 이미지들로 이루어진 만화경과도 같은 그의 기억은 1918년 봄부터 시작된다. 그가 네 살이 되기 직전인 그즈음의 어느 날, 풀이 웃자란 들판에서 그의 곁에 있던 어머니가 손수건으로 입을 막고 심하게 기침을 했는데 손수건에 새빨간 피가 묻어 있었던 것이다. 의사가 검은색 가죽가방을 들고 찾아온 것이며, 집 안에 떠돌던 장뇌樟腦 냄새를 그는 기억했다. 어머니가 예배당 앞에 놓인 상자 안에 누워서 일어나지 않는 동안, 자기는 단단한 교회 의자에 앉아서 다리를 흔들던 것도 기억했다. 봄바람이 창문을 덜덜 흔드는 동안 노라 애버뉴의 위층 방 침대에 누워 있노라니, 침대에 걸터앉은 형 프레드가 죽음이며 천사며 대학에 관해 이야기하고 나서, 자기가 동생과 함께 펜실베이니아로 갈 수 없는 이유를 설명하던 것도 기억했다. 여러 낮과 밤 동안 기차 안에서 혼자 조용히 앉아 있던 것이며, 푸른 산과 초록 진흙 들판과 쇠녹투성이 조차장과 굴뚝으로 가득한 시커먼 도시가 모조리 그의 좌석 바로 옆 창문을 스치며 지나가던 것도 기억했다. 빳빳하고 파란 제복을 걸친 덩치 큰 대머리 흑인이 기차에서 자기를 돌봐주고, 샌드위치를 가져다주고, 밤이면 침대에서 이불을 덮어주던 것도 기억했다. 알마Alma 이모라는 여자를 만난 것도 기억했다. 그 직후에 그는 얼굴과 가슴에 뾰루지가 나더니 목이 붓고 열이 나서, 급기야 또 다른 검은색 가죽가방을 든 의사가 찾아오고야 말았다. 며칠이 몇 주로 늘어나는 사이에, 그는 낯선 다락방에 놓인 침대에 누워만 있었는데, 그곳의 창문은 항상 차양이 내려져 있었다. 빛도 없고, 움직임도 없고, 멀리서 들려오는 기차의 외로운 신음소리를 제외하면 아무 소리도 없었다. 엄마도 없고, 아빠도 없고, 형도 없었다. 오로지 가끔 한 번씩 들리는 기차 소리만 있었으며, 그 이상한 방은 그의 주위에서 빙빙 돌았다. 아울러 또 다른 뭔가가 시작되었다. 새로운 무게, 어렴풋이나마 떠오르는 이해, 의심과 두려움의 부담이 그의 작은 어깨와 그의 영구적으로 울혈성이 된 가슴을 짓눌렀다.

그가 잘 알지도 못하는 여자의 집 다락방에서 성홍열을 앓으며 누워 있는 동안, 예전 세계의 나머지 부분은 스포켄에서 허물어지고 있었다. 어머니는 후두암의 희생자가 되어 아무도 돌보지 않는 무덤에 누워 있었다. 형은 대학을 마치기 위해 집을 떠났다. 아버지는 꿈이 산산조각 난데다가, 아내의 마지막 순간을 지켜본 충격을 감당하지 못하고 캐나다의 자연으로 도망쳐버렸다. 그러면서 그가 남긴 말이라고는, 사람의 몸에는 상상했던 것보다 훨씬 많은 피가 들어 있다는, 그리고 자기는 그 많은 피를 결코 기억 속에서 지울 수 없으리라는 것뿐이었다.

그로부터 1년이 조금 지난 1919년 여름, 이제 다섯 살이 된 조는 태어나서 두 번째로 기차를 타고 있었다. 이번에는 프레드의 연락을 받고 서부로 돌아가는 것이었다. 조가 펜실베이니아로 떠난 후, 프레드는 대학을 졸업했고, 이제 겨우 21세인데도 불구하고 아이다호 주 네즈퍼스Nezperce에서 교육감이 되었다. 또한 프레드는 워싱턴 주 동부의 어느 부유한 밀 재배 농가의 딸 쌍둥이 가운데 하나인 셀마 라폴레트Thelma LaFollette와 결혼했다. 이제 그는 (어머니가 죽고 슬픔에 잠긴 아버지가 북부로 도망치기 전에 자기가 알던) 안전하고 안정적인 가정과 유사한 뭔가를 동생에게 제공하려고 작정하고 있었다. 하지만 네즈퍼스에서 짐꾼의 도움을 받아 기차에서 내린 뒤 승강장까지 안내된 조는 프레드를 거의 기억하지 못했으며, 셀마를 누구로 생각해야 할지도 몰랐다. 그는 그녀가 어머니라고 생각한 나머지 형수에게 달려가 양팔로 다리를 끌어안았다.

그해 가을에 해리 랜츠가 불쑥 캐나다에서 돌아왔고, 스포캔에 땅을 사서는 새로운 집을 짓기 시작하더니, 이미 박살난 삶의 조각들을 도로 주워 모으려 시도했다. 큰아들과 마찬가지로 그 역시 새로운 집을 어엿한 가정으로 만들려면 아내가 필요했기에, 큰아들과 마찬가지로 라폴레트 집안의 쌍둥이 딸 가운데 다른 한쪽에서 자기가 원하던 아내감을 찾아냈다. 셸마의 자매인 술라Thula는 22세였으며, 사랑스럽고 날씬하고 요정 같은 얼굴에다가, 변덕스러운 검은 고수머리와 매력적인 미소를 지닌 처녀였다. 해리는 그녀보다 17세나 연상이었지만, 양쪽 당사자는 이에 전혀 아랑곳하지 않았다. 해리가 그녀에게 반한 이유는 누가 봐도 분명했다. 반면 술라가 그에게 반한 이유는 어딘가 좀 모호했고, 그녀의 가족에게는 그 이유야말로 완전히 수수께끼가 아닐 수 없었다.

어쩌면 랜츠 집안의 아버지는 그녀의 눈에 낭만적인 인물로 보였을 수도 있다. 이때까지 그녀는 방대한 밀밭에 에워싸인 외딴 농가에서 자라났으며, 매년 가을마다 바람에 바싹 마른 밀짚이 바스락거리는 소리를 제외하면 그녀를 즐겁게 할 만한 요소는 거의 없다시피 했다. 그런데 해리는 키가 크고 인물이 좋았으며, 눈이 반짝거렸고, 비교적 말이 많고, 한시도 가만히 있지 못하고 정력이 넘쳤으며, 기계 방면으로는 어마어마하게 창의적이었고, 무엇보다도 일종의 예언자처럼 보였던 것이다. 사람들을 붙잡고 이야기했다 하면, 그는 사람들이 미래를 보게 만들 수 있었다. 즉 어느 누구도 차마 상상할 수 없었던 것들을 보게 만들었다.

이후로는 일사천리였다. 해리는 스포캔에 집을 완성했다. 그는 술라와 함께 다른 주로 몰래 건너갔고, 1921년 4월에 아이다호 주 쾨르달렌 호수에서 결혼했으며, 이 소식에 그녀의 가족들은 무척이나 화를 냈다. 술라는 이제 쌍둥이인 자기 자매의 시어머니가 된 셈이었다.

조에게는 아버지의 결혼이 곧 새로운 가정과 새로운 적응을 의미했다.

그는 네즈퍼스를 떠나, 자기가 사실상 알지도 못하는 아버지와 전혀 알지 못하는 새어머니의 집에 들어와 살게 되었다.

　한동안은 마치 정상 상태와 유사한 뭔가가 그의 삶에 돌아온 것처럼 보였다. 아버지가 지은 집은 널찍하고 밝았으며, 갓 베어낸 나무 냄새가 향긋했다. 집 뒤에는 커다란 그네도 있어서, 따뜻한 여름밤이면 그와 아버지와 술라 세 사람이 나란히 올라탈 수 있을 정도였다. 그는 학교까지 걸어 다녔고, 가끔은 수업이 끝나고 나서 간식으로 먹을 잘 익은 멜론을 서리하려고 밭 한가운데를 지나오기도 했다. 인근의 공터에서는 정교한 지하 통로를 파면서 기나긴 여름 한낮을 보내기도 했는데, 이것이야말로 스포켄의 덥고 건조한 열기를 벗어나는 시원하고 어두운 지하 피난처였다. 그의 어머니가 살아 있을 때의 옛날 집과 마찬가지로, 이 새로운 집에도 항상 음악이 가득했다. 해리는 넬리가 가장 아끼던 물건인 거실용 그랜드피아노를 여전히 갖고 있었는데, 그가 그 앞에 앉아서 (〈신나지 않은가Ain't We Got Fun〉 〈야카 훌라 히키 둘라Yaaka Hula Hickey Dula〉 〈아주 장미 같은Mighty Lak' a Rose〉, 또는 해리의 애창곡이던 〈그래! 우린 바나나 없어Yes! We Have No Bananas〉 같은) 유행가를 연주하면, 함께 앉은 조도 신나서 따라 불렀다.

　술라는 해리와 조가 즐기는 음악을 저속하다고 생각했으며, 넬리의 피아노가 집 안에 있는 것을 특히나 좋아하지 않아서, 두 사람이 노래를 부를 때면 결코 끼는 법이 없었다. 대신 그녀는 바이올린을 잘 연주했으며, 보통 이상의 솜씨였다. 그녀의 재능을 워낙 아꼈던 친정 식구들은 혹시나 비누와 물 때문에 손이 상할지도 모른다는 걱정에 그녀가 자라는 내내 단 한 번도 설거지를 시킨 적이 없을 정도였다. 본인은 물론이고 부모조차도 그녀가 언젠가는 뉴욕이나 로스앤젤레스, 또는 베를린이나 빈에 진출해서 유명한 오케스트라 단원이 될지도 모른다고 기대하고 있었다. 심지어 그때까지도, 그러니까 조가 학교에 가고 해리가 일터에 가 있을 때면 그녀는 몇 시간씩 바이올린 연습을 했다. 그러면 멋진 클래식 선율이 차양 내린 창문 너머로 높아졌다 낮아졌다 하면서, 먼지 자욱하고 건조한 도시 스포켄의 공기 중에 떠돌아다녔다.

1922년에 해리와 술라는 첫아들 해리 2세를 낳았고, 1923년 4월에는 둘째아들 마이크를 낳았다. 하지만 마이크가 태어났을 무렵, 랜츠 가정에서는 가족의 삶이 또다시 무너지고 있었다. 거대한 몽상가의 시대는 해리의 눈앞에서 이미 역사가 되어 지나가버렸던 것이다. 헨리 포드는 이동식 작업대에서 자동차를 제조하는 방법을 고안했는데, 머지않아 다른 사람들도 그를 뒤따랐다. 대량 생산, 값싼 노동, 거대 자본이야말로 그 시대의 새로운 구호가 되었다. 해리는 이 가운데 값싼 노동 쪽에 서 있었다. 이전의 한 해 동안 그는 평일마다 아이다호 주의 한 금광에서 일했으며, 매주 금요일이면 검은색의 길쭉한 4도어 프랭클린 자동차를 몰고 225킬로미터에 달하는 구불구불한 산길을 지나서 스포켄으로 돌아왔고, 일요일 오후면 다시 아이다호 주로 돌아갔다. 해리는 일자리를 얻게 되어서 기뻤다. 이는 곧 안정적인 수입이 있다는 뜻이었고, 그 일자리에서는 자신의 기계 관련 솜씨를 선보일 수 있었기 때문이다. 하지만 술라에게는 이런 변화가 자기를 도와줄 사람도 없고, 밤마다 이야기할 사람도 없고, 식탁에 함께 앉은 사람이라고는 세 명의 (하나는 갓난쟁이고, 하나는 걸음마쟁이고, 나머지 하나는 이상스러울 정도로 낯을 가리고 눈치를 보는 나이 어린 의붓아들인) 시끄러운 남자아이들뿐인 상태로, 길고도 우울한 일주일 동안 집에 혼자 있어야 한다는 의미일 뿐이었다.

그러다가 마이크가 태어난 지 얼마 안 되던 어느 날, 주말을 맞아 해리가 집에 돌아왔을 때였다. 달도 없는 어두운 한밤중에 집 안 어디선가 연기 냄새와 함께 뭔가 타는 소리에 조는 깜짝 놀라 잠에서 깨어났다. 그는 갓난아기를 안아들었고, 어린 동생 해리 2세의 팔을 붙잡고 침대에서 끌어낸 다음, 두 의붓동생을 데리고 집에서 빠져나왔다. 잠시 후에 아버지와 술라도 불에 그슬린 잠옷 바람으로 허둥지둥 나와 아이들을 찾았다. 가족이 무사하다는 사실을 확인한 해리는 갑자기 연기와 불길이 치솟는 집 안으로 뛰어 들어갔다. 기나긴 몇 분이 지나서야 그는 집 안으로 통하는 차고 입구에 비치는 불빛을 배경으로 다시 모습을 드러냈다. 그는 넬리의 피아노를 밀어서 밖으로 옮기고 있었다. 이것이야말로 그의 첫 번째 결혼에서 유일하게 남은 아내의 물건이었기 때문이다. 땀으로 범벅된 얼굴에 고통을 드러내고, 모든 근육을 동원하여, 그는 커다란 피아노에 몸을 기대고 최대한 힘을 실어 넓은 문간으로 조금씩, 또 조금씩 밀었다. 마침내 피아노가 안전한 곳에 도달하자, 해리 랜츠와 그의 가족은 피아노 주위에 모여 섰고, 자기네 집이 완전히 타서 무너지는 모습을 멍하니 바라보고 있었다.

타오르는 불길 옆에 서서 자기 집 지붕의 나머지 부분마저 무너져 내리는 모습을 지켜보던 술라 랜츠는, 도대체 해리가 무엇 때문에 자칫 목숨까지 내줄 뻔한 위험을 무릅쓰면서까지 저 낡은 피아노를 선택했는지 궁금했을 것이 분명하다. 당시 아홉 살이던 조는 새어머니 옆에 서 있었는데, 5년 전 펜실베이니아의 이모네 집 다락방에서 처음 느꼈던 바로 그 기분을 다시 느꼈다. 그때와 똑같은 냉랭함, 두려움, 불안정을 느낀 것이다. 이제부터는 가정이라는 것도 그가 항상 의지할 만한 것이 아닌 듯 보이기 시작한 것이다.

딱히 갈 곳이 없던 해리 랜츠는 가족을 프랭클린 자동차에 태우고 북동쪽으로, 즉 자기가 지난 한 해 동안 수석 정비사로 근무했던 광산촌으로 향했다. 1910년에 존 M. 슈내털리John M. Schnatterly가 설립한 이 금광은 마치 프라이팬처럼 생긴 아이다호 주의 손잡이 맨 끝에 해당하는 북부 끄트머리에서도 아이다호 주와 몬태나 주의 국경 사이 한가운데, 즉 쿠테네이 강이 캐나다 브리티시컬럼비아 주에서 벗어나 남쪽으로 흐르기 시작하는 곳에 자리하고 있었다. 원래 이 사업체의 명칭은 '아이다호

금-라듐 채굴 회사'였는데, 이는 슈내털리가 이곳에서 수백만 달러의 가치가 있는 라듐 광맥을 발견했다고 주장했기 때문이었다. 하지만 실제로는 라듐이 전혀 생산되지 않자, 정부에서는 라듐 광산을 사칭하지 말라고 경고했고, 그는 이에 '아이다호 금-루비 채굴 회사'라고 이름을 바꾸었는데, 이 광산의 폐기물 중에서 마치 작은 석류석처럼 보이는 루비가 간혹 발견되었기 때문이다. 하지만 1920년대 초가 되자, 이 광산은 금이건 루비건 심지어 석류석이건 간에 여전히 제대로 생산해내지 못하는 상황이었다. 그럼에도 불구하고 슈내털리는 부유한 동부의 투자자들을 줄줄이 데려왔으며, 그가 보유한 호화로운 요트에 이들을 태우고 쿠테네이 강을 거슬러 이 탄광까지 오는 이벤트를 벌인 끝에, 연이어 이들에게서 수백만 달러의 투자금을 받아서 떼어먹곤 했다. 이 과정에서 그는 다수의 사람들로부터 절교를 당했으며, 세 번이나 권총 결투를 했고, 그로 인해 세 번이나 총상을 입었으며, 결국 요트 폭발 사고로 끔찍한 죽음을 맞고 말았다. 그것이 단순한 사고였는지 누군가의 복수였는지는 아무도 알 수 없지만, 어쩐지 후자의 가능성이 더 커 보였다.

이 회사의 30여 명쯤 되는 직원과 그들의 가족은 거의 모두 슈내털리의 광산촌인 불더 시티Boulder City에 살고 있었다. 이곳의 다양하고도 허약한 건물들은 (모두 작고, 똑같이 생겼으며, 대충 만든 오두막에 헛간이 딸린 형태의 주택이 서른다섯 채, 대장간이 하나, 기계 제작소가 하나, 독신 남성을 위한 합숙소가 하나, 교회가 하나, 수력을 이용하는 제재소가 하나, 그리고 소규모의 자체 수력발전소가 하나 있었다.) 불더 개울을 따라 산자락에 자리하고 있었는데, 나무 보도로 서로 연결되어 있었다. 광산촌 바로 위에 있는 평지의 소나무들 사이에는 판자로 벽을 세운 교실 하나짜리 학교도 있었지만, 학생은 거의 없었으며 그나마도 드문드문 비정기적으로 출석했다. 바퀴 자국 선명한 마찻길은 학교에서부터 산자락을 따라 내려가 기나긴 일련의 지그재그 길로 이어지다가, 마침내 곧아지면서 쿠테네이 강 위에 놓인 다리를 지나 몬태나 주로 넘어갔는데, 바로 그곳에 회사에서 운영하는 매점이며 식당이 있었다.

우울한 거주지였지만, 해리의 눈에는 이곳이야말로 수리공의 낙원이었으며, 스포캔을 잊으려 시도할 만한 완벽한 장소였다. 어마어마한 기계 선호 기질 덕분에, 그는 수력으로 작동하는 제재소며, 전기로 작동하는 파석 공장이며, 45톤짜리 매리언 증기삽이며, 광산의 다양한 차량과 기계장치를 수리하고 관리하는 일에 적극적으로 나섰다.

아홉 살이던 조에게 볼더 시티는 놀라우리만치 풍요로운 기쁨을 제공했다. 아버지가 거대한 증기삽을 조작할 때면 조는 행복하게 그 기계 뒤쪽에 올라앉아 있었고, 증기를 뿜어내는 그 거대한 물건이 계속 돌아갈 때마다 마치 회전목마를 타는 기분을 느꼈다. 조가 이 놀이에 지루해하면, 해리는 긴 저녁 시간 동안 회사 매점에서 놀이용 손수레를 만들었다. 다음 날 오후에 조는 이 손수레를 끌고 마찻길을 따라 산꼭대기로 올라가서, 새로 얻은 이 장난감을 아래로 겨냥한 다음, 그 안에 들어앉아 브레이크를 조작했다. 그는 무서운 속도로 길을 따라 달려 내려왔고, U자형으로 커브를 틀면서 강이며 다리 건너에까지 들릴 정도로 고함을 질렀다. 그러고 나서 그는 다시 산꼭대기까지 그 기나긴 경로를 되짚어 걸어 올라갔으며, 너무 어두워서 도로가 보이지 않을 때까지 거듭해서 그러고 놀았다. 집 밖에서 움직이다 보니 바람이 얼굴을 강타할 때마다 그는 마치 살아 있는 듯한 기분이었다. 바람은 어머니의 죽음 이후부터 지속적으로 그의 마음 한쪽을 잠식하고 있던 걱정을 흩날려버렸다.

겨울이 찾아와 산자락에 고운 눈이 잔뜩 쌓이면, 아버지는 용접 장비를 꺼내서 조에게 썰매를 만들어주었고, 조는 그걸 타고 더 무서운 속도로 마찻길까지 달려 내려갔다. 나중에 조는 해리 2세를 데리고 산으로 올라가, 볼더 개울을 따라 나란히 달리는 낡은 버팀다리 꼭대기에 있는 광석 운반차에 태웠다. 운반차를 밀고 나서 자기도 얼른 올라타면, 무서

금-루비 채굴 광산에서 술라, 마이크, 해리 2세, 해리, 조

운 속도로 덜컹거리며 산을 내려가는 사이에, 그의 앞에 앉은 의붓동생
은 신이 나서 소리를 질렀다.

산자락에서 놀거나, 제재소 일을 돕거나, 광산촌 위에 있는 교실 하나
짜리 학교에 가지 않을 때면 조는 숲을 탐험하거나, 아니면 바로 서쪽
카닉수Kaniksu 국유림에 있는 높이 1,920미터 되는 산들에 올랐다. 그는
사슴뿔을 비롯해 숲속의 갖가지 보물을 찾아다녔고, 쿠테네이 강에서
헤엄쳤으며, 가족들이 사는 오두막을 에워싼 말뚝 담장 안의 작은 채소
밭을 돌보았다.

하지만 술라에게는 불더 시티야말로 지구상에서 가장 외로운 장소가
아닐 수 없었다. 여름이면 견딜 수 없을 정도로 덥고 먼지가 자욱했으
며, 봄과 가을이면 습하고 진흙투성이가 되었고, 1년 내내 지저분하기
짝이 없었다. 그중에서도 최악은 바로 겨울이었다. 12월이 되면 지독하
게 추운 공기가 브리티시컬럼비아 주에서 쿠테네이 계곡으로 건너와

그녀가 사는 가뜩이나 허술한 오두막의 벽마다 생긴 균열과 틈새를 비집고 스며들었으며, 아무리 여러 겹의 옷이며 침구를 사용해도 뼛속까지 추위가 파고들었다. 그녀에게는 여전히 악다구니하는 갓난쟁이와, 지루해하고 투덜거리는 걸음마쟁이와, 나이가 들면서 점점 더 다루기 힘들어지는 의붓아들이 있었다. 급기야 그녀는 이 의붓아들을 남편의 첫 결혼에서 (그것도 지나치게 귀중했던 결혼에서) 비롯된 유물이라고, 즉 자기가 원한 적도 없는 유물이라고 생각하게 되었다. 조는 시간을 때우기 위해 계속해서 우쿨렐레를 연주하고, 노래를 부르고, 휘파람을 불었는데, 이때의 노래는 하나같이 이들 부자가 좋아했던 광산의 속요뿐이었다는 사실도 가정의 평화에는 별 도움이 되지 않았다. 설상가상으로 해리가 일을 마치고 돌아오면 그의 몸에 묻은 윤활유와 톱밥이 오두막 안까지 따라 들어왔다. 그러던 어느 날 슐라가 폭발하고 말았다. 어느 추운 산속의 저녁, 해리가 하루 일과를 마치고 윤활유 범벅인 작업복 차림으로 언덕을 터벅거리며 걸어 올라왔을 때, 슐라는 오두막에 들어선 그를 바라보더니 비명을 지르면서 도로 현관문 밖으로 몰아냈다. "그 더러운 놈의 옷은 벗어 던지고, 개울에 내려가서 씻고 들어와요." 그녀가 명령했다. 해리는 맥이 빠져서 통나무에 걸터앉아 신발을 벗고 흰색 면 내복 차림이 되더니, 맨발로 돌투성이 오솔길을 따라 불더 개울로 비틀비틀 내려갔다. 그날 이후로, 기온이며 계절을 막론하고 해리는 퇴근 때마다 꼬박꼬박 개울에서 목욕을 했고, 신발과 작업복을 벗어서 손에 들고 집 안으로 들어왔다.

슐라의 친정 식구들은 성장과정 내내 그녀를 떠받들다시피 했는데, 이는 그녀의 미모라든지 (물론 얼굴만 놓고 보면 쌍둥이인 셸마보다 훨씬 윗길이었다.) 바이올린을 켜는 비범한 재능 때문만이 아니라, 그녀의 세련된 취향과 예민한 성격 때문이기도 했다. 그녀는 워낙 날카롭고 예민해서, 가족들은 하나같이 그녀가 '투시력'을 지녔다고 믿을 정도였으며, 이런 믿음은 타이타닉 호 사건이 발생한 당일인 1912년 4월 15일자 신문을 읽고 나서 더욱 강화되었다. 바로 전날 술라는 잠을 자다 갑자기 깨어나서 비명을 질렀다. 꿈에서 빙산과 커다란 배가 충돌해서 가라앉는데 사람들이 살려달라고 고함을 쳤다는 것이었다.

술라는 교육을 받았으며, 예술적 재능이 있었고, 친정인 밀 재배 농장에서 제공되던 것보다 더 세련된 뭔가를 찾으려는 열의를 품었다. 그런데 그녀는 지금 졸지에 불더 시티에 갇힌 셈이 되었으며, 아는 사람이라고 해야 벌목꾼과 광부의 아내인 못 배우고 가난한 여자들뿐이었다. 시간이 갈수록 그녀는 유명 교향악단의 제1바이올린 주자로서 무대 맨 앞에 앉는 꿈을 달성할 그 어떤 수단으로부터도 최대한 멀어지고 있음을 절실히 깨달았다. 그녀는 심지어 연습을 할 수도 없었다. 겨울이면 너무 추워서 손가락으로 지판을 마음껏 누를 수가 없었다. 여름이면 건조한 아이다호 주의 공기 때문에 손가락이 갈라지고 까지는 바람에 활조차 집어들 수가 없었다. 이 시기에 그녀의 바이올린은 대개 선반에 놓인 상태로 그녀를 지켜보았으며, 그녀가 끝없는 접시 설거지와 기저귀 빨래를 하는 동안에는 마치 조롱하는 듯한 느낌마저 주었다. 이것이야말로 그녀의 자매인 셀마가 했던 일이지, 그녀가 했던 일은 아니었다. 하지만 지금 셀마는 시애틀의 멋진 집에서 살고 있었다. 그녀가 이 모든 일의 불공평함을 생각하면 할수록, 오두막 안에는 더 많은 긴장이 쌓여갔다.

어느 따뜻한 여름날 오후, 그 긴장은 결국 끓어 넘치고 말았다. 술라는 세 번째 아이를 임신하고 있었다. 그날 오후 대부분을 그녀는 엎드려서 오두막의 소나무 바닥을 닦았는데, 그로 인해 등이 욱신욱신 아팠다. 저녁때가 되자 그녀는 뜨거운 장작 풍로 앞에서 매일 저녁마다 하던 노동을, 즉 아궁이에 장작개비를 넣어서 요리에 필요한 불을 피우고 연기는 굴뚝으로 내보내는 일을 시작했다. 마침내 불을 지핀 그녀는 해리와 아이들이 먹을 저녁식사를 준비했다. 빠듯한 생활비며, 회사 매점에서 판매하는 식품 종류의 한계 때문에, 매일 밤마다 버젓한 음식을 식탁에 차려놓기는 쉽지 않았다. 그리고 '자기' 아이들에게 좋은 음식을 먹이는 일은 더욱 쉽지가 않았다. 조는 마치 잡초처럼 자라나고 있었으며, 번번이 술라가 음식을 내놓자마자 재빨리 먹어치웠다. 그래서 그녀는 눈엣가시 같은 의붓자식 때문에 자기 친자식들이 충분히 음식을 먹지 못하는 것은 아닌가 하고 항상 걱정했다.

그녀는 짜증을 부리면서 풍로에 올려놓은 프라이팬들을 이리저리 치우며 자리를 마련했지만, 정작 무슨 요리를 할지는 결정하지 못하고 있었다. 바로 그때 오두막 밖에서 고함 소리가 들리더니 곧이어 길고도 고통스러운 울음소리가 들렸다. 마이크의 목소리였다. 술라는 풍로에 냄비를 얼른 얹어놓고 현관으로 달려갔다.

오후 내내 조는 집 밖에서 땅을 엉금엉금 기다시피 하며 채소밭을 돌보고 있었다. 그에게는 채소밭이 성소나 다름없었는데, 술라가 아니라 바로 자기가 담당하는 곳이었기 때문에, 이곳이야말로 그의 자부심의 원천이었다. 신선한 토마토나 옥수수를 바구니 하나 가득 따서 집 안으로 가져가 그날 저녁 식탁에 그걸 재료로 한 요리가 나오면, 그는 자기가 가족에게 보탬이 되고 있다는 기분이 들었다. 또 한편으로는 자기가 술라를 돕고 있으며, 이로써 자기가 최근 들어 새어머니를 이래저래 짜증나게 만든 일에 보상을 하고 있다고 생각했다. 그날 오후에 그는 채소밭의 이랑을 오가면서 잡초를 뽑았는데, 뒤를 돌아보니 18개월 된 동생 마이크가 따라오고 있었다. 뿐만 아니라 꼬마는 형의 행동을 흉내 내서 아직 절반밖에 자라지 않은 당근을 땅에서 뽑고 있었다. 뒤를 돌아본 조는 깜짝 놀라 버럭 고함을 지르며 야단을 쳤고, 그러자 마이크는 자지러지게 비명을 터뜨렸던 것이다. 잠시 후에 조가 현관을 바라보니, 화가 나서 얼굴이 붉어진 술라가 서 있었다. 그녀는 계단을 내려오더니 마이크를 번쩍 안아들고는 오두막 안으로 들어가 현관문을 쾅 닫아버렸다.

그날 저녁 해리가 돌아오자, 술라는 아예 현관에서 그를 기다리고 있었다. 그녀는 해리에게 조를 데리고 나가 혼내주라고, 즉 자기 눈에 안 보이는 곳에서 따끔하게 매질을 하라고 요구했다. 해리는 조를 위층으로 데려가 앉혀놓고 야단을 쳤다. 그러자 술라는 느슨한 처벌을 했다며 남편의 면전에서 분노를 터뜨렸다. 마치 덫에 갇힌 느낌이 들고 점점 더 절망적인 기분이 되자, 그녀는 마침내 더 이상은 조와 한지붕 아래서 살 수 없다고 선언했다. 만약 이 황폐한 집에 자기를 계속 살게 하고 싶다면 조는 이 집을 떠나야 한다며, 아내와 아들 가운데 한 사람만 선택하라고 남편에게 요구했다. 해리는 아내를 진정시킬 수가 없었고, 두 번째 부인마저도 잃는다는 생각은 차마 견딜 수 없었으며, 그것도 술라처럼 예쁜 아내를 잃어버린다는 생각은 더더욱 할 수가 없었다. 결국 그는 위층으로 올라가 아들에게 집을 떠나라고 통보하고 말았다. 이때 조의 나이 겨우 열 살이었다.

다음 날 아침 일찍 아버지는 아들을 데리고 마찻길을 따라 걸어가서, 언덕 위에 있는 교실 하나짜리 학교로 갔다. 조를 계단 앞에 세워두고, 그는 남자 교사와 이야기를 하러 들어갔다. 조는 아침 햇빛을 받으며 거기 앉아 기다렸고, 막대기로 흙바닥에 원을 그리면서, 가까운 나무 위에 앉아서 마치 그를 꾸짖듯이 울어대는 어치를 바라보며 반성하는 표정을 지었다. 한참이 지나서야 아버지와 교사가 학교에서 나와 악수를 나누었다. 두 사람은 거래를 성사시킨 셈이었다. 조는 학교에서 잠잘 장소를 얻는 대신, 밤낮으로 불을 지피는 학교의 커다란 석제 벽난로에 들어가는 장작을 패야만 했다.

조의 떠돌이 생활은 이렇게 시작되었다. 술라는 더 이상 그에게 음식을 해주지 않기 때문에, 매일 학교 수업이 시작되기 전과 저녁이 되기 직전에, 마찻길을 따라 내려가 산 밑에 있는 회사의 단체 식당에 가서, 주방장인 클리블랜드Cleveland 아줌마의 일을 도와주고서야 아침과 저녁을 얻어먹을 수 있었다. 그의 임무는 별도의 취사장에서 바로 옆의 식당까지 (아침에는 핫케이크와 베이컨, 저녁에는 납작한 고기와 김이 무럭무럭 나는 감자가 들어 있는 접시가 잔뜩 쌓인) 묵직한 음식 쟁반을 나르는 것이었다. 식당 안에서는 광부들과 벌목꾼들이 지저분한 작업복 차림으로 새하얀 포장지가 덮여 있는 긴 식탁에 앉아서, 요란스럽게 떠들어대며 음식을 잔뜩 먹어치웠다. 사람들이 식사를 마치고 나면, 조는 다 먹은 그릇을 챙겨서 취사장으로 가져갔다. 저녁이면 그는 터벅터벅 산을 올라 학교에 와서는 장작을 패고, 숙제를 하고, 가능하다면 잠도 잤다.

그는 혼자 힘으로 먹고 살았지만, 그가 사는 세계는 점점 더 어둡고, 좁고, 외로운 곳이 되어만 갔다. 광산촌에는 그의 친구가 될 만한 또래가 하나도 없었다. 가장 가까운 친구라고 해야 아버지와 동생인 해리 2세뿐이었는데, 이 두 사람이야말로 그가 불더 시티로 이사한 이래로 유일하게 가진 친구였다. 그런데 이제는 그 혼자 학교에 살다 보니, 술라의 늘어가는 심술에 대항하기 위해 세 사람이 일종의 연합체를 구성하던 시절조차 그리워졌다. 한때 이들은 오두막 뒤로 빠져나가 소나무 숲 사이에서 공을 던지며 놀고, 흙 위에서 씨름을 펼치고, 간혹 (그녀가 충분히 멀리 가 있어서 이들의 노랫소리를 들을 수 없는 경우에는) 피아노 앞에 나란히 앉기도 했다. 아버지와 단둘이 보낸 시절이 그에게는 더욱 그립기만 했다. 술라가 바이올린을 연주하는 사이에 부엌 식탁에 앉아서 카드놀이를 하던 것이며, 프랭클린 자동차의 덮개 아래를 여기저기 살펴보며 부품 각각의 목적과 기능에 관한 아버지의 설명과 함께 엔진의 모든 부품을 조이고 맞추던 것이 그러했다. 그가 가장 그리워한 시절은 아버지와 밤마다 오두막 현관에 앉아서 아이다호 주의 검은 하늘에 깜박이는 수많은 별의 소용돌이를 바라보던 때였는데, 이때 두 사람은 아무 말 없이 그저 함께 있으면서, 차가운 공기를 들이마시며, 소원을 빌 만한 별똥별이 나타나기를 기다렸다. "계속해서 지켜봐라." 아버지는 이렇게 말하곤 했다. "한눈팔면 안 돼. 언제 별똥별이 떨어질지는 아무도 모르니까. 네가 별똥별을 못 보았다는 건 충분히 잘 지켜보지 않았다는 것밖에 안 돼." 조는 그 시절이 끔찍하리만치 그리웠다. 한밤중에 학교의 계단에 앉아서 혼자 하늘을 쳐다보았지만 예전과 똑같지는 않았다.

조는 그해 여름에 부쩍 자랐으며, 특히 키가 컸다. 수시로 산을 오르내리다 보니 다리와 허벅지에 단단한 근육이 생겨나기 시작했고, 학교에서 늘 도끼를 휘두르고 취사장에서 쟁반을 나르다 보니 상체에도 단단한 근육이 형성되기 시작했다. 그는 클리블랜드 아줌마의 식탁에서 음식을 잔뜩 먹었다. 하지만 그는 늘 배가 고픈 것만 같았고, 머릿속에서 음식 생각이 떠난 적이 없었다.

어느 가을날, 교사가 조와 나머지 학생을 데리고 숲속에 들어가서 박물학 실습을 했다. 그는 이들을 낡고 썩은 나무 그루터기로 안내했는데, 그곳에 크고 하얀 버섯이 자라나고 있었다. 크림색의 주름지고 구불거리는 살이 둘둘 감긴 덩어리를 이루고 있었다. 교사는 버섯을 떼어내 높이 치켜들더니 이것은 꽃송이버섯, 학명으로는 '스파라시스 라디카타'라고 설명했다. 이것은 먹을 수 있는 버섯일 뿐만 아니라, 삶으면 은근히 맛있다고 교사는 말했다. 숲속의 나무 그루터기에서도 공짜 음식을 찾을 수 있다는 사실이 조에게는 마치 청천벽력처럼 느껴졌다. 그날 밤 그는 학교의 숙소에 누워서 머리 위의 컴컴한 서까래를 바라보며 생각에 잠겼다. 버섯의 발견이란 사건에는 교실의 과학 수업 이상의 뭔가가 있어 보였다. 만약 눈을 계속해서 뜨고 있으면 정말 의외의 장소에서도 뭔가 가치 있는 것을 발견할 수 있을 듯했다. 문제는 뭔가 좋은 것을 발견했을 때 그걸 알아차리는 능력이었다. 첫눈에는 제아무리 기묘하고 무가치해 보이는 것이라도, 제아무리 남들이 무시하고 남겨놓은 채 지나가버린 것이라도 말이다.

조지 포코크, 러스티 캘로, 카이 이브라이트, 앨 울브릭슨

제3장

홀륭한 조정 코치라면 누구나, 머리와 가슴과 신체로부터 궁극적인 것을 달성하는 데에 필요한 자기 수양을 저마다의 방식으로 선수들에게 전수해준다. 대부분의 전직 노잡이들은 아마 여러분에게 이렇게 말할 것이다. 자기는 교실 안에서보다 오히려 경주정 안에서 더 중요한 교훈을 배웠노라고 말이다.

— 조지 요먼 포코크

조정경기는 비범한 아름다움을 선보이는 일이지만 이를 위해서는 지나친 혹사가 불가피하다. 특정 근육에 의존하는 대부분의 스포츠와는 달리, 조정은 신체의 모든 근육을 과중하고도 반복적으로 사용한다. 앨 울브릭슨이 즐겨 말한 것처럼, 조정선수는 "자신의 뒤쪽 근육들과 드잡이하게" 마련인 것도 사실이다. 그리고 조정이 근육에 가하는 요구는 가끔 한 번씩이 아니라 빠른 연쇄로 일어나며, 긴 시간에 걸쳐서 반복적이고 유예 없이 일어난다. 언젠가 워싱턴의 신입생 선수 연습을 지켜보던 〈시애틀 포스트 인텔리전서〉의 기자 로열 브로엄은 이 스포츠의 부단함을 보며 감탄해 마지않았다. "보트 경주에서는 어느 누구도 '타임'을 외치지 않았다." 그의 말이다. "거기에는 잠깐 멈춰 서서 물을 벌컥벌컥 들이마시거나, 시원하고 원기를 북돋아주는 바람을 쏘일 장소 자체가 없었다. 다 끝났다는 이야기가 들려올 때까지, 여러분은 자기 앞에 있는 동료의 붉게 상기되고 땀 흘리는 목덜미를 줄곧 쳐다볼 수밖에 없는 것이다. 단언컨대, 이것이야말로 나약한 사람에게는 전혀 어울리지 않는 경기이다."

여러분이 노를 저으면, 팔과 다리와 등의 주요 근육들이 (특히 대퇴사두근, 삼두근, 이두근, 삼각근, 광배근, 복근, 햄스트링, 둔근 등이) 힘든 일 대부분을 수행하여, 물과 바람의 부단한 저항을 물리치고 보트를 앞으로 나아가게 만든다. 이와 동시에 목이며, 손목이며, 손이며, 심지어 발에 있는 수십 개의 더 작은 근육들이 계속해서 여러분의 노력을 미세 조정하고 신체를 지속적인 평형 상태로 유지함으로써, 폭 60센티미터의 (즉 대략 어른 허리둘레 정도 너비의) 보트가 수평을 유지하기 위해 필수적인 정교한 균형을 맞추도록 한다. 큰 근육, 작은 근육 모두에서 일어나는 노력의 결과, 여러분의 신체는 다른 어떤 인간의 노력에도 차마 비할 수조차 없을 정도의 빠른 속도로 칼로리를 태우고 산소를 소비한다. 실제로 생리학자들의 연구에 따르면 (올림픽 표준인) 2,000미터 조정경기 1회에 들어가는 생리학적 노고는 마치 야구경기를 2회 연속으로 치를 때에 버금간다고 전한다. 게다가 이런 노고는 불과 6분여라는 짧은 시간 사이에 이루어지는 것이다.

상태가 좋은 (남성, 또는 여성) 노잡이가 최고 수준에서 경쟁을 벌이려면, 분당 최대 8리터의 산소를 흡입해서 소비할 수 있어야 한다. 평균 남성의 산소 흡입량은 기껏해야 최대 4~5리터에 불과하다. 쉽게 말해서 올림픽에 출전하는 노잡이는 순종 경주마에 버금갈 정도로 산소를 많이 흡입하고 처리해야만 한다. 이 산소 흡입 비율도 무척이나 비범하지만, 이건 어디까지나 일부분에 불과하다는 사실을 반드시 지적해야겠다. 2,000미터 경주에서 조정선수가 만들어내는 에너지의 75~80퍼센트는 산소를 연료로 삼은 산소성 에너지인데, 항상 강한 전력질주로 시작되어 강한 전력질주로 끝나는 대부분의 경기에서는 실제로 (산소 흡입과는 무관하게) 산소성 에너지를 만들어내는 신체의 역량을 훨씬 뛰어넘는 수준의 에너지 생산이 필요하다. 즉 신체는 반드시 즉각적으로 무산소성 에너지를 만들어낼 수 있어야 한다. 그런데 이런 에너지는 또다시 많은 양의 젖산을 만들어내며, 젖산은 빠르게 근육 조직에 축적된다. 결국 근육은 경주 시작부터 고통의 신음을 내뱉는 것은 물론이고, 결국 맨 끝까지 계속해서 비명을 지르는 경우가 흔하다.

그리고 비명을 지르는 것은 근육만이 아니다. 이 모든 근육이 달라붙어 있는 골격계도 막대한 긴장과 피로를 겪는다. 적절한 훈련과 조절이 없다면 (때로는 훈련과 조절이 있다 하더라도) 경기에 출전하는 조정선수들은 무릎과 엉덩이와 어깨와 팔꿈치와 갈비뼈와 목과 (그리고 다른 어디보다도) 척추에서 다양한 질병을 경험할 가능성이 크다. 이런 부상과 불편은 가벼운 물집인 경우도 있지만 건염腱炎, 활액낭염滑液囊炎, 척추탈위증脊椎脫位症, 회전근 질환, 피로 골절(그중에서도 특히 갈비뼈의 골절) 등에 이르기까지 다양하다.

(문제가 있는 부분이야 폐, 근육, 뼈로 제각각이더라도) 이 모든 상황의 공통분모가 있다면 그건 바로 압도적인 고통이다. 이는 아마도 이 스포츠에서도 최상층에 속하는 조정경기에 관해서 신참 노잡이가 반드시 배워야 하는 최초이자 가장 근본적인 요소일 것이다. 즉 고통은 이 운동의 일부분이라는 것이다. 문제는 여러분이 다치느냐 안 다치느냐, 또는 다칠 경우에 얼마나 많이 다치느냐 하는 것이 아니다. 고통이 엄습했을 때 여러분이 과연 무엇을 하느냐, 그리고 여러분이 얼마나 잘하느냐 하는 것이 문제이다.

1933년 가을, 워싱턴 대학의 신입생 선수 선발에 지원한 조 랜츠와 다른 학생들에게는 이 모든 사실이 머지않아 잠재적으로나마 분명해졌다. 매일 오후 강의가 끝나면 조는 긴 오솔길을 지나서 경주정 보관고로 향했다. 우선 저지셔츠와 반바지로 옷을 갈아입었다. 이어서 몸무게를 쟀는데, 매일 치르는 의식이었다. 체중 측정은 한편으로는 보트에 100그램이 추가될 때마다 그만큼의 힘을 발휘하지 않으면 안 된다는 사실을 선수들에게 상기시키기 위해서, 또 한편으로는 선수들이 과도한 훈련으로 인해 적정 체중 이하로 떨어지는 것을 방지하기 위해서 고안된 것이었다. 조는 칠판에서 자기가 이날 어떤 학생들과 배정되었는지 확인한 다음, 경주정 보관고 앞 목제 경사로에 삼삼오오 모여 있는 학생들 사이에 끼어서, 연습이 시작되기 전에 볼스 코치가 하는 말을 들었다.

그 처음 몇 주 동안, 볼스가 하는 말의 주제는 매우 다양하고도 예측 불허였으며, 한번은 시애틀의 날씨 이야기가 나오고, 또 한번은 지난번 연습 때에 보니 어떤 기술이 미숙하더라는 이야기가 나왔다. 머지않아 조는 코치의 이야기에 두 가지 더 중대하고도 상호 연관성 있는 테마가 나온다는 사실을 깨달았다. 첫 번째는 그들이 가려고 선택한 길이 상상을 초월할 정도로 힘들다는 것이었다. 그들의 신체뿐만 아니라 성격도 앞으로 몇 달 동안 검사할 것이며, 이 가운데에서도 거의 초인적인 신체적 지구력과 정신적 강인함을 지닌 극소수만이 가슴에 W자가 들어간 유니폼을 입을 수 있을 만큼 뛰어나다고 증명될 것이며, 아마 크리스마스 휴가 때쯤이면 이들 중 대부분은 이 일을 포기해버리고 차라리 축구처럼 신체적으로나 지적으로나 덜 벅찬 운동을 선호하게 될 것이라는 내용이었다. 두 번째는 조정이 각자의 삶을 바꾸는 경험이 된다는 것이었다. 코치는 그들보다 커다란 뭔가의 일부가 되는 것에 관한, 자기가 갖고 있었는지도 미처 몰랐던 뭔가를 자기 안에서 찾아내는 것에 관한, 소년에서 어른으로 자라나는 것에 관한 전망을 내놓았다. 때로는 목소리를 낮추고, 어조와 억양을 약간 바꾸어서, 물 위에서 경험하는 거의 신비스러운 순간을 이야기했다. 그것이야말로 자부심의, 의기양양의, 동료 노잡이를 향한 깊은 애정의 순간이었고, 이후로도 줄곧 기억하고 소중히 간직하다가, 나중에 늙어서는 손자손녀에게 신나게 이야기해줄 만한 순간이라고 했다. 그것이야말로 심지어 그들을 하느님한테 더 가까이 데려가는 순간이라고도 했다.

볼스의 이야기를 듣는 동안, 학생들은 뒤에 서서 조용히 자기들을 지켜보며 열심히 귀를 기울이는 한 사람을 발견했다. 나이는 40대 초반쯤에, 키는 경사로에 있는 학생들 대부분과 비슷하게 크고, 뿔테 안경 너머에서는 날카롭고 꿰뚫는 듯한 눈이 빛나고 있었다. 그의 이마는 높고, 약간은 특이한 머리 모양을 하고 있었다. 검고 곱슬거리는 머리카락은 위쪽이 길었지만 귀 위에서 뒤쪽으로 바짝 쳐냈기 때문에 마치 머리에 바가지를 덮어쓴 것 같은 모습이었고 그의 두 귀는 실제보다 커 보였다. 그는 거의 목공용 앞치마를 두르고 있었는데, 거기에는 항상 삼나무 특유의 붉은 톱밥과 대팻밥이 묻어 있었다. 그는 또렷한 영국인 억양, 즉 옥스퍼드나 케임브리지에서나 들을 법한 상류층의 억양으로 말했다. 학생들 가운데 상당수가 알고 있는 사실에 따르면, 그의 이름은 조지 요먼 포코크George Yeoman Pocock였고, 현재 경주정 보관고의 선반에 놓인 경주정을 만든 장본인이었으며, 단순히 워싱턴을 위해서만이 아니라 전국 각지의 조정부를 위해서도 경주정을 만드는 사람이었다. 하지만 지금 볼스가 하는 말 가운데 상당수의 기원이 바로 이 영국인의 조용한 철학과 깊은 사색의 결과물이라는 사실까지는, 이들 중 누구도 아직은 알지 못했다.

포코크는 사실상 태어날 때부터 손에 노를 쥐고 있었다고 해도 과언이 아니다. 그는 1891년 3월 23일 전 세계에서 가장 훌륭한 조정경기장 가운데 일부가 눈앞에 펼쳐진 템스 강변의 킹스턴에서 이 세상에 나왔다. 그의 친할아버지는 전문 뱃사공을 위한 노 젓는 보트를 만들어서 생계를 유지했는데, 당시에 뱃사공들은 런던에서 템스 강을 오가며 이미 여러 세기째 선임자들에 의해 지속되던 수상택시 겸 연락선 서비스를 제공했다.

18세기 초부터 런던의 뱃사공들은 자기네 도리보트dories로 즉석 경쟁을 펼치는 스포츠 경주도 하나 만들어냈다. 물론 무질서하기 짝이 없는 경주였다. 때로는 참가자의 친구들이 큰 보트나 바지선을 끌고 와 상대편의 길목에 놓아두거나, 또는 경주로에 있는 다리 위에 자리 잡고 있다가 상대편의 보트가 지나가면 큰 돌멩이를 떨어뜨리기도 했다. 1715년부터 숙련된 뱃사공들이 이보다 좀 더 품위 있는 행사를 개최했는데, 바로 매년 런던 교에서 첼시까지 가는 경주대회를 연 것이었고, 이 대회의 우승자가 받는 상은 눈에 띄게 화려하고 전적으로 영국다운 표지標識를 장착할 권리였다. 즉 밝은 진홍색의 외투에다가, 커다란 접시 크기의 은색 배지를 왼쪽 팔에 꿰매어 붙이고, 역시나 진홍색의 반바지를 입고, 흰색의 긴 양말을 신었던 것이다. '도게츠 코트 앤드 배지Doggett's Coat and Badge'라는 이름의 이 경주는 오늘날까지도 매년 7월에 템스 강에서 대대적인 축하와 위엄 속에 개최된다.

포코크의 외할아버지 역시 보트 제작업에 종사했으며, 다양한 종류의 소형 선박을 설계하고 제작했는데, 그중에는 1874년에 탐험가 헨리 스탠리Henry Stanley 경이 중앙아프리카에서 실종된 선교사 데이비드 리빙스턴David Livingstone 박사를 찾으러 갈 때 사용했던 '레이디 앨리스 호'도 있었다. 그의 숙부 빌Bill은 런던 교 아래에 있는 자신의 보트 제작소에서 최초의 용골 없는 경주정을 만들었다. 그의 아버지 애런Aaron도 역시나 같은 직종에 종사하여 이튼 칼리지에서 사용하는 경주정을 만들었는데, 1790년대부터 이 학교에서는 신사의 아들인 재학생들이 조정 경주를 벌였던 것이다. 윈저 성이 바라보이는 강 건너편에 있는 이튼의 유서 깊은 보트 보관고는 바로 조지가 자라난 장소이기도 했다. 15세 때 그는 아버지의 도제가 되는 공식 계약서에 서명했으며, 이후 6년 동안 아버지와 함께 일하면서 수동 공구를 사용하여 이튼의 유명한 경주정 편대를 유지하고 수리했다.

하지만 조지는 단순히 보트를 만들기만 한 것이 아니었다. 그는 보트를 젓기도 했으며, 그것도 아주 잘 젓는 방법을 터득했다. 그는 템스 강 뱃사공들의 노 젓는 방식을 신중하게 연구했으며 (그 방식은 재빠른 움키기catch와 재빠른 빼기release를 구사하는, 짧지만 강력한 스트로크stroke로 이루어져 있었다.) 그 양식을 경주정의 경주라는 목적에 적용시켰다. 그가 발전시킨 방식은 여러 면에서 이튼에서 가르치던 기존의 더 긴 스트로크보다 탁월한 것으로 금세 판명되었다. 정기 훈련이 끝난 뒤에도 템스 강에서 노를 젓던 귀족적인 이튼 학생들은 (자기들보다 사회적으로는 아랫길이던) 조지와 그의 형 딕 포코크Dick Pocock가 번번이 자기들을 앞서 나간다는 사실을 깨달았다. 머지않아 포코크 형제는 훗날의 외무장관 앤서니 이든Anthony Eden, 훗날 태국 최초의 입헌군주가 되는 샴 왕국의 프라자디폭Prajadipok 왕자, 웨스트민스터 공작의 아들 그로스베너Grosvenor 경 같은 젊은이들에게도 비공식적인 조정 과외를 하게 되었다.

조지 포코크는 반대로 지체 높은 이튼 학생들로부터 뭔가를 배우기도 했다. 그는 천성적으로 무슨 일이든 가능한 한 최고 수준에서 시도하는 것에 이끌렸다. 아버지의 작업장에서는 손에 닿는 모든 공구의 사용법을 익혔고, 가장 효율적인 스트로크로 노를 젓는 방법을 배웠으며, 가장 우아하고 가장 잘 움직이는 경주정을 만들었다. 그는 이제 영국의 계급 차별의 가시를 느꼈고, 자기와 아버지가 남에게 하는 말투와 남에게서 듣는 말투 사이에 차이가 있음을 깨달은 까닭에, 말하는 법을 배우려는 데에 노력을 집중했다. 즉 자기가 원래 지닌 런던 토박이 억양이 아니라, 자기들의 서비스를 받는 소년들의 또렷하고 '교양 있는' 억양을 구사하려는 것이었다. 그리고 그는 이 일에서도 성공을 거두어 모두를 놀라게 했다. 그의 또렷한 목소리는 이제 보트 보관고에서도 들을 수 있게 되었지만, 이것은 단순히 꾸며내는 태도가 아니었다. 오히려 우아함과 정확성에 관한, 그리고 평생에 걸친 이상의 추구로 밝혀질 것에 관한 그의 자부심과 증명이었다.

조지의 인내심과 물 위에서 보여준 그의 능력에 감명받은 애런 포코크는 아들이 열일곱 살 때 템스 강의 푸트니에서 열린 '스포츠맨 핸디캡'이라는 프로 경주에 출전시켰다. 아버지는 이튼의 보트 보관고에 돌아다니는 자투리 목재를 이용하여 이 대회에 출전할 보트를 직접 만들라고 지시하면서, 아들이 평생 잊지 못한 몇 가지 조언을 남겼다. "어느 누구도 너에게 그걸 만드는 데에 '얼마나 오래' 걸렸느냐고 묻지 않을 거다. 사람들은 단지 '누가' 그걸 만들었느냐만 물을 거다." 조지는 시간을 넉넉히 갖고서, 노르웨이산 소나무와 마호가니를 이용해 싱글 스컬 경주정을 세심하고도 교묘하게 수작업으로 제작했다. 푸트니에서 그는 자기 보트를 물에 띄우고, 노를 힘차게 저은 뒤, 3회에 걸친 예선에서 58명의 노잡이를 물리쳤다. 그는 적지 않은 돈을 챙겨서 집으로 돌아왔다. 상금이 50파운드나 되었던 것이다. 얼마 지나지 않아서 조지의 형 딕이 조정선수 경력에서는 오히려 한 발 앞서게 되었는데, 거의 200년 역사를 자랑하는 최대 규모의 조정대회인 도게츠 코트 앤드 배지에서 우승한 것이다.

조지가 도게츠 코트 앤드 배지에 참가하기 위해 훈련에 열심이던 1910년 말, 아버지가 갑자기 이튼에서의 일자리를 잃게 되었는데, 해고 사유는 그가 밑에서 일하는 직원들에게 지나치게 관대하다는 평판 때문이었다. 갑자기 일자리가 없어지자, 아버지는 런던의 항구에 있는 보트 제작소를 여기저기 돌아다니기 시작했다. 아버지에게 짐이 되고 싶지 않았던 조지와 딕은 캐나다 서부로 이민 가려는 결정을 내렸는데, 그곳에서는 숲에서 일해도 일주일에 최대 10파운드를 벌 수 있다는 소문 때문이었다. 이들은 옷과 몇 가지 보트 제작용 공구를 챙긴 다음, 대회에서 벌어놓은 상금을 가지고 핼리팩스까지 가는 최저 요금 객실 표를 구입해 증기선 '튜니지언Tunisian 호'를 타고 리버풀에서 출발했다.

그로부터 2주 뒤인 1911년 3월 11일, 기차로 캐나다를 횡단한 포코크 형제는 밴쿠버에 도착했고, 이들의 주머니에는 40캐나다달러밖에 없었다. 지저분하고, 멍하고, 배고픈 상태로 이들은 차갑고 우울한 비를 맞으며 기차역에서 밴쿠버의 벽돌건물이 있는 시내까지 걸어갔다. 이날은 조지의 스무 번째 생일이었다. 딕은 그보다 1년 위였다. 갑작스럽게 세계를 떠도는 신세가 되어 이제 무엇을 할지도 모르는 상태에서, 이들은 비록 단조로워도 편안했던 이튼의 환경과는 전혀 다른 원시적인 변두리 도시에 있다는 사실에 불안을 느꼈다. 비록 여전히 영국 영토에 있는 셈이었지만, 이들은 마치 외계 행성에 착륙한 것 같은 기분이 들었다. 이들은 마침내 시내의 한 건물에서 허름한 방을 찾아내어 일주일에 18달러씩 내고 빌리기로 했으며, 곧바로 일자리를 찾아 나섰다. 주머니에는 2주치의 방세밖에 없었기에, 이들은 무슨 일이든 하려고 들었다. 딕은 인근의 코퀴틀램에 있는 한 정신병원에서 목수로 일하게 되었다. 조지는 밴쿠버 외곽의 애덤스 강 인근에 자리 잡은 벌목장에서 일하게 되었는데, 머지않아 그는 증기기관의 끝도 없는 식욕을 채우기 위해 미친 듯이 산을 오르내리며 장작과 물을 날라야 하는 상황이 되고 말았다. 한 달 동안 미친 듯이 톱질을 하고, 양철 물통을 한 번에 두 개씩 들고 강에서 올라온 끝에, 그는 이 일을 그만두고 밴쿠버로 돌아갔으며, 그곳의 조선소에서 비교적 편안한 (적어도 증기기관의 속도에 맞춰서 움직이지는 않아도 되는) 일자리를 얻었다. 하지만 이 우울하고도 힘겨운 일 때문에 그는 손가락 두 개를 잃고 말았다.

1912년이 되자, 포코크 형제가 진가를 발휘할 일이 찾아왔다. 영국에서 이들이 날렸던 평판을 알게 된 '밴쿠버 조정클럽'이 개당 100달러씩에 싱글 스컬 두 척을 만들어달라고 의뢰한 것이었다. 포코크 형제는 밴쿠버의 콜 하버 해안에서 45미터쯤 떨어진 낡고 버려진 수상 창고에 작업장을 차렸고, 이후 이들의 평생 직업이 될 일을 마침내 재개했다. 그 일이란 바로 우수한 경주정을 만드는 것이었다. 이들은 작업장에서 쉬지 않고 일하다가, 밤이 되어서야 작업장 위층에 있는 난방도 안 되는 방에서 잠을 잤다.

이상적인 상황까지는 아니었다. 지붕으로는 햇빛이 새어들어오고, 벽의 넓은 틈 사이로는 비바람이 스며들었다. 목욕을 하려면 침실 창문에서 밖으로 뛰어내려 춥고 소금기 머금은 항구 물에 몸을 담가야만 했다. 물을 마시려면 직접 노를 저어서 스탠리 공원의 공용 샘터에 다녀와야 했다. 때때로 포코크 형제가 잠든 사이에 닻줄이 끊어지는 바람에, 항구로 들어오고 나가는 여객선 사이에서 수상 창고가 정처 없이 떠돌아다니기도 했다. 썰물 때에는 경사진 개펄 위에 놓이는 바람에, 앞쪽에서 뒤쪽까지 25도나 기울기도 했다. 밀물이 들어올 때면 이 구조물을 지탱하는 통나무가 물을 많이 머금고 무거워진 관계로 개펄에 박혀서 꼼짝도 하지 않았다. 조지는 훗날 자기들의 일과를 이렇게 설명했다. "작업장으로 물이 들어오고 있는 상황에서, 우리는 방으로 올라가 이 드라마의 다음 장이 과연 어떻게 펼쳐질지 예측해보려 애썼다. 결국에는 요란한 소리와 함께 통나무들이 개펄의 손아귀에서 벗어났고, 마치 잠수함이 수면 위로 치솟는 것처럼 건물 전체가 불쑥 올라왔는데, 앞뒤 문 모두로 물이 잔뜩 흘러나왔다. 그러면 우리는 다음번 썰물이 될 때까지 작업을 재개했다." 그럼에도 불구하고 형제는 작업을 완료했으며, 이들의 실력에 관한 소문이 캐나다 전역으로 퍼지면서 다른 의뢰도 들어오게 되었다. 1912년에 두 사람은 (이제 겨우 스무 살과 스물한 살이었는데도) 비로소 발붙일 곳을 찾았다고 느끼기 시작했다.

어느 바람 불고 흐린 날, 조지 포코크는 수상 작업장의 창밖을 내다보다가 홀쭉하고 몸짓이 어색해 보이는 남자가 원래는 붉었지만 반백이 되어가는 머리카락을 바람에 휘날리며 엉성하게 노를 저어 오는 것을 보았다. 그는 노를 연이어 휘둘렀는데, 조지의 말마따나 "마치 깜짝 놀란 게가 발버둥치는 모습과도 같았다." 그 사람은 분명히 이들이 있는 곳으로 다가오려는 듯했지만, 정작 이 방향으로는 거의 진전을 보이지 못하고 있었다. 그의 노 젓는 실력이 워낙 어색하고 비효과적이었기 때문에, 포코크 형제는 상대방이 술에 취한 모양이라고 결론 내렸다. 마침내 이들은 갈고리 장대를 꺼내서 그 사람의 보트를 끌어당겨 작업장 옆에 붙여주었다. 형제는 경계를 늦추지 않은 상태에서도 상대방이 작업장에 올라올 수 있게 도와주었고, 그러자 그 남자는 씩 웃으면서 커다란 손을 내밀더니 쩌렁쩌렁한 목소리로 말했다. "저는 하이럼 코니베어라고 합니다. 워싱턴 대학의 조정부 코치죠."

훗날 워싱턴 조정부의 '아버지'로 일컬어지게 된 코니베어가 워싱턴의 코치로 부임하게 된 까닭은 조정에 관해서 잘 알았기 때문이 아니라, 다만 그 자리를 맡으려는 사람이 아무도 없어서였다. 원래 그는 한때나마 프로 자전거 선수였는데, 그가 선수로 활동하던 시절에는 최대 여덟명의 선수가 좌석 여러 개 달린 자전거 한 대에 올라타고 거친 흙투성이 경주로를 달리면서 혼전을 벌이는 바람에, 결국 그럴싸한 구경거리인 피투성이의 충돌로 끝나는 경우가 종종 있었다. 그는 이후 여러 대학 풋볼부와 육상부에서 선수 담당 트레이너로 일했으며, 그보다 얼마 전에는 1906년에 월드시리즈 챔피언이 된 시카고 화이트삭스(시카고 화이트삭스는 1906년과 1917년에 우승한 이래 무려 88년 뒤인 2005년에야 다시 우승하는 진기록을 세웠다ㅡ옮긴이)에서도 선수 담당 트레이너로 일한 적이 있었다. 1907년에 그는 육상부 코치 겸 풋볼부 선수 담당 트레이너로 워싱턴에 왔으며, 조정과 관련된 경험이라고는 1905년 여름에 4주 동안 뉴욕 주 셔토쿼 호수에 있는 노 네 개짜리 바지선에 타고 훈련한 것밖에 없었다. 그럼에도 불구하고 그는 1908년에 사실상 궐석 상태에서 조정부 코치로 임명되었으며, 이로써 두 명의 파트타임 자원봉사 코치들을 대신하게 되었다.

코니베어를 잘 아는 사람의 말에 따르면, 그는 "단순하고, 직설적이고, 겁이 없었다." 그는 특유의 열정을 (조지 포코크가 훗날 "확 타오르기 쉬운 열의"라고 부른) 드러내며 새로운 일자리를 공략했다. 코치 전용 보트가 없었기 때문에, 그는 워싱턴 호수의 물가를 따라 이리저리 뛰어다니면서 선수들을 향해 메가폰으로 소리를 질렀고, 야구 은어와 조정 용어와 다양한 욕설을 자유롭게 뒤섞었다. 워낙 큰 소리로, 워낙 자주, 워낙 현란하게 욕설을 내뱉었기 때문에, 머지않아 호숫가 주민들이 대학 측에 항의하기에 이르렀다. 조정 훈련이 좀 더 과학적이 되어야 한다고 확신한 그는 해부학과 물리학 분야의 관련 서적을 뒤적였다. 한번은 생물학 실험실에서 인체 골격을 빌려다가 경주정 좌석에 묶어놓고, 그 손에다가는 빗자루 손잡이를 철사로 묶은 뒤, 조교들이 해골을 움직여서 다양한 스트로크 동작을 모방하는 동안, 그 움직임을 유심히 관찰했다. 이 종목의 동작과 관련해서 자기가 올바른 길로 가고 있다는 확신이 들자, 그는 이제 보트 자체에 초점을 맞추었다. 워싱턴은 이때까지만 해도 자체 제작한 경주정을 사용하고 있었는데, 상당수가 놀라우리만치 땅딸막하고 느렸으며, 그중 일부는 심지어 세게 노를 저으면 선체가 떨어져나가는 경향마저 있었다. 그중 하나는 워낙 바닥이 둥글고 잘 뒤집혔기 때문에, 1908년의 선수들 가운데 스트로크 노잡이를 맡았던 호머 커비Homer Kirby에 따르면, 그 배를 수평으로 유지하기 위해서는 그저 자기 머리 가운데에 가르마를 타고 자기가 씹던 담배를 양쪽 볼에 똑같이 배분하면 충분했을 정도였다(그렇게 작은 무게 변화에도 민감하게 반응할 만큼 배가 잘 흔들렸다는 농담이다-옮긴이).

코니베어는 이들 형제가 영국에서 만들었던 것과 같은 종류의 경주정을 원했다. 길고, 매끈하고, 우아하고 빠른 경주정을 말이다. 그러던 중 자기네 학교에서 얼마 떨어지지 않은 북부에, 그러니까 밴쿠버에 영국인 보트 제작자 형제가 살고 있다는 소식을 듣자, 곧바로 이들을 찾아온 것이다.

콜 하버에 있는 수상 작업장을 찾아온 그는 실력이 뛰어난 조정 '함대'를 만들 계획이라고 포코크 형제에게 큰소리쳤다. 즉 최대 50척에 달하는 선단을 구입하고 싶으며, 아무리 적게 잡아도 에이트 경주정을 열두 척은 너끈히 구입할 거라고 했다. 그는 포코크 형제에게 지금 당장 시애틀로 함께 가자고 제안했으며, 아예 캠퍼스 안에 작업장을 (그것도 단단한 땅 위에 있는, 습기라고는 없는 작업장을) 차려주겠다고 말했다.

한편으로는 깜짝 놀라고, 또 한편으로는 앞으로 예상되는 막대한 주문량에 신이 난 포코크 형제는 일단 시애틀을 방문했으며, 머지않아 영국에 있는 아버지에게 전보를 쳐서 워싱턴 주로 얼른 오라고, 여기서 자기네 삼부자가 맡고도 남을 만한 일거리를 잡았다고 알렸다. 그러나 애런이 대서양을 건너고 있을 즈음 조지와 딕은 코니베어로부터 정신이 퍼뜩 나는 편지를 받았다. 알고 보니 이 코치는 너무 일찌감치 호언장담을 내놓은 셈이었다. 그가 현재 확보한 자금은 경주정 열두 척이 아니라 기껏해야 한 척을 구입할 정도에 불과했다. 이런 차질에 대해 전해들은 애런은 두 아들에게 냉랭하게 말했다. "코니베어란 사람이 '미국인'이라는 사실을 염두에 두었어야지."

애초의 기대가 무참히 꺾이기는 했지만, 포코크 삼부자는 곧바로 워싱턴 대학의 캠퍼스에 자리를 잡았으며, 하이럼 코니베어는 자기가 고용한 기술자들 중에서 특히 조지 포코크가 숙련된 보트 제작자일 뿐만 아니라 그 이상의 존재임을 깨달았다. 워싱턴의 노잡이들이 물 위에 나선 모습을 지켜보기 시작한 조지는 곧바로 이들이 구사하는 스트로크 동작에서 (앞서의 해골 모의실험에서도 차마 잡아낼 수 없었던) 미숙함과 결함을 알아차렸다. 그는 처음에는 침묵을 지켰는데, 부탁도 받지 않은 상태에서 조언을 내놓는 것을 천성적으로 꺼렸기 때문이다. 하지만 코니베어가 자기네 선수들의 조정 실력에 관해 포코크 삼부자에게 의견을 묻자, 조지는 점차 입을 열기 시작했다. 그는 우선 자기가 어린 시절에 템스 강의 뱃사공들에게서 배워 훗날 이튼 학생들에게 써먹었던 내용을 코니베어에게도 알려주었다. 코니베어는 열심히 듣고, 재빨리 배웠으며, 이들의 대화를 통해서 이른바 '코니베어 스트로크'가 탄생하게 되었다. 이것은 더 짧은 눕기, 더 빠른 움키기, 더 짧은 대신 더 강력한 물속에서의 당기기를 특징으로 했다. 이 기술을 구사하면 노잡이들은 스트로크의 마지막 동작에서 일반적인 경우보다 더 똑바로 앉은 자세를 취하게 되는데, 그러면 앞으로 활주해서 다음번 스트로크를 시작할 준비가 더 빨리 되면서도, 번거로움은 오히려 많이 줄어들었다. 이는 동부의 여러 학교에서 (아울러 이튼에서) 오랫동안 사용되던 스트로크 동작과는 뚜렷이 달랐으니, 기존의 방법에서는 완전한 눕기와 긴 복귀를 강조했기 때문이다. 포코크의 조언 덕분에 워싱턴은 사상 최초로 현저한 승리를 곧바로 얻었다. 머지않아 동부의 여러 학교들까지도 코니베어 스트로크를 주목하게 되었으며, 이처럼 비정통적인 방법이 어째서 그토록 성공을 거둘 수 있었는지를 알아내려고 애썼다.

코니베어는 그로부터 몇 년 뒤인 1917년에 사망했다. 자기 집 마당에 있는 나무에서 자두를 따려다가 나뭇가지에서 너무 멀리까지 손을 뻗는 바람에 머리부터 아래로 떨어지고 말았다. 하지만 그즈음에 이르러 워싱턴은 서부 연안에서 조정 분야의 무시 못할 경쟁자가 되어 있었으며, 스탠퍼드와 캘리포니아와 브리티시컬럼비아의 상대로도 손색이 없었다. 물론 코니베어가 한때 꿈꾼 것처럼 "태평양의 코넬"이 된다는 목표에서는 아직 멀었지만 말이다.

세계대전 이후에 딕 포코크는 동부로 가서 예일 대학이 사용할 경주정을 만들었으며, 조지는 줄곧 시애틀에 남아서 전국 각지로부터 정교하게 제작된 경주정을 만들어달라는 주문을 받았다. 이후 수십 년 동안이나 워싱턴의 코치들과 선수들은 (자기네 경주정 보관고의 선반에서 말없이 작업에 전념하는) 이 영국인이 실제로는 조정에 관해서 자기들에게 가르칠 것이 상당히 많음을 깨달았다. 이들은 그를 "해 아래 새로운" 존재로 보게 되었는데, 요즘 같으면 아마 그를 가리켜 조정 "덕후"라고 불렀을 것이다. 이 스포츠의 세부사항에 관한 그의 이해는 (물과 나무와 바람과 관련된 물리학에서부터, 근육과 뼈의 생체역학에 이르기까지) 어느 누구도 따라잡지 못할 수준이었다.

포코크의 영향력은 이 스포츠의 기술적 측면에서의 장악력에 그치지 않았다. 거기서부터 시작되었다고 하는 게 맞을 것이다. 세월이 흐르면서 그는 숱한 노잡이들이 들어오고 나가는 것을 보았다. 무척이나 힘이 좋고 자부심 강한 학생들이 이 스포츠의 잡힐 듯 말 듯한 미묘함에 숙달되기 위해 노력하는 것도 보았다. 그는 학생들을 연구했고, 학생들과 함께 일했고, 학생들에게 조언했고, 학생들로부터 각자의 꿈이며 약점에 관한 고백을 들었다. 이 과정에서 조지 포코크는 청년들의 마음과 영혼에 관해 무척이나 많은 것을 배웠다. 그는 희망이 전혀 없는 곳에서 희망을 보는 법을, 그리고 자아나 불안 때문에 실력이 흐려진 곳에서 실력을 보는 법을 배웠다. 연약한 자신감을 관찰했고, 믿음의 구원하는 힘을 관찰했다. 최선을 다하기 위해 정직하게 분투하는 두 명의 청년 사이에서, 또는 한 배에 탄 여러 명의 청년들 사이에서 가느다란 애정의 끈이 자라나는 것을 감지했다. 그리고 이처럼 거의 신비스럽기까지 한 신뢰와 애정의 유대가 (제대로 육성되기만 하면) 선수들을 현재의 세계 너머로까지 들어올릴 수 있음을, 즉 아홉 명의 학생이 하나가 되는 어떤 공간으로 이들을 옮겨놓을 수 있음을 이해하게 되었다. 이는 딱 무엇이라고 정의할 수는 없었지만, 선수들이 노를 젓는 과정에서 물과 땅은 물론이고 그 위에 있는 하늘과도 일치되는 가운데 결국에는 그들의 노력을 환희로 바꿔주는 무언가였다. 물론 보기 드문 일이고, 신성하기까지 한 일이었으며, 그야말로 간절히 바라고도 남을 법한 일이었다. 워싱턴에서 여러 해를 보내고 나서 조지 포코크는 어느새 이곳의 대사제가 되어 있었다.

여러 해 뒤에, 워싱턴의 한 키잡이는 포코크의 영향력을 느낀 수백 명의 학생들의 감정을 다음과 같이 한마디로 요약했다. "워싱턴의 선수들은 항상 그의 현존을 느꼈다. 그는 선수들이 존경해 마지않는 대상이었다."

매일같이 톰 볼스가 이야기를 마치고 나면, 조지 포코크는 다시 자기 작업장으로 들어갔고, 학생들은 길고 하얀 날이 달린 노를 선반에서 꺼내어 물가로 가져가 노 저을 준비를 했다. 그들은 경주정의 섬세한 내부에 차마 발을 들여놓을 준비가 전혀 되어 있지 않았기 때문에, 그 대신 학교에서 보유한 낡아빠진 훈련용 바지선 '올드 네로Old Nero 호'에 올라탈 순서를 기다렸다. 이 선박은 (넓고 바닥이 평평한 이 평저선에는 한가운데에 긴 통로가 있었으며, 신참 노잡이 16명이 앉을 좌석이 있었는데) 1907년부터 신입생의 최초 시험장으로서 사용되었으니, 사실상 워싱턴에 조정부가 있었던 30년의 기간 동안 내내 사용된 셈이었다.

1933년의 신입생들이 처음 며칠 동안 각자의 노를 휘두르는 사이, 회색 플란넬 양복과 중절모 차림의 톰 볼스와 앨 울브릭슨은 올드 네로 호의 통로를 계속해서 이리저리 오갔다. 울브릭슨은 대부분 학생들을 조용히 지켜보기만 했는데, 사실 속으로는 하나하나의 역량을 재보고 있었다. 반면 볼스는 계속해서 학생들에게 소리를 질러댔다. 노를 그런 식이 아니라 이런 식으로 잡으라는 둥, 노깃을 물과 직각으로 놓으라는 둥, 등을 꼿꼿이 세우라는 둥, 언제는 무릎을 굽히라는 둥, 또 언제는 무릎을 펴라는 둥, 언제는 노를 더 세게 당기라는 둥, 또 언제는 천천히 움직이라는 둥, 그야말로 당혹스럽고 힘든 훈련이었다. 올드 네로 호는 기질적으로 조정선수가 될 수 없는 학생들에게 일찌감치 그런 사실을 깨우쳐주려고 고안된 것이기도 했는데 (울브릭슨은 이런 학생들을 "나약한 놈들"이라고 불렀다.) 그래야만 자칫 이들이 선수가 되어서 값비싼 노와 경주정을 파손하는 불상사를 막을 수 있기 때문이었다. 학생들은 근육을 혹사하고, 가슴을 들썩이고, 숨을 헐떡거렸지만, 온갖 노력에도 불구하고 올드 네로 호는 아주 느리게 가다 말다 하는 속도로 간신히 컷 수로를 벗어나 잔물결이 이는 워싱턴 호수로 나아갔을 뿐이었다. 자기네 교훈과 경험을 흡수하려, 그리고 자기네 노력을 일치시키려 노력하는 사이에, 학생들은 볼스가 계속해서 자기들한테 지적하는 갖가지 터무니없는 실수들 가운데 어느 하나라도 범하면 어쩌나 하는 두려움 속에 살고 있었다.

하지만 이 가운데 한 가지 오류만큼은 군이 질책도 필요없었다. 학생들은 각자의 노깃이 잘못된 각도로 물에 너무 깊이 들어가버리거나, 또는 다른 노들과 박자가 맞지 않거나, 또는 스트로크의 마지막에 가서 단 몇 분의 1초라도 물속에 너무 오래 남아 있으면, 노가 "게 잡이를 하는catch a crab" 경향이 있다는 사실을 배우게 되었다. 즉 노가 갑작스럽고도 돌이킬 수 없는 상태로 물속에서 멈춰버리고, 마치 거대한 갑각류가 저 깊은 곳에서 집게를 뻗어 노를 딱 집어서 꼼짝달싹 못하게 만들어버린 것처럼 전혀 움직일 수조차 없게 되는 것이다. 올드 네로 호는 계속 움직였지만 그렇게 된 노는 전혀 움직이지 않았다. 그 노를 잡고 있는 학생은 가슴을 노에 세게 얻어맞거나, 또는 자기 좌석에서 벌러덩 자빠졌고 노를 너무 오랫동안 붙잡고 있으면 결국 인정사정없이 물속에 휙 하고 나가떨어지고 말았다. 그리하여 학생들 각자가 스트로크 한 번을 할 때마다 "물에 빠진 생쥐" 꼴이 될 가능성이며, 심지어 공개적인 망신의 가능성이 항상 따라다니는 셈이었다.

신입생 전체를 통틀어 평생 단 한 번이라도 노를 저어본 사람은 로저 모리스 혼자뿐이었다. 대공황 이전에 모리스 가족은 퓨젓 사운드 소재 베인브리지 섬 서쪽에 작고 낡은 오두막을 별장으로 갖고 있었다. 어린 시절에 로저는 여름마다 올림픽 산맥의 품에 안긴 형국이던 멋지고 새파란 후미인 만자니타 만에서 느긋하게 노를 저으며 돌아다녔다. 로저는 키가 크고 힘이 좋았으며, 본인이 원했다면 그 보트를 타고 상당히 멀리까지 갈 수도 있었으며, 열두 살 때 이 사실을 입증한 바도 있었다. 치통에 시달렸기 때문에 시애틀의 프레몬트 인근에 있는 자기 가족 원래 집의 편안함으로 돌아가고 싶었던 그는, 25킬로미터쯤 되는 거리를 노 저어 가서 (우선 애기트 통로Agate Passage를 지나 북쪽으로 갔다가, 비교적 탁트인 퓨젓 사운드를 남동쪽으로 10킬로미터 가로지르고, 화물선과 연락선 사이를 피해 나가고, 연어잡이 트롤선과 예인선과 통나무 뗏목 사이에 끼어들어서 발라드 갑문을 지나 동쪽으로 가다가, 마침내 새먼 만을 지나서) 자기 집으로 걸어 들어가 어머니를 깜짝 놀라게 했다.

하지만 올드 네로 호에 올라탄 로저는, 톰 볼스와 앨 울브릭슨이 1930년대에 가르치고 있던 경주용 스트로크를 숙달하는 문제에서만큼은, 자신의 자유분방하던 노 젓기 양식이 도움이 되기보다는 오히려 방해가 된다는 사실을 재빨리 알아챘다.

사실 신입생 가운데 노 젓기에 익숙해질 거라고 생각하는 사람은 아무도 없었다. 하다못해 비교적 자연스럽고 힘 있는 스트로크를 달성하기 위해서도, 이들은 정확하게 시간을 맞추고 신중하고 조절된 움직임을 구사하는 일련의 방법을 배워야만 했다. 보트의 배꼬리를 바라보고 앉은 학생들은 상체를 숙여 가슴을 무릎에 맞대고, 양 팔은 몸 앞으로 뻗고, 양손은 자기가 맡은 긴 노의 손잡이를 붙든다. 스트로크의 시작인 '움키기'에서는 자기 노깃을 물속에 찔러 넣고 상체를 뒤쪽으로, 즉 뱃머리 쪽으로 강하게 기울이며, 계속해서 등을 곧게 유지한다. 어깨가 몸 중심부와 수직을 이루는 순간, 다리를 앞으로 뻗으며 다리 추진'을 시작하면 좌석이 아래쪽의 윤활유 바른 활주대를 따라서 뱃머리 쪽으로 미끄러진다. 이와 동시에 물의 저항에 맞서면서 노를 가슴 쪽으로 잡아당기고, 팔과 등과 다리 근육의 합쳐진 힘을 이용해서 스트로크를 한다. 노가 가슴에 닿고, 그의 등이 뱃머리 쪽으로 15도쯤 기울어지면, '눕기'의 최대한도에 도달한 것이다. 곧이어 '빼기'를 시작한다. 즉 양손을 허리 쪽으로 떨어뜨리고, 노깃을 신속하고도 확실하게 물에서 빼내면서, 이와 동시에 물에서 가까운 쪽의 손목을 돌려서 노깃을 수면과 평행이 되게 '세우기' 하는 것이다. 이어서 '복귀'가 시작되는데, 이때에는 어깨를 앞으로 돌리고, 노를 붙잡은 두 팔을 배꼬리 쪽으로 밀고, 무릎을 가슴 쪽으로 당기고, 몸을 활주대 위에서 앞으로 밀어, 시작할 때와 똑같은 웅크린 자세로 돌아가는 것이다. 마지막으로, 자기 몸 밑에서 보트가 앞으로 나아가면, 다시 노를 돌려서 노깃을 수면과 직각이 되게 만들어 다음번 움키기를 준비한다. 이때에는 다른 선수들과 정확히 똑같은 순간에 노깃을 깨끗하게 물속에 집어넣는다. 노잡이들은 곧바로 전체 과정을 거듭해서 반복하고, 심지어 키잡이가 마치 입마개마냥 머리에 쓰는 작은 메가폰으로 지시하는 갖가지 박자에 맞추기까지 한다. 정확하게만 수행한다면, 이 모든 과정은 보트를 물 위에서 앞으로 부드럽고 힘있게 나아가게 만든다.

　하지만 이를 위해서는 몸을 감았다가 풀었다가 하는 이 모든 과정이 하나의 지속적이고 깨지지 않는 순환주기로 수행되어야 했다. 이 모두는 신속하게 이루어져야 하며, 보트 안의 다른 모두가 하고 있는 것과 정확하게 똑같은 방식으로 (똑같은 박자로, 똑같은 정도의 힘을 적용해서) 이루어져야만 했다. 이것이야말로 미치도록 어려운 일이었다. 굳이 비유하자면, 여덟 명이 물에 떠 있는 통나무 위에 나란히 서 있는데, 조금이라도 움직이면 통나무가 굴러버릴 상황이나 여덟 개의 골프공을 똑같은 순간에, 완전히 똑같은 정도의 힘으로, 그린의 완전히 똑같은 지점으로 날려 보내는, 그런 일을 2~3초에 한 번씩 계속해서 해야 하는 상황과도 비슷했다.

이런 훈련은 매일 오후 세 시간 동안 지속되었고, 낮이 점점 짧아지면서 훈련은 어둡고도 추워지는 10월의 저녁때까지 이어졌다. 매일 밤마다 물가로 올라오는 학생들은 손에 물집이 잡히고 피가 흘렀으며, 팔과 다리는 후들거렸고, 등은 욱신거렸고, 땀과 호수 물의 끈적끈적한 혼합물에 온몸이 흠뻑 젖어 있었다. 이들은 각자 사용한 노를 선반에 올려놓고, 조정복을 경주정 보관고의 스팀 난방이 되는 사물함에 넣은 뒤, 옷을 갈아입고 터벅터벅 먼 길을 따라 언덕 위의 캠퍼스로 돌아갔다.

매일 저녁마다 조 랜츠는 점점 쌓여가는 만족감을 깨달았는데, 이렇게 위로 올라서는 학생들도 소수나마 있었다. 그리고 그는 또 다른 사실을 깨닫게 되었다. 맨 처음 떨어져나간 학생들은 하나같이 잘 다린 바지와 갓 닦은 구두 차림이었다는 것이다.

성공한 노잡이의 이미지가 대중잡지인 〈라이프〉와 〈새터데이 이브닝 포스트〉의 표지에 등장하던 시절이었으니만큼, 대학 조정부원이 되는 것이야말로 캠퍼스의 유명인사가 됨으로써 결국 자신의 사회적 지위를 확보하는 방법이라고 여겼던 학생도 많았다. 하지만 이들은 이 스포츠의 극단적으로 물리적이고 심리적인 요구를 미처 생각하지 못했다. 매일 오후 경주정 보관고로 내려갈 때면, 조는 이미 눈에 익은 학생들이 (즉 보트를 탔다가 결국 포기한 학생들이) 수잘로Suzzallo 도서관 앞 잔디밭에 모여 있다가 자기를 흘끗 쳐다보는 모습을 점점 더 많이 보게 되었다. 마치 경멸하는 듯한 시선에 상처를 입는 것은 어쩔 수 없이 지불해야 하는 대가였지만, 조의 입장에서는 아무래도 좋았다. 상처를 입는 것이야말로 그에게는 새로울 것도 없는 일이었기 때문이다.

세큄 시내

여러분이 원하는 것처럼 빨리 가는 보트를 만드는 것은 어렵다. 물론 가장 큰 적은 물의 저항이라고 할 수 있다. 왜냐하면 여러분은 사람과 장비의 무게에 맞먹는 양의 물을 밀어내고 그 자리에 대신 들어가는 것이기 때문이다. 하지만 바로 그 물이야말로 여러분을 지탱해주는 것이며, 그 적이야말로 여러분의 친구이기도 하다. 인생도 마찬가지이다. 여러분이 반드시 극복해야만 하는 바로 그 문제가 오히려 여러분을 지탱해주고, 그걸 극복하는 과정에서 여러분을 더 강하게 만들어주기 때문이다.

– 조지 요먼 포코크

1924년의 폭풍우 치는 밤, 술라 랜츠는 금-루비 광산에 있는 자기 오두막에서 출산을 하게 되었다. 그녀가 침대에 누워서 신음하는 동안, 해리는 의사를 불러오기 위해 구불구불한 산길을 지나 29킬로미터 떨어진 아이다호 주 보너스 페리Bonners Ferry로 출발했다. 하지만 그는 곧바로 동네 밖으로 통하는 유일한 다리가 무너져내린 것을 발견했다. 광부 몇 사람의 도움을 받아서 그는 다리를 다시 세웠고, 제때에 맞춰 보너스 페리에 도착하여 의사를 데려온 덕분에 첫딸인 로즈Rose를 얻었다. 하지만 출산은 밤을 꼬박 새워 이루어졌다.

술라에게는 이것이야말로 최후의 일격이었다. 그녀는 오두막에도 질려버렸고, 광산에도 질려버렸고, 아이다호 주에도 질려버렸다. 그로부터 몇 주 뒤, 이들은 프랭클린 자동차에 짐을 싣고, 조를 학교에서 데려와 태운 뒤 시애틀로 향했고, 결국 앨키Alki 포인트에 있는 술라의 부모님 집 지하실에 들어가 살게 되었다. 무려 1년 만에 모두 함께 한지붕 아래 살게 된 것이다.

물론 상황이 순탄치는 않았다. 또다시 돌봐야 할 갓난쟁이가 생겨난 상황에서, 그마저도 비좁은 지하실에서 살아야 하니, 술라는 광산촌 오두막에서 살 때에 비해 더 행복하지도 않았다. 급기야 그녀는 또다시 조를 걸리적거리는 존재로 인식하게 되었다. 그리하여 해리가 (시애틀에서 자동차와 연락선을 타고 서쪽으로 반나절쯤 가야 나오는) 후드Hood 운하에 자리잡은 하마하마 벌목회사Hama Hama Logging Company에서 기계공으로 일하게 되자, 조 역시 그곳을 떠날 수밖에 없었다. 해리는 아직 열 살에 불과한 아들을 벌목장 인근으로 데리고 가서, 슈워츠Schwartz 가족과 함께 지내게 했다.

1925년에 해리는 하마하마에서 일하며 어느 정도 돈을 모았고, 이를 계약금으로 해서 올림픽 반도의 북쪽에 자리한 세큄에 자동차 수리 및 타이어 대리점을 열었다. 가게는 이 도시의 주요 도로인 워싱턴 스트리트가 있는 도심에 있었는데, 시애틀을 떠나 포트앤젤레스로 가거나, 또는 반도를 따라 더 멀리 가려는 사람은 누구나 이 도로를 지나야만 했다. 한마디로 입지가 좋은 가게였기 때문에, 이때부터 해리는 자기가 가장 좋아하는 일인 자동차 수리로 돌아갈 수 있었다. 나중에는 온 가족이 가게 위에 있는 집으로 이사했다. 조는 세큄의 학교에 다니게 되었다. 주말이면 아버지를 도와서 자동차를 만졌으며, 카뷰레터를 고치고, 타이어 수선하는 방법도 배웠다. 이는 한편으로는 점차 커져가던 기계에 관한 관심 때문이었지만, 또 한편으로는 위층에 버티고 있는 술라에게서 멀리 떨어져 있고자 하는 열의 때문이었다. 마침 세큄의 시장市長이

차를 몰고 가던 중에 길가의 어떤 여자에게 한눈을 팔다가 그만 해리의 프랭클린 자동차를 들이받는 (그리하여 목제 차체가 깨져버리는) 사고가 일어났고, 결국 시장은 해리에게 새로운 모델의 승용차를 사주었다. 덕분에 해리는 낡은 프랭클린 자동차를 조에게 물려주어서, 아들이 그걸 고치면서 자동차 수리법을 배울 수 있도록 했다. 바로 그해에 해리의 둘째 딸 폴리Polly가 태어났는데, 사업이 자리를 잡자 해리는 벌목장 터를 농지로 매각한 그루터기 농장을 구입했다. 도시에서 남서쪽에 있는, 최근에야 벌목한 땅 160에이커였다. 그곳에서 그는 혼자 힘으로 커다란 농장 주택을 짓기 시작했다.

세큄은 꼭대기에 눈이 덮인 올림픽 산맥을 남쪽에 두고, 넓고도 새파란 후안데푸카 해협을 북쪽에 둔 대초원의 넓은 평지에 자리한 도시였다. 지평선에는 밴쿠버 섬이 눈에 보였다. 이 지역은 산맥의 품에 안긴 형국이라서, 남서쪽의 태평양 근해를 지나가는 폭풍으로부터 안전했으며, 워싱턴 주 서부 대부분에 비해 비가 훨씬 덜 내렸고, 하늘은 회색일 때보다 파란색일 때가 더 많았다. 사실 기후가 워낙 건조했기 때문에, 초기 정착민들은 여기저기서 자라나는 선인장을 발견하기도 했다. 이곳이야말로 사람들이 주말마다 모여 함께 새로운 교회를 짓고, 일요일 오후마다 아이스크림을 먹으며 친교를 다지고, 일요일 밤의 무도회 때마다 몸을 흔드는 종류의 도시였다. 세큄에서는 여러분의 단골 정육점 주인이 또한 여러분의 집이나 헛간을 화재에서 구해주는 자원 소방대원일 수도 있었고, 또한 망가진 건물을 다시 짓도록 도와주는 여러분의 이웃일 수도 있었다. 이곳이야말로 인근 제임스타운 스클랄람S'Klallam족 출신 인디언 여성이 드라이크 카페Dryke's Cafe에서 개신교 목사의 아내와 커피를 마시며 요리법을 공유하고, 일요일 오후마다 우체국 앞에 노인들이 모여 앉아서 갈색의 담배 즙을 교묘하게 배치한 타구에다가 뱉고, 남자아이들이 인근의 과수원에서 서리한 멜론을 실 스트리트Seal Street에서 장사하는 과일 트럭 주인에게 팔아넘기고, 아이들이 레먼 육류 도매시장을 돌아다니다가 배고파 보인다는 이유로 공짜 핫도그를 얻어먹고, 브레이턴 드럭스토어에 들러서 그저 "죄송한데요"라고 입을 떼기만 해도 사탕을 하나 얻는 곳이었다.

도시 외곽의 나무 그루터기들 사이에서 해리가 짓기 시작한 농가는 결국 영구히 '공사 중'인 상태가 되고 말았다. 조의 도움을 받아서 그는 인근의 던지니스Dungeness 강에서 흘러나오는 관개수로의 물길을 불법적으로 돌릴 도랑을 팠다. 이렇게 돌린 물을 이용해서 해리는 수력 제재소를 설치했다. 이 장소에서 최근까지 벌목을 실시했던 회사가 남겨놓은 못쓰는 나무를 몇 그루 베고, 그걸 대강 썰어 만든 목재로 2층짜리 집의 골조를 만들고, 삼나무로 벽널을 만들었다. 해리와 조는 던지니스 강에서 매끈한 돌멩이를 주워다가 커다란 벽난로를 공들여 만들었다. 이 집이 겨우 절반쯤 완성되었을 때, 해리는 자동차 수리점을 매각하고 가족과 함께 그루터기 농장으로 이사했다.

이후 몇 년 동안, 해리와 조는 시간이 있을 때마다 못질을 했다. 이들은 넓은 앞 베란다와 장작 헛간, (머지않아 400마리 이상의 암탉이 살게 된) 어쩐지 허술해 보이는 닭장, (그루터기 사이에서 풀을 뜯는 대여섯 마리의 젖소가 살게 된) 허름해 보이는 축사도 지었다. 해리는 자기 제재소에 동력을 공급하는 수차에 플라이휠과 발전기를 설치하고, 집까지 전선을 연결한 다음, 서까래에 전구를 달았다. 관개수로에서 흘러나오는 물의 양이 늘어나거나 줄어들 때마다, 전구 불빛도 그 밝기가 강해졌다 약해졌다 했다. 하지만 집은 여전히 완공과는 거리가 멀었다.

조에게는 이 집의 상태가 어떻든 상관없었다. 다시 한 번 그는 가정과 유사한 뭔가를 갖게 되었으며, 탐험할 신세계를 얻었기 때문이다. 집 뒤에는 약 1에이커에 달하는 초지가 있었고, 여름마다 달콤한 산딸기가 자랐다. 봄에는 물길을 따라 물이 워낙 많이 밀려드는 바람에, 급기야 집 뒤에 깊이 3미터에 길이 7.5미터의 웅덩이가 생길 정도였다. 머지않아 던지니스 강의 연어와 송어와 무지개송어가 관개수로를 통해 헤엄쳐 들어와서 이 웅덩이에 모이게 되었다. 조는 장대에다가 그물을 매달아서, 저녁거리가 필요할 때면 그걸 들고 집 뒤로 가서 생선을 한 마리 골라서 건져왔다. 집 뒤의 산에는 곰과 퓨마가 득시글했다. 이 문제 때문에 술라는 고민해 마지않았고, 아직 어린 자기 아이들을 생각하며 걱정했지만, 조는 곰들이 연못에서 물고기를 잡으며 물을 철벅이는 소리라든지, 퓨마가 어둠 속에서 짝을 찾아 날카롭게 우는 소리를 들을 때마다 무척이나 짜릿했다.

조는 성실하고 인기 있는 학생이었다. 친구들은 그가 사교적이고, 자유분방하고, 농담을 잘하고, 같이 어울리기 즐거운 친구라고 생각했다. 조를 더 잘 알게 된 친구들은 그가 갑작스럽고도 예기치 못하게 우울 상태에 잠긴다는 것을 알았다. 물론 결코 야비하거나 적대적으로 변하지는 않았지만, 어딘가 조심스러운 모습이 되면서, 마치 자기 안에는 남들이 건드리지 않았으면 하는 부분이 있음을 드러내는 것이었다.

조는 음악교사인 플라테보 선생으로부터 특히나 귀여움을 받았다. 몇몇 친구의 물물교환과 선물 덕분에 그는 머지않아 낡은 현악기 몇 개를 갖게 되었다. 만돌린 하나, 기타 몇 대, 우쿨렐레 한 대, 밴조 두 대였다. 그는 매일 학교가 끝나면 앞 베란다에 앉아서 (매일 밤 숙제를 끝내고 나서도 또다시) 각각의 악기를 능숙하게 연주할 때까지 끈기 있고 힘들게 독학했다. 그는 매일 기타 한 대를 들고 학교 버스를 탔다. 조는 뒷자리에 앉아서 자기가 좋아하는 노래를 불렀는데 (라디오에서 들은 보더빌 공연에 등장하는 요란한 노래에서부터, 길면서도 해학적인 발라드와 슬프면서도 쾌활한 카우보이 노래에 이르기까지) 다른 학생들도 이를 좋아해서, 그중 일부는 버스 뒤쪽으로 와서 그의 노래에 귀를 기울이거나 아예 그와 함께 노래를 불렀다. 머지않아 조는 그중에서도 유난히 열심인 아이가 하나 있음을 깨달았는데, 조이스 심다스Joyce Simdars라는 이름의 이 예쁜 (블론드 고수머리에, 작은 코, 매력적인 미소를 가진) 여자아이는 점점 더 자주 그의 옆에 나란히 앉았고, 두 사람은 완벽한 2부 화음으로 노래를 부르게 되었다.

조에게 세큄은 거의 낙원이나 마찬가지가 되어가고 있었다. 반면 술라에게 이곳은 또 다른 실망이었고, 불더 시티라든지 자기 부모님 댁 지하실이라든지 타이어 가게 위층 집에 비해서 그리 더 나아진 것 같지도 않았다. 반쯤 짓다 만 집 안에 틀어박혀서, 주위에는 썩어가는 그루터기와 온갖 종류의 야생동물이 득실거리는 가운데, 그녀는 내심 꿈꾸었던 화려한 삶으로부터 그 어느 때보다도 멀어진 듯한 기분이었다. 농장 생활은 하나부터 열까지 그녀를 질겁하게 만들었다. 매일 소젖을 짜는 것이며, 결코 가실 줄을 모르는 거름 냄새며, 끝도 없이 해야 하는 달걀 모으기며, 매일 닦아주어야 하는 크림 분리기며, 밝아졌다 어두워졌다 하는 서까래 위의 전구에 이르기까지도. 그녀는 이른 아침부터 밤늦게까지, 끝도 없이 장작을 쪼개서 풍로에 넣어야 한다는 사실에 짜증을 부렸다. 그녀가 특히 계속해서 짜증을 낸 이유 중에는 조와 그의 십대 친구들과 이들이 임시로 결성한 악단이 앞 베란다에 죽치고서 밤낮으로 시끄럽게 떠든다는 것도 있었다.

이런 모든 괴로움이 결국에는 한 가지 끔찍스러운 순간으로 합쳐지고 말았다. 어느 안개 자욱한 겨울 아침에, 술라가 장작 풍로에 올려놓은 뜨거운 솥을 들고 돌아서는 순간의 일이었다. 솥에는 뜨거운 베이컨 기름, 감자, 양파가 가득 들어 있었는데, 마침 그녀가 바닥에 등을 대고 누워 있던 해리 2세에게 걸려 넘어지고 만 것이다. 술라는 솥을 놓쳐버렸고, 그 안의 내용물이 아이의 목과 가슴에 그대로 쏟아졌다. 어머니와 아이 모두 동시에 비명을 질렀다. 해리는 문밖으로 뛰쳐나가 셔츠를 찢어서 벗어 던지고 눈 더미 위에 몸을 던졌지만, 이미 상처를 입은 다음이었다. 그의 가슴은 끔찍하게 화상을 입어서 물집이 잡혔다. 다행히 목숨을 건지기는 했지만, 사고 직후에는 폐렴을 앓는 바람에 몇 주 동안이나 인근의 병원 신세를 졌고, 결국 학교를 1년이나 다니지 못하고 말았다.

그 사건 이후로 가족 모두에게는 다시 한 번 괴로운 나날이 시작되었다. 1929년에는 조의 생활에 구멍이 하나 뚫렸다. 조이스 심다스의 가족이 외출 중이던 9월 29일 밤, 이들의 집이 화재로 깡그리 불타버린 것이다. 급기야 조이스는 집을 새로 지을 때까지 몬태나 주 그레이트폴스에 있는 숙모 댁에 가서 지내게 되었다. 그때 이후로 조는 학교에 가는 버스 타기가 예전만큼 재미있지 않았다.

그로부터 한 달 뒤에는 더 심각한 재난이 닥쳤다. 그해 가을에 미국의 지방 경제는 이미 절망적인 빈곤 상태에 처해 있었다. 중서부에서 생산된 밀과 옥수수, 우유, 돼지고기와 쇠고기가 어마어마하게 남아도는 바람에 급기야 농산물 가격이 폭락했다. 밀은 9~10년 전에 비해 10분의 1 가격이 되었다. 아이오와 주에서는 옥수수 1부셸(25.4kg)을 팔아서 번 돈으로 껌 한 통조차 사지 못할 지경이었다. 머지않아 가격 폭락은 워싱턴 주가 포함된 미국 극서부로도 퍼져나갔다. 세큄의 상황은 대평원의 상황만큼 힘들지는 않았지만 그래도 충분히 힘들었다. 랜츠 가족의 농장도 미국 전역의 다른 셀 수 없이 많은 농장들과 마찬가지로 이때까지는 간신히 수익을 내고 있었다. 하지만 10월 30일자 〈세큄 프레스Sequim Press〉의 보도를 통해 지난 며칠 동안 뉴욕에서 벌어진 일을 알고 나자, 해리와 술라 랜츠는 이 세상이 완전히 뒤바뀌어버렸음을 냉엄하게 실감하지 않을 수 없었다. 미국에서도 북서쪽 맨 끝의 작은 동네인 세큄에 있는 자신들조차도 머지않아 월스트리트에서 시작된 폭풍에 안전하지 못한 신세가 될 것이었다.

이후 몇 주 사이에 실버혼 로드Silverhorn Road에 있는 랜츠의 가정에 여러 가지 사건이 연이어 벌어졌다. 금융 붕괴가 일어난 지 일주일 뒤에는 들개들이 매일같이 농장에 나타나기 시작했다. 그해 가을에 세큄에 있는 수십 군데 가정이 자기 집이며 농장을 그냥 버리고 떠나면서 남겨진 개들이 저마다 살 궁리를 했던 것이다. 들개들이 몰려다니다가 랜츠 농장의 소떼를 사방으로 뒤쫓으며 발목을 물었다. 소들은 비명을 지르고 괴로워하면서 그루터기들 사이로 도망쳤으며, 지친 나머지 이 농장의 중요한 현금 조달 상품인 우유를 생산하지 못하게 되었다. 그로부터 2주 뒤, 족제비들이 닭장으로 들어와 수십 마리의 암탉을 죽이고, 그 시체를 한구석에 잔뜩 쌓아놓았다. 그로부터 며칠 뒤에도 또다시 그런 일이 벌어졌는데, 족제비들은 마치 스포츠라도 즐기는 형국이었다. 그로 인해 이제는 달걀로 인한 수입도 줄어들게 되었다. 훗날 해리 2세는 그해 가을에 벌어진 일을 가리켜 이렇게 말했다. "모든 것이 그냥 물에 빠져 꼼짝 못하고 죽는 격이었습니다. 마치 누군가가 하느님에게 이렇게 말한 것 같았어요. '저놈들을 혼내주세요!'"

11월의 어느 비 내리는 늦은 오후, 조가 학교 버스에서 내렸을 때에는 그의 집이 막 어둠에 둘러싸인 상태였다. 차고 진입로를 지나 집으로 다가가면서 빗물 웅덩이를 뛰어넘던 그는 문득 아버지의 프랭클린 자동차에 시동이 걸려 있고 배기구에서 하얀 연기가 올라오고 있음을 깨달았다. 자동차 지붕에는 뭔가를 잔뜩 싣고 줄로 묶었으며 방수포를 덮어 놓았다. 더 가까이 가보니 뒷좌석에는 여행용 가방 사이사이에 동생들이 끼어앉아 부연 창문 너머로 형을 바라보고 있었다. 앞좌석에는 술라가 앉아서 똑바로 앞을, 그러니까 집을 쳐다보고 있었고, 해리는 현관에 서서 조가 다가오는 것을 지켜보고 있었다. 조는 현관 계단으로 올라섰다. 아버지의 얼굴은 일그러지고 핏기가 없었다.

"무슨 일이에요, 아버지? 우리 어디로 가는 거예요?" 조가 중얼거렸다.

해리는 그저 현관 바닥만 내려다보다가, 이번에는 고개를 들어서 조의 어깨 너머에 있는 검고 비에 젖은 나무만 바라보았다.

"우리는 여기 있을 수가 없어, 조. 이제는 더 이상 남은 게 없으니까. 술라도 절대 남아 있지 않겠대. 자꾸 고집을 피우는구나."

"그러면 우리 어디로 가는 거예요?"

해리는 조의 눈을 똑바로 쳐다보았다.

"그건 나도 모르겠구나. 지금 당장은 시애틀로 갔다가, 나중에는 캘리포니아로 갈지도 모르지. 그나저나, 얘야, 사실은 술라가 너를 여기 남겨두었으면 하는구나. 나야 물론 너와 같이 남고 싶지만, 차마 그럴 수는 없지. 너보다 아직 어린 녀석들에게는 아버지가 필요할 테니까. 어쨌거나 너는 이제 다 자랐고 말이야."

조는 그만 굳어버리고 말았다. 그의 청회색 눈이 아버지의 얼굴에 고정되었다. 갑자기 공허하면서도 표정 없는, 마치 돌덩어리같이 변한 얼굴이었다. 깜짝 놀란 상태로 방금 들은 이야기를 되새기는 동안, 조는 차마 아무 말도 하지 못했고, 다듬지 않은 상태로 거칠게 깎은 베란다의 삼나무 난간을 손으로 짚고 간신히 몸을 지탱했다. 지붕에서 떨어지는 빗물이 땅 위의 진흙탕 웅덩이에 풍덩풍덩 떨어졌다. 마침내 조가 입을 열었다. "그냥 따라만 가도 안 되나요?"

"아니, 그건 안 될 거다. 봐라, 얘야, 인생이란 것에 관해서 내가 알게 된 게 하나 있다면 바로 이거다. 네가 행복해지고 싶다면 어디까지나 너 혼자의 힘으로 행복해지는 법을 배워야 한다는 거야."

이 말을 남긴 채 해리는 성큼성큼 걸어가서 차에 올라타 문을 닫더니, 차고 진입로를 따라 차를 몰기 시작했다. 뒷좌석에서는 마이크와 해리 2세가 둥근 뒤창으로 형을 바라보고 있었다. 조는 붉은색 미등이 점점 멀어지다가 결국 검은 비의 장막 속으로 사라지는 모습을 물끄러미 지켜보았다. 그는 돌아서서 집 안으로 들어가 현관문을 닫았다. 이 모든 일은 불과 5분도 걸리지 않았다. 이제 지붕에는 빗소리가 마치 천둥처럼 울려 퍼졌다. 집 안은 차갑고 눅눅했다. 서까래에 걸려 있는 전구가 잠시 번쩍 하고 켜졌다. 그러다가 다시 꺼지더니 완전히 나가버렸다.

다음 날 아침, 조가 깨어났을 때까지도 세큄의 반쯤 짓다 만 집의 지붕에는 비가 세차게 쏟아지고 있었다. 집 뒤의 전나무 꼭대기에서 요란한 바람 소리가 밤새 울려 퍼졌다. 조는 한참 동안 누워서, 예전에 펜실베이니아의 이모 집 침대에 누워서 보낸 며칠을 머릿속에 떠올려보았다. 그때는 멀리 지나가는 기차의 신음과도 같은 소리에 귀를 기울이다 보면 두려움과 외로움이 그를 덮치고 가슴을 짓눌러서, 마치 매트리스 속으로 푹 꺼지는 기분이 들었다. 그때의 기분이 다시 돌아왔다. 그는 일어나고 싶지 않았다. 일어나고 말고도 전혀 관심 없는 상태였다.

그래도 그는 마침내 일어났다. 장작 풍로에 불을 지피고, 물을 올려 끓이고, 베이컨을 굽고, 커피를 만들었다. 아주 천천히 베이컨과 커피를 먹으면서 머릿속을 맑게 했다. 현기증이 찾아들기 시작하면서, 그는 새로운 깨달음을 얻었다. 그는 두 눈을 뜨고 이 사실을 직시했으며, 이 사실을 받아들이고 곧바로 이해했으며, 이 사실은 단호한 결단, 그러니까 결의의 감각에 따라 나오는 것임을 알아차렸다. 이제는 거듭해서 이런 상태에 처하는 것이 지긋지긋했다. 그는 거듭해서 겁을 먹고, 상처받고, 버림받고, 끝도 없이 "왜"라고 자문해야만 했다. 그러니 앞으로는 무엇이 앞길을 가로막는다 하더라도 이런 일이 또다시 벌어지게 내버려두지는 않기로 했다. 이제부터 그는 자기 힘으로 살아 나가며, 아버지의 말마따나 나름의 행복을 찾기로 했다. 자기가 충분히 그럴 수 있음을 아버지에게, 그리고 자기 자신에게 입증할 것이다. 그는 은둔자가 되지는 않을 것이다. 그는 사람들을 매우 좋아했고, 친구들은 그의 외로움을 몰아내는 데에 도움이 될 것이다. 하지만 그는 두 번 다시 자기 정체성을 얻기 위해서 굳이 친구들에게나 식구들에게나 다른 누구에게도 전적으로 의존하지는 않을 것이다. 그는 살아남을 것이며, 자기 힘으로 살아남을 것이었다.

베이컨의 냄새와 맛 때문에 조는 식욕이 어마어마하게 일었고, 식사를 하고 나서도 여전히 배가 고팠다. 그는 자리에서 일어나 부엌을 샅샅이 뒤지며 남아 있는 식량이 무엇인지 살펴보았다. 발견된 것은 얼마 되지 않았다. 오트밀 몇 상자, 피클 한 통, 족제비의 공격을 피해 살아남은 암탉에게서 얻은 달걀 몇 알, 양배추 반통과 아이스박스에 들어 있는 소시지 조금뿐이었다. 키가 180센티미터에 가깝게 자란 15세 소년에게는 정말 아무것도 아닌 양의 음식이었다.

그는 오트밀을 만들어 먹고 나서 가만히 앉아 더 생각해보았다. 모든 문제에는 해결책이 있게 마련이라고 아버지는 항상 가르쳤다. 하지만 때로는 그 해결책이 (사람들이 흔히 '거기 있겠거니' 하고 생각하는) 일반적인 장소에 없는 경우도 있으므로, 오히려 의외의 장소를 찾아보는 한편, 자기가 찾는 답변을 알아내는 뭔가 새롭고도 창의적인 방법을 생각해야 한다고 아버지는 항상 강조했다. 그는 불더 시티에서 본 썩은 통나무에 자란 버섯을 떠올렸다. 머리만 잘 쓴다면, 기회를 찾아 눈을 계속 크게 뜨고 있다면, 앞으로 무엇을 해야 할지 남의 의견에 휘둘리지만 않는다면, 그는 충분히 혼자 힘으로 살아남을 수 있다고 생각했다.

이후 몇 주, 몇 달 동안, 조는 전적으로 혼자 살아가는 법을 배우기 시작했다. 쇠말뚝을 땅에 박아서 혹시나 있을지도 모를 족제비의 공격으로부터 닭장을 방비했고, 매일 아침 얻는 몇 개의 달걀을 소중하게 간직했다. 이슬 맺힌 숲을 돌아다니며 버섯을 찾았고, 최근에 내린 비 덕분에 한 바구니 가득 딸 수 있었다. 예쁘고 길쭉한 오렌지색의 살구버섯과 통통하고 살이 많은 그물버섯을 손질해서, 술라가 양철 깡통에 넣어둔 베이컨 기름에 튀겼다. 가을에 맺힌 블랙베리 가운데 아직 남은 것을 모조리 따왔고, 수차 뒤 웅덩이에 남아 있던 물고기도 모조리 잡고, 양갓냉이와 나무열매를 가지고 일종의 샐러드를 만들었다.

하지만 나무열매와 양갓냉이만 먹고 살 수는 없었다. 돈이 조금이라도 필요하다는 것은 분명한 사실이었다. 조는 아버지가 남겨놓고 간 낡은 프랭클린 자동차를 몰고 시내로 나가서 워싱턴 스트리트에 주차한 다음, 자동차 후드에 걸터앉아 밴조를 연주하며 노래를 부르면서 혹시 동전이라도 몇 개 얻을 수 있을지 시험해보았다. 하지만 1929년에는 동전 몇 개조차 얻기 힘들다는 사실을 금세 실감하고 말았다.

월스트리트에서 시작된 주가 폭락은 대서양에서 태평양에 이르는 미국 전역의 공동체를 삽시간에 무너뜨리고 말았다. 세큄 시내는 한적하기만 했다. 세큄 주립은행은 여전히 영업 중이었지만, 그나마도 몇 달 뒤에는 문을 닫을 예정이었다. 매일같이 문을 닫는 상점이 늘어났다. 조가 노래를 부르는 동안, 목제 보도 위에 배를 깔고 앉은 개 몇 마리가 태평하게 그를 바라보며 빗속에서 벼룩을 쫓느라 몸을 긁었다. 검은색 자동차들이 포장도 안 된 도로를 질주하면서 진흙탕 웅덩이를 지나가며 물을 튀겼다. 조는 갈색의 진흙물 세례를 받았지만, 운전자들은 아랑곳하지 않았다. 그가 기대할 수 있는 유일한 청중은 사람들이 "미친 러시아인"이라고 부르는 턱수염 기른 남자였는데, 그는 언제부터인지도 알 수 없을 정도로 오랫동안 세큄의 여러 거리를 맨발로 돌아다니며 헛소리를 중얼거리는 사람이었다.

조는 상상력을 더 발휘해보았다. 그로부터 몇 달 전에 그는 친구 해리 세커Harry Secor와 함께 던지니스 강의 어느 지점에서 (일부는 길이가 무려 1.2미터나 되는) 커다란 왕연어가 산란을 위해 모여든 깊고 푸르고 소용돌이치는 웅덩이를 발견한 적이 있었다. 조는 헛간에서 갈고리를 찾아내 몰래 주머니에 넣어서 가지고 다니기 시작했다.

안개 낀 토요일 아침 일찍, 그는 해리와 함께 던지니스 강을 따라 자란 이슬 맺힌 사시나무와 오리나무를 헤치고, 연어 산란기 동안 강 주위를 주기적으로 순찰하는 산림감시원을 피하며 나아갔다. 이들은 어린 오리나무의 단단한 가지를 하나 꺾어 거기다가 갈고리를 끼운 다음, 물살이 빠르고 차가운 강으로 조용히 접근했다. 조는 신발을 벗고 바지를 말아 올린 채 문제의 웅덩이보다 상류에 있는 얕은 여울로 조용히 들어갔다. 조가 자리를 잡자 해리가 커다란 돌멩이를 웅덩이에 집어던지고 수면을 막대기로 두들겼다. 깜짝 놀란 물고기 떼는 조가 기다리고 있는 좁은 상류로 움직였다. 물고기 떼가 쏜살같이 지나가는 사이, 조는 그중에서도 제일 큰 놈 가운데 하나에 갈고리를 겨냥했고, 아가미 아래를 탁 걸어서 낚아 올렸는데, 이렇게 하면 물고기에는 아무 손상이 없게 마련이었다. 그는 끙끙 소리를 내며 물을 잔뜩 튀기면서, 펄떡이는 연어를 질질 끌고 자갈투성이 강둑으로 비틀거리며 걸어나왔다.

그날 밤 조는 자기 집에서 혼자 연어로 잔치를 벌였다. 머지않아 그는 연어 밀렵을 아예 사업으로 삼게 되었다. 매주 토요일 오후마다 조는 커다란 연어 한두 마리를 버드나무 가지에 꿰어 어깨에 메고 5킬로미터 떨어진 시내로 갔는데, 생선이 어찌나 큰지 그 상태에서 꼬리가 바닥에 질질 끌려 흙먼지가 피어오를 정도였다. 그는 이 생선을 레먼 육류 도매 시장이나 세큄의 여러 가정에 몰래 팔아넘겼다. 그 대가로 현금을 받을 때도 있었지만, 때로는 버터나 고기, 자동차 기름, 또는 마침 그 주에 필요하게 된 다른 어떤 물건과 맞바꾸곤 했다. 평소에도 워낙 진지하고 성격이 좋은 청년이었기에, 고객들은 그가 작살을 사용하지 않고 낚시로 생선을 잡았으리라 넘겨짚었고, 그건 공정하고도 떳떳한 일이었기 때문에 아무도 이의를 제기하지 않았다.

그해 겨울이 끝날 무렵, 그는 또 한 가지 사업 기회를 얻었다. 금주법이 위세를 떨치던 상황에서, 후안데푸카 해협을 지나 불과 24킬로미터만 가면 캐나다가 있었기 때문에, 세큄은 온갖 종류의 독주가 밀반입되는 창구 노릇을 했다. 그중 상당수는 시애틀의 무허가 술집으로 건너갔지만, 이곳에는 한 동네 손님만을 전문으로 상대하는 밀주업자도 있었다.

바이런 노블Byron Noble은 매주 금요일 밤마다 길고 번쩍이는 검은색 크라이슬러를 타고 교외를 돌아다니면서, 고객들과 미리 약속해놓은 특정한 장소의 담장 기둥 밑에다가 진이나 럼, 위스키가 담긴 휴대용 유리병을 놓아두곤 했다. 머지않아 조와 헤리 세커도 이렇게 밀주가 놓이는 장소를 알아차리게 되었다.

검은 옷을 차려입고, 추운 밤에 대비해 두툼하게 속옷을 껴입은 다음, 이들은 노블을 뒤따라 다니면서 발견한 휴대용 유리병 속의 술을 자기네 통에 옮겨 담고, 대신 조의 집 헛간에서 직접 끓인 민들레 술을 유리병에 집어넣었다. 이렇게 하면, 노블의 고객들도 누군가에게 물건을 도둑맞았다고 생각하기보다는, 오늘은 운 나쁘게도 질이 좋지 않은 술을 사게 되었나보다고 그냥 넘어갈 것이기 때문이었다. 하지만 이들은 똑같은 장소에서 너무 자주 술을 훔치지 않도록 조심했는데, 혹시나 그러다가 어느 날 노블이나 그의 고객 가운데 누군가가 총을 들고 덤불에 숨어서 그들을 기다리고 있을지도 모른다는 두려움 때문이었다. 그렇게 하룻밤이 지나고 나면, 조는 자기가 훔친 좋은 술을 별도로 확보한 고객들과 약속한 장소에다가 배달했다.

이렇게 물고기를 밀렵하거나 밀주를 슬쩍하는 경우를 제외하면, 조는 온갖 종류의 합법적인 일도 뭐든지 손에 닿는 대로 했다. 이웃집의 목초지에 있는 나무 그루터기를 없애기 위해 땅을 파고 쇠 지렛대를 박아서 잡아당기는 일도 했다. 쇠 지렛대도 소용이 없는 경우, 아예 나무 그루터기 밑에다가 다이너마이트를 장착하고 불을 붙인 다음 죽어라 도망치면, 요란한 소리와 함께 나무 그루터기와 흙과 돌멩이가 하늘 높이 솟아올랐다. 삽을 가지고 수작업으로 관개수로를 파는 일도 했다. 손잡이가 긴 양날 도끼를 가지고, 봄에 던지니스 강을 따라 쓸려 내려온 커다란 삼나무 원목을 쪼개서 울타리 가로대를 만드는 일도 했다. 헛간을 지어주고, 서까래를 타고 올라가서 못 박는 일도 했다. 크림 분리기를 손으로 돌리기도 했으며, 낙농장을 돌아다니면서 무게 55킬로그램짜리 우유와 생크림 통을 번쩍 들어서 트럭에 실은 다음, '던지니스 세큄 낙농협동조합'에 배달하기도 했다. 여름이 오면 새파란 하늘 아래 세큄 인근의 마른 들판에서 일했고, 큰 낫으로 건초를 베고 갈고리로 찍어서 수레에 실은 뒤 자기 이웃의 농장에 가져다가 몇 톤씩 부려주었다.

이 모든 과정을 통해 조는 계속해서 강해졌고, 그 어느 때보다도 자립적이 되었다. 그동안에도 계속 학교에 다녔고 성적도 좋았다. 하루 일과가 끝나면 금욕하듯 혼자 있었으며, 매일 밤마다 텅 비고 반쯤 짓다 만 집으로 돌아갔다. 한때 온 가족이 모여서 신나게 저녁을 먹던 커다란 식탁 한쪽 끝에 앉아서 외롭게 식사를 했다. 매일 밤마다 자기가 사용한 접시 단 하나만 씻고, 물기를 닦아서, 부엌 찬장에 술라가 남겨놓고 간 다른 접시 더미 맨 위에 올려놓았다. 어머니의 낡은 피아노 앞에 앉아서 건반을 두들겼으며, 그러면 어둡고 텅 빈 집 안 가득 단순한 선율이 떠올랐다. 그런 다음에는 앞 베란다에 앉아서 밴조를 연주하며 혼자 노래를 불렀다.

이후 몇 달 사이에 조는 세큄에서 또 다른 사업 기회를 찾았다. 실버혼 로드 바로 아래에 사는 예전의 이웃 찰리 맥도널드Charlie McDonald를 돕는 파트타임 일자리였다. 맥도널드는 벌목으로 생계를 유지했는데, 던지니스 강을 따라 있는 자갈투성이 저지대에서 자라나는 커다란 사시나무를 베어내는 것이 주업이었다. 이 일은 그야말로 등골이 빠개질 정도로 힘들었다. 사시나무는 워낙 컸기 때문에 (직경이 어마어마했다.) 때로는 조와 찰리가 1.2미터짜리 2인용 톱을 가지고 그 부드럽고 하얀 심재를 왔다 갔다 썰기 시작한 지 한 시간 이상 걸려서야 간신히 한 그루를 쓰러뜨릴 수 있었다. 봄이 되어 수액이 흐를 때면, 나무를 베고 난 그루터기에서 무려 1미터 안팎까지도 수액이 분출되는 경우가 있었다. 두 사람은 베어낸 원목의 가지를 도끼로 모조리 잘라내고, 긴 쇠 지렛대를 이용해 껍질을 벗겨낸 다음, 찰리의 짐말인 프리츠와 딕에게 연결하여 그 나무를 숲에서 끌고 나가 포트앤젤레스의 펄프 공장으로 보냈다.

찰리는 세계대전 때 독가스를 마셔 성대가 완전히 망가졌다. 그가 낼 수 있는 소리라고는 기껏해야 꺽꺽대는 소리와 속삭임뿐이었다. 함께 일하는 동안, 조는 찰리가 거의 들리지도 않는 목소리로 "이랴"와 "워"라고 속삭이는 것만으로도 저 육중한 짐말을 마음대로 부리는 것을 지켜보며 놀라워했다. 심지어 아무 말 없이 휘파람과 끄덕임만으로 짐말을 움직이는 경우도 종종 있었다. 찰리가 신호를 보내면, 프리츠와 딕은 주인이 쇠사슬을 연결하는 동안 털썩 바닥에 주저앉곤 했다. 주인이 또 한 번 신호를 보내면, 두 마리는 마치 한 마리인 것처럼 동시에 자리에서 일어나 짐을 끌었고, 이들의 동작은 정확하게 일치했다. 두 마리 말은 서로 협력하여 전심전력으로 짐을 끌었는데 그렇게 하면 따로따로 짐을 끌 때보다 두 배 이상의 무게를 끌 수 있다는 것이 찰리의 설명이었다. 저놈들은 원목이 움직일 때까지, 마구가 끊어질 때까지, 심장이 터질 때까지 끌어당길 거라고 했다.

머지않아 맥도널드 가족이, 애써주어서 고맙다는 표시로 조를 초대해 저녁식사를 몇 번인가 같이하게 되었다. 이제 겨우 십대 초반인 그 집 딸들이 (이름은 마거릿과 펄이었다.) 그를 무지무지 좋아하게 되어서, 조는 여러 번이나 저녁식사를 마치고 밤늦게까지 그곳에 머무르면서, 밴조를 연주하고 여자아이들에게 노래를 불러주거나, 아니면 거실 앞쪽에 놓인 양탄자에 앉아서 여러 가지 게임을 즐기곤 했다.

얼마 지나지 않아 그는 몇 달러라도 벌면서 본인도 즐기는 또 다른 방법을 발견했다. 학교 친구들인 에디 블레이크와 앵거스 헤이 2세와 함께 3인조 악단을 결성한 것이다. 조는 밴조, 에디는 드럼, 앵거스는 색소폰을 맡은 이 3인조는 세큄 소재 올림픽 극장에서 공짜 영화를 보는 대

가로 막간 동안 재즈곡을 연주했다. 칼스보그 소재 그레인지 홀Grange Hall
에서 열린 무도회에서도 연주했다. 토요일 밤마다 인근의 블린에 있는
무도회장에서도 연주했는데, 이곳의 주인은 전깃불 몇 개를 설치하는
것만으로도 원래 닭장이던 곳을 세큄의 최고 인기 무도장으로 만들어
놓았다. '닭장'이라는 이름으로 통하는 이곳에서는 여자를 공짜로 입장
시키고, 남자에게만 25센트의 입장료를 받았다. 하지만 악단인 조와 친
구들이 공연할 때에는 입장료를 전혀 내지 않아도 그만이었다. 그에게
는 이것이야말로 상당히 의미 있는 일이었다. 그로부터 몇 주 전에 조이
스 심다스가 몬태나 주에서 돌아왔기 때문에, 공짜 입장이 가능하다면
그도 이곳에 그녀를 데려와 데이트를 할 수 있었다. 하지만 아쉽게도 조
는 그녀가 무도회장에 가도록 부모님의 허락을 받는 일이 사실상 불가
능하다는 사실을 깨달았다. 그나마도 어머니가 그녀를 따라올 때만 가
능했는데, 프랭클린 자동차의 넓고도 화려한 뒷좌석에 딱딱하고 경계하
는 표정으로 앉아 있는 그 어머니란 사람은, 위험한 곳이라면 어디든 자
기가 직접 딸을 따라 나서야만 직성이 풀리는 성격이었다.

이 세상에서 조이스 심다스가 바라는 것이 한 가지 있다면, 바로 자기
어머니가 세상을 덜 부정적으로 바라보는 것이었다.

심다스 가정은 엄격했으며, 조이스의 성장과정은 가혹했다. 세큄에
개척자로 정착한 독일계와 스코틀랜드계 이민자의 후손인 그녀의 부모
는 일이 그 자체로 목적이라고(즉 어긋나간 영혼을 곧게 만드는 방법이라고),
그리고 일은 제아무리 많아도 많은 게 아니라고 믿어 의심치 않았다. 조
이스의 아버지만 해도 일하다가 쓰러져 죽어도 모를 만큼 과로 상태에
있었다. 심장비대증과 염증성 류머티즘으로 시달리면서도, 그는 계속해
서 (여러 마리의 노새가 끄는) 쟁기를 이용해 구식으로 밭을 경작했다. 생
애 말년에도, 파종 철이면 해가 뜬 직후부터 저녁까지 노새들이 그를 밭

16세 때의 조이스 심다스

여기저기로 끌고 다녔으며, 때로는 일주일에 엿새 내내 그러했다.

하지만 조이스를 가장 억압한 사람은 다름아닌 어머니였고, 더 정확히 말하자면 어머니의 종교관이었다. 이니드 심다스는 크리스천 사이언스[메리 베이커 에디(1821~1910)가 만든 기독교 계통의 신흥 종교로, 기적 치료로 상당한 추종자를 얻었지만 명칭과는 달리 '크리스천'도 아니고 '사이언스'도 아닌 유사종교 겸 유사과학이라는 이유로 비판의 대상이 되기도 한다-옮긴이]의 규범을 준수하는 사람으로, 이 종교는 물질세계와 거기 수반되는 모든 악이 환상이며, 영적인 것만이 유일한 현실이라고 가르쳤다. 따라서 조이스의 아버지가 겪는 류머티즘 같은 질병도 기도를 (오로지 '기도만을') 통해서 나을 수 있고, 의사를 찾아가는 것은 시간 낭비라는 의미였다. 또한 이는 조이스가 성장하는 과정에서 더 개인적으로 영향을 끼친 뭔가를 의미하기도 했다. 이니드는 이 세상에 "착한 조이스"만 있을 뿐이고, "나쁜 조이스"는 신학적으로 불가능하다고 믿었으며, 혹시나 좋지 않은 모습의 딸이 눈에 보인다 하더라도 그건 어디까지나 어느 사기꾼이 딸의 모습으로 변장했을 뿐이라고 믿었다. 조이스가 잘못을 저지르면, 엄마의 눈에는 딸이 아예 없는 존재나 마찬가지가 되었다. 나쁜 조이스는 일단 의자에 앉아서 어머니로부터 완전히 외면을 당했으며, 착한 조이스가 자발적으로 다시 나타난 뒤에야 비로소 의자에서 일어날 수 있었다. 그로 인해 조이스는 유년기의 상당 동안을 한 가지 생각과 싸우며 보내야 했다. 즉 자기가 혹시라도 나쁜 생각이나 행동을 한다면 자칫 사랑받을 가치가 없는 사람이 된다는, 심지어 이 세상에 없는 존재가 되어버릴 수도 있다는 불안감이었다. 여러 해가 지난 뒤에도 그녀는 의자에 앉아 울면서 거듭해서 자신을 돌아보며 이렇게 생각했던 것을 기억했다. '하지만 나는 아직 여기 있어. 여기 있다고.'

그녀에게 피난처가 있다면, 그곳은 집 안이 아니라 오히려 밖에 있었다. 그녀는 집안일을 싫어했는데, 한편으로는 심다스 집안에서는 그 일부터가 끝이 없었으며, 또 한편으로는 집에 있다 보면 어머니의 매서운 눈길을 도무지 피할 방법이 없었기 때문이다. 조이스가 십대 중반부터 관절염을 앓기 시작했다는 사실도 역시나 도움이 되지 않았는데, 이는 아마도 아버지 쪽으로부터의 유전적 질환인 듯했다. 끝도 없는 설거지와 바닥 및 창문 닦기는 그녀의 손과 손목의 고통을 악화시키는 반복적인 일이었다. 기회가 있을 때면 그녀는 밖으로 나가 채소밭에서 일하거나, 아니면 아버지와 함께 가축을 돌보았다. 아버지는 애정을 드러내는 법이 거의 없었으며, 오히려 자녀 가운데 하나보다는 애완견을 더 예뻐하는 경향이 있었지만, 최소한 딸이 곁에 있으면 어렴풋이나마 좋아하는 것처럼은 보였고, 조이스는 아버지가 하는 농장 일이 집안일보다는 더 흥미롭다는 사실을 깨달았다. 그중에는 실제적인 문제를 해결하거나 뭔가 새로운 것을 만들어내는 일이 종종 있었기에, 호기심 많은 그녀에게는 상당히 매력적으로 다가왔다. 이런 호기심 덕분에 그녀는 이미 학교에서 유난히 뛰어난, 심지어 박학한 학생이 되어 있었다. 사진에서부터 라틴어에 이르기까지 관심이 생기는 것이 있으면 항상 깊이 파고들었다. 그녀는 논리를 좋아했고, 뭔가를 해체했다가 조립하는 것을 즐겼으며, 그 대상이 키케로의 연설이건 풍차건 매한가지였다. 하지만 하루 일과를 마치면, 어둡고 답답한 집에서는 여전히 설거지와 더 많은 집안일과 어머니의 매서운 눈이 조이스를 기다리고 있었다.

그런 까닭에 학교 버스에서 기타를 연주하며 무척 우스운 옛날 노래를 부르고 활짝 미소를 지어 보이던 조 랜츠를 처음 본 순간, 그리고 그의 커다란 웃음소리를 듣고 (통로에서 곁을 지나가며 그녀를 흘끗 쳐다보던) 그의 눈 속에 깃든 쾌활함을 본 바로 그 순간, 조이스는 그에게 이끌렸고, 곧바로 그에게서 더 넓고 밝은 세계로 나가는 창문을 보게 된 것이다. 그야말로 자유의 체현 그 자체인 것처럼 보였다.

그녀는 그의 상황이 어떤지, 그가 얼마나 소외된 존재인지, 그의 전망이 얼마나 보잘것없는지 알고 있었다. 대부분의 여자들은 이런 남자를 외면하게 마련이고, 어쩌면 자기도 그럴지 모른다고 그녀는 생각했다. 하지만 그가 힘든 상황을 어찌어찌 헤쳐나가는 모습을, 그가 얼마나 강한지를, 그가 얼마나 재간이 넘치는지를, 그가 (그녀와 마찬가지로) 실제적인 문제를 해결해야 하는 도전을 얼마나 즐기는지를 지켜볼수록, 그녀는 그를 더 존경하게 되었다. 머지않아 그녀는 그 역시 자기와 마찬가지로 내심으로는 자신감 상실 때문에 괴로워하면서 살아간다는 사실을 이해하게 되었다. 다른 무엇보다도 그가 (착하건 나쁘건 간에) 있는 그대로의 그녀 모습에 관심을 갖는다는 사실에 한편으로는 놀라면서도 또 한편으로는 기뻤다. 지금까지 조 랜츠를 무시해온 세상에 복수할 방법을 언젠가 그녀 자신이 반드시 찾아내리라고, 점차 결심하게 되었다.

1931년 여름, 조는 당시에 시애틀 소재 루스벨트 고등학교에서 화학

교사로 재직하던 형 프레드한테서 편지를 받았다. 프레드는 조에게 시애틀로 오라고, 자기와 셀마와 함께 살면서 고등학교의 마지막 1년을 루스벨트에서 보내라고 제안했다. 만약 루스벨트처럼 좋은 평가를 받는 고등학교를 졸업하면 워싱턴 대학에 입학할 가능성도 커질 것이라고 했다. 그리고 일단 워싱턴 대학을 나오기만 하면 그때부터는 무슨 일이든지 할 수 있을 것이라고 했다.

조는 의구심부터 품었다. 그가 처음 프레드에게 신세진 것은 다섯 살때 네즈퍼스에서였는데, 그때부터 조는 형이 약간 위압적이라고, 즉 동생을 돕는답시고 생활에 사사건건 간섭한다고 느낀 바 있었다. 프레드는 동생이 굼뜨다고 여겼는지, 이런저런 일에서 항상 자기가 똑바로 인도해주어야겠다고 생각한 모양이었다. 게다가 조는 이제 겨우 혼자 힘으로 살아갈 만한 상황이 되었기 때문에, 갑자기 프레드나 다른 누군가가 자기 인생을 이래라저래라 하게 내버려두는 것이 과연 현명한 일인지 확신하지 못하고 있었다. 게다가 술라의 쌍둥이 자매와 한집에서 사는 일만큼은 피하고 싶었다. 뿐만 아니라 대학에 간다는 생각은 이제껏 해본 적이 없었다. 하지만 그는 프레드의 편지를 놓고 곰곰이 생각해보았으며, 급기야 한 가지 생각을 떠올렸다. 그는 원래 반에서도 공부를 잘했고, 갖가지 주제에 관해서 만족을 모를 정도로 호기심이 강했으며, 자신의 지적 능력을 검증한다는 생각 자체를 좋아했다. 그뿐만이 아니라 그는 자신이 꿈꾸기 시작한 미래, 즉 조이스 심다스와 자기 나름의 가정에 초점을 맞춘 미래로 가는 길을 세큄이 제공해줄 가능성은 적다는 사실도 알고 있었다. 그 미래에 도달하기 위해서는 최소한 지금 당장은 조이스를 남겨놓고 떠날 수밖에 없다는 것을 그는 알았다.

결국 그는 세큄에 있는 자기 집 문과 창문을 판자로 막아놓고, 조이스에게는 학년 말에 돌아올 것이라고 말한 다음, 연락선을 타고 시애틀로 가서 프레드와 셀마의 집에 살면서 루스벨트에 다니기 시작했다. 그것이야말로 기묘한 변화였다. 하루에 세 끼를 꼬박꼬박 먹고, 학교에 다니며 자기 관심사를 추구하는 것 외에 아무것도 하지 않는 생활이란 그가 기억하기로는 난생처음이었기 때문이다. 조는 이곳에서도 반에서 두각을 나타냈으며, 우등생 명단에 이름을 올렸다. 그는 합창단에 들어갔고, 덕분에 연극무대에서 노래를 하고 작곡을 하는 기회를 만끽했다. 남자 체조부에도 들어갔는데, 상체의 힘이 대단했기 때문에 링, 철봉, 평행봉 등의 종목에서 두각을 나타냈다. 하루 일과가 끝나면 그는 프레드며 셀마와 함께 시 외곽으로 나가 좋은 식당에서 식사를 하고, 할리우드 영화를 보고, 심지어 5번 애버뉴 극장에서 뮤지컬을 관람하기도 했다. 조가 보기에는 이것이야말로 비범하리만치 편안하고 특권적인 삶처럼 보였으며, 자기가 생각하던 것을 확증해주는 듯했다. 즉 자기는 세큄이 제공할 수 있는 것보다도 더 많은 것을 자신의 삶에서 바랐다는 사실이었다.

1932년 어느 봄날, 철봉에서 '자이언트'(철봉에 매달려 팔과 다리를 곧게 편 상태에서 빠르게 360도 회전하는 기술—옮긴이)를 연습하던 조는 진한 회색 양복과 중절모 차림의 키 큰 남자가 문간에 서서 자기를 유심히 바라보고 있는 것을 깨달았다. 그 남자는 어디론가 사라졌는데, 몇 분 후 프레드가 체육관으로 들어와 문간에서 그를 불렀다.

"방금 우리 교실에 누가 와서 너를 찾더라." 프레드가 말했다. "대학에 있는 사람이라면서 이걸 주던데. 혹시 대학에 가게 되면 자기를 찾아오라고 하더라. 너 같은 학생을 자기가 쓸 수도 있다면서 말이야."

조는 프레드가 건네주는 명함을 받아 살펴보았다.

앨빈 M. 올브릭슨
조정부 수석코치
워싱턴 대학 체육학과

조는 명함을 잠시 들여다보다가 자기 사물함으로 가서 지갑 안에 집어넣었다. 한 번쯤 연락해봐도 나쁠 것은 없어 보였다. 조정이라고 해야 사시나무 베는 것에 비하면 식은 죽 먹기일 테니까.

1932년 여름, 조는 성적 우수상을 받고 루스벨트를 졸업해서는 일단 세큄으로 돌아왔다. 만약 정말로 대학에 가려고 한다면 일단 돈을 충분히 모아야만 하숙비며 책값이며 등록금을 낼 수 있을 것이기 때문이었다. 신입생으로 1년간 버틸 만한 돈을 모으려면 아마 1년은 꼬박 걸릴 것이었다. 하지만 2학년, 3학년, 4학년은 또 어떻게 버텨야 할지 그로선 걱정스럽기만 했다.

조는 일단 고향에 돌아와서 좋았다. 애초에 걱정했던 것처럼 시애틀에서 프레드는 동생의 일거수일투족을 간섭했다. 물론 좋은 의도로 한 일은 분명했지만 (어떤 수업을 들을 것인지부터 넥타이를 어떻게 매는지까지, 정말 모든 것에 관한) 끝도 없는 조언이며 충고 때문에 숨이 막히는 듯했다. 심지어 프레드는 루스벨트에서 동생의 데이트 상대까지 골라주려 하면서, 세큄에 사는 심다스 집안의 여자아이는 기껏해야 시골뜨기에 불과하며, 너도 눈을 높여서 도시 여자를 만나야 한다고 충고하기까지 했다. 그렇게 한 해가 지나면서 조는 혹시 프레드와 셀마가 아버지와 의붓어머니와 의붓동생들의 행방을 알고 있지 않은가, 혹시 그들이 의외로 가까이 있는 것은 아닌가 하는 의구심을 품게 되었고, 나중에는 자기 추측이 맞다고 믿었다. 간혹 형과 형수가 나지막이 대화할 때도 있었고, 무슨 이야기를 하다 말고 화제를 돌릴 때도 있었으며, 서둘러 시선을 외면할 때도 있었고, 최대한 작은 목소리로 누군가와 통화할 때도 있었다. 조는 식구들을 다시 찾아가 볼까 생각하다가도 마음을 돌렸고, 결국 이 문제를 완전히 머릿속에서 내몰았다. 아버지가 바로 곁에 살면서도 아들에게 먼저 연락을 취하지 않았다는 것이야말로 그로선 정말 마주하고 싶지 않은 진실이었다.

세큄에서 조는 꾸준히 일했다. 민간 작업단에서 여름 내내 시급 50센트를 받고 새로 뚫리는 올림픽 고속도로에 아스팔트를 까는 일자리를 얻자 운이 좋다는 생각도 했다. 물론 임금은 그냥 그런 수준인 데 반해일 자체는 무척이나 혹독했다. 하루 여덟 시간 동안, 그는 트럭에 실린김이 무럭무럭 나는 아스팔트를 삽으로 퍼서, 증기 롤러가 누르고 지나갈 수 있도록 평평히 깔아주는 일을 했다. 녹아버린 아스팔트에서 치솟는 가차 없는 열기에다가, 머리 위 태양에서 쏟아지는 열기가 합쳐지면서, 과연 둘 중 어느 열기가 그를 먼저 죽이는지를 놓고 내기라도 하는형국이었다. 주말이면 옛 친구 해리 세커와 또다시 풀을 베었으며, 인근농부들을 위해 관개수로를 파주기도 했다. 겨울이 되자 찰리 맥도널드와 함께 또다시 숲으로 들어가 산사나무를 베었고, 목재를 짐말에 쇠사슬로 묶은 다음 눈과 진눈깨비 쌓인 숲에서 끌고 나왔다.

하지만 그에게는 위안거리도 있었다. 이제는 거의 매일 오후마다 조이스가 실버혼에서 학교 버스를 내린 다음, 해피 밸리에 있는 자기 집으로 가는 대신 강을 따라 걸어왔던 것이다. 그녀는 뛰다시피 숲을 지나서조를 찾아왔다. 두 사람이 만나면 그는 항상 그녀를 꼭 안아주었는데,그의 몸에서 나던 젖은 나무와 땀과 달콤한 야외 냄새를 그녀는 훗날임종 때까지도 똑똑히 기억하고 있었다.

날씨 좋은 4월 말의 어느 날, 그녀는 평소처럼 조에게 열심히 달려가고 있었다. 드디어 두 사람이 만나자, 그는 그녀를 던지니스 강의 남쪽강둑에 있는 산사나무 숲 사이 작은 초지로 데려갔다. 조는 그녀를 풀밭에 앉힌 다음, 잠깐만 기다려보라고 말했다. 그러더니 거기서 몇 미터쯤떨어진 곳으로 가 주저앉아서 바닥을 유심히 살피면서 풀밭을 뒤졌다.조이스는 그가 뭘 하고 있는지 알았다. 조는 네잎클로버를 찾아내는 유별난 재주를 지녔으며, 애정의 작은 표시로 종종 그녀에게 선물했던 것이다. 네잎클로버를 어떻게 그토록 쉽게 찾아내는지는 정말 신기한 일이었지만, 본인은 결코 운이 좋아서가 아니며, 단지 눈을 계속 크게 뜨고 있으면 되는 문제라고 설명했다. "네가 네잎클로버를 못 보았다는 건." 그는 이렇게 말하곤 했다. "네가 충분히 잘 지켜보지 않았다는 것밖에 안 돼." 그녀는 이 말을 좋아했다. 이 말이야말로 그녀가 좋아하는 그의 모든 면을 요약한 셈이기 때문이었다.

그녀는 풀밭에 누워서 두 눈을 감고 얼굴과 다리에 쏟아지는 따뜻한 햇볕을 즐겼다. 잠시 후 평소보다 빨리 조가 다가오는 소리가 들렸다. 그녀는 일어나 앉아서 그를 바라보며 미소를 지었다.

"하나 찾았어." 조가 웃으며 말했다.

그는 쥐고 있던 주먹을 펼쳤고, 그녀는 클로버를 받으려고 한 손을 내밀었다. 하지만 조가 천천히 펼친 손안에는 클로버가 아니라 금반지가 들어 있었고, 거기에는 작지만 완벽한 다이아몬드가 보기 드문 봄의 햇빛 속에서 반짝이고 있었다.

올드 네로 호에 올라탄 신입생들

제5장

조정이야말로 아마도 세상에서 가장 힘든 스포츠일 것이다. 일단 경주가 시작되면 '타임'도 없고, 교체도 없다. 이 종목은 인간 인내의 한계를 요구한다. 따라서 코치는 머리와 가슴과 신체에서 나오는 특별한 종류의 인내의 비결을 선수들에게 전달해야만 한다.

— 조지 요먼 포코크

1933년 가을이 저물어가면서, 시애틀의 낮 기온도 비교적 낮은 영상 4도까지 떨어졌고, 저녁 기온은 심지어 영하 15도까지 떨어졌다. 항상 흐린 하늘에서는 끝도 없이 비가 내렸다. 남서쪽에서는 거센 바람이 불어와 워싱턴 호수에 흰 물결을 잔뜩 일으켰다. 10월 22일에는 바람 때문에 시내의 여러 건물에서 간판이 떨어져나갔고, 유니언 호수 인근에서는 여러 척의 집배가 이리저리 떠내려갔으며, 퓨젓 사운드에서는 바람에 밀려난 유람선에 타고 있던 승객 33명이 구조를 기다리는 신세가 되었다.

이처럼 나빠진 날씨야말로, 아직도 신입생 조정부원 선발을 위해 경쟁하는 학생들에게는, 올드 네로 호에 타서 노를 젓는 과정에서 새로운 형태의 고통이 추가된다는 뜻이었다. 이들의 맨머리와 어깨에는 비가 쏟아졌다. 이들의 노에는 바람에 밀려온 물결이 부딪치면서 얼음처럼 차가운 물보라가 위로 뿜어져 나와 이들의 얼굴을 덮치고 눈을 찔렀다.

이들의 손은 워낙 감각이 없어져서, 나중에는 자기가 노를 제대로 잡고 있는지도 확신할 수 없었다. 자기 귀나 코가 제대로 붙어 있는지도 느낄 수 없었다. 배 아래에 있는 얼음처럼 차가운 호수 물은 이들이 온기와 에너지를 생산하는 속도보다 더 빨리 온기와 에너지를 흡수해가는 것 같았다. 가뜩이나 뻐근한 이들의 근육은 움직임을 멈추는 바로 그 순간부터 욱신거리기 시작했다. 그러면 이들은 마치 파리처럼 힘없이 바닥에 쓰러졌다.

10월 30일에는 신입생이 원래의 175명에서 크게 줄어들어 80명이 되었으며, 이제 이들이 두 척의 신입생팀 보트 좌석을 놓고 경쟁을 벌이게 되었다. 물론 3호와 4호 보트도 생길 가능성은 있었지만, 거기에 앉는 선수치고 봄철의 경기에 나서거나 대학대표팀에 소속될 가능성은 없을 것이었다. 톰 볼스는 지금이야말로 이들 중 최고의 학생들만을 올드 네로 호에서 빼내어 경주정 바지선으로 옮겨놓을 때라고 생각했다. 그렇게 선발된 학생들 중에는 조 랜츠와 로저 모리스도 있었다.

경주정 바지선은 학생들이 타고 싶어 열망하는 진짜 경주정과 상당히 비슷하게 생겼지만, 실제의 경주정보다 가로 폭이 더 넓고 바닥과 용골도 더 납작했다. 경주정보다 훨씬 안정적이기는 했지만, 그래도 아주 만만한 배는 아니어서, 뒤집히기는 쉬운 반면 움직이기는 힘들었다. 앞에서도 진실이었던 것은 여기서도 여전히 진실이었다. 즉 이 배에서 똑바로 서 있기 위해서만도 이들은 완전히 새로운 기술들에 숙달되어야 했던 것이다. 하지만 이제는 올드 네로 호에서 벗어나 뭔가 경주정 비슷한 것에 탔다는 사실만으로도 충분했으며, 조는 그 배에 처음 앉아서 발판에 자기 발을 묶었을 때 뿌듯함으로 가슴이 부푼 사람 가운데 하나였다.

조와 로저 모두에게는 경주정 바지선으로 자리를 옮긴 것이야말로 개학 이후로 지속되었던 가혹하리만치 길고도 힘든 시간에 관한 달콤한 보상이 아닐 수 없었다. 로저는 매일 프레몬트에 있는 부모님 댁에서

4킬로미터를 걸어 학교까지 왔으며, 공학 수업이 끝나면 조정부 연습에 참여했고, 그 연습이 끝나면 또다시 집까지 걸어가서 이런저런 집안일을 돕고 나서야 비로소 숙제를 할 수 있었다. 금요일과 토요일 밤에는 등록금을 벌고 가계를 돕기 위해서 고등학생 때부터 시작한 부업을 했는데, 바로 '블루 라이어스Blue Lyers'라는 스윙 악단에 들어가 색소폰과 클라리넷을 연주하는 것이었다. 주말이면 자기 가족이 운영하는 이사업체인 프랭클린 운송회사에서 일하며 소파와 침대와 피아노를 도시 곳곳의 집 안팎으로 들어 날랐다. 미국의 주택 담보 대출 가운데 절반이 그해 가을에 체납되어 있었기 때문에, 한 가족이 평생 일해서 얻은 집을 떠나도록 돕는, 가슴 아픈 일을 해야 하는 경우가 종종 있었다. 로저가 가재도구 가운데 맨 마지막 것을 트럭에 실을 때면 (이 가재도구는 새로운 집으로 운반되는 것이 아니라 경매장으로 가는 것이었다.) 남자들은 공허한 눈으로 서 있고, 여자들은 문간에서 울고 있는 경우가 허다했다. 이런 일이 벌어질 때마다 로저는 아직까지 자기 가족이 집을 보유할 수 있다는 사실에 작은 감사의 기도를 올렸다. 다른 수많은 사람들과 마찬가지로, 이들 역시 불과 몇 년 사이에 편안하고 안정적인 중산층의 삶에서 나날이 동전 하나조차도 더 얻기 힘든 삶으로 미끄러져 내려온 바 있었다. 하지만 최소한 이들에게는 자기 집이 있었다.

로저는 재미있는 친구였다. 무뚝뚝한 데가 있었고, 말도 퉁명스럽다 못해 거의 무례할 지경이었다. 사귀기 쉬운 친구는 아니었지만, 조는 때때로 식당에서 그의 옆에 앉았다. 두 사람은 가끔 한 번씩 이야기를 나누었는데, 대부분은 자기들이 듣는 공학 강의에 관해 어색하게나마 대화하는 정도였다. 두 사람은 오히려 침묵 속에서 식사만 하는 경우가 더 많았다. 비록 말은 없어도 이들 사이에는 희미한 애정과 존경의 끈 같은 것이 자라나는 듯 보였지만, 사실 조는 경주정 보관고에 모이는 다른 학생들 대부분과는 어쩐지 동류의식이 들지 않았다. 가장 말쑥한 옷차림이던 학생들은 이제 대부분 사라졌지만, 생존자 가운데서도 자기가 여전히 튀는 존재라고 생각했다. 그는 항상 구겨진 스웨터를 똑같이 입고 나타났는데, 이것이야말로 그가 가진 유일한 옷이었다. 이에 관해서 동료들로부터 거의 매일같이 빈정거리는 말이 나오곤 했다. "노숙자 조." "빈민가인 후버빌은 요즘 어떻게 돌아가는가?" "그 옷을 가지고 나방이라도 꼬이게 해서 잡을 생각인 거야?" 결국 조는 다른 학생들이 오기 전에 일찌감치 탈의실에 도착해서 조정복으로 갈아입을 수밖에 없었다.

매일 오후 그는 공학 수업을 마치고 조정 연습을 하러 갔다. 연습이 끝나면 또다시 뛰어야 했는데, 이번에는 체육대학 구내매점에서 하는 아르바이트 때문이었다. 그는 이곳에서 자정까지 버티면서 초콜릿 바에서부터 (광고에서는 "중요한 부분을 보호하는 물건"이라고 에둘러 말하는) 어떤 물건에 이르기까지 온갖 상품을 팔았다. 이 일이 끝나고 나면 비 내리고 어두운 유니버시티 애버뉴를 터벅터벅 걸어서 YMCA로 갔는데, 그는 이곳에서 청소부로 일하는 대가로 (책상 하나, 침대 하나 놓으면 끝인) 마치 독방처럼 작은 방을 하나 얻어 살고 있었다. 지하실의 석탄 창고를 개조하고 칸막이를 설치해서 만든 여러 개의 비좁은 방들 가운데 하나였다. 그 습하고 음침한 방마다 다양한 학생들이 살았는데, 남자도 있고 여자도 있었다. 이들 중에는 프랜시스 파머 Frances Farmer라는 조숙하고 놀라우리만치 젊은 연극 전공 학생이 있었는데, 그로부터 2년 뒤에 거기 있던 학생들은 그를 은막에서 보게 될 예정이었다. 하지만 그곳에서는 지하실의 거주자들끼리 친교를 맺을 만한 방법이 딱히 없었으며, 조에게는 이곳의 방이 단지 숙제를 마치고 나서 또다시 아침에 강의를 들으러 가기 전에 몇 시간이라도 뻐근한 몸을 누이는 장소에 불과했다. 다시 말해 이곳은 누군가가 '가정'이라고 부르는 것과는 전혀 달랐다는 이야기이다.

1933년 가을이 비록 혹독하기는 했지만, 그렇다고 해서 온통 일과 외로움만 있는 것은 아니었다. 조이스가 가까운 곳에 있다는 사실이 그에게는 위로가 되었다.

조를 따라서 시애틀로 오기는 했지만, 그녀는 나름대로의 꿈을 추구할 생각이었다. 학교에서 좋은 성적을 거두었기 때문에, 조이스는 세큄에서 함께 학교를 다녔던 대부분의 농장 소녀들과는 전혀 다른 경로에 들어서게 되었다. 물론 집밖에서의 경력을 적극적으로 추구하지는 않았다. 단지 가정을 꾸리고 싶어 했으며, 그것도 '잘' 꾸리고 싶어 했을 뿐이었다. 한편으로 자기 어머니가 산 것과 같은 인생을 살 의도는 전혀 없었는데, 그런 삶에서는 집안일이 주부의 세계관의 지평을 규정하는 동시에 제한했기 때문이다. 조이스는 지식인으로서의 삶을 살고자 원했고, 대학은 그런 삶으로 들어가는 입장권이나 다름없었다.

하지만 역설적이게도 조이스가 목표에 도달하기 위한 유일한 방법은 더 많은 집안일을 하는 것이었다. 그해 9월에 연락선에서 내려 시애틀 시내로 들어서자마자, 당장 살 곳과 등록금과 음식과 책을 살 수 있는 돈을 벌 방법이 필요했다. 대학에 입학해서 잠깐 동안 이모인 로라와 함께 살았지만, 이처럼 힘든 시기에 먹여 살려야 할 입이 또 하나 늘었다는 것이야말로, 가뜩이나 빠듯한 이모의 가계에 큰 부담이라는 사실이 머지않아 분명해졌다. 이후 2주 동안 조이스는 매일 새벽에 일어나서 〈시애틀 포스트 인텔리전서〉에 게재된 (하나같이 보잘것없는 봉급만을 제안하는) '구인' 광고를 샅샅이 뒤져보았다. 그나마도 하루에 그런 광고가 대여섯 개도 되지 않는 경우가 많았는데, 바로 옆에는 '구직' 광고가 길게 이어지곤 했다.

똑똑한 머리를 가진 것을 제외하면, 조이스가 고용주에게 제공할 수 있는 유일한 서비스는 사실 자기가 가장 하기 싫어하는 것, 즉 청소와 요리였다. 그리하여 그녀는 가사 업무 관련 광고에 초점을 맞추었다. 하녀 모집 광고를 발견할 때마다 가장 좋은 옷을 입고, 버스비를 아끼려는 마음에 몇 킬로미터씩이나 걸어갔다. 캠퍼스 동쪽에 있는 한창 인기 있는 로렐허스트 지역에 가보기도 하고, 웅장한 빅토리아 시대 풍의 집들이 조용하고도 그늘진 거리에 서 있는 캐피틀 힐로 이어지는 가파른 오르막길을 오르기도 했다. 때때로 이 도시의 엘리트들의 오만한 아내들을 집집마다의 문간에서 만났는데, 이들은 지원자를 답답한 대기실로 데려가 화려한 소파에 앉힌 다음, 하녀 근무 경험과 증거를 요구했지만, 조이스는 아무것도 가진 게 없었다.

마침내 어느 더운 날 오후, 로렐허스트에서 또 한 번의 낙담스러운 면접을 마친 조이스는 아예 여기저기 문을 두들기며 다녀보기로 작정했다. 그곳의 집들은 크고도 우아했다. 어쩌면 그중 누군가는 사람이 필요한데도 불구하고 아직 광고를 내지 않았을지도 몰랐다. 그녀는 거리를 이리저리 오갔고, 가뜩이나 붓고 관절염까지 있는 발이 욱신거리고, 겨드랑이에는 땀이 차오르고, 머리카락은 축축하고 흐트러진 상태에서, 집집마다의 긴 진입로를 따라 들어가서 만만찮아 보이는 현관문을 똑똑 두들겼다.

그날 늦게, 수척한 표정의 나이 지긋한 신사가 (그는 이 지역의 유명한 판사였다.) 문을 열었고, 그녀의 하소연을 듣고 나서 고개를 갸우뚱하더니 유심히 바라보았는데, 정작 증명이나 경험에 관한 어려운 질문은 내놓지 않았다. 길고도 어색한 침묵 속에서, 판사는 그녀를 바라보기만 했다. 그러다가 마침내 그가 말했다. "내일 아침에 와요. 지난번에 있던 하녀의 옷이 댁한테도 맞는지 봐야 하니까."

다행히도 옷은 잘 맞았고, 그리하여 조이스는 마침내 일자리를 얻었다.

주말 저녁에 외출 허가를 받을 때마다 조와 함께 어울리는 것도 가능해졌다. 두 사람은 몇 센트밖에 안 되는 전차 요금을 내고 시내로 나갔고, 40센트인 요금을 내고 찰리 챈이나 메이 웨스트가 나오는 영화를 보았다. 금요일 밤에는 '클럽 빅터 Club Victor'에서 대학생 할인 행사가 있었는데, 이때에는 추가 요금이 없을 뿐만 아니라 그 지역의 유명 악단을 이끄는 빅 마이어스의 공연을 들으며 춤을 출 수도 있었다. 토요일에는 풋볼 경기가 종종 열렸는데, 경기가 끝나면 여성회관에서 무도회가 열렸다. 조와 조이스는 이런 모든 행사에 거의 참석했고, 이때에는 조도 25센트나 되는 입장료를 기꺼이 지불했다. 하지만 농구장에서 학교 악단의 요란한 연주에 맞춰 춤을 추는 것은 각별히 낭만적이지도 않았으며, (일찍이 세큄에서 '닭장'의 비좁고 땀 냄새 지독한 공간에서 춤을 추던 것에 비해서) 각별히 더 낫지도 않았다. 아쉽게도 조는 자기가 가장 원하는 일을 할 수가 없었는데, 바로 그녀의 친구들 상당수가 자주 찾는 시내의 멋진 곳으로 그녀를 데려가는 일이었다. 그런 장소에 가려면 조이스는 모슬린 드레스를 입고 조는 양복을 걸쳐야 했는데, 두 사람 모두 그런 옷은 있지도 않았다. 시애틀의 시내에 있는 트리아농 무도장 같은 곳이 그러했는데, 여기에는 반들반들한 단풍나무 바닥 무도장에 한 번에 5,000명이 들어갈 수 있었다. 번쩍이는 샹들리에가 설치되어 있었으며, 분홍색 벽에는 열대의 광경이 그려져 있었고, 악단석 위에는 은색 조가비 모양 덮개가 설치되었다. 이런 장소에서는 도시Dorsey 형제와 가이 롬바르도Guy Lombardo처럼 음악에 맞춰서 밤새도록 춤을 출 수 있었다. 조이스는 상관없다고 말했지만, 조의 입장에서는 그녀를 거기로 데려갈 수 없다는 것이 고통스러웠다.

11월 중순에 캠퍼스에는 흥분과 기대가 가득했는데, 매년 벌어지는 오리건 대학과의 졸업생 경기가 다가왔기 때문이었다. 그 서막으로 조를 포함한 조정부 신입생들은 대학대표팀을 상대로 풋볼 경기를 펼쳤고, 그 결과 선배들에게 무참하게 박살나고 말았다. 신입생들은 이때의 패배를 앞으로도 잊지 못할 것이라며, 물 위에서 복수하기로 단단히 맹세했다. 하지만 그사이에 패배자들은 전통에 따라서 승리자들을 위한 잔치를 준비해야 했으며, 학교 신문인 〈워싱턴 데일리Washington Daily〉는 이 기회를 빌려 조정부 신입생들을 조롱했다. "이들은 아마 메뉴 고르기가 쉬웠을 것이다. 왜냐하면 일요일에는 워낙 많이 '게 잡이를 했기' 때문이다."

그런데 축제가 한창이던 11월 17일에 갑자기 어두운 장막이 드리워졌다. 비극적인 일이 벌어졌기 때문이다. 신입생 윌리스 톰슨Willis Thompson이 축제용 모닥불을 피우려다가 옷에 휘발유가 묻는 바람에 불이 옮겨붙고 말았다. 그는 며칠 동안이나 심한 고통 속에 괴로워하다가 결국 다음 주에 사망했다.

바로 그달에 또 한 가지 (말 그대로) 어두운 장막이 이보다 더 넓은 세계 위에 드리워졌다. 11월 11일에 다코타 주 농부들은 바람이 심하게 부는 밤을 보내고 바깥에 나오자마자 그야말로 난생처음 보는 광경을 목격했다. 자기네 밭을 뒤덮고 있던 표토가 바람에 뒤섞이면서 대낮의 하늘조차도 갑자기 어두워지고 만 것이다. 이 먼지 구름이 동쪽으로 움직이면서, 다음 날에는 시카고 상공이 점점 어두워졌고, 그로부터 며칠 뒤에는 뉴욕 주 북부의 사람들이 쇠녹색으로 변하는 하늘을 바라보고 깜짝 놀랐다. 아직까지는 아무도 모르고 있었지만, 그달의 그 먼지는 최초의 '블랙 블리자드black blizzard'였으며, 이후 '더스트 볼Dust Bowl'이라고 일컬어지는 것의 전조에 불과했다. 그리고 이 더스트 볼이야말로 1930년대부터 1940년대 초까지 벌어졌던 기나긴 비극에서 두 번째에 해당하는 큰 사건이었다. 1933년 11월의 바람에 이어서 더 강력한 바람이 불어왔고, 그로 인해 미국 대평원의 표토 가운데 상당수가 바람에 날아가버렸으며, 수십만 명의 피난민이 (실제로는 있지도 않았던) 일자리를 구하기 위해 대륙을 가로질러 서쪽으로 향했다. 떠돌이가 되고, 발붙일 곳도 없고, 집도 없고, 자기 땅을 빼앗긴 상태에서, 이들의 자신감은 이들의 생계수단과 마찬가지로 바람에 날아가버린 상태였다.

그리고 독일에서는 아직 멀지만 충분히 어두운 분위기가 점점 늘어났는데, 이것이야말로 이 시기의 세 번째이자 가장 비극적인 사건이었다. 10월 14일에 히틀러는 갑자기 국제연맹에서 탈퇴를 했고, 그때까지 프랑스 및 그 동맹국들과 계속했던 독일의 비무장 회담도 중단해버렸다. 이것이야말로 심각하게 불안한 사건으로의 전환이었으며, 본질적으로 베르사유조약의 파기이며, 1919년 이래로 구축되었던 유럽의 평화 토대를 잠식하는 행위였다. 독일의 전설적인 무기 및 군수 회사인 크루프Krupp는 135대의 판처 탱크 제작 명령을 처음으로 받아 은밀하게 실행 중이었다. 파나마에 있는 관측자들은 최근 들어 이 운하를 통과하는 질산염의 (즉 군수품 제조에 사용되는 물질의) 화물량이 막대하게 늘어나는 것에 주목했는데, 이런 화물선들이 칠레에서 출발하여 아조레스 제도 쪽으로 (즉 유럽 방면으로) 간다는 것만 알려져 있을 뿐, 그 궁극적인 도착지는 아무도 알지 못했다.

그해 가을에 독일의 여러 도시의 거리에서는 나치식 경례를 하지 않겠다고 거부하는 미국인과 다른 외국인들이 돌격대로부터 공격을 당했고, 그로 인해 미국과 영국과 네덜란드는 만약 이런 공격이 계속될 경우에는 "가장 심각한 결과"가 초래될 것이라는 경고를 베를린에 보냈다. 그해 가을 말에는 이와 관련된 소식이 시애틀까지 도착해 있었다. 워싱턴 대학 공학부의 학장인 리처드 타일러Richard Tyler는 얼마 전에 독일을 방문하고 돌아온 참이었는데, 자신이 직접 본 것을 다음과 같은 기사로 작성해 〈데일리〉에 기고했다. "오늘날의 독일 사람들은 사소한 문제조차도 의견을 표명하기를 두려워하고 있다." 나아가 그는 나치에 불리한 것으로 해석될 수 있는 이야기를 꺼낸 사람은 누구나 체포되어 재판 없이 투옥이 가능하다고도 설명했다. 비록 타일러나 그 독자 가운데 어느 누구도 아직은 깨닫지 못하고 있었지만, 3월에 작은 중세풍의 멋진 마을 다하우 인근에 문을 연 수용소에다가, 나치는 이미 수천 명의 정치적 반대자들을 가두어놓고 있었다.

타일러의 설명이며, 다른 수십 명의 (특히 독일 출신 유대인 이민자들의) 더 불길한 설명에도 불구하고, 그해 가을 미국 정부는 모르쇠로 일관했다. 워싱턴 대학의 재학생을 대상으로, 미국이 프랑스며 영국과 동맹을 맺어서 독일을 압박해야 할지 여부를 묻는 여론조사를 실시한 결과, 당시 미국 어디에서나 나온 결과와 유사했다. 즉 99퍼센트가 "아니다"라고 대답한 것이다. 11월 15일에 윌 로저스Will Rogers는 프랑스와 독일 간의 제2차 충돌 전망에 관한 미국의 태도를 다음과 같이 깔끔하고도 인상적으로 정리했다. 즉 미국은 "저 두 마리 수고양이들이야 담장 위에서 서로 엉겨붙도록 그냥 내버려두고, 우리는 그저 지난번에 그놈들을 떼어놓으려다가 할퀸 우리의 상처나 치유하자."는 것이었다.

11월 28일 오후, 가을 학기의 마지막 연습이었던 바로 이 날에 신입생들은 혹독한 선발 시험을 치렀다. 이들이 경주정 보관고로 돌아오자, 볼스 코치가 학생들에게 잠시 기다려보라고, 지금 1호와 2호 보트에 탈 선수 명단을 발표한다고 말했다. 곧이어 그는 앨 울브릭슨의 사무실로 들어갔다.

학생들은 서로의 얼굴을 쳐다보았다. 이들이 서 있는 곳과 코치 사무실로 사용되는 좁은 방 사이의 벽에는 김 서린 유리창이 나 있어서, 이들은 울브릭슨과 볼스가 플란넬 양복 차림으로 책상 위에 몸을 숙이고 서서 종이 한 장을 살펴보는 모습을 지켜볼 수 있었다. 우기가 시작되면 오후마다 늘 그러하듯이, 경주정 보관고 안은 땀과 젖은 양말과 곰팡이 냄새로 지독했다. 오후의 미약한 햇빛이 보관고 위쪽의 창문을 통해 스며들어왔다. 가끔 한 번씩 강한 바람이 불어와 커다란 미닫이문을 흔들었다. 두 명의 코치가 사무실에 머무는 동안, 학생들은 평소에 연습이 끝났을 때와는 달리 농담이나 장난을 즐기지 않았으며, 오히려 불편한 침묵만을 유지할 뿐이었다. 유일한 소리라고는 뭔가를 살살 톡톡 두들기는 소리였다. 보관고의 안쪽 어디에선가 포코크가 새로운 경주정 뼈대를 조립하기 위해 못질을 하고 있었던 것이다. 로저 모리스가 다가오더니 조 옆에 말없이 서서 수건으로 머리를 닦았다.

볼스는 종이를 한 장 들고 사무실에서 나오더니 벤치에 올라섰다. 학생들은 그를 반원 모양으로 에워쌌다.

우선 볼스는 이것은 사전 선발에 불과하다고, 즉 자기가 지금부터 발표할 좌석을 확보하기 위한 경쟁은 이후로도 계속될 것이라고, 나아가 자기도 그런 경쟁을 계속 독려할 것이며, 어느 누구도 지금 당장 자기 이름이 명단에 들어갔다고 해서 우쭐하면 안 된다고 말했다. 어느 누구도 자기 자리가 확실하다고 생각해서는 안 되며, 이 바닥에서 확실한 자리란 없기 때문이라고 했다. 이어서 코치는 명단에 오른 이름을 불렀다. 처음에는 2호 보트에 배정된 선수들 이름을 불렀는데, 이들이야말로 1호 신입생 보트에 배정된 "운 좋아 보이는" 선수들의 강력한 경쟁자가 될 예정이었다.

볼스가 2호 보트 배정자 명단을 모두 발표한 뒤 조가 옆을 흘끗 바라보았더니, 로저는 실망한 표정으로 바닥을 내려다보고 있었다. 둘의 이름이 나오지 않았던 것이다. 하지만 두 사람 모두 오래 기다릴 필요가 없었다. 볼스가 1호 보트 배정자를 발표했기 때문이다. "뱃머리 좌석 로저 모리스. 2번 좌석 쇼티 헌트Shorty Hunt, 3번 좌석 조 랜츠……." 볼스가 명단을 읽어나가는 사이, 조는 주먹을 불끈 쥐었다 폈다를 여러 번 반복했다. 선발되지 못한 친구들 앞에서 차마 기뻐할 수 없었기 때문이다. 그의 옆에 있던 로저도 조용히 한숨을 내쉴 뿐이었다.

나머지 학생들이 샤워장으로 향하는 사이, 1호 보트에 배정된 선수들은 경주정 바지선을 선반에서 꺼낸 다음, 그걸 머리 위로 번쩍 치켜들고 어두워지는 호수로 가서, 이번 일을 축하하는 의미에서 한 번 타보기로 했다. 가볍지만 날카로운 바람이 물결을 일으키고 있었다. 해가 지는 중에도 이들은 발판에 발을 묶고, 동쪽에 펼쳐진 워싱턴 호수의 탁 트인 수면보다 더 잔잔한 물을 찾아 서쪽으로 노를 저었고, 컷 수로와 포티지 만을 지나서 결국 유니언 호수로 접어들었다.

기온은 영하 10도 가까이 뚝 떨어졌고, 물 위에 나와 있으니 더 춥게 느껴졌다. 하지만 조는 추위를 전혀 느끼지 못했다. 보트가 유니언 호수 표면을 미끄러져 나가는 사이, 도시의 자동차 소음은 점차 멀어지고, 그는 배꼬리에서 들려오는 키잡이의 리드미컬한 외침을 제외하고는 완전한 침묵이 깔린 세계로 접어들었다. 조의 좌석은 그 아래의 윤활유 묻은 활주대 위에서 꾸준하면서도 조용하게 앞뒤로 움직였다. 그의 팔과 다리는 당기고 미는 동작을 부드럽게, 거의 손쉽게 수행했다. 그가 움직이는 하얀 노깃이 검은 물에 들어갈 때에도 작은 소리밖에는 들리지 않았다.

호수의 북쪽 끝에서 키잡이가 말했다. "이제…… 그만!" 그러자 학생들은 노 젓기를 중단했고, 경주정은 천천히 멈추었으며, 긴 노는 이들 옆의 수면에 질질 끌렸다. 머리 위로는 은색 달빛을 가장자리에 받은 검은 구름이 빠르게 흘러갔다. 하늘 높은 곳의 바람에 떠밀려가는 것이었다. 학생들은 아무 말이 없었고, 단지 숨을 헐떡이면서 흰 입김을 토해낼 뿐이었다. 이제는 노 젓기를 멈춘 상태였지만 이들의 호흡은 여전히 일치되어 있었고, 잠시나마 조는 자기들 모두가 한 생명체의, 즉 그 나름의 호흡과 영혼을 보유하고 살아 있는 어떤 생명체의 일부분이라는 느낌을 받았다. 서쪽으로는 새로 개통된 오로라 다리의 마치 거미와도 같은 강철 아치 아래로 수많은 자동차의 은빛 헤드라이트가 천천히 지나갔다. 남쪽으로는 시애틀 시내의 작은 불빛들이 파도 위에서 춤추고 있었다. 퀸 앤 힐 꼭대기에는 라디오 송신탑의 새빨간 불빛이 켜졌다 꺼졌다 했다. 조는 차가운 공기를 훅 하고 크게 들이마신 다음, 가만히 앉아서 이 모든 광경을 지켜보았다. 잠시 후에는 그 색깔이 슬며시 흐려졌는데, 왜냐하면 가족으로부터 버림받은 이후 처음으로 그의 눈에 눈물이 어렸기 때문이다.

그는 고개를 돌려 수면을 바라보았고, 다른 친구들이 눈치 채지 못하도록 일부러 노받이를 살펴보는 척했다. 도대체 이 눈물이 어디에서 나오는 것인지, 무엇 때문인지 몰랐다. 비록 잠시 동안이기는 하지만 그의 안에 있는 뭔가가 움직였던 것이다.

학생들은 숨을 다 고르고 나서 이제는 서로 이야기를 주고받았다. 농담도 아니고, 떠드는 것도 아니었으며, 단지 밤 풍경을 수놓은 갖가지 불빛에 관해서, 그리고 자기들 앞에 놓인 미래에 관해 조용히 이야기를 나누었다. 그러다가 키잡이가 소리쳤다. "모두 준비!" 조는 고개를 돌려 보트 뒤쪽을 바라보았으며, 자기 좌석을 앞으로 밀고, 자기 노의 하얀 노깃을 석유처럼 시커먼 물속에 박은 다음, 근육을 긴장시킨 상태에서 가물거리는 어둠 속으로 배를 추진시킬 명령이 떨어지기를 기다렸다.

1933년 12월의 둘째 날, 시애틀에서는 역사상 전무후무한 규모의 장마가 시작되었다. 이후 30일 동안 하늘에 구름 한 점 없었던 날은 단 하루뿐이며, 비가 내리지 않은 날은 겨우 나흘뿐이었다. 그달 말일에 워싱턴 대학에는 무려 36센티미터의 비가 쏟아졌다. 시내에는 39센티미터의 비가 쏟아져서 그해의 어느 달보다도 많은 강우량을 기록했다. 어떤 날에는 보슬비가 내렸다가, 또 어떤 날에는 장대비가 내렸다. 둘 중 어느 쪽이건 간에 비는 끝도 없이 내렸다.

워싱턴 주 서부의 모든 강들이 (치헬리스Chehalis 강, 스노퀄미Snoqualmie 강, 두와미시Duwamish 강, 스카이코미시Skykomish 강, 스틸라과미시Stillaguamish 강, 스코코미시Skokomish 강, 스노호미시Snohomish 강 등이) 범람하여 농가를 휩쓸고, 수백만 톤의 표토를 씻어내어 퓨젓 사운드로 흘러들어가게 만들었으며, 캐나다와의 국경 지역에서부터 더 남쪽의 컬럼비아 강까지 강변을 따라 줄줄이 자리한 여러 공동체의 상업 지역마다 홍수가 일어났다. 시애틀 북부에서는 불어난 스카짓 강이 그 하구 인근의 흙 제방을 무너뜨리는 바람에, 이 주에서도 가장 비옥한 2만 에이커의 농지가 바닷물에 침수되고 말았다.

앨키, 매드로나Madrona, 매그놀리아Magnolia 같은 시애틀의 가장 멋진 언덕 지역에서는 침식된 절벽에서 주택이 미끄러져 워싱턴 호수나 퓨젯 사운드에 빠지는 사고가 일어났다. 도로가 무너지고, 주택이 언덕 아래로 미끄러지기도 했다. 시내에서는 폭풍으로 인해 불어난 물로 하수도가 넘쳤고, 맨홀에서는 물이 역류했으며, 저지대인 인터내셔널 지구International District에서는 거리와 상점이 침수되었다. 엘리엇 만의 해안을 따라 늘어선 보잘것없는 판자촌에서는 끝도 없이 쏟아지는 비 때문에, 가뜩이나 허약한 벽에 난 틈새를 막아놓았던 신문지가 젖어 떨어져나가고, 낡아빠진 천막이 찢어지고, 녹슨 강철 골판 지붕 사이로 물이 스며들고, 진흙 바닥에 놓여 있던 낡은 매트리스가 흠뻑 젖는 바람에 그 위에서 자던 사람은 뼈까지 스며드는 추위를 느껴야 했다.

이런 강한 습격의 와중에도, 가을 학기의 기말 시험이 끝나자마자 조는 크리스마스 연휴를 즐기기 위해 고향 세큄으로 돌아갔고, 조이스도 이때에 맞춰 잠시 휴가를 얻어 그와 동행했다. 조는 맥도널드 가족을 방문하고, 실버혼에 있는 자기 집이 멀쩡한지도 살펴보았지만, 밤에 잠은 조이스의 부모님 댁 다락방 침대에서 잤다. 그가 들어오자, 조이스의 어머니는 자기가 오려놓은 그 지역 신문 기사를 보여주었다. 헤드라인에 "조 랜츠, 1호 경주정 선수로 발탁"이라고 적혀 있었다. 그녀의 말에 따르면, 그는 이 동네에서 이미 화제의 대상이라는 것이었다.

제2부

1934년

조지 요먼 포코크, 경주정을 제작하다

톰 볼스

제6장

내가 항상 품었던 야심은 세계에서 가장 뛰어난 경주정 제작자가 되는 것이었다. 거짓된 겸손 없이 말하자면, 나는 이미 내가 그 목표를 달성했다고 믿는다. 내가 만약 (보잉 사의-저자) 주식을 매각하면, 나는 인센티브를 잃어버리는 대가로 부자가 될 것이지만, 그 대신 이류 장인이 될 것이다. 나는 차라리 일류 장인으로 남는 쪽이 낫다고 본다(제1차 세계대전 당시 포코크 형제는 잠시 보트 제작을 접고 시애틀의 한 비행기 제작업체에 들어가 수상 비행기용 부양장치를 만들었는데, 이 회사가 훗날 보잉과 합병하면서 자연스레 그 주식을 취득한 것으로 보인다-옮긴이).

－조지 요먼 포코크

1월에 조와 조이스는 시애틀로 돌아왔는데, 그곳에는 여전히 매일 비가 내리고 있었다. 조정부 연습이 1월 8일에 다시 시작되자, 신입생 보트 1호와 2호에 배정된 조와 17명의 학생들은 이제 자기들이 경주정 바지선을 벗어나 난생처음으로 진짜 경주정에 올라탈 자격을 취득했음을 알았다. 바로 워싱턴의 경주정 보관고 안쪽에 자리한 작업장 다락에서 조지 포코크가 만들어낸 매끈하고 멋진 삼나무 배였다.
　이들은 또한 가혹하게만 보이던 작년 가을의 시험 일정표조차도 앨 울브릭슨과 톰 볼스가 이들을 위해 생각해놓은 앞으로의 시험 일정표에 비하면 그야말로 "새 발의 피"라는 사실을 알게 되었다. 앞으로 몇 달 동안 이들은 서로를 상대로 경주를 벌여야 하는 것은 물론이고, 준대표팀이며 대학대표팀과도 경주를 벌이게 될 것이었다. 이후에는 브리티시 컬럼비아 대학이나 다른 북서부의 팀들과도 경주를 벌일 것이라고 했다. 하지만 진짜 경주 시즌은 짧은 반면 위험은 높았다. 4월 중순에 가서는 신입생 가운데 한 팀만이 (즉 누구든지 간에 1호 경주정에 탑승한 신입생만이) 바로 이곳 워싱턴 호수에서 열리는 연례 '태평양 연안 조정대회'에서 자신들의 최대 경쟁자인 캘리포니아 대학 버클리 캠퍼스 팀과 맞서게 될 것이었다. 만약 신입생팀이 이 경주에서 이긴다면 (만약 그렇게만 된다면) 그들은 서부 최고의 팀이라고 주장할 수 있을 것이었다. 아울러 그들은 6월에 포킵시에서 열리는 전국신입생선수권대회에서 해군사관학교와 동부의 여러 엘리트 대학들을 상대로 경주를 벌일 기회를 얻을 것이다. 바로 그거였다. 이 시즌 전체가 (즉 9개월 동안의 준비가) 바로 이 두 가지 주요 대회로 요약되는 것이다.

볼스가 신입생 전담 코치로 일한 6년 내내, 그에게 배운 선수들이 워싱턴 호수에서 경주를 벌여 캘리포니아에, 또는 다른 누군가에게 패배한 적은 단 한 번도 없었다. 따라서 제아무리 캘리포니아의 신입생들이 뛰어나다는 평판이 있어도, 볼스는 이번에도 상대편에게 1등을 양보할 생각이 없었다. 그런데 이번에는 상대편의 신입생들이 '아주' 뛰어나다는 평판을 그도 우연히 전해듣게 되었다. 사실 볼스는 카이 이브라이트의 제자들이 작년 8월부터 조정에 입문했으며, (워싱턴의 신입생들이 경주정 바지선에 시험 삼아 탑승해보았던) 지난 10월부터 진짜 경주정에 올라타고 서로 경주를 벌였다는 사실도 알고 있었다. 볼스가 가만 보니, 이브라이트는 자기네 신입생들이 워싱턴을 완전히 박살낼 것이라면서, 베이에어리어의 언론에다가 평소보다 더 요란하게 떠들어대고 있었다. 그러니 이제부터 경주 당일까지, 비가 오건 날씨가 맑건 일주일에 엿새는 노를 저어야 할 것이라고 볼스는 학생들에게 통보했다.

비가 내렸지만 이들은 노를 저었다. 날카로운 바람과 고약한 진눈깨비와 가끔 내리는 눈 속에서도 노를 저었고, 매일 저녁 깜깜해질 때까지 노를 저었다. 차가운 빗물이 등을 타고 흘러내리고 보트의 바닥에 고여 웅덩이를 만드는 와중에도, 좌석이 앞뒤로 활주할 때마다 철벅거리며 물이 튀는 와중에도 계속 노를 저었다. 그 지역의 한 스포츠 기자는 이 달에 선수들이 연습하는 모습을 지켜보고는 이렇게 썼다. "비가 내리고, 내리고, 또 내렸다. 그다음에는 비가 내리고, 내리고, 또 내렸다." 또 다른 기자는 이렇게 논평했다. 선수들은 "자칫 경주정을 전복시킬 뻔했고, 노를 저었지만 진전에는 별다른 성과가 없었다. 호수 위나 아래나 할 것 없이 흠뻑 젖은 상태였다." 경주정이 워싱턴 호수 이편에서 저편으로, 몬틀레이크 컷 수로를 지나 유니언 호수로, 그리고 낡은 목재 운반용 스쿠너들의 물에 젖은 검은 선체며 물을 뚝뚝 흘리는 제1사장第一檣(뱃머리에서 앞으로 튀어나온 돛대 모양의 둥근 나무-옮긴이)을 지나치는 내내, 볼스는 계속해서 선수들을 뒤따랐다. 놋쇠로 테를 두르고 마호가니로 선체를 만든 코치 전용 모터보트 '알룸누스Alumnus 호'를 타고 물결을 헤치면서, 개방식 조종석에서 밝은 노란색의 우비를 걸친 채로, 코치는 목이 쉬고 아파올 때까지 메가폰으로 계속해서 학생들에게 명령을 내렸다.

10월과 11월의 힘들고 추웠던 선발 시험을 거친 학생들 가운데 일부는, 이날의 훈련이 끝나자마자 자기 노를 선반에 올려놓고 지친 모습으로 언덕을 올라가더니 결국 돌아오지 않았다. 네 척의 보트를 채우던 인원이 이제 세 척으로 줄어들었고, 그달 말에 볼스는 3호 보트를 채울 인원을 맞추는 데에도 애를 먹었다. 조의 보트에 탄 선수들은 계속 눌러앉아 있었지만, 어렴풋한 동지애와 함께 자라나던 (잘만 하면 현재의 인원 그대로 11월에 유니언 호수에서 열리는 대회까지 출전할 수 있겠던) 이들의 기대는 금세 깨져버리고 말았다. 볼스가 선수 하나하나를 새로이 평가하고, 누가 남고 누가 빠질 것인지를 결정하려고 고심하면서, 선수들 사이에 피어올랐던 낙관주의는 하룻밤 사이에 불안과 의구심과 말다툼으로 바뀌어버렸다.

앨 울브릭슨도 이에 못지않게 상급생 선수들을 혹독하게 훈련시켰으며, 4월에 캘리포니아를 상대하고 6월에 동부 대학들을 상대할 준대표팀 1호와 대학대표팀 1호 경주정에 태울 선수들을 확정하기 위해 고심했다. 하지만 비 내리는 1월이 지나가고 바람 부는 2월이 찾아오자, 그는 수면에서 펼쳐지는 광경을 지켜보며 무척이나 불만을 품었으며, 특히 대학대표팀을 보면서 더욱 그렇게 느꼈다. 매번 연습이 끝나고 나면, 울브릭슨은 자기 사무실에 들어앉아서 업무일지를 기록하는 습관이 있었다. 그의 사적인 논평은 종종 과묵한 대외 이미지에 비해서 상당히 많은 것을 드러내는 편이었다. 날씨에 관해 투덜거리는 수많은 항목 가운데에서, 그는 상급생들에게 서로 경주를 시키는 과정에서 선수들 사이에 사기가 결여된 것에 더 많이 투덜거렸다. 시간이 갈수록 그가 일지에 여기저기 신랄한 논평을 덧붙이는 경우가 늘어났다. "춤추러 다니는 놈들이 너무 많다." "투덜거리는 놈들이 너무 많다." "투지가 충분하지 않다." "간절히 바라기만 했다면 더 따라잡았을 텐데."

2월 16일에 울브릭슨은 마침내 자기가 좋아하는 뭔가를 발견했는데, 엉뚱하게도 그가 찾던 곳에서 발견한 것은 아니었다. 그날 저녁 대학대표팀 보트가 경주정 보관고로 돌아가는 길에, 역시나 돌아가는 길이던 톰 볼스 휘하의 1호 신입생 보트와 나란히 가게 되었다. 보관고까지는 아직 2마일이나 남아 있었기 때문에, 두 팀은 누가 시키지도 않았는데 자연스럽게 경주를 벌였다. 처음에는 신입생팀이 대표팀과 뱃머리를 나란히 했으며, 스트로크 비율도 똑같이 맞춰서 노를 저었다. 울브릭슨이야 크게 놀란 것까지는 아니었다. 볼스가 신입생을 혹독하게 훈련시킨다는 것을 잘 알았기 때문이다. 하지만 양쪽 선수들 모두 이미 몇 시간째 노를 저은 뒤였으므로, 코치 전용 보트를 타고 뒤따라가면서 울브릭슨은 더 어리고 경험 없는 녀석들이 뒤처질 것이라고 예상했다. 하지만 뒤처지기는커녕 경주정 보관고까지 반 마일쯤 남은 상황에서 신입생이 갑자기 앞으로 나오기 시작했고, 4분의 1정신艇身 앞서 나갔다. 울브릭슨은 이 모습에 주목했다. 대학대표팀의 키잡이 하비 러브Harvey Love도 이를 주목하고는 서둘러 더 높은 스트로크 비율을 주문했다. 대학대표팀은 마지막 30초 동안에 전력을 다했고, 그 덕분에 신입생과 간신히 뱃머리를 나란히 하면서 경주정 보관고가 있는 부양선착장에 도달했다. 이날 밤 울브릭슨은 업무일지에다가 다음과 같이 신랄한 한마디를 남겼다. "대학대표팀이 처음으로 제대로 된 실력을 보여준 사례였다."

거기서 남쪽으로 1,100킬로미터 떨어진 (캘리포니아 대학의 연습 장소) 오클랜드 에스추어리에서는 카이 이브라이트도 놀라우리만치 이와 유사한 문제에 직면해 있었다. 그의 지도 아래 1932년 올림픽에 출전했던 선수 가운데 아직도 캘리포니아 대학에 남아 있는 사람은 단 한 명뿐이었고, 그의 대학대표팀 라인업은 아무리 좋게 평가하더라도 '평범한' 수준으로 접어들고 있었다. 이브라이트는 도대체 뭐가 잘못되었는지 알 수 없었다. "덩치도 딱 알맞고 힘도 상당한데, 어째서 이 녀석들이 못 이기는지를 이해할 수가 없다." 그는 〈샌프란시스코 크로니클San Francisco Chronicle〉에다가 이렇게 털어놓았다. 설상가상으로 최근 몇 주 사이에는 그가 가르치는 신입생들이 시간 기록과 순위 경주 모두에서 대표팀을 앞서기 시작했던 것이다.

여러 면에서 카이 이브라이트는 앨 울브릭슨과 정반대였다. 워싱턴 대학의 역사상 가장 뛰어난 스트로크 노잡이 가운데 하나였던 울브릭슨은 키가 크고, 어깨가 딱 벌어지고, 상당히 잘생긴 편이었다. 이에 비해 키잡이 출신인 이브라이트는 키가 작고, 마르고, 안경을 꼈으며, 날카로운 인상에, 코는 크고 턱은 짧았다. 울브릭슨은 보통 중절모와 스리 피스 플란넬 정장을 걸치는 보수적인 옷차림이었다. 이브라이트도 플란 넬 정장을 입었지만, 거기다가 낡은 방수모나 테가 넓은 모자를 쓰곤 했 으며, 그나마도 앞쪽 테를 위로 밀어올려서 마치 코미디언 같은 (즉 진 오트리Gene Autry의 콤비인 스마일리 버네트Smiley Burnette 같은, 또는 호프롱 캐시 디Hopalong Cassidy의 콤비인 개비 헤이즈Gabby Hayes와도 비슷한) 인상을 주었다. 울 브릭슨은 과묵하다 못해 때로는 오만한 사람이라는 인상을 주었다. 이 브라이트는 달변가였으나 역시 오만한 인상이었다. 그에게 지도를 받은 노잡이 가운데 하나인 버즈 슐트Buzz Schulte는 이렇게 회고했다. "그분은 소리도 지르고, 야단도 치고, 놀리기도 하고, 여하간 제자들에게 동기부 여를 하기 위해서는 뭐든지 하셨습니다." 코치 전용 보트의 뱃전에 매달 려 메가폰으로 고래고래 소리를 지르는 버릇이 있는 그는 실수로 "게 잡이를 한" 어느 노잡이에게 메가폰을 집어던지기까지 했다. 그런데 특 별히 공기역학적이지는 않았던 이 메가폰은 엉뚱하게도 목표물을 크게 벗어나 키잡이의 무릎 위에 떨어졌다. 코치가 자기 동료를 함부로 대하 는 것에 화가 난 키잡이 돈 블레싱Don Blessing은 무릎으로 메가폰을 차올려 서 물에 빠뜨려버렸다. 메가폰이 물속 깊이 빠져버리자 격노한 이브라 이트가 버럭 소리를 질렀다. "블레싱! 이 망할 놈아! 저게 얼마나 비싼 메가폰인데, 대체 왜 그걸 내버린 거야?"

이렇게 가끔은 상대하기가 까다롭기도 했지만, 카이 이브라이트는 앨 울브릭슨과 마찬가지로 탁월한 코치였으며 (아울러 울브릭슨처럼 조정 분 야 '명예의 전당'에 예약된 사람이었으며) 나아가 자기가 담당한 청년들에게 깊이 신경을 쓰는 사람이었다. 1928년에 캘리포니아가 암스테르담에 서 올림픽 금메달을 획득한 바로 그날 밤, 감정이 북받친 이브라이트는 제자 블레싱에게 다가가 한 팔을 두른 다음, 갈라지는 목소리로 말했다. "있지, 돈, 내가 너한테 욕한 적도 많고 화낸 적도 많지만, 너는 내가 이제껏 만난 최고의 키잡이고 최고의 학생이야. 내가 얼마나 고마워하는지 네가 알아주었으면 좋겠다." 블레싱은 나중에 이렇게 말했다. "저는 결국 울고 말았죠. 왜냐하면 그분은 저한테 하느님이나 다름없었으니까요." 그것이야말로 이브라이트의 코치를 받은 학생 대부분이 공유하는 감정이었는데, 그중에는 훗날 미국 국방부 장관으로 재직한 로버트 맥나마라, 영화배우 그레고리 펙도 있었다.(특히 펙은 1997년에 이브라이트를 기리는 뜻에서 캘리포니아 대학 조정부에 2만 5,000달러를 기부했다.)

울브릭슨과 마찬가지로 이브라이트도 원래는 시애틀에서 자랐으며, 워싱턴 대학을 다니면서 1915년에 키잡이로 처음 조정선수 생활을 시작했다. 한번은 워싱턴의 선수로 키를 잡아서 무려 열다섯 정신 차이로 캘리포니아를 박살내는 굴욕을 선사하기도 했다. 졸업 후에도 그는 워싱턴의 경주정 보관고 주위를 기웃거렸으며, 비공식적으로나마 학생과 코치에게 조언을 하면서 도움을 주었다. 그러다가 1923년에 워싱턴의 수석코치 에드 리더Ed Leader가 예일 대학으로 자리를 옮기자, 이브라이트도 그를 대신할 신임 코치 후보군에 이름을 올렸지만, 워싱턴에서는 그 대신에 러셀 "러스티" 캘로Russell "Rusty" Callow를 선택했다.

그 직후에 워싱턴은 캘리포니아의 코치 벤 월리스Ben Wallis가 버클리를 떠나게 되었으며, 나아가 그 학교 측에서는 여러 해 동안 성과가 거의 없었다는 이유로 조정부 자체를 없애버릴 의향이 있음을 알게 되었다. 그러자 워싱턴의 조정부 운영위원회에서는 재빨리 캘리포니아에 편지를 보냈다. 캘리포니아는 1868년 이래로 줄곧 조정부를 운영하고 있었으며, 따라서 그곳은 미국 내에서 가장 오래된 조정부 가운데 하나였다. 마침 스탠퍼드도 1920년에 조정부를 포기한 바 있었다. 그러니 이제 와서 캘리포니아까지 조정부를 포기한다면, 결국 서부 연안의 만만찮은 경쟁자조차도 없어진 상태에서 워싱턴의 조정부 운영도 자칫 정당성을 충분히 얻지 못할까봐 운영위원회는 걱정하고 있었다. 그런데 해결책은 의외로 가까운 곳에 있었다. 캘리포니아는 뛰어난 코치를 원하고 있었고, 이브라이트는 코치 자리를 원하고 있었으며, 워싱턴은 막강한 경쟁자를 원하고 있었던 것이다. 그리하여 이브라이트는 1924년 2월에 캘리포니아의 수석코치가 되어 그 학교의 조정부를 재건하는 막대한 임무를 떠안았다. 그리고 그는 모교에 앙갚음까지 곁들여 하면서 임무를 멋지게 완수했다.

1927년에 캘리포니아 조정부는 실력이 크게 향상되어서, 이제는 서부 연안의 최고 자리를 놓고 워싱턴과 충분히 경쟁을 벌일 수 있게 되었다. 그 와중에 양쪽 조정부 사이에는 불화가 자라나기 시작했다. 워싱턴의 경주정 보관고에 있는 사람들은, 애초부터 이브라이트가 캘리포니아로 순순히 가겠다고 한 것이야말로 모교를 배신하는 거나 다름없다고 생각했다. 또 다른 사람들은 (옳건 그르건 간에) 이브라이트가 워싱턴에서 코치 자리를 얻지 못한 것에 원한을 품고 있으며, 따라서 워싱턴에 개인적으로 보복을 가할 기회를 엿보고 있다고 생각했다. 캘리포니아의 실력이 점점 향상됨에 따라 다른 쟁점들도 부각되고, 새로운 원한도 생겨났으며, 두 군데 조정부 사이의 관계는 더욱 악화되고 말았다. 머지않아 양측의 경쟁관계는 이브라이트가 훗날 퉁명스레 표현한 것처럼 "악의적이고 피 튀기는" 수준으로 변했다.

양측의 악감정 가운데 일부는 의외로 양측의 경주정 보관고에서도 가장 신사다운 사람을 놓고 집중되어 있었다. 워싱턴에서 선수로 뛰던 시절부터 카이 이브라이트는 워싱턴의 조정부에서 조지 포코크의 존재가 어떤 의미인지를 무척이나 잘 알고 있었다. 따라서 자기 나름의 조정부를 꾸려가는 과정에서 그는 이 문제를 곰곰이 생각하게 되었다.

그가 품은 분개 가운데 일부는 장비에 관한 의구심과 관련되어 있었다. 미국 전역의 거의 모든 조정부 코치와 마찬가지로, 1920년대 말에 이브라이트는 자기네 장비 가운데 대부분을 포코크에게서 구입하고 있었다.(워싱턴의 경주정 보관고 내에서 포코크가 별도의 사업체를 운영하고 있었기 때문이다.) 포코크가 만든 삼나무 경주정과 가문비나무 노는 그 당시까지 미국 내에서 최고의 장인정신과 견고성, 그리고 (가장 중요하게는) 물 위에서의 속도를 보장한다고 소문나 있었다. 그야말로 예술품에 가까운 물건들이었으며, 워낙 우아하고 유선형이어서, 사람들은 그 물건들이 선반에 놓여 있는 상태에서도 마치 움직이는 것처럼 보인다고 말하곤 했다. 1930년대 중반이 되자 포코크의 에이트 경주정 판매가는 제너럴 모터스의 캐딜락 부서에서 만든 최신형 라살 승용차 판매가에 맞먹을 정도였다. 하지만 이브라이트는 (자기 아버지가 들은 소문을 근거로) 어쩌면 포코크가 워싱턴의 최대 경쟁자를 저지하려는 의도로 유독 자기한테만 2급의, 또는 하자 있는 장비를 보내는 것인지도 모른다는 의심을 품게 되었다. 그는 화가 나서 포코크에게 편지를 써 보냈다. "그분이 들으신 바에 따르면, 올해 당신이 캘리포니아에 만들어 보낸 경주정보다 워싱턴이 사용하게 될 경주정이 훨씬 더 좋은 것이라고 말씀하셨다더군요." 이후 몇 달 동안 버클리에서는 점점 더 불쾌하고 비난 섞인 편지가 날아와 포코크의 우편함으로 들어갔다. 그때마다 이 영국인은 정중하고도 외교적인 답장을 보냈으며, 캘리포니아에 보낸 장비는 자기가 워싱턴이나 다른 모든 고객에게 제공하는 장비와 완전히 똑같은 것들이라고 해명했다. "장담하건대, 워싱턴 측에서는 기꺼이 당신네와 보트를 바꾸려고 들 겁니다." 그가 말했다. "혹시나 적들이 만든 경주정을 탄다는 생각을 선수들의 머릿속에서 싹 지워주시기 바랍니다. 전혀 그렇지 않으니까요. 저 역시 배를 만드는 일이 최우선이고, 조정경기를 대중화하는 일은 그다음일 뿐입니다." 하지만 이브라이트는 의심을 거두지 않았고 계속해서 포코크를 닦달했다. "제가 말씀드린 것과 같은 느낌을 저희 선수들도 받는 것은 지극히 자연스러운 일입니다. 즉 적들이 만든 경주정을 얻어 타고 있다는 생각을 하게 되는 것이지요. 그로 인해 사기가 저하되는 것은 물론이고, 우리로선 동등한 조건 아래서 경쟁을 하기가 어려워지는 겁니다."

이브라이트의 불평불만을 잠재우려는 과정에서 포코크는 궁지에 몰리고 말았다. 1931년에 이르러 대공황의 여파로 미국 전역의 조정부 가운데 일부는 아예 없어지거나, 또는 장비 구입을 크게 줄이고 말았다. 포코크가 만드는 경주정은 여전히 선망의 대상이었지만, 이제는 오히려 이 장인 쪽에서 사업체 문을 닫지 않으려고 애를 써야만 하는, 급기야 전국의 조정부 코치들에게 편지를 써서 제발 주문을 넣어달라고 호소해야 하는 입장이 되었다. 이브라이트는 자기가 포코크에게 무작정 덮어씌웠던 혐의를 확고하게 해둘 기회를 잡으려고 열심이었던 것처럼 보인다. 이 보트 제작자와 교환한 서신을 보면, 그는 아예 영국 제조업자에게서 장비를 구입하겠다고 엄포를 놓으면서, 그게 싫다면 가격을 깎아달라고 요구하는가 하면, 자기가 배를 구매하게 되면 설계를 좀 변경해달라고 주장하기도 했다. 포코크는 비록 주문을 얻으려고 필사적이기는 했지만, 그렇다고 해서 가격을 깎을 수는 없다고 거듭해서 설명했다. "올해 보트를 주문한 고객 가운데 어느 누구도 그런 요구를 하지 않았습니다. 그들이야 이만한 가치가 있다는 사실을 알고 있으니까요." 하지만 이브라이트는 오히려 자기 입장을 강화할 뿐이었다. "예전 가격을 앞으로 더 오래 끌고 가시지는 못할 겁니다. 이제는 그런 가격을 지불하는 것이 완전히 불가능해질 테니까요. 황금알을 낳던 거위는 이미 사라져버린 겁니다."

하지만 이브라이트가 품은 분노의 대상은, 포코크가 제작해서 자기한테 보내는 장비의 품질이나 가격이 아니라 워싱턴의 프로그램 그 자체였다. 즉 워싱턴의 학생들은 포코크로부터 대단히 훌륭한 조언을 들을 수 있는 반면, 자기 학생들은 그러지 못한다는 사실 때문에 화가 났던 것이다. 이브라이트는 포코크가 이 스포츠의 모든 측면에 관해서, 그리고 구체적인 기술의 요소에 관해서, 그리고 이 종목에서의 승리와 패배의 심리학에 관해서 대단한 통찰력을 지니고 있음을 잘 알았으며, 따라서 포코크의 지혜를 워싱턴이 독점해서는 안 된다고 생각했다. 두 학교가 시합을 할 때마다, 저 영국인이 선착장에 앉아서 워싱턴 학생들에게 이런저런 이야기를 해주는 모습이며, 또는 저 영국인이 코치 전용 보트에 함께 타고 울브릭슨에게 뭐라고 귓속말을 해주는 모습을 보면서 그는 배가 아프지 않을 수 없었다. 지리적 상황을 고려하면 참으로 터무니없게도 그는 포코크를 향해 이런 비난까지 내놓았다. "거듭 말씀드립니다만, 당신은 시합 때마다 우리 선수들과 한 번도 함께 있은 적이 없었습니다. 당신이 워싱턴에 해주는 것처럼, 우리와 함께 보트에 타고, 노젓기에 관해 우리한테 조언을 해주셔야 마땅하다는 겁니다."

포코크의 고결성, 장인정신, 그리고 다른 무엇보다도 명예는 곧 그의 생혈이나 다름없었다. 따라서 이 편지는 유난히 그의 마음을 아프게 했다. 자기가 계속해서 만들어 보내는 장비의 품질을 제외하면, 포코크로선 캘리포니아에 더 이상 공을 들여야 할 이유가 없었다. 게다가 그로선 유난히 마음이 아픈 또 한 가지 이유가 있었다. 1923년에 캘리포니아에서 신임 수석코치를 채용하려고 워싱턴 쪽에서 사람을 찾았을 때, 맨 먼저 그 자리를 제안 받은 사람은 다름아닌 조지 포코크였다. 하지만 포코크는 자기가 이 종목에 가장 크게 기여하는 방법은 바로 경주정을 만드는 일이라고 생각했다. 그래서 그는 서슴없이 카이 이브라이트를 적임자로 추천했던 것이다.

그럼에도 불구하고 포코크는 이 문제를 원만히 해결하기로 작정했다. 이후로 두 학교의 시합이 있을 때면, 자기가 먼저 캘리포니아 학생들에게 다가가서 이런저런 이야기를 해주었다. 경주를 앞두고 경주정에 삭구索具 설치하는 일을 도와주기도 했다. 그는 캘리포니아의 코치진과도 이런저런 대화를 나누면서 종종 요령을 알려주기도 했다. 하지만 포크크를 향한 이브라이트의 터무니없는 비난을 워싱턴의 경주정 보관고에서 모를 리 없었고, 그리하여 1934년에 이르러 양쪽 조정부 간의 관계는 더 이상 긴장될 수 없을 지경에 이르렀다.

봄 중반쯤 되어서도 톰 볼스는 매일같이 신입생을 데리고 애를 쓰고는 있었지만, 어쩐지 분위기는 전혀 엉뚱한 곳으로 흐르는 듯했다. "이녀석들이 어째 매일 조금씩 더 느려지더군요." 짜증은 치밀었지만 최대한 억제하는 투로 볼스가 말했다.

조정에서의 근본적인 문제 가운데 하나는, 선수 한 명이 슬럼프에 빠지면 그 동료들도 모조리 슬럼프에 빠지게 된다는 점이다. 야구부나 농구부의 경우, 설령 스타플레이어가 한 경기쯤 빠지더라도 충분히 승리를 거둘 수 있다. 하지만 조정은 워낙 힘든 경기인 까닭에, 매번 경주정에 타고 있는 모든 선수가 서로 의지해야만 비로소 완벽에 가깝게 노를 당길 수 있는 것이다. 각각의 노잡이의 움직임은 긴밀하게 상호 연관되어 있고, 다른 모두의 움직임에 워낙 정확하게 일치되어 있어서, 선수 가운데 어느 하나의 동작에서 실수나 부족이 나타나면 자칫 스트로크의 박자가, 보트의 균형이, 그리고 궁극적으로는 선수단 전체의 성공이 저해될 수 있었다. 그리고 이런 문제의 원인을 거슬러 올라가보면, 단 한 명의 집중력 부족인 경우가 대부분이었다.

바로 그런 이유 때문에, 워싱턴의 신입생들이 다시 한 번 정신을 가다듬으려 노력하며 노를 저을 때마다, 키잡이 조지 모리George Morry는 다음과 같은 주문을 읊어댔다. "엠-아이-비, 엠-아이-비, 엠-아이-비!" 그는 동료들의 스트로크 리듬에 맞춰서 계속해서 소리를 질렀다. 이 구호는 "보트에 신경 써라mind in boat."라는 말의 앞 철자를 딴 것이다. 다시 말해, 노잡이가 경주정에 올라타는 순간부터 보트가 결승선을 통과하는 바로 그 순간까지, 노잡이는 보트 안에서 벌어지는 일에 반드시 정신을 집중해야 한다는 사실을 상기시키는 구호인 것이다. 노잡이의 세계는 뱃전 안쪽의 이 작은 공간으로 축소되어야 했다. 노잡이는 반드시 자기 앞에 있는 다른 노잡이에게, 그리고 지시를 내리는 키잡이의 목소리에 유일무이하게 초점을 맞추고 유지해야만 했다. 성공적인 노잡이라면 보트 밖의 그 무엇에도 (예를 들어 바로 옆 레인에 있는 다른 보트라든지, 환호하는 관중이라든지, 심지어 어젯밤에 만난 여자조차도) 신경을 써서는 안 되었다. 하지만 제아무리 "엠-아이-비"를 외쳐도 신입생들에게는 효과가 없는 듯했다. 볼스는 이 보트의 기본 요소를, 다시 말해 이 보트를 가게 (또는 가지 않게) 만드는 장치를 손보아야 할 필요가 있겠다고 생각했다.

대체적으로 말하자면, 에이트 경주정의 노잡이가 하는 일은 사실상 똑같다. 즉 노를 물에 집어넣고 최대한 자연스럽게 당기는, 그리고 키잡이의 요구에 맞춰서 최대한 강하게 자주 당기는 것이다. 하지만 어느 좌석에 앉느냐에 따라서 개별 노잡이에게 기대되는 역할에는 미묘한 차이가 있었다. 보트라는 것은 뱃머리가 나아가는 방향으로 따라서 나아가게 마련이므로, 뱃머리 좌석에 있는 노잡이의 스트로크에서 어떤 편향이나 불규칙성이 발생할 경우, 방향과 속도와 안정성이 저해될 위험이 가장 컸다. 따라서 뱃머리의 노잡이라면 (다른 여느 선수와 마찬가지로) 힘이 좋아야 하는 것은 기본이고, 나아가 기술적으로도 능숙한 상태가 되어야만 했다. 즉 스트로크 하나하나마다 실패하는 법 없이 능숙해야만 하는 것이다. 2번과 3번 좌석에 앉는 노잡이들에게도 어느 정도까지는 똑같은 능력이 필요했다. 반면 4번, 5번, 6번 좌석은 흔히 "기관실"이라고 일컬어지며, 이곳의 좌석에 앉는 노잡이는 대개 보트 내에서도 가장 덩치가 크고 가장 힘 좋은 선수들이게 마련이었다. 여기서도 기술이 물론 중요하기는 하지만, 보트의 속도는 바로 이 노잡이들의 힘에, 그리고 이들이 각자의 노를 통해서 각자의 힘을 물속에 전달하는 능력에 궁극적으로 의존하게 마련이었다. 7번 좌석에 앉은 노잡이는 일종의 하이브리드였다. 그는 기관실에 있는 노잡이 못지않게 반드시 힘이 좋아야 하지만, 이와 동시에 특히나 정신을 바짝 차리고, 보트의 나머지 부분에서 일어나는 일에 항상 주의하고 거기 행동을 일치시켜야 한다. 그는 8번 좌석의 노잡이, 즉 '스트로크 노잡이'가 결정하는 타이밍과 힘의 세기를 정확하게 맞추고, 그 정보를 보트의 기관실에 효과적으로 전달해야만 한다. 스트로크 노잡이와 얼굴을 가까이 맞대고 앉은 키잡이는 뱃머리를 바라보며 경주정의 키를 조종한다. 이론상으로 스트로크 노잡이는 항상 키잡이가 요구하는 비율과 힘의 세기로 노를 저어야 하지만, 이 모두를 궁극적으로 조절하는 사람은 바로 스트로크 노잡이이다. 보트에 탄 다른 모든 선수는 스트로크 노잡이가 노를 젓는 비율과 힘에 맞춰서 노를 젓는다. 따라서 이 모두가 제대로만 작동한다면 보트 전체가 윤활유를 바른 기계처럼 잘 돌아가게 마련이며, 모든 노잡이가 그 기계를 앞으로 전진시키는 동력을 제공하는 쇠사슬에서의 (예를 들어 자전거의 체인 같은 것에서의) 중요한 연결고리로 작용했다.

　신입생들의 슬럼프를 깨뜨리기 위해서, 볼스는 이 쇠사슬에서 유난히 약한 연결고리를 찾아보았다. 그리고 그해 봄에 약한 고리일 가능성이 있어 보이는 선수는 바로 조 랜츠였다. 볼스는 조를 3번 좌석과 7번 좌석으로 번갈아 옮겨보았지만 아무런 효과가 없었다. 문제는 마치 기술적인 것처럼 보였다. 작년 가을에 있었던 신입생 선발 시험의 시작 때부터 볼스가 아무리 야단을 쳐도 조는 '직각 세우기'를 똑바로 해내지 못했다. 이 기술은 노잡이가 매번 스트로크를 시작할 때, 그러니까 움키기를 하러 노를 물속에 집어넣기 직전에 자기 노를 돌려서 노깃이 수면과 직각을 이루도록 하는 것을 말한다. 만약 노깃이 90도가 아닌 다른 각도로 물속에 들어갈 경우, 이후의 스트로크에서 생성되는 힘의 양에 손상이 빚어지고, 결국 보트 전체의 효율성이 감소된다. 직각 세우기는 강한 손목과 섬세한 정도의 운동 제어를 필요로 하는데, 조는 이런 기술을 제대로 터득하지 못하는 듯했다. 뿐만 아니라 그의 스트로크는 대부분 상당히 특이했다. 물론 강하게 노를 젓기는 했지만, 어디까지나 자기 나름의 방식으로 저었으며, 전통적인 방식을 기준으로 놓고 볼 때 그의 방식은 오히려 비효율적이었다.

짜증이 치민 볼스는 급기야 어느 날 오후 워싱턴 호수를 따라 내려가는 출발 여정 직전에 조를 1호 보트에서 내리게 했다. 그러자 보트는 눈에 띄게 속도가 느려졌다. 어리둥절해진 볼스는 귀환 여정 때 조를 다시 보트에 태웠다. 경주정 보관고까지의 경주에서 조가 다시 탑승한 1호 보트는 큰 차이로 2호 보트를 이겼다. 볼스는 당황할 수밖에 없었다. 어쩌면 문제는 랜츠의 손목에 있는 것이 아니라 그의 머릿속에 있는 모양이었다.

조에게는 이 사건이야말로 (비록 짧기는 했지만) 선수단 사이에서, 나아가 이 대학에서 자기의 위치가 얼마나 불안한지를 갑작스럽고도 냉엄하게 상기시켜주는 작용을 했다. 그로부터 며칠 뒤인 3월 20일에 〈포스트 인텔리전서〉에는 다음과 같은 기사가 나왔다. "랜츠, 3호 보트로 좌천될 위기에 처하다." 조는 이 기사를 오려내어 얼마 전부터 만들기 시작한 스크랩북에 붙인 다음 옆에다 이렇게 적어놓았다. "내가 정말 확실한가? 〈포스트 인텔리전서〉에서 하는 말을 보라. 자신할 수가 없다." 그가 지금까지 했던 모든 노력이 어느 날 오후에 갑자기 끝나버릴 수도 있었다.

다른 학생들에 비해서 자기만 유난히 가난뱅이 같다는 느낌을 계속 받는 것도 조에게 도움이 되지 않기는 마찬가지였다. 날씨가 계속 추운 상황에서야 낡아빠진 스웨터를 매일같이 입고 연습에 참여할 수밖에 없었으며, 다른 친구들은 그런 그를 계속해서 놀려댔다.

그러던 어느 날 저녁, 친구들은 또 한 가지 새롭고도 풍부한 놀림거리를 발견했다. 당시에 조는 식당에서 식사를 하고 있다가 이들의 눈에 띄었는데, 조는 자기 그릇에다가 미트로프와 감자와 옥수수 수프를 잔뜩 담아서 먹고 있었다. 그는 나이프와 포크로 계속해서 음식을 집어 입안으로 옮겼다. 자기 그릇에 있는 음식을 다 먹고 나자, 옆에 있는 친구가 먹다 남긴 미트로프도 달라고 하더니 그것마저 재빨리 먹어치웠다.

식당 안이 워낙 시끄러웠기 때문에, 그는 다른 누군가가 뒤에 와 있음을 미처 깨닫지 못했다. 아울러 킬킬거리는 소리도 듣지 못했다. 그가 마침내 동작을 멈추고 고개를 들어보니, 앞에 앉은 친구들이 짓궂은 표정을 짓고 있었다. 이들의 시선을 따라 고개를 돌려보니, 경주정 보관고에서 온 동료 몇 명이 반원형으로 그를 에워싸고는, 먹다 만 음식이 놓인 그릇을 그에게 내밀면서 이것도 먹어보라는 듯 씩 웃고 있었다. 조는 동작을 멈춘 상태에서 당황과 굴욕을 느끼며 귀까지 새빨개졌지만, 곧이어 고개를 돌리고 머리를 숙인 채 다시 먹기 시작했다. 마치 쇠스랑으로 건초를 찍어서 헛간으로 옮기듯이 포크로 음식을 옮기고 계속해서 턱을 움직이는 사이, 그는 두 눈으로 한곳을 응시했으며 태도는 냉랭하고도 태연자약했다. 그는 배가 고프지 않을 때가 거의 없었기에, 저지셔츠를 입은 바보 멍청이들 때문에 이렇게 완벽하게 훌륭한 음식을 먹어치울 기회를 놓칠 수는 없었다. 이곳까지 오기 위해 그는 수많은 도랑을 파고, 수많은 산사나무를 베고, 춥고 습한 숲속을 돌아다니면서 수많은 열매와 버섯을 따먹은 바 있었다.

3월 말이 되자 슬럼프는 끝난 것처럼 보였다. 볼스가 마침내 적절한 선수 및 좌석 배치를 통해 영점을 잡은 듯하자, 신입생팀의 시간 기록은 또다시 향상되었다. 4월 2일에 조는 여전히 3번 좌석에 앉아 있었는데, 볼스가 다시 한 번 시간 기록을 측정했다. 그날 밤에 조는 집에 돌아와 스크랩북에 이렇게 적었다. "2마일에 10분 36초. 여기서 8초만 더 앞당긴다면 역사상 가장 빠른 신입생팀이 된다!!!"

그 주의 나머지 기간에는 바람이 너무 많이 불어서 노를 저을 수 없었지만, 4월 6일이 되자 바람이 잦아들어서, 울브릭슨은 워싱턴 호수에서 대학대표팀, 준대표팀, 신입생팀을 나란히 놓고 경주를 시키기로 작정했다. 이것이야말로 세 가지 선수들을 물 위로 불러내서 과연 맞바람이 이들의 실력에 영향을 미치는지 여부를 알아볼 완벽한 기회였다.

실력 차를 감안하여, 울브릭슨은 아직까지만 해도 딱히 장래가 촉망되지 않았던 준대표팀을 다른 두 척의 보트보다 출발선에서 세 정신 앞에 두었다. 그러면서 신입생팀에게는 신입생 경주의 표준 거리인 2마일 표시에 도착했을 때 멈춰 서서 경주를 끝내라고 지시했다. 그 정도라면 캘리포니아와 대결하기 전에 경주 조건에 따른 이들의 기록을 코치들이 최종적이고도 정확하게 읽어내는 데에는 충분하리라고 생각한 것이다. 대표팀과 준대표팀은 3마일 표시가 있는 곳까지 계속 경주를 벌일 예정이었다.

울브릭슨은 보트들을 저마다의 출발선에 정렬시킨 다음, 메가폰을 이용해 외쳤다. "준비…… 출발!" 그런데 대표팀의 키잡이 하비 러브가 이야기를 하다가 그만 신호를 놓치고 말았다. 신입생은 곧바로 상급생을 반 정신 정도 앞서며 선두로 치고 나갔다. 세 척의 보트 모두 적당히 높은 스트로크 비율을 보였으며, 1마일 동안은 각자의 속도와 상대적인 위치를 유지했다. 준대표팀은 여전히 애초의 거리 차이에서 얻은 세 정신을 유지하며 선두에 있었고, 신입생팀이 그다음이었으며, 대학대표팀 보트의 뱃머리는 앞선 보트보다 반 정신 뒤에, 그러니까 신입생팀 보트의 5번 좌석 바로 옆에 계속 고정되어 있었다. 그러다가 대학대표팀의 뱃머리가 신입생팀의 6번 좌석, 7번 좌석, 스트로크 노잡이 좌석, 그리고 마침내 키잡이 좌석으로 점차 밀려났다. 1마일 반 표시에 도달했을 즈음, 신입생팀은 자기네 배꼬리와 대학대표팀의 뱃머리 사이에 상당한 거리를 벌렸으며, 심지어 바로 앞에 있는 준대표팀까지도 따라잡기 시작했다. 스트로크 비율을 전혀 올리지도 않은 상태였다. 4분의 1마일이 남은 지점에서 자기가 원하던 대로 다른 두 척의 보트를 요리했고 자기네 선수들에게는 아직 힘이 남아 있다고 확신한 키잡이 조지 모리는 스트로크 비율을 두 단위 올리라고 신입생팀에 지시했고, 그러자 이들은 준대표팀을 쏜살같이 지나서 선두로 나섰다. 2마일 표시에 도달한 모리는 "이제 그만!" 하고 외쳤고, 다른 두 보트를 무려 두 정신이나 앞선 신입생팀은 동작을 멈춘 뒤, 노를 물 위에 그냥 흘러가게 내버려두고 호숫가로 움직여 비로소 정지했다. 다른 두 척의 보트가 마침내 자기네 옆을 지나가자, 신입생팀은 힘차게 함성을 지르며 주먹을 공중에 흔들었다.

볼스는 스톱워치에 표시된 신입생팀의 2마일 시간 기록을 보고 나서, 자기 눈을 의심한 나머지 다시 한 번 자세히 들여다보았다. 신입생팀의 기량이 향상된 것은 익히 알고 있었지만, 이제 와서야 그는 자기가 이 보트에서 정말 예외적인 뭔가를 만들어냈음을 확실히 깨달았다. 그가 미처 알지 못했던 한 가지 사실은, 과연 카이 이브라이트가 언론에 슬쩍 흘린 정보처럼, 혹시 캘리포니아에서도 이를 능가하는 예외적인 뭔가를 갖고 있지는 않을까였다. 물론 그 문제는 일주일 뒤인 4월 13일에 밝혀질 것이었다. 그래서 그는 스톱워치에 표시된 시간을 그때까지 자기 혼자만 알고 있기로 작정했다.

모든 조정 코치들이 목을 매는 물리학 법칙이 몇 가지 있다. 우선 경주정의 속도는 주로 두 가지 요소에 의해 결정된다. 하나는 여러 개의 노가 일치된 스트로크를 함으로써 생성된 힘이고, 또 하나는 스트로크의 비율, 즉 1분 동안에 선수들이 행하는 스트로크의 횟수이다. 따라서 똑같은 무게를 실은 두 척의 보트가 완전히 똑같은 스트로크 비율을 갖고 있다면, 둘 중에서 스트로크당 더 많은 힘을 산출하는 보트가 앞서게 될 것이다. 만약 두 척의 보트가 완전히 똑같은 스트로크당 힘을 가지고 있는데 어느 한쪽의 스트로크 비율이 더 높다면, 비율이 더 높은 보트가 앞서게 될 것이다. 매우 높은 스트로크 비율과 매우 강력한 스트로크를 둘 다 갖고 있는 보트라면, 양쪽 조건 모두에서 이를 따라잡지 못하는 보트를 이기게 될 것이다. 하지만 노잡이도 인간인 까닭에, 조정선수치고 어느 누구도 강력한 스트로크와 매우 높은 비율을 무한히 유지할 수는 없는 법이다. 그리고 중요한 사실은, 스트로크 비율이 더 높을수록 선수들 각자의 움직임을 일치된 상태로 유지하기는 더 힘들어진다는 것이다. 따라서 모든 경주는 곧 균형의 문제이며, 한편으로는 힘을, 또 한편으로는 스트로크 비율을 연이어 섬세하고도 신중하게 조절해야 하는 것이다. 이제껏 어느 누구도 절대적으로 최적인 수행을 달성했다고는 할 수 없었지만, 이날 볼스가 본 것은 (즉 자기가 가르치는 선수들이 그토록 높지만 충분히 유지 가능한 비율로, 그리고 그토록 강력한 힘으로, 그토록 편안하게 노를 젓는 모습은) 이 신입생팀이 언젠가는 그런 달성에 이를지도 모른다고 생각할 만한 이유를 잔뜩 안겨주었다.

단순히 이들의 신체적 탁월함만 가지고 이런 생각을 하는 것은 아니었다. 볼스는 이 신입생팀의 성격 자체를 좋아했다. 여기까지 온 저들은 그야말로 미국 서부의 뿌리를 상징한다고 할 수 있는 방식으로 촌스러우면서도 낙관적이었다. 즉 이들은 진짜배기였고, 대부분 벌목장이나 낙농장이나 광산이나 어촌이나 조선소에서 자라난 청년들이었다. 이들은 마치 지금까지의 삶 가운데 대부분을 야외에서 보낸 사람처럼 보이고, 걷고, 말했다. 가뜩이나 어려운 시기에, 가뜩이나 힘든 환경에서, 이 청년들은 자주 즐겁게 웃음을 터뜨렸다. 이들은 낯선 사람에게도 흔쾌히 자신의 못 박인 손을 내밀었다. 이들은 상대방의 눈을 똑바로 바라보았지만, 그건 도전이 아니라 초대의 의미를 담고 있었다. 이들은 모자를 떨어뜨린 사람에게 친근한 농담을 건네었다. 이들은 장애물을 찾아다니고 기회를 물색했다. 이 모두를 더한다면 조정팀으로서는 상당한 잠재력을 지니게 된다는 것을 볼스는 알았다. 만약 이 조정팀이 동부에서 노를 저을 기회를 얻기만 한다면 더더욱 그럴 것이었다.

바로 그날 저녁, 오클랜드의 서던 퍼시픽 철도 정거장에서 카이 이브라이트는 자기네 선수들과 경주정을 '캐스케이드Cascade 호'에 싣고 시애틀이 있는 북쪽으로 출발했다.

이브라이트는 북서부에 바람이 많이 분다는 사실을 잘 알고 있었고, 그래서 자기네 선수들이 거친 물에서는 경험이 많지 않다는 사실을 베이 에어리어의 언론에다 미리 귀띔해놓았다. 그는 키잡이 시절의 경험 덕분에 워싱턴 호수의 변덕을 너무나도 잘 알았으며, 오클랜드 에스추어리의 기후가 전형적이면서도 짜증스러울 정도로 잔잔하고 쾌적하다는 사실도 잘 알았다. 따라서 캘리포니아 팀이 시애틀에 도착한 직후에 바람 부는 상황이 재개되자, 이브라이트는 더 이상 지체하지 않았다. 4월 10일에 그는 자기네 선수들 세 팀 모두를 거품이 부글거리는 호수로 불러낸 다음, 거친 물결 위에서 그들이 과연 어떻게 대처하는지를 살펴보았다. 그들은 상당히 잘 대처했고, 특히 신입생팀이 그러했다. 캘리포니아의 신입생팀은 수면을 마치 스치듯이 가로질렀으며, 이들의 노는 스트로크 사이로 파도를 잘 뚫고 나갔고, 매 스트로크의 시작 때마다 깔끔하게 파도 사이를 뚫고 움키기를 실시했다. 이들은 여러 차례의 시간 측정에서 괜찮은 기록을 올렸지만, 이브라이트는 이 사실을 굳이 언론에 알리려 들지는 않았다. 이 결과는 이브라이트와 그의 밑에서 일하는 신입생 전담 코치 (겸 또 한 명의 워싱턴 키잡이 출신 코치) 러스 네이글러Russ Nagler가 이때까지 언론에 계속 암시했던 뭔가를 확증해주었다. 즉 이번 신입생이야말로 자기네가 이제까지 코치한 선수들 가운데 최고이고, 심지어 1932년에 올림픽 금메달을 땄던 선수들보다도 더 뛰어나다는 것이었다. 그해 4월 6일에 〈샌프란시스코 크로니클〉의 한 기자가, 이번 신입생의 전망을 어떻게 생각하느냐고 물어본 적이 있었다. 그러자 캘리포니아의 코치는 놀라우리만치 솔직하게 이런 대답을 내놓았다는 것이 기사의 내용이었다. "이브라이트는 얼굴이 밝아지며 큰 소리로 대답했다. '우리 신입생 보트는 저 허스키의 초짜들을 보기 좋게 물리칠 겁니다.'"

톰 볼스와 앨 울브릭슨 모두 이 기사를 읽었으며, 이제 이들은 캘리포니아의 훈련 광경을 호숫가에서 지켜보며 뚜렷이 걱정하는 표정을 지었다. 이들도 같은 날 자기네 선수들을 데리고 나와서, 언론과 이브라이트가 지켜보는 가운데 훈련을 실시했지만, 신입생팀은 1마일까지만 가다가 결국 돌아오고 말았는데, 이들의 노 젓기는 누가 봐도 굼떴으며 큰 물결 때문에 경주정 안에는 물이 반쯤 차고 말았다. 볼스는 우울한 표정으로 선착장에 돌아왔으며, 평소답지 않게 경주정 보관고 주위에 몰려든 스포츠 기자들에게 직접 다가가서, 신입생팀에 관해 간결하면서도 불길한 전망을 내놓았다. "아무래도 우리가 뒤에서 노를 저을 것 같군요."

상대방을 오도하는 것 역시 경기의 일부였다. 이를 위해서는 경주정에 삭구를 설치할 때 노를 물에 너무 가깝게 붙여놓는 것만으로도 충분했으며, 노를 느긋하게 당기면서도 마치 힘든 척 보이게 만드는 것만으로도 충분했다. 다음 날 볼스가 한 말이 신문에 보도되자, 조는 그것도 잘라서 스크랩북에 붙여놓고 옆에 이렇게 적었다. "코치님은 캘리포니아가 기고만장해한다고 하셨다. 코치님은 비관적인 보도를 냄으로써 그들이 더 멀리까지 치고 나가게 만들려는 것이다. 결국 그들이 더 쉽게 떨어져나가게 하려는 것이다."

경주가 벌어진 4월 13일 금요일은 새파란 하늘에 뭉게구름이 떠 있는, 시애틀에서는 보기 드문 봄날이었으며, 이날 오후의 기온은 20도대 중반까지 올라갔다.

오전 11시 정각에 학생들이 전세 낸 연락선이 시애틀 시내에 있는 콜먼 부두를 떠났고, 발라드의 갑문을 지나서 워싱턴 호수로 향했다. 이날 오후 일찍, 이 대학의 해양연구선 전용 부두에 도착한 연락선에는 조이스 심다스를 비롯해, 자주색과 금색이 들어간 옷을 입은 1,400명의 원기 왕성한 학생들이며, 금관악기와 북을 이용해서 응원가를 요란하게 연주하는 대학 악단도 타고 있었다. 연락선이 선착장을 떠나자마자 악단은 재즈곡으로 바꿔서 연주했고, 학생들 가운데 일부는 상층 갑판으로 올라가 춤을 추기 시작했다.

조이스는 앞쪽 갑판에 있는 벤치에 앉아서 햇볕을 쬐며 커피를 홀짝였고, 우선 조가 경기하는 모습을 구경하고 나중에는 (경기 결과와는 상관없이) 그를 직접 만나기를 고대했다. 그녀는 조가 조정부에서 얼마나 성공하고 싶어 하는지를 잘 알았고, 그렇기 때문에 로렐허스트에 있는 판사 댁에서의 입주 가정부 일을 잠시 쉬고 오후에 외출했던 것이다. 그녀는 예상대로 자기가 하는 일을 무척이나 싫어하게 되었다. 이것이야말로 그녀가 늘 혐오해 마지않던 바로 그런 종류의 집안일이었기 때문이다. 그녀는 우스꽝스러운 제복을 입어야 했고, 마치 생쥐처럼 집 안을 조용히 돌아다녀야 했다.(그렇지 않았다가는 마치 끝도 없고 신성불가침인 것처럼 보이는 판사의 사색을 방해할 수 있기 때문이었다.) 그 사이마다 강의도 들어야 했기 때문에, 이례적으로 길고도 습한 겨울 동안 그녀는 힘없고 창백해졌으며 가끔은 우울한 상태에 빠지기도 했다. 그리하여 오늘만큼은 연락선에 올라 신선한 공기와 밝은 햇살을 즐기기로 한 것이다.

배가 로렐허스트를 돌아서 북쪽으로 향하자, 곧바로 서쪽 호숫가가 나타났다. 서쪽 호숫가를 따라 있는 개인용 선착장이며, 뒤뜰 베란다며, 경사진 잔디밭 등에는 벌써부터 사람들이 모여서 저마다 돗자리를 깔아놓고, 시원한 맥주나 코카콜라 병을 따고, 소풍 바구니에서 점심을 꺼내고, 땅콩을 까서 입안에 털어 넣고, 쌍안경을 시험해보곤 했다. 좁은 물가에서는 웃통을 벗어 던진 청년들이 풋볼 공을 던지고 받으며 놀고 있었다. 수수한 원피스 수영복과 주름 달린 치마를 입은 처녀들도 물을 튀기거나 따뜻한 모래밭에 누워서 경기를 기다리고 있었다.

호수의 북쪽 끝에는 수백 척의 유람선이 똑같은 장소에 모여 있었다. 매끈하고 하얀 돛배들, 번쩍이는 마호가니 선체 선박들, 티크와 놋쇠를 테두리에 두른 위풍당당한 요트들, 수수한 보트들도 이미 한데 모여서 닻을 내리고, 셰리던 비치 앞에서 거대한 반원을 그리고 있었다. 이들 바로 앞에는 바지선이 한 척 떠 있었고, 경주의 결승선을 나타내는 크고 검은 화살표가 수면을 가리키고 있었다. 해안경비대 순시선이 경주 레인을 살펴보았고, 경비대원들이 사이렌을 울리면서 메가폰으로 명령을 전달하며 작은 배들이 레인 안으로 침범하지 못하게 했다.

조이스는 벤치에서 일어나 난간에 자리를 잡았으며, 이내 다른 학생들과 한 무리가 되었다. 무슨 일이 벌어지든 간에 냉정을 유지하자고 그녀는 결심했다.

거기서 남쪽으로 몇 킬로미터 떨어진 곳에서는, 또 다른 2,000명의 팬들이 자주색과 금색으로 치장하고, 노던 퍼시픽 철도의 유니버시티역에서 관람열차에 타고 있었다. 이 가운데 700명 이상은 1인당 2달러씩을 내고 양옆이 탁 트인 관람열차 아홉 량에 나누어 탔다. 나머지는 1달러 50센트를 내고 일반석에 앉았다. 이날의 경기가 하나씩 열릴 때마다 기차는 워싱턴 호수의 서쪽 호숫가를 따라 움직이면서, 출발선인 샌드 포인트에서부터 결승선인 셰리던 비치까지 경주로를 따라 나란히 달리다가, 다음 경기가 벌어지기 전에 또다시 출발선으로 돌아올 것이었다. 모두 합쳐 8,000명에 달하는 시애틀 시민들도 (이쯤 되면 워싱턴 대학 풋볼 경기장에 다 들어가지도 못할 정도였다.) 멋진 주말을 좀 더 일찌감치 시작하고 이 경기를 보러 나와 있었다.

거기서 더 남쪽에 있는 베이 에어리어에서는, 그날 오후에 있었던 연방 차원의 대대적인 범죄자 수색 사건에 대중의 관심이 대부분 맞춰져 있었다. 당시의 악명 높은 수배자 존 딜린저John Dillinger가 바로 전날에 새너지이의 한 카페에서 점심 먹는 것을 누군가가 보았다고 신고한 까닭이었다. 하지만 오후 3시가 되기 전에, 베이 에어리어 인근의 팬들 1,000명은 뉴스를 듣다 말고 라디오 채널을 바꾸었으니, 컬럼비아 방송국(CBS)에서 중계하는 시애틀의 조정경기 실황을 들으려는 것이었다.

워싱턴과 캘리포니아의 신입생팀은 샌드 포인트의 출발선 쪽으로 경쾌하게 노를 저어 나갔다. 이들이 먼저 2마일 경기를 펼치고, 이어서 한 시간의 간격을 두고 준대표팀과 대표팀이 3마일 경기를 펼칠 것이었다. 조 랜츠는 워싱턴 보트의 3번 좌석에 앉았다. 로저 모리스는 7번 좌석에 앉아 있었다. 두 사람 모두 신경이 곤두섰으며, 다른 선수들도 사정은 마찬가지였다. 호숫가는 따뜻했지만, 약간은 날카로운 북쪽의 산들 바람이 호수 한가운데에서부터 불어오고 있었는데, 이들은 잠시 후에 곧바로 그곳을 향해 노를 저어 가게 될 것이었다. 그렇다면 맞바람으로 인해 시간 기록도 늦어지고, 어쩌면 제 실력을 발휘하지 못할 수도 있었다. 그뿐만이 아니라 이들은 잠시 후에 몇 분 동안의 극단적인 노력 끝에, 지난 5개월 반 동안의 훈련이 과연 그만한 가치가 있었는지 판결받을 상황에 직면할 것이었다. 그 몇 분 동안에 이들 각자는 300회 이상의 스트로크를 수행하게 될 예정이었다. 보트에 탄 여덟 명의 노잡이들은 무려 2,400회 이상 노를 깨끗하게 물에 넣었다 뺐다 해야 할 것이었다. 만약 한 명이라도 그 수많은 스트로크 가운데 단 하나의 타이밍을 놓치는 날에는 (즉 단 한 명이라도 "게 잡이를 하는" 날에는) 사실상 경주가 완전히 끝나버릴 것이고, 그들 중 어느 누구도 6월에 뉴욕에 가서 동부에서 가장 뛰어난 선수들을 상대로 전국선수권대회에서 격돌할 기회를 얻지 못할 것이었다. 조는 호숫가에 모여든 관중을 유심히 바라보았다. 문득 조이스도 지금 자기가 느끼는 것의 절반 정도는 조바심이 날지 궁금한 생각이 들었다.

오후 3시 정각, 가벼운 파도 속에서 신입생팀은 자기네 경주정을 캘리포니아 측의 경주정과 나란히 놓았으며, 정신을 보트 안에 집중시키려고 최선을 다하며 출발신호를 기다렸다. 톰 볼스는 코치 전용 보트를 타고 자기네 선수들의 보트 뒤에 가 있었다. 그는 이례적으로 낡아빠진 중절모를 쓰고 있었다. 테는 축 늘어지고, 꼭대기에는 좀먹은 구멍이 뚫려 있었다. 그는 이 모자를 1930년에 중고로 구입한 바 있었는데, 이후로 이 모자가 행운을 가져다준다고 믿었기 때문에 경기가 있을 때마다 항상 쓰고 나왔다.

연락선에 타고 있던 악단이 연주를 중단했다. 학생들도 춤추기를 중단하고 가까운 난간으로 몰렸으며, 그로 인해 이 커다란 선박이 경주 레인 쪽으로 약간 기울어졌다. 관람열차에 타고 있던 기술자들은 한 손을 가속 밸브 위에 갖다 놓았다. 호숫가에 있는 수천 명의 관람객은 쌍안경을 눈에 갖다 댔다. 출발신호원이 소리를 질렀다. "모두 준비!" 워싱턴 선수들은 좌석을 앞으로 밀었고, 하얀 노깃을 물에 담그고, 노 위로 몸을 숙이고, 앞을 똑바로 바라보았다. 워싱턴의 키잡이 조지 모리는 오른팔을 들어서 자기 배가 준비 완료임을 신호했다. 캘리포니아의 키잡이 그로버 클라크Grover Clark는 입에 호루라기를 꽉 문 채로 똑같이 했다. 그러자 출발신호원이 소리를 질렀다. "저어!"

캘리포니아가 출발선에서 폭발하듯 튀어나갔고, 분당 38회의 스트로크로 격렬하게 물을 휘저었다. 이들이 탄 경주정의 은색 뱃머리가 곧바로 워싱턴보다 4분의 1정신만큼 앞섰다. 일단 기선을 제압하자 캘리포니아는 스트로크 비율을 약간 줄였으며, 앞서보다 더 지속 가능한 32회로 만들었고, 그로버 클라크는 호루라기를 불면서 스트로크 횟수를 세기 시작했다. 워싱턴은 30회에 머물러 있었지만, 그래도 4분의 1정신 뒤처진 상태를 계속해서 유지했다. 두 척의 보트는 거의 4분의 1마일 동안 호수를 가로지르면서 계속 그 상태를 유지했다. 워싱턴의 흰색 노깃이 햇빛에 번쩍였고, 캘리포니아의 노깃은 푸른색 비늘을 번뜩였다. 3번 좌석에 앉은 조 랜츠는 대략 캘리포니아 보트의 6번인지 7번 좌석과 나란히 달리고 있었다. 7번 좌석에 앉은 로저 모리스는 말 그대로 텅 빈 수면과 나란히 달렸다. 모든 선수들은 이제 정신을 온전히 보트에만 집중하고 있었다. 배꼬리를 바라보고 앉아 있으면 이들 눈에 보이는 것은 단지 앞에 앉은 동료의 등뿐이었다. 그러니 캘리포니아가 처음의 질주로 인해 어느 정도 앞섰는지를 아무도 알 수가 없었다. 앞쪽을 바라보고 있던 조지 모리는 상대와의 거리 차를 당연히 잘 알았다. 자기 앞에 있는 상대편 키잡이 그로버 클라크의 등을 바라봐야 하는 상황에서도, 그는 계속해서 워싱턴의 스트로크를 분당 30회로 꾸준히 유지했다.

4분의 1마일 표시를 지날 무렵, 두 척의 보트는 점차 뱃머리를 나란히 하게 되었다. 곧이어 워싱턴이 야금야금, 한 좌석 한 좌석씩 캘리포니아를 앞서기 시작했는데, 선수들은 여전히 30회라는 놀라우리만치 느린 비율로 노를 젓고 있었다. 1마일 표시에 도달했을 무렵, 워싱턴은 텅 빈 수면을 사이에 두고 캘리포니아를 크게 따돌렸다. 상대편의 보트가 뒤로 처지며 노잡이들의 시야에 들어오자 워싱턴 선수들의 자신감은 용솟음쳤다. 팔과 다리와 가슴에 생겨나고 있던 고통이 비록 약화된 것까지는 아니었지만, 적어도 잠시 동안은 생각 저편으로 날아가버렸고, 상대방이 무적이라는 생각을 그리로 쫓아내버렸다.

캘리포니아의 보트에서는 그로버 클라크가 호루라기를 빼버리고 고함을 질렀다. "크게 열 번만 줘봐 Gimme ten big ones!" 이것이야말로 최대한의 스트로크를 열 번 구사하라는, 즉 노잡이 각자가 구사할 수 있는 한 가장 강하고 확실한 스트로크를 하라는 조정 특유의 호출이었다. 캘리포니아의 노는 긴장을 받아서 마치 활처럼 휘어졌고, 그 열 번의 스트로크 덕분에 캘리포니아 선수들은 더 이상 뒤처지지는 않았다. 하지만 워싱턴은 여전히 앞에 있었으며, 이들이 차지한 선두는 (이제 거의 두 정신이나 앞서 있었는데) 거의 줄어들지 않고 있었다. 1마일 반 표시에 이르자 클라크는 또 한 번 크게 열 번을 달라고 외쳤지만, 이제 캘리포니아 선수들은 자기들이 줄 수 있는 것을 모두 줘버린 다음이었고, 워싱턴 선수들은 아직 그렇지가 않았다. 마지막 반 마일 구간에 접어들어 보트가 호수 북쪽 끝에 있는 언덕의 품안으로 들어섰을 무렵, 이제는 맞바람도 잦아들어 있었다. 저 앞에 반원형으로 모여 있는 배들에서도, 호숫가에서도, 호숫가와 나란히 달리는 관람열차에서도, 그리고 학생들이 잔뜩 타고 있는 연락선에서도 (특히 여기서 가장 크게) 환호성이 울려 퍼지기 시작했다. 결승선이 가까워지고 이미 상대편에 네 정신이나 앞서자, 조지 모리는 마침내 더 빠른 스트로크 비율을 불렀다. 워싱턴 선수들은 일단 32회로 올렸다가 거기서 계속 올려서 36회까지 갔는데, 이유는 자기들이 충분히 그렇게 할 수 있음을 알았기 때문이다. 워싱턴은 캘리포니아를 네 정신 반으로 앞질러서 결승선을 가르고 들어왔으며, 맞바람에도 불구하고 기존의 신입생 경주 기록을 20초나 경신했다.

워싱턴 호수의 가장자리를 따라서 요란한 뱃고동과 함성이 울려 퍼졌다. 워싱턴의 신입생팀은 캘리포니아의 보트로 노 저어 가더니, 어디서나 경주에서 승리를 거둔 팀이 행하는 전통적인 전리품 수집을 시작했다. 자기들이 물리친 경쟁자의 셔츠를 벗겨낸 것이다. 곧이어 이들은 사기도 떨어지고 옷도 빼앗긴 캘리포니아 선수들과 악수를 나누고, 의기양양하게 다시 노를 저어서 경주로를 벗어나 자기네 경주정을 안전한 곳에 치워두었다. 톰 볼스는 신이 나서 선수들을 알룸누스 호에 태웠으며, 곧이어 학생들이 타고 있는 연락선으로 이들을 데려갔다.

캘리포니아 선수의 저지셔츠를 벗겨서 들고 있던 조는 상층 갑판으로 향하는 계단을 뛰어올랐고, 환한 얼굴로 주위를 둘러보며 조이스를 찾았다. 선수들에게 축하를 전하려고 앞으로 달려오는 군중 사이에서 160센티미터에 불과한 그녀를 찾아내기는 쉽지 않았다. 하지만 조이스가 먼저 그를 발견했다. 그녀는 밀집한 사람들 사이를 헤치고 나아갔고, 작은 틈을 발견하면 비집고 들어가고, 이쪽으로는 팔꿈치를 찌르고 저쪽으로는 엉덩이를 슬쩍 밀친 끝에, 결국 조 앞에 나타났다. 그녀를 본 그는 곧바로 몸을 굽혀 열렬하면서도 달콤하게 끌어안고는 아예 번쩍 들어올리기까지 했다.

학생들은 선수들을 데리고 연락선의 식당으로 들어가서, 이들을 식탁에 앉혀놓고 그 앞에다가 아이스크림을 산더미같이 쌓아놓고 양껏 먹게 했는데, 이것이야말로 워싱턴 대학 학생회의 축하 선물이었다. 조는 평소에도 공짜 음식을 (사실은 어떤 음식이건 간에) 대접받을 때 항상 그랬던 것처럼 양껏 먹어치웠다. 마침내 배가 불러오자 그는 조이스의 손을 붙잡고 갑판으로 나갔다. 거기서는 악단이 크고도 신나는 춤곡을 연주하고 있었다. 햇볕에 그을리고 맨발에 저지셔츠와 반바지 차림인 조는 주름장식 달린 하얀 여름 드레스를 입은 갸름하고 날씬한 조이스를 끌어안았고, 자신의 긴 팔을 곧게 뻗어서 그녀를 빙빙 돌렸다. 이어서 두 사람은 춤을 추었고, 그들은 갑판을 이리저리 돌아다니면서 이제는 새파란 시애틀의 하늘 아래에서 몸을 흔들고, 웃고, 빙글빙글 돌았다.

바로 그날, 대중 계몽 선전부 인근의 호화로운 지역에서는 요제프와 마그다 괴벨스Magda Goebbels 부부가 새로운 딸을 이 세상에 맞이하고 있었다. 작은 갈색 머리의 이 여자아이는 힐데가르트Hildegard라는 이름이었다. 사람들은 그녀를 "힐데"라는 애칭으로 불렀지만, 머지않아 아버지는 딸을 가리켜 우리 "작은 생쥐"라고 부르기 시작했다. 그녀는 훗날 여섯이나 될 괴벨스의 자녀 가운데 둘째였는데, 그로부터 11년 뒤에 마그다 괴벨스는 독일의 패전을 목전에 두고 자기 아이들을 청산칼리로 죽이라는 명령을 내린다.

그해 봄에 제국 장관 괴벨스에게는 만사가 원활하게 진행 중이었다. 예전의 올림픽 주경기장은 철거 중이었으며, 베르너 마르히는 1936년의 경기를 위해 이를 대신할 거대한 복합시설에 관한 정교한 계획을 마련했다. 이 계획이야말로 히틀러의 야심의 범위와 괴벨스의 선전 목적 모두에 잘 들어맞았다.

1월과 2월에, 올림픽 경기를 예상하고, 괴벨스는 선전부에서 여러 위원회를 조직했다. 신문, 라디오, 영화, 운송, 공공미술, 예산위원회가 있었으며, 그 각각은 올림픽 경기에서 최대의 선전 가치를 추출해내는 책임을 맡았다. 그 어떤 기회도 간과되어서는 안 되었고, 그 어떤 것도 당연하다고 넘어가서는 안 되었다. 외국 언론을 어떻게 대할지부터 시작해서 도시를 어떻게 치장할지에 이르는 모든 문제가 엄격한 계획의 대상이었다. 이런 회의 중에, 괴벨스의 심복들 가운데 하나가 완전히 새로운 아이디어를 제안했는데, 바로 그리스의 올림피아에서 베를린까지 릴레이로 성화를 봉송하자는 것이었다.(이는 곧 자신들 조상의 뿌리가 고대 그리스에 있다고 보는 제3제국의 입장을 부각시키기 위한 이미지 창출이었다.)

그 와중에도 독일의 문화생활에서 유대계, 또는 기타 "이의의 여지가 있는" 영향력을 제거한다는 괴벨스의 작업은 냉혹하게도 계속되었다. 1933년 5월 10일의 거대한 모닥불 이래로 (이 당시에 베를린의 대학생들은 괴벨스로부터 부추김을 받아 무려 2만 권가량의 책을 불태웠다. 이 가운데에는 알베르트 아인슈타인, 에리히 마리아 레마르크, 토마스 만, 잭 런던, H. G. 웰스, 헬렌 켈러의 책이 있었다.) 그는 독일의 미술, 음악, 연극, 문학, 라디오, 교육, 운동, 영화를 "정화하는" 자신의 충동을 지속하고 있었다. 유대계 배우, 작가, 공연자, 교사, 공무원, 변호사, 의사는 모두 각자의 직업에서 밀려났으며 (새로운 법률의 제정으로 인해서, 또는 나치의 갈색 셔츠 의용군인 돌격대, 일명 SA가 자행하는 테러로 인해서) 생계를 박탈당했다.

독일 영화 산업은 괴벨스의 특별한 관심 대상이 되었다. 그는 영화의 선전적 잠재력에 구미가 당겼고, 대두하는 나치의 신화에 부합하지 않는 사상이나 이미지나 테마가 들어 있는 영화라면 무엇이든 간에 무자비하게 억압했다. 복종을 보장받기 위해서, 이제는 선전부 산하 영화과에서 독일의 모든 신작 영화의 계획과 제작을 직접 감독했다. 정치에 투신하기 전에 무명 소설가 겸 극작가로 활동했던 괴벨스는 거의 모든 영화의 대본을 직접 검토했으며, 초록색 펜을 이용해서 눈에 거슬리는 대사나 장면을 지우거나 새로 쓰기까지 했다.

실용적 선전 가치 외에도 괴벨스는 또한 영화 산업의 휘황찬란함에, 그리고 특히 베를린의 극장 은막에 모습을 드러내는 독일 스타들의 매력에 각별히 이끌렸다. 독일의 영화배우와 제작자와 감독은 모두 그의 신세를 져가면서 경력을 유지하고 있었으므로, 결국 괴벨스 주위에 모여들어서 아첨하며 호의를 간청했다.

작년 6월에 히틀러는 브란덴부르크 문에서 남쪽으로 한 블록 떨어진 곳, 최근 들어 그의 심복 가운데 하나의 이름을 딴 '헤르만 괴링 거리'로 명칭이 바뀐 지역에 있는 넓은 집을 괴벨스에게 하사한 바 있었다. 괴벨스는 이 집을 대대적으로 수리하고 확장해서 (원래 이곳은 프로이센의 장군들이 살았던 100년이나 된 저택이었다.) 원래보다도 더 멋지게 만들었다. 그는 이곳에 2층을 만들고, 전용 영화관을 설치하고, 난방 온실을 짓고, 넓은 정원을 가꾸었다. 그야말로 무제한의 예산을 이용해서 마그다 괴벨스는 사치스럽게 가구를 놓고 장식을 했다. 벽에는 독일의 여러 박물관에서 가져온 고블랭Gobelin 태피스트리와 회화를 걸었고, 바닥에는 사치스러운 카펫을 깔았으며, 심지어 프리드리히 대제 소유였던 찬장을 가져다 놓기도 했다. 그리하여 괴벨스의 기준에 맞추고 나자, 이 집은 나치 엘리트들은 물론이고 이들의 빛에 이끌린 사람들이 모여들어 친밀한 여흥과 웅장한 디너파티를 즐기는 장소가 되었다.

헤르만 괴링 거리 20번지에 자리한 이 집에 모여든 사람들 중에는 괴벨스가 각별히 관심을 갖는 젊은 신인 여배우도 몇 명 있었다. 이들 가운데 상당수는 머지않아 그의 성적 욕망을 채워주는 것이야말로 (물론 그는 키가 난쟁이처럼 작고 신체 일부도 기형이었지만) 각자의 경력 전망을 향상시키는 데에 도움이 된다는 사실을 깨달았다. 그런가 하면 영화 분야에서 진짜로 능력을 지닌 사람들도 있었는데, 괴벨스는 이들과의 교제로 자기가 일종의 후광을 얻을 수 있다는 생각에 친분을 유지했다.

그렇게 해서 이해 봄에 괴벨스의 저택을 가끔 찾아온 젊은 여성이 하나 있었는데, 그녀는 시간이 흐르면서 아돌프 히틀러의 절친한 친구가 되었으며, 결국 독자적으로 만만찮은 영향력을 발휘하게 되었다. 사실 머지않아 그녀는 나치 운동의 운명을 물질적 형태로 빚어내는 과정에서 다른 누구보다도 큰 역할을 담당하게 될 운명이었다.

레니 리펜슈탈Leni Riefenstahl은 아름답고 똑똑했다. 자기가 원하는 바를 알았고, 또 그걸 어떻게 얻어낼지도 알았다. 그녀가 무엇보다 원하는 바가 있었다면, 그건 바로 어디서나 중심에 서는 것, 각광을 받는 것, 박수를 받는 것이었다.

더 젊은 시절에 그녀는 성공을 위한 불굴의 의지를 드러낸 바 있었다. 17세 때 무용수가 되기로 결심했는데, 무용수가 되려면 어린 시절부터 훈련을 시작해야만 한다는 통념을 무시해버렸다. 20대 초에 이르러서는 독일 전역에서 공연장 가득 사람들을 모아놓고 전문 무용수로서 공연을 가져 격찬을 받았다. 부상을 입고 무용수로서의 경력이 끝나버리자 그녀는 연기로 관심을 돌렸다. 그녀는 머지않아 〈성스러운 산Der heilige Berg〉이라는 첫 영화에서 주연을 맡아 곧바로 스타가 되었다. 이와 유사한 영화 여러 편에 연이어 출연하면서도, 새로운 야심을 키워나간 것이야말로 리펜슈탈의 특징이었다. 점차 어느 누구에게도 통제를 받지 않고 창작을 하고 싶었던 그녀는, 1931년에 자체적으로 영화 제작사를 차리고 자기만의 영화를 만들면서 각본과 제작과 연출과 편집과 연기를 도맡았다.(1930년대에 여성이 그런 일을 한다는 것은 상당히 이례적이었다.)

그 결과물인 〈푸른 빛Das blaue Licht〉은 1932년에 개봉되었는데, 이전까지의 그 어떤 영화와도 다른 작품이었다. 내용은 신비로운 동화의 일종으로서, 독일 땅에서 자연과 조화를 이루고 살아가는 독일 농민의 삶을 낭만화하고 예찬했다. 이 영화는 현대 산업 세계의 타락을 비판했다. 그리고 암시적으로 지식인을 비판하기도 했다. 이 영화는 전 세계적으로 격찬을 받았으며, 심지어 런던과 파리에서도 상영되었다.

독일에서는 오히려 미적지근한 반응이었지만, 아돌프 히틀러는 〈푸른 빛〉에 매료된 나머지 이것이야말로 나치당의 근거가 된 "피와 흙" (19세기 말에 농민과 토지의 유대를 강조하기 위해 만들어진 표현인데, 나치 시대에는 독일의 영토 확장 야욕을 정당화하기 위해 등장한 '생존 공간' 주장을 선전하

요제프 괴벨스와 레니 리펜슈탈

는 구호로 사용되었다-옮긴이)이라는 이데올로기의 (즉 자국의 힘은 그 단순하고 순수한 토착민에게서 나온다는 주장의) 시각적이고 예술적인 표현이라고 보았다. 히틀러는 한동안 리펜슈탈이라는 이름을 기억만 하고 있었는데, 이제는 그녀와 절친한 친구가 되었다. 1933년에 그의 개인적인 요청에 따라서, 그녀는 그해에 뉘른베르크에서 열린 나치당 대회를 기록한 한 시간짜리 선전 영화인 〈믿음의 승리 Der Sieg des Glaubens〉를 제작했다. 가뜩이나 빠듯한 일정과 기술적 어려움 때문에 리펜슈탈은 최종 결과물에 썩 만족하지 못했지만, 히틀러는 여전히 그녀의 작품을 보고 감명받았다. 그리하여 그해 가을에 열리는 1934년 뉘른베르크 당 대회에 관한 선전 영화를 더 대규모로 제작해달라고 요청했다.

이처럼 중요한 기회가 몇 달 앞으로 다가온 상황에서, 리펜슈탈과 괴벨스는 점점 더 자주 갈등을 빚었다. 괴벨스는 그녀가 히틀러에게 끼치는 영향이라든지, 그로 인해 그녀가 자신의 권한에서 벗어났다는 사실 때문에 점점 더 질투를 하게 되었던 것이다. 게다가 (그녀의 주장에 따르면) 그는 그녀에게 매력을 느꼈으며, 심지어 자기 애인으로, 또는 잠자리 상대로 만들어보려고 시도하기도 했다. 이처럼 불편한 관계였던 두 사람은 머지않아 1936년의 베를린올림픽을, 그리고 나아가 새로운 나치 국가의 진면목을 전 세계에 어떻게 보여줄지를 결정하는 과정에서 중대한 역할을 담당할 것이었다.

하지만 당시까지만 해도 그녀는 요제프와 마그다 괴벨스의 저택에 드나드는 매력적인 젊은 여성들 가운데 한 명에 불과했다. 거기 모인 사람들은 샴페인 뚜껑을 따고, 주인 내외의 환대를 받고, 서로의 젊음과 멋진 외모를 칭찬하고, 밤늦게까지 춤을 추고, 노래를 부르고, 영화를 보고, 인종적 순수성에 관한 이야기를 나누었으며, 그사이 위층의 어두운 방안에서는 꼬마 힐데 괴벨스가 요람에 누워 잠들어 있었다.

밴조를 연주하는 조

제7장

경주에 임해서 노를 젓는 것은 기술이며, 단순히 열심히 휘젓기만 한다고 되는 것은 아니다. 이때에는 손의 힘뿐 아니라 머리의 힘을 이용해서도 노를 저어야 한다. 첫 번째 스트로크 때부터 다른 팀 생각은 모조리 막아버려야 한다. 생각을 오로지 자기 자신과 자기 보트에만 집중해야 하고, 항상 긍정적이어야 하며, 절대 부정적이어서는 안 된다.

—조지 요먼 포코크

조 랜츠와 그의 동료들은 연락선의 난간에 줄지어 서서 물 위를 바라보았고, 늦은 오후의 번쩍이는 햇빛을 가리기 위해 양손을 들어 눈 위에 갖다 댔다. 이들이 캘리포니아의 신입생팀을 격파한 지 두 시간이 지나 있었다. 이제는 이들의 대학대표팀이 카이 이브라이트의 선수들을 상대할 차례였다.

이후 몇 분 동안 벌어진 일이야말로 캘리포니아 대 워싱턴의 경쟁 역사에서 가장 대단한 대표팀 경주 가운데 하나로 손꼽히게 될 사건이었다. 이 경주 직후, AP 통신의 프랭크 G. 고리 Frank G. Gorrie가 전국의 청중을 위해서 전송한 열광적인 설명의 내용은 다음과 같았다. "저 유명한 에이트 경주정들은 마치 나란히 붙여놓은 것처럼 햇빛이 점점이 반사되는 물 위를 쏜살같이 달려나갔다. 처음에는 이 배, 그다음에는 저 배가 선두를 차지했지만, 기껏해야 몇 미터 정도밖에 차이 나지 않았다. 캘리포니아는 출발부터 뒤처졌고, 1마일 지점에서는 확실히 밀려났으며, 1마일 반 표시에 가서야 다시 한 번 뱃머리를 내밀기 시작했으나, 2마일 표시에서 워싱턴이 '크게 열 번'을 무려 세 번이나 연속으로 때리자 다시 뒤처졌다가, 잠시 후에는 또다시 힘차게 따라잡았다."

조는 이 드라마가 펼쳐지는 장면을 지켜보며 매료되었다. 때때로 연락선 위의 학생들은 워싱턴을 향해 "더 올려라", 즉 스트로크 비율을 올려서 캘리포니아를 따돌리라고 소리를 질렀다. 캘리포니아는 분당 36회의 스트로크라는 강력한 비율로 수면을 새하얗게 휘저었지만, 워싱턴의 키잡이 하비 러브는 2마일 반이 넘는 구간 동안 비교적 느긋한 31회를 유지하면서, 오로지 자기네 보트가 이기는 데에 필요한 정도의 노력만 했다. 물론 자칫 자기네 보트가 너무 뒤처질 위험에 놓였을 때에는 크게 열 번을 불러서 앞으로 나아가게 만들었지만, 이후로는 안정을 되찾고 꾸준한 속도를 유지하면서 선수들의 힘을 아꼈다. 그러다가 결승선을 표시한 바지선이 시야에 들어오고, 캘리포니아가 거듭해서 따라잡으려다가 번번이 실패하고 나서야, 러브는 마침내 이렇게 소리를 질렀다. "지금이야! 전력질주!" 이제 스트로크 비율은 38회까지 치솟았으며, 이어서 거의 40회에 이르렀다. 워싱턴의 보트는 앞으로 치고 나갔고, 캘리포니아의 보트가 잠시 머뭇거리는 순간, 상대를 1초 이상 따돌리고 16분 33초 4라는 신기록을 세우며 결승선을 통과했다.

그야말로 감격적인 경주였을 뿐만 아니라, 이것이야말로 조와 다른 신입생들에게는 이해 가을부터 자기네를 담당한 코치가 승리를 위해서 얼마나 노력하는 사람인지를 보여주는 예습이나 마찬가지였다. 어떤 면에서 이 교훈은 톰 볼스가 이미 보여준 것이나 다름없었다. 즉 신입생들의 진짜 실력을 이브라이트에게는 숨기는 한편, 자기네 선수들한테는 캘리포니아를 자만하게 만드는 것이 얼마나 가치 있는 일인지를 설명했을 때 이미 보여준 셈이었다. 조는 대학대표팀의 경주를 지켜보고 나서야 그 교훈을 마음에 제대로 새기게 되었다. 나와 동등한, 어쩌면 나보다 더 뛰어날 수도 있는 적수를 격파하기 위해서는, 단순히 처음부터 끝까지 모든 것을 쏟아 붓기만 해서는 안 된다. 오히려 상대편에 정신적으로 압도해야 한다. 접전에서 중대한 순간이 닥쳤을 때, 나는 상대편이 미처 모르고 있는 뭔가를 반드시 알아야만 한다. 즉 마음속 깊은 곳에 나는 여전히 여분으로 뭔가를, 여러분이 아직 보여주지 않은 뭔가를, 일단 밝혀지면 상대편이 스스로를 의심하게 만들 뭔가를, 그 뭔가에 가장 많이 기대할 때에는 결국 상대편을 비틀거리게 만들 뭔가를 보유하고 있는 것이다. 인생에서도 매우 많은 것이 그러하듯이, 조정선수가 되는 일에서는 자신감이 무척이나 중요하고, 자기 마음을 아는 것이 역시나 중요하다.

1934년의 캘리포니아 대 워싱턴 경기가 끝나고 며칠 동안, 신입생팀은 곧바로 또 한 번의 슬럼프에 빠지고 말았다. 매일같이 이들은 실망스러운 시간을 겪었다. 캘리포니아를 격파한 뒤로 이들은 마치 집중력을 모조리 잃어버린 것처럼 보였다. 톰 볼스가 메가폰으로 소리를 지를수록 이들은 더 엉성해지는 것만 같았다.

5월 초의 어느 노곤한 날, 따뜻한 햇볕이 맨 등에 내려쬐는 상황에서 선수 가운데 몇 명은 워낙 둔하게 움직인 나머지 바지선을 끌고 다가오는 예인선 앞을 재빨리 지나가야 하는데도 미처 그러지 못하고 말았다. 예인선은 곧바로 경주정으로 돌진했고, 시커먼 연기를 내뿜으며 기적을 날카롭게 올리고 경적을 크게 불었다. 키잡이 존 머릴John Merrill은 깜짝 놀라 소리를 질렀다. "뒤로! 뒤로!" 4번 좌석에 있던 선수는 겁에 질린 나머지 엉거주춤 아예 물속으로 뛰어들었고, 그로 인해 자칫 경주정이 뒤집힐 뻔했다. 예인선은 간신히 옆으로 돌렸으며, 경주정의 뱃머리를 스치고 지나면서 물에 빠진 선수를 가까스로 지나쳤다. 이 모든 광경을 코치 전용 보트에서 지켜보고 있던 볼스는 화가 머리끝까지 치밀었다. 그는 물에 빠져 머쓱해하는 선수를 보트로 끌어올린 다음, 시동을 걸고 자기 혼자 경주정 보관고로 돌아가버렸다.

나머지 선수들은 아무 말도 없이 노를 저어 캠퍼스로 돌아왔다. 볼스는 이들을 기다리고 있었다. 선착장에서 위아래로 쿵쿵거리며 걸어다녔으며, 선수들이 경주정을 갖다 대놓자 손가락이 부들부들 떨렸다. 6월에 열리는 포킵시 조정대회에 나갈 선수를 처음부터 다시 선발하겠다고 코치는 말했다. 캘리포니아와의 대결에서 인상적인 활약을 펼쳤다고 해서, 경주정에서 자기 자리가 확실하다고 믿는 사람이 있다면 착각이라고 했다. 조는 가슴이 덜컥 내려앉았다. 잠시나마 확실하다고 여겼던 것이 또다시 위험에 처했기 때문이다. 바로 그 주에 그는 대학 학적과로부터 체육 과목에서 낙제했다는 통보를 받았는데, 원래 이 과목은 조정부 활동으로 대체하기로 되어 있었다. 얼마 전에 파라마운트 영화사의 신작에서, 은막에는 처음 소개되는 만화 주인공 '뱃사람 뽀빠이'를 본 조는 그날 밤에 그 주인공 말투로 스크랩북에 이렇게 적었다. "정나미가 떨어진다."

5월 중순에 시애틀의 날씨는 (늦봄에 간혹 잔인하게도 그런 것처럼) 맑다가 다시 나빠졌다. 신입생팀은 다시 한 번 맞바람과 싸워야 했고, 추위로 손가락에 감각이 없어졌으며, 뱃머리를 넘어 들어오는 흰 파도와 싸우느라 고생하는 신세가 되었다. 그런데도 본인들은 물론이고 코치들도 놀랄 수밖에 없었던 점은, 날씨가 나빠질수록 이들의 조정 실력은 더 나아졌다는 것이다.

5월 말의 그 습하고 흐린 날 가운데 어느 하루, 날카로운 북풍에 맞서 노를 젓는 과정에서, 노를 뺄 때마다 물보라가 튀고 보트 바닥에서 물이 철벅거리는 사이에, 1호 보트에 탄 조와 그의 동료들은 시간 기록 측정에서 10분 35초를 기록했는데, 이 정도면 이 종목 최고 기록에서 겨우 4초가 뒤진 셈이었다. 조지 포코크는 알룸누스 호에 올라타 이들의 연습을 지켜보았다. 호숫가로 돌아오자, 그는 경주정 보관고에 와 있던 한 기자에게 다가가 상대방의 시선을 끈 다음, 다음과 같은 놀라운 판정을 내렸다. "톰 볼스는 거친 물에서도 잘 달리는 보트를 갖고 있습니다." 그는 나지막하지만 또렷하게 말했다. "내가 지금까지 본 것 중에서 최고예요." 무슨 일에서나 과장하는 법이라고는 없었으며, 특히 보트에 가득 탄 신입생들의 조정 실력에 관해서는 더더욱 과장하는 법이 없던 포코크의 말은 마치 신의 선포와도 유사한 무게를 지니고 있었다. 그때부터 톰 볼스는 선수를 처음부터 다시 선발한다는 이야기를 두 번 다시 꺼내지 않았다. 캘리포니아를 격파한 이 아홉 명이 전국선수권대회 경기를 위해 포킵시에도 가게 될 것이었다.

1934년 6월 1일 저녁, 시애틀의 킹 스트리트 기차역의 화려한 대리석 로비에는 워싱턴 대학의 행진 악단과 1,000명 이상의 팬들이 가득 모여서, 포킵시로 향하는 신입생팀과 대표팀이 그레이트 노선 철도의 '엠파이어 빌더Empire Builder 호'에 올라타는 모습을 보며 환호성을 지르고 응원가를 불렀다. 신입생 선수들은 특히나 사기가 높은 상태였다. 워싱턴 서부를 한 번이라도 벗어나본 사람은 극소수였고, 심지어 기차조차도 처음 타보는 사람이 대부분이었다. 그런데 그들은 지금 여기 있었고, 이제 대륙 전체를 횡단할 예정이었다. 소젖을 짜고 도끼를 휘두르고 원목을 쪼개며 자라난 그들, 자기가 자라난 마을 사람들 절반의 이름을 아는 그들, 심지어 자동차를 처음 본 것이 언제이고 전기가 들어오는 집을 본 것이 언제인지를 자랑처럼 이야기하는 부모 밑에서 자란 그들에게, 이것이야말로 정말 들뜨는 일이 아닐 수 없었다.
호화로운 좌석에 앉아서 풀먼 침대차의 녹색 기운이 섞인 유리창 너머로 밖을 내다보면서, 조는 로비에서 승강장 안까지 스며드는 함성을 차마 믿을 수 없었다. 단 한 번도 무슨 일 때문에 축하를 받은 적이 없었는데, 그는 지금 여기에, 즉 단순히 감탄의 대상일 뿐만 아니라 심지어 과찬의 대상이 되어 있었던 것이다. 그는 자부심으로 가득 찼지만, 한편으로는 긴장되고 흥분되는 불편함으로 가득했다. 이것이야말로 지난 며칠 동안 그가 가급적 생각하지 않으려 했던 여러 가지를 떠올리게 했다.

그날 저녁, 엠파이어 빌더 호가 스티븐스 패스를 통해서 캐스케이드 산맥을 지나고, 워싱턴 동부의 건조한 밀 생산 지역을 가로지르기 시작하자, 학생들은 들떴다. 그들은 밤늦게까지 술을 마시고, 카드놀이를 하고, 점잖지 못한 농담을 하고, 풀먼 침대차의 통로를 따라 이리저리 뛰어다니고, 풋볼 공을 주고받다가, 마침내 지치면 각자의 침대에 쓰러져 잠이 들었다.

다음 날 누군가가 풍선을 한 상자 꺼내면서 이런 놀이는 재개되었다. 이들은 화장실에서 풍선에 물을 담아 객차 사이의 덜컹거리는 발판에 가득 쌓아놓았다가, 기차가 몬태나 주를 지나 노스다코타 주로 접어들자 아무 표적이나 겨냥해서 (들판에서 풀을 뜯는 소들이며, 딸랑거리는 철도 교차로에 멈춰 서 있는 먼지 자욱한 자동차며, 작은 기차역의 승강장에 큰대자로 누워서 잠을 청하는 개들에게까지) 물풍선을 집어던지면서, 그때마다 자기네 학교 응원가인 〈워싱턴 앞에 고개를 숙여라Bow Down to Washington〉를 합창했다.

조는 물풍선 장난을 지켜보며 자신감을 얻었고, 그날 오후가 되어서야 자기가 이번 여행에 가져오면서 어딘가 줄곧 불안한 느낌이 들었던 기타를 꺼냈다. 그가 이 악기를 연주하기 위해 음을 맞추기 시작하자, 상급생 가운데 몇 명은 흥미를 가지고 그의 곁으로 몰려왔다. 지판을 바라보고, 손놀림에 정신을 집중하면서, 그는 코드를 짚으며 노래를 불렀다. 고등학교 때부터 즐겨 불렀던, 즉 광산촌에 살면서 배우거나 세큄에서 라디오를 들으면서 배운 야영 노래와 카우보이 노래였다.

처음에는 학생들도 노래하는 그의 모습을 빤히 바라보기만 했다. 그러다가 하나둘씩 서로를 쳐다보면서 킬킬거리더니, 나중에는 아예 대놓고 웃음과 야유를 터뜨렸다. "여기 카우보이 조가 납시었네!" 누군가가 소리를 질렀다. 통로 저편으로 누군가가 또 소리를 질렀다. "야, 이리 좀 와서 랜츠가 노래 부르는 것 좀 들어봐. 노 젓는 음유시인이야!" 조는 고개를 들고 당황한 나머지 〈텍사스의 노란 장미The Yellow Rose of Texas〉라는 노래를 부르다 말고 우뚝 멈추었다. 얼굴을 붉히고, 입을 꽉 다물고, 냉랭한 눈빛이 되어, 그는 기타를 재빨리 케이스에 도로 넣어두고 다른 객차로 건너가버렸다.

조에게는 무엇보다도 상처가 되는 일이 아닐 수 없었다. 그의 음악이야말로 유년기의 어두운 날을 밝혀준 바 있었다. 고등학교 때에는 사람들을 곁으로 불러 모아서 친구로 만들어주고, 심지어 세퀌에서 먹고사는 데에 도움을 주기도 했다. 이것은 그의 특별한 재능이었고, 특별한 자랑거리였다. 그런데 갑작스럽고도 예기치 못한 상태에서, 이것은 새삼스레 그가 세련미라는 점에서는 얼마나 뒤처져 있는가를 상기시켜주었다. 자기가 뭔가 더 커다란 물에서 그 일부가 되어가고 있다고 느끼기 시작할 바로 그 무렵, 또다시 거기서 밀려나버린 것이다.

6월 6일에 뉴욕에 도착하자, 워싱턴 조정부 선수들은 자기네 경주정을 포킵시 바로 맞은편에 있는 허드슨의 서쪽 강변, 즉 하일랜드에 있는 낡고 오래된 경주정 보관고로 옮겼다. 사실 이 보트 보관고는 기껏해야 헛간보다 조금 나은 정도였다. 바람이 술술 새어들어오고 허술한데다가, 가느다란 지주支柱에 의지해 강 위에 서 있어서 샤워기를 틀면 허드슨 강에서 곧바로 길어올린 냄새 고약한 물이 선수들의 머리 위로 쏟아졌다.

톰 볼스는 바로 그날부터 신입생팀을 이끌고 물로 나갔으며, 친숙하지 않은 경주로에서 과연 이들이 어떻게 대처하는지를 보고 싶어 안달했다. 이것이야말로 그들이 호수 말고 강에서 노를 젓는 최초의 경험이었지만, 사실 워싱턴 호수 외의 다른 장소에서 노를 젓는 경험으로도 최초였다. 날씨조차 선수들이 자기 고향에서는 한 번도 겪어보지 못한 수준이었다. 끔찍하리만치 덥고 끈적끈적했다. 경주정 '시티 오브 시애틀City of Seattle 호'를 들고 물가로 운반해 왔을 무렵, 선수들은 벌써부터 땀에 흠뻑 젖어 있었다. 물 위에는 산들바람이 약간 불기는 했지만, 이들이 경주정에 탑승할 때에는 심지어 그 바람조차도 뜨겁게 느껴졌다. 셔츠를 벗어서 허드슨 강의 지저분한 물에 담갔다가 도로 입었지만, 그러고 났더니 습기는 오히려 더 견디기 힘든 지경이 되었다. 볼스는 일단 몸을 푼다 생각하고 몇 분 동안 상류까지 노를 저어 가보라고 지시했다. 그는 코치 전용 보트에 올라타고 이들을 뒤따르기 시작했다. 준비가 되었다고 판단하자, 코치는 메가폰을 들어올리고 전력질주로 속도를 올리게 했다. 선수들은 노 위로 몸을 기울이고 속도를 내기 시작했지만, 볼스는 굳이 스톱워치를 들여다볼 생각조차 하지 않았다. 선수들의 노 젓는 솜씨가 최상의 상태에서 한참 아랫길에 있음을 한눈에 알 수 있었기 때문이다. 더 나쁜 사실은 이들이 지쳐 보인다는 것이었는데, 열기 때문에 기진맥진한 것이 분명했으며, 그냥 이 경주로에서 저 경주로로 오락가락만 하고 있었다. 워싱턴 호수의 바람과 물결에서는 얼마든지 대처할 수 있었지만, 허드슨 강의 물결은 이와 전혀 달랐다. 길고도 낮은 물결이 보트를 옆에서 때렸고, 그로 인해 노깃이 한 번은 흔들리다가, 또 한 번은 물속에 깊이 박혔다. 파도와 물살의 효과 때문에 이들은 당황해했다. 이들이 지금까지 알던 바에 따르면 보트 아래의 물이 움직여서는 안 되며, 가려는 장소가 아닌 곳으로 자기네를 데려가서는 안 되는 것이었다. 볼스는 메가폰을 이용해 "이제 그만!" 하고 소리치고는, 선수들을 경주정 보관고로 돌려보냈다. 아무래도 포코크와 이 문제를 논의할 필요가 있었다.

　선수들은 실망한 상태에서 자기네 경주정을 도로 집어넣고, 지저분한 강물로 샤워를 하고, 서쪽 강변을 따라 달리는 철로로 먼 길을 걸어 하일랜드 절벽을 올라서 플로렌스 파머Florence Palmer가 운영하는 합숙소에 들어섰다. 파머의 농가는 작았지만, 대신 요금이 저렴했다. 그 집의 부엌에서 나온 얼마 안 되는 음식은 20여 명의 키 크고 건장한 청년들은 물론이고 몇 안 되는 코치들과 키잡이들까지도 만족시키지 못했다. 선수들은 눈에 띄는 것은 뭐든지 먹어치우고는 지친 몸으로 다락의 침실에 올라가 한 방에 여섯 명씩 잤는데, 방 안이 어찌나 눅눅하고 숨이 막힐 듯 더운지 침대라기보다는 오히려 고문대에 가까운 수준이었다.

　포킵시에서 열리는 전국대학조정협회 대회는 상당히 유서 깊은 행사였으며, 미국 조정의 역사에 깊이 뿌리를 두고 있었다.

　미국에서 조정과 관련해 벌어진 최초의 대단한 구경거리는 1824년에 뉴욕 항에서 열렸다. 이때 뉴욕 시의 뱃사공 네 명으로 이루어진 팀이 길이 약 7미터의 화이트홀 보트(19세기에 미국에서 생산된 '노 젓는 보트'의 일종으로, 뉴욕 시의 화이트홀 스트리트에서 처음 제작돼 이런 이름이 붙었다－옮긴이) '아메리칸 스타American Star 호'에 탑승했으며, 마침 그곳을 방문 중인 영국 전함의 수병 네 명이 이와 유사한 보트인 '서튼 데스Certain Death 호'에 올라타서 경주를 벌였던 것이다. 영국과 미국이 벌인 '1812년 전쟁'과 당시에 영국군이 자행한 백악관 방화 사건이 아직 머릿속에 생생히 남아 있는 상황에서, 특히 미국을 응원하는 목소리가 높았다. 경주에서는 미국이 이겨서 1,000달러의 상금을 차지했는데, 이때의 경주 구간은 배터리Battery에서 호보켄Hoboken까지 갔다가 돌아오는 것이었다. 최소 5만 명에서 최대 10만 명으로 추산되는 무척이나 열성적인 관중이 몰려들어서, 이 당시까지 스포츠 행사를 구경하기 위해 모인 것으로는 가장 많은 관중을 기록했다.

1830년대에는 미국의 여러 도시에 사설 조정클럽이 나타나기 시작했으며, 1840년대에 이르자 동부 대학 몇 군데에서 조정부원을 모집했다. 미국 최초의 대학팀 간 조정경기는 (또한 이는 모든 종목을 통틀어 미국 최초의 대학 간 운동경기이기도 했는데) 1852년에 하버드와 예일 사이에서 벌어졌으며, 이때의 장소는 뉴햄프셔 주의 위니페소키 호수였다. 몇 가지 차질도 없지는 않았지만 (무엇보다도, 전쟁으로 인해 각 대학의 청년들이 이와는 다른, 그리고 더 위험한 직업에 종사하러 떠났기 때문이다.) 하버드 대 예일 조정경기는 1859년 이후 매년 개최되었다. 그때 이후 상당 기간 동안 조정경기는 이 나라의 주된 스포츠 행사였다. 1869년에는 하버드가 영국의 최고 엘리트 교육기관인 옥스퍼드와 템스 강에서 대결을 펼쳤다. 수많은 관중 앞에서 옥스퍼드는 하버드를 격파했지만, 이 행사가 미국에서는 워낙 대대적으로 홍보되었기 때문에 조정에의 관심이 폭발적으로 늘어났다. 이 행사는 또한 이 스포츠에 오늘날까지도 여전히 달라붙어 있는 엘리트주의의 느낌을 심어주기도 했다.

다른 동부 대학들도 이어서 조정부를 출범시켰으며, 그 대부분은 다른 팀과의 시합을 통해서 경쟁을 벌이기 시작했다. 하지만 하버드와 예일은 자기들끼리의 연례 대결 외에 다른 대학과의 대결에는 전혀 참가하지 않았다. 따라서 1895년 이전까지는 전국선수권대회와 유사한 행사가 전혀 없었다. 그러다가 뉴욕 센트럴 철도의 연장 개통에 힘입어 코넬, 컬럼비아, 펜실베이니아 대학이 '전국대학조정협회(IRA)'를 구성하기로 합의했으며, 이후 포킵시의 허드슨 강에 있는 4마일 직선 구간에서 연례 경기를 펼치기로 했다.(이곳은 원래 1860년대 이후로 아마추어와 프로 노잡이들이 경주를 펼치던 장소였다.) 첫 번째 대회(1895년 6월 21일에 열렸으며, 우승자는 코넬이었다.) 이후에 다른 학교들도 포킵시에 초청되었는데, 이 조정대회는 미국 내에서도 가장 명성 있는 대회로 간주되었으며,

급기야 하버드 대 예일의 연례 보트 경주조차도 빛을 잃게 만들며 명실상부한 전국선수권대회에 상응하는 존재가 되었다.

20세기 초에 이르러, 부유층이 사는 지역에서는 조정클럽이 우후죽순으로 생겨났다. 호화로운 호텔이며 대양 여객선조차도 (심지어 그 악명 높은 타이타닉 호조차도) 조정 연습 장치를 설치해서, 고객들이 계속 연습을 하며 자기네 조정 영웅들을 모방할 수 있게 했다. 1920년대에 들어서자 1만 명의 팬이 (1929년에는 무려 12만 5,000명이) 포킵시에 찾아와 연례 조정대회를 직접 관람했다. 그리고 수백만 명이 라디오 중계를 들었다. 급기야 이 조정대회는 미국에서 경마 분야의 켄터키 더비Kentucky Derby, 풋볼 분야의 로즈 볼Rose Bowl, 야구 분야의 월드시리즈에 버금가는 전국적인 스포츠 행사가 되었다.

20세기의 처음 사반세기 동안에는 동부의 대학들이 전적으로 조정대회를 휩쓸었다. 서부의 학교 가운데 어느 곳도 감히 여기 끼어들지 못하다가, 마침내 1912년에 스탠퍼드가 참가했지만 상당한 격차를 드러내며 6위에 머무는 데 그쳤다. 이듬해에 하이럼 코니베어가 사상 최초로 워싱턴의 대학대표팀을 데리고 동부로 왔다. 촌스럽고 투박한 이 서부의 청년들은 비록 승리를 거두지는 못했지만, 의외로 3위를 차지함으로써 동부의 팬들과 언론에 충격을 주었다. 1915년에는 스탠퍼드가 2위를 차지함으로써 다시 한 번 충격을 주었다. 적잖이 혐오감을 느낀 뉴욕의 한 작가는 그해에 이렇게 썼다. "만약 스탠퍼드가 저 엉성하게 만든 서부산 경주정을 사용하지만 않았더라도 어쩌면 그들이 이겼을지도 모르겠다." 사실 이때 스탠퍼드가 사용한 보트는 동부에서 만들어진 것이었으며, 포코크가 만든 매끈한 경주정은 자기네 본거지인 팔로알토Palo Alto에 남겨놓고 온 참이었다.

하지만 이후 10년 동안 서부의 학교들은 (캘리포니아, 스탠퍼드, 워싱턴 할 것 없이) 어쩌다 한 번 포킵시로 찾아왔을 뿐이었다. 이들의 입장에서는 이 긴 여행을 정당화하기가 힘들었다. 선수들과 몇 척의 섬세한 경주정을 동부까지 운송하는 것이야말로 상당히 돈이 많이 드는 일이었고, 서부의 선수들은 멍한 호기심과 미묘한 생색과 (때로는) 노골적인 조소가 뒤섞인 타인의 불편한 태도를 번번이 맞닥뜨려야 했다. 동부의 팬들과 졸업생들, 스포츠 기자들과 전국 단위 신문들은 허드슨 강변의 경주정에 앉아 있는 선수들 가운데 상원의원, 주지사, 산업계 거물, 심지어 대통령의 아들들을 보는 데에 익숙해 있었기 때문이다.(그러니 농부와 어민과 벌목꾼의 아들들이야 낯설 수밖에 없었다.)

그러다가 1923년 6월 어느 비 내리는 저녁에 워싱턴의 대학대표팀이 새로운 수석코치 러셀 "러스티" 캘로의 지휘 아래 포킵시를 찾아왔다. 이때 워싱턴은 다른 팀들을 멀찌감치 따돌린 다음, 엘리트 팀인 해군사관학교와 뱃머리를 나란히 하고 마지막 구간에 들어섰다. 요란한 함성 속에서도 지시를 내리기 위해, 워싱턴의 키잡이 돈 그랜트Don Grant는 갑자기 붉은 깃발을 머리 위로 치켜올리며 (그 깃발은 경기 직전에 코넬 대학의 깃발을 잘라서 급조한 것이었다.) 지금이야말로 전력질주를 할 때라고 알렸다. 워싱턴의 스트로크 노잡이인 다우 월링Dow Walling은(그의 다리 한쪽에는 커다란 종기가 세 개나 나서 시뻘겋게 부어올라 있었다.) 좌석에서 앞으로 활주하고 두 다리를 배꼬리 쪽으로 밀면서 스트로크 비율을 그야말로 터무니없는 40회까지 올렸으며, 이에 워싱턴의 선수들도 기꺼이 응했다. 보트는 앞으로 달려나갔고, 워싱턴은 서부 팀 최초로 전국대학조정협회 대회 우승을 차지했다. 기쁨에 겨웠던 허스키 선수들은 신중하게도 월링을 경주정에서 내리게 한 다음, 서둘러 그를 병원으로 보냈다. 깜짝 놀란 팬들과 기자들이 선착장에서 이들 주위에 모여들어 갖가지 질문을 퍼부었다. 워싱턴 대학은 컬럼비아 특별지구에 있는 곳이 맞느냐?(미국 북서부의 '워싱턴 주'와 동부에 있는 수도 '워싱턴 D.C.'를 혼동한 것. 그만큼 동부 사람들이 서부에 관해서는 무지했거나 관심이 없었다는 의미이다－옮긴이) 그나

저나 시애틀이 정확히 어디냐? 선수들 중에 진짜 벌목꾼이 있기는 하느냐? 이에 선수들은 환히 웃으며 별다른 말 없이 선물로 챙겨온 토템 폴 모형만 나눠주었다.

코치 전용 보트에서 이 경주 결과를 지켜본 조지 포코크는 평소 성격과 달리 기쁨의 함성을 고래고래 질렀다. 평소에는 과묵하던 이 영국인은 나중에 가서야 이렇게 말했다. "그 당시에 저의 행동은 어린애 같았을 겁니다." 하지만 그에게는 그럴 만한 이유가 있었다. 이때 워싱턴이 사용해 우승한 에스파냐삼나무 재질 경주정은 그가 직접 만든 배였기 때문이다. 이것이야말로 동부 사람들이 그의 작품을 볼 수 있었던 첫 기회이기도 했다. 시애틀로 돌아오고서 며칠이 지나는 동안, 에이트 경주정 여덟 척을 만들어달라는 주문이 그의 작업장으로 폭주했다. 불과 10년도 지나지 않아서, 포킵시 조정대회에 출전하는 경주정 대부분은 포코크가 만든 보트들이었다. 1943년에는 이 대회에 참가한 경주정 모두가 (즉 무려 30척 전부가) 그의 작품으로 확인되었다.

워싱턴의 졸업생 중에서도 특히나 유명하고 열성적인 성품이던 로열 사우디Loyal Shoudy 박사는 조정부의 위업을 보고 무척이나 감명받은 나머지, 그날 밤에 이들을 데리고 뉴욕 시로 가서 공연 관람과 축하 만찬을 대접했다. 만찬 때에 선수들은 각자의 접시 위에 10달러 지폐가 놓여 있고, 그 옆에 자주색 넥타이가 놓인 것을 발견했다. 그때 이후로 수십 년 동안이나, 워싱턴의 조정부원들은 매년 조정 시즌이 끝날 때마다 로열 사우디를 기념하는 연회를 여는데, 이때에는 각 선수의 자리마다 접시 위에 자주색 넥타이가 하나씩 놓인다.

이듬해인 1924년에도 워싱턴은 포킵시로 돌아왔고, 이때에는 앨 울브릭슨이 선수로 출전해서 또다시 대학대표팀 경주에서 이겼으며, 그것도 결정적인 차이로 이겼다. 1926년에 워싱턴은 또다시 승리를 거두었는데, 이때 울브릭슨은 마지막 4분의 1마일 동안 한쪽 팔 근육이 파열

되었는데도 불구하고 계속 노를 저었다. 1928년에는 카이 이브라이트의 캘리포니아 베어스가 최초로 포킵시 대회에서 우승한 것은 물론이고 올림픽에서도 금메달을 땄으며, 1932년에도 똑같은 위업을 달성했다. 1934년에 이르러서야 서부의 여러 학교가 마침내 모두에게 무서운 상대로 인식되기 시작했다. 하지만 매년 6월에 요트를 타고 허드슨 강을 거슬러 올라와서 경기를 구경하는 사람 대부분은 (그 사람이 맨해튼에서 왔건 햄턴스에서 왔건 간에) 올해만큼은 동부가 다시 한 번 그 적절하고도 오래 간직한 선두 자리를 탈환하리라고 자연스레 가정했다.

서부 출신 조정팀의 성장세에 동부의 팬들은 깜짝 놀랐을지도 모르지만, 1930년대 미국 전역의 신문 편집자들에게는 이것이야말로 기쁜 일이 아닐 수 없었다. 이들의 이야기는 1920년대에 미국 전역의 관심을 끌었던 두 권투선수의 (하나는 가난한 체로키족 인디언 혼혈인 콜로라도 출신의 잭 뎀프시이고, 또 하나는 동부 출신의 전직 해병대원 진 터니였다.) 경쟁관계 이래 처음으로, 더 커다란 스포츠의 서사와 딱 맞아 떨어지는 사건이었으며, 궁극적으로는 신문과 뉴스영화의 판매에 불을 붙이는 이야기였기 때문이다. 동부 대 서부의 경쟁관계는 대학 풋볼 분야에서 매년 열리는 '동서 올스타 경기'에서도 잘 나타나며, 매년 1월의 (그 당시 전국 대학 간 풋볼 선수권대회에 가까운 대회로는 유일무이했던) 로즈 볼에서도 흥미를 더해주는 요소였다(지금은 '로즈 볼' 외에도 '오렌지 볼'과 '슈거 볼'을 비롯한 다른 여러 대회가 개최된다 ─옮긴이). 머지않아 어쩐지 볼품은 없지만 원기왕성하고 예측불허라고 소문난 경주마 '시비스킷 Seabiscuit'이 서부의 지평선에 나타나, 동부의 경마장을 평정하며 경마업계의 우상으로 떠오른 경주마 '워 애드머럴War Admiral'을 격파하면서, 동부와 서부의 대결이라는 이 요소는 계속해서 생명력을 유지하게 될 예정이었다(시비스킷은 왜소한 체구에도 불구하고 극적인 명승부를 펼치며, 대공황 시대인 1930년대에 '희망의 상징'으로 큰 인기를 끌었고, 2003년에는 그 일대기가 영화로도 제작되었다-옮긴이).

동부와 서부 간의 이 모든 경쟁에서 주목할 만한 요소는, 서부의 대표들이 거의 항상 동부의 경쟁자들과 뚜렷이 대조되는 여러 속성을 체화하는 것처럼 보인다는 점이다. 즉 서부 대표들은 항상 자수성가하고, 거칠고, 야성적이고, 촌스럽고, 억세고, 단순하고, (아마 일부 사람들 눈에는) 어딘가 조잡해 보였다. 반면 이들을 상대하는 동부 대표들은 항상 좋은 환경에서 자라고, 세련되고, 돈도 있고, 섬세하고, (아마 자기들 눈에는 최소한) 어딘가 더 탁월한 듯 보였다. 이런 기본적인 차이점 가운데에는 일부나마 진실의 요소도 종종 있었다. 하지만 동부에서 인식하는 이 경쟁 관계는 종종 속물주의의 요소를 지니고 있었으며, 이런 사실 때문에 서부의 선수들과 팬들은 격분해 마지않았다.

전국 단위 신문에서 서부를 굳이 알려고 들지도 않는 동부 특유의 편견이 압도적으로 우세해서, 로키 산맥 서쪽에 있는 땅은 마치 중국 땅이라도 되는 듯 폄하하는 어조가 난무하다 보니, 서부인들은 더욱 격분하게 되었다. 때로는 서부의 신문에서도 똑같은 태도가 압도적이었다. 1930년대 내내, 심지어 워싱턴과 캘리포니아가 포킵시에서 우승을 한 뒤까지도, 예를 들어 〈로스앤젤레스 타임스〉는 서부 선수단의 전적인 승리와 점점 인상적으로 좋아지는 기록 관련 보도보다, 오히려 동부 선수단의 결과며 보트 배치며 코치 변화며 예선전 등에 더 많은 지면을 할애했을 정도였다.

1934년의 포킵시 조정대회에 출전한 워싱턴의 조와 다른 신입생들 역시, 이처럼 지속되는 지역 갈등에서 서부에 통상적으로 부과된 배역을 담당하기에는 더 이상 나무랄 데가 없는 상황이었다. 지난 몇 년간의 경제적 어려움 때문에, 조만간 맞붙을 상대 선수들과 이들 사이의 차이는 유난히 더 두드러지기만 했다. 이런 차이는 전국에 보도될 이들의 이야기를 좀 더 설득력 있게 만들어주기만 했다. 결국 1934년의 조정대회는 또다시 한쪽에는 동부의 특권이며 위신, 또 한쪽에는 서부의 성실성과 힘, 이렇게 두 가지의 대결 양상이 되고 말았다. 경제적인 용어로 설명하자면, 대대로 돈이 많은 집 아이들과 돈이라고는 한 푼도 없는 집 아이들 사이의 대결이 되는 셈이었다.

조정대회를 앞둔 마지막 며칠 동안, 18명의 선수를 거느린 코치들 대부분은 밤늦게야 마지막 연습을 실시하기 시작했다. 한편으로는 대낮의 지독한 열기로부터 선수들을 보호하기 위해서였고, 또 한편으로는 어둠을 틈타 자기네 시간 기록이며 경기 전략을 숨기려는 것이었다. 포킵시의 강변에는 다른 팀들도 있었지만, 호기심 많은 스포츠 기자들도 돌아다니고 있었기 때문이다.

경주 당일인 6월 16일 토요일은 맑고도 따뜻했다. 정오가 되자 경주를 보려고 팬들이 기차며 자동차를 타고 동부 전역에서 이곳으로 몰려들었다. 남자들은 벌써부터 코트와 넥타이를 풀고 있었고, 여자들은 테가 넓은 모자와 선글라스를 착용하고 있었다. 오후 중반이 되자, 포킵시 시내는 사람들로 들끓었다. 호텔 로비와 식당마다 갖가지 시원한 음료를 홀짝이는 팬들이 가득했고, 그중 상당수는 주류도 갖고 있었는데, 금주법이 마침내 끝나버린 덕분이었다. 거리에는 수레를 끌고 다니는 노점상이 군중을 헤치며 핫도그와 아이스크림을 판매했다.

오후 내내 전차가 포킵시의 허드슨 강변 가파른 절벽을 따라 오르내리며 수많은 팬들을 물가로 실어 날랐다. 강 위에는 열기 때문에 잿빛 아지랑이가 피어 있었다. 흰색의 전기구동 연락선이 왔다 갔다 하면서 팬들을 관람열차가 있는 서쪽 강변으로 실어 날랐으며, 그곳에는 관람석이 설치된 흰색 테두리의 무개열차 13량이 대기 중이었다. 오후 5시 정각, 7만 5,000명 이상이 양쪽 강변에 늘어섰고, 경주로를 따라 이어진 물가에 앉거나, 선착장에 앉거나, 지붕이나 절벽이나 울타리에 올라앉아서 레모네이드를 마시며 오늘의 일정을 소개하는 안내지로 부채질을 하고 있었다.

신입생팀의 2마일 경주가 맨 먼저 열릴 예정이었고, 곧이어 준대표팀의 3마일 경주와 대학대표팀의 4마일 경주가 각각 한 시간의 간격을 두고 열릴 예정이었다. 조와 동료 선수들은 시티 오브 시애틀 호를 몰고 자기네 보트 보관고에서 출발해 강으로 들어섰으며, 이때에 가서야 처음으로 포킵시 조정대회의 장관을 제대로 보게 되었다. 마치 거미집 같은 철골 구조를 드러내며 우뚝 솟아 있는 약 2,000미터 길이의 오래된 (1889년에 완공된) 철도교에서 정확히 1마일 상류인 이곳에는, 고정 보트stake boats 여러 척이 강을 가로지르면서 (똑같은 종류의 노 젓는 보트 일곱 척을 동원해 닻을 내렸다.) 출발선을 표시하고 있었다. 각각의 고정 보트마다 앉아 있는 진행요원은 출발신호가 떨어질 때까지 그 레인에 배정된 경주정의 배꼬리를 붙잡고 있을 것이었다. 철도교에서 반 마일 하류에는 새로 개통된 자동차 전용교가 있었는데, 그 위에도 진행요원 열댓 명이 대기하고 있었다. 두 다리 사이에서부터 결승선이 있는 곳까지는 닻을 내린 요트들이 가득했는데, 티크로 만든 갑판에는 조정경기 팬들이 북적였고, 그중 상당수는 흰색과 하늘색 천에다가 노끈 장식을 단 뱃사람 특유의 빳빳한 모자를 쓰고 있었다. 카누와 목제 모터보트가 요트들 사이로 들락날락하고 있었다. 오로지 강 한복판에 있는 일곱 개의 경주용 레인만이 텅 빈 상태였다. 결승선에서 얼마 떨어지지 않은 곳에는 번쩍이는 흰색의 76미터 길이 해안경비대 순시선 '챔플레인Champlain 호'가 정박해 있었고, 그 옆에는 훨씬 더 커다란 미군 해군 소속 구축함이 회색의 위압적인 모습을 뽐내며 서 있었다. 구축함의 수병들은 애너폴리스에서 온 해군사관생도들을 향해 환호성을 보냈다. 강 상류와 하류 모두에서 검은 선체를 지닌 높은 배들도 닻을 내리고 있었는데, 바로 제작 연도가 이전 세기까지 거슬러 올라가는 스쿠너선과 슬루프선이었다. 그

삭구에는 다양한 종류의 삼각기가 펄럭이고 있었다.

신입생팀의 보트들이 출발선의 고정 보트에 다가가는 사이, 코치 전용 보트들은 각자의 선수들 뒤에 자리를 잡았으며, 그렇게 가만히 떠 있는 사이에 엔진에서는 털털거리고 부글거리는 소리가 났고, 그 밑의 물에서는 하얀 거품이 계속 일어났다. 강에는 디젤유 냄새가 희미하게 감돌았다. 톰 볼스는 행운을 가져다준다는 특유의 낡은 중절모를 쓰고서, 자기 팀의 키잡이 조지 모리에게 마지막으로 몇 가지 지시를 내리고 있었다. 워싱턴은 3번 레인이었고, 그 왼쪽의 2번 레인에는 시러큐스 '오렌지' 팀이 있었다. 조정 분야의 전설인 84세의 코치 짐 텐 에이크Jim Ten Eyck의 (그는 게티스버그 전투 당일인 1863년에 처음으로 조정선수 경력을 시작했다는 이력의 소유자이기도 했다.) 제자들인 오렌지 팀은 지난 네 차례의 신입생 선수권대회에서 세 번이나 우승했으며, 지난해 우승자인 동시에 올해의 강력한 우승 후보이기도 했다.

한낮의 열기는 1, 2도 정도 줄어들어 있었다. 북풍이 가볍게 스치고 지나간 강물은 늦은 오후의 아지랑이로 인해 납빛이 되어 있었다. 커다란 배에 걸려 있는 삼각기들이 천천히 흔들렸다. 워싱턴의 선수들이 자기네 경주정을 뒤로 움직여서 제자리에 갖다 놓는 사이, 3번 레인의 고정 보트에 있던 진행요원이 한 손을 뻗어서 배꼬리를 단단히 붙잡았다. 모리는 조지 룬드George Lund에게 뱃머리를 똑바로 유지하라고 소리쳤다. 모리는 한 손을 들어서 출발신호원에게 경기 준비가 끝났음을 알렸다. 조 랜츠는 깊이 숨을 들이마셨고, 마음을 가라앉혔다. 로저 모리스는 다시 한 번 노를 고쳐 잡았다.

출발을 알리는 총소리가 들리자마자, 시러큐스는 32회로 노를 저으며 곧장 앞으로 튀어나갔고, 워싱턴은 31회로 그 뒤를 바짝 따랐다. 다른 팀들은 (컬럼비아, 러트거스, 펜실베이니아, 코넬) 거의 곧바로 뒤처지기 시작했다. 강 하류로 4분의 1마일쯤 갔을 무렵, 경기 전의 예상대로 시러큐스의 오렌지 팀이 선두를 장악할 것처럼 보였다. 하지만 반 마일 표시에 도달했을 무렵 워싱턴이 스트로크 비율을 더 올리지도 않은 상태에서 이들을 따라잡아 앞서 나가기 시작했다. 1마일 지점에서 선두의 경주정들이 철도교 밑을 통과하자, 다리 위에 있던 진행요원들이 세 발의 축포를 터뜨렸는데, 이는 곧 1마일을 남겨둔 상태에서 3번 레인의 워싱턴 보트가 선두를 차지하고 있다는 의미였다. 시러큐스 보트의 뱃머리가 천천히 조의 시야에 들어오더니, 이제 그를 지나쳐서 천천히 뒤로 밀렸다. 그는 이 모습을 무시하고 대신 자기 손에 잡은 노에만 정신을 집중하며, 세게 당기고, 부드럽게 당기고, 거의 고통이라고는 느끼지 않는 상태에서 편안하게 노를 저었다. 1마일 반 표시에 이르렀을 때, 시러큐스의 보트에 탑승한 누군가가 그만 "게 잡이를 하고" 말았다. 오렌지 팀은 잠시 멈칫거리더니 곧바로 원래의 리듬을 되찾았다. 하지만 더이상은 소용이 없었다. 워싱턴은 이미 두 정신 반이나 이들을 앞섰기 때문이다. 3위인 코넬과는 무려 여덟 정신 차이였기 때문에 아예 보이지도 않았다. 조지 모리는 고개를 돌려 주위를 재빨리 살펴보고 자기들이 몇 정신이나 앞섰는지를 깨닫고는 깜짝 놀랐다. 그럼에도 불구하고 그는 지난 4월에 워싱턴 호수에서 캘리포니아를 상대할 때처럼 마지막 수십 미터 구간에서 스트로크 비율을 올렸는데, 이는 어디까지나 자기네 실력을 과시하기 위해서였다. 톰 볼스의 제자들이 시러큐스를 무려 다섯 정신이라는 놀라운 차이로 따돌리며 결승선을 통과한 순간, 또다시 세 발의 축포가 터졌다.

시애틀과 세큄에서는 사람들이 자기네 부엌이며 거실에서 라디오를 듣다가, 마지막 축포 소리가 들리자마자 벌떡 일어나 환호성을 질렀다. 워싱턴 주에서 온 농장 일꾼과 어부와 조선소 노동자로 이루어진 팀, 불과 9개월 전만 해도 노를 저어본 사람이 손에 꼽을 정도였던 팀이, 동부 최강의 대학 조정부를 꺾고 신입생 부문에서 전국 챔피언에 등극한 것이다.

선수들은 서로 악수를 나누었고, 노를 저어서 시러큐스의 보트에 다가가서는, 패배한 오렌지 선수들에게서 셔츠를 벗겨 전리품으로 삼은 다음, 그들과 악수를 나누고는 자기네 경주정 보관고로 느긋하게 노를 저어 돌아왔다. 이들은 시티 오브 시애틀 호에서 나와 부양선착장에 올라섰으며, 세계 어디에서나 승리자들이 받는 보편적인 의식을 치렀다. 바로 키잡이를 물에 빠뜨리는 것이다. 모리가 경사로 위로 도망치기도 전에, 선수 네 명이 그의 팔다리를 붙잡고 앞뒤로 세 번 흔든 다음 저 멀리 허드슨 강에 내던졌다. 모리는 공중을 빙글빙글 돌면서 날아갔고, 팔다리를 잔뜩 허우적거리면서 허드슨 강의 수면에 등짝부터 떨어지며 요란하게 물을 튀겼다. 모리가 선착장으로 헤엄쳐 나오자 선수들은 그를 더러운 강물에서 꺼내준 다음, 허름한 경주정 보관고로 들어가 샤워를 함으로써 결국 저마다 허드슨 강물에 몸을 담근 셈이 되고 말았다. 톰 볼스는 포킵시의 웨스턴 유니언 지사로 달려가 자기 집에다가 곧바로 전보를 쳤다. 〈시애틀 타임스〉의 조지 바넬George Varnell도 마찬가지였다. "'지금 이 나라 어디에도 이들보다 더 행복한 젊은이들은 없을 것이다.' 이 문장을 헤드라인으로 뽑도록."

하지만 방금 일어난 일 때문에 자리를 박차고 일어나 시선을 집중한 것은 단순히 우승팀의 고향에 있는 사람들뿐만이 아니었다. 워싱턴의 신입생들이 우승을 거두는 모습에는 그날 포킵시에 모여든 거의 모든 사람들로부터 뭔가 주목받을 만한 부분이 있었으며, 그날 라디오를 통해서 중계를 듣거나 그다음 날 신문에서 관련 기사를 접한 전국의 조정 경기 팬들이 이들을 주목하지 않을 수 없었던 것도 바로 그래서였다. 비록 드라마가 비교적 부족하기는 했지만, (이미 그 자체로 동부의 기득권을 상징하는 매체인 〈뉴욕 타임스〉는 이 경주를 가리켜 "충격적"이라고 표현했다.) 사람들이 놀라워하는 것은 2위와의 격차도, 또는 10분 50초라는 기록도 아니었다. 오히려 선수들이 경주 내내 노를 젓는 모습 때문이었다. 출발 신호 시부터 마지막 축포 때까지, 이들은 마치 똑같은 속도로 2마일쯤 더, 심지어 10마일이라도 너끈히 달릴 수 있다는 듯한 태도로 달렸다. 이들은 평정심을 유지한 상태에서, 〈타임스〉의 표현대로 워낙 "냉정하게" 자기들에게만 집중한 상태에서 노를 저었기 때문에, 결승선에 들어와서도 (다른 여느 노잡이들이 경주를 마치면 하는 것처럼) 각자의 좌석에서 축 늘어져 가쁜 숨을 몰아쉬는 것이 아니라, 그냥 똑바로 앉은 상태에서 가만히 주위를 둘러보고만 있었던 것이다. 마치 자기들은 오후에 그냥 노를 한번 저어본 것뿐인데 왜들 소란인지 오히려 궁금해하는 듯한 투였다. 온 세상의 눈에는 이들이야말로 깜짝 놀라 눈을 크게 뜬 전형적인 서부인이었다.

그로부터 한 시간 뒤에는 시러큐스의 준대표팀이 자기네 연로한 코치의 마음을 그나마 조금 가볍게 해주었다. 해군사관학교의 격렬한 따라잡기 시도를 잘 막아내고 결국 우승을 차지했기 때문이다.(구축함이 경적을 울리면서 사관생도를 격려했지만, 이들은 결국 2위에 만족해야 했다.)

세 번째이자 오늘의 본 경기인 대학대표팀 경주가 다가오자, 해는 이미 지기 시작했으며 음산하면서도 질척거리는 어둠이 서서히 강 위를 덮어왔다. 앨 울브릭슨은 잠시 후에 관람열차의 보도진 전용 객차에 조지 포코크며 톰 볼스와 함께 오를 예정이었는데, 그가 조용히 강변을 거닐던 중에 한 기자가 다가와서 혹시 긴장되느냐고 물었다. 그러자 울브릭슨은 코웃음과 함께 자기는 완벽하게 차분하다고 대답해놓고는, 담배를 한 대 꺼내더니 엉뚱하게도 필터가 아닌 끄트머리를 입에 물고 말았다. 사실 울브릭슨의 가장 큰 바람은 바로 이 포킵시 대회에서 대학대표팀이 우승을 차지하는 것이었다. 코치가 된 이래로 그는 아직 그렇게 할 기회가 없었으며, 워싱턴에서 그에게 월급을 주는 사람들도 이제 그런 사실을 주목하기 시작했다. 그리고 울브릭슨은 더 넓은 세계에 또 한 번의 위업을 보여주고 싶었다. 지난 4월, 그러니까 그의 대학대표팀이 워싱턴 호수에서 캘리포니아를 격파한 직후에 AP 통신은 그다음 날 전국 신문에 보도된 기사를 다음과 같이 내보냈다. "비록 베어스가 베테랑인 허스키 대표팀을 누르는 데에는 실패했지만, 그 아쉬운 마지막의 전력 질주를 통해 자기들이야말로 1936년의 올림픽 경기로 향하고 있음을 입증했다." 마치 전국에서 워싱턴의 승리를 일종의 이변 정도로 간주하는 모양이었다. 울브릭슨은 이런 종류의 일을 겪을 때마다 울화가 치밀었다.

1934년의 포킵시 대학대표팀 경주가 처음부터 울브릭슨의 제자들과 이브라이트의 제자들 사이의 대결로 좁혀진 것은 아니었다. 보트들은 출발선을 깨끗이 떠나서 처음 100야드 동안 거의 비등하게 거리를 유지했다. 하지만 4마일에 달하는 대학대표팀의 경주로에서 처음 1마일 구간이 끝날 무렵, 서부의 학교 두 군데가 동부의 경쟁자들을 크게 따돌리고 앞으로 나섰다. 캘리포니아가 선두를 차지하더니, 잠시 후에는 워싱턴에게 내주었다가, 또다시 선두를 차지했다. 1마일 반에 이르렀을 때에는 워싱턴이 다시 앞으로 나섰다. 두 척의 보트가 철도교에 거의 다다른 상황에서는 워싱턴이 선두에 나섰지만, 강철 구조물 아래를 지나갈 때에는 캘리포니아가 불과 몇 센티미터 차이로 간격을 좁히고 있었다. 이들은 마지막 1마일 구간에 뱃머리를 나란히 하고 진입했으며, 이후 4분의 1마일 동안 스트로크를 거듭하며 그 상태를 유지했다. 그러다가 마지막 4분의 1마일을 남기고 캘리포니아의 보트에서는 덩치 크고 호리호리하며 어마어마하게 힘이 좋은 193센티미터의 스트로크 노잡이 딕 번리Dick Burnley가 전력을 쏟아 부었다. 캘리포니아의 보트는 곧장 앞으로 튀어나갔다. 반면 워싱턴의 기세는 주춤했으며 결국 4분의 3정신 뒤처진 상태로 결승선에 들어오고 말았다. 이브라이트는 2회 연속으로 IRA 챔피언이 되었으며, 워싱턴 호수에서 당한 굴욕에 복수했고, AP 통신의 기자가 지난 4월에 내린 결론을 멋지게 입증했다.

대학대표팀 선수들에게는 시애틀까지 가는 기차 여행이 길고도 우울했다. 적어도 외관상으로는 앨 울브릭슨도 패배를 담담하게 받아들였다. 그는 기차에서 제자들과 농담을 주고받으며 선수들의 기운을 북돋워주려고 노력했다. 하지만 학생들이 모두 가버리고 나자, 그는 혼자 앉아서 속을 끓였다. 카이 이브라이트가 지난번에 IRA에서 우승을 차지했을 때에는 결국 올림픽에도 나가 금메달을 땄기 때문에, 〈뉴욕 타임스〉도 AP 통신과 마찬가지로 캘리포니아가 1936년에 또다시 올림픽에 나갈 것이라고 곧바로 예측하기에 이르렀다. 이런 비교는 적절하지 않다는 사실을 울브릭슨은 잘 알고 있었다. 올림픽의 개최까지는 아직 2년이라는 시간이 더 남아 있었다. 하지만 울브릭슨은 냉엄한 사실을 직시하지 않을 수 없었다. 이브라이트는 어쩐지 가장 중요한 경주에서만큼은 승리를 거두는 기묘한 재주를 갖고 있는 것만 같았다.

그로부터 열흘 뒤, 조 랜츠는 다시 한 번 기차에 올라타고, 얼룩진 차창 너머로 새로운 미국의 재난이 펼쳐지기 시작하는 모습을 바라보고 있었다.

포킵시에서의 승리 이후에 조는 혼자 펜실베이니아를 여행했으며, 그 기회를 빌려 오래전 어머니가 사망한 직후에 한때나마 자기를 돌봐주었던 이모 알마와 이모부 샘 캐스트너Sam Castner를 찾아가기도 했다. 그런 뒤에 뉴올리언스까지 혼자 여행했다. 김이 무럭무럭 피어오르는 도시를 돌아다니며, 거리보다 더 수위가 높은 미시시피 강을 따라 상류로 향하는 거대한 배의 광경을 보고 놀랐으며, 커다란 접시에 저렴한 새우와 게를 잔뜩 담아 먹고, 뜨끈뜨끈한 오크라와 잠발라야가 담긴 그릇을 싹싹 긁어 먹고, 재스민과 버번 향기가 감도는 따뜻하고 포근한 어느 날 밤에는 프랑스인 지역 거리에서 흘러나오는 재즈와 블루스의 리듬과 선율에 푹 잠겨보기도 했다.

이제 그는 다시 집으로 향하면서, 바싹 말라서 바람에 휩쓸려 사라지는 미국을 가로질러 여행했다.

그해 여름에 미국 대부분의 지역은 예외적으로 더웠지만, 1936년 여름의 더위에 비하면 사실은 아무것도 아닐 예정이었다. 남북 다코타, 미네소타, 아이오와 주에서는 여름이 일찌감치 시작되었다. 5월 9일에는 사우스다코타 주 시스턴이 42도를 기록했다. 5월 30일에는 45도를 기록했다. 바로 그날, 아이오와 주 스펜서는 42도였고, 미네소타 주 파이프스톤도 42도였다. 기온이 오르고 비가 내리지 않으면서, 사우스다코타 주 수폴스에서는 한창 옥수수가 자라나는 계절임에도 불구하고 한 달 내내 비가 겨우 0.25센티미터밖에 내리지 않았다.

대평원 북부에서부터 열기와 가뭄이 전국으로 퍼져나갔다. 6월에는 미국의 절반 이상이 극심한 열기와 극도의 가뭄 상황에 놓여 있었다. 세인트루이스에서는 그해 여름에 6일 연속으로 기온이 37도 이상을 기록했고, 7월 23일에는 역대 최고인 42도를 기록했다. 캔자스 주 토피카에서는 여름 내내 수은주가 37도를 넘어간 날이 47일이나 되었다. 7월은 오하이오 주의 역사에서도 가장 더운 달이 되었다.

미국 극서부에서는 상황이 더 심각했다. 아이다호 주 오로피노에서는 7월 28일에 47도를 기록했다. 그해 여름에 미국 전역에서 가장 높은 평균 기온을 기록한 열 군데 주는 모두 서부에 있었다. 열기 중에서도 최악이 엄습한 곳은 기이하게도 남서부가 아니었다. 만약 남서부였다면 사람들이고 농작물이고 생활방식 자체가 원래 그런 기후에 적응되어 별탈이 없었을 것이다. 그런데 열기가 휩쓴 곳은 이른바 '산맥 간 서부'(미국 서부 중에서도 서쪽으로 캐스케이드 산맥과 동쪽으로 로키 산맥 사이의 지역에 해당하며, 행정구역상으로는 워싱턴과 오리건과 아이다호 주가 포함된다-옮긴이)였고, 심지어 평소에는 초록이 우거진 북서부의 일부까지도 포함되어 있었다.

그런 상황에서는 아무것도 자랄 수가 없었으며, 옥수수와 밀과 건초가 없으면 가축이 살아남을 수 없었다. 깜짝 놀란 농무부 장관 헨리 월리스Henry Wallace는 고비 사막으로 원정대를 보내, 혹시 미국의 서부와 중서부에서 벌어지고 있는 사막화라는 조건에서도 살아남을 식물종이 있는지 알아보게 했다.

하지만 열기와 가뭄은 어찌 보면 그 재난 중에서도 가장 정도가 덜한 것이었다. 5월 9일에 거대한 먼지 폭풍이 몬태나 주 동부에서 시작되어 남북 다코타와 미네소타 주를 휩쓸었으며, 1,200만 톤의 흙을 곳곳에 쏟아 부은 뒤 보스턴과 뉴욕으로 이어졌다. 1933년 11월에 그랬던 것처럼, 사람들은 센트럴 파크에 서서 검게 변한 하늘을 바라보며 깜짝 놀랐다. 바로 그 한 번의 폭풍으로 인해 미국의 표토 가운데 대략 3억 5,000만 톤이 하늘로 날아가버렸다. 〈뉴욕 타임스〉에서는 이 사건을 가리켜 "미국 역사상 가장 큰 먼지 폭풍"이라고 표현했다. 하지만 사실은 이보다 더 큰 폭풍이며 이보다 더 큰 고통이 앞으로 몇 달 사이에 펼쳐질 예정이었다.

조가 오클라호마 주와 콜로라도 주 동부를 가로질러 북쪽과 서쪽으로 여행하는 동안, 세피아 빛의 풍경이 펼쳐졌다. 뜨거운 태양 아래에서 마치 온 세상이 시들어버리고 갈색으로 변한 것처럼 보였다. 기차의 움직임 그 자체를 제외하면, 마치 모든 것이 가만히 서서 다음번 공격을 기다리는 듯했다. 울타리 위에는 먼지가 잔뜩 끼어 있었다. 성장을 멈춘 옥수수 줄기는 겨우 사람 허리 높이였으며, 잎사귀는 벌써부터 황갈색으로 변했고, 둘둘 말려 있었으며, 바싹 마르고 갈색으로 변한 땅 한가운데에서 대열조차도 흐트러진 채 버려진 상태로 제멋대로 늘어서 있었다. 풍차도 움직임이라고는 없이 서 있었고, 꿈틀거리는 강철 풍차 날개만 햇빛을 받아 번쩍였다. 갈비뼈가 두드러진 수척한 소떼는 머리를 아래로 늘어뜨린 채 힘없이 말라붙은 연못 속에 들어가 있었는데, 연못은 진흙마저 말라붙어 돌멩이처럼 딱딱했고 거북 등껍질처럼 갈라져 있었다. 기차가 콜로라도의 한 농장을 지나갈 때, 조는 사람들이 굶주린 소떼를 총으로 쏜 뒤 그 주검을 커다란 구덩이에 파묻는 것을 보았다.

하지만 조의 시선을 가장 많이 사로잡은 것은 그를 스쳐 지나가는 사람들이었다. 앞 베란다에 앉아서, 마른 땅에 맨발로 서서, 울타리에 걸터앉아서, 낡은 작업복이며 떨어진 깅엄 드레스를 입고서, 이들은 양손을 눈썹에 갖다 대고 기차가 지나가는 것을 지켜보았고, 그것도 냉랭한 눈으로 뚫어져라 바라보았다. 마치 기차를, 그리고 기차를 타고 가는 사람들이 이 저주 받은 땅에서 벗어날 수 있다는 사실을 부러워하는 듯한 모습이었다.

실제로 그중 일부는 고향을 벗어나기로 작정했다. 칠이 벗겨지고 타이어를 기워 붙인 자동차들의 행렬이 작고도 산발적으로나마 철도와 나란히 뻗은 바퀴 자국 선명한 도로를 따라 달리기도 했는데, 모두 똑같은 방향으로 향하고 있었다. 바로 서부였다. 자동차 지붕마다 낡은 의자와 재봉틀과 빨래통이 묶여 있었다. 뒷좌석에는 먼지투성이 아이들과 개들과 이빨 빠진 조부모와 침구와 통조림이 든 상자가 차지하고 있었다. 상당수의 경우 자동차에 탄 사람들은 무작정 집을 떠나 차를 몰고 나선 것이었으며, 뒤에 남겨둔 자기네 물건은 (소파나 피아노나 침대 틀처럼 자동차 위에 싣기에는 너무 큰 물건들은) 이웃들이 가져다 쓸 수 있도록 아예 문조차 열어놓고 나왔다. 그중 일부는 (대개 남성 혼자였는데) 차마 자기 재산을 실을 만한 자동차도 없었다. 그런 사람들은 그저 길을 따라 터벅터벅 걸으면서, 축 늘어진 모자와 먼지 쌓인 검은 코트를 입고 (그나마도 이들에게는 가장 좋은 코트였지만) 끈으로 묶은 낡은 여행가방을 들거나 보따리를 만들어서 어깨에 짊어지고, 기차를 타고 지나가는 조의 모습을 흘끗 쳐다볼 뿐이었다.

기차는 워싱턴 주 동부를 가로질러 캐스케이드 산맥을 올랐다. 가뜩이나 바싹 마른 국유림 곳곳에는 불조심 경고판이 붙어 있었는데, 지난 몇 달 사이에 일이 없어 자포자기한 벌목꾼들이 산불 진압 요원 자리라도 차지해보려는 마음에 불을 지르는 사건이 벌어졌기 때문이다. 곧이어 기차는 비교적 시원하고 초록의 은혜가 넘치는 퓨젓 사운드 지역으로 내려갔는데, 이곳이야말로 그해 여름에 미국 내에서 유일하게 무더위를 겪지 않은 지역이었을 것이다.

하지만 조가 도착했을 무렵 시애틀의 기온은 뜨겁지 않았을지는 몰라도, 이곳 사람들의 분노는 뜨거워진 상태였다. '국제항만노동자연합(ILA)'의 회원 3만 5,000명과 증기선 회사들 사이에 오랫동안 부글거리던 노동 쟁의가 서부 연안 곳곳의 주요 항구 도시에서 결국 타올랐던 것이다. 양측의 충돌이 끝났을 무렵, 이 사건으로 인해 여덟 명의 사망자가 생겨났다. 시애틀에서는 7월 18일에 부두를 따라서 절정에 달했다. 1,200명의 항만노동자연합 회원들이 최루탄과 곤봉으로 무장한 기마경찰의 저지선을 뚫고 파업 분쇄자들이 (증기선 회사가 부랴부랴 모집한 이들 인력 가운데에는 워싱턴 대학의 사교클럽 회원 및 풋볼 선수들도 포함되어 있었다.) 시도하는 화물 하선을 저지하는 데 성공했던 것이다. 그로 인해 난장판이 벌어졌다. 스미스 코브Smith Cove의 선착장과 부두 거리를 따라서 격앙된 전투가 며칠 동안이나 벌어졌으며, 양측 모두에서 부상자가 속출했다. 파업자들은 각목으로 무장하고 경찰 저지선을 공격했다. 기마경찰은 한데 모인 파업자들을 향해 곤봉을 휘둘러댔다. 시장인 찰스 스미스Charles Smith는 9번 부두에다가 기관총을 설치하라고 경찰서장에게 명령했다. 그러나 경찰서장은 이런 지시를 거부하는 대신 자기 경찰 배지를 뜯어내어 시장에게 건네주었다.

끝도 없이 내리쬐는 햇볕 아래 온 나라가 익어가는 동안, 그리고 서부 전역의 선착장과 부두를 따라 폭력이 퍼져나가는 동안, 그해 여름에는 국가의 정치적 대화도 열을 띠어갔다. 프랭클린 루스벨트가 임기를 시작한 지 1년 반이 흐르는 사이, 증권시장은 잠시 동안이나마 안정을 되찾았고, 고용율도 약간 올랐다. 하지만 수백만 명의 미국인이 보기에 (즉 대부분의 미국인이 보기에) 이 어려운 시절은 여전히 그 어느 때보다도 더 어렵게만 느껴졌다. 야당은 신임 대통령을 몰아세웠으며, 그가 내놓은 결과보다 오히려 그가 사용한 방법을 물고 늘어졌다. 7월 2일에 있었던 전국적인 라디오 연설에서 공화당 대표인 헨리 플레처Henry Fletcher는 대통령의 뉴딜 정책을 비판하면서, 이것이야말로 "뚜렷하게 미국적인 것들 모두로부터 벗어나는 비민주적인 행위"라고 일컬었다. 나아가 그는 이런 사회주의 방식의 큰 정부 지출이라는 급진적인 실험에서 비롯될 수 있는 위험천만한 결과를 우울하고도 불길하게 예견했다. "일반적인 미국인은 이렇게 생각하고 있습니다. '어쩌면 나는 작년보다 형편이 조금 더 나아졌는지도 몰라. 하지만 가만 생각해보면, 세금 고지서가 나왔을 때에도 내 형편이 작년보다 조금 더 나아질 수 있을까? 내 아이와 아이의 아이 때에는 어떻게 될까?'" 그로부터 이틀 뒤, 공화당 소속 상원의원인 아이다호 주의 윌리엄 보라William Borah는 (비교적 진보적인 공화당원으로 간주되었음에도 불구하고) 루스벨트의 정책이 미국의 자유의 근본을 위협하고 있다고, 아울러 "관료제의 점진적인 마비가 언론의 자유를 위협하는 동시에, 고통의 멍에와 어마어마한 지출과 국가의 사기 저하를 가져오려 한다."며 경고했다.

하지만 그 지독하게 더운 여름, 이 나라의 어느 작은 한구석에서는 뭔가 더 큰 일이 벌어지려 하고 있었다. 8월 4일 이른 아침, 동이 트기도 전의 어둠 속에서 시애틀 사람들은 각자의 자동차에 타고 동쪽으로 떠나 캐스케이드 산맥의 정상으로 향했다. 스포켄 사람들도 소풍용 바구니에다 샌드위치를 가득 채워서 자기네 자동차 뒷좌석에 실은 다음 서쪽으로 향했다. 콜빌족 인디언의 조지 프리들랜더George Friedlander 추장과 대표단도 사슴가죽 옷과 모카신을 신고 축하 행사용 머리장식을 착용하고 남쪽으로 향했다. 정오 가까이 되자, 워싱턴 주 동부의 도로들은 자동차들로 뒤덮였는데, 이들이 모두 향하는 곳은 한 가지 의외의 장소였다. 바로 인구 516명의 작은 마을 이프라타Ephrata, 즉 컬럼비아 강과 그랜드 쿨리Grand Coulee라고 일컬어지는 길이 80킬로미터의 메마른 협곡에서 얼마 떨어지지 않은 화산 용암지대에 있는 외딴 마을이었다.

오후 중반이 되자, 2만 명의 사람들이 이프라타에 설치된 출입 통제선 앞에 모여들었다. 그곳에 모인 수많은 사람들 중에는 조지 포코크와 그의 가족도 있었다. 프랭클린 D. 루스벨트가 담뱃대를 치켜 문 모습으로 저 앞에 설치된 연단에 나타나자, 군중은 박수갈채로 그를 환영했다. 곧이어 루스벨트가 연설을 시작하기 위해 연단 앞으로 몸을 숙이더니 양손으로 꽉 붙잡았다(루스벨트는 정계 입문 후인 40세 때 소아마비를 앓아 평생 하반신 마비가 되었다. 이후 재활치료 덕분에 지팡이를 짚고 잠깐씩 걸어다니기는 했지만 대개는 휠체어를 탔으며, 이 사실을 드러내지 않으려고 사진촬영 등에서 최대한 주의했다-옮긴이). 잘 조절했지만 어딘가 감격이 치밀어오르는 듯한 어조로, 그는 이제 새로 지어지는 그랜드 쿨리 댐이 저 말라붙은 땅에 가져올 유익에 관한 전망을 내놓기 시작했다. 이를 위해서 들어갈 비용은 1억 7,500만 달러에 달했다. 1,200만 에이커의 사막에서 다시 농업이 가능할 것이며, 기존의 농지 수백만 에이커에 풍부한 관개용수가 공급될 것이며, 저렴한 전기가 막대하게 생산되어 서부 전역으로 수출될 것이며, 이 댐에 필요한 수력발전 및 관개 기반시설을 건설하는 과정에서 수천 개의 새로운 일자리가 생겨날 것이었다. 연설 내내 군중은 박수갈채와 함성으로 대통령의 말을 거듭 중단시켰다. 바다를 향해 그냥 흘러들어가는 물, 차마 사용되지 못한 그 에너지에 관해서 이야기하는 순간, 그는 당면한 이 거대한 과제에서 일반 시민의 역할을 과소평가한 것이었다. "이것은 워싱턴 주만의 문제가 아닙니다. 아이다호 주만의 문제도 아닙니다. 우리 연방에 속한 모든 주들과 관련이 있는 문제입니다." 그는 잠시 말을 멈추고, 주머니에서 손수건을 꺼내어 땀으로 번들거리는 이마에 갖다 댔다. "저렴한 생산이 가능함에 따라 송전선 근처에 사는 가정마다 전기와 동력을 일상용품으로 사용하게 되는 모습을 우리 눈으로 직접 보게 될 것입니다." 곧이어 그는 연설의 결론으로 나아가서, 자기 앞에 서 있는 사람들을 향해 말했다. "여러분은 크나큰 기회를 갖고 있으며, 여러분은 이 기회를 붙잡기 위해 훌륭한 행동을 하고 있습니다. 따라서 저는 오늘 이곳을 떠나면서 이 일이 잘 수행되었다는 느낌을 받습니다. 우리가 유용한 계획을 향해 나아가고 있다는 예감, 그리고 우리 나라의 유익을 위해서 우리가 '반드시' 이 일을 관철하고야 말 것이라는 확신으로 충만한 것입니다." 이 말과 동시에 군중은 다시 한 번 환호를 했다.

그중 상당수는 이날을 잊지 못할 것이었다. 이들에게는 이 사건이야말로 일출이었고, 희망의 첫 번째 조짐이었다. 만약 현재의 상황을 변모시키기 위해 이들 각자가 할 수 있는 일이 거의 없다 하더라도, 적어도 그들 모두가 할 수 있는 일은 뭔가가 있었다. 어쩌면 구원의 씨앗은 단지 인내와 노고와 엄격한 개인주의에 놓여 있는 것이 아닌지도 몰랐다. 구원의 씨앗은 뭔가 더 근본적인 데에 놓여 있는지도 몰랐다. 즉 모두가 뛰어들어 함께 일한다는 간단한 생각에 말이다.

작업장에서의 조지 포코크

제8장

좋은 경주정은 선수들의 스윙과 조화를 이루는 생명과 탄력을 지닌다.

—조지 요먼 포코크

산림감시원은 뒤쪽에서 살금살금 조에게 접근했다. 조는 던지니스 강의 긴 자갈밭에 선 채로 웅덩이 안의 연어를 살펴보고 있었고, 세찬 물소리 때문에 산림감시원의 발소리를 듣지 못했다. 조의 덩치를 재보고 일대일로 맞붙어서는 승산이 없다고 생각했는지 산림감시원은 강가에 밀려온 굵은 나뭇가지를 집어든 다음, 정확하게 겨냥해서 조의 뒤통수에 일격을 가했다. 조는 의식을 잃고 자갈밭에 엎어졌다. 잠시 후에 정신을 차려보니, 격분한 해리 세커가 산림감시원을 뒤쫓아 강 하류로 달려가면서 갈고리 달린 장대를 마치 창처럼 휘두르고 있었다. 산림감시원은 결국 숲속으로 도망쳤지만, 조와 해리는 상대방이 곧 지원군을 불러올 것이라고 짐작했다. 이들은 물에 담가놓았던 지그 낚싯대를 건져올렸다. 그리고 이후로는 연어를 단 한 마리도 낚지 않았다.

대륙 횡단 여행에서 돌아온 뒤로 조는 1934년 여름의 남은 기간 동안 세큄의 실버혼 로드에 있는 반쯤 짓다 만 자기 집에서 살면서, 다음 학년도 생활비를 벌기 위해 필사적으로 노력했다. 그는 건초를 더 많이 베고, 도랑을 더 많이 파고, 다이너마이트로 그루터기를 더 많이 날려버리고, 101번 고속도로에서 뜨겁고 시커먼 아스팔트를 더 많이 펼쳐놓았다.

하지만 대부분의 시간을 그는 숲속에 들어가 찰리 맥도널드와 함께 일했다. 찰리는 자기 농가에 새로운 지붕을 씌울 필요가 있겠다고 작정한 것이다. 어느 날 오후, 그는 짐말에 마구를 채우고 짐마차를 연결한 다음, 조와 함께 삼나무를 찾으러 강 상류로 향했다. 그가 소유한 땅에서도 상류 쪽은 그로부터 10여 년 전에 처음으로 벌목을 실시한 곳이었다. 벌목업자들은 던지니스 강의 바로 그 지역을 따라서 여전히 자라나는 어린 나무를 즐겨 골랐다. 하나같이 우뚝 솟은 더글러스전나무와 커다란 서부붉은삼나무였다. 삼나무 가운데 일부는 2,000년도 넘은 것들이었으며, 그 줄기는 (지름이 2미터쯤 되고, 높이도 그에 못지않게 컸는데) 살랄, 허클베리, 어린 사시나무, 분홍바늘꽃의 자주색 잔털 등이 무성하게 뒤얽혀 있는 바람에 마치 오래된 기념비를 연상시켰다. 거대한 삼나무는 흔하게 볼 수 있는 나무가 아니었지만 벌목꾼들은 주로 지붕을 얹을 널판과 판자를 만드는 것이 목적이었기 때문에, 이 나무를 베어낸 뒤에 가장 중요한 가운데 부분만 떼어내 가져갔다. 긴 꼭대기 부분은 가지가 있다는 이유로 버려두고, 아래 부분은 줄기가 확 벌어지는 바람에 나뭇결이 더 이상은 완벽하게 곧고 선명하지 않다는 이유로 버려두었다. 그들이 버려두고 간 목재 가운데 상당수는 여전히 사용이 가능했지만, 어디까지나 나무를 읽을 줄 아는 사람, 즉 그 내부 구조를 해독할 줄 아는 사람만이 그렇게 할 수 있었다.

찰리는 조를 데리고 그루터기와 쓰러진 나무 사이로 들어가서, 통나무의 나무껍질 아래에 뭐가 들어 있는지를 이해하는 방법을 가르쳐주었다. 그는 갈고리 장대를 이용해서 통나무를 굴린 다음, 통나무를 쪼갤 때 쓰는 커다란 나무망치의 평평한 부분으로 때려서, 거기서 울리는 소리를 이용해 목재의 견고함을 시험해보았다. 곧이어 양손으로 나무를 더듬으며 혹시 옹이나 불규칙성이 숨어 있는지 느껴보았다. 그는 나무가 잘려나간 부분에 웅크리고 앉아 매년 표시된 나이테를 살펴보면서,

그 안의 나뭇결이 과연 얼마나 조밀하고 일정한지에 관한 암시를 얻으려 했다. 조는 이 모습에 매료되었고, 다른 사람들이 나무에서 알아보지 못하는 것을 자신은 알아볼 방법을 배운다는 사실에 흥미를 느꼈고, 남들이 무심코 지나치고 남겨놓은 것에서 뭔가 가치 있는 것을 발견한다는 생각에 언제나처럼 흥분했다. 찰리가 마음에 드는 통나무를 찾아내고 왜 그게 마음에 드는지를 설명하고 나면 두 사람은 2인용 동가리톱을 꺼내서 나무를 60센티미터 길이의 (즉 지붕 널판의 길이에 알맞은) 여러 덩어리로 썰어낸 다음 짐마차에 실었다.

나중에 찰리는 나무의 형태, 결, 색깔에서 미묘한 단서를 해독하는 방법을 가르쳐주었다. 이걸 알기만 하면 목재를 이용해서 좋은 지붕 널판을 만들 수 있었고, 숨은 약점이나 탄력을 알아낼 수도 있었다. 그는 나무망치와 쐐기를 이용해서 통나무를 깔끔하게 4등분하는 방법도 가르쳐주었다. 지붕 널판 만드는 사람의 필수 도구이며, 길고 곧은 날에 그에 못지않게 긴 손잡이가 직각으로 달린 설도^{楔刀}를 육중한 나무망치로 때려서, 나뭇결 방향이 아니라 나뭇결과 직각으로 나무에 찔러 넣는 방법도 가르쳐주었다. 나무가 사람에게 "말하기" 시작할 때, 즉 섬유가 서로 떨어져나가는 과정에서 갈라지고 부러지는 소리를 내면서 그가 의도한 평면을 따라서 갈라질 준비가 되었음을 알릴 때 그 소리를 듣는 법도 가르쳐주었다. 설도를 나무에 넣고 정확한 순간에 확실히 비틀어서, 지붕 널판이 깨끗하고 우아하게 똑 하고 떨어지게 만드는 (그리하여 표면이 매끈하고 이쪽 끝에서 저쪽 끝까지 점점 가늘어져서, 지금이라도 당장 지붕에 올릴 수 있도록 만드는) 방법도 가르쳐주었다.

그로부터 며칠 뒤 조는 설도와 나무망치에 숙달되었으며, 통나무의 크기를 재는 법이며, 그걸 가지고 찰리만큼이나 빠르고 확실하게 지붕 널판을 만드는 법을 터득했다. 1년 동안의 조정 연습으로 그는 팔과 어깨의 힘이 대단히 좋아졌으며, 덕분에 삼나무 널판을 마치 기계처럼 손쉽게 만들어낼 수 있었다. 맥도널드의 집 헛간에서 작업을 하다 보면, 그의 주위에는 금세 널판이 작은 산을 이루며 수북하게 쌓였다. 자신의 새로운 솜씨에 자부심을 느낀 그는, 삼나무 널판을 만드는 일이 뭔가 어렴풋하게나마 기본적인 면에서 자기와 공명했음을 깨달았다. 이 일은 그를 진심으로 만족시켜주었고, 그에게 마음의 평온을 가져다주었다. 이것이야말로 새로운 공구에 숙달하고 실용적 문제를 (삼나무가 깨끗하게 쪼개질지 아닐지를 결정하는 각도와 평면을 찾아내는 것이 바로 그런 문제였다.) 해결하는 것으로부터 그가 항상 얻었던 오랜 즐거움이기도 했다. 또 한편으로는 이것이야말로 이 일의 깊고도 감각적인 성질이었다. 자기 앞에서 갈라지면서 뭔가를 중얼거리는 듯한 모습이 마치 살아 있는 것 같은, 그리고 결국 자기 손 밑에서 굴복하여 멋지고도 상상 밖의 (오렌지색과 포도주색과 크림색의 선들로 이루어진) 색깔 패턴을 드러내게 마련인 나무의 특성이 마음에 들었다. 뿐만 아니라 나무가 쩍 하고 갈라질 때에는 항상 공기 중에 향기가 떠올랐다. 방금 갈라진 삼나무에서 풍기는 맵고 달콤한 향기는, 포코크가 시애틀에 있는 경주정 보관고의 다락에서 작업을 할 때마다 그 내부를 가득 채운 바로 그 향기였다. 조에게는 지금 여기 갓 쪼갠 지붕 널판 더미 사이에서 자기가 하는 일과 포코크가 작업실에서 하는 일 사이에, 그리고 포코크가 만든 경주정에 올라탄 자기가 하려고 노력하는 일 사이에 모종의 연관이 있어 보였다. 그 일이란 섬세한 힘의 응용, 정신과 근육의 신중한 조화, 그리고 수수께끼와 아름다움의 갑작스러운 전개와 관련된 무엇이었다.

1934년 10월 5일, 조가 가을 학기를 맞아 경주정 보관고를 다시 찾은 날은 또 한 번의 햇빛 찬란한 오후였고, 그가 신입생 시절에 이곳을 처음 찾았던 날과 무척이나 비슷했다. 온도계는 21도 바로 밑에서 맴돌았으며, 햇빛은 1년 전의 바로 그날과 마찬가지로 컷 수로 위로 쏟아지고 있었다. 하지만 달라진 것이 있었다. 여름 동안 오랜 가뭄으로 인해 호수의 수위가 크게 낮아져 갈색의 흙 강둑이 드러났고, 부양선착장도 물이 바짝 말라서 사용이 불가능했다. 한동안은 선수들이 경주정을 들고서 강둑을 따라 한참 내려가서야 비로소 물에 띄울 수 있었다.

하지만 가장 큰 차이는 작년에 조와 함께 노를 저었던 선수들의 태도였다. 반바지와 저지셔츠 차림으로 경주정 보관고 안팎을 오가며 톰 볼스를 도와서 새로운 신입생들의 등록을 받는 동안, 이들의 걸음걸이에서부터 뭔가 으스대는 느낌이 두드러졌다. 어쨌거나 이들은 전국 신입생팀 챔피언이었던 것이다. 이제 2학년이 되었으니 이들도 경주정 보관고의 넓은 문간에 모여 서서 팔짱을 끼고 연신 빙글거리며 신입생들의 모습을 (즉 그들이 불안한 표정으로 처음 체중을 재는 모습이며, 선반에서 조심스레 각자의 노를 꺼내는 모습이며, 엉거주춤한 모습으로 올드 네로 호에 올라타는 모습을) 지켜볼 차례가 된 것이다.

포킵시에서 가져온 트로피 말고도, 조와 2학년 동료들로선 앞으로 다가올 시즌에 자신만만하고 낙관할 이유가 충분히 있었다. 앨 울브릭슨은 선수들이 1년 내내 경주정 보관고 안에서만큼은 신문 스포츠면을 보지 못하도록 금지하고 있었다. 〈포스트 인텔리전서〉의 로열 브로엄이나 〈시애틀 타임스〉의 조지 바넬이 어떤 경기에 관해서 어떤 예상을 내놓든지 간에, 그걸 놓고 너무 걱정하다 보면 선수들에게는 좋을 것이 하나 없고 오히려 나쁜 면만 더 클 것이기 때문이었다. 하지만 여름방학 동안에는 그로서도 선수들의 신문 읽기를 금지할 방법이 없었고, 게다가 선수들의 눈길을 사로잡는 기사는 차고도 넘치는 상황이었다. 6월의 포킵시 조정대회 다음 날 조간에서 바넬은 시애틀 시민 가운데 상당수가 바로 전날 라디오로 경주 중계를 듣고 나서 생각한 바를 글로 써냈다. "이 워싱턴의 신입생팀이야말로 1936년의 올림픽 라인업이 될 가능성이 높다고 본다." 아울러 이들의 올림픽 출전을 준비시키려면 앨 울브릭슨이 올해부터 이들을 준대표팀으로 (다시 말해 3학년과 돌아온 4학년을 앞질러서라도) 승격시키는 것이 낫겠다는 제안도 여름 내내 빗발쳤다. 그야말로 터무니없는 제안이었지만, 이미 그런 제안은 공개적으로 나온 다음이었고, 2학년 학생들은 벌써부터 자기들끼리 그런 이야기를 조용히 나누고 있는 상황이었다.

실제로 이런 생각은 앨 울브릭슨의 마음속 깊은 곳에서 상당히 오랫동안 떠올라 있었다. 이쪽을 유리하게 만들어주는 요인도 여러 가지 있었다. 가장 큰 이유는 지난 6월에 신입생팀이 놀라우리만치 손쉽게 포킵시에서 승리를 거두었다는 점이다. 아울러 이들이야말로 이례적으로 덩치가 좋았으며 (평균 체중이 86킬로그램에 달했으며) 3학년이나 4학년과 비교해서도 평균적으로 근육도 더 발달하고 힘도 좋았다. 다시 말해 이는 보트에서 발휘할 수 있는 힘의 잠재력이 상당하다는 뜻이었다. 물론 이들의 동작에서는 기술적 결함이 상당히 많이 발견되었지만, 그건 충분히 고칠 수 있었다. 더 중요한 것은 이들의 성격이었다. 이들은 거친 청년들이었으며, 아주 영리하지는 않았지만, 성실한데다가 고된 일에 익숙했다. 신입생처럼 젊은 청년들에게는 이것 말고도 다른 성격이 어느 정도 형성될 수 있었다. 즉 이들은 아직 빚어서 만들 수 있는 진흙이었다. 다른 무엇보다도 중요한 요소는, 이들 중 어느 누구도 1936년 하계 올림픽 이전에 졸업하지 않으리라는 것이었다.

물론 울브릭슨은 이런 생각 가운데 어느 것도 선수들에게 흘리지는 않았다. 이제 겨우 시작한 2학년 선수들에게 가장 좋지 않은 일은, 마치 자기가 조정 분야에서 천부적인 재능이라도 있는 듯 생각하는 것이었다. 또는 자기가 지난 6월에 신입생팀 간의 2마일 경주에서 이겼으니, 내년 6월에는 대학대표팀 간의 4마일 경주에서도 당연히 이길 수 있으리라 생각하는 것이었다. 이것이야말로 완전히 터무니없는 생각이었다. 비록 거리는 두 배에 불과했지만, 실제로는 여러 면에서 두 배 이상으로 힘이 들기 때문이었다. 지금 당장은 선수들이 자기 몸을 만들게끔, 정신 훈련을 실시하게끔, 그리고 노를 물에 넣고 빼고 할 때마다 번번이 워싱턴 호수의 물 절반쯤을 경주정 안으로 퍼올리지 않는 방법이 무엇인지를 생각하게끔 만들 필요가 있었다. 그들은 물론 훌륭했지만, 그래도 아직은 풋내기였다. 그가 지금 그들에게 바라는 모습을 그들이 실제로 달성하기 위해서는, 탁월한 노잡이들이 십중팔구 갖고 있게 마련인 자아와 겸손의 보기 드문 조합을 그들 각자가 과연 발전시키는지 여부를 우선 유심히 살펴볼 필요가 있었다. 지금으로선, 그러니까 그들이 경주정 보관고를 돌아다니면서 문간에 어슬렁거리는 모습을 보면, 그들에게는 자신감은 충분하지만 겸손함은 그리 많지 않았다.

작년에 이 선수들은 주로 톰 볼스가 맡아서 가르쳤다. 이제부터는 그들이 결국 대학대표팀에서 노를 젓게 되건, 아니면 준대표팀에서 노를 젓게 되건 간에, 전적으로 울브릭슨이 맡게 될 것이었다. 볼스로부터 들은 바에 의거해서, 그는 특히 몇 명을 유심히 지켜볼 필요가 있다는 것을 이미 잘 알았다. 그중 하나는 이 보트에서도 가장 나이가 어린 녀석이었는데, 이제 겨우 열일곱 살이지만 키는 188센티미터나 되는 2번 좌석의 조지 "쇼티" 헌트였다. 워낙 힘이 좋기 때문에 필요 불가결한 선수였다. 하지만 쉽게 흥분하고 불안을 느꼈기 때문에, 가끔은 마치 예민한 경주마를 다룰 때처럼 상냥하게 대해야만 안심시킬 수 있었다.

또 하나는 3번 좌석의 머리 짧은 금발 녀석 랜츠였는데, 수석코치는 그로부터 2년 전에 루스벨트의 체육관에서 그가 링 연습하는 모습을 지켜본 바 있었다. 이 녀석은 정말 찢어지게 가난했다. 그 외모만 흘끗 봐도 누구나 짐작이 가능할 정도였다. 하지만 조 랜츠 본인이 하려고만 든다면, 같이 보트에 탄 다른 누구보다도 더 오래, 더 세게 노를 저을 수 있다는 것이 볼스의 보고였다. 문제는 그가 항상 노를 젓고 싶어 하지는 않아 보인다는 것이었다. 지난봄 내내 그는 줄곧 실력이 들쑥날쑥했다.

하루는 잘하다가, 하루는 못하다가 했던 것이다. 그는 철저히 자기 나름의 보조에 맞춰 살았다. 다른 선수들은 그를 "개성파 선생"이라고 부르기까지 했다. 신체적으로는 강인하고, 자주적이며, 자신감이 가득해 보이고, 친근하지만, 이와 동시에 이상하리만치 예민한 데가 있었다. 어쩌면 숨은 약점이, 그러니까 그가 재능을 펼칠 수 있게끔 하려면 각별히 신경 써서 돌봐야 하는 연약한 부분이 있는지도 몰랐다. 하지만 어느 누구도 (다른 2학년들도) 그게 정확히 무엇인지, 도대체 어디서 온 건지 알지 못했다. 울브릭슨은 가뜩이나 예민한 녀석의 연약한 부분이 무엇인지를 알아내기 위해서 굳이 시간 낭비를 하려는 사람까지는 아니었다.

그는 메가폰을 집어들고 2학년에게 경사로 아래로 모이라고 소리를 질렀다. 선수들은 어슬렁거리며 물 쪽으로 걸어갔다. 울브릭슨은 경사로에서 이들보다 높은 곳에 자리를 잡았는데, 그래야만 가뜩이나 키가 큰 선수들보다 좀 더 높이 있을 수 있기 때문이었다. 울브릭슨에게는 이 일이 각별히 중요한 듯했다. 따지고 보면 자기보다 나이가 아주 어리지는 않은, 그리고 십중팔구는 고집도 대단하게 마련인, 이렇게 덩치 큰 선수들을 지휘하려면, 최대한 모든 이점을 활용해야만 했다. 그는 넥타이를 똑바로 펴고, 파이베타카파 열쇠고리를 조끼 주머니에서 꺼낸 다음, 이런 상황마다 종종 그러듯이 그 줄을 빙빙 돌리기 시작했다. 그는 한동안 선수들을 바라보며 아무 말도 하지 않았고, 자신의 진지한 태도를 이용해서 선수들을 잠자코 있게 만들었다. 그러다가 서론도 꺼내지 않은 상태에서 곧장 앞으로 어떤 일을 하게 될지 설명했다.

"앞으로 너희는 튀긴 고기를 먹지 않을 거다." 그가 불쑥 이야기를 시작했다. "앞으로 너희는 과자도 먹지 않을 거다. 대신 앞으로 너희는 채소를 잔뜩 먹게 될 거다. 앞으로 너희는 훌륭한, 풍부한, 건강에 좋은 음식을 먹게 될 거다. 다시 말해 너희 어머니가 만들어주시는 것과 같은 음식을 말이다. 앞으로 너희는 오후 10시에 잠자리에 들고, 오전 7시에

칼같이 자리에서 일어날 거다. 앞으로 너희는 담배를 씹거나 피우지도, 술을 마시지도 않을 거다. 앞으로 너희는 이 규칙을 1년 내내 지키게 될 거다. 너희가 내 밑에서 노를 젓는 동안에는 말이야. 사람이 6개월 내내 자기 몸을 혹사하다가, 그다음 6개월 동안 노를 저을 수 있다고 생각하면 오산이다. 반드시 1년 내내 금주 금연을 해야 한다. 앞으로 너희는 경주정 보관고에서, 그리고 다른 어디든 내 귀에 들리는 곳에서 지저분한 말을 쓰지 않을 거다. 앞으로 너희는 공부도 계속해서 평균 학점을 좋게 유지할 거다. 앞으로 너희는 부모님과 동료를 실망시키지 않을 거다. 지금부터 노 저으러 간다."

2학년 선수들의 콧대를 꺾어놓으려던 울브릭슨의 시도는 좋고 나쁜 것이 뒤섞인 결과를 가져왔다. 그로부터 2주 뒤 그는 한 가지 시도를 해보았는데, 이로써 그가 (비록 감추려고 애써 노력하는데도 불구하고) 이 선수들을 얼마나 높이 평가하고 있는지가 불가피하게 드러나고 말았다. 그가 경주정 보관고의 칠판에다가 새로운 한 해를 맞이하여 임시적인 "보트 배치", 즉 선수 명단을 발표했을 때, 대표팀 경쟁을 벌이는 다섯 척의 보트 가운데 네 척에는 평소와 마찬가지로 서로 다른 학년의 선수들이 뒤섞여 있음을 모두가 한눈에 알 수 있었다. 즉 일부는 작년의 신입생팀 2호 보트의 선수들이고, 또 일부는 작년의 준대표팀 보트 두 척의 선수들이며, 심지어 작년의 대학대표팀 선수들도 있었다. 그런데 나머지 한 척은 작년과 똑같았다. 바로 조가 탔던 신입생 1호 보트였다. 이제 최소한 2학년은 작년 6월에 포킵시의 자동차 전용교에서 자기들의 승리를 알리는 축포가 터졌을 때와 똑같은 인원 그대로 보트에 타게 된 것이다. 조지 룬드가 뱃머리 좌석에, 쇼티 헌트가 2번 좌석에, 조 랜츠가 3번, 척 하트먼Chuck Hartman이 4번, 델로스 쇼크Delos Schoch가 5번, 밥 그린Bob Green이 6번, 로저 모리스가 7번, 버드 샤크트Bud Schacht가 스트로크 노잡이 좌석에, 조지 모리가 키잡이 좌석에 앉았다. 이런 보트 배치는 2학년들이 예상하던 내용이 사실이었음을 보여주는 뚜렷하고도 의심할 수 없는 증거였다. 즉 그들에게는 뭔가 특별한 부분이 있으며, 울브릭슨도 이들이 한 팀을 이루는 것에 이례적인 확신을 품었다. 하지만 선수들이 (특히 2학년 본인들이) 이 명단에 지나치게 큰 의미를 부여하지 못하게끔, 울브릭슨은 문제의 보트를 명단에서 (즉 조정부 내에서 각자의 서열을 드러내는 것으로 흔히 간주되는 일람표에서) 맨 아래에 놓았다. 2학년 선수들이 탄 보트는 1호도 아니고 2호도 아니었다. 이들이 탄 보트는 무려 5호였으며, 이는 결국 조정부의 위계질서 내에서도 맨 아래 칸에 해당했고, 내년 봄의 첫 번째 대표팀 조정경기 때부터 심각한 경쟁의 대상이 되리라고 누구나 충분히 짐작할 수 있는 자리였다.

하지만 정작 2학년 선수들은 이 뒤섞인 메시지가 무슨 의미인지를 미처 모르고 있었다. 서로 각별히 친한 사이까지는 아니었지만, 이들은 또다시 함께 노를 저을 수 있다는 사실만으로도 기뻐했다.(물론 이들이 여전히 함께 있는 이유는, 그렇게 해야만 이들이 실력을 발휘할 수 있는 것처럼 보였기 때문이지만.) 하지만 이미 우승을 했음을 감안하면, 이들은 좌천으로 여겨질 만한 부당한 조치가 취해졌음을 곧 깨달았으며, 새로운 코치의 태도에 적잖이 불안을 느꼈다. 그 즉시로 이들의 걸음에서는 으스대는 기운이 사라졌다. 울브릭슨은 볼스보다 더 만만찮은 사람이었고, 이번 시즌은 지난 시즌보다 분명히 더 만만찮을 것이었다.

가을 훈련 시즌이 진행 중인 상황에서, 조는 다른 누구보다도 사기를 유지하기 위해 분투해야 했다. 단순히 자기 보트의 상황만이 그를 걱정스럽게 만드는 것은 아니었다. 쏟아지는 비와 살을 에는 추위 속에서 노를 저어야 하는 불가피한 상황이라든지, 길고 힘겨운 훈련 시간 때문에 그런 것만도 아니었다. 오히려 개인적인 문제 때문이었다. 긴 여름 동안의 노동에도 불구하고, 그는 작년보다 더 가난해진 상태였다. 심지어 토요일 밤에 영화를 보러 가는 비용조차 이제는 그에게 터무니없이 과도해 보였다. 조이스와의 데이트는 카페에서의 황량한 만남으로 축소되었고, 뜨거운 물에 케첩을 섞어서 그걸 토마토 수프라고 생각하고 먹었고, 비스킷으로 끼니를 때우기도 했다. 조이스가 끼고 있는 다이아몬드 반지는 두 사람 모두를 안심시켜주었지만, 가끔씩 조는 그걸 빤히 보면서, 자기가 그 반지가 상징하는 삶에 부합할 수 있을지 의문을 품곤 했다.

가족 문제 역시 그를 초조하게 만들고 있었다. 조는 마침내 형 프레드를 찾아가서 아버지의 행방을 아느냐고 단도직입적으로 물었다 그러자 프레드는 잠시 우물거리다가 결국 동생에게 사실을 털어놓았다. 해리와 술라와 의붓동생들은 모두 시애틀에 살고 있었다. 사실은 1929년에 조만 남겨놓고 세쿰을 떠난 뒤로 줄곧 이곳에서 살았던 것이다.

처음에 이들은 후버빌 가장자리에 있는 부두의 어느 허름한 판자촌으로 갔다. 비록 타르지를 발라 만든 판잣집은 아니었지만, 그렇다고 해서 더 나은 정도도 아니었다. 방은 겨우 두 개뿐이었다. 하나는 화장실과 싱크대가 딸려 있어서 부엌 겸 화장실로 사용했다. 또 하나는 한쪽 구석에 장작 난로가 있어서 여섯 식구를 위한 거실 겸 침실로 사용했다. 밤이면 현관문에서 겨우 몇 센티미터 떨어진 곳으로 트럭이 지나갔다. 길가에는 창녀와 깡패가 돌아다녔다. 양쪽 방구석마다 쥐가 돌아다녔다. 기껏 시애틀까지 왔는데도 일자리를 구하지 못하자, 해리는 결국 실업수당을 신청하러 갔다.

이들은 부두의 판잣집에 오래 머물지는 않았지만, 다음번에 살게 된 그린 호수 서쪽의 피니 리지에 있는 낡은 집은 이보다 겨우 조금 더 나은 수준이었다. 1885년에 완공된 후로 이때까지 단 한 번도 보수나 개축을 하지 않은 상태였다. 전기 콘센트는 하나뿐이었고, 난방용 장작 난로도 단 한 개였다.(물론 이들이야 장작을 살 돈조차 없었기 때문에 난로가 어차피 도움이 되지 않았지만.) 지대가 높다 보니 북극에서 불어와 도시로 내려가는 겨울 강풍이 집 안으로 고스란히 스며들어왔다. 집 안을 따뜻하게 만드는 한편, 식탁에 뭐라도 좀 올려보려고 필사적이었던 술라는 인근의 무료 급식소며, (그 지역의 사회주의자들이 만든 조직인 '실업시민연대'에서 설립한) 무료 배급소에 자주 들르게 되었다. 빈곤층에게 식량과 장작을 분배하는 일에 몰두하는 이 단체의 회원들은 워싱턴 주 서부의 들판에서 생산된 부분적으로 손상된 농작물을 최대한 많이 줍고, 캐스케이드 산맥에서 장작을 최대한 많이 모아서 시애틀로 가져왔다. 하지만 무료 배급소에서 얻는 양은 항상 약소했다. 술라가 자기 아이들에게 먹일 수 있는 식사 대부분은 설탕당근과 순무, 감자, 약간의 쇠고기를 넣고 끓인 묽은 스튜뿐이었다. 대개는 난로에 넣을 장작조차 없었기 때문에, 그녀는 다리미를 뒤집어놓고, 집에 하나뿐인 콘센트에 플러그를 꽂은 뒤 그 위에다가 냄비를 올리고 스튜를 끓였다.

술라의 아버지는 1926년에 사망했는데, 어머니는 언덕을 따라 몇 블록 내려가면 나오는 그린 호수 인근 오로라 애버뉴에 살고 있었다. 메리 라폴레트Mary LaFollette는 애초부터 술라의 결혼을 좋게 생각한 적이 없었으며, 해리는 물론이고 이후의 일에 관해서는 더더욱 좋게 생각하지 않았다. 딸네 식구의 곤경을 알게 된 후 그녀가 내놓은 한 가지 배려는, 일요일 오후에 술라의 아이들을 자기 집으로 불러서 시리얼을 한 그릇씩 먹인 것뿐 그 외의 도움은 전혀 없었다. 이 행사조차도 분명한 메시지를 보내기 위해 고안된 것이었다. 그로부터 80년이 지난 지금까지도 해리 2세는 그때를 상기하면 목소리가 떨렸다. "한 그릇, 일주일에 한 번뿐이었죠. 도대체 어째서였는지 아직도 모르겠어요." 하지만 술라는 그 메시지를 알아챘다. 그녀는 해리에게 당장 집에서 나가라고, 그리고 일자리를 얻기 전에는 돌아올 생각을 말라고 통보했다. 해리는 로스앤젤레스로 갔다. 그로부터 6개월 뒤에 그는 오토바이를 타고 돌아왔지만 여전히 일자리는 없는 상태였다.

술라는 그에게 또 한 번의 최후통첩을 남겼으며, 해리는 결국 프레몬트에 있는 '골든 룰 유제품-제과 회사'에서 수석 정비사로 일자리를 얻었다. 골든 룰은 철저한 무노조 기업이었으며 (그로 인해 이후 수년 동안 도시 전체에 걸친 보이콧과 노동 쟁의의 핵심이 될 예정이었으며) 그 결과로 임금이 매우 낮았다. 하지만 그래도 임금이 있기는 했으니, 해리로선 더 이상 바랄 것이 없었다. 그는 가족을 데리고 39번 애버뉴와 베이글리 애버뉴에 있는 작지만 버젓한 집으로 이사했다. 제과회사에서도 멀지 않고, 거의 매일 오후마다 조가 노를 젓는 유니언 호수에서도 멀지 않은 곳이었다. 그리고 1934년에야 조가 프레드에게서 얻은 주소를 가지고 식구들을 찾아낸 장소도 바로 여기였다.

감동적인 재회라고 부를 만한 일까지는 아니었다. 어느 날 오후, 조와 조이스는 프랭클린 자동차에 올라타고 그곳으로 향했다. 베이글리에 주차한 다음, 숨을 깊이 들이쉬고 현관으로 이어지는 콘크리트 계단을 오르면서 두 사람은 손을 꼭 잡았다. 안에서 바이올린을 연주하는 소리가 들렸다. 조는 노란색 2단 문을 똑똑 두들겼고, 그 즉시 바이올린 소리는 잦아들었다. 문의 상단에 쳐진 레이스 커튼 뒤에서 그림자가 움직였다. 잠시 머뭇거리는 듯하더니 마침내 술라가 문을 반쯤 열었다.

술라는 이들을 보고서도 딱히 놀라는 것 같지는 않았다. 조는 상대방이 이런 일을 오래전부터 예상하고 있었음을 감지했다. 그녀는 조이스를 흘끗 바라보더니 충분히 친근하게 인사를 건네었지만, 두 사람더러 안으로 들어오라고 권하지는 않았다. 조는 술라가 고생에 찌들어 지쳐 보인다고, 서른여섯이라는 나이보다 더 많아 보인다고 생각했다. 얼굴은 창백하고 일그러져 있었으며, 눈은 약간 움푹했다. 조는 잠시 술라의 손가락에 눈길을 주었다. 붉게 쓸려 있었다.

마침내 조가 침묵을 깨뜨렸다. "안녕하셨어요, 술라. 어떻게 지내시는지 궁금해서 들렀어요."

술라는 잠시 아무 말 없이 그를 바라보면서 표정을 드러내지 않다가, 곧이어 눈을 내리깔고 말하기 시작했다.

"우리는 잘 지내, 조. 지금은 잘 지내고 있어. 학교 다니는 건 어때?"

조는 괜찮다고, 그리고 지금은 조정부에 들어가 있다고 말했다.

술라는 그 소식을 전해들었다고, 그러잖아도 아버지가 무척 자랑스러워한다고 대답했다. 그러더니 조이스에게도 부모님은 어떠신지 물었고, 아버지가 편찮으시다는 그녀의 대답에 안타까움을 표시하기도 했다.

술라는 계속해서 문을 반쯤 열어놓은 상태였으며, 아예 몸으로 열린 문틈을 막고 서 있었다. 조가 가만 보니, 그녀는 손님들과 이야기를 나누면서도 줄곧 현관 아래를 바라다보며, 마치 자기 발 사이의 뭔가를 쳐다보는 것처럼, 또는 뭔가 대답을 찾아내려는 것처럼 행동했다.

마침내 조가 더 이상 참지 못하고, 잠깐 들어가서 아버지와 동생들에게 인사라도 하고 나와도 되겠느냐고 물었다. 그러자 술라는 해리는 회사에 가 있고, 아이들은 친구네에 가 있다고 대답했다.

그러면 다음에 언제든 다시 찾아와도 되겠느냐고 조가 물었다.

술라는 그제야 자기가 줄곧 찾고 있던 뭔가를 찾아낸 듯한 모습이 되었다. 그녀는 갑자기 눈을 크게 뜨더니 조를 똑바로 바라보았다. "아니." 아까보다 더 차가워진 목소리로 그녀가 말했다. "너는 너대로 살아, 조. 우리 생활에 간섭하지 말고." 이 말과 함께 그녀는 조용히 문을 닫더니 나지막이 금속성의 짤깍 소리를 내며 빗장을 걸어 잠갔다.

그날 오후, 베이글리에 있는 부모님 집에서 다시 차를 타고 돌아오는 내내 조이스는 속이 부글부글 끓었다. 지난 몇 년 동안에 걸쳐서 그녀는 조의 부모님이 과연 어떤 사람들인지, 그리고 세퀌이며 이전의 금-루비 광산에서 어떤 일이 벌어졌는지 점차 알게 되었다. 그의 어머니가 돌아가신 일이며, 펜실베이니아까지의 길고도 외로운 기차 여행도 알게 되었다. 이 모든 이야기를 종합해보고 나서, 그녀는 술라가 엄마 없는 아이에게 어떻게 그렇게 냉정할 수 있었는지, 그리고 조의 아버지가 그런 모습을 지켜보면서 어떻게 그렇게 무감각할 수 있었는지 도무지 이해가 안 되었다. 나아가 이 모든 상황에서도 조가 어째서 아무런 분노도 드러내지 않는지, 어째서 굳이 두 사람에게 잘 보이려고 계속해서 노력을 하는지도 이해할 수 없었다. 마침내 조가 그녀를 판사 댁 앞에 내려주려고 차를 세우자, 조이스는 폭발하고 말았다.

부모님이 그렇게 함부로 대하는데도 어째서 가만히 있느냐고, 조이스는 조에게 따졌다. 어째서 그는 마치 부모님이 아무런 잘못도 저지른 적이 없는 것처럼 대하는 걸까? 세상에 어떤 여자가 아직 어린 아이를 혼자 남겨놓고 떠나버리자고 할 수가 있나? 세상에 어떤 아버지가 자기 마누라한테 그러라고 선선히 허락할 수가 있나? 왜 그는 한 번도 그들에게 화를 내지 않는 건가? 왜 동생들을 만나보게 해달라고 더 강하게 부모님한테 말하지 않는 건가? 이렇게 잔뜩 퍼붓고 났을 즈음, 그녀는 거의 울음을 터뜨릴 뻔했다.

눈물로 흐려진 눈으로 옆 좌석에 앉은 조를 바라본 순간, 그녀는 그 역시 두 눈에 상처 받은 표정이 드러나 있음을 깨달았다. 하지만 그는 굳게 입을 다물었고, 그저 운전대 너머만을 똑바로 바라볼 뿐이었다.

"너는 이해 못할 거야." 그가 중얼거렸다. "그분들도 어쩔 도리가 없었어. 먹여 살려야 할 식구가 너무 많았으니까."

조이스는 그 말을 잠시 생각해본 다음 이렇게 덧붙였다. "난 네가 왜 전혀 화를 내지 않는지 도무지 이해가 안 돼."

조는 계속해서 차창 너머만 빤히 바라볼 뿐이었다.

"화를 내는 일에도 힘이 들어가니까. 화를 내면 결국 내 속만 썩을 뿐이야. 그런 일에 힘을 낭비하고 싶지도 않고, 그저 앞으로 나아가고만 싶으니까. 두 분이 떠나가버린 뒤에 나는 살아남기 위해서만도 내 모든 힘을 다 써야 했어. 그때부터는 계속해서 정신을 집중해야만 했어. 내 인생을 나 스스로 돌보아야 했으니까."

조는 경주정 보관고의 생활로 돌아갔다. 선수들은 옷이고 음악 모두에서 여전히 뒤처진 그의 취향을 놀려댔으며, 그는 오로지 로저와 쇼티 옆에 있을 때에만 비로소 마음이 편안했는데, 그래도 경주정 보관고에 있으면 자기에게도 뭔가 목적이 있다는 기분이 들었다. 조정이라는 의례, 이 종목의 특별한 언어, 그가 숙달하기 위해 애쓰는 기술의 세부 내용, 코치들의 지혜, 심지어 코치들이 읊어대는 갖가지 규정이며 수많은 금기들까지도. 조가 보기에는 경주정 보관고라는 세계야말로, 이때까지 오랫동안 그가 외부세계에서 발견한 적 없는 안정성과 질서를 어느 정도 제공해주는 곳이었다. 혹독한 오후의 훈련을 마치면 몸이 지치고 욱신거렸지만, 동시에 그는 뭔가 개운한 느낌을, 누군가가 빳빳한 철수세미로 자기 영혼을 박박 문질러 닦아준 것 같은 느낌을 받기도 했다.

경주정 보관고는 점차 그에게 집과 같은 곳이 되었다. YMCA의 지하실에 있는 좁고 갑갑한 숙소보다도, 세큄에 있는 반쯤 짓다 만 집보다도 더 낫게 느껴졌다. 그는 커다란 미닫이문 위 창문으로 쏟아져 들어오는 햇빛이 좋았고, 선반에 올려놓은 광택 나는 경주정 무더기가 좋았고, 라디에이터에서 쉭쉭거리며 뿜어져 나오는 증기 소리가, 삼나무와 니스와 땀이 뒤섞인 특유의 냄새가 좋았다. 그는 연습이 끝난 뒤에도 한참 동안 종종 이 건물에서 서성거렸으며, 가면 갈수록 보관고의 뒤쪽, 그러니까 포코크의 작업장으로 이어지는 계단 쪽으로 발걸음이 끌렸지만, 혹시나 포코크를 방해할지도 모른다는 생각에 막무가내로 계단을 올라가보지는 못했다. 학생들은 누구든지 이 기술자를 항상 "포코크 선생님"이라고 불렀는데, 그에게는 뭔가 숭배의 분위기가 따라다녔다. 물론 포코크가 그런 태도를 의도적으로 육성한 것은 아니었다. 오히려 그와는 정반대가 사실이었다. 선수들이 연습을 나가려고 준비할 때면, 그는 항상 부양 선착장에 나와 서 있었으며, 이쪽저쪽의 보트에 삭구 설치하는 일을 돕고, 선수들과 이야기를 나누고, 가끔은 귀중한 조언을 한두 가지씩 해주었는데, 예를 들어 스트로크를 할 때 이렇게 또는 저렇게 살짝 수정해보라는 제안이었다. 포코크의 입장에서는 오히려 이 대학생들이야말로 공경의 대상이 되어야 마땅하다고 생각하는 경향이 있었는데, 왜냐하면 자기는 초등학교 교육밖에 받지 못했기 때문이었다.

하지만 포코크는 정규 교육을 훨씬 뛰어넘는 지식을 보유한 인물이었고, 이는 그를 만난 누구나 금세 깨닫게 되는 사실이었다. 그는 종교, 문학, 역사, 철학 등 방대한 주제의 책을 섭렵했다. 그는 브라우닝이나 테니슨이나 셰익스피어의 한 구절을 얼마든지 인용할 수 있었으며, 그의 인용문은 단지 학식을 자랑하거나 으스대는 도구가 아니라 적절하면서도 설득력이 있었다. 이처럼 폭넓은 지식과 과묵한 능변에다가 겸손까지 덧붙여지자 결과적으로 사람들은 그에게 절대적인 존경을 바치게 되었으며, 그가 자기 작업장에서 배를 만들 때에는 특히나 더 그러했다. 어느 누구도 작업 중인 포코크를 방해하려 들지 않았다. 절대로.

따라서 조는 계단 아래에서 저 위를 쳐다보며 궁금해할 뿐, 자신의 호기심을 어느 누구에게도 발설하지 않았다. 그렇지만 최근 들어 포코크가 작업실에서 무척 많은 시간을 들여 일한다는 것을 알고 있었다. 여름 내내 주문이 폭주한 까닭이었는데, 한편으로는 1929년의 주식시장 붕괴 이후에 전국 각지의 조정부가 오랫동안 새로운 장비 없이 꾸려나가는 실정이었기 때문이고, 또 한편으로는 워싱턴 대학의 팀이 포킵시에서 포코크의 경주정으로 좋은 성적을 거두었기 때문이다. 포코크는 에이트 경주정을 여덟 척이나 주문받아 만들고 있었는데, 그 주문자 중에는 (해군사관학교, 시러큐스, 프린스턴, 펜실베이니아 등) 전국에서 가장 뛰어난 대학 조정부가 포함되어 있었다. 9월이 시작되었을 무렵, 그는 이전 해와는 뚜렷이 다른 어조로 버클리에 있는 카이 이브라이트에게 편지를 써 보낼 수 있었다. 워낙 신사이기 때문에 대놓고 복수를 행하지는 못했지만, 그는 전적으로 자신만만한 상태였다. "혹시 뭐라도 구매하고 싶으시다면, 선생, 서두르시는 편이 좋으리라 생각합니다. 지난 2년 동안은 우리도 크나큰 타격을 받았습니다만, 최근 들어 동부 쪽 사람들이 새로운 장비를 구매해야겠다고 생각한 모양이니 말입니다. 다시 말해 조금 있으면 우리가 무척 바빠지게 되리라는 뜻입니다." 이브라이트가 가격을 문의하자, 이제는 포코크가 흥정을 주도하는 입장이 되어서 확실하게 가격을 다시 불렀다. "가격은 에이트 한 척에 1,150달러이고…… 한 가지는 확실합니다, 카이, 저는 전국에서 가장 저렴한 에이트를 만들기 위한 경쟁에는 끼고 싶지 않습니다. 제가 그 모두를 만들 수는 없지만, 그래도 최고의 물건을 만드는 데에는 아직 자신 있습니다."

사실 조지 포코크는 이미 최고의 물건을 만들고 있었으며, 그것도 상당히 큰 격차를 드러내면서 만들었다. 그는 단순히 경주정을 만드는 것이 아니라 조각해내고 있었다.

한편으로 보면, 경주정은 그 목적이 매우 한정된 기계나 다름없다. 즉 덩치가 큰 사람 여러 명과 덩치 작은 사람 한 명이 물 위에서 최대한 빠르고 효과적으로 달릴 수 있게 해주는 것이다. 또 한편으로 보면, 이것은 예술작품이며, 이상과 아름다움과 순수성과 우아함에 무한한 허기를 지닌 인간 정신의 표현이었다. 보트 제작자로서 포코크가 보유한 천재성 가운데 상당 부분은, 그가 기계 제작자로서나 예술가로서나 매우 탁월하다는 데에서 비롯되었다.

이튼에서 기술자로 일하던 아버지한테서 이 일을 배우며 자라난 그는 톱이며 망치며 끌이며 대패며 사포 틀 같은 단순한 수동 공구에 익숙했다. 1930년대에 들어서 더 현대적이고 힘을 덜어주는 전동 공구가 시장에 나왔지만, 대부분의 경우 그는 자기 손에 익숙한 수동 공구를 계속해서 사용했다. 한편으로는 그가 매사에 전통적인 쪽에 이끌렸기 때문이다. 또 한편으로 이는 수동 공구를 사용해야만 작업할 때 세부사항에 대한 더 정확한 조절이 가능하다는 생각 때문이었다. 또한 그는 전동 공구 특유의 소음을 견디지 못했다. 장인정신에는 생각이 필요했으며, 생각에는 조용한 환경이 필요했다. 하지만 가장 큰 이유는 나무와 더 친밀함을 느끼고 싶었기 때문이다. 그는 나무에 들어 있는 생명을 자기 손으로 직접 느끼고 싶어 했으며, 반대로 자기의 일부를, 자기 자신의 생명을, 자기의 자부심과 관심을 경주정 안에 집어넣고 싶어 했다.

1927년까지 그는 영국에서 아버지에게 배운 방식 그대로 경주정을 만들었다. 우선 길이 19미터에 달하는 완벽하게 곧은 I자 형태의 빔을 이용하여 섬세한 골조를 만드는데, 이때에는 가문비나무와 물푸레나무를 주재료로 사용했다. 다음으로는 에스파냐삼나무 판들을 신중하게 붙이고 못질해서 선체를 형성하게 될 늑골 부분의 골조를 만들었다. 이 과정에는 수천 개의 놋쇠 못과 나사못이 사용되며, 그로 인해 생긴 못 구멍은 수작업으로 하나하나 꼼꼼하고 힘겹게 잘 메우고 나서야 비로소 외부에 향해 선박용 니스를 바를 수 있었다. 판자를 맞추고 못질하는 것은 무척이나 집중을 요하고 신경이 곤두서는 일이었다. 어느 순간이라도 끌이 미끄러지거나 망치를 잘못 내려치면 며칠 동안 애쓴 작업이 수포로 돌아가기 때문이었다.

1927년에 그는 미국의 경주정 제작에서 한 가지 혁신을 일으켰다. 하이럼 코니베어의 뒤를 이어 워싱턴의 코치가 된 에드 리더는 워싱턴과 브리티시컬럼비아를 비롯한 인근 지역에서 풍부하고도 크게 자라나는 토착종인 서부붉은삼나무를 이용하여 경주정을 만들어보자고 오래전부터 포코크에게 제안해왔다. 어쨌거나 에스파냐삼나무는 원산지인 남아메리카에서 수입하는 물건이다 보니 가격이 비쌌다.[여기서 말하는 '에스파냐삼나무'(학명은 *Cedrela odorata*)는 사실 에스파냐산도 아니고 삼나무도 아니며, 오히려 마호가니과에 속한 식물이다.] 게다가 에스파냐삼나무는 잘 부러지기로 악명이 높아서, 이 학교의 경주정은 항상 수리를 해야 하는 실정이었다. 포코크는 토착종 삼나무를 재료로 시험해본다는 생각에 끌렸다. 여러 해 동안이나 그는 지금도 간혹 퓨짓 사운드를 오가는 인디언의 오래된 삼나무 재질 카누가 매우 가볍고도 내구성이 좋다는 사실에 주목하고 있었다. 한때는 수석코치인 러스티 캘로의 조언으로 실험을 단념한 적도 있었다. 캘로는 젊은 시절에 벌목꾼으로 일한 적이 있는데, 다른 대부분의 벌목꾼이 그러하듯이 그는 삼나무가 단지 지붕 널판과 판자를 만드는 데에만 유용하다고 보았다. 하지만 포코크는 마침내 자기 생각대로 1927년부터 이 목재를 가지고 실험을 하기 시작했고, 그로 인해 나타난 가능성을 보고는 깜짝 놀랐다.

서부붉은삼나무(학명은 *Thuja plicata*)는 그야말로 환상의 나무였다. 밀도가 낮아서 끌이건 대패건 톱이건 무슨 공구로도 가공하기가 쉬웠다. 세포에 공동이 있는 구조이기 때문에 가볍고 물에 뜨는 성질을 지녔는데, 조정에서 가볍다는 것은 곧 빠르다는 것을 의미했다. 조밀하고도 일정한 나뭇결 때문에 강하면서도 유연했고, 잘 구부러지는 반면에 뒤틀리거나 휘거나 불거지는 성향은 없었다. 진액이나 수액이 없었고, 그 섬유에는 슈자플리킨thujaplicins이라는 화학물질이 포함되어 있어서 자연산 방부제 노릇을 했기 때문에, 잘 썩지 않는 것은 물론이고 좋은 향기를 발산했다. 이 목재는 보기에도 멋졌고, 마감재도 잘 받았으며, 광택을 내면 상당히 잘 번쩍거렸는데, 이것이야말로 훌륭한 경주정의 매끈하고도 마찰이 없는 바닥에는 필수적인 장점이었다.

포코크는 곧바로 이 목재의 예찬자가 되었다. 그리고 머지않아 북서부 곳곳을 뒤지며 최상급의 삼나무를 찾아다녔고, 심지어 올림픽 반도에 있는 연기 자욱한 제재소까지, 또는 브리티시컬럼비아 주에 아직까지 남은 처녀림까지도 먼 길을 마다하지 않았다. 그는 밴쿠버 섬에 있는 코위찬 호수를 에워싼 안개 자욱한 숲속에서 자기가 원하는 재료를 찾아냈다. 이곳에서 찾은 삼나무 원목을 (거대하고 오래된 나무에서 베어낸 길고, 나뭇결이 조밀하고, 곧은 부분을) 가지고 그는 너비 50센티미터 정도에, 길이 150센티미터의 우아한 판자들을 제재해냈다. 그리고 이 판자들을 이용하여 똑같은 판자를 한 쌍씩 만들어냈는데, 두께가 4밀리미터였으며, 두 장이 거울상으로 똑같은 무늬 패턴을 지녔다. 이처럼 딱 맞아 떨어지는 한 쌍의 판자를 선체의 양옆에 부착하면, 보트의 외관과 기능 모두에서 완벽한 대칭을 만들 수 있었다.

이 유연한 삼나무 판 덕분에 포코크는 보트의 늑골에 판자를 끝도 없이 못질해야 하는 과정을 거치지 않아도 되었다. 대신 나무판을 보트의 골조 위에다가 그냥 묶어서 제 모양에 적응하게 한 다음, 전체 구조물을 두툼한 담요로 감싸고 경주정 보관고의 난방장치에서 나온 증기를 밑에서부터 뿜었다. 그러면 증기로 인해 삼나무가 유연해지고 구부러져서 골조의 모양에 딱 맞게 되었다. 사흘 뒤에 증기를 끄고 담요를 걷어내면 삼나무 판이 계속해서 새로운 형태를 유지하고 있다. 이쯤 되면 이 판자를 잘 말려서 접착제로 골조에 붙이기만 하면 끝이었다. 이것이야말로 북서부 연안 살리시Salish 족 인디언들이 여러 세기 동안 삼나무 판 하나를 구부러서 나무상자를 만든 방법 그대로였다. 이런 과정을 거쳐 완성된 매끈한 경주정은 에스파냐삼나무로 만든 경주정보다 훨씬 더 아름다울 뿐만 아니라 눈에 띄게 빠르기까지 했다. 포코크의 작업장에서 이런 방식으로 만든 경주정 가운데 최초의 물건은 하버드에서 시험 삼아 구매했는데, 이 보트를 이용했더니 자기네 선수들의 최고 기록이 기존보다 몇 초가 단축되었다는 소식이 곧바로 전해졌다.

삼나무를 이용해 경주정의 외피를 완성하고 나면, 포코크는 이어서 활주대와 좌석과 삭구와 키 장치와 균형 장치를 설치했다. 그는 자기 제품에서 북서부의 다양한 목재를 사용한다는 사실에 자부심을 가졌다. 용골에는 슈가소나무를, 골조에는 물푸레나무를, 뱃전과 (손으로 깎아 만든) 좌석에는 가문비나무를, 파도막이에는 알래스카 노란삼나무를 썼다. 이 가운데에서도 그는 맨 마지막 나무를 가장 좋아했는데, 왜냐하면 세월이 흐르면서 그 색깔이 탁한 상아색에서 꿀색으로 변하면서 삼나무 선체의 니스 바른 붉은색과 조화를 이루기 때문이었다. 그는 배꼬리와 뱃머리 부분에 얇은 비단 천을 둘렀고, 이 비단에도 니스를 발랐다. 니스가 천 위에서 마르면 얇으면서도 근사한 반투명의 노란색 뱃머리 및 배꼬리 갑판이 완성되었다. 마지막으로 그는 마감작업에 들어가는데, 곱게 빻은 속돌과 트리폴리석을 이용하여 삼나무 선체를 몇 시간씩 직접 손으로 문지르고, 선박용 니스를 얇게 여러 겹 바르고, 다시 거듭해서 마감재를 문질러서 마치 잔잔한 물처럼 반짝이게 만드는 것이다. 그가 원하는 마감을 얻기 위해서는 무려 15리터의 니스가 들어갔다. 배가 상당히 반짝일 때에 가서야, 즉 그 매끄러움이 속도를 위한 잠재력을 드러내며 살아 숨 쉴 때에 가서야 포코크는 보트가 사용 준비를 끝냈다고 말했다.

삼나무에는 또 한 가지 장점이 있었다. 이것이야말로 이 목재를 이용해 만든 최초의 경주정이 한동안 물속에 들어갔다 나왔을 때 포코크가 우연히 발견한 일종의 비밀이었다. 이후로 사람들은 이 배를 "바나나보트"라고 부르기 시작했는데, 보트를 물에 노출시키면 그 뱃머리와 배꼬리가 약간 위로 굽어지는 경향이 있었기 때문이다. 포코크는 이런 효과와 그 결과를 숙고해본 끝에 한 가지 놀라운 사실을 깨달았다. 삼나무는 물에 젖었을 때에도 나뭇결을 '가로질러서' 늘어나거나 부풀지 않았다. 따라서 뒤틀리지는 않았지만, 대신 나뭇결을 '따라서' 늘어나는 경향은 있었던 것이다. 길이 18미터가 넘는 경주정에서 이렇게 나무가 변형되는 길이는 최대 2.5센티미터에 달했다. 삼나무가 선체에 부착될 때에는 건조한 상태였지만, 정기적으로 사용하면 나무는 물에 젖으면서 그 길이가 약간 늘어나려는 성질을 드러낸다. 하지만 보트의 내부 골조는 물푸레나무로 만들어서 계속 마르고 단단한 상태로 남기 때문에 삼나무가 늘어나도록 허락하지 않는다. 삼나무 외피는 결국 압착되어서, 보트의 양쪽 끝이 약간 위로 솟구치며 보트 제작자들이 '만곡'이라고 부르는 상태가 된다. 그 결과 보트 전체가 미처 배출되지 못한 외피의 긴장에서 비롯된 미묘하지만 지속적인 긴장 상태에 놓여, 마치 발사를 기다리며 잔뜩 시위가 당겨진 활과 유사한 상태가 되는 것이다. 이는 보트에 일종의 활기를 부여했으며, 노로 물을 움직이기 하는 순간에 곧장 앞으로 튀어나가려는 경향을 드러냈는데, 이것이야말로 다른 어떤 디자인이나 재료로도 차마 모방할 수 없는 특징이었다.

포코크가 보기에는, 이처럼 지칠 줄 모르는 탄력이야말로 (이처럼 되튀려는, 계속 가려는, 저항 앞에서도 지속하려는 적극성이야말로) 삼나무가 지닌 마법이었고, 경주정에 생명을 불어넣는 눈에 보이지 않는 힘이었다. 그리고 그가 아는 한 생명을 보유하지 않은 경주정은 그 배를 물 위에서 움직이기 위해 자신들의 가슴을 온전히 바치려는 젊은이들에게는 결코 어울리지 않는 물건이었다.

10월 말에 이르러 이브라이트는 포코크에게 답장을 보냈다. 자기가 경주정을 주문한다면, 그때에는 맞춤형 설계를 해달라는 것이었다. 한마디로, 그는 만곡이 덜한 경주정을 원했다. 포코크는 이 제안에 깜짝 놀랐다. 포코크가 뭔가 좀 처지는 장비만 골라서 자기한테 보낸다고 비난한 것도 모자라서, 이제는 포코크가 만든 최고의 보트들만큼 빠르지도 않은, 다시 말해 장인으로서 그의 솜씨를 제대로 반영하지도 못할 보트를 만들라고 요구하는 것이었다. 포코크는 자신의 설계에 관해 길고도 자세한 기술적 설명을 적어 보내면서, 자기가 볼 때 경주정의 통일성을 해치지 않는 한도 내에서 이브라이트를 만족시킬 몇 가지 사소한 수정을 제안했다. 이브라이트는 퉁명스러운 답장을 보내어 자기 나름대로의 기술적 주장을 내놓은 다음, 이렇게 말을 이었다. "제 생각에 당신은 이 세상 누구보다도 보트 제작에 관해 많이 알고 계십니다만, 어쩌면 새로운 아이디어가 우리 모두에게 유리할지도 모릅니다. 부디 이 편지의 어조를 당신도 좋아하셨으면 좋겠군요, 조지." 포코크는 이 편지의 어조를 전혀 좋아하지 않았지만 그냥 모른 척해버렸다. 그는 사실상 전국의 모든 주요 조정부로부터 주문을 받고 있었다. 이브라이트가 경주정을 실제로 주문하거나 말거나, 그건 본인이 알아서 결정할 문제였다.

머지않아 이브라이트도 실제로 경주정을 하나 주문하기는 했다. 물건이 완성되자 포코크는 조정부 선수 여덟 명에게 각각 1달러씩 주면서, 이 물건을 남쪽으로 발송하게끔 시애틀 항구에 가져다주고 오라고 부탁했다.

학생들은 우선 이 배를 몰고 컷 수로를 지나 유니언 호수의 남쪽 끝에 도착했다. 그런 다음에 보트를 조심스레 물에서 건져올린 뒤 뒤집어서 머리에 얹고, 거기서부터 시애틀 시내를 2.4킬로미터 반이나 걸어서 육상 운송에 나섰다. 모두 여덟 개의 다리가 달린, 길이 약 18미터의 삼나무 거북이가 되어서, 이들은 머서 스트리트를 지나 웨스틀레이크에서 남쪽으로 향했으며, 곧바로 시내의 자동차 홍수 속으로 뛰어들었다. 경주정을 머리에 얹어 앞이 보이지 않는 상태여서, 이들은 자기 발과 앞사람의 등밖에는 볼 수 없었는데, 결국 키잡이가 앞서 가면서 양팔을 흔들어 다가오는 차량을 피하라고 외치며, 동시에 조정 용어를 이용해서 방향 지시를 내렸다. "이제 그만, 선수들! 크게 좌현으로. 들어올려!" 이들은 전차와 버스를 피하고, 모퉁이에서는 번번이 크게 돌고, 때때로 경주정 아래로 고개를 내밀어 자기들의 위치를 확인했다. 이들이 오른쪽으로 돌아서 4번 애버뉴의 상점가로 들어서자, 사람들이 보도에 멈춰 서거나 상점 문 앞으로 달려나와 이들이 지나가는 모습을 지켜보았다. 가만히 보거나, 깔깔거리며 웃거나, 심지어 박수를 치기도 했다. 마침내이들은 컬럼비아에서 오른쪽으로 돌았고, 가파른 내리막길을 가서 부두에 닿은 뒤, 서둘러 철로를 건너고 나서야 선착장에 안전하게 도달했다. 이곳에서 이들은 경주정을 캘리포니아로 배송했는데, 머지않아 오클랜드 에스추어리에서 그 배를 타고 경주를 펼치게 될 예정이었다.

그해 10월에 워싱턴의 경주정 보관고에는 긴장이 감돌기 시작했다. 내년 봄에 가서는 2학년이 대표팀의 1호 보트를 차지하게 될지도 모른다는 소문이 돌자 모두들 신경이 곤두섰던 것이다. 울브릭슨은 이 문제에 관해 평소처럼 침묵을 지켰지만, 상급생들은 이런 코치의 모습이야말로 불길한 징조라고 떠들어댔다. 차라리 내년에 2학년들이 시험 삼아 대표팀 보트에 탈 수도 있다고 정식으로 발표할 것이지, 왜 그냥 소문으로 돌게 내버려두느냐는 것이었다. 선수들이 옷을 갈아입고 선반에서 노를 꺼냈다 넣었다 할 때마다, 평소와 같던 장난과 웃음은 거의 사라졌다. 친근한 미소를 냉랭한 시선이 대체하기 시작했다. 물 위에서는 코치들이 가까이 있지 않을 때마다 이 보트에서 저 보트로 야유를 보내는 경우도 간혹 있었다.

경주정 보관고의 분위기가 나빠지는 사이에, 날씨 역시 마찬가지로 나빠지고 있었다. 처음에는 평소와 같은 가을의 보슬비에 불과했지만, 10월 21일 오전에 가서는 어마어마한 폭우가 내렸다. 1930년대 중반을 상징했던 극단적인 기상 상황의 연쇄 가운데 또 하나가 펼쳐진 것이다. 즉 어마어마한 저기압성 폭풍이 (즉 작년 가을의 폭풍쯤은 그저 봄바람에 불과한 정도로 만들어버릴 만큼 어마어마한 폭풍이) 워싱턴 주를 강타했다.

이 폭풍은 그야말로 갑자기 툭 튀어나온 것처럼 보였다. 오전 9시에는 워싱턴 호수에도 가벼운 물결밖에는 일지 않았으며, 전형적인 회색의 늦가을날에 가벼운 바람이 남동쪽에서 대략 시속 8킬로미터 정도로 불어왔을 뿐이다. 그런데 정오가 되자 시속 120킬로미터의 강풍이 워싱턴 호수 위로 불어왔다. 바닷가에 자리한 애버딘에서는 시속 145킬로미터의 바람이 불어왔다. 이것이야말로 시애틀 지역의 역사상 가장 거대한 폭풍이었다.

41번 부두에서는 예인용 밧줄이 끊어진 태평양 횡단 여객선 '프레지던트 매디슨President Madison 호'가 기울어지면서 옆에 있던 증기선 '하베스터Harvester 호'를 침몰시키고 말았다. 포트 타운전드 근해에서는 건착망어선 '아그네스Agnes 호'가 침몰하면서 시애틀의 어민 다섯 명도 익사했다. 이 도시의 역사적인 '모스키토Mosquito 선단' 가운데 맨 마지막으로 남은 선박인 '버지니아 5호'는 부두에 부딪혀서 선루가 파손되는 바람에 승객 30명이 조난당했다가 구조되었다. 교외에서는 헛간 지붕은 물론이고 심지어 헛간 자체가 날아가버렸다. 시애틀의 주요 공항이던 보잉 비행장에서는 항공기 격납고 하나가 무너지면서, 그 안에 있던 항공기 여러 대를 망가뜨렸다. 앨키 호텔에서는 벽돌 벽이 무너져서 침대에 누워 있던 중국인 투숙객이 사망하고 말았다. 후버빌에서는 양철 지붕이 빙글빙글 하늘을 날아가고 판잣집이 그야말로 산산조각 났으며, 그 거주자는 멍하니 폐허 속에 서 있을 수밖에 없었다. 인근의 어느 빵집에서는 배고픈 사람들이 가게 유리창 앞에 모여서, 자기들과 갓 구운 빵 덩어리를 갈라놓는 저 유리창이 바람에 깨지기만을 고대하고 있기도 했다. 워싱턴 대학의 캠퍼스에서는 농구장에 설치된 유리 채광창이 안으로 깨지고, 거대한 더글러스전나무가 쓰러지고, 풋볼 경기장의 임시 좌석 다섯 칸이 날아가버렸다. 멈추지도 않고 여섯 시간 반이나 계속 불어댄 이 바람이 마침내 잦아들었을 때, 수백만 보드푸트 분량의 원목이 쓰러졌으며, 수백만 달러의 재산 피해가 일어났고, 18명의 사망자가 발생했으며, 시애틀은 외부세계와 통신이 대부분 차단되었다.

곧이어 평소와 마찬가지로 비가 다시 내리기 시작했다. 작년과 같은 홍수까지는 아니었지만, 10월의 나머지 기간은 물론이고 11월에 들어서도 비 내리는 날이 그렇지 않은 날보다 더 많았다. 앞서보다는 더 작은 규모의 폭풍이 이례적으로 많이, 태평양에서부터 계속 불어왔다. 동부 연안의 조정부와 비교했을 때, 서부 연안의 조정부가 보유한 그나마 몇 안 되는 이점 가운데 하나는 자연 환경이었다. 즉 동부에서는 겨울마다 강이 얼어붙는 바람에 조정부가 연습할 공간이 없었던 것이다. 따라서 동부의 조정부는 보통 실내의 조정 연습용 수조에서 훈련을 하게 마련이었으며, 이것이야말로 실물의 어설픈 대체물에 불과했다. "마치 삽을 들고 욕조 끝에 앉아 있는 것과 비슷하지." 서부의 한 코치는 이렇게 코웃음쳤다. 야외에 줄곧 노출되어 있는 덕분에, 워싱턴의 선수들은 해가 갈수록 강인해졌으며, 거친 물에서 노를 젓는 일에서도 특히나 능숙해질 수 있었다. 하지만 경주정이 가라앉을 정도의 상황에서는 아예 노를 저을 수조차 없었는데, 1934년 11월이 다 가도록 바람은 워낙 거칠어서 계속해서 보트를 가라앉히려고 위협했다. 매일같이 울브릭슨은 선수들을 강변에 남아 있게 했다. 그는 선수들을 다그치기는 했지만, 그렇다고 해서 보트 가득 올라탄 학생들을 워싱턴 호수 한가운데에 수장할 생각까지는 없었다. 11월 중반이 되자 그는 자기가 원래 계획한 일정에서 2주나 뒤처졌음을 깨달았다.

그달 내내, 베를린의 하르처 슈트라세에 자리한 가이어 베르케 영화사Geyer-Werke film studios의 호화로운 건물 안에서는, 레니 리펜슈탈이 지쳤지만 열정적인 눈으로 자신의 소형 필름 편집기에 달린 이중 확대경을 밤낮 없이 들여다보고 있었다. 하얀색 작업복 차림의 그녀는 하루 열여섯 시간 동안 편집용 책상에 앉아 있었으며, 종종 새벽 서너 시까지 일하고, 거의 아무것도 먹지 않은 상태로, 갈고리에 걸어서 유리 투사기 앞에 매달아놓은 수천 개의 필름 띠에 에워싸여 있었다. 그녀가 당면한 과제는 자기가 뉘른베르크에서 촬영한 1934년의 나치당 대회의 원본 필름 12만 미터를 신중하게 검토하고, 거기서 골라낸 부분을 잘라서 다시 이어붙이는 것이었다.

그녀의 노고 덕분에 결국 완성된 영화 〈의지의 승리 Triumph des Willens〉는 나치 독일의 도상학을 정의하게 될 예정이었다. 오늘날까지도 이 영화는 절대권력을 양성하고 노골적인 증오를 정당화하기 위한 선전의 기술을 보여주는 기념비로서 남아 있다. 그리고 리펜슈탈은 남은 평생 동안 이 영화로 예찬을 받을 것이었다.

1934년의 뉘른베르크 당 대회는 그 자체로 권력에 바치는 예찬이었으며, 이 권력을 더욱 집중하고 진작하기 위해서 신중하게 고안된 도구이기도 했다. 그해 10월 4일에 아돌프 히틀러가 탄 비행기가 구름을 뚫고 뉘른베르크에 착륙하는 순간부터, 그가 만들어내는 모든 동작, 펼쳐지는 형상화의 모든 세부사항, 그와 그의 충복들이 하는 모든 말은 신중하게 계산된 것들이었으며, 나치당이 천하무적이라는 생각을 강화하기 위한 의도를 지니고 있었다. 아울러 나치당이야말로 단순히 정치적인 열정만이 아니라 종교적인 열정의 유일하게 합법적인 대상임을 보여주려는 것이었다. 이뿐만이 아니었다. 이 새로운 독일의 종교는 그 지도자의 인격 속에 구체화되고 실현되었음을 보여주려는 것이었다.

이 대회의 주요 안무가는 히틀러의 전용 건축가이기도 했던 알베르트 슈페어 Albert Speer였는데, 뉘른베르크라는 이 거대한 영화 세트는 바로 그가 설계한 것이었다. 요제프 괴벨스는 이 행사의 전체적인 선전 가치를, 즉 현대적인 용어로 말하자면 그 "메시지 전달"을 관장했다. 그리고 레니 리펜슈탈의 역할은 단지 당 대회 그 자체만이 아니라 (더 중요하게는)

그 배후에 있는 정신을 영화로 포착하는 것이었다. 다시 말해 그 메시지를 증폭하여, 그 주에 뉘른베르크에 실제로 모였던 25만 명의 당원들보다 훨씬 더 많은 관객에게 전달하는 것이었다.

이것은 팽팽하게 긴장된 연합이었으며, 리펜슈탈과 괴벨스의 관계가 특히 그러했다. 리펜슈탈의 영향력이 계속 증가하면서, 괴벨스는 차마 여자가 그런 자리를 차지하리라고는 생각 못하다가 당황해했는데, 이는 자기가 저지른 수많은 외도에 관해서 아내가 그토록 열심히 반대하는 것을 그가 전혀 이해하지 못하고 당황한 것과 마찬가지였다.

전쟁이 끝나고 나서 리펜슈탈은 자기가 애초에는 그 영화를 만들지 말지 결정하지 못해 머뭇거렸다고, 그 이유는 괴벨스와 그의 휘하에 있는 강력한 선전부가 방해를 놓을까봐 걱정되어서였다고 말했다. 어마어마하게 이기적이면서 변명투였던 자서전에서 그녀는 자기가 그 영화를 만들기로 동의한 까닭은, 괴벨스를 멀리해주기로 히틀러가 약속한 다음의 일이었다고 주장했다. 아울러 그녀는 자기가 더 개인적인 수준에서는 이미 괴벨스를 멀리하고 있었다고 했다. 즉 그가 워낙 그녀의 매력에 빠져들었기 때문에, 즉 그녀를 자기 애인으로 삼으려는 의지가 확고했기에, 그는 어느 날 밤 그녀의 아파트를 찾아와서 발밑에 무릎을 꿇고 제발 자기를 받아달라고 간청했지만, 자기가 내쫓아버렸다는 것이다. 그녀의 말에 따르면, 괴벨스는 이때의 굴욕을 평생 잊지 않았다.

이 모두에도 불구하고, 그리고 괴벨스와의 관계에 관한 리펜슈탈의 주장이 진실인지 아닌지와는 무관하게, 1934년의 당 대회와 특히나 리펜슈탈의 영화는 어마어마한 성공을 거두었다. 〈의지의 승리〉는 리펜슈탈이 고대한 모든 것을 성취했으며, 오늘날까지도 역사상 가장 성공한 선전 영화로 널리 간주되고 있다. 172명의 제작진을 지휘하고, 그중 18명의 촬영기사에게 SA 대원과 같은 복장을 입혀서 군중 속에 녹아들게 하면서까지 리펜슈탈은 이 주의 행사를 상상 가능한 모든 각도에서 촬영했으며, 다큐멘터리에서는 전혀 사용된 적 없는 기법까지 동원했다. 예를 들어 이동식 대차에 카메라를 올려놓고 움직인 것, 승강기에 카메라를 설치해서 역동적인 조감 촬영을 한 것, 구덩이를 파고 카메라를 땅 높이에 설치하고 위쪽으로 촬영해서 나치의 주요 인사들을 우뚝 솟아 보이게 만든 것 등이 그러했다. 그리고 카메라로는 모든 것을 다 포착했다. 50만 명의 제복 차림 당원들이 절도 있는 걸음걸이로 천둥 같은 소리를 내며 행진하는 모습이며, 거대한 직사각형 대열을 이루어 완벽한 일치와 복종을 드러내며 서 있는 모습까지도. 루돌프 헤스^{Rudolf} ^{Hess}와 괴벨스와 히틀러 본인이 연단을 두들기고, 눈을 번뜩이고, 입가에 거품을 머금는 모습까지도. 슈페어의 기념비적인 건축물, 특히 육중한 석조건물은 그 무게와 견고함을 이용해서 압도적인 힘의 인상을 전달했으며, 방대하게 탁 트인 공간은 무한한 야심을 암시했다. 두 번째 날 밤에 열린 SA 대원의 섬뜩한 횃불 행진에서는, 펄럭이는 횃불과 마그네슘 불빛과 모닥불이 어둠 속에서 이들의 번뜩이는 얼굴을 환히 밝혔다. 검은 제복 차림의 친위대(SS) 대열이 안경을 끼고 불유쾌한 표정인 하인리히 힘러^{Heinrich Himmler} 앞을 절도 있는 걸음걸이로 지나가는 모습도 있었다. 만卍 자가 새겨진 거대한 깃발이 거의 모든 장면의 배경에서 펄럭였다. 나치의 위용과 위력의 이미지를 여러분이 뭐라도 갖고 있다고 치면, 그건 직간접적으로 〈의지의 승리〉에서 유래했을 가능성이 크다.

하지만 리펜슈탈의 영화에 나오는 이미지 가운데서도 가장 섬뜩한 것은 아마도 순수한 이미지였을 것이다. 당 대회의 세 번째 날, 히틀러가 '히틀러 소년단^{Hitler-Jugend}'과 그 유년부인 '독일 유년단^{Deutsches Jungvolk}'에 소속된 1만 명의 소년들 앞에서 연설하는 동안 찍은 장면이었다. 히틀러 소년단의 가입은 이때까지만 해도 (더 훗날 그랬던 것처럼) 의무까지는 아니었다. 이들은 이미 광신자였으며, 격렬한 반유대주의의 교리를 주입받고 있었다. 반바지와 카키색 셔츠와 목도리를 착용한 아이들은 누가 보더라도 마치 만 자 완장을 착용한 보이스카우트에 불과했으며, 나이는 최대 18세에서 최소 10세까지 걸쳐 있었다. 그중 일부는 훗날 SS나 SA 대원이 될 예정이었다.

연단 위에서 히틀러는 이들에게 직접 말을 걸었으며, 한 팔을 공중에 치켜들고 불끈 쥔 주먹을 연신 휘둘렀다. "우리는 우리 국민이 순종적이기를 원합니다." 그가 외쳤다. "그리고 여러분은 반드시 순종을 해야 합니다! 우리 앞에 독일이 놓여 있습니다. 우리 안에 독일이 타오르고 있습니다. 그리고 우리 뒤에 독일이 따라오고 있습니다." 이 순간 아래에서는 리펜슈탈의 카메라들이 소년들의 열 사이를 천천히 오갔고, 렌즈는 이들의 얼굴을 약간씩 확대하며 찍고 있었다. 부드러운 가을바람이 이들의 금발 머리카락을 헝클어뜨렸다. 이들의 두 눈은 열의로 가득했으며, 신뢰로 빛났다. 이들의 얼굴은 은혜로 가득하고, 오점이라고는 없고 워낙 완벽했기 때문에, 비록 오래된 흑백 화면일망정 오늘날까지도 심지어 그 뺨에 드러난 홍조가 눈에 보일 듯하다. 그런데 이들 가운데 상당수의 얼굴은 훗날 우는 아이를 어머니의 팔에서 빼앗아 가스실에 처넣을 바로 그 사람의 얼굴이었다. 폴란드인 여성들에게 옷을 벗으라고 명령한 다음, 그들을 구덩이 가장자리에 정렬시키고 나서, 뒤에서 총을 쏠 바로 그 사람의 얼굴이었다. 오라두르쉬르글란^{Oradour-sur-Glane}에서 여성과 아이를 모조리 헛간에 모아놓고 불을 지르게 될 바로 그 사람의 얼굴이었다(1944년 6월 10일, 프랑스 중부의 이 마을에서 나치 친위대가 레지스탕스 활동 혐의로 주민 모두를 헛간과 교회에 모아놓고 수류탄과 기관총으로 학살하여 642명이 사망했다-옮긴이).

레니 리펜슈탈은 자기 임무를 잘 수행했고 히틀러는 매우 기뻐했다. 그로부터 2년이 채 안 된 1936년에 그녀는 또 한 번의 선전 영화를 만들 기회를 얻었는데, 이 영화로 젊음과 아름다움과 우아함의 이미지를 탐닉하며, 또다시 거대하고도 불길한 사기극을 전 세계에 펼칠 예정이었다.

대학에서의 가을 학기가 끝나자 조는 고향 세큅으로 돌아가 조이스와 그녀의 가족과 함께 크리스마스를 보냈다. 가을 내내 그는 겨울방학을 고대했으며, 끔찍스러운 학생식당 말고 다른 어디에선가 조이스와 함께 시간을 보낼 수 있기를 바랐다.

　하지만 도시를 떠날 즈음에, 학교 신문인 〈데일리〉에 게재된 기사 하나가 그의 눈길을 끌었다. "졸업반, 빚 많고 일자리 없는 삶에 직면." 이 기사를 본 그의 가슴은 철렁 내려앉았다. 졸업생의 평균 부채는 200달러가 넘고, 이들이 4년 동안에 지는 빚은 무려 2,000달러가 넘는다는 것이었다. 양쪽 모두 1934년의 조와 같은 누군가에게는 어마어마한 금액이었다. 하지만 (훗날 그가 회고한 바에 따르면) 그 기사를 계속 읽어나가는 동안 그가 가장 놀란 부분은, "인터뷰에 응한 사람의 절반 이상이 대학 교육을 자기 힘으로 받지 않으며, 부모님이나 친척들이 훗날 변제를 기대하고 내는 돈으로 받고 있다."는 폭로였다. 학교를 계속 다니기 위해 조가 벌이고 있는 분투는, 어디까지나 그가 대학을 졸업함으로써 훗날 더 바람직한 미래를 얻을 수 있다는 전망 때문이었다. 대학 졸업장을 가진 사람에게도 기회의 문이 열리지 않을 수 있다는 생각을 그는 한 번도 해본 적이 없었다. 명백히 돈에 관해서는 차마 생각할 필요조차 없어 보이는 친구들이 얼마나 많은지, 그런데도 이들에게 기대를 걸고서 두 번 다시 만져보지도 못할 수천 달러를 기꺼이 내놓는 사람들이 얼마나 많은지를 생각하자, 그는 다시 한 번 심장이 두근거렸다. 이때의 충격으로 늘 모습을 드러내려고 위협하던 예전의 불안감과 의구심이 결국 표면에 떠올랐다. 그리고 이는 기존의 여러 감정들에 뭔가 새로운 것을 더해주었다. 바로 지독한 질투였다.

제3부
1935년

앨 울브릭슨, 최강의 조정팀을 만들다

시애틀에서의 조와 조이스

일단 기본 훈련이 끝나고 나면, 훌륭한 조정 코치가 내놓는 첫 번째 훈계 가운데 하나는 바로 "자기 체중을 실어 노를 당겨라."("자기 몫을 다하라."라는 뜻도 된다-옮긴이)이다. 코치가 시키는 대로 한 젊은 노잡이는, 그렇게 함으로써 보트가 더 잘 나간다는 사실을 알 게 된다. 이 말에는 사회적 함의가 분명히 들어 있다.

―조지 요먼 포코크

　　선수들은 딱딱한 벤치에 앉아서, 서로 어울리지 않는 반 바지와 면 저지셔츠를 입고 몸을 떨고 있었다. 해는 이미 져버렸고, 경 주정 보관고의 커다란 내부 공간은 바람이 많이 새어들어오고 불편하 기만 했다. 바깥은 지독하게 추운 밤이었다. 커다란 미닫이문 위의 유리 창에는 가장자리에 성에가 낄 정도였다. 1935년 1월 14일 저녁, 새해의 첫 번째 선수 선발이 있는 날이었다. 선수들은 물론이고 기자들 몇 명도 앨 울브릭슨이 다가오는 경주 시즌에 관한 계획을 내놓기를 기다렸다. 길고도 불편한 기다림이 지나고 나서, 마침내 울브릭슨은 자기 사무실 에서 나와 이야기를 시작했다. 그가 이야기를 마쳤을 무렵, 보관고 안의 사람들은 어느 누구도 더 이상은 추위를 느끼지 못했다.

　　그는 기본 전략에서의 변화를 이야기하는 것으로 간단하게 시작했다. 겨울의 처음 몇 주 동안은 비교적 천천히 움직이게 마련이어서, 날씨가 더 나아지기를 기다리면서 자세와 기술의 세부사항을 연습하는 것이 일반적이었지만, 올해만큼은 날씨를 깡그리 무시하고 처음부터 매일 밖에 나가서 노를 저을 예정이었다. 최고의 신체 조건에 도달하는 것을 우선으로 삼고, 기술을 정련하는 문제는 나중에 생각하기로 한 것이다. 그뿐만 아니라 모든 선수가 (즉 2학년만이 아니고 모두가) 계속해서 선수의 조합을 바꾸는 것보다는 현재의 배치대로 각 팀끼리 경주를 벌일 예정이라고 했다. 그리고 이 경주는 위험이 클 것이었다. 일반적인 시즌의 방식과 다를 것이기 때문이다. "워싱턴의 선수들은 일찍이 여러 차례 미국에서 가장 높은 영예를 차지한 바 있었다." 그가 선언했다. "하지만 유독 올림픽 경기에만큼은 출전하지 못했다. 우리의 목적은 바로 그 경기다." 1936년에 베를린으로 가기 위한, 그리고 거기서 금메달을 따기 위한 첫걸음이 바로 이날 밤에 시작된 것이다.

평소의 과묵함은 던져버리고, 기자들이 보관고 안까지 들어와 있는데도 불구하고 울브릭슨은 점점 활기를 띠고 심지어 감정적으로 변했다. 지금 이 경주정 보관고 안에는 충분한 가능성이 들어 있다고 그는 말했다. 이 가능성은 자기가 조정선수 및 코치로 활동하는 과정에서 목격했던 그 어떤 가능성보다도 크며, 자기의 남은 평생 두 번 다시 볼 수 없을 만큼 크다고 했다. 이들 사이의 어디엔가, 워싱턴의 역사상 가장 뛰어난 선수들이 들어 있다고 그는 학생들에게 말했다. 자기와 함께 포킵시에 가서 승리를 얻어낸 저 뛰어난 1926년의 선수들보다도 뛰어나다고 했다. 1928년과 1932년에 올림픽에서 금메달을 따낸 저 뛰어난 캘리포니아의 선수들보다도 뛰어나다고 했다. 어쩌면 이들이야말로 워싱턴 역사상 최고일 거라고 했다. 이들 가운데 아홉 명은 1936년 베를린의 금메달 시상대에 오를 거라고, 그는 마치 확실한 사실이라도 되는 듯 선언했다. 그리고 선수들 각자가 그 자리에 있을지 없을지는 본인에게 달린 문제라고 말했다. 그가 이야기를 마치자, 선수들은 벌떡 일어나 함성을 지르며 양손을 머리 위로 올려 박수를 쳤다.

이런 모습은 평소의 앨 울브릭슨과 잘 어울리지 않았기 때문에, 시애틀 시민 가운데 조정에 조금이라도 관심이 있는 사람이라면 누구나 눈치 채지 않을 수 없었다. 다음 날 〈시애틀 포스트 인텔리전서〉는 다음과 같이 기뻐하는 헤드라인을 내보냈다. "워싱턴 조정에 새로운 시대가 열리다. 베를린올림픽 경기에 출전 가능성." 〈워싱턴 데일리〉는 "극심한 추위에도 불구하고, 경주정 보관고는 지난 여러 해의 어느 때보다도 바로 어제 더 많은 불길과 사기가 치솟았다."라고 썼다.

경주정 보관고에서는 곧바로 전면전이 벌어졌다. 지난 가을 시즌 동안 점차 끓어오른 경쟁의식이 이제는 전적인 전투로 바뀐 것이다. 서로를 슬며시 외면해버리던 시선도 이제는 서로를 냉랭하게 주시하는 시선으로 바뀌었다. 우연히 어깨를 부딪치던 일도 이제는 대놓고 서로를 밀치는 상황으로 바뀌었다. 사물함 문이 쾅쾅 닫혔다. 욕설이 여기저기에서 튀어나왔다. 악의가 드러났다. 형제간인 시드와 조지 룬드는 (한 명은 2학년으로만 이루어진 보트에, 또 한 명은 준대표팀 보트에 타고 있었다.) 이제 매일 오후마다 서로 마주쳐도 아는 척 한 번 하지 않을 정도였다.

2학년으로만 이루어진 보트에 탄 아홉 명의 선수는 울브릭슨이 바로 자기들에게, 그리고 자기들에 관해 이야기한 것이라고 믿어 의심치 않았다. 이들은 급기야 "엠-아이-비"라는 노 젓는 구호를 "엘-지-비"로 바꾸었다. 그게 도대체 무슨 뜻이냐고 누군가가 물어보면, 이들은 씩 웃으면서 "더 잘하자Let's get better"의 약자라고 대답했다. 하지만 실제로는 "베를린에 가자Let's go to Berlin"라는 뜻이었다. 이것이야말로 이들의 야심을 함축한 일종의 암호가 되었다. 하지만 물 위에서 아무리 이런 주문을 외워도, 이들은 여전히 칠판에서는 다섯 척의 보트 가운데 네 번째로 순위가 매겨져 있었다. 그리고 울브릭슨은 최근 들어 다른 선수들을 염두에 두고 있는 듯한 기미를 마침내 공개적으로 드러냈다. 특히 이후 몇 주 동안, 그는 기자를 만날 때마다 브루세 C. 베크 2세_{Broussais C. Beck, Jr.}라는 학생이 장차 자기네 대표팀의 스트로크 노잡이를 맡을 가능성이 있다며 금빛 전망을 내놓았다. 베크의 아버지는 시애틀의 명물인 봉 마르셰 백화점의 지배인으로 일했으며, 노동운동에 극심한 반대자로서, 노조에 잠입하여 정보를 빼내오는 첩자를 고용하는 것으로 유명했다. 그는 대학 시절 워싱턴의 조정선수로 활약하며 두각을 나타냈고, 훗날 워싱턴의 조정부 운영위원회에서 위원장을 역임한 바 있었다. 그의 아버지는 시애틀의 가장 유명한 개척자 가운데 한 명이었고, 대학의 바로 북쪽에 자리한 래버나 파크 인근에 커다란 저택을 지었다. 사업계는 물론이고 졸업생 가운데 상당수도 베크의 아들이 현재 워싱턴 대표팀에서 노를 젓는 모습을 무척이나 보고 싶어 했다. 울브릭슨이 이야기한 것과 같은 종류의 잠재력을 그가 가졌을 수도 있고 갖지 않았을 수도 있지만, 최소한 그야말로 졸업생들을 기쁘게 해주기 위해서라도 코치가 곁에 두려고 하는 종류의 학생이라는 사실만큼은 확실했다. 적어도 조는 그런 사실을 감지했다. 베크야말로 돈 걱정을, 또는 깨끗한 셔츠 걱정을 할 필요가 없는 학생들 가운데 한 명이었다. 조는 과연 그가 뭐에 관해서라도 걱정을 해본 적이 있을지 궁금한 생각마저 들었다.

선수들을 신속하게 경쟁 가능 상태로 만들겠다는 울브릭슨의 계획은 그의 열띤 연설이 나온 바로 다음 날부터 곤란에 부딪혔다. 〈데일리〉의 다음 헤드라인은 이러했다. "추운 날씨로 노에 고드름이 얼어붙어." 10월 중순부터 줄곧 습하고 매섭던 날씨가 이제는 극지의 날씨처럼 변했다. 울브릭슨이 연설을 했던 바로 그날 밤에는 추운 북풍이 어마어마한 파도를 퓨젓 사운드 근해에 만들어냈고, 거기에서 두 블록 정도 떨어진 앨키 비치와 웨스트 시애틀의 부두에까지 바닷물이 넘쳐들어왔다. 이후 며칠 동안 기온이 영하 10도 대로 뚝 떨어졌으며, 눈이 부슬부슬

흩날리다가 급기야 가벼운 눈폭풍으로 변했고, 나중에는 거대한 블리자드로 변했다. 이 공습은 1월 셋째 주까지 거의 지속적으로 이어졌다. 지난 가을과 마찬가지로 울브릭슨은 선수들을 계속 경주정 보관고에만 머물러 있게 하거나, 기껏해야 컷 수로를 빠르게 오가며 노를 저으면서 몸을 푸는 정도로만 훈련시켰는데, 눈 속에서 노를 젓다 보면 금세 손에 감각이 없어져서 급기야 노를 쥘 수조차 없었다. 결코 입 밖에 낸 적은 없지만, 그는 마음 한편으로 자기네도 동부에서 보유한 것처럼 실내 조정 연습용 수조가 있었으면 하는 바람을 갖기 시작했을 것이다. 동부의 선수들은 최소한 노를 붙잡을 수라도 있었던 반면, 그들은 경주정 보관고에 들어앉은 상태로, 세계에서 가장 훌륭한 조정 연습장 가운데 하나를 창밖으로 구경만 해야 하는 신세였기 때문이다.

날씨가 더 나빠지는 가운데, 톰 볼스가 담당한 신입생은 지난 가을에 210명이었다가, 올해 1월 14일에는 53명으로 확 줄어들었다. 1월 셋째 주가 되자 〈데일리〉는 이렇게 썼다. "앞으로 사흘만 더 블리자드가 계속되었다가는, 톰 볼스 밑에 신입생 선수가 한 명도 남지 않을지 모른다." 하지만 볼스는 평정심을 잃지 않았다. "조정이야말로 굳이 잘라낼 필요 없이 선수들이 알아서 떨어져나가는 유일한 종목이다." 그의 말이다. 비록 볼스는 아직 많은 이야기를 하지는 않았지만, 그 며칠 사이에 경주정 보관고에 나타난 소수의 선수들이야말로 정말 두드러지는 재능을 지니고 있었다. 이번의 신입생을 모아서 팀을 만들면, 작년의 신입생팀조차도 거뜬히 물리칠 수 있어 보였다.

1월 말에 가서야 마침내 눈이 비로 바뀌자, 캠퍼스는 졸지에 532에이커 넓이의 진창으로 변했으며, 양호실에는 감기와 독감과 폐렴으로 고생하는 환자들이 밀려들어서 병상이 가득 차고, 심지어 들것에 실려서 복도에 누워 있는 학생도 있었다. 울브릭슨은 바람과 비에도 불구하고 다섯 척의 보트에 탄 대표팀 경쟁자들을 물 위로 내보냈다.

경주정 보관고 안에서 부글부글 끓어오르던 전쟁의 조짐은 전면적인 수상 교전으로 변모했다. 1월 24일에 〈데일리〉는 또 다른 기사를 내놓기 시작했다. 시티 오브 시애틀 호에서 노를 젓는 조와 2학년생의 사진을 크게 걸어놓고, 그 아래에 "포킵시와 올림픽을 꿈꾸는 선수들"이라는 굵은 캡션을 달아놓은 것이다. 여기에 이런 헤드라인이 덧붙여져 있었다. "작년 우승한 신입생 선수들, 울브릭슨 코치의 눈에 들다." 작년의 대표팀 선수들은 격분해 마지않았다. 이미 지난 몇 달 동안 울브릭슨 코치는 더 어린 학생들을 은근히 선호하는 듯 보였지만, 어디까지나 미묘한 차이일 뿐이었다. 그런데 이제는 그런 소문을 갑자기 대놓고 단도직입적으로 퍼뜨리는 바람에, 본인들은 물론이고 친구들이며 심지어 여자친구까지도 모조리 읽게 된 것이다. 모든 상황으로 미루어 짐작하건대, 이들은 울브릭슨이 그처럼 애지중지하는 2학년 선수들 때문에 한쪽으로 밀려나게 될 것처럼, 굴욕을 당할 것처럼 보였다.

2학년들로만 이루어진 보트의 선수들 가운데 밥 그린은 경주 도중 흥분한 나머지 동료들을 향해 격려의 말을 외치는 버릇이 있었다. 이것이야말로 일반적인 규약을 위반하는 행동이었는데, 왜냐하면 경주정 내에서 말하는 사람은 어디까지나 키잡이 혼자뿐인 것이 일반적이었으며, 특히나 경주 도중에는 자칫 스트로크를 혼동하게 만들 위험이 있기 때문이었다. 하지만 2학년들은 작년에도 그의 이런 행동에서 효과를 보았기 때문에, 평소 2학년 키잡이인 조지 모리도 이런 동료의 행동을 너그러이 봐주고 있었다.

하지만 다른 보트에 탄 상급생 가운데 일부는 이에 격분해 마지않았으며, 특히 준대표팀에서도 가장 뛰어난 선수들이 모여 있다고 해야 할 보트에서 키잡이를 맡고 있는 약아빠지고 체구가 작은 바비 모크Bobby Moch가 그러했다. 2월에 대표팀 자격을 놓고 보트들이 일대일 대결을 펼치기 시작하자, 3학년이던 모크는 그린의 이런 행동에 점점 더 격분했다. 하지만 그는 이 사실을 오히려 자기에게 유리하게 써먹을 수 있음을 깨달았다. 그의 보트가 조와 2학년들의 보트 옆을 지나갈 때마다, 모크는 자기네 스트로크 노잡이 쪽으로 몸을 기울이며 이렇게 말했다. "진짜로 크게 열 번을 주는데, 일단 다섯 번을 먼저 줘봐." 그사이에 그린은 자기네 선수들에게 소리소리 지르며 저으라고 재촉하고 있었다. 다섯 번의 스트로크가 끝나면, 모크는 자기 메가폰으로 2학년 보트를 향해 이렇게 말했다. "이런, 그린이 또다시 허풍을 떨기 시작하는군. 우리가 앞질러버리자고!" 그가 이 말을 하는 순간, 그의 보트는 마치 마법처럼 이미 앞으로 확 치고 나가버렸다. 2학년 보트에서는 그린이 이런 모욕에 화를 내면서 아까보다 더 크게 고함을 지르게 마련이었다. 그리고 키잡이 좌석에서는 모리가 끼어들면서 이렇게 외쳤다. "크게 열 번만 줘봐!" 하지만 그사이에 모크의 보트는 이미 조용히 이들로부터 더 빠르게 멀어져갔다. 모크가 이렇게 놀려댈 때마다 2학년생들은 매번 똑같이 걸려들었다. 즉시로, 모두가, 똑같이, 냉정을 잃어버렸던 것이다. 이들은 노를 서둘러 움직였고, 너무 깊거나 얕게 물에 집어넣는 바람에 서로 시간이 맞지 않았을 뿐더러, 화가 난 상태에서 움키기를 하느라 필사적이었기 때문에 동작이 전혀 일치되지 않았다. 시간이 갈수록 이들은 모크의 말 때문에 "자존심이 상했다." 특히 조는 다른 누구보다도 더 언짢아했는데, 이 모두가 결국 자기를 노린 또 하나의 놀림처럼, 즉 자기를 약올리기 위한 행동처럼 보였기 때문이다. 하지만 이 장난은 항상 효과를 발휘했다. 모크는 매번 보트 배꼬리에 앉아 있다가, 어깨너머로 뒤를 돌아, 다툼에서 뒤처지는 불운한 2학년들을 바라보며 킬킬거렸고, 이들에게 작별인사라도 하듯 손을 흔들어 보였다. 모두가 깨닫게 되었듯이, 바비 모크는 결코 바보가 아니었다.

앨 울브릭슨도 바보가 아니기는 마찬가지여서, 점차 2학년들에게 심

각한 의구심을 품기 시작한 참이었다. 그는 지금쯤 이들이 결정적으로
새로운 대표팀 라인업을 구성하게 되리라고 솔직히 기대했었다. 하지만
이들이 심지어 준대표팀 선수들을 상대하면서도 애를 먹는 모습을 지
켜보고 있자니, 포킵시에서 그토록 놀라우리만치 손쉽게 승리를 거둔
바로 그 선수들 같지 않았다. 2학년들은 모두 밑바닥까지 떨어진 것처
럼 보였다. 그는 며칠 동안 이들을 유심히 관찰했고, 문제가 무엇인지
알아내려 시도했으며, 개인의 잘못을 찾아보았다. 그러다가 그는 이 가
운데서 특히나 문제가 있어 보이는 몇 사람을 사무실로 불러서 이야기
했다. 조지 룬드, 척 하트먼, 로저 모리스, 쇼티 헌트, 그리고 조 랜츠까
지. 전원까지는 아니었지만 선수 가운데 상당수가 불려갔다.

앨 울브릭슨의 사무실로 호출되는 것이야말로 긴장되는 일이 아닐 수
없었다. 그런 일 자체가 흔치 않았으며, 간혹 그런 일이 일어나면 뚜렷
한 인상을 남겼기 때문이다. 평소와 마찬가지로 이번에도 그는 소리를
지르거나 책상을 내려치지 않았고, 다만 선수들을 자리에 앉히고 회색
눈으로 이들을 똑바로 바라보면서, 분발하지 않으면 대표팀 선발 경쟁
에서 모두 떨어져나갈 위험에 처해 있다고 차분하게 설명하기만 했다.
너희는 원래의 배치를 그대로 유지하려던 코치의 계획을 엉망으로 만
들고 있는데, 애초에 원래대로 가고 싶어 한 쪽은 너희가 아니었던가?
정말 그러고 싶다면 왜 실력이 우승 때처럼 훌륭하게 유지되지 않는가?
그에게는 마치 게으름의 문제처럼 보였다. 선수들이 열심히 노를 젓지
않아서 그렇다는 것이다. 투지가 없었다. 엉성하기만 했다. 물을 퍼내듯
노를 움직이지 않고, 오히려 물을 찌르듯 노를 움직였다. 초연함은 모조
리 사라졌다. 그중에서도 최악은 각자의 감정을 그대로 짊어지고 보트
에 올라타 사소한 일에도 냉정을 잃는다는 점인데, 그런 태도는 버려야
만 했다. 마지막으로 그는 대표팀의 1호 보트에 있는 좌석 하나당 최소
한 네 명의 선수가 경쟁하고 있음을 상기시켰다. 이 말과 함께 그는 이

야기를 멈추고 손으로 문을 가리켰다.

선수들은 경주정 보관고에서 나오며 몸을 떨었고, 문간에서 자기들을 바라보며 능글거리는 3학년과 4학년 선수들을 애써 무시했다. 조와 로저와 쇼티는 빗속에서 언덕을 오르기 시작했고, 방금 일어난 일에 관해 서로 이야기하면서 점차 마음의 동요를 느꼈다.

쇼티와 로저는 첫날부터 단짝이 되어 있었다. 쇼티는 워낙 천성적으로 말이 많고, 로저는 과묵하고 퉁명스러워서, 참으로 어울리지 않는 두 사람이었다. 하지만 이들에게는 오히려 이게 좋은 모양이었다. 조는 두 사람이 자기를 힘들게 하지 않는다는 사실에 고마움을 느끼고 있었다. 더 나이 많은 동료들이 그를 놀릴 때마다, 조는 점점 더 이 둘에게 의지하게 되었다. 쇼티는 조의 바로 등 뒤인 2번 좌석에서 노를 저었으며, 최근에는 조가 축 처져 있을 때마다 그의 어깨에 한 팔을 올리며 말했다. "걱정 마, 조. 너의 등 뒤는 내가 맡을게."

헌트는 누가 보더라도 범상치 않은 청년이었다. 하지만 그가 어느 정도로 범상치 않은지는 아직 아무도 모르고 있었다. 불과 몇 년 뒤에 로열 브로엄은 이 선수야말로 과거의 앨 울브릭슨과 함께 워싱턴의 역사상 경주정에 탑승했던 가장 위대한 노잡이 두 명 가운데 하나라고 격찬하게 될 것이었다. 조와 마찬가지로 헌트는 레이니어 산자락과 타코마 사이에 자리한 작은 마을 퓨알럽Puyallup에서 자라났다. 하지만 조와는 달리 그의 가정생활은 매우 안정적이었으며, 그 결과로 그는 구김살 없이 크면서 일찌감치 두각을 나타냈다. 퓨알럽 고등학교 시절에 그는 슈퍼스타 대접을 받았다. 풋볼, 농구, 테니스 모두에서 선수로 뛰었기 때문이다. 아울러 반에서는 회계를 맡고, 보조 사서로 일했으며, 무선통신반 회원이었고, 재학 시절 내내 매년 우등생 명단에 이름을 올렸다. 우등생 클럽과 YMCA 고등학생 클럽에서도 활발히 활동했다. 그는 2년이나 일찍 졸업했다. 그는 상당히 잘생겼고, 곱슬거리는 검은 머리를 갖고 있었다. 사람들은 그를 영화배우 시저 로메로에 곧잘 비교하곤 했다. 키는 신입생 때에 188센티미터였지만 친구들은 곧바로 그에게 "쇼티"라는 반어적인 별명을 붙여주었다. 그는 이후 평생 동안 이 별명을 마치 본명처럼 사용했다. 그는 최신 유행의 모범이었으며, 항상 옷을 잘 입고 늘 주위의 젊은 여성들로부터 눈길을 끌었지만, 아직 꾸준히 만나는 여자 친구는 없는 것 같았다.

이런 업적에도 불구하고, 그는 또한 모순된 사람이기도 했다. 말이 많고, 사교적이고, 남들의 주목을 받는 것을 좋아했지만, 동시에 자기 사생활에 관해서는 극도로 방어적이었다. 주위에 사람들이 모이는 것을 좋아했지만, 항상 이들과 거리를 두었다. 자기 의견이 항상 옳다고 믿는 경향이 있었으며, 다르게 생각하는 사람에게는 인내심을 발휘하지 못했다. 조와 함께 있을 때조차도, 헌트에게는 차마 다른 사람이 넘을 수 없도록 둘러놓은 눈에 보이지 않는 울타리가 있는 듯했다. 그리고 조와 마찬가지로, 헌트는 예민한 성격이었다. 그가 무엇 때문에 축 늘어졌는지, 기운이 없는지, 집중을 못하는지는 아무도 모를 일이었다. 물론 다른 보트에서 들려오는 야유 역시 그런 결과를 낳은 요인 가운데 하나인 것처럼은 보였지만 말이다.

그날 밤 울브릭슨과의 면담이 끝나고 나서, 경주정 보관고에서 언덕을 따라 함께 걸어 올라가면서, 조와 쇼티와 로저는 흥분한 상태였지만 목소리를 낮춰가며 이야기를 나누었다. 앨 울브릭슨의 오래된 원칙은 이러했다. 훈련 중 규정 위반을 하면 일단 다른 보트로 강등시킨다. 두 번째 규정 위반이 일어나면 그 선수는 조정부에서 영구 제적한다. 방금 일어난 일이 과연 훈련 중 규정 위반인지 아닌지는 이들도 확신할 수 없었지만, 어쩌면 그럴지도 모른다는 두려움이 들기는 했다. 어느 쪽이든, 이들은 야단을 맞았다는 사실 때문에 화가 치밀어 있었다. 쇼티는 특히나 크게 동요했고 몸에서 후끈후끈 열이 났다. 로저는 성큼성큼 앞서 갔으며, 평소보다 더 언짢은 표정이었다. 프로시 연못을 돌아가면서 이들은 이야기를 나누었다. 울브릭슨은 불공평하고도 냉정한 코치였으며, 너무 가혹하고, 자기들이 얼마나 열심히 노력하는지 제대로 보지 못했다. 늘 더 잘하라고 야단을 치는 것보다는, 가끔 한 번씩 선수들 등이라도 두들기는 게 더 나았다. 하지만 이 코치는 변할 가능성이 없어 보였다. 이들도 그건 잘 알고 있었다. 그리고 상황은 점점 위험해지고 있었다. 앞으로는 서로의 등 뒤를 지켜보는 게 더 낫겠다고 이들은 동의했다.

조는 친구들과 헤어져 혼자서 유니버시티 애버뉴를 지나 YMCA로 향했다. 어깨를 축 늘어뜨리고, 바람에 흩날리는 빗방울 때문에 눈을 가늘게 뜬 상태에서, 그는 와자지껄한 싸구려 식당 앞을 지났다. 그 안에서는 많은 학생들이 비를 피하며, 중국음식이나 햄버거를 먹고, 담배를 피우거나 맥주를 마셨다. 조는 이들을 흘끗 곁눈질했지만 빗속에서 몸을 앞으로 기울이며 계속 걸었다. 그는 방금 전까지 쇼티며 로저와 함께 울브릭슨을 비난하고 불평을 늘어놓았지만, 혼자 있게 되자 비난은 사라지고 오래전부터 느끼던 불안과 의구심이 또다시 그를 짓눌렀다. 여기까지 왔는데도 불구하고 그가 여전히 버림받을 수 있는 존재임은 분명했으며, 그가 이제 집이나 다름없다고 생각하게 된 유일한 장소인 경주정 보관고에서도 이는 여전히 마찬가지였다.

사무실에서의 짧은 면담이 있고 나서 바로 다음 날, 앨 울브릭슨은 2학년 보트가 갑자기 정신을 바짝 차렸으며, 첫 번째 야외 훈련에서 다른 네 척 모두를 손쉽게 격파했다고, 업무일지에다가 신이 나서 적었다. 소나기가 쏟아지는 가운데, 흰 파도를 뚫고 노를 저으며 경주와 경주 사이에 경주정을 멈춰 세우고 고인 물을 퍼내야 하는 상황이었다. 대표팀 선발을 놓고 경쟁하는 다섯 척의 보트는 이후 몇 주 동안 치열하게 대결을 펼쳤으며, 이 모든 과정을 거치면서 2학년들은 다시 본래의 모습을 찾은 듯했다. 울브릭슨은 이들을 시험해보기로 했다. 그는 1마일 구간 연습 경기를 실시했다. 2학년들은 출발 때부터 한 정신이나 앞섰고, 이후로 한 번도 뒤처지지 않았으며, 절반 표시에 도달할 때까지 확실하게 노를 저었고, 얼핏 보기에는 정말 손쉽게 승리를 거둔 듯했다. 하지만 스톱워치를 바라본 울브릭슨은 실망하지 않을 수 없었다. 이 시즌의 이 시점에서 그가 예상한 속도보다도 오히려 10초가 늦었기 때문이다. 그럼에도 불구하고 이들은 승리했기 때문에, 다음 날 경주정 보관고의 칠판에서 2학년의 보트는 처음으로 1호 대표팀 보트의 자리에 올라서게 되었다.

바로 다음 날, 이들은 어설프게 노를 저었으며 결국 크게 패배하고 말았다. 울브릭슨은 곧바로 이들을 3호 보트로 강등시켰다. 그날 밤, 짜증이 치민 울브릭슨은 업무일지에다가 이렇게 적었다. "끔찍스럽다." "모두들 자기 생각뿐이다." "팀워크라고는 찾아볼 수가 없다." "완전히 졸고들 앉았다." "비판이 너무 많다." "예전 같은 사기가 필요하다." 그로부터 며칠 뒤, 그는 3마일 연습 경기를 실시했다. 2학년들은 처음 1마일 구간에서 뒤처졌다. 다음 1마일 구간에서 선두 보트와 뱃머리를 나란히 했다. 마지막 1마일 구간에서는 상급생들을 앞질렀으며, 한 정신 반이라는 확실한 차이로 이들을 따돌리고 승리했다. 울브릭슨은 머리를 긁으면서 이들을 또다시 칠판 맨 윗자리로 옮겨놓을 수밖에 없었다. 하지만 그가 이들을 승격시키자마자 또다시 성적이 쑥 내려갔다. "위에서 아래까지 싹 죽었다." "타이밍이 엉망이다." "랜츠는 활주하며 팔을 펴는 시간이 너무 길다." 그는 업무일지에 이렇게 적었다. 이제 울브릭슨은 약간의 혼란에서 전적인 당혹으로 (물론 전적인 광기까지는 아니어도) 점점 나아가고 있었다. 비록 조용한 태도를 유지하기는 했지만, 그는 점차 (《모비 딕》에서 흰 고래를 뒤쫓는 에이허브와 거의 마찬가지로) 궁극의 대학대표팀을 만든다는 목표에 집착했던 것이다. 그의 목표는 4월에 캘리포니아에서 카이 이브라이트를 격파하고, 6월에 포킵시에서 우승하고, 그렇게 함으로써 이듬해에 베를린에 갈 자격을 획득하는 대표팀이었다.

그는 이브라이트를 무척 신경 쓰고 있었다. 늘 말이 많던 이 캘리포니아의 코치가 최근 들어서는 이상하게도 버클리에서 조용하기만 했다. 베이 에어리어의 한 스포츠 기자는 급기야 이브라이트를 가리켜 "버클리의 스핑크스"라고 부르면서, 최근 들어 그가 과연 자기 아내한테라도 인사말은 건네는지 모르겠다며 의아함을 드러낼 정도였다. 가장 최근에 그가 이처럼 과묵했을 때는 바로 1928년과 1932년의 올림픽 시즌을 노리고 있을 때였다. 이제 울브릭슨이 베이 에어리어의 신문에서 발견할 수 있는 정보라고는 딕 번리의 (캘리포니아의 센세이셔널한 스트로크 노잡이로, 그 덕분에 놀라운 힘을 자랑하게 된 이브라이트의 대학대표팀이 결국 포킵시에서 울브릭슨의 선수들을 격파한 바 있었다.) 키가 또다시 1센티미터 넘게 자랐다는 소식 정도뿐이었다.

이브라이트와는 달리 울브릭슨에게는 온통 혼란스러운 상황뿐이었다. 그가 큰 기대를 걸고 있는 2학년의 실력에 드러나는 갑작스럽고도 변덕스러운 차이만이 유일한 문제는 아니었다. 그가 지금 잔뜩 고민하는 문제는 사실 좋은 소식이라고 해야 맞았다. 한마디로 "가진 자의 고민"인 셈이었다. 다른 보트 가운데 몇 척에서도 그는 정말 예상치 못한 재능들을 상당히 많이 발견한 것이다.

우선 톰 볼스가 새로 뽑은 신입생들이 있었다. 지금은 울브릭슨이 마음대로 써먹을 수 없는 선수들이지만, 어차피 내년이면 그들도 그의 계획에서 중요한 요소가 될 터였으며, 특히나 내년은 중요한 한 해가 될 것이었다. 볼스에 따르면, 신입생들은 작년에 조와 그의 동료들이 세운 기록에 불과 몇 초 차이로 다가와 있었으며, 시간 기록을 잴 때마다 더 나아지는 듯 보였다. 신입생 보트에서 스트로크 노잡이를 담당한 머리

곱슬곱슬한 녀석 돈 흄Don Hume은 각별히 장래가 유망해 보였다. 아직 완전히 다듬어지지는 않았지만, 결코 지치는 법이 없었고, 고통을 드러내지 않았으며, 그저 계속 움직이고, 무슨 일이 있어도 앞으로 나아가는 것이, 마치 윤활유를 잘 바른 기관차와도 같았다. 하지만 키잡이 다음으로 경험이 중시되는 자리가 바로 스트로크 노잡이였기 때문에, 흄은 아직 더 많은 경험을 쌓아야 하는 입장이었다. 신입생들 중에는 정말 괜찮아 보이는 선수가 두 명 더 있었다. 하나는 크고 근육질에 과묵한 청년인 고디 애덤Gordy Adam으로 5번 좌석에 앉았으며, 또 하나는 2번 좌석에 앉은 조니 화이트Johnny White였다. 화이트의 아버지는 한때 뛰어난 싱글 스컬 선수였는데, 아들도 이런 재능을 물려받은 셈이었다.

준대표팀의 보트 가운데 하나에도 (바비 모크가 키잡이로 활약하면서, 때때로 2학년들로만 구성된 보트를 앞지르기도 하는 바로 그 보트였다.) 두 명의 유망주가 있었는데 모두 2학년이었다. 한 명은 역시나 곱슬머리이고 키는 193센티미터에 약간 멍한 표정의 껄다리였는데, 사람을 깜짝 놀라게 할 만한 미소의 소유자로, 이름은 짐 맥밀린Jim McMillin이었다. 그의 동료들은 반어적으로 그를 "스터브Stub", 즉 "땅딸보"라고 불렀다. 작년만 해도 그는 신입생팀의 2호 보트에서 노를 그렇게 썩 잘 젓지는 못했다. 그런데 갑자기 그는 모크의 보트에서 자기 자리를 찾아낸 것처럼 보였다. 그는 워낙 덩치가 컸기 때문에, 보트 한가운데에 자리 잡은 덩치 큰 선수가 제공해야 하는 지레 효과와 힘을 충분히 발휘할 수 있었다. 또한 그는 설령 지고 있는 상황에서도, 자기가 지고 있다는 사실을 전혀 인정하지 않는 듯했다. 다시 말해 이기는 경기에서만이 아니라 지는 경기에서도 열심히 노를 저었다는 뜻이다. 그는 단순한 성격이지만 투지가 대단했으며, 자기가 1호 보트에 들어가야 한다는 생각을 서슴없이 입 밖으로 내놓았다. 다른 하나는 척 데이Chuck Day라는 안경잡이였는데, 신입생 때부터 울브릭슨이 눈여겨보던 선수였다. 그는 워낙 말이 많고 장난기가 넘치는데다 어디서나 앞에 나섰기 때문에, 어느 누구도 감히 보지 못하고 넘어갈 수가 없는 인물이었다. 흄과 마찬가지로 아직까지는 노잡이로 잘 다듬어지지 않았지만, 싸우기는 먼저 하고 질문은 나중에 하는 성격의 소유자였기 때문에, 이런 성격이 드디어 빛을 발하게 되었다. 엔진에 불이 붙어서 모든 기통을 활발히 움직이기 위해서는, 일종의 점화장치 역할을 하는 이런 선수도 필요했던 것이다.

2월이 지나고 3월이 되자, 울브릭슨은 다시 한 번 전술을 바꿀 때라고 결정했다. 그는 기존의 선수를 그대로 유지한다는 생각을 포기하고, 이제부터는 서로 다른 보트의 선수들을 뒤섞어 맞추기 시작했으며, 그러면서 이렇게 말했다. "선수들을 계속 바꾸어서, 다른 라인업을 월등히 능가하는 대표팀 보트를 하나 만들 거다. 그때가 되면 내가 제대로 된 조합을 만들어냈음을 알게 되겠지." 그는 우선 2학년으로만 구성된 보트에서 조를 빼냈다. 그러자 작년에 톰 볼스가 조를 빼냈을 때와 마찬가지로 이번에도 보트가 느려지고 말았다. 그다음 날로 조는 원래의 보트에 다시 들어갔다. 울브릭슨은 스터브 맥밀린을 2학년 보트의 7번 좌석에 앉혀서 시험해보았고, 다음 날에는 도로 빼버렸다. 그는 또다시 조를 빼보았지만 역시나 결과는 똑같았다. 그는 쇼티 헌트를 모크가 키잡이로 있는 준대표팀 보트에 앉게 하는 식으로 모든 보트에서 선수들을 바꿔치기해보았다. 3월이 가는 동안 코치는 대학대표팀 자리를 노리고 경쟁을 벌이는 두 척의 보트를 서서히 결정하기 시작했다. 하나는 작년 시즌의 준대표팀 보트로, 모크와 맥밀린과 데이가 타고 있었다. 그리고 또하나는 2학년들로만 구성된 보트였는데, 여러 번에 걸쳐 코치가 해체와 향상을 시도했음에도 불구하고 여전히 원래의 선수들이 그대로 남았다. 양쪽 보트 모두 지금은 인상적인 시간 기록을 보여주고 있지만, 어느 쪽도 상대방을 확실하게 격파할 수는 없어 보였다. 울브릭슨은 (내심 아까운 생각이 든다 하더라도) 둘 중 하나가 완전히 두각을 나타내기를 바라고 있었는데, 어째서인지 그런 일은 좀처럼 일어나지 않았다.

울브릭슨은 진짜 문제가 무엇인지 알고 있었다. 그는 업무일지에다가 자기 눈에 띄는 수많은 기술적 결함들을 줄줄이 적어놓았다. 랜츠와 하트먼은 아직까지도 스트로크를 할 때마다 정확한 시점에서 자기네 팔을 꺾지 못하고 있었다. 그린과 하트먼은 움키기를 너무 빨리 했다. 랜츠와 룬드는 움키기를 너무 늦게 했다. 하지만 진짜 문제는 이런 것들이 아니었다. 즉 작은 결함들의 단순한 누적이 아니었던 것이다. 지난 2월에 그는 〈시애틀 타임스〉의 조지 바넬에게 이렇게 말한 적이 있었다. "올해의 선수들 중에는 정말 개별적으로 뛰어난 선수들이 있고, 그 숫자는 내가 지금까지 지도한 어느 해보다도 많습니다." 근본적인 문제는 그가 이 문장에서 "개별"이라는 단어를 쓰지 않을 수 없었다는 사실에 놓여 있었다. 이들이 팀으로서가 아니라 자신만만한 개인들로서 노를 젓는 날이 너무 많았던 것이다. 각자의 기술 문제를 놓고 코치가 질책을 더 많이 하거나, 심지어 팀 정신을 가지고 설교를 더 많이 할수록, 선수들은 마치 더 많이 저마다의 세계로 침잠하거나, 또는 별것 아닌 세상을 무시해버리는 것처럼 보였다.

작년 10월부터 줄곧 시애틀을 공격하던 궂은 날씨가 마침내 풀렸지만, 3월 21일까지도 이 도시에는 늦봄의 눈폭풍이 강하게 불어왔다. 4월 2일, 따뜻한 햇볕이 워싱턴 호수에도 내리쬐었다. 캠퍼스에서는 학생들이 수잘로 도서관의 케케묵은 공기며 하숙방의 습기를 뒤로하고 밖으로 나와서 지친 듯 눈을 껌벅이며, 잔디 위에 길게 몸을 뻗고 누울 자리를 찾아다녔다. 남학생들은 작년 여름 이후 처음으로 스포츠셔츠를 걸치고 흰 구두를 신었다. 여학생들은 화사한 치마와 발목양말을 걸치고 나타났다. 사각형' 잔디밭에 자라나는 벚나무들이 꽃을 피웠다. 울새가 잔디 위를 뛰어다니며 고개를 까딱거리고 지렁이 소리에 귀를 기울였다. 올해 들어 처음 보는 보라색과 녹색이 뒤섞인 제비들이 도서관 첨탑 주위를 뱅글뱅글 돌았다. 창문을 통해 햇볕이 들어오자, 교수들마저 강의를 중단하고 창문 너머로 따사로운 캠퍼스를 바라보았다.

경주정 보관고에서는 선수들이 각자의 저지셔츠를 벗고 경사로에 누워서 마치 유연하고 새하얀 도마뱀마냥 햇볕을 쬐었다. 카누 보관고의 담당자는 갑자기 대여 신청이 폭발적으로 늘어난 것에 놀랐는데, 하나같이 남녀 한 쌍이 빌려가는 것이었다. 대학신문 〈데일리〉는 다음과 같은 헤드라인을 달았다. "사랑과 새들의 유입으로 초토화된 캠퍼스."

조와 조이스도 맨 먼저 카누를 빌려 탄 한 쌍 가운데 하나였다. 조이스는 여전히 판사 댁에 살면서 일하고 있었지만, 날이 갈수록 자기가 하는 일이 싫어졌다. 그래서 조는 혹시 같이 배를 타면 기분이 좀 나아질까 해서 그녀를 데리고 나온 것이었다. 여름옷을 입고 도서관 앞 잔디밭에 앉아서 여자 친구들과 이야기를 나누던 조이스는 그가 다가오자 손을 잡고 카누 보관고로 갔다. 거기서 그는 셔츠를 벗고, 그녀를 보트에 태웠으며, 경쾌하게 노를 저어 컷 수로를 지나갔다. 조는 유니언 만 남쪽의 수련과 비버 서식지를 지나서, 자기가 특히 좋아하는 장소를 찾아냈다. 그런 뒤에 노를 들어올리고 배가 자연스럽게 떠다니도록 내버려두었다.

조이스는 뱃머리에 기대서 한 손을 물에 담그고 햇볕을 쬐었다. 조는 배꼬리에 최대한 몸을 뻗고 누워서 투명한 파란 하늘을 올려다보았다. 천천히 다가오는 보트에 놀란 개구리가 가끔씩 울음소리와 함께 물로 풍덩 뛰어들었다. 왕잠자리가 머리 위를 맴돌며 사르륵 날갯짓 소리를 냈다. 찌르레기가 호숫가의 갈대밭에 앉아서 큰 소리로 울었다. 카누의 미세한 흔들림에 기분이 좋아진 조는 그만 잠이 들었다.

조가 잠든 사이에 조이스는 뱃머리에서 몸을 일으킨 다음, 자기가 평생을 바치기로 한 남자의 얼굴을 빤히 바라보았다. 그는 고등학교 시절 이래로 점점 더 잘생겨졌으며, 완전히 긴장을 늦추고 휴식을 취하는 이 순간에도 얼굴과 조각 같은 몸이 워낙 대단한 균형과 우아함을 드러냈기 때문에, 조이스는 문득 요즘 들어 미술사 수업 때에 공부하던 그리스 운동선수들의 대리석상을 떠올리지 않을 수 없었다. 그가 그토록 힘든 시절을 보내온 사람이라는 사실이 믿어지지 않았다.

그때 매끈한 마호가니 모터보트 한 척이 요란한 소리와 함께 워싱턴 호수에서 몬틀레이크 컷으로 진입했고, 뒤쪽 갑판에 앉아 있던 학생들이 두 사람 곁을 지나가면서 손을 흔들었다. 이들이 일으킨 물결이 수련 서식지를 넘어오면서 카누가 이리저리 흔들렸고, 그로 인해 놀란 조가 잠에서 깨고 말았다. 그는 뱃머리에서 자기를 바라보며 활짝 웃는 조이스를 보고 미소를 지었다. 조는 자리에서 일어나 앉더니 정신을 차리려고 고개를 절레절레 흔든 다음, 낡은 기타 케이스에서 악기를 꺼내어 노래를 부르기 시작했다. 자기와 조이스가 세큅에 살던 시절 학교 버스에서 같이 부르던 노래를 (재미있고 낙천적인 노래, 두 사람 모두를 웃게 만들었던 노래를) 부르자, 그녀는 다시 한 번 예전과 마찬가지로 그와 함께 노래를 불렀다.

그러다가 조가 부드럽고, 느리고, 달콤한 사랑 노래를 부르기 시작하자 조이스는 점차 입을 다물고 유심히 귀를 기울였으며, 아까와는 또 다른 깊은 행복을 느꼈다. 조가 연주를 중단하자, 두 사람은 훗날 자기들이 결혼해서 가정을, 그리고 어쩌면 아이를 가지면 어떨지에 관해 이야기를 나누었다. 두 사람은 열심히, 계속해서, 쉬지도 않고, 시간이 가는 줄도 모르고 이야기를 나누었다. 태양이 캐피틀 힐 너머로 내려가기 시작하자 조이스는 비로소 가벼운 옷차림 때문에 추위를 느꼈고, 조는 다시 노를 저어서 학교의 선착장으로 돌아가 그녀를 보트에서 내려주었다. 이날의 일은 두 사람 모두 나이 지긋할 때까지 생생하게 기억했다.

조는 여전히 가족에 대해 선의를 품고 있었다. 다음 날, 그는 자동차에 기름을 조금 넣은 다음 낡아빠진 프랭클린 자동차를 몰고 프레몬트까지 가서, 골든 룰 유제품-제과 회사 앞에다가 주차했다. 그는 유리창을 내리고 기다리면서 저 안에서 풍기는 빵 굽는 냄새를 킁킁 들이마셨지만, 긴장한 까닭에 만끽하지는 못했다. 정오가 조금 지나자 흰 작업복 차림의 직원들이 건물 밖으로 우르르 몰려나와 잔디밭에 앉더니 저마다 점심 도시락을 꺼내기 시작했다. 잠시 후에 검은색 작업복 차림의 남자 몇 명이 나왔는데, 조는 곧바로 아버지를 찾아냈다. 185센티미터인 그는 어딜 가나 가장 키 큰 남자이게 마련이었다. 해리는 전혀 변한 데가 없어 보였다. 심지어 작업복조차도 예전에 세큄의 농장에서 입던 낡아빠진 바로 그 옷 같았다. 조는 자동차에서 내려 도로를 건너갔다.

해리는 고개를 들더니 아들이 다가오는 것을 보자마자 도시락을 손에 든 채로 그 자리에 굳어버렸다. 조는 한 손을 내밀며 인사를 건넸다. "안녕하셨어요, 아버지."

당황한 해리는 아무 말 없이 아들의 손만 잡았다. 아버지가 조를 마지막으로 본 날로부터 무려 5년 반이나 지난 뒤였다. 아들은 더 이상 해리가 세큄에 남겨놓고 왔을 때의 그 앙상하게 야윈 꼬마가 아니었다. 아버지로선 궁금하지 않을 수 없었다. 조는 과연 자기랑 싸우러 온 걸까, 아니면 자기를 용서하러 온 걸까?

"잘 있었니, 조. 만나서 정말 반갑다."

두 사람은 거리를 건너가서 프랭클린 자동차 앞좌석에 나란히 앉았다. 해리는 살라미 소시지를 넣은 샌드위치를 꺼내더니 그 절반을 조에게 건네주었다. 두 사람은 점심을 먹기 시작했지만, 이후로는 길고 어색한 침묵이 이어졌다. 처음에 해리는 제과 공장에서 자기가 다루는 장비에 관해 주로 이야기했다. 커다란 오븐과 반죽기와 배달 트럭을 유지 관리한다고 했다. 조는 아버지가 마음껏 이야기하도록 내버려두었는데,

각별히 그 내용에 관심이 있어서라기보다는 오히려 아버지의 크고 그윽한 목소리를 듣는 것이 반가웠기 때문이다. 금-루비 광산에 살던 시절, 밤마다 오두막 바깥의 계단에 앉아 수많은 이야기를 해준 것도 그 목소리였고, 세큄에 살 때 기계장치 다루는 방법이며 숲에서 벌꿀 찾아내는 방법을 알려준 것도 바로 그 목소리였기 때문이다.

마침내 조가 입을 열었을 때 맨 처음 물어본 것은 의붓동생들의 안부였다. 해리 2세는 뭘 하고 지내는지? 베이컨 기름 때문에 다친 뒤로 다시 학교에 다니기는 하는지? 마이크는 얼마나 컸는지? 여동생들은 어떻게 지내는지? 해리는 모두들 잘 있다고 아들을 안심시켰다. 그러고는 오랜 침묵이 이어졌다. 조는 가끔씩 찾아뵙고 동생들과 만나도 괜찮겠느냐고 물었다. 해리는 자기 무릎을 내려다보더니 말했다. "그건 곤란하지 않나 싶다, 조." 순간 조의 몸속 깊은 곳에서 뭔가가 꿈틀거렸다. 분노, 실망, 원망 가운데 어떤 것인지는 그도 알 수 없었다. 하지만 어딘가 오래되고 익숙하며 고통스러운 감정이기는 했다.

또다시 침묵이 지속된 후에, 해리는 차마 아들을 쳐다보지 못한 채로 이렇게 덧붙였다. "가끔 내가 술라를 데리고 잠깐씩 외출할 때가 있어. 그때에는 아마 애들만 집에 있을 거다." 그러더니 방금 한 말이 마치 자기랑은 아무 상관이 없다는 듯 그는 고개를 돌려 창밖을 내다보았다. 그는 안심한 것 같았다. 세큄에서의 그 끔찍한 날 밤에, 그러니까 식구들이 자기를 버리고 떠나버린 바로 그때의 일에 관해서는 조가 전혀 물어보지 않을 것임을 알았기 때문이다.

조정에서는 달성하기도 힘들지만 차마 정의하기도 힘든 일이 가끔 생겨나기도 한다. 상당수의 팀들이 (설령 우승한 팀이라 하더라도) 이것을 끝내 발견하지는 못한다. 나머지 팀들은 이것을 발견하기는 하되 계속 유지하지는 못한다. 이것의 이름은 "스윙"이다. 이것은 여덟 명의 노잡이가 완벽하게 일치한 동작으로 노를 저을 때에만, 그리하여 어느 한 선수의 행동 하나조차도 다른 선수들과의 일치에서 결코 벗어나지 않을 때에만 생겨난다. 단순히 노가 정확히 동시에 물속으로 들어가고 물 밖으로 나온다는 것만 의미하지는 않는다. 열여섯 개의 팔이 동시에 당기기를 시작해야만 하고, 열여섯 개의 무릎이 동시에 접었다 폈다를 해야만 하고, 여덟 개의 몸이 동시에 앞으로 뒤로 밀리기를 시작해야만 하고, 여덟 개의 등이 동시에 굽어졌다 펴졌다를 해야만 한다. 각각의 세세한 동작 모두를 (각각의 미묘한 손목 돌리기까지도) 보트의 한쪽 끝에서 다른 쪽 끝까지, 노잡이가 하나하나가 반드시 똑같이 취한 다음에야, 보트는 노를 당기는 동작과 동작 사이에서 계속해서, 거침없이, 물 흐르듯 우아하게 달리게 되는 것이다. 그러고 나서야 보트가 마치 선수들 각자의 일부분처럼 느껴지고, 그 자체의 생명을 지닌 존재로서 움직이는 것처럼 느껴진다. 그때가 되어서야 비로소 고통은 사라지고 환희가 나타난다. 그때가 되어서야 조정은 일종의 완벽한 언어가 된다. 일종의 시詩가 되는 것이다. 이른바 훌륭한 스윙이란 딱 그렇게 느껴지는 것이다.

훌륭한 스윙이 나타난다고 해서 반드시 그 팀이 더 빨리 달리게 되는 것은 아니지만, 만약 선수 중 누구도 보트의 질주를 저해하는 행동을 하지 않는다고 치면, 노잡이들은 스트로크를 할 때마다 점점 더 본전을 뽑게 되는 것이다. 스윙이 주로 하는 일은 선수들이 힘을 보전하도록, 더 낮은 스트로크 비율로 노를 젓도록, 그리고 최대한 효율적으로 물을 가르고 나아가도록 만드는 것이다. 이는 결국 경주 막판에 이르러, 속이 뒤틀리고 근육이 끊어질 정도의 질주를 위한 에너지 비축분을 보유할 수 있게 해준다. 스트로크 비율을 올리면서도 좋은 스윙을 유지한다는 것은 무지막지 어렵다. 박자가 늘어나게 되면 수많은 개별 동작이 이루어지는 간격은 점점 더 짧아지기 때문에, 어느 순간에 이르러서는 높은 스트로크 비율에서 좋은 스윙을 유지하기가 사실상 불가능해진다. 하지만 한 팀이 그 이상에 (즉 빠른 속도로 노를 저으면서도 좋은 스윙을 유지하는 것에) 더 가까이 도달하면 할수록, 그들은 또 다른 차원에서 노를 젓게 되는 것이다. 그것은 챔피언들이 노를 젓는 바로 그 차원이다.

조와 그의 동료들은 신입생 시절 포킵시에서 우승을 한 바로 그날에 자신들의 스윙을 발견한 것이며, 앨 울브릭슨은 이를 결코 잊지 않았다. 사실 그는 그날의 광경을 머릿속에서 영원히 지울 수 없었다. 이들이 그 경주에서 드러낸 능력은 정말이지 놀랍고, 거의 마법과도 같았다. 그로 선 그 능력이 여전히 거기 있다고 믿어야만 했다.

하지만 '태평양 연안 조정대회'가 코앞에 닥친 4월 초에는 날씨가 다시 한 번 나빠지면서, 2학년 선수들은 아무리 애를 써도 그 마법을 도로 불러내서 유지할 수 없는 것처럼 보였다. 하루는 그걸 발견했지만, 또 다음 날에는 그걸 잃어버리고 마는 식이었다. 월요일에는 준대표팀을 격파했지만, 목요일에는 오히려 박살났다가, 수요일에는 또다시 이기고, 목요일에는 다시 지는 식이었다. 이기는 날에는 정말 손쉽게 이겼다. 지는 날에는 완전히 와해되고 말았다. 울브릭슨은 속을 끓이다 못해 이런 딜레마를 공개적으로 밝혔으며, 4월 2일자 〈시애틀 타임스〉에서 이렇게 말했다. "지금과 같은 상황은 저도 처음 봅니다. 워싱턴 대학의 훈련이 이 시점까지 왔는데도 불구하고, 어떤 팀이 더 뛰어난지 여부를 아직 결정하지 못한 적은 제 경험상 단 한 번도 없었으니까요." 하지만 그는 결국 결정을 내려야만 했다.

마침내 그는 자기가 줄곧 해보고 싶었던 일을 했다. 2학년 보트 전체가 1935년의 1호 대표팀이 된다고 공식적으로 선언한 것이다. 이 소식은 지역 신문들을 통해서 전 세계로 퍼져나갔다. 그리고 2학년들은 곧바로 다음번의 일대일 경주에서 준대표팀에게 패하고 말았다. 준대표팀은 자기들이 조정대회에 대표로 출전해야 한다고 주장했다. 그러자 울브릭슨은 마지못해 재고해보겠다고 대답했다. 즉 캘리포니아에서 다시 한 번 경주를 펼쳐보자는 것이다. 오클랜드에 도착해서 실시하는 첫 번째 시간 기록 측정에서 이기는 팀을 태평양 연안 조정대회에 대학대표팀으로 출전시킨다는 계획이었다.

 2학년들을 대학대표팀의 지위로 승격시킨 것은 이례적인 조치였지만, 아주 전례가 없는 것은 아니었다. 카이 이브라이트조차도 사실상 똑같은 조치를 취하는 중이었다. 어쩌면 워싱턴의 2학년들에 관한 기사를 읽은 반응으로 그랬을지도 모른다. 태평양 연안 조정대회를 앞둔 상태에서 그는 작년에 포킵시에서 전국 우승을 차지한 자기네 대표팀 선수들을 강등시키고, 대신 2학년과 3학년 선수가 뒤섞여 있는 보트를 대표팀으로 선발함으로써 모두를 깜짝 놀라게 했다. 작년 전국 챔피언이 된 선수들 가운데에는 단 한 명만이 현재 대표팀 보트에 앉아 있었고, 이브라이트는 상급생들의 실력이 나빠졌다는 사실에 여전히 어리둥절한 상태였다. 로열 브로엄이 조정대회를 취재하기 위해 오클랜드에 오자, 이브라이트는 하소연했다. "작년 6월만 해도 미국에서 가장 뛰어난 팀이었던 녀석들이, 지금은 어째서인지 2학년과 준대표팀 노잡이들로 골라 채운 보트하고 경주를 시켜도 이기지 못합니다. 도대체 어째서인지, 그 이유를 아시면 좀 말씀해주세요." 물론 브로엄이야 그 이유를 알지 못했지만, 신이 나서 이 정보를 시애틀의 울브릭슨에게 전보로 알렸다. 한 가지 경고도 잊지 않았다. 그는 이브라이트가 새로 선발한 보트의 기록을 스톱워치로 직접 재보았기 때문이다. "새로운 베어 대표팀이 느리다고는 생각 마시게, 울브릭슨 선생. 그 보트야말로 열의가 가득 넘치고 있었으니까." 울브릭슨은 세부사항을 더 알아보았고, 심지어 이브라이트가 딕 번리까지도 (즉 포킵시에서 다른 학교를 누르고 캘리포니아에 승리를 안겨준 원동력이었던, 어마어마한 스트로크를 구사한 바로 그 선수까지도) 다른 선수로 대체했다는 사실을 알게 되자 그야말로 깜짝 놀랄 수밖에 없었다. 그는 이브라이트가 올해를 넘어서 1936년까지도 바라보고 있음을 알았다. 상대방 역시 자기와 마찬가지로 더 젊은 인재를 찾고 있었던 것이다. 하지만 전국선수권대회에서 우승한 저 번리를 능가하는 선수를, 도대체 이브라이트는 무슨 수로 찾아냈단 말인가?

 4월 7일 오전 8시, 워싱턴의 대표인 세 팀은 모두 캘리포니아에 와 있었다. 이들은 기름이 둥둥 떠 있는 오클랜드 에스추어리의 물 위에서, 샌프란시스코 만을 때리는 시속 48킬로미터의 바람을 동반한 빗속에서 노를 젓고 있었다. 물에서 짭짤한 소금기가 느껴진다는 것을 제외하면, 이들은 그저 집에 있는 듯한 기분이었다. 이들은 시애틀의 일부를 남쪽으로 함께 가져왔다. 캘리포니아 팀은 어디에도 보이지 않았다. 이들은 에스추어리를 지나고, 만의 동쪽 바닷가에 있는 개펄을 따라서 노를 저었다. 부분적으로 완성된 베이 교가 이들의 눈앞에 극적으로 모습을 나타냈고, 트레저 섬과 샌프란시스코를 향한 만을 가로질러서 우아한 첨탑이 놀라운 우아함을 드러내며 뻗어 있었다. 하지만 탁 트인 만에는 물결이 더 강했으며, 자칫 보트를 침몰시킬 수도 있을 정도였다. 울브릭슨은 선수들을 뒤로 돌려 세웠다.
 그가 가만 보니, 에스추어리 바깥으로 나가는 과정에서는 아무래도 준대표팀의 보트가 2학년의 보트보다 더 잘 움직이는 듯했다. 그런데 에스추어리로 돌아오는 과정에서는 어쩐지 2학년이 준대표팀보다 더 잘하는 것 같았다. 울브릭슨이 시애틀을 떠나기 전에 약속했던 최종적인 시간 기록 측정이 벌어지기를 모두들 기다리고 있었다. 여전히 양측 경주정 가운데 어느 누구도 상대측에게 말을 걸지 않았다.
 그 와중에 앨 울브릭슨과 카이 이브라이트는 각자 연습한 춤, 즉 죽음의 춤을 공연하고 있었다. 곧 있을 조정대회에서 저마다 상대방에게 잘못된 예측을 안겨주기 위한 시도였다. 울브릭슨은 시애틀에서 연습이 워낙 자주 취소되었기 때문에, 자기네 선수들 몸이 너무 무겁고 체력도 상당히 손실되었다고 말했다. 지금쯤이면 선수들이 제대로 싸울 수 있도록 "바싹 졸아붙여야" 하는데, 마음은 있었지만 결국 실패했다고 했다. 자기 선수들을 가리켜 "다크호스이기는 하다."고 말했다. "우리 선수들은 경주할 준비가 제대로 되어 있지 않다. 어제도 3마일을 달렸는데, 처음 1마일을 끝내자 죽어라고 숨을 헐떡이고 있었다. 열심히 훈련했는데도 이처럼 상태가 나쁜 경우는 또 처음이다." 하지만 기자들은 선수들이 기차에서 내릴 때에만 해도 무척이나 말짱했다는 사실에 주목했다. 왜 굳이 2학년으로만 구성된 보트를 만들었느냐는 질문에, 울브릭슨은 매우 착잡한 표정으로 그 기자를 바라보며 말했다. "그 녀석들이 우리가 가진 최고의 선수랍니다." 이브라이트는 다른 방식으로 잘못된 인상을

카이 이브라이트

255

주려고 시도했는데, 되도록 말은 적게 하되, 일단 말을 하면 더 직설적으로 하는 것이었다. "캘리포니아에도 가능성이야 있습니다만, 제 생각에는 워싱턴이 이길 것 같습니다." 그러고는 이렇게 덧붙였다. "우리의 가능성은 아주 높지는 않습니다. 우리의 대학대표팀이야 작년의 경주정보다는 확실히 느리고, 경주에서도 전적으로 경험이 없으니까요." 그는 기묘하게도 자기네 선수들에 관해서는 계속해서 침묵을 지켰다.

4월 10일 마침내 울브릭슨은 누가 대학대표팀으로 경기에 나갈 것인지를 결정하게 될 공식적인 시간 기록 측정을 시행했다. 조와 2학년 동료들은 준대표팀에 거의 한 정신이나 뒤처져서 들어왔다. 이들은 절망과 불신에 빠져 경주정 안에 축 늘어져 있었다. 반면 준대표팀의 선수들은 기쁨에 넘쳐 있었다. 앨 울브릭슨은 호텔로 돌아와 업무일지에 이렇게 썼다. "이제 결국 정해졌다." 하지만 그는 여전히 대학대표팀이 누구인지를 정식으로 발표하지는 않고 있었다.

4월 12일에도 똑같은 일이 벌어졌지만, 이제 울브릭슨은 또 한 번의 계략을 사용했다. 2학년 선수들은 남쪽으로 오면서 새로 제작한, 아직 이름도 지어주지 않은 경주정을 함께 가지고 왔다. 하지만 이들은 이 배를 딱 보자마자 싫어했다. 이곳에 도착한 뒤부터 줄곧 이 경주정은 자기네랑 맞지 않는다고 불평하고 있었다. 그래서 울브릭슨은 이들에게 다시 한 번 경기를 시켰으며, 이번에는 예전의 경주정을 타게 했다. 바로 포킵시에서 그토록 확실하게 승리를 거두었던 경주정 시티 오브 시애틀 호였다. 이들은 훌륭하게 노를 저어서 준대표팀의 시간 기록에 필적하게 되었다. "익숙한 보트를 탔더니 마음이 편했던 모양이다." 울브릭슨은 그날 업무일지에 이렇게 적었다.

그날 밤 오클랜드 호텔에서 저녁식사를 마친 뒤, 그는 준대표팀에게 폭탄을 떨어뜨리고 말았다. 즉 2학년이 거듭해서 패배한 것은 사실이지만, 그럼에도 불구하고 대학대표팀으로 경주에 내보내겠다는 결정이었다. "미안하다." 그가 말했다. "이러면 안 될 것 같지만, 나도 어쩔 수가 없구나." 준대표팀 선수들은 격분한 나머지 자리를 박차고 어두운 바깥으로 나가버렸으며, 치밀어오르는 분노를 가라앉히기 위해 거리를 쏘다녔다. AP 통신에 결정 번복을 설명하면서, 울브릭슨은 더 이상의 연극을 포기하고, 죽음의 춤도 그만두었으며, 자기는 2학년들을 진심으로 믿는다고 말했다. 이들이야말로 "지금까지 내가 지도한 선수들 가운데 가장 뛰어날 가능성이 있다."고 그는 선언했다. 하지만 그날 밤 그는 업무일지에 이렇게 적었다. "경기 전날의 상황치고는 정말 최악이다."

경주 당일인 4월 13일은 비가 내렸고, 오클랜드 에스추어리를 따라서 남쪽으로부터 맞바람이 제법 불어오기까지 했다. 에스추어리는 상황이 가장 좋을 때에도 조정경기에 최적의 장소라고 말하기는 어려운 곳이었다. 오클랜드와 앨러미다 섬 사이에 난 이 길고 좁은 물길은 본래 이미 오래된 산업지역을 관통하는 해양고속도로 역할을 하고 있었다. 주위에는 여러 개의 철교가 놓여 있었으며, 경주로는 프루트베일 애버뉴 교에 설치된 결승선 바로 앞 유니언 포인트에서 약간 휘어지고 있었다. 다 쓰러져가는 벽돌창고며, 석유 보관용 탱크, 녹슨 크레인, 오래된 공장 등이 에스추어리 양옆에 줄지어 늘어서 있었다. 그 물가에는 중국식 정크선, 예인선, 허름한 집배, 오래된 스쿠너선, 산업용 화물이 잔뜩 실린 바지선에 이르기까지 상상 가능한 온갖 종류의 선박이 매여 있었다. 이곳의 물은 잔뜩 불어나 있었고, 맑은 날에도 회녹색이었으며, 기름이 떠 있었고, 디젤유와 해초 냄새가 풍겼다. 캘리포니아의 경주정 보관고 바로 옆에만 해도 하수를 곧장 바다로 배출하는 직경 10센티미터짜리 파이프가 있을 정도였다.

이런 곳에서 조정경기를 관람한다는 것은 정말 만만찮은 일이었지만, 4월 13일 오후 중반쯤이 되자 4만 명에 달하는 관중이 양산을 쓰고 텅 빈 공터에, 또는 여기저기 설치된 선착장에, 창고 지붕 위에, 그리고 경주로 주위에 정박한 작은 선박 위에 모였다. 그중에서도 가장 많은 팬이 몰려든 장소는 바로 결승선이 있는 프루트베일 애버뉴 교 위였다. 이곳에는 파란색과 금색 복장을 걸친 캘리포니아의 팬 수천 명이 자주색과 금색 복장을 걸친 워싱턴의 팬 수백 명과 뒤섞여 있었으며, 모두들 경주로를 더 잘 보려고 서로 밀쳐대고 있었다. 라디오 방송국의 아나운서들도 다리 근처 대형 천막 아래에 자리를 잡고, 그 결과를 전국에 방송하려고 준비하고 있었다.

오후 3시 55분에 신입생팀의 2마일 조정경기부터 시작되었다. 워싱턴의 스트로크 노잡이인 돈 흄은 양호실에 입원해 있다 나온 지 며칠밖에 되지 않았으며, 여전히 심한 편도선염에서 회복되지 않은 상태였지만, 이날의 경주만 보아서는 그렇다는 사실을 전혀 알 수 없었다. 워싱턴의 신입생들은 처음부터 튀어나오면서 반 정신이나 앞섰다. 절반 거리 표시에 도달했을 즈음, 이들은 한 정신을 완전히 앞섰다. 양쪽의 선수들은 똑같이 32회로 노를 젓고 있었다. 양쪽의 보트가 휘어지는 지점을 지나서 마지막 구간으로 들어서는 순간, 캘리포니아의 신입생팀이 전력질주를 시도하며 스트로크 비율을 34회로 올렸다. 워싱턴도 자기네 비율을 캘리포니아에 맞춰서 올렸다. 두 척의 보트가 똑같은 비율로 노를 젓게 되자, 흄의 스트로크가 결국 차이를 만들어냈다. 마지막 4분의 1마일 구간에서 흄은 워낙 자연스럽게, 강력하게, 효과적으로 노를 저었기 때문에, 그의 뒤에 앉아 있던 선수들도 그의 움직임에 일치되었으며, 결국 워싱턴의 보트는 계속 앞서 나간 끝에 무려 세 정신 반이나 캘리포니아를 앞서서 결승선을 통과했다. 다리 위의 진행요원들이 흰 깃발을 떨어뜨려서, 워싱턴의 하얀 노깃이 승리를 거두었음을 알렸다.

준대표팀의 경주가 시작되자, 애초의 기대와는 달리 갑작스레 강등을 당한 워싱턴의 준대표팀은 이번이야말로 자신들의 실력을 입증할 절호의 기회라고 보았다. 자신들의 미래를 쟁취할 기회라고 본 것이다. 오후 4시 10분, 여전히 울브릭슨의 약속 철회 때문에 분노로 끓어오르는 상태에서, 이들은 잭 런던 스퀘어 남쪽 웹스터 스트리트, 즉 결승선에서 3마일 떨어진 곳에 자리한 출발선으로 보트를 몰고 갔다. 출발신호가 떨어지자마자 캘리포니아가 앞으로 치고 나와서 32회의 스트로크 비율을 유지했다. 바비 모크가 박자를 지시하고, 기관실의 스터브 맥밀린이 움직이기 시작하자, 워싱턴은 느리지만 체계적으로 상대편을 따라잡았으며, 곧이어 상대편을 앞질렀다. 절반 거리 표시에 도달했을 무렵, 워싱턴은 텅 빈 수면을 사이에 두고 캘리포니아를 완전히 앞질러버렸다.

곧이어 이들은 전력으로 노를 젓기 시작했다. 모크는 스트로크를 올리라고 외치더니, 또다시 외쳤다. 이들은 열심히 노를 저었다. 한 번 한 번의 스트로크마다 이들은 캘리포니아를, 울브릭슨을, 2학년생을, 그리고 자기들의 실력을 의심했던 모든 사람들을 향한 일격을 담았으며, 지난 몇 달간의 울분을 분출하고, 경주로를 박살내고, 불어오는 바람과 비를 연신 등으로 밀어젖혔다. 바비 모크는 매번 누군가의 이름을 들먹이며 스트로크를 지시하는 버릇이 있었다. 그래야만 감정적인 효과가 더 커지기 때문이었다. 가끔은 "앨을 위해 열 번만 줘봐!"라고 했고, 또 어떤 때는 "포코크 선생을 위해 열 번만 줘봐!"라고 했다. 그는 이제 메가폰에다 대고 이렇게 외치고 있었다. "조 비즐리를 위해 열 번만 줘봐!" 물론 모크 본인을 포함해서 보트 안에 있는 사람 중에 조 비즐리라는 이름을 들어본 사람은 아무도 없었지만, 그는 지금 장난을 치고 있는 것이었다. 어쨌거나 선수들은 크게 열 번을 쳤다. 곧이어 그가 외쳤다. "저 2학년 자식들을 위해 크게 열 번만 줘봐!" 그러자 보트는 앞으로 확 내달렸다. 휘어진 지점을 지나서 다리 위의 관중이 눈에 보이는 지점에 들어섰을 무렵, 워싱턴은 무려 다섯 정신이나 앞서 있었다. 이들이 결승선이 있는 다리 아래를 통과했을 때, 이들은 여덟 정신을 앞서 있었는데도 여전히 계속해서 노를 당겼다.

대학대표팀 경주 시간이 되자, 캘리포니아 팬들은 드디어 환호성을 올릴 만한 뭔가를 얻은 셈이 되었다.

준대표팀이 이긴 모습을 지켜본 뒤 출발선으로 노를 저어 가는 동안 조와 2학년 대표팀 선수들은 이제 반드시 이겨야 한다고 생각했다. 자기들을 향한 울브릭슨의 믿음의 정당성을 입증하기 위해서도 그랬지만, 올림픽을 향한 야심을 계속 살아 숨 쉬게 하기 위해서도 그랬다. 사실 이제부터는 자기네가 모든 경주마다 승리를 거두어야만 하며, 그렇지 못하면 이 모두가 끝장날 것이라고 생각했다. 이때부터 16분 동안에 걸쳐서 이들은 이 모두가 끝장이 나지 않도록 최선을 다했다. 그리고 경주가 끝나자 〈샌프란시스코 크로니클〉의 냉정하기 짝이 없는 스포츠 취재부장 빌 라이저Bill Leiser는 한마디로 이렇게 말했다. "정말 대단한 전투였다. 에스추어리에서 내가 목격한 것 중에서도 최고의 경주였다."

캘리포니아는 한 주 내내 빠른 출발 방법을 연습했지만, 실제로는 두 팀 중 어느 쪽도 출발 준비가 아주 잘 되어 있지 않았다. 출발하자마자 워싱턴은 일찌감치 선두로 치고 나갔다. 캘리포니아도 이에 대응하여 빠르고도 확실하게 스트로크 비율을 높여서 결국 뱃머리를 나란히 하더니 반 정신 앞질러 나갔다. 양쪽 모두 이후 1마일 반 동안 그 상태로 거리를 유지했으며, 캘리포니아의 분당 30회의 스트로크에 거의 똑같이 맞춰서 워싱턴도 노깃을 물속에 넣었다 뺐다 했다. 이들이 거번먼트 섬과 절반 거리 표시에 도달했을 무렵, 캘리포니아가 천천히 스트로크 비율을 높이면서 격차를 한 정신으로 늘렸다. 그러자 워싱턴의 키잡이 조지 모리가 비율을 더 높이라고 지시했고, 이에 워싱턴의 비율도 32회로 높아졌다. 하지만 캘리포니아가 계속해서 34회 반으로 비율을 올리는 과정에서도 모리는 더 이상 따라 올리지 않았고, 자칫 흥분하거나 전력으로 질주하려는 충동에 굴복하지 않으려 애썼다. 그러면서 워싱턴은 천천히, 그야말로 1센티미터씩 거리를 좁혔으며, 여전히 스트로크 비율을 낮게 유지하면서도 점차 속도를 얻어가고 있었다. 이들이 섬의 남쪽 끝에 도달했을 무렵, 캘리포니아와의 격차는 겨우 4분의 1정신으로 줄어들어 있었다. 곧이어 양쪽은 뱃머리를 나란히 하고 달렸다. 경주로에서 휘어진 부분에 도달했을 무렵, 워싱턴은 캘리포니아를 천천히 앞서기 시작했다. 워싱턴은 이제 스트로크 비율을 34회로 올렸으며, 캘리포니아는 무려 38회라는 어마어마한 비율에 도달해 있었다.

두 척의 보트는 휘어진 경주로를 나란히 달려서 다리 위에 있는 팬들의 시야로 들어왔다. 이들 뒤로는 수많은 선박이며 유람선이 따라오고 있었다. 각자의 보트에 올라탄 관람객들은 저마다 들고 있던 쌍안경으로 선수들을 살피면서 양쪽 모두 지쳐 보인다고 생각했다.

캘리포니아가 먼저 전력질주를 시작했다. 스트로크 비율을 분당 40회로 올리면서 다시 앞으로 치고 나가 선두를 되찾았다. 캘리포니아의 팬들은 환호성을 올렸다. 자기네 선수들이 4분의 1정신 앞선 상태에서 결승선을 향해 질주하고 있었기 때문이다. 하지만 조지 모리는 바로 이 대목에서 미리 지시받은 일을 하고야 말았다. 울브릭슨은 스트로크 비율을 계속해서 최대한 낮게 유지하라고 그에게 지시한 바 있었던 것이다. 여전히 자기 선수들이 34회로 노를 젓게 만드는 동안, 모리는 좀 더 높은 스트로크 비율을 부르고 싶은 충동을 억눌렀다. 캘리포니아가 미친 듯 40회를 유지하고, 프루트베일 애버뉴 교가 자기들 눈앞에 모습을 나타냈어도 여전히 억눌렀다. 스트로크 비율과 힘은 서로 반비례 관계에 있었다. 모리는 자기한테 아직 사용할 힘이 충분히 남아 있음을 알았다. 그리고 이제쯤 캘리포니아에는 힘이 남지 않았음이 분명하다고 생각했다. 그는 몸을 앞으로 숙이고 이렇게 외쳤다. "크게 열 번만 줘봐!" 워싱턴의 선수들은 강하게 노를 저었다. 보트는 앞으로 확 튀어나갔다. 열 번의 스트로크가 끝나자, 양쪽 보트의 뱃머리는 또다시 완전히 똑같아졌다. 다리와 결승선이 가까워지자, 모리가 다시 한 번 외쳤다. "열 번만 더 저어봐!" 조와 쇼티와 로저, 그리고 자기 손에 노를 쥐고 있는 다른 모든 선수들은 마지막 몇 번의 당기기에 각자가 가진 것을 모조리 쏟아 부었다. 선수들 바로 뒤에서 따라가는 코치 전용 보트에 탄 앨 울브릭슨은 숨을 멈추었다. 두 척의 보트는 나란히 다리 밑을 통과했다.

파란색 깃발과 하얀색 깃발 두 개가 동시에 다리 아래로 떨어졌다. 팬들은 순간적으로 아무 말이 없었다. 자기들도 헷갈렸던 것이다. 선수들을 뒤따라오던 보트에 탄 누군가가 외쳤다. "워싱턴이 30센티미터 앞섰다!" 그러자 허스키 팬들이 함성을 질렀다. 그때 진행본부의 확성기에서 목소리가 들려왔다. "캘리포니아가 60센티미터 앞서서 들어왔습니다." 그러자 이번에는 캘리포니아의 팬들이 함성을 질렀다. 대형 천막 아래에 모여 있던 라디오 방송국 직원들은 결론을 내리지 못하고 머뭇거리다가, 곧이어 이 뉴스를 전국에 알렸다. "캘리포니아가 이겼습니다." 똑같은 메시지가 곧바로 전신을 타고 퍼져나갔다. 다리 위에 있던 워싱턴의 팬들은 요지부동이었고, 화난 표정으로 물 위를 가리키며 뭔가 몸짓을 해 보였다. 자기네 선수들이 막판에 앞으로 치고 나왔다는 것이다. 모두가 보았다는 것이다. 난간 너머로 고개를 내밀고서 두 척의 보트가 다리 밑으로 지나가는 걸 지켜본 캘리포니아의 팬들은 자기네 보트의 뱃머리가 다리를 먼저 통과했다고, 그것도 최소한 1미터는 앞서서 들어왔다고 주장했다. 소란이 점점 더 커지고 있었다. 한참 그렇게 시간이 흘렀다. 마침내 확성기에서 다시 목소리가 흘러나왔다. "결승선의 심판들은 워싱턴이 1.8미터 앞서 들어왔다고 공식적으로 발표했습니다." 순간 캘리포니아 팬들로부터 어마어마한 한숨소리가 동시에 흘러나왔다. 시애틀에서는 뒤늦게 오클랜드에서 날아온 소식을 알리기 위해 정규 방송을 잠시 중단했으며, 낙담한 채 라디오 앞에 앉아 있던 사람들은 자리를 박차고 일어나 박수를 치고, 서로의 어깨를 두들기고, 악수를 나누었다.

알고 보니 양 팀의 선수들이나 공인 심판 가운데 어느 누구도 애초부터 이 결과에 일말의 의구심도 갖고 있지 않았다. 다만 다리 위에 사람이 워낙 많다 보니 확성기 있는 곳까지 얼른 다가가지 못한 것뿐이었다. 대부분의 관객이 미처 깨닫지 못하고 있던 사실 하나는, 이 다리가 에스추어리 위로 약간 비스듬히 걸쳐져 있다는 것이었다. 반면 결승선은 물 위에 똑바로 표시되어 있었다. 따라서 다리 위에서 내려다보았을 때, 캘리포니아의 보트가 다리와 만난 지점보다는 워싱턴의 보트가 다리와 만난 지점이 좀 더 멀었다. 바꿔 말하자면, 캘리포니아의 보트 뱃머리가 결승선인 다리 밑으로 먼저 들어온 것은 맞지만, 그때 이미 워싱턴의 보트는 결승선을 1.8미터나 지나 있었다는 이야기이다. 그날 밤에 울브릭슨은 호텔로 돌아가 업무일지에 다음과 같이 간단한 한마디를 적었다. "뻑적지근한 하루였다."

집으로 향하는 기차 안은 화기애애했다. 기나긴 가을과 겨울의 괴로웠던 감정은 모두 잊은 상태였다. 모두가 승자가 되었기 때문이다. 톰 볼스는 이제 자기가 최소한 작년과 맞먹는 수준의 신입생들을 거느리게 되었다고 확신했다. 준대표팀도 최소한 지금으로서는 자기들의 실력을 만천하에 입증한 셈이었다. 2학년들은 이제 태평양 연안 대학대표팀 챔피언이 되어 있었다. 이들은 모두 캘리포니아를 본거지에서 싹쓸이로 격파한 것이다. 이제는 무슨 일이라도 할 수 있을 것만 같았다.

경기 바로 다음 날, 이 뉴스는 시애틀의 모든 신문 1면을 장식했고, 〈시애틀 타임스〉의 헤드라인은 이렇게 나와 있었다. "허스키 선수들, 싹쓸이 우승 달성." 4월 18일에 시애틀에서는 선수들을 기리기 위해 환영 퍼레이드를 열었는데, 마침 여자 수영 대표팀이 시카고에 가서 여러 개의 메달과 여섯 개의 국내 기록을 경신하고 돌아온 참이기도 했고, 슈퍼스타 수영선수인 잭 메디카Jack Medica가 역시나 동부에서 승리를 거두고 돌아온 참이었다. 80명으로 이루어진 허스키의 행진 악단이 앞장을 서서 세컨드 애버뉴와 파크 스트리트의 교차로까지 가는 동안, 하늘에서 떨어지는 콘페티와 색종이가 더 높은 곳에 떠 있는 구름에서 부슬부슬 떨어지는 차가운 비와 뒤섞였다. 악단 바로 뒤에는 꽃으로 장식한 자동차에 스미스 시장과 앨 울브릭슨과 톰 볼스가 올라탄 채 거리에 너덧 줄로 겹겹이 모여 환호성을 지르는 군중에 손을 흔들었다. 메디카와 여자 수영 대표팀은 두 번째 자동차에 타고 있었다. 다음으로 드디어 진짜 주인공들이 등장했다. 목재 운반에 사용하는 긴 트럭에다가 꽃과 초록 나뭇잎을 장식한 다음, 거기다 대학대표팀과 이들의 경주정을 실어놓았던 것이다. 선수들은 W라는 글자가 새겨진 흰색 스웨터를 입고 있었다. 선수들은 저마다 길이 3.6미터의 노를 똑바로 세워서 붙잡고 있었다. 차량 행렬이 시내를 천천히 지나가는 동안, 그 모습은 마치 커다란 녹색의 파충류가 매끈한 삼나무 등뼈와 여덟 개의 흔들리는 가문비나무 볏을 자랑하며 슬금슬금 움직이는 것처럼 보였다. 가끔 한 번씩 선수들의 가족이나 친척이 보도에서 인사를 건네거나, 또는 아예 거리로 뛰어나와 재빨리 악수를 나누고 들어갔다. 조이스는 일하는 시간이었으므로, 조는 혹시나 하고 주위의 군중 사이를 두리번거리며 아버지나 의붓동생들을 찾아보았지만 이들은 어디에도 보이지 않았다.

이 행진의 종착지는 유니언 스트리트에 자리한 '워싱턴 체육회'였다. 선수들은 시애틀의 저명인사 수백 명이 모여 있는 연기 자욱한 행사장으로 들어갔는데, 이들은 특별 만찬에 참석해서 돌아온 영웅들을 가까이서 볼 기회를 얻기 위해 각자 75센트씩을 낸 사람들이었다. 로열 브로엄이 사회를 맡은 이 행사는 라디오를 통해 중계되기까지 했다.

시장과 톰 볼스와 앨 울브릭슨이 차례로 짧은 인사말을 전했다. 울브릭슨은 세 팀의 선수들 모두에게 칭찬을 건네고, 다음과 같이 말함으로써 환호성을 이끌어냈다. "여러분의 이와 같은 성원을 바탕으로, 저희는 포킵시에서도 우승할 것이고, 나아가 베를린과 다른 국제대회에서도 우승할 것입니다." 곧이어 대학 총장이 인사말을 하고, 상공회의소장도 무대에 올랐다. 이 도시에서 끗발 있는 사람들은 누구나 이 기회를 이용하려 든 셈이었다. 곧이어 세 팀의 선수들이 모두 무대에 올라섰다. 한 명씩 소개되어 인사를 할 때마다 박수가 길게 이어졌다.

조의 차례가 되었을 때, 그는 잠시 자기 앞에 펼쳐진 풍경을 음미했다. 두툼한 벨벳 커튼이 달려 있는 높은 창문으로부터 밝은 빛이 스며들어 행사장을 환히 비추었다. 커다란 크리스털 샹들리에가 벽토로 치장된 화려한 천장 높은 곳에 번쩍이고 있었다. 스리피스 정장을 차려입은 풍채 좋은 남자들이 환히 웃는 얼굴로, 보석으로 치장한 여자들이 인자해 보이는 얼굴로 그를 빤히 바라보고 있었다. 이들이 앉아 있는 식탁 위에는 빳빳하게 다린 흰색 리넨 식탁보가 덮여 있었고, 번쩍이는 은식기와 크리스털 유리잔과 따뜻한 음식이 가득 담긴 접시가 놓여 있었다. 흰색 코트와 검은색 나비넥타이 차림의 웨이터들이 식탁과 식탁 사이를 오가며 쟁반에다가 더 많은 음식을 나르고 있었다.

쏟아지는 박수 속에서 한 손을 들어 감사의 뜻을 표시하는 순간, 조는 터져나오는 눈물을 막기 위해 무척이나 애를 써야 했다. 자기가 이런 사람들에게 에워싸여 이런 자리에 서는 모습은 한 번도 꿈꾸어본 적이 없었다. 그는 당혹스러웠지만 동시에 감사하는 마음이 가득했으며, 행사장의 무대에 서서 감사의 뜻으로 손을 들어올리는 동안, 그는 갑작스레 뭔가 익숙하지 않은 감정이 치솟는 것을 느꼈다. 그가 이전까지 느꼈던 어떤 감정보다도 더 깊고 더 가슴 충만한 자부심이었다. 이제 그는 또다시 포킵시에 가게 될 것이었고, 잘만 하면 베를린에도 갈 것이었다. 모든 것이 마침내 금빛으로 바뀌기 시작한 것처럼 보였다.

몬틀레이크 컷에서의 조정 연습

제 10 장

에이트 경주정이라는 보트는 민감한 물건이어서, 내가 먼저 그놈을
자유롭게 놓아주지 않으면 그놈도 내 뜻대로 움직여주지 않는다.

— 조지 요먼 포코크

지금과 같이 모든 미국인이 열댓 개나 되는 케이블 스포
츠 채널을 즐기는 시대에는, 그리고 프로 운동선수의 연봉이 종종
1,000만 달러 단위에 달하는 시대에는, 또한 '슈퍼볼 일요일'에는 온 나
라가 휴업하고 사실상의 국경일을 보내는 시대에는, 워싱턴 대학 조정
부의 치솟는 명성이 1935년의 시애틀 사람들에게 얼마나 중요한 일이
었는지를 완전히 이해하기가 쉽지 않다. 당시의 시애틀은 여러 면에서
뒤처진 곳으로 오랫동안 간주되던 도시였고, 그리고 여전히 때때로 스
스로를 그렇게 간주하던 도시였다. 스포츠의 세계에서도 사정은 크게
다르지 않았다. 워싱턴 대학의 풋볼 팀은 오래전부터 승리를 거두어왔
으며, 심지어 놀라운 위업을 세운 적도 있었다. 즉 1907년부터 1917년
까지 무려 63연승을 거둔 기록이었다. 이 연승 시기에 워싱턴은 질 도
비Gil Dobie 코치의 지휘 아래 1,930점을 올렸고, 상대팀은 겨우 118점밖
에 올리지 못했다. 하지만 여기서 반드시 주목해야 할 것은, 도비가 그
당시로서는 약간 이례적이라고 할 만한 몇 가지 원칙을 고수했다는 점
이다. 한때 그는 덩치가 작은 선수 두 명에게 강철 어깨보호대를 착용하

고 훈련하도록 만들었다는 소문이 돌았는데, 이 장비에 적응함으로써 자기보다 큰 선수들을 제압할 수 있는 상당히 이례적인 능력을 터득하게 했다는 것이다. 그럼에도 불구하고 '워싱턴 선 다저스Washington Sun Dodgers'는 (더 나중인 1922년에 선수단의 제안으로 현재의 '허스키스Huskies'로 개명되었다.) 거의 전적으로 서부 연안에서만 명성을 날렸을 뿐이고, 로즈 볼이라는 전국적인 무대에 등장한 것은 겨우 두 번뿐이었다. 그나마도 한 번은 해군사관학교와 비겼으며, 나머지 한 번은 앨라배마에 패했다.

시애틀의 야구도 전국 무대에는 한 번도 등장한 적이 없었다. 1890년 5월 24일, 그러니까 스포켄 폴스 스포켄즈Spokane Falls Spokanes를 계승한 시애틀 레즈Seattle Reds가 창단된 이래로 이곳에는 줄곧 프로야구 구단들이 있었다. 시애틀즈Seattles, 클론다이커스Klondikers, 레인메이커스Rainmakers, 브레이브즈Braves, 자이언츠Giants, 레이니어스Rainiers, 시워시즈Seawashes, 인디언스Indians, 그리고 한 가지 불운한 이음매인 시애틀 클램디거스Seattle Clamdiggers 같은 야구 구단들이 있었다. 하지만 이 모두는 마이너리그 팀이었으며, 오로지 인근지역의 경기에만 출전했다. 그리고 시애틀의 야구는 이 당시에 큰 퇴보를 (앞으로 찾아올 여러 가지 퇴보 가운데 하나일 뿐이었다.) 맞게 되는데, 인디언스의 전용 구장 더그데일 파크의 목제 관람석이 1932년에 화재로 모두 불타버린 것이다. 결국 이 팀은 고등학교 전용 풋볼 경기장이던 시빅 필드로 구장을 옮겼다. 이 구장에는 잔디가 아예 없었고, 기껏해야 흙과 돌멩이로만 이루어진 정사각형 공터에 불과했다. 경기 사이에는 물론이고 심지어 경기 도중에도 구장 관리요원들이 마대를 들고 다니며 돌멩이를 최대한 많이 주워 담아야 하는 상황이었는데, 그러지 않았다가는 선수들이 뜬공을 잡으러 달리다가 돌멩이에 걸려 넘어지거나, 베이스에 슬라이딩을 하다가 돌멩이에 긁혀서 다칠 수 있었다. 그런데 이런 일이야말로 가망도 없고 끝도 없었다. 고등학교 시절에 그곳에서 경기를 치른 적이 있는 한 선수의 (훗날 레이니어스의 단장이 된 에도 배니Edo Vanni의) 말을 빌리면 이러했다. "만약 거기에 말 한 마리를 매어놓는다면 그놈은 굶어죽을 수밖에 없었다. 돌멩이밖에는 없었기 때문이다." 이후 수십 년간 더 메이저리그 팀을 응원하기를 원하는 시애틀의 야구팬들은 결국 자기네 연고지도 아닌 동부의 팀을 골라 응원해야만 했다.

시애틀의 스포츠는 딱 한 번 잠깐 동안 국제적인 명성을 얻은 적이 있었는데, 1917년에 이 도시의 프로 하키팀인 메트로폴리탄스Metropolitans가 몬트리얼 캐나디언스Montreal Canadiens를 꺾고 미국 팀으로는 최초로 스탠리 컵Stanley Cup에서 우승한 것이다. 하지만 메트로폴리탄스도 대개는 '태평양 연안 하키연맹'에서만 경기했으며, 전용 경기장의 소유주가 1924년에 이 팀에 대여 계약을 갱신하지 않음으로써 결국 사라지고 말았다.

이처럼 빈약한 스포츠의 전통 속에서 워싱턴 조정부의 승리는 시애틀 주민들이 오랫동안 갖지 못했던 (사실은 전혀 가진 적이 없었던) 뭔가를 제공해주었다. 캘리포니아에서의 싹쓸이 승리며, 포킵시에서의 지난번 우승이며, 이제는 훗날 올림픽에서 거둘 승리까지 이야기하는 상황에서, 시애틀 주민 누구라도 가슴을 내밀며 우쭐할 수 있었던 것이다. 이제는 동부에 있는 친구들이며 친척들에게 편지를 쓰면서 그 이야기를 할 수 있었다. 아침에 배달된 〈포스트 인텔리전서〉에서 기사를 읽고, 저녁에 배달된 〈시애틀 타임스〉에서 또다시 기사를 읽을 수 있었다. 머리를 깎으러 가서 이발사와 이야기할 수 있었고, 그 결과 이발사도 자기 못지않게 이 일에 관심을 쏟고 있음을 알 수 있었다. 이 보트를 탄 청년들은 (한 경기, 또 한 경기를 이기고, 또 이기면서) 갑자기 시애틀을 세상에 알리기 시작했으며, 가까운 미래에는 그렇게 할 가능성이 더 많아 보였다. 이제는 도시의 모든 사람이 그렇다고 믿었으며, 매우 힘든 시기에 사람들이 마음을 추스르고 자기 자신에게 더 나은 기분을 느끼도록 해주었다.

이들에 관한 기사가 〈시애틀 타임스〉와 〈시애틀 포스트 인텔리전서〉의 1면에 줄곧 등장하는 와중에도, 시애틀 주민들에게는 머지않아 닥쳐올 다른 여러 문제들의 전조가 똑똑히 보이지 않을 수 없었다.

오클랜드 에스추어리에서의 태평양 연안 조정대회가 열린 바로 다음 날인 4월 14일, 벌써 몇 년째 불어오던 먼지 폭풍조차도 무색하게 만든 한 가지 재난이 닥쳤는데, 대평원에 속한 여러 주에서는 "검은 일요일"이라는 이름으로 지금까지도 회자되는 사건이었다. 불과 몇 시간 사이에 차갑고 건조한 바람이 북쪽에서 나타나 가뜩이나 건조한 들판을 휩쓸고 지나갔으며, 이 와중에 어마어마한 양의 (파나마 운하 공사 과정에서 굴착된 흙의 두 배에 달하는 양의) 흙이 하늘 위로 2.5킬로미터까지 휩쓸려 올라갔다. 무려 다섯 개 주 대부분에 걸쳐, 늦은 오후의 태양이 사라지며 갑자기 어둠이 밀어닥쳤다. 바람에 날린 먼지 입자가 공중에 워낙 많은 정전기를 만들어냈기 때문에, 철조망 담장이 한낮의 어둠 속에서 번쩍이며 빛을 발했다. 밭에서 일하던 농부들은 그야말로 엉금엉금 기어서 방향도 모르고 이리저리 움직였는데, 너무 어두워서 자기 집으로 가는 길조차 찾을 수 없었다. 자동차는 도로를 벗어나 길가 도랑에 빠졌고, 거기 탄 사람들은 천으로 얼굴을 가리고 숨을 쉬려 애썼지만, 숨이 막혔다가 흙을 콜록거리며 토해냈다. 어떤 사람은 아예 자동차를 버리고 아무 집에나 다가가 문을 두들기며 숨을 곳을 빌려달라고 간청했다.

다음 날 캔자스시티의 AP 통신 지국장 에드 스탠리Ed Stanley는 이 참사에 관한 기사를 쓰면서 "더스트 볼dust bowl"이라는 구절을 집어넣었고, 이 신조어는 결국 미국의 사전에도 등재되었다(이후 '더스트 볼'은 1930년대에 대평원에 연이어 불어 닥친 먼지 폭풍을 일컫는 고유명사가 되었다−옮긴이). 이후 몇 달에 걸쳐 이 재난의 규모가 확인됨에 따라서 조 랜츠가 작년 여름에 서부로의 여행 중에 본 지친 피난민의 행렬도 훨씬 규모가 커졌다. 몇 년 안에 250만 명에 달하는 미국인이 (뿌리가 뽑히고, 가진 것도 없고, 가정이라고 일컬어지는 장소를 보유하는 단순한 위로와 존엄도 박탈당한 상태로) 불확실한 미래를 찾아 고향을 떠나서 서부로 가게 되었다.

이때까지 몇 달 동안만 해도 미국에서는 모든 것이 호전되는 듯한 기미가 있었다. 〈시애틀 타임스〉와 〈시애틀 포스트 인텔리전서〉 지면에는 구인 공고가 다시 나타나기 시작했는데, 전국의 다른 수백 개 신문에서도 사정은 마찬가지였다. 해리 랜츠 같은 사람들은 마침내 의미 있는 일자리를 찾기 시작했다. 하지만 수백만의 사람들이 천천히 누적해왔던 희망은 4월 14일의 돌풍으로 단숨에 날아가버리고 말았다. 불과 몇 주 사이에 〈포스트 인텔리전서〉는 구직 활동의 동행자 겸 경쟁자가 곧 생겨날 것이라고 주민들에게 경고했다. "서부를 향한 대규모 이주 박두: 무주택자, 북서부를 약속의 땅으로 간주." 5월 4일자 〈포스트 인텔리전서〉의 헤드라인은 이러했다. 시애틀의 고용 대행업체에는 일자리 관련 문의가 빗발쳤는데 (어떤 종류의 일자리든지 괜찮고 봉급이 아무리 낮아도 괜찮다고들 했다.) 미주리와 아칸소 같은 먼 주에서 온 문의도 있었다. 이민자 대부분은 농민이었기 때문에, 부동산업체마다 시애틀 인근의 값싼 땅에 대한 문의가 쏟아졌다. 신이 난 업체 관계자들은 문의를 받을 때마다 저렴한 토지가 얼마든지 있다고 장담했다. 하지만 퓨젓 사운드 인근의 토지에는 대개 나무 그루터기가 (무려 에이커당 수백 개씩이나) 있게 마련이라는, 따라서 그걸 잡아당기거나 파내거나 심지어 다이너마이트로 없애야만 농사가 가능하다는 사실까지는 군이 이야기하지 않았다. 이곳의 토양이 조밀한 진흙에 돌이 종종 섞인 빙역토氷礫土라는 사실도 이야기하지 않았다. 또 이곳은 기온이 낮고 일조량이 적기 때문에, 미국 중서부의 주민들이 오랫동안 재배했던 종류의 농작물에는 부적절한 환경이라는 사실도 군이 이야기하지 않았다.

이와 동시에 이해 봄 내내, 유럽에서 비롯된 불길한 헤드라인의 북소리는 점점 더 커지고 꾸준해졌다. 〈시애틀 타임스〉에서 내건 4주간의 헤드라인만 보아도 걱정할 만한 이유는 충분했다. "독일에서 평화주의자들에게 사형 판결"(4월 19일자), "나치, 기독교에 대한 새로운 공격 와중에 연로한 수녀와 수도사 구금"(4월 27일자), "독일의 U보트 건조에 영국의 불안 가중"(4월 28일자), "영국, 군용기 대수 나치에 맞추기로. 히틀러에게 한도 확정 요구"(5월 2일자), "영국, 라인란트 지역 군사화 포기하라고 히틀러에 통보"(5월 7일자), "나치, 새로운 무기 확보. 60노트 급 선박"(5월 17일자), "히틀러 치하 경찰, 미국 시민 구금"(5월 18일자). 이처럼 우울한 소식은 무시해버리기가 쉽지 않았다. 하지만 그렇다고 무시하는 것 자체가 아주 불가능하지는 않았다. 시애틀과 다른 모든 지역의 미국인 대부분은 바로 그런 일을 했다. 즉 유럽에서 벌어지는 사건들은 자기들이 사는 곳에서 여전히 수백만 킬로미터 떨어진 것처럼 보였기에, 대부분의 사람들은 그곳의 사건들을 계속 그곳에만 놓아두고 싶어 했다.

포킵시를 위한 훈련의 첫날, 울브릭슨은 2학년들이 비록 오클랜드에서 승리를 거두기는 했지만, 포킵시에서도 반드시 이들이 대학대표팀 자격으로 출전하는 것은 아니라고 말함으로써, 경주정 보관고에 모인 스포츠 기자들을 깜짝 놀라게 했다. 그는 준대표팀 보트에도 상당한 경험과 재능을 지닌 상급생들이 있음을 지적했다. 그들 중 일부는 졸업하기 전에 전국 대학대표팀 선수권대회에 나갈 만한 자격을 갖추었다고도 했다. 이런 이야기를 하는 내내 울브릭슨은 아마도 진심이었을 것이다. 실제로 그는 오클랜드에서 상급생들을 실망시킨 일 때문에 기분이 좋지 않았고, 에스추어리에서의 최종 선발 시험에서 그들이 이겼음에도 불구하고 자기가 결정을 번복했다는 사실 때문에 특히나 기분이 좋지 않았다. 하지만 여기에는 또 다른 뭔가가 있었다. 그는 상급생들이 오클랜드에서의 경주에서 전적으로 우위를 점했음을 잘 알고 있었다. 반면 2학년들은 간발의 차이로 이긴 셈이었으며, 공식적인 결과 발표를 기다리는 동안 코치에게 상당한 조바심을 야기했다. 그런 일은 이들의 대의에도 전혀 도움이 되지 않았다.

조와 다른 2학년들은 코치의 이런 발언을 차마 믿을 수 없어 했다. 자기들은 에스추어리에서 다른 팀을 격파하지 않았는가. 그들은 작년의 전국 챔피언인 캘리포니아의 대학대표팀을 격파했다. 그들은 스스로의 실력을 넘어서서 더 나이 많고 더 경험 많은 선수들, 즉 이브라이트가 머지않아 포킵시에 출전시킬 바로 그 선수들을 격파한 것이다. 그런데 갑자기 그들의 대학대표팀 지위는 원점으로 돌아와 있었다. 격분한 그들은 다시 물 위에 나가자마자 준대표팀 선수들을 현재의 그 자리에 못 박아놓겠다고 결심했다.

하지만 실제로 이들은 자기 자신에는 물론이고 자기들의 대의에도 완전히 태업을 벌이고 말았다. 5월 9일에 울브릭슨은 두 보트를 놓고 또 한 번의 일대일 대결을 시켰다. 마침 울브릭슨의 보트에는 중요한 손님이 한 명 타고 있었다. 바로 '아마추어체육연맹(AAU)'의 J. 라이먼 빙엄ᴶ Lyman Bingham이었는데, 그는 AAU와 '미국 올림픽위원회(AOC)' 양쪽 모두의 대표인 에이버리 브런디지Avery Brundage와 가까운 친구이기도 했다. 울브릭슨이 메가폰으로 출발 명령을 내렸다. "모두 준비…… 저어!" 그러자 바비 모크가 배꼬리에 앉아 있던 준대표팀 보트는 곧바로 2학년팀 보트를 손쉽고도 확실하게 따돌리며 앞으로 달려나갔다. 울브릭슨은 자기 보트를 몰고 두 척의 보트를 따라가서 이렇게 말했다. "이제 그만!" 그런 다음 두 척의 보트를 정렬시키고 다시 한 번 출발시켰다. 이번에도 역시나 준대표팀은 상대를 확실히 따돌리고 말았다. 빙엄은 울브릭슨을 바라보며 냉랭한 목소리로 물었다. "지난번에 대학대표팀에 관해서 한 이야기는 뭔가? 지금 내 눈앞에 있는 건 다른 선수들인 모양인데." 울브릭슨은 당황할 수밖에 없었다.

이후 몇 주 동안이나 울브릭슨은 두 척의 보트를 거듭해서 일대일로 대결시켰다. 때로는 2학년팀 보트가 이겼지만, 대개는 지고 말았다. 물론 혼자서 달리게 했을 때에는 노를 잘 저었지만, 상급생들의 모습을 보기만 하면 이들은 완전히 와해되고 말았다. 몇 달에 걸친 상대편의 조롱이 번번이 이들의 성미를 돋우었던 것이다.

4월에만 해도 울브릭슨은 2학년으로만 이루어진 자기네 선수들이 최고라고, 전국 단위의 두 군데 통신사 앞에서 자랑한 바 있었다. "제가 지금까지 지도한 선수들 중에서도 최고의 잠재력이 있습니다." 그런데 이제 이들은 그를 졸지에 바보로 만들어버릴 참이었다. 그는 선수들을 사무실로 불러 모은 다음, 아예 문까지 닫고 확실히 경고했다. "너희가 운동을 제대로 할 수 없다면 나로서도 현재의 조합을 깨뜨릴 수밖에 없다." 그가 으르렁거렸다. 울브릭슨은 차마 이런 말을 입 밖에 내는 것조차 싫어했다. 그는 아직까지도 이 2학년들이 작년에 포킵시에서 신입생 부문 우승을 차지하던 순간의 그 놀라운 모습을 잊지 않고 있었다. 사실은 어느 누구도 잊지 못할 것이었다. 이때까지도 이들에 관해 언급하는 거의 모든 언론 보도에서는 작년에 뉴욕에서 이들이 보여준 모습을, 즉 청년들이라기보다는 오히려 젊은 신들이 노를 젓는 것과도 같았던 모습을 여전히 상기시켰기 때문이다. 하지만 울브릭슨은 이들이 신이 아니라 경주에서 이겨야만 했던 청년들이었음을, 그리고 신들과는 달리 이 청년들은 오류의 가능성이 있음을 마침내 알게 되었다. 그리고 할 수 있다면 이들의 결함을 찾아내서 고치는 것이, 그리고 할 수 없다면 결국 이들을 다른 선수로 교체하는 것이 바로 그의 역할이었다.

조정은 여러 면에서 근본적인 역설이 있는 스포츠이다. 우선 에이트 경주정에서는 (이례적으로 크고 신체적으로 강한 선수들에 의해 동력을 얻는) 그 보트에서도 가장 체구가 작고 가장 힘이 약한 사람이 명령을 내리고, 조종을 하고, 방향을 결정한다. 키잡이는 (최근에 와서는 노잡이가 모두 남자인 상황에서 키잡이만 여자인 경우가 종종 있다.) 반드시 자기 덩치의 두 배는 되는 선수들을 바라보는 인격의 힘을 가져야만 하고, 이들을 향해 명령을 내려야만 하며, 이런 명령에 저 거인들이 즉각적이면서도 이의 없이 반응하리라는 확신을 가져야만 한다. 이것이야말로 스포츠에서도 가장 불합리한 관계일 것이다.

또 한 가지 역설은 이 스포츠의 물리학에 놓여 있다. 이 노력의 목적은 물론 보트를 물 위에서 최대한 빨리 앞으로 나아가게 만드는 것이다. 하지만 보트가 빨리 가면 갈수록 노를 잘 젓기는 더 힘들어진다. 무지막지하게 복잡한 동작의 연쇄는 (노잡이 각자는 정교한 정확성을 발휘하며 이를 수행해야 하므로) 스트로크 비율이 늘어날수록 수행하기가 점점 더 어려워진다. 분당 36회의 박자로 노를 젓는 것은 26회의 박자로 노를 젓는 것보다 더 힘든 일이다. 박자가 빨라지면 실수의 (예를 들어 노가 몇 분의 1초쯤 너무 일찍, 또는 너무 늦게 물에 닿을 경우) 대가도 심해지고, 재난의 가능성도 점점 더 커진다. 이와 동시에 높은 스트로크 비율을 유지하기 위해 필요한 노력 때문에 육체적 고통은 더 끔찍해지고, 실수의 가능성도 높아진다. 이런 점에서 속도는 조정선수의 궁극적인 목표인 동시에 가장 큰 적수이기도 하다. 달리 표현하면, 아름답고 효과적인 노 젓기는 종종 고통스러운 노 젓기를 의미한다는 것이다. 이름을 알 수 없는 한 코치는 퉁명스럽게도 이런 말을 했다고 전한다. "조정은 마치 아름다운 오리와도 같다. 물 위에서는 우아하기 짝이 없지만, 물 밑에서 그놈은 미친 듯 다리를 휘젓고 있는 것이다."

하지만 이 스포츠의 가장 큰 역설은 노를 젓는 사람들의 심리적 기질과 관련이 있다. 뛰어난 노잡이는 본질적으로 상충되는 재료로 (예를 들어 물과 기름, 또는 불과 흙으로) 만들어지게 마련이다. 한편으로 그들은 어마어마한 자신감, 강한 자아, 대단한 의지력을 반드시 보유해야만 한다. 그들은 좌절에 사실상의 면역력을 반드시 보유해야 한다. 자기 자신을

(즉 고난을 견디고자 하는, 그리고 상대를 압도하고자 하는 자신의 능력을) 깊이 믿지 못하는 사람은, 높은 수준의 조정 경주처럼 대담하기 짝이 없는 뭔가를 차마 시도하지도 못하게 마련이다. 이 스포츠는 고통의 기회를 워낙 많이 제공하는 반면 영광의 기회는 적기 때문에, 오로지 자기 확신과 자기 동기부여를 가진 사람만이 여기서 성공할 가능성이 있다. 이와 동시에 (이것이 핵심인데) 다른 어떤 스포츠도 조정처럼 자기 자신에 대한 완전한 포기를 요구하지 않으며, 또한 이런 완전한 포기에 보상을 하지도 않는다. 훌륭한 팀에는 예외적으로 뛰어난 재능이나 힘이 있게 마련이다. 이런 팀에는 두드러지게 뛰어난 키잡이나 스트로크 노잡이나 뱃머리 노잡이가 있다. 하지만 조정팀에는 스타가 없다. 가장 중요한 것은 바로 팀 전체의 노력이다.(다시 말해 근육과 노와 보트와 물의 완벽하게 일치된 흐름이며, 움직이는 각각의 선수가 단일하고 총체적이고 통합적이고 아름다운 교향악을 이루는 것이다.) 중요한 것은 개인도 아니고 자아도 아닌 것이다.

조정이라는 스포츠의 심리학은 복잡하다. 설령 조정선수가 각자의 종종 격렬한 독립성과 자주성의 감각을 반드시 억제해야만 한다 하더라도, 이와 동시에 이들은 각자의 개성에, 즉 노잡이로서나 심지어 인간으로서 각자가 지닌 독특한 역량에 진실해야만 한다. 그 어떤 조정 코치도 설령 그런 일이 가능하다 하더라도, 가장 크고, 가장 강하고, 가장 똑똑하고, 가장 유능한 조정선수들만을 천편일률적으로 골라 보트에 태우지는 않는다. 그런 선수들로는 조정 경주에서 승리할 수 없다. 오로지 팀을 이용해서만 승리할 수 있으며, 뛰어난 팀은 신체적 능력과 인성 양쪽 모두에서 신중하게 균형을 맞춘 배합이다. 물리적 용어로 설명하면, 예를 들어 한 노잡이의 팔이 다른 노잡이의 팔보다 길 수 있지만 전자보다 후자가 더 강한 등을 가졌을 수 있다. 둘 중에 어느 쪽이 반드시 다른 쪽보다 더 낫고 더 가치 높은 키잡이라고 할 수는 없다. 하지만 그들이 서로 노를 잘 저으려 한다면, 노잡이 각자는 상대방의 필요와 능력에 반드시 적응해야 한다. 보트의 전체적인 이득을 위해서 자기의 스트로크를 최적화하기 위해서는, 각자 뭔가를 양보할 준비가 반드시 되어 있어야 하며 (즉 팔이 짧은 선수는 더 멀리까지 뻗고, 팔이 긴 선수는 반대로 조금 덜 뻗는 식으로) 그래야만 두 사람의 노는 평행을 유지할 수 있고, 두 사람의 노깃은 정확히 똑같은 순간에 물에 들어갔다 나왔다 할 수 있는 것이다. 서로 다른 신장과 체격을 지닌 여덟 명의 개인이 각자의 힘을 최대한 사용하려면, 이처럼 고도로 정련된 조정과 협동이 반드시 배가되어야 한다. 오로지 이런 방식을 통해서만 다양하게 나타나는 능력들을 약점이 아니라 장점으로 승화시킬 수 있다.(예를 들어 기술이 더 뛰어난 노잡이를 뱃머리에 앉히고, 더 힘이 세고 체중이 무거운 노잡이를 보트의 한가운데 앉히는 식이다.)

그리고 노잡이의 성격에 관해서라면, 다양성을 자산으로 활용하는 것이 훨씬 더 중요하게 마련이다. 잘 흥분하고 과도하게 공격적인 노잡이 여덟 명으로만 구성된 팀은 종종 보트 안에서 역기능을 발휘하는 말다툼이 생겨나거나, 또는 장거리 경주의 첫 번째 구간에서 그만 지쳐버리는 식으로 퇴보하기 쉽다. 이와 유사하게, 힘은 세지만 조용하고 내성적인 선수들로만 이루어진 팀의 경우, 마치 모든 것이 불리한 듯한 상황에서도 보트가 경쟁자를 앞지르게끔 만드는 열띤 결의의 공통적인 핵심을 결코 찾지 못하게 마련이다. 훌륭한 팀은 여러 가지 인성을 잘 배합한다. 공격을 이끌 누군가가 있고, 뭔가를 비축해두는 누군가가 있는 것이다. 싸움을 받아들이는 누군가가 있고, 화해를 시키는 누군가가 있다. 사물을 꿰뚫어보는 누군가가 있고, 생각도 필요 없이 돌진하는 누군가가 있다. 어떻게 해서든 이들 모두가 조화를 이루어야 한다. 그것이 바로 가장 힘든 문제이다. 적당한 배합을 발견한 뒤에도, 보트에 타고 있는 각각의 선수는 팀이라는 직조물 안에서 자기 자리를 발견하고, 그런 자기 자리를 받아들이고, 나아가 다른 선수들을 있는 그대로의 모습으로 받아들여야만 한다. 모든 것이 딱 올바른 방식으로 합쳐지는 것은 매우 정교한 작업의 결과물이다. 그로부터 비롯되는 강한 유대감과 흥분이야말로 수많은 노잡이들이 노를 젓는 이유 그 자체이며, 트로피나 표창보다도 더 큰 이유이다. 하지만 승리하기 위해서는 비범한 성격은 물론이고 비범한 신체 능력을 지닌 젊은이들이 필요하다.

워싱턴의 2학년들로 이루어진 보트가 작년 6월에 포킵시에서 경주를 벌였을 때, 앨 울브릭슨은 자기가 바로 이것을 보았다고 믿었다. 그들은 모든 조정부 코치들이 찾아 헤매던 바로 그런 완벽한 팀이 되었던 것이다. 그러니 그 직조물을 이제 와서 찢어버리기가 정말 끔찍스러우리만치 내키지 않았지만, 선수들은 그에게 아무런 선택의 여지도 남기지 않는 듯했다. 그들은 모든 것을 스스로 와해시키고 만 것처럼 보였다.

5월 22일에 그는 두 척의 보트를 다시 시험했으며, 실전 경기에 임하는 속도로 2마일 동안 노를 젓게 했다. 상급생들이 한 정신 차이로 승리를 거두었다. 다음 날 그는 3마일 경주로 시험해보았다. 이번에도 상급생들은 15분 53초라는 인상적인 기록을 냈는데, 이는 2학년들보다 무려 8초나 빠른 기록이었다. 마침내 울브릭슨은 경사로에서 기다리던 기자들에게 다가가, 벌써 몇 주째 이들이 듣고 싶어 하던 소식을 전해주었다. 뭔가 기적이 나타나지 않는 한, 포킵시에는 상급생들이 대학대표팀으로 출전하게 되리라는 이야기였다. 대신 2학년들은 캘리포니아에서 승리를 거두었음에도 불구하고, 준대표팀의 지위로 강등될 것이 확실하다고 말했다. 하지만 2학년들은 팀을 해체하지 않고 계속해서 같이 노를 젓게 될 것이라고 그는 덧붙였다. 자기는 계속해서 열린 마음을 지닐 것이라고, 그리고 경주대회 직전에 허드슨 강에서 두 척의 보트가 어떤 실력을 발휘하는지를 지켜보겠다고 울브릭슨은 말했다. 하지만 코치가 마음을 정했음은 누구에게나 분명히 보였으며, 심지어 강등된 조와 그의 동료들에게도 그렇게 보였다.

시애틀의 스포츠 기자들은 이것이 과연 올바른 결정인지 확신하지 못했다. 〈포스트 인텔리전서〉의 로열 브로엄은 2학년들의 최근 부진에도 불구하고, 몇 달 동안이나 이 팀을 밀어주어야 한다고 큰 목소리로 주장했다. 〈시애틀 타임스〉의 조지 바넬은 최근에 치러진 몇 번의 시험을 가까이서 지켜보았으며, 이때 자기가 발견한 뭔가를 과연 울브릭슨도 눈치 챘는지 궁금해했다. 즉 2마일과 3마일 시험 당시에 2학년들은 경주로에서 크게 벗어났고, 물을 비효율적으로 휘젓는 모습이 마치 과도하게 흥분하거나 당황한 것처럼 보였으며, 그로 인해 상급생들에게 선두를 빼앗겼다는 것이다. 하지만 처음 1마일 구간이 끝나갈 무렵에는 이들도 상급생들 못지않게 노를 잘 저었다는 것이다. 뿐만 아니라 3마일 시험에서는 상급생들이 마지막 1마일 구간에 들어섰을 무렵 확실히 지친 기색이 엿보이기 시작했다는 것이다. 〈포스트 인텔리전서〉의 칼럼니스트인 클래런스 더크스Clarence Dirks도 이미 똑같은 사실에 주목하고 있었다. 노를 잡아당기는 동작에서도 하나같이 2학년생들이 더 자연스러워 보였고, 그 마지막 1마일 구간의 끝에 가서는 상대를 무서운 속도로 따라잡았다는 것이다. 그러면서 포킵시의 대학대표팀 경주로는 무려 4마일에 달한다는 사실을 상기시켰다.

포킵시로의 여행은 1년 전만큼 활기차거나 태평스러울 수가 없었다. 대륙을 가로지르는 여행 내내 날씨는 더웠으며, 기차 안은 답답하고 불편하기만 했다. 앨 울브릭슨은 신경이 잔뜩 곤두서 있었다. 캘리포니아에서의 3관왕이라는 성과 후에, 그는 올해 포킵시에서의 조정대회도 싹쓸이하겠다고, 즉 세 번의 경주 모두에서 승리하겠다고 시애틀에 호언장담했던 것이다. 이에 흥분한 시민들은 귀중한 돈을 지폐부터 동전까지 기꺼이 내놓아서, 선수들을 동부로 보내기 위한 후원금을 무려 1만

2,000달러나 모아주었던 것이다. 울브릭슨은 자신의 호언장담을 현실로 만들어야만 빚을 갚을 수 있다고 생각했다.

2학년들과 상급생들 사이의 긴장감은 눈에 띄게 분명했다. 가능한 한 양쪽 선수들은 피차 상대방에게서 멀찍이 떨어져 있으려 했지만, 기차는 워낙 제한된 환경이었기 때문에, 동쪽으로 가는 내내 양쪽 모두에게는 이것이야말로 쉽지 않은 일이었다. 숨이 막힐 듯한 하루하루를 보내며, 코치들과 선수들은 거의 부루퉁한 상태로 몇 명씩 모여 앉아 카드놀이를 하거나, 싸구려 잡지를 읽거나, 잡담을 하거나, 식당 칸에 갈 때에 누구랑 가고 누구랑 가지 않을 것인지를 선택했다. 조와 쇼티 헌트와 로저 모리스는 대부분 객차의 한쪽 모퉁이에 자기들끼리만 모여 있었다. 이때에는 노래도 없었다. 조는 아예 기타를 집에 두고 왔다.

그로부터 닷새 뒤, 이들은 포킵시에 도착했다. 일요일 오전에 기차에서 내리자마자 이들은 모두 안심했는데, 왜냐하면 이때까지 예상했던 끈적끈적하고 억압적인 열기 대신에, 시원하고 원기를 북돋우는 여름의 폭풍 한가운데에 서 있게 되었기 때문이다. 포코크가 걱정스럽게 지시하는 가운데 선수들은 화차에 실린 경주정을 조심스레 내렸다. 커다란 건축용 크레인이 코치용 보트를 무개화차에서 들어올려 허드슨 강에 살짝 내려놓았다. 곧이어 선수들은 자기들이 가져온 수십 개의 우유 깡통을 내리기 시작했다. 그 안에는 38리터의 신선하고, 맑고, 달콤한 북서부의 식수가 들어 있었다. 이들은 허드슨 강의 물 위에서 노를 저을 것이었다. 이들은 허드슨 강의 물로 샤워할 것이었다. 하지만 두 번 다시 그 물을 마시지는 않을 것이었다.

울브릭슨이 기차에서 내리자마자 기자들이 그를 에워쌌다. 그는 대학 대표팀의 보트 배치에 관한 결정을 여전히 공식적으로 발표하지 않았지만, 적어도 솔직하기는 했다. "2학년팀은 제게 큰 실망을 안겼습니다." 그는 계속해서 말했다. "이 선수들에게 무슨 일이 일어난 건지 우리는 알 수 없었습니다. 캘리포니아에서의 경주가 벌어지기 직전부터 그들은 파괴력을 잃기 시작했고 그들이 다시 돌아오지 않는 한 여기서는 준대 표팀으로 노를 젓게 할 것입니다." 동부의 스포츠 기자들은 깜짝 놀랄 수밖에 없었다. 1년 전만 해도 그토록 손쉽게 승리를 차지하는 모습을 자기들이 똑똑히 보았던 바로 그 선수들을, 그리고 불과 2개월 전에는 캘리포니아의 대학대표팀을 물리쳤던 바로 그 선수들을 울브릭슨이 강 등시킬 생각을 했다는 사실조차도 그들로선 믿을 수 없었던 것이다.

다음 날 허스키 선수들은 유서 깊은 포킵시의 제의를 거행했는데, 이는 강물에 들어서기 전에 경쟁자들의 경주정 보관고를 찾아가서 마지못해 인사를 건네는 것이었다. 들르는 곳마다 울브릭슨은 자기는 2학년들을 준대표팀으로 내보낼 예정이라고, 상대편 코치에게 거듭해서 해명을 내놓지 않을 수 없었다. 앞서 기자들의 태도와 마찬가지로, 코치들 역시 이에 의구심을 가졌다. 83세의 노장으로 모두의 존경을 받는 시러큐스의 짐 텐 에이크는 허연 머리를 설레설레 저으면서 자기는 울브릭슨이 실제로 그렇게 할 것이라고는 믿지 않는다고, 즉 자기 생각에는 그의 말이야말로 책략에 불과하며, 6월 18일에는 2학년들이 결국 대학대표팀으로 출전하게 될 것이라고 말했다. 울브릭슨과 선수들이 떠나자, 텐 에이크는 다시 한 번 머리를 저으면서 말했다. "울브릭슨이 정말 그렇게 할 수 있다면 그에게는 두 척의 훌륭한 보트가 있는 셈이지."

사실 2학년 보트는 이제 완전히 2학년들로만 구성되어 있지는 않았다. 울브릭슨이 조지 모리 대신에 상급생인 윙크 윈슬로Wink Winslow를 키잡이로 앉혔는데, 이는 강에서의 경기 경험이 더 많은 윈슬로가 도움을 주리라 생각했기 때문이었다. 하지만 그를 제외하면 이 팀은 작년에 그토록 손쉽게 승리를 차지했던 바로 그 선수들 그대로였다.

이들이 노를 저으러 나설 즈음, 물의 상황은 좋지 않았다. 여전히 비가 내리고 있었고, 차갑고 날카로운 바람이 하류 쪽으로 불고 있었다.

강에는 큰 파도가 일었고, 물은 검고 기름기가 있었다. 이것이야말로 워싱턴의 선수들이 가장 두려워하는 상황이 아닐 수 없었는데, 단순히 비나 바람 때문이 아니라 (사실 그건 이들이 대부분의 다른 팀보다 더 친숙한 요소였다.) 오히려 바람으로 인해 생겨난 파도가 강의 물살과 상호작용을 할 때에 발생하는 특유의 옆으로 밀려나는 움직임 때문이었다. 울브릭슨은 이날 두 차례나 물 위에 나가게 해서, 이처럼 만만찮은 환경에 선수들을 최대한 노출시켰다. 그곳에는 워싱턴의 보트들뿐이었다. 다른 팀들은 모두 (허스키들로부터 방문을 받고, 이들의 훈련 모습을 흘끗 엿보면서) 그날 하루 동안 경주정 보관고의 따뜻한 온기 속에 남아 있는 데에 만족했다.

경주정 보관고 중에서도 가장 따뜻하고 가장 아늑한 곳은 바로 캘리포니아에서 온 베어스가 차지했다. 카이 이브라이트와 신입생 및 대학 대표팀은 벌써 며칠 전에 이곳에 도착했으며, 포킵시 쪽 강변에서도 다른 곳보다 더 편리한 곳에 지어진 아주 새것인 보트 보관고로 들어갔는데, 이곳에는 강이 아니라 도시에서 끌어오는 수돗물과 온수 샤워장과 식당과 주방시설과 전깃불과 널찍한 숙소 등이 완벽하게 구비되어 있었다. 워싱턴의 선수들에게는 이런 시설과 자기네 시설 간의 대조가 당연히 좋은 영향을 끼치지 못했다. 계속해서 비가 내리고 바람이 부는 가운데, 하일랜드 쪽 강변의 가뜩이나 허약하고 낡은 이들의 보트 보관고며, 비가 새는 지붕이며, 차가운 강물이 쏟아지는 샤워장은, 캘리포니아의 숙소와 대조적으로 마치 이들을 최대한 비참하게 만들기 위해 고안된 설비처럼 보였다. 그리고 절벽 위에 자리한 파머 아주머니의 합숙소는 여전히 요금은 저렴한 대신, 올해에는 선수들을 그야말로 굶기다시피 하는 상황을 만들어냈다. 이전처럼 한 방에서 여섯 명씩 잠자는 것이 아니라, 이제는 한 방에서 여덟 명이나 아홉 명씩 잠을 자야 했다. 차라리 작년처럼 숨 막히는 열기 속에서 자는 게 더 낫겠다 싶을 만큼 숙박 환경은 정말이지 불편하기 짝이 없었다.

하지만 앨 울브릭슨을 가장 불편하게 만들었을 법한 사건은 그가 방금 전에 이브라이트로부터 들은 소식이었다. 즉 캘리포니아 팀이 버클리를 떠나기 직전에, 작년에 전국선수권대회에서 승리를 거두었던 선수들 가운데 네 명을 올해의 대학대표팀 경주정으로 이동 배치했다는 것이다. 결국 캘리포니아의 보트에는 무려 여섯 명이 작년의 우승 선수들이었다. 오클랜드에서 패배를 당한 캘리포니아의 팀이 혹시 어쩌면 포킵시에서 열리는 전국선수권대회라는 더 큰 목표를 향하는 과정에서 이브라이트가 사용한 일종의 책략은 아니었을까 하는 의구심마저 울브릭슨은 떠올렸다. 그의 입장에서 이보다 더 나쁜 소식은, 재구성된 캘리포니아의 대학대표팀 보트가 허드슨 강에서 연습하는 모습을 지켜본 지 며칠이 지난 다음부터, 포킵시로 찾아온 수많은 스포츠 도박사들과 스포츠 기자들이 벌써부터 이 캘리포니아 팀과 1932년 올림픽 금메달리스트인 예전의 캘리포니아 팀을 비교하기 시작했다는 것이다. 그리고 이보다 더더욱 나쁜 소식은, 캘리포니아의 덩치 큰 스트로크 노잡이 유진 버켄캠프Eugene Berkenkamp에 관한 것이었다. 남자들이 모여 앉아 최근의 소식을 교환하고 스포츠 도박사들이 제공하는 승률에 주목하게 마련인 포킵시의 담배 가게에서는 버켄캠프가 저 뛰어난 피터 던런Peter Donlon에 가뿐히 버금간다는 노골적인 정보가 나오고 있었다. 던런은 캘리포니아의 스트로크 노잡이로 활약하여 1928년에 모교에 두 번째 올림픽 금메달을 안겨주었으며, 포킵시 대회에서도 신기록을 만들어낸 장본인이었다.

경주 6일 전인 6월 12일, 울브릭슨은 두 척의 보트를 다시 한 번 강물위에서 일대일로 대결시켰다. 2학년들은 상급생들을 보자마자 곧바로 뒤처지더니 무려 여덟 정신이나 벌어져서 들어왔다. 이제 문제는 확실히 매듭지어졌다. 울브릭슨도 결국 항복을 선언했다. 2학년들은 공식적으로 준대표팀 지위로 강등되었다. 상급생들은 대학대표팀으로 경기에 나갈 것이었다. 조와 그의 동료들의 시각에서는 이것이야말로 치명타였지만, 앨 울브릭슨의 시각에서는 새로운 대학대표팀이 거둔 여덟 정신 차이의 승리야말로, 6월 18일에 있을 이 대회의 절정에 해당하는 경주에서 벌어질 좋은 일의 전조처럼 보였다. 그리고 그는 다른 부문보다도 대학대표팀의 경주에서 더 승리하고 싶었다. 워싱턴은 그가 스트로크 노잡이로 활약했던 1926년 이후 단 한 번도 이 부문에서 승리하지 못한 바 있었다. 하지만 울브릭슨이 2학년의 강등을 마침내 결정한 바로 그날, 새로 정해진 워싱턴의 대학대표팀이 시험을 거치는 장면을 지켜본 〈뉴욕 타임스〉의 로버트 켈리는 일찍이 시애틀의 기자들이 눈치 챘던 것과 똑같은 문제점을 관찰했다. 즉 4마일 가운데 마지막 1마일 구간에서 상급생들이 어딘가 좀 지쳐 보인다는 것이었다.

그날 늦게 울브릭슨은 미국 대통령이 보낸 메시지를 인편으로 전달받았다. 며칠 전에 울브릭슨은 자신의 코치 전용 보트에 함께 타고 연습을 관람하라고 FDR를 초청한 바 있었다.(대통령은 열성적인 조정 팬이었으며, 그의 아들인 프랭클린 2세는 며칠 뒤에 하버드 대 예일의 연례 경기에 출전할 예정이었다.) 대통령은 안타깝게도 갈 수 없겠다고, 우선은 국가회복청의 확대에 관한 법안에 서명하기 위해 워싱턴 D.C.에 머물다가, 나중에는 프랭클린 2세의 동문 대항 경기를 보러 뉴런던에 가야 한다고 답장했다. 하지만 그날 저녁 울브릭슨은 이곳의 강 상류에 있는 대통령의 저택 하이드 파크에서 연락을 받았다. 대통령의 막내아들 존 루스벨트였다. 그 역시 한때 하버드에서 조정선수로 활약한 적이 있었는데, 괜찮다면 자기가 아버지 대신 코치 전용 보트에 함께 타도 되겠느냐는 것이었다.

다음 날 (키가 크고 잘생겼으며, 머리를 뒤로 빗어 넘기고, 환하고 매력적인 미소를 짓는 청년인) 존 루스벨트를 보트에 태운 상태에서 울브릭슨은 마지막으로 또 한 번 시험을 치렀는데, 이날의 목적은 단지 경주 당일의 결과를 예상하려는 것뿐이었다. 그는 4마일 표시가 있는 지점에서 새로운 대학대표팀인 상급생들에게 출발을 지시했다. 이들이 3마일 표시에 도달했을 무렵, 조와 2학년들이 모는 준대표팀 보트가 합세해서 같이 연습 경기를 펼쳤다. 준대표팀은 곧바로 대학대표팀을 앞질러 나갔다. 2마일 표시가 있는 곳에서는 톰 볼스의 예외적으로 뛰어난 신입생들이 합세했다. 나머지 구간 동안 2학년들과 신입생들이 선두를 차지하려고 경쟁하는 가운데, 대학대표팀은 눈에 띄게 지친 모습으로 두 척의 뒤를 따랐다. 결국에는 신입생들이 조와 2학년들보다 반 정신 앞서 들어왔고, 새로운 대학대표팀은 이들보다 한참 뒤처져 있었다. 조지 포코크는 깜짝 놀라서 이렇게 말했다. "지난 몇 주 사이에 처음으로, 오늘에야 2학년들은 뭔가 달라 보였다. 이제야 비로소 예전의 모습이 보이기 시작했다." 우리가 아는 한 앨 울브릭슨은 이때 (공개적으로는 물론이고, 가장 가까운 사람들에게도) 아무 말도 하지 않았지만, 그는 분명히 이날 밤새도록 침대에서 이리 뒤척 저리 뒤척 했을 것이다. 주사위는 이미 던져진 상태였고, 순서지도 이미 인쇄된 상태였으며, 상급생들도 여전히 대학대표팀으로 노를 젓고 있었다. 하지만 그는 자기가 본 광경을 아무래도 좋아할 수 없었다.

6월 14일, 울브릭슨은 로열 브로엄을 선수단 숙소 위층으로 불러서 이 문제를 논의했다. 이미 몇 달째 브로엄은 매일 게재되는 스포츠 칼럼 〈모닝 애프터 The Morning After〉를 통해서 2학년들을 격찬했으며, 때로는 이 과정에서 현재 대학대표팀을 구성한 상급생들을 깎아내리면서까지 그렇게 했다. 상급생들은 그의 칼럼을 일종의 도전으로 생각했다. 이제 그들은 자기네 탈의실에다가 지속적인 동기 부여를 위해 다음과 같은 표어를 적어놓기도 했다. "〈모닝 애프터〉를 잊지 말자!" "브로엄의 애새끼들을 때려눕히자!" 여기서 더 나아가, 바비 모크는 추가적인 노력을 요구할 때마다 새로운 주문을 써먹는다고, 울브릭슨은 브로엄에게 말했다. "RB(로열 브로엄)한테 보란 듯이 열 번만 줘봐!" 모크가 이 구호를 사용하자, 울브릭슨은 이렇게 말했다. "저 녀석들이 아주 활활 타오르는 걸 보니 배가 불타지 않도록 노 손잡이에다가 석면포라도 감아주어야겠군."

울브릭슨이 미처 몰랐을 법한 사실은, 바비 모크가 오로지 자기와 자기네 선수들만 진짜 뜻을 아는 정교한 암호를 만들어냈다는 점이다. 물론 그중 일부는 그가 간혹 보트에서 외치는 더 긴 명령의 축약판에 불과했다. 예를 들어 "SOS"는 "활주를 천천히slow on slides"라는 뜻이고, "OK"는 "보트의 평형을 계속 유지하라keep the boat on keel"라는 뜻이었다. 하지만 나머지는 어디까지나 다른 선수들이나 코치들에게는 그 정확한 의미를 알리고 싶지 않아 모크나 그의 동료들이 군이 고안한 암호들이었다. 예를 들어 "WTA"는 "그놈들 엉덩이를 걷어차자wax their ass"였다. "BS"는 "2학년을 박살내자beat the sophs"였다. 그리고 "BAB"는 "앨의 애새끼들을 박살내자beat Al's babies"였다.

조정대회 당일 아침, 워싱턴의 경주정 보관고는 그저 고요하기만 했다. 풋볼 코치들이 큰 경기를 앞두고 자기네 선수들을 흥분시키는 것과는 달리, 조정 코치들은 오히려 그 반대의 조치를 취했다. 울브릭슨의 경험에 따르면, 잘 훈련된 노잡이는 마치 잔뜩 긴장한 경주마와 비슷했다. 일단 움직이기 시작하면 승리를 위해 심장이 터지도록 애를 썼다. 이들의 의지력은 굴할 줄 몰랐다. 하지만 그렇다고 해서 경주마가 잔뜩 긴장한 상태에서 출발선에 서게 할 수는 없었다. 경주가 시작되기 전에는 오히려 차분하게 놓아두어야 했으므로, 선수들은 오전 내내 꾸벅꾸벅 졸거나, 카드놀이를 하거나, 잡담을 하면서 보냈다.

무려 10만 명에 달하는 사람들이 조정대회를 고대하고 있었지만, 오후 중반쯤 되어서 실제로 경기장에 나타난 사람은 그중 3분의 1에 불과했다. 이날따라 비바람이 끔찍스러울 정도로 심했으며, 어두워진 하늘에서 빗줄기가 억수같이 사선으로 내리꽂혔다. 빗속도 마다 않고 경주를 구경하러 나설 만한 정도의 날씨는 결코 아니었다. 해군 구축함과 해안경비대 순시선인 길이 73미터의 '탬파Tampa 호'는 비교적 이상이 없었지만, 이보다 작은 선박들은 (돛배, 집배, 요트 등은) 100척도 안 되었는데, 매번 그랬듯이 결승선에 자리하기는 했지만 닻을 내린 상태에서도 연신 파도에 밀려 위아래로 꺼떡거렸다. 배에 탄 사람들은 하나같이 경주가 시작되기 전까지 가급적 아래쪽 선실에 있으려고 했다.

그날 늦어서야 이들은 더블재킷과 레인코트 차림으로 갑판으로 올라오기 시작했다. 포킵시에서는 일부 팬들이 밝은 핑크색의 방수 식탁보를 구입해서 직접 망토와 두건을 만들어 걸쳤다. 또 다른 팬들은 철물점에 찾아가 타르지를 한 두루마리 사서, 그걸 가지고 직접 우비를 만들었다. 시간이 지나면서 메인 스트리트에서 물가로 향하는 가파른 내리막길을 따라 우산 쓴 사람들이 점점 모여들었고, 이들은 물가를 따라서 자리를 잡거나, 또는 연락선을 타고 강을 건너려고 줄을 서서 기다렸다. 관람열차에도 사람들이 차곡차곡 채워지고 있었지만, 올해에는 무개열차가 예년만큼 인기를 끌지 못했으며, 대신 지붕이 있는 객차는 금세 만원이 되었다. 양쪽 강변에 있는 경주정 보관고에서는 선수들이 각자의 경주정에 삭구를 설치하고 있었다. 그날 강물 위에 나온 16척의 경주정 가운데 조지 포코크가 만든 것이 무려 15척이었다.

오후 4시가 되기 직전, 잔뜩 퍼붓는 빗속에서 톰 볼스의 신입생팀이 노를 저어 상류로 올라갔고, 고정 보트 옆의 출발선에 자리를 잡았다. 한쪽 옆에는 컬럼비아가 있고, 다른 한쪽 옆에는 캘리포니아가 있었다. 톰 볼스와 앨 울브릭슨은 기차의 보도진 전용 객차에 올라탔고, 하룻밤 사이에 열성적인 허스키 팬이 된 존 루스벨트도 이들과 나란히 앉았다.

행운을 가져다주는 것으로 여겨지는 볼스의 낡아빠진 모자 테에서는 빗물이 뚝뚝 떨어졌다. 경기일마다 이 모자를 쓰기 시작한 1930년 이후, 그는 단 한 번도 경주에서 진 적이 없었다.

강변에 비하면 물 위의 상황은 더 끔찍스러웠다. 보트들이 줄지어 늘어선 가운데, 출발신호가 울리자 조정경기는 (그리고 허드슨 강에서의 쌍쌍이를 향한 워싱턴의 추구는) 어느 누구도 미처 깨닫기 전에 이미 시작되었다. NBC의 마이크 앞에 몸을 숙이고 있던 로열 브로엄이 경주를 중계하기 시작했다. 강변에 늘어서 있던 팬들은 비의 커튼 너머로 강 위를 바라보며, 어떤 보트가 어떤 보트인지를 구분하려고 애썼다.

처음 30회의 스트로크 동안에는 여러 척의 보트가 앞을 다투는 경주였다. 다음 순간 스트로크 노잡이 돈 흄과, 보트 한가운데에 앉은 덩치 큰 고디 애덤과, 2번 좌석에 앉은 집요한 성격의 조니 화이트가 자기들만의 리듬을 찾으면서 워싱턴의 신입생팀이 앞서기 시작했으며, 스트로크를 거듭해가면서 손쉽게 다른 팀을 따돌리고 선두로 나섰다.

반 마일 구간이 끝날 무렵, 승부는 이미 결정나 있었다. 나머지 구간은 그야말로 식은 죽 먹기였다. 워싱턴의 보트는 스트로크를 거듭할 때마다 격차를 더욱 벌려놓았다. 마지막 수백 야드 구간에서, 보도진 전용 객차에 있던 톰 볼스는 동요하는가 싶더니 곧이어 흥분하기 시작했고, 마지막에 가서는 어느 면으로 보나 '히스테리' 상태가 되어서 낡아빠진 모자를 공중에 흔들었다. 바로 그 순간, 그가 작년의 선수들보다 더 뛰어나다고 벌써 몇 달째 이야기해온 그 신입생팀은 캘리포니아를 무려 네 정신 차이로 따돌리고 결승선을 통과했다.

오후 5시 정각, 준대표팀의 경주가 곧 시작될 상황에서 비는 약간 줄어들어 있었다. 이제는 장대비 대신에 가끔 소나기가 한 번씩 내리는 수준이었지만, 그래도 여전히 바람이 불고 강물도 거칠었다. 노를 저어서 상류에 있는 고정 보트로 향하는 동안, 다른 동료들과 마찬가지로 조의 머릿속에는 여러 가지 생각이 스쳤다. 캘리포니아는 올해 포킵시에 준대표팀 보트를 출전시키지 않았지만, 동부의 여러 학교에서는 풍부한 힘과 재능을 지닌 선수들을 내보냈다. 특히 위협적인 상대는 해군사관학교였다. 하지만 가장 큰 위험은 자기네 경주정의 뱃전 사이에 놓여 있었다. 상급생과의 경주에서 줄곧 패배했다는 사실 때문에, 그는 물론이고 다른 선수들의 자신감도 흔들리고 있었다. 이미 여러 주 동안 이들의 보트는 끝도 없는 추측과 굴욕의 대상이 되고 있었다. 시애틀에서부터 뉴욕에 이르기까지 모든 사람들이 궁금해하는 것은 단 한 가지인 듯했다. "도대체 저 녀석들에게 무슨 일이 일어났던 걸까?" 조는 물론이고, 보트에 타고 있는 어느 누구도 이 질문에 차마 대답할 수 없었다. 그들이 아는 사실이라고는, 캘리포니아에서의 승리 이후 각자에 대한 확고한 믿음이 산산조각 났다는 것이고, 그 대신 절망과 분노의 혼합물이 들어섰으며, 분노에 가까운 격렬한 각오가 생겼다는 것이었다. 다시 말해 시즌이 끝나기 전에 어느 정도라도 존경을 되찾고자 하는 필사적인 의지가 들어선 것이다. 시티 오브 시애틀 호가 출발선에 자리를 잡고 거친 물결에 옆으로 흔들리면서 출발신호가 울리기를 기다리는 동안, 빗물이 이들의 목과 등을 타고 내려가 코에서 뚝뚝 떨어졌다. 진짜 문제는 과연 이들이 자기들의 정신을 보트 안에 집중할 만한 성숙함과 자제심을 가지고 있느냐, 아니면 분노와 두려움과 불확실성이 이들을 어지럽힐 것이냐의 여부였다. 이들은 좌석에서 안절부절 못하면서, 각자의 노 잡은 손을 섬세하게 조절했고, 그 무게를 가늠해보고, 각도를 조절하며, 근육이 뭉쳐서 쥐가 나지 않도록 유지하려고 애쓰며, 눈을 가늘게 떴다.

총소리가 나자 이들은 천천히 출발했고 다른 세 척의 (해군사관학교, 시러큐스, 코넬의) 보트보다 뒤에 처졌다. 처음 반 마일 동안에만 해도 최근에 매우 자주 그랬던 것처럼, 이들은 팀으로서는 와해되어버릴 것처럼 보였다. 그러다가 뭔가가 나타나기 시작했다. 아주 오랫동안 상실되어 있던 뭔가가 말이다. 어떻게 해서인지 결의가 절망을 이겨버렸다. 이들은 길고도, 달콤하고도, 정확히 일치된 스트로크를 시작했으며, 33회의 침착한 박자로 노를 저었다. 처음 1마일이 끝날 무렵, 이들은 자기만의 스윙을 찾아서 선두로 급부상했다. 코넬이 그들 뒤로 다가와서 잠깐 동안이나마 위협했지만 곧바로 떨어져나갔다. 이번에는 해군사관학교가 도전장을 내밀었고, 워싱턴이 2마일 표시인 철교 밑을 지나는 동안 앞으로 달려나왔지만, 윙크 윈슬로가 더 많은 스트로크를 불렀다. 박자가 하나 올라가서 34회가 되었다가, 또 하나 올라가서 35회가 되었다. 해군사관학교의 보트는 머뭇거리다가 결국 처지기 시작했다.

남은 1마일 반 구간 동안 2학년들은 안정을 유지하며 멋지게 노를 저었으며 (길고도 완벽하게 매끈한 선을 그리면서) 자동차 전용교를 지나면서 가뿐하게 두 정신 차이로 해군사관학교를 따돌리며 결승선에 들어왔다. 다리에서는 이들의 승리를 알리는 축포가 펑펑 터졌다. 라디오 중계 마이크 앞에 앉아 있던 로열 브로엄은 자기가 선호하는 팀의 승리를 지켜보고는 기뻐서 어쩔 줄을 몰랐다. 그리고 자기가 보기에, 3마일 경주의 마지막에 2학년생들이 보여준 모습은 작년에 2마일 경기의 마지막에 이들이 보여준 모습 그대로였다고 선언했다. 이들은 마치 강을 따라서 뉴욕 시까지 계속 달려갈 것만 같으며, 그러면서도 땀 한 방울 흘리지 않고 그 도시를 구경할 수 있을 것만 같다고 했다.

관람열차의 보도진 전용 객차에서는 앨 울브릭슨이 아무 말 없이 그 모습을 지켜보고 있었다. 기차가 온 길을 되짚어가는 중에도, 그러니까 곧이어 벌어질 대학대표팀 경주의 출발선이 있는 곳을 향해 4마일을 되돌아가는 중에도, 그는 여전히 전적으로 무감동한 상태였다. 그는 이제 그 어떤 코치도 해낸 적이 없는 일을 해내려는 문턱에 있었다. 바로 포킵시에서 벌어진 조정경기 에이트의 세 부문 모두를 싹쓸이하는 것, 그리하여 시애틀 시민에게 한 약속을 달성하는 것, 그리고 베를린으로 향한다는 확실한 전망을 가지고 고향으로 돌아가는 것이었다.

6시 정각, 이 대회의 절정에 해당하는 경기가 닥치자 날씨는 좀 더 좋아졌지만, 그래도 여전히 비가 가볍게 간헐적으로 내리고 있었다. 더 많은 사람들이 포킵시의 술집과 호텔 로비에서 나와 강 쪽으로 내려왔다. 비가 오거나 말거나, 이날 시내에 있는 사람들 중 어느 누구도 울브릭슨이 저 재능 있는 2학년들을 대신해서 내놓은 선수들이 어떠한지를 직접 볼 기회를 놓치고 싶어 하지 않았다.

일곱 척의 대학대표팀들이 유령처럼 엷은 안개 속에서 전국선수권을 놓고 경주를 벌이기 위해 출발선으로 노를 저어 갔다. 캘리포니아는 가장 유리한 레인을 얻었다. 바로 1번 레인으로, 강의 서쪽 강둑에서 가장 가까웠고, 이곳은 물살이 보트에 영향을 끼칠 가능성이 가장 낮았다. 워싱턴이 바로 그 옆에 있는 2번 레인이었다. 해군사관학교, 시러큐스, 코넬, 컬럼비아, 펜실베이니아는 3번부터 7번 레인까지 강을 따라 죽 늘어섰다.

심판이 외쳤다. "모두 준비됐나?" 키잡이들 하나하나가 자기네 선수들에게 마지막으로 몇 가지 명령을 외친 다음, 각자 손을 들어 표시했다. 출발신호가 울려 퍼졌다. 일곱 척의 보트가 똑같이 출발선에서 튀어나갔다. 스트로크를 거듭하면서 이들은 처음 수백 미터 동안 서로 엇비슷하게 뭉쳐 있었다. 그러다가 워싱턴이 천천히 앞으로 나오면서 1미터쯤 다른 팀을 앞서게 되었다. 새로 만든 보트인 '타마나와스Tamanawas 호'의 배꼬리에 있던 바비 모크는 자기네 선수들에게 이 상태를 유지하라고 지시했다. 그는 자기네 선수들이 32회로 노를 젓는 상태로 선두를 유지할 수 있다는 사실을 발견하고 기뻤다. 반 마일에 도달했을 때, 워싱턴은 여전히 똑같은 간격으로 선두를 유지했으며, 시러큐스가 이들의 바로 뒤에 있었고, 해군사관생도들이 시러큐스보다 몇 미터 더 뒤에 있었다. 코넬과 캘리포니아는 한참 뒤에 처져 있었다.

이후 반 마일 동안 코넬이 천천히 바깥에서 치고 올라오면서 3위 자리를 향해 나아갔다. 하지만 워싱턴은 시러큐스와의 격차를 더욱 벌렸다. 캘리포니아는 여전히 맨 뒤에서 따라오고 있었다. 관람열차에 타고 있던 카이 이브라이트는 이 모습을 지켜보며 걱정이 되었다. 그는 몸을 앞으로 숙이고, 쌍안경을 통해 현장을 지켜보며, 보트들의 모습을 유심히 살폈다. 그는 자기네 선수들이 나중에 선두를 따라잡을 수 있을 만큼 충분히 가깝게 붙어 있지 못하다고 보았다. 1마일 반 지점에 들어서자 워싱턴은 다른 팀들과 텅 빈 수면을 사이에 두고 선두로 달리고 있었다. 보도진 전용 객차에서는 시애틀의 스포츠 기자들과 워싱턴의 팬들이 환호성을 지르고 있었으며, 그중에서도 특히 존 루스벨트가 앞장서서 구호를 외치기 시작한 참이었다. "가라, 워싱턴. 가라……." 보트들이 상류에서 모습을 드러내자, 포킵시의 여러 군데 선착장과 요트에 있던 팬들도 이와 같은 구호를 저마다 외치기 시작했다. 이들 가운데 놀라우리만치 많은 사람들이 바로 이 장소에서 뭔가 역사적인 일을, 즉 좀처럼 달성하기 힘든 일인 허드슨 강에서의 싹쓸이 우승을 목격하고자 원하는 것 같았으며, 설령 그런 위업의 주인공이 서부의 선수들이라 해도 개의치 않는 듯했다. 2마일 반 표시를 지날 즈음, 워싱턴은 여전히 선두를 지켰지만 다른 팀들과의 격차는 어느새 3미터로 줄어들어 있었다. 앨 울브릭슨은 보도진 전용 객차 안의 요란한 응원 소리에도 아랑곳하지 않고 그저 자기 자리에서 상황을 지켜보고 있었다. 그가 필사적으로 원하는 것에 도달하려면 아직 1마일 반이 더 남아 있었으며, 그는 이 사실을 분명히 알고 있었다. 그리고 마침내 캘리포니아와 코넬이 자기네 보트의 양옆에서 치고 나오기 시작했음을 그는 똑똑히 보았다. 해군사관학교와 시러큐스는 완전히 뒤로 처지고 있었다. 결국 승부는 워싱턴과 코넬과 캘리포니아가 겨루게 될 것이었다.

조금씩, 조금씩, 다른 두 척의 보트가 워싱턴을 따라잡기 시작했다. 타마나와스 호의 배꼬리에 앉은 바비 모크는 이제 마치 경마 기수처럼 보였으며, 빗속에서 몸을 앞으로 기울이고, 보트를 향해 재촉하고, 크게 열 번을 부르고, 선수들에게 스트로크 비율을 더 높이라고 지시하고 있었다. 보트 한가운데에서는 덩치 큰 짐 맥밀린이 크고 강력하고 부드러운 스트로크를 실시하고 있었다. 저 앞의 2번 좌석에 앉은 척 데이는 이 스트로크를 교묘하게 따라 하면서, 모크가 더 많이 부르는 와중에도 매번 스트로크를 할 때마다 보트를 완벽한 균형상태로 유지하려 애쓰고 있었다. 하지만 이들은 이미 힘이 빠지고 있었으며, 캘리포니아와 코넬은 계속 쫓아오고 있었다. 세 척의 보트가 3마일 위치에 있는 철교 아래를 지나갈 즈음에는 코넬이 선두로 치고 나왔다. 곧이어 캘리포니아가 이를 따라잡았다. 그러자 워싱턴은 천천히, 그리고 고통스럽게 세 번째로 밀려나고 말았다. 마지막 1마일 구간에서 캘리포니아와 코넬은 뱃머리를 나란히 하고 경쟁을 펼쳤으며, 워낙 박빙이어서 어느 순간에도 과연 둘 중 누가 더 앞섰는지 아무도 자신 있게 단언하지 못했다. 하지만 워싱턴이 두 정신이나 뒤떨어졌다는 사실만큼은 누구나 알 수 있었다.

선두의 두 척이 결승선을 통과한 순간에는 그야말로 아수라장이 벌어졌다. 자동차 전용교 위에서는, 우승자의 레인 숫자를 표시하는 축포 발사를 담당한 (포킵시의 한 술집 주인이며, 체중이 무려 130킬로그램에 달하는) 마이크 보고Mike Bogo가 다섯 발을 발사해서 코넬의 손을 들어주었다. 그러자 캘리포니아의 팬들이 격분한 나머지 고함을 질렀다. 코넬의 팬들은 언덕을 달려 올라가 이 도시의 대표적인 스포츠 도박사에게 자신의 몫을 요구했고, 결국 각자의 배당금을 받아냈다. 하지만 불과 몇 분 뒤에 진행위원회에서 공식적인 결과가 발표되었다. 카이 이브라이트의 캘리포니아가 0.3초쯤 더 빨리 들어옴으로써 무려 3년 연속 대학대표팀 전국선수권대회 우승을 차지한 것이다. 캘리포니아의 팬들은 언덕을 달려 올라가서 앞서와 똑같은 스포츠 도박사에게 각자의 몫을 요구했고, 결국 돈을 다시 받아냈다. 그로 인해 이 업자는 무려 3만 달러의 적자를 보게 되었으며, 머지않아 아예 사업을 중단해버렸다. 코가 쑥 빠진 마이크 보고는 훗날 이렇게 말했다. "누가 이겼는지는 관심이 없습니다. 나는 그저 축포 쏘는 게 좋았을 뿐입니다."

캘리포니아의 위업은 단순히 우승했다는 사실 자체만이 아니었다. 이들은 강한 옆바람과 거센 파도에도 불구하고 18분 52초라는 신기록 다음가는 기록을 세우며 우승했던 것이다. 유일하게 이들보다 더 빠른 기록은 바로 이브라이트 본인의 올림픽 금메달리스트 팀이 1928년에 세운 것이었다.

앨 울브릭슨은 경기가 끝난 뒤 아무런 감정도 드러내지 않았다. 보도진 전용 객차에서 내리기 전에 그는 관례대로 카이 이브라이트에게 축하를 건네었으며, 곧이어 자기한테 쏟아지는 수많은 질문에 아랑곳하지 않고 맞섰다. 그중에서도 로열 브로엄의 질문이 맨 처음인 동시에 잠재적으로는 가장 치명적이었다. 2학년들을 강등시킨 것은 그의 치명적인 실책이 아니었을까? "전혀 그렇지 않습니다!" 울브릭슨이 큰 소리로 대답했다. "2학년들은 물론 훌륭한 경기를 펼쳤습니다만, 대학대표팀 경기에 나섰더라면 결코 3위로 들어오지 못했을 겁니다. 방금 전의 경기야말로 이 조정대회의 역사상 가장 빠른 기록이 나온 경기였고…… 우리는 다른 팀들을 물리칠 만한 힘과 실력이 없었을 뿐입니다." 하지만 다음 날 아침, 브로엄은 다시 한 번 칼럼에서 이 문제를 지적했다. 자기가 보기에는 "내가 애호하는 저 대단한 2학년들"이 3마일 경기를 마친 뒤에도 여전히 쌩쌩해 보인 반면, 대학대표팀은 그렇지 못했다는 것이다.

울브릭슨은 이제 한 가지 중대한, 그리고 우울한 사실을 직시해야 했다.

즉 그가 대중에게 남긴 약속을 또다시 이행하지 못했다는 점이다. 과연 그가 또 한 번의 기회를 얻을 수 있을지 불투명한 상황이었다.

6월 21일에 〈포스트 인텔리전서〉의 스포츠 면에는 다음과 같은 헤드라인이 실렸다. "톰 볼스, 1만 달러 연봉에 스카우트 제의 받아." 기사에 따르면, 이름을 알 수 없는 동부의 한 대학이 신입생팀 경주 직후에 이와 같은 제안을 들고 볼스에게 접근했다는 것이다. 이들이 제시한 연봉은 (오늘날의 시세로 계산하면 16만 4,000달러에 해당한다.) 워싱턴이 제시할 수 있는 연봉보다 훨씬 많았으며, 이에 대해서는 시애틀의 대학 측도 곧바로 그렇다는 사실을 시인했다. 하지만 그날 오후에 볼스는 자신은 이런 제안을 받은 적이 없다고 해명했는데, 이는 아마도 그가 이미 그 제안을 거절했기 때문으로 보였다. 당시의 여론은 볼스가 굳이 동부로 갈 것 없이 시애틀에 남아서 울브릭슨 대신 수석코치가 되면 좋겠다는 것이었다. 마침 볼스는 역사학 석사과정을 밟는 중이었기 때문에, 학위를 마치기 전에는 워싱턴 대학을 떠날 수 없는 상황이었다. 어느 쪽이든지 간에 워싱턴을 담당한 코치들의 자리가 갑자기 불확실해졌으며, 볼스의 인기가 크게 올라간 반면 울브릭슨의 인기는 곤두박질쳤음이 분명해 보였다. 급기야 6월 23일에 로열 브로엄은 독자들에게 이런 소문을 무시하라고 조언했다. 자기가 확실히 아는 바에 따르면, 울브릭슨이 먼저 지금보다 더 좋은 자리로 가지 않는 한 볼스는 울브릭슨을 뒤이어 워싱턴의 코치 자리를 맡지 않을 것이라고 맹세했다는 것이다. 하지만 대학 당국자들을 제외하면 어느 누구도, 심지어 울브릭슨 본인조차도 과연 앞으로 무슨 일이 벌어질지는 확신하지 못했다. 그래도 울브릭슨은 한 가지는 확신했다. 자기가 너무 열심히 일했다고, 조정부를 너무 멀리까지 끌어왔다고, 그리고 불명예스럽게 내쫓기기 직전의 상태까지 왔다는 것이다. "위에서 나를 해고할 때까지 기다리지는 않을 거야." 그는 한 친구에게 말했다. "내가 먼저 그만둬야지."

그랜드 쿨리 시의 풍경. 오른쪽에 B 스트리트가 보인다.

제11장

노잡이들 역시 대학에서 정신을 훈련받고 신체도 튼튼하다면 뭔가를 느끼게 되는데, 내 생각에는, 노잡이라면 누구나 내가 하는 말을 이해하지 않을까 싶다. 그들은 당연히 이해한다. 내가 본 노잡이들 아니, 어느 노잡이 한 명의 이야기를 해보자. 그는 몹시 달리고 싶어 했고, 몹시 튼튼하고 명석했다. 언젠가 나는 그가 벽 위를 달리려고 시도하는 모습을 보기도 했다. 듣고 보니 우습지 않은가? 하지만 그는 그게 좋다고 느꼈다. 그는 정말로 벽 위를 달리고 싶었던 것이다.

— 조지 요먼 포코크

조가 운전하는 낡은 프랭클린 자동차가 낑낑거리고 쉭쉭대면서 캐스케이드 산맥 높은 곳에 자리한 블루웨트 패스Blewett Pass로 향하는 길고도 가파른 오르막길을 오르고 있었다. 더 높은 봉우리의 그늘진 곳에는 눈이 아직도 남아 있었고, 공기는 차가웠지만, 프랭클린 자동차는 가파른 경사로에서 과열되는 경향이 있었다. 조는 이날 아침에 다행히도 자기가 라디에이터 앞에다가 천으로 만든 물주머니를 하나 매달아놓았다는 사실을 상기하고 다행으로 여겼다. 그는 밴조와 옷 꾸러미를 뒷좌석에 던져 넣고, 조이스에게 여름 동안 작별을 고한 다음, 시애틀을 떠나 일자리를 찾아 동쪽으로 온 것이었다.

그는 고갯길을 넘고 건조한 굳은소나무 숲을 지나서 사과와 버찌 농장들이 있는 위내치Wenatchee로 접어들었는데, 이곳에서는 검은색과 흰색 깃털의 까치들이 벚나무 사이를 쏜살같이 오가며 잘 익어서 새빨간 과일을 찾아다니고 있었다. 그는 좁은 철교를 통해 컬럼비아 강을 건넜고, 강의 협곡 밖으로 기어올라 완만한 기복이 있는 컬럼비아 고원의 밀밭에 도달했다. 그는 거기서 동쪽으로 몇 킬로미터 더 달렸는데, 이곳의 도로는 끝도 없이 직선이었으며, 완만하게 경사진 옥색의 밀밭이 파도처럼 펼쳐져 있었다.

그러다가 그는 북쪽으로 차를 돌려서 워싱턴의 용암지대를 지나갔는데, 이곳은 1만 2,000년 내지 1만 5,000년 전에 일어난 여러 차례의 지각변동으로 인해 험난한 풍경이 형성되어 있었다. 마지막 빙하시대가 지나면서, 몬태나 주에 커다란 호수를 (훗날 지질학자들이 미줄라 호수라고 부른 곳이다.) 형성했던 높이 600미터의 빙벽이 무너졌는데, 그것도 한 번이 아니라 여러 번 무너지면서 상상이 불가능할 정도의 규모와 세기의 홍수가 여러 차례 일어났다. 그중에서도 가장 큰 홍수는 대략 38시간 동안 220세제곱킬로미터 분량의 물이 아이다호 주 북부, 워싱턴 주 동부, 오리건 주 북부 끄트머리 등의 지역을 휩쓸었는데, 이는 오늘날 전 세계를 흐르는 모든 강물보다 무려 열 배나 더 많은 양이었다. 물과 진흙과 돌로 이루어진 거대한 벽이 (지역에 따라서는 그 높이가 300미터 이상 되었다.) 주위를 휩쓸며 최대 시속 160킬로미터의 속도로 남서쪽의 태평양을 향해 흘러가면서, 아예 산 전체가 깎여나가고, 수백만 톤의 표토가 쓸려나가고, 그 아래의 암반 위에다가 이른바 '쿨리熔岩流'라고 일컬어지는 상처를 남겼다.

이런 상처들 가운데서도 가장 큰 이른바 '그랜드 쿨리'를 향해 내려가는 동안, 조는 여러 면에서 낯설지만 동시에 생짜 그대로의 아름다움을 지닌 세계와 만나게 되었다. 즉 깨진 바위, 은색 산쑥, 드문드문한 사막의 풀들, 바람에 밀려온 모래, 그리고 발육이 저해된 소나무 등으로 이루어진 세계였다. 작은 개만 한 크기의 산토끼들이 고속도로를 어색하게 건넜다. 뼈가 앙상한 코요테들이 산쑥 사이를 누비며 살금살금 걸었다. 공허한 표정의 굴올빼미가 눈도 깜빡이지 않으면서 울타리 기둥에 앉아서 그가 지나가는 모습을 지켜보았다. 신경이 곤두선 듯한 들다람쥐가 뾰족뾰족한 바위에 앉아 있다가, 어느 순간에는 그 아래 산쑥 속에 들어앉은 방울뱀을 바라보았다가, 또 다른 순간에는 고개를 치켜들고 저 위에서 맴도는 매를 바라보았다. 쿨리의 바닥에는 회오리바람이 돌아다니고 있었다. 길이 80킬로미터의 쿨리를 따라 부는 거세고도 건조하고도 끝없는 바람은 산쑥의 달콤한 냄새와 함께 깨진 돌 특유의 꺼끌꺼끌한 광물 냄새를 실어 날랐다.

조는 자동차를 몰고 쿨리를 올라, 컬럼비아 강변에 올라앉은 허름한 신흥도시 그랜드 쿨리로 들어갔다. 미국 정부는 바로 이곳에 거대한 댐을 짓기로 최근에 결정한 바 있었는데, 완공만 된다면 (지금으로부터 4,000년도 더 전에 지어진) 이집트 기자Giza의 대피라미드 이후 가장 거대한 석조 건축물이 될 예정이었다. 그는 차를 몰고 가파른 자갈길을 지나 강으로 향했으며, 철교를 통해 그 넓은 초록 물을 건너서 국립재고용청 건물 앞에 차를 세웠다.

30분이 지나 그는 일자리를 얻어서 국립 재고용청 건물을 나왔다. 그가 알아본 바에 따르면, 아직 남아 있는 일자리 가운데 상당수는 댐 공사 현장인데, 대부분 일반 노동자가 담당하는 일로 시급은 50센트였다. 하지만 신청서 양식을 살펴본 조는 이 가운데서도 특수한 일자리에는 시급이 더 높다는 사실을 알아차렸다. 장비를 착용하고 절벽에 매달려서 만만찮은 바위를 착암기로 부수는 일이었다. 착암기로 하는 이 일은 시급이 75센트나 되었기 때문에, 조는 바로 그 일자리 선택란에 표시를 하고 나서 신체검사를 받았다. 그런 환경에서 착암기를 가지고 일을 하려면 그 기계의 반동을 이겨내야 하기에 상체의 힘이 충분히 강해야 했으며, 하루 종일 절벽 표면에서 발로 몸을 버티고 있어야 하기에 하체의 힘도 강해야 했다. 뿐만 아니라 위에서 떨어지는 돌멩이를 피하며 절벽을 기어다녀야 하기에 운동신경도 충분히 좋아야 하고, 애초에 절벽 표면에 오르기 위해서는 자신감도 충분히 있어야 했다. 조가 옷을 벗고 신체검사를 담당하는 의사에게 대학 조정부원이라고 말하자마자, 그는 손쉽게 일자리를 얻을 수 있었다.

이제 늦은 6월의 북서부에 나타나는 길고도 오래가는 어스름 속에서, 조는 사무실 앞에 세워놓은 프랭클린 자동차의 후드 위에 앉아서 앞에 펼쳐진 땅을 살펴보았다. 협곡 건너로 약간 상류에, 그러니까 서쪽 강변의 자갈 언덕 위에는 정부에서 건설한 임시 도시가 하나 있었는데, 사무실 직원의 말로는 엔지니어 시티라는 곳이었다. 여기는 이름 그대로 기술 및 감독을 담당하는 직원들이 머무는 곳이었다. 그곳의 주택은 수수하지만 깔끔했고, 온통 갈색인 이곳의 풍경과는 어울리지 않게 이상스러우리만치 초록색인 잔디밭도 새로 깔려 있었다. 거기서 더 상류로 올라가면 강 위로 길이 450미터짜리 좁은 현수식 가교가 만들어져 있어서, 마치 저녁 바람에 흔들리는 거미줄처럼 흔들흔들 움직였다. 그 가교 근처에는 또 하나의 더 튼튼한 다리가 수면 가까이에 설치되어 있었는데, 그 위에는 거대한 컨베이어벨트가 놓여 있고, 강의 이쪽에서 저쪽으로 돌과 자갈 더미를 실어 나르는 것처럼 보였다. 강철판으로 만든 임시 댐은 강의 서쪽에 여전히 지어지고 있는 상태였으며, 이것이 완공되면 이제 강의 물줄기가 그곳의 절벽 아래에서 다른 방향으로 돌려지게 되는 것이었다. 임시 댐 너머의 지역에는 사람과 기계가 가득했으며, 저마다 먼지 구름을 하나씩 피워올리고 있었다.

증기삽과 전기삽이 잔뜩 쌓인 무른 돌을 집게발로 연신 움켜쥐었다. 불도저는 흙과 돌을 이쪽에서 저쪽으로 옮겼다. 캐터필러 달린 디젤 트랙터가 이쪽에서 저쪽으로 오가며 단지段地를 깎아냈다. 커다란 덤프트럭이 협곡 바깥으로 이어지는 험한 길을 힘들게 올라오면서, 자동차 정도 크기의 옥석을 실어 날랐다. 프론트로더가 옥석을 잔뜩 퍼내면, 사이드 덤프트럭이 그걸 싣고 컨베이어벨트까지 갔다. 키가 큰 크레인은 강철판을 들어올려 물 위로 운반했고, 파일드라이버杭打機는 바지선 위에서 하얀 증기를 내뿜으며 그걸 강바닥에 때려 박았다. 절벽 아래에는 수백 명이 커다란 쇠망치와 쇠지레를 들고 떨어져 나온 돌 더미에 올라가 있었고, 그 돌들을 흩어서 프론트로더가 퍼올리기 쉽게 해주었다. 절벽 표면에는 밧줄에 매달린 사람들이 마치 검은 거미처럼 한 지점에서 저 지점으로 흔들리며 기어다녔다. 조는 그들이 착암기로 바위 표면에 구멍을 뚫는 모습을 지켜보았다. 길고도 날카로운 호루라기 소리가 들리자, 착암기를 가진 사람들은 재빨리 밧줄을 타고 올라갔다. 곡괭이와 쇠지레를 가진 사람들은 언덕 아래에서 종종걸음으로 가버렸다. 깊고 공허하고 귀를 먹먹하게 만드는 폭발음이 요란하게 울리며 계곡 전체에 메아리치더니, 그 소리가 다시 반사된 서쪽 절벽 표면에서 하얀 돌가루가 흩날리며 돌과 옥석 소나기가 그 아래의 더미로 쏟아졌다.

조는 이 광경을 지켜보며 깊은 매력을 느낀 동시에 상당히 걱정도 되었다. 과연 자기가 여기서 무슨 일을 겪게 될지 전혀 확실하지 않았다. 하지만 그는 결과를 알아보자고 단단히 작정했다. 길고도 완만하게 경사진 밀밭을 지나 차를 몰고 고원으로 올라오는 과정에서, 그는 자기가 지금 어디에 있으며 어디로 갈 것인지를 생각할 시간을 넉넉히 가졌다.

그는 지금 완전히 무일푼에다가 적잖이 낙담한 상태일 뿐이었다. 돈이 없어 쩔쩔 매는 지속적인 문제뿐만이 아니라, 조정부 문제도 그에게는 골칫거리였다. 이 한 해 동안 그는 감정적인 대가를 크게 치러야만 했다. 강등되었다가, 승격되었다가, 또다시 강등되는 과정에서, 그는 자기 자신이 마치 코치의 손에, 또는 운명의 손에 놀아나는 요요 같다는 생각을 했다. 과연 어느 쪽의 손인지는 정확히 알 수 없어서, 어떨 때는 이쪽 같고 또 어떨 때는 저쪽 같았다. 조정부가 그에게 부여한 목적의식은 지속적인 실패 위험을 수반했으며, 결국 그는 이전에 거둔 성공에서 비롯된 귀중하지만 연약한 자부심을 잃어버리게 된 것이다.

하지만 올림픽 금메달 생각은 이미 그의 정신 속으로 다가오기 시작했다. 금메달은 뭔가 실제적이고 단단한 것이었다. 어느 누구도 부인하거나 가져갈 수 없는 뭔가였다. 금메달이 그에게 어느 정도로 의미를 갖기 시작했는지를 생각해보면 스스로도 정말 깜짝 놀랄 정도였다. 이는 어쩌면 술라와도 관계가 있으리라고 그는 추측했다. 아니면 자기 아버지와도 말이다. 이것은 조이스와도 분명히 관계가 있었다. 어느 쪽이든지 간에, 그는 베를린에 가야만 한다는 생각을 점점 더 많이 하게 되었다. 하지만 베를린에 가기 위해서는 대학대표팀에 선발되는 것이 우선이었다. 대학대표팀에 선발되기 위해서는 다른 무엇보다도 학교에 1년 더 다녀야 했다. 그리고 학교에 1년 더 다닐 수 있는 등록금을 벌기 위해서는 아침마다 밧줄을 타고 절벽 아래로 내려가야만 했다.

바로 그날, 앨 울브릭슨은 쓰라린 기억을 곱씹어보고 있었다. 포킵시를 떠나기 전에 그는 캘리포니아, 펜실베이니아, 시러큐스, 위스콘신, UCLA와의 합의를 통해, 머지않아 캘리포니아 주 롱비치에서 열릴 1회 한정 2,000미터 대학대표팀 경기에 출전하기로 결정했다.

2,000미터는 바로 올림픽 조정 종목의 거리였으며, 포킵시 이후에 전국의 언론은 또다시 캘리포니아 대학대표팀이 1936년에 미국을 대표할 가능성이 어느 때보다도 확실하다고 주장하고 있었다. 울브릭슨은 이들이 틀렸음을 입증하고 싶었다. 2,000미터 경주는 포킵시에서 벌인 4마일 경주와는 완전히 다른 문제라는 사실을 그도 잘 알고 있었다. 양쪽의 거리 모두에서 두각을 나타낼 선수들을 육성하는 일은 어마어마하게 힘들 수밖에 없었다. 이론상으로야 잘 훈련된 팀이라면 양쪽의 거

리 모두에서 똑같은 기본 실력을 발휘할 수 있었다. 즉 좋은 출발을 통해서 가속도를 만들어내고, 마지막에 사용할 에너지를 최대한 아끼며 뒤에 처져 있으면서도, 충분히 선두를 따라잡을 만한 범위 내에 머무르다가, 결승선을 앞둔 상태에서는 모든 것을 쏟아 부어 전력질주에 임하는 것이다. 그런데 2,000미터 경기에서는 모든 일이 훨씬 더 빠르고 힘들게 닥쳐온다는 것이 결정적인 차이였다. 맨 처음에 얻게 되는 가속도의 양도 훨씬 더 중요하고, 경기 도중에 자기 자리를 어디에 잡는지를 궁리하는 일도 더 어렵고 더 중요하며, 마지막 전력질주도 훨씬 더 필사적일 수밖에 없었다. 어떤 거리든지 간에 경주에서는 당연히 어마어마한 양의 완력이 필요하게 마련이지만, 2,000미터 경주에서는 번개처럼 빠른 생각도 역시나 필요했다. 짧은 거리에서는 자기가 오히려 더 유리하다고 울브릭슨이 생각하는 이유도 바로 이것이었다. 바비 모크를 키잡이 자리에 앉히면 되는 것이다.

그 거리에서 캘리포니아를 격파한다면, 울브릭슨은 곧바로 체면을 유지할 기회를, 아울러 다가올 올림픽과 관련된 현행의 가정을 뒤바꿀 기회를 얻게 될 것이며, 나아가 시애틀 인근에서 떠도는 소문이 맞다고 치면, 결국 자기 일자리를 유지하는 방법을 얻게 될 것이었다.

경기 당일에 롱비치 수상경기장에는 6,000명 이상의 팬들이 가득 들어찼고, 직선형의 바닷물 경주로 양편의 모래밭에 앉거나 서 있었으며, 이들 뒤로는 유정탑油井塔의 모습이 드러나 있었다. 태평양 쪽으로는 가벼운 옆바람만이 불어왔다. 그리고 공기 중에는 옅지만 자극적인 석유 냄새가 감돌았다.

워싱턴과 캘리포니아는 시작과 동시에 선두로 치고 나왔다. 두 척의 보트는 완전 전력질주 상태로 접어들었으며, 대부분의 구간 내내 마치 서로 달라붙어 있기라도 한 듯 뱃머리를 나란히 하고 달려갔다. 결승선까지 200미터를 남겨놓은 상태에서, 캘리포니아가 불과 몇 센티미터 차이로 워싱턴을 앞질렀다. 100미터를 남겨놓은 상태에서, 양측의 거리는 4분의 1정신으로 벌어졌다. 바비 모크가 갑자기 선수들에게 뭔가를 소리쳤다. 그는 최근 들어 자기가 구사하는 주문 가운데 새로운 구호를 집어넣었다. "에프-이-아르-에이"라는 주문을 자기 스크랩북에 적어놓은 다음, 그는 여기다가 이렇게 설명을 덧붙여놓았다. "이브라이트를 향한 추잡한 말." 아마 그가 이 순간에 선수들에게 외친 말도 바로 그것이었을 것이다. 물론 그는 그게 사실인지 아닌지는 결코 말하지 않았지만. 무슨 말을 했는지는 몰라도, 여하간 그의 말은 효과를 발휘했다. 마지막 50미터 구간에서 워싱턴의 보트는 다시 앞으로 달려나오면서 캘리포니아를 재빨리 따라잡았던 것이다.

하지만 그것만으로는 충분하지 않았다. 카이 이브라이트가 이끄는 캘리포니아 베어스는 6분 15초 6이라는 놀라운 기록으로 결승선을 통과했으며, 워싱턴은 이보다 0.5초 늦게 들어왔다. 체면을 유지할 기회를 얻기는커녕, 앨 울브릭슨은 또 한 번의 패배를 맛보고 고향으로 돌아가야만 했다. 어쩌면 이것이야말로 그의 마지막일지도 몰랐다.

착암기로 하는 일은 가혹하리만치 힘들었지만, 조는 이 일을 즐기게 되었다. 하루 여덟 시간 동안, 그는 협곡의 용광로 같은 열기 속에서, 밧줄에 대롱대롱 매달린 채, 자기 앞의 돌 벽을 두들기는 일을 했다. 착암기는 무게가 35킬로그램이나 되었고, 마치 저 나름의 생명과 의지를 지닌 듯 계속해서 뒤로 힘을 가했으며, 이와 반대로 계속해서 바위 쪽으로 밀어내는 조의 손아귀에서 벗어나려고 몸부림쳤다. 이 기계로부터 나오는 (그리고 주위에 있는 다른 사람들로부터 나오는) 지속적이고 재빠른 탕-탕-탕 소리에 그는 귀가 먹을 지경이었다. 모래 같은 짜증스러운 돌가루가 주위를 맴돌다가 그의 눈이며 입이며 코에 들어갔다. 날카로운 파편이며 조각이 날아와 얼굴에 맞기도 했다. 그의 등에서는 땀이 줄줄 흘러서 저 아래 허공으로 뚝뚝 떨어졌다.

이처럼 무른 돌을 (공학자들이 쓰는 말로는 "상부퇴적물"을) 절벽 표면에서 수십 미터 두께는 벗겨내야 비로소 댐의 기초를 지을 수 있는 더 오래된 화강암 암반이 모습을 드러냈다. 그러고 나서 화강암 그 자체를 다듬어 훗날의 댐의 윤곽에 맞도록 하는 것이었다. 이 일은 무척이나 힘들었다. 워낙 힘들기 때문에, 이 협곡의 공사 현장에서 마모되어 사라지는 착암기며 공기착암기의 강철 날 길이만 해도 매일 600미터가량에 달했다.

비록 힘들기는 했지만, 조에게는 어쩐지 이 일이 적성에 잘 맞았다. 그해 여름에 그는 자기 양옆에 매달린 다른 사람들과 가까이 지내며 일했고, 서로의 머리 위에서 떨어지는 돌이 있는지 눈여겨봐주고, 아래에 있는 사람들에게 경고해주며, 돌의 틈새를 찾기에 더 나은 장소가 있는지 찾아주었다. 그는 이 일 특유의 끈끈한 동지애가 마음에 들었고, 그 단순하고도 노골적인 남자다움이 좋았다. 대부분의 나날 동안 그는 셔츠나 모자도 없는 상태에서 일했다. 그의 근육은 금세 검게 그을렸으며, 머리카락은 뜨거운 사막의 햇빛 아래서 더 금발이 되었다. 매일 일과가 끝나면 그는 지치고, 목이 타고, 어마어마하게 배가 고팠다. 하지만 (일찍이 워싱턴 호수에서 힘들게 노를 저은 직후에 간혹 느끼던 것과 마찬가지로) 그는 이 일을 통해 자기가 정화된다는 느낌을 받았다. 그는 나긋나긋하고 유연해졌으며, 젊음과 우아함이 가득하게 되었다.

하루 세 번씩, 그리고 주말에는 하루 네 번씩, 그는 회사의 구내식당으로 사용되는 크고 하얀 미늘벽 판자건물에서 식사를 했다. 이 식당이 자리한 메이슨 시티는 이 댐을 건설하는 회사들의 컨소시엄인 MWAK에서 서둘러 건립하고 운영하는 도시였다. 다른 남자들과 어깨를 나란히 하고 긴 식탁 앞에 줄줄이 바짝바짝 붙어 앉아서, 그는 마치 어린 시절에 금-루비 광산에서 먹었던 것처럼 열심히 먹어댔다. 고개를 푹 숙이고 싸구려 그릇 위에 산더미처럼 쌓인 음식을 입 안에 쑤셔 넣는 것이었다. 음식은 특별히 좋은 것은 아니었지만 양만큼은 넉넉했다. 매일 아침 30명이 주방에서 일하며 300개 이상의 달걀, 2,500장의 팬케이크, 200킬로그램 이상의 베이컨과 소시지, 680리터의 커피를 내놓았다. 점심에는 60센티미터 길이의 빵 300개, 우유 570리터, 아이스크림 1,200컵을 내놓았다. 저녁에는 약 700킬로그램의 스테이크와 (일요일에는 스테이크 대신 550킬로그램의 닭을 내놓았다.) 330개의 파이를 내놓았다. 조는 단 한 번도 자기 그릇에 부스러기 하나 남긴 적이 없었으며, 다른 사람이 남긴 그릇의 음식까지도 모조리 먹어치웠다.

매일 밤마다 그는 언덕을 올라 셰이크 타운이라는 곳까지 갔는데, 이곳에는 독신자를 위한 숙소인 길고도 허름한 판잣집 비슷한 건물에 싸구려 하숙방이 있었다. 작업장 바로 위의 돌투성이 경사로와 먼지 자욱한 평원에 자리한 셰이크 타운은 기껏해야 시애틀 부두에 자리잡은 후버빌의 더 건조하고 먼지 자욱한 버전이나 마찬가지였다. 건물 대부분은 다듬지도 않은 목재로 지었으며, 그중 일부는 목재 골조에 타르지를 붙인 것에 불과했다. 대부분의 오두막이 그러하듯이, 조가 사는 오두막에도 배관 설비가 되어 있지 않았으며, 전기라고는 천장에 달린 전구 하나와 선반에 놓인 요리용 전열기뿐이었다. 셰이크 타운의 대여섯 개 자갈길마다 공동 샤워장이 있긴 했지만, 돌가루를 몸에서 벗겨내고 싶어 안달이 난 조는 이곳에서 샤워를 한다는 것이 편안한 경험하고는 거리가 멀다는 사실을 금세 알아챘다. 샤워장의 서까래 위에는 독거미 떼가 돌아다녔는데, 물을 틀어서 수증기가 피어오르자마자 그 아래에 있는 사람의 벌거벗은 몸 위로 떨어지기 일쑤였다. 이웃들 가운데 일부가 샤워장에서 벌거벗은 상태로 뛰쳐나오며 소리소리 지르고 몸을 털어내는 것을 보고 나서, 조는 아예 매일 저녁마다 샤워장에 빗자루를 들고 들어가 물을 틀기 전에 서까래를 한 번씩 훑어서 그 다리 여덟 개짜리 침입자를 쫓아냈다.

처음 2주 동안 조는 업무와 저녁식사가 끝나면 대부분 혼자 지냈으며, 어두운 오두막 안에 앉아서 밴조를 연주했는데, 이 악기의 지판을 길고 가느다란 손가락으로 짚으며 위아래로 움직이면서 혼자서 조용히 노래를 불렀다. 며칠에 한 번씩 그는 전구를 켜놓고 조이스에게 긴 편지를 썼다. 때로는 어두워진 뒤에 산책을 나가서 바위에 걸터앉아 협곡을 바라보았는데, 이는 어디까지나 그 광경을 감상하려는 것뿐이었다. 공사장에는 조명등이 켜져 있고, 주위를 둘러싼 고지 사막의 거대한 어둠 때문에 마치 이 세상이 아닌 듯한 느낌마저 들었다. 저 아래의 풍경은 조명 설비가 된 유리상자 안의 거대한 모형처럼 보였다. 조명 아래에서 떠도는 먼지의 장막은 마치 가로등 아래의 안개와도 비슷했다. 트럭과 중장비의 노란 헤드라이트와 빨간 후미등이 어둠 속을 이리저리 움직이면서 울퉁불퉁한 지대를 기어다녔다. 강철 임시 댐에서 작업하는 사람들의 용접 불꽃이 펄럭였고, 오렌지색과 강청색鋼靑色으로 번쩍였다. 가물거리는 흰 빛줄기들이 강 위에 걸려 있는 현수교의 윤곽을 보여주었다. 강 자체는 검은색이었고, 그 아래는 아무것도 보이지 않았다.

그랜드 쿨리에서 2주를 일한 뒤에야 조는 일거리를 찾아서 이곳 공사현장으로 모인 상당수 대학생들 가운데 워싱턴 조정부의 선수도 두 명이나 있음을 알게 되었다. 둘 중 어느 쪽도 조와 각별히 친한 사이는 아니었지만, 이제는 상황이 달라졌다.

조니 화이트는 바로 그해에 두각을 나타낸 톰 볼스의 신입생 보트에서 2번 좌석에 앉은 선수였다. 조보다는 2센티미터쯤 작았고 더 호리호리한 체격이었지만, 그럼에도 불구하고 체격 조건이 무척 좋았으며, 훌륭하면서도 완벽에 가까운 용모를 자랑했다. 팔과 다리는 우아하다 싶을 정도로 비례가 맞았다. 얼굴은 흰하고 열정적이었다. 눈은 따뜻하고 친근했으며, 미소는 환하게 빛났다. 미국을 대표하는 청년의 모습을 묘사한 포스터의 모델이 필요하다면 조니야말로 제격이었을 것이다. 그는 전적으로 훌륭한 청년이었으며, 조 랜츠 못지않게 가난했다.

그는 시애틀 남부에서 자라났는데, 워싱턴 호수의 서쪽 가장자리인 동시에 시워드 파크의 남쪽에 해당하는 곳이었다. 1929년까지만 해도 상황은 나쁘지 않았다. 하지만 금융위기와 함께 그의 아버지가 하던 사업은 (고철을 모아서 아시아로 수출하는 것이었는데) 순식간에 증발해버렸다. 존 화이트 1세는 결국 시내의 알래스카 빌딩에 있던 원래의 사무실을 닫고 호숫가에 있는 자택의 위층에 사무실을 새로 차렸다. 이후 며칠 동안 그는 매일같이 그곳에 혼자 앉아서 호수를 바라보며 시계 초침 소리에 귀를 기울이고, 전화가 울리기를 기다리며, 자기 사업이 되살아나기를 기다렸다. 하지만 그의 소원은 끝내 이루어지지 않았다.

그러던 어느 날, 그는 결국 자리에서 일어나 호숫가로 내려갔고, 그곳에서 채소밭을 가꾸기 시작했다. 아이들을 먹여 살려야 했고, 돈이 떨어졌지만 그래도 식품을 기르는 것이야 자기 힘으로 할 수 있었다. 머지않아 그는 인근에서 가장 뛰어난 채소밭을 갖게 되었다. 호숫가를 따라 펼쳐진 비옥한 검은 흙에서 그는 달콤한 옥수수와 크고 맛있는 토마토를 만들어냈는데, 양쪽 모두 시애틀의 원예가들에게는 쉽지 않은 성과였다. 그는 로건베리를 기르고, 자기 땅에 있는 오래된 나무에서 자라는 사과와 배를 땄다. 그는 닭도 길렀다. 조니의 어머니 메이미Maimie는 달걀을 다른 물건과 맞바꾸고, 토마토를 통조림으로 만들고, 로건베리로 술을 만들었다. 그녀는 집 옆에 만든 다른 밭에서 모란을 길러 시애틀의 꽃집에 판매했다. 그녀는 제본소에 가서 못 쓰는 밀가루 부대를 얻어온 다음, 그걸 잘라서 설거지용 수세미로 만들어 시내를 돌아다니며 팔았다. 일주일에 한 번씩 그녀는 고기를 구입해서 일요일 저녁식사로 내놓았다. 그리고 일주일의 나머지 기간 동안 남은 음식을 먹으며 버텼다. 그러다가 1934년에 시당국에서 이들의 집 바로 앞에 있는 호숫가에 호

반 수영장을 개장하기로 결정했다. 화이트 일가의 호숫가 채소밭도 졸지에 사라져버리고 말았다.

조니의 아버지는 다른 모든 관심을 뛰어넘는 한 가지 열정을 갖고 있었는데, 그 힘든 시기에도 그는 이 취미를 계속해서 유지했다. 그건 바로 조정이었다. 서부의 시애틀로 이주하기 전까지만 해도, 그는 저 유명한 필라델피아 소재 펜실베이니아 체육회에서 일류 스컬 선수로 활약했다. 그는 자기 경주정을 시애틀로 가져왔으며, 지금도 여전히 워싱턴 호수를 따라 오랫동안 노를 저었으며, 자기 집과 호숫가와 한때 자기 채소밭이었던 땅 앞으로 배를 타고 교묘한 솜씨로 이리저리 오가면서 자신의 좌절감을 노 젓기로 승화시켰다.

그는 아들 조니를 애지중지했으며, 다른 무엇보다도 아들이 노잡이가 되었으면 하고 바랐다. 조니 역시 아버지의 종종 매우 높은 기대에 부응하고자 애썼으며, 그 기대가 무엇인지는 아랑곳하지 않았다. 조니는 아직까지만 해도 아버지를 실망시킨 적이 없었다. 그는 예외적으로 똑똑했고, 뛰어났고, 야심이 컸으며, 프랭클린 고등학교를 예정보다 2년 빠른 16세에 졸업했다.

그로 인해 한 가지 작은 문제가 생겨났다. 그는 아직 너무 어리고 미성숙한 나머지 근방에서는 유일한 조정부인 대학 조정부에서 노를 저을 수 없었던 것이다. 그리하여 아버지와의 합의를 거친 뒤 조니는 일을 하러 갔다. 한편으로는 대학에 다닐 돈을 벌기 위해서였고, 또 한편으로는 (이것 역시 중요했는데) 대학에 들어갔을 때 최고의 선수들과 함께 노를 젓기에 충분한 근육을 만들기 위해서였다. 그는 자기가 구할 수 있는 일 중에서도 신체적으로 가장 힘든 일을 골랐다. 처음에는 시애틀의 부두에 있는 조선소 인근에서 강철 빔이며 중장비와 씨름했고, 나중에는 인근 제재소에서 거대한 전나무와 삼나무 원목을 갈고리 장대로 끌어당기고 쌓는 일을 했다. 덕분에 2년 뒤 대학에 들어올 즈음에는, 그는

2년 동안 학교에 다닐 돈을 벌었음은 물론이고, 톰 볼스의 가장 인상적인 신입생팀 가운데 한 명으로 금세 두각을 나타낼 만큼 충분한 완력도 얻었다. 그리고 1935년 여름에 그는 더 많은 일자리를 찾아서 그랜드 쿨리로 왔던 것이다. 아울러 더 많은 돈과 더 많은 근육을 찾아서도.

그해 여름에 그랜드 쿨리에 찾아온 또 한 명의 워싱턴 선수는 척 데이였다. 조니 화이트와 마찬가지로 그 역시 2번 좌석에 앉았으며, 어깨가 넓은 순수한 근육 덩어리였지만, 보트 한가운데에 앉는 선수들보다는 약간 체중이 가벼웠다. 그는 갈색 머리카락에 사각형 얼굴, 그리고 강하고 넓은 턱을 갖고 있었다. 두 눈은 한순간 명랑해 보이다가, 다음 순간 분노로 가득해 보이기도 했다. 전반적인 인상은 약간 호전적인 느낌이었다. 그는 안경을 끼었지만, 그럼에도 불구하고 거친 인상을 풍겼다. 그는 항상 캐멀이나 럭키스트라이크 담배를 물고 있었으며, 물론 앨 울브릭슨이 주위에 있을 때만 예외였다. 그는 화를 잘 내는 동시에 쾌활한 사람이었다. 그는 장난치기를 좋아했고, 까불며 돌아다니기를 즐겼으며, 항상 농담을 내놓을 준비가 되어 있는 것처럼 보였다. 작년에 그는 조의 경쟁자 가운데 하나인 '준대표팀 출신 대표팀'에서 노를 저었다. 바로 그 이유 때문에, 그와 조는 서로 두 마디도 섞지 않는 사이가 되어 있었고, 그나마 공손한 말은 섞지도 않았다.

아일랜드계 유대인인 데이는 워싱턴의 캠퍼스에서 북쪽으로 가까운 곳에서 자라났는데, 이곳에는 남학생 사교클럽이 자리하고 있었다. 그의 아버지는 성공한 치과의사였으며, 그의 가족은 대공황에서 비롯된 최악의 영향까지는 겪지 않고, 상당히 편안하게 살아갈 수 있었다. 왜냐하면 이빨이란 경제 상황과는 무관하게 썩게 마련이기 때문이었다. 그래서 조는 처음에는 데이 같은 녀석이 쿨리처럼 지저분하고 위험한 곳에서 일해야 하는 이유를 몰라 어리둥절했다.

그런데 알고 보니 (조 역시 이를 금방 알게 되었다.) 그해 여름에 척 데이가 가고 싶어 한 곳은 이 세상에 바로 그랜드 쿨리밖에는 없었다. 그를 이해하려면 그의 마음을 이해해야만 했다. 그는 경쟁심이 대단한 사람이었다. 만약 누군가가 그에게 도전을 제기한다면, 그는 이에 응해서 마치 불도그처럼 달려들 것이었다. 그는 항복이라는 말이 무슨 뜻인지 몰랐다. 그러니 만약 강에다가 댐을 지어야만 한다면, 모두들 비켜서서 그가 그 일에 뛰어들게 내버려두는 것이 상책이었다.

조와 조니와 척은 쉽고도 편안한 동료관계를 맺게 되었다. 이전의 일에 관해서는 아무 말도 하지 않은 채, 이들은 경주정 보관고에서의 경쟁의식은 잠시 옆으로 밀어두고, 작년에 서로에게 가했던 격한 욕설은 깡그리 잊어버리고, 이듬해로 다가온 또 다른 경쟁은 그냥 무시해버렸다.

그랜드 쿨리는 이들이 가본 그 어떤 장소와도 달랐다. 그곳의 일은 무지막지하게 힘들었고, 햇볕은 지독하게 뜨거웠으며, 흙먼지와 끝도 없는 소음은 정말 견딜 수 없을 정도였지만, 그 공간은 광대하고, 그 풍경을 아찔하고, 이들의 동료들은 빠르고도 매력적이었다. 그해 여름에 쿨리에는 모든 유형과 종류의 인간이 몰려든 것처럼 보였으며, 그중에서도 가장 다채로운 사람만이 셰이크 타운에 자리를 잡은 것처럼 보였다. 대학생과 농장 일꾼과 실직 상태의 벌목꾼은 물론이고, 서부 각지에서 온 광부들까지도 한데 섞였다. 필리핀인, 중국인, 웨일스인, 남태평양인, 흑인, 멕시코인은 물론이고 심지어 (대부분 인근의 콜빌 보호지구에 남아 있는 최후의 주민인) 인디언까지도 있었다. 셰이크 타운의 거주민 모두가 그 댐에서 일하는 것은 아니었다. 오히려 상당수는 댐에서 실제로 일하는 사람들이 필요로 하는 다양한 서비스에 종사하기 위해 그곳을 찾은 사람들이었다. 예를 들어 빨래를 해주고, 회사 식당에서 요리를 해주고, 잡화를 판매하고, 쓰레기를 치워주는 등의 일을 하는 사람들이었다. 물론 여자들도 있었는데 그녀들도 하나같이 똑같은 직업에 종사했다.

그랜드 쿨리의 큰길을 따라서 언덕을 오르면 흙과 자갈이 깔린 B 스트리트라는 세 블록짜리 거리가 나왔는데, 그 양편에 서둘러 지어놓은 건물에는 젊은 남성이 상상할 수 있는 온갖 종류의 유흥이 자리 잡고 있었다. 카드 도박장, 술집, 당구장, 유곽, 싸구려 호텔, 무도장까지도. 남자들이 모두 저 아래의 댐 공사장에 일하러 간 대낮에는 B 스트리트도 잠에 취해 있었다. 거리 한가운데에는 개들이 누워서 잠을 청했다. 가끔 한 번씩 언덕 밑에서 자동차가 올라와, 잠자는 개들을 피해서 "훌륭하게 고통 없이" 치료한다는 간판을 내건 치과 앞에 멈춰 서고, 그 운전자는 차에서 내려 불안해하면서 안으로 들어갔다. 매력적인 젊은 여자들이 가끔씩 '레드 루스터'니, '그레이시스 모델 룸' 같은 이름의 업소에서 나와, 거리를 지나서 '블랜치 드레스 숍'에 뭔가를 사러 가거나 '라 제임스 뷰티 숍'에 머리를 하러 갔다. '우딥 중국식당'의 요리사인 해리 왕은 보통 오후 일찍 나타나서 채소가 든 궤짝을 자기 식당 안으로 날랐고, 이후 가게 문을 열기 전까지는 줄곧 문을 닫아놓은 상태로 유지했다.

하지만 저녁이면 (그리고 특히 일꾼들이 MWAK의 회계과 앞에 줄지어 서서 봉급을 받고 난 금요일이나 토요일 저녁이면) B 스트리트도 활짝 피어났다. 술집과 무도장에서 재즈와 컨트리 음악이 울려 퍼졌다. 사람들은 펄럭이는 등유램프를 켜놓은 식당으로 찾아와, 기껏해야 톱질용 작업대 위에 송판을 깔아놓은 것에 불과한 식탁 앞에 앉아, 싸구려 스테이크와 김 빠진 맥주를 먹고 마셨다. 이 동네에서는 "저기요 아가씨들Yoo Hoo Girls"이라고 부르는 직업여성들이 싸구려 호텔이며, 무도장이며, 심지어 소방서의 위층 창문에서 몸을 내밀고, 저 아래 거리에 있는 남자들을 향해 "저기요" 하고 말을 걸었다. 다른 여자들은 레드 루스터나 그레이시스 같은 유곽 위층 방에서 가만히 대기하고 있었으며, 대신 싸구려 정장 차림의 뚜쟁이들이 길에서 손님을 잡아 그 안으로 들여보냈다. 안쪽 방에 있는 초록색 천이 깔린 탁자 앞에는 카드 도박사가 앉아서 궐련을 피우며 먹잇감을 기다렸다. '그랜드 쿨리 클럽'과 '실버 달러'에서는 소규모 오케스트라의 반주에 맞춰 직업 무용수들이 춤을 추었다. 10센트만 내면 외로운 남자 누구라도 예쁜 여자와 춤을 한 번 출 수 있었다. 밤이 깊으면서 술이 흘러넘치면, 오케스트라의 연주도 점점 더 빨라졌고, 춤과 춤 사이의 간격도 더 짧아지고, 남자들은 점점 더 빨라지는 박자에 맞춰서 주머니를 털었고 여자의 부드러운 두 팔에 안겨 향수 냄새 나는 머리카락에 얼굴을 묻기 위해서 필사적이 되었다.

밤이 깊어지면 남자들은 메이슨 시티나 엔지니어 시티나 셰이크 타운에 있는 각자의 숙소를 향해 비틀거리며 걷기 시작했다. 메이슨 시티로 가는 사람들은 도중에 한 가지 만만찮은 장애물을 만나곤 했다. 협곡을 가로지르는 가장 빠른 길은 강 위에 걸쳐진 상태로 흔들거리는 450미터 길이의 좁은 현수교였다. 저녁때 B 스트리트로 가는 길에는 어느 누구도 개의치 않고 건너는 듯했지만, 새벽 3시에 술에 잔뜩 취한 상태로 여기를 지나 돌아간다는 것은 결코 쉽지 않은 일이었다. 술에 취한 사람이 한 번에 수십 명씩 그 위를 걸어가면, 현수교 전체가 마치 성난 뱀처럼 위아래로 꿈틀거리며 요동쳤다. 주말 밤마다 누군가는 결국 그 아래로 떨어져서 목숨을 잃곤 했다. 이런 일이 워낙 비일비재하다 보니, MWAK에서는 아예 금요일과 토요일 밤마다 하류에 보트와 뱃사공을 대기시킨 다음, 물에 빠진 생존자를 건져내게 했다.

조와 조니와 척도 토요일 밤마다 B 스트리트를 거닐면서 눈이 휘둥그레져서 주위를 구경했다. 이들 중 어느 누구도 이런 모습을 본 적이 없었고, 과연 이 신세계에서 어떻게 행동해야 할지 확신하지 못했다. 앨 울브릭슨의 "흡연 금지, 음주 금지, 씹는담배 금지, 욕설 금지"라는 원칙이 이들의 마음 한편에서 줄곧 종소리처럼 울려 퍼지고 있었기 때문이다. 운동선수로서 이들은 자제심에 자부심을 갖고 있었다. 하지만 유혹은 워낙 많았다. 그래서 이들은 술집이며 카드 도박장이며 무도장을 돌아다니며, 맥주를 마시고 가끔은 위스키를 한 잔씩 마시고, 초라한 카우보이 밴드의 노래를 따라 불렀다. 척이나 조니는 한 번씩 동전을 꺼내 들고 가서 여자들과 춤을 추었지만, 조에게는 그 가격이 터무니없이 비싸게만 보였다. 10센트 동전 하나면 길 건너편 식품점에서 빵 한 덩어리, 또는 달걀 열댓 개를 살 수 있었기 때문이다. 게다가 그에게는 고향에서 기다리는 조이스가 있었다. 자기들을 향해 올라오라고 부르는 '저기요 아가씨들'을 수줍은 표정으로 바라보면서도, 세 사람은 줄곧 그들로부터 멀찍이 떨어져 있었다. 카드 도박장에서는 초록색 천이 덮인 탁자 앞에 모여 앉았지만, 조는 줄곧 지갑을 주머니에서 꺼내지 않았다. 워낙 힘들게 번 돈이다 보니 쉽사리 카드 도박에 내놓을 수가 없었고, 공정하게 경기가 이루어진다고 볼 수 없는 지금과 같은 판에서는 더더욱 그럴 수 없었다. 척 데이가 탁자 앞에 앉으면, 조와 조니는 양옆에 버티고 서서, 친구에게서 눈을 떼지 않고, 혹시 무슨 문제라도 생기면 구출할 준비를 하고 있었다. 그런 곳에서 시비가 붙으면 결국 주먹다짐이 일어나서 B 스트리트 전체로 번진다는 것을, 심지어 그 와중에 칼이나 총이 등장하는 경우도 없지 않다는 것을 잘 알고 있었기 때문이다.

그랜드 쿨리 극장에서는 현재의 개봉작을 주말마다 상영했다. 조와 조니와 척은 이곳이야말로 햇볕과 먼지 없이 토요일 오후를 보낼 수 있는 좋은 장소임을 깨달았다. 이들은 팝콘을 먹고 시원한 음료수를 마시면서 다른 관객들과 섞여 앉았는데, 이 다른 관객이란 영업시간이 아닌 관계로 수수한 옷을 입고 나온 무용수들과 '저기요 아가씨들'이었다. 영화가 상영되기 직전이나 쉬는 시간에 이 여자들과 이야기를 나누어본 결과, 조와 친구들은 상대방이 친근하고 순박하고 정직한 여성들이라는 사실을, 따지고 보면 자기네 고향에서 함께 자라난 종류의 처녀들과 별다르지 않다는 사실을 깨달았다. 차이가 있다면, 힘든 환경 때문에 이들이 결국 이처럼 절망적인 직업을 선택하는 쪽으로 내몰리게 되었다는 것뿐이었다.

이들은 음식 때문에 B 스트리트를 찾아가기도 했다. 우딥 중국식당의 차우멘이라든지, 핫 타말리 맨 식당의 수제 타말리라든지, 앳워터스 드럭스토어의 소다수 가판대에서 판매하는 양이 많은 선데이라든지, 도그 하우스 카페에서 판매하는 갓 구운 체리 파이 같은 것이 있었다. 그리고 댐 공사 현장 바로 옆의 베스트 리틀 스토어는 군것질거리와 작은 사치품을 사기에 좋은 곳이어서, 싸구려 시가부터 '오 헨리!' 초콜릿 바까지 뭐든지 다 있었다.

B 스트리트와 그랜드 쿨리의 소음으로부터 벗어나고 싶을 때면, 이들은 가끔 스포켄까지 차를 타고 가서 조가 예전에 자주 가던 곳을 들르거나, 아니면 쿨리를 따라 내려가서 소프 레이크Soap Lake에서 헤엄을 쳤다. 지질학적으로 특이한 장소인 이곳은 강하고 따뜻한 바람이 물속의 광물을 잔뜩 휘저어놓았기 때문에, 호숫가를 따라 약 1미터 깊이로 흰색 부유물이 거품을 일으키며 모여 있어서 '비누 호수'라는 이름을 갖게 되었다.

하지만 대부분의 기간 동안 이들은 그랜드 쿨리에 남아서, 산쑥 주위에서 풋볼 공을 던지고 받으며 놀고, 절벽에 올라가서 돌멩이를 던지고, 돌 선반 위에 웃통을 벗고 누워서 따뜻한 아침햇살을 즐기고, 밤이면 멀리서 코요테 울음소리가 들리는 가운데 모닥불 주위에 둘러앉아 연기 때문에 눈물이 고인 상태로 유령 이야기를 서로 해주는 등, 그야말로 십대 소년과 다름없는 행동을 하며 시간을 보냈다. 이들이야말로 넓디넓은 서부의 사막 한가운데에 뚝 떨어져 있는, 자유롭고 편안한 소년들이 아닐 수 없었다.

조지 포코크의 작업장

제12장

숙련된 기수는 자기가 탄 경주마의 일부가 된다는 말이 있듯이, 숙
련된 노잡이는 반드시 자기가 탄 보트의 일부가 되어야만 한다.

―조지 요먼 포코크

조 랜츠와 조니 화이트와 척 데이를 비롯한 수많은 미국
젊은이들이 1934년 여름에 그랜드 쿨리라는 이름의 그 뜨겁고 바위투
성이인 벽지에서 노동에 종사한 것처럼, 바로 그해에 베를린에 있는 또
다른 대규모 공공근로 프로젝트 현장에서는 수천 명의 독일 젊은이들
이 모여 일하고 있었다. 아돌프 히틀러가 1933년 가을에 이 현장을 방
문한 이래, 325에이커의 제국 종합운동장 부지는 극적으로 변모되어
있었다. 인근에 설치되어 있던 경마용 경주로는 철거되었고, 이제는 나
치 정권으로부터 하도급을 맡은 500개 이상의 기업이 올림픽 경기를
위한 장소를 준비하는 작업을 하고 있었다. 근로자 숫자를 최대화하기
위해서, 히틀러는 (설령 기계를 이용하는 편이 더 효율적이라 하더라도) 사실
상 모든 노동을 인력으로 해내라고 지시했다. 하지만 모든 사람은 "체제
에 순응하는 독일 시민권자이며 아리아 인종인 비노조 노동자"로 자격
이 제한되었다.

이 프로젝트에 관련된 것은 하나부터 열까지 거대했다. 거대한 그릇
모양의 올림픽 주경기장은 지표면에서 12미터 깊이로 땅을 굴착하고

평평하게 다져 만들었으며, 그 한가운데의 경기장에 심은 잔디는 이미 무성하게 초록으로 자라나 있었다. 136개의 사각 기둥을 똑같은 간격으로 세워놓은 곳도 있었는데, 이곳에는 훗날 2층짜리 열주列柱가 들어섰다. 72열에 달하는 관람석이 설치될 틀도 이미 완공되었는데, 모두 합쳐 11만 명이 앉기에 넉넉했다. 이 틀을 만들기 위해 7,000톤의 콘크리트가 사용되었고, 7,300톤의 철판도 용접되었다. 3만 세제곱미터의 자연석이 현장에 도착했고, 300명의 석공이 망치와 끌을 들고 작업을 해서, 정교한 상아색의 프랑코니아산 석회석 덩어리로 경기장 외벽을 장식했다. 하키 경기장, 수영 경기장, 마술馬術 경기장, 거대하고도 매끈한 전시장, 체육관, 그리스 식 원형경기장, 테니스장, 식당, 이리저리 뻗어 있는 행정용 건물 등이 저마다 제각각인 진척 단계에 있었다. 경기장과 마찬가지로 대부분은 자연석으로 치장했으며, 그 모두는 독일산이었다. 프랑코니아산 석회석, 아이펠 언덕에서 온 현무암, 슐레지엔에서 온 화강암과 대리석, 튀링겐에서 온 트래버틴石灰華, 작센에서 온 반암斑岩 등이었다.

경기장 서쪽에는 크고 넓은 집회장인 '5월 광장Maifeld'이 있었는데, 땅을 평평하게 고른 뒤에 커다란 석회석 종탑을 세우고 있었다. 이 탑은 결국 높이가 75미터에 달할 것이었다. 이곳에 보관된 거대한 종의 아래쪽 가장자리에는 두 개의 만卍 자 문양 사이에 다음과 같은 구절이 새겨져 있을 것이었다. "내가 전 세계의 젊은이를 소환하노라Ich rufe die Jugend der Welt!" 그리고 실제로 젊은이들이 이곳으로 찾아왔다. 처음에는 올림픽 때문이었지만, 나중에는 또 다른 이유로 찾아왔다. 그러니까 이로부터 10년이 채 지나지 않아 제3제국의 절망적인 마지막 며칠 동안, 히틀러 소년단원 수십 명이 (기껏해야 10세에서 11세 정도로 어린 아이들이) 종탑 아래에 있는 섬세한 프랑코니아산 석회석 더미, 그러니까 지금 세워지는 건물의 잔해 사이에 엎드려서 자기들 쪽으로 진군하는 (그리고 대부분 자기들보다 나이가 많지도 않은) 러시아 소년들을 향해 총을 쏘게 될 것이었다. 그리고 이 마지막 며칠 사이에, 베를린 곳곳에 화재가 일어난 상황에서, 그 독일 소년들 가운데 일부는 (울음을 터뜨리거나, 총 쏘기를 거부하거나, 또는 항복하려 했다는 이유로) 결국 그 석회석 장식물 앞에 줄지어 서 있다가 아군 장교로부터 즉결 처형을 당할 것이었다.

그곳에서 남동쪽으로 24킬로미터 떨어진, 나뭇잎 우거지고 쾌적한 호반 마을 그뤼나우Grünau에서는 올림픽 조정, 카누, 카약 종목의 출전 준비가 한창 진행 중이었다. 그뤼나우는 길고도 좁은 랑거Langer 호수의 서쪽 강둑에 자리하고 있었는데, 다메Dahme 강에서 흘러온 물이 고여서 생성된 몇 군데 호수 가운데 하나인 이곳은, 베를린 교외의 모습이 점차 사라지고 대신 탁 트인 풀밭과 남동쪽에 있는 어두운 숲의 흔적이 나타나기 시작하는 곳이었다. 랑거 호수는 깊고 푸른 물 때문에 베를린의 수상 스포츠의 중심지로 사용되어왔다. 1870년대부터 이곳에서는 조정 및 요트 대회가 열렸다. 빌헬름 2세 황제는 커다란 여름 궁전을 그뤼나우에 건설해서, 황족들이 으리으리한 장소에 머물면서 경주를 지켜보거나, 아니면 직접 물 위에서 스포츠를 즐길 수 있게 했다. 1925년에는 수십 개의 조정클럽이 그뤼나우 안팎에 본거지를 두고 있었다. 그중 일부는 오로지 유대인으로만 이루어졌고, 또 일부는 북유럽인으로만 이루어졌지만, 대부분은 아무렇지도 않게 섞여 있었다. 1912년에는 남성만이 아니라 여성도 이런 클럽에서 노를 저었지만, 여성의 복장 규정 때문에 (목이 높은 구두와 긴 치마, 소매가 길고 목까지 올라오는 상의를 의무화했기 때문에) 아무래도 노를 젓기에는 불편하기 짝이 없었다.

1935년의 유럽 조정선수권대회에 맞춰서, 공학자들은 최근 이곳에 7,500명을 수용할 수 있는 커다란 차양 달린 관람석을 완공했다. 그리고 이 관람석 동쪽으로는 물가를 따라 넓은 풀밭이 자리하고 있어서

1만 명의 기립 관중을 더 수용할 수 있었다. 이제 올림픽이 다가오는 상황에서, 당국은 호수 건너편 강변에 커다란 목제 관람석을 더 짓기로 작정했다. 그 와중에 석공들과 목수들은 이 상설 관람석의 바로 동쪽에다가 크고도 당당한 신형 보트 보관고 서관西館을 짓는 일에 전념했는데, 이 건물은 기존의 커다란 보트 보관고인 중관과 동관을 보충할 예정이었다. 이 가운데 어느 무엇도 조와 그의 동료들이 알고 있는 (예를 들어 시애틀에 있는 낡은 항공기 격납고라든지, 포킵시에 있는 허약한 경주정 보관고 같은) 기존의 경주정 보관고와는 같지 않았다. 이런 건물들은 인상적이고 현대적인, 붉은색 타일 지붕이 달린 석회석 건물이었다. 그 안에는 20개의 별도의 탈의실, 4개의 샤워장, 20개의 온수 샤워기, 39척의 경주정을 보관할 수 있는 1층의 창고, 녹초가 된 노잡이를 위한 마사지용 침상이 가득한 방들도 있었다. 올림픽 경기 동안에는 결승선에서 가장 가까운 서관이 주로 진행 관련 업무에 사용되고, 취재진 숙소 겸 라디오 방송 장비 보관고로 사용될 예정이었다. 텔레타이프와 전화, 사진 현상실, 그리고 각국의 취재진을 위한 출입국 업무를 제공하기 위해 출입국 사무소의 출장소도 설치될 것이었다. 서관은 또한 2층에 널찍한 베란다를 설치하는데, 경주로가 한눈에 보이는 이곳은 독일에서 가장 큰 권력을 가진 사람들이 올림픽 경주를 보는 특별석 노릇을 하는 동시에, 전세계에 이들의 모습을 드러내는 일종의 무대가 될 것이었다.

9월 중순에 조는 검소하게만 지낸다면 또 한 해를 버틸 수 있을 만한 돈을 벌어가지고 그랜드 쿨리에서 돌아왔다. 그는 세큄도 잠깐 들러서, 맥도널드 가족과 조이스의 부모님을 뵙고, 곧바로 조이스와 가까이 있기 위해 시애틀로 돌아왔다. 조이스는 그해 여름에 로렐허스트의 일을 그만두었는데, 어느 날 오후에 판사가 일반적으로 하녀에게는 요구되지 않는 서비스를 요구하며 그녀를 뒤쫓아 식탁 주위를 한 바퀴 돈 다음에 일어난 일이었다. 그녀는 곧바로 인근의 다른 집에서 일자리를 얻었지만, 여기서는 첫날부터 삐걱거리기만 했다. 조이스가 근무를 시작한 첫날에, 집주인 텔라이트 여사Mrs. Tellwright는 그녀에게 오리 오렌지 요리duck à l'orange(오리를 굽고 오렌지 소스를 곁들여 내놓는 프랑스 요리－옮긴이)를 저녁식사로 준비하라고 태연하게 말했다. 조이스는 깜짝 놀랐다. 오리가 무엇인지는 알고 오렌지도 알았지만, 이 두 가지가 서로 무슨 상관이 있는지는 전혀 몰랐기 때문이다. 요리에 관해서라면 그녀는 누가 봐도 시골 처녀였다. 닭튀김과 미트로프가 오히려 그녀에게는 제격이었던 것이다. 하지만 그녀는 좋은 인상을 주고 싶었기에 최선을 다해 요리를 만들었다. 그 결과물은 누가 봐도 (비록 먹을 수 없는 정도는 아니었지만) 맛이 없어 보였다. 텔라이트 여사는 한 입 베어 물더니 인상을 찡그리며 포크를 내려놓고는 한마디 했다. "얘야, 아마도 요리학원에 다녀야겠구나." 하지만 이것이야말로 두 사람 사이의 길고도 행복한 우정의 시작이었다. 텔라이트 여사는 자기가 돈을 내면서까지 조이스를 요리학원에 보내주었고, 자기도 요리학원에서 이 나이 어린 처녀와 나란히 앉아서 배웠다. 이후 몇 년 동안 두 사람은 부엌에서 즐거운 시간을 함께 보냈다.

조와 조이스는 오리 오렌지 요리보다 더 심각한 어떤 문제 때문에 점점 더 많이 걱정하게 되었다. 조는 제과공장으로 아버지를 다시 찾아가 프랭클린 자동차에 올라앉아 아버지의 점심을 나눠 먹었는데, 이때 해리가 한 말에 따르면, 그와 술라는 여름 내내 워싱턴 주의 여러 지역으로 길게 유람을 (자기 말마따나 "소풍"을) 다녔으며, 주로 워싱턴 주 동부의 옛날에 자주 가던 장소에 들렀는데, 그해 가을에 이와 유사한 유람을 또다시 다닐 예정이라는 것이었다. 처음에는 조에게도 이 말이 좋게만 들렸다. 그러면 술라에게 쫓겨날 걱정 없이 얼마든지 의붓동생들을 찾아가 만날 수 있기 때문이었다. 하지만 이런 기회 가운데 한 번을 틈타서 조와 조이스가 베이글리 애버뉴에 처음 들렀던 날, 해리와 술라는 벌써

사흘째 집을 비운 상태였다. 다시 말해 해리 2세와 마이크와 로즈와 폴리는 어른이라고는 전혀 없고, 심지어 먹을 것조차 없는 상태로 집 안에 방치되어 있었던 것이다. 가장 나이 많은 해리 2세가 겨우 열세 살이었는데, 그의 말로는 부모님은 압력솥 하나로 끓인 비프스튜, 감자와 채소, 빵과 통조림 몇 개를 모두 싸들고 자기들이 처음 연애한 장소인 메디컬 호수로 놀러 갔다는 것이다. 부모님이 언제 돌아올지는 아이들도 모른다고 했다. 그 와중에 해리 2세와 아이들은 찬장이 거의 텅 비어서 먹을 것조차 없는 상태였다.

조와 조이스는 네 아이를 데리고 나가 아이스크림을 사준 다음, 식품점에 들러서 몇 가지 기본적인 생필품을 사주고 다시 집에 데려다주었다. 다음 날 조가 확인해보았더니, 해리와 술라는 이미 집에 돌아와 있었다. 하지만 아버지와 새어머니가 무슨 생각을 하는 것인지는 조도 알수 없었다. 이들은 여름 내내 그렇게 바깥에 나가 있는 모양이었다.

술라 랜츠는 즐거운 여름을 보냈다. 그녀의 운도 드디어 나아지기 시작했던 것이다. 해리가 골든 룰에서 안정된 일자리를 확보하고 나서, 그녀는 전업으로 바이올린 연주 경력을 추구할 여유가 생겼고, 아이다호의 오두막에서나 세퀌의 반쯤 짓다 만 집에서나 굳은 마음으로 계속했던 연습의 결과로 드디어 보답을 얻기 시작했다. 급기야 그녀는 저 유명한 프리츠 크라이슬러Fritz Kreisler가 참석한 로스앤젤레스의 한 오디션에 나서게 되었던 것이다.

크라이슬러는 20세기 최고의 바이올린 연주자 가운데 한 명이었다. 오스트리아 출신으로 (그의 아버지는 지그문트 프로이트의 주치의이기도 했다.) 일곱 살 때에는 빈 음악학교에 입학한 가장 나이 어린 학생이 되었다. 열 살 때에는 이 학교의 유명한 금메달을 따고 나서, 파리 음악학교에 들어가 조세프 마사르Joseph Massart와 레오 들리브Léo Delibes 밑에서 배웠다. 이곳에서 그는 진정한 명성을 얻었으며, 이후 수십 년간 전 세계의 (베를린, 빈, 파리, 런던, 뉴욕 등의) 가장 유명한 공연장에서 수많은 관중을 놓고 연주했고, 유럽과 미국의 대형 음반사에서 녹음했다. 세계대전에 참전했다가 큰 부상을 당했지만, 그는 결국 살아남아 이전보다 더 위대한 명연주가로 돌아왔다. 하지만 1933년에 나치가 장권을 잡자, 그는 두 번다시 독일에서는 연주하지 않겠다고 맹세하고 프랑스 국적을 취득한 뒤 미국으로 건너왔다.

술라는 오디션을 마치고 기뻐하며 시애틀로 돌아왔다. 그녀의 말에 따르면, 크라이슬러는 그녀를 가리켜 "지금까지 내가 들은 중에 가장 뛰어난 여성 바이올린 연주자"라고 했다는 것이다. 물론 유명 오케스트라의 단원이 되기에는 아직 멀었지만, 그래도 가능성을 보여준 것이나 마찬가지였다. 이것이야말로 술라의 이제까지 삶에서 절정에 달하는 순간이었으며, 본인과 그녀의 가족 모두가 오랫동안 믿어 의심치 않았던 사실에 대한 입증이나 다름없었다. 그리고 이 일은 비록 인근 지역에서나마 그녀를 유명인사로 만들어주었다. 시애틀의 KOMO 라디오에서는 그해 봄과 여름에 술라의 공연 실황을 여러 차례 방송했으며, 난생처음으로 수천 명이 그녀의 실력을 들을 수 있었다. 이제 미래를 향한 희망이 눈앞에 떠올랐으며, 해리의 직장에서 나오는 꾸준한 수입이 생긴 덕분에, 그녀는 종종 집 밖에 나가서 축하를 했던 것이다. 그녀는 변화를 위한 삶을 살았다. 삶이란 원래 그래야 한다고 믿었으므로.

조는 이제 경주정 보관고로 매일 찾아왔고, 앞으로 벌어질 일에 대비하며 몸을 적응시켰다. 조니 화이트와 척 데이도 먼지투성이에 잔뜩 그을린 상태로 그랜드 쿨리에서 돌아왔으며, 종종 조와 함께 어울리며 B 스트리트라는 수수께끼의 지명을 입에 올리다가 동료들로부터 이런저런 질문을 받으면 그저 씩 웃기만 했다.

앨 울브릭슨도 역시나 돌아와 있었다. 로열 브로엄이 6월에 예견했던 그의 해임에 관한 소문은 지나치게 때이른 것으로 판명되었으며, 조와 다른 선수들에게는 다행이 아닐 수 없었다. 포킵시와 롱비치 이후에 그를 다른 사람으로 대체하려는 의향이 실제로 있었을지 모르지만, 시즌이 끝난 뒤에는 깡그리 사라져버렸거나, 또는 유보된 것으로 보였다. 실제로는 대학 당국에서조차도 자기네 선수들이 이보다 더 잘할 수 있다고는 믿지 않았고, 적어도 자기네가 울브릭슨에게 주는 적은 봉급을 생각하면 더더욱 그렇다고 생각했을 뿐이었다. 하지만 과연 이들이 언제까지 그에게 봉급을 주려고 들지는 여전히 불투명한 상황이었다.

9월의 어느 날 아침, 아내인 헤이즐이 자리에서 일어나 보니, 울브릭슨은 이미 깨어나서 잠옷 차림으로 낡은 타자기 앞에 앉아 독수리 타법으로 자판을 열심히 누르고 있었다. 그의 표정은 굳어 있었고 결의에 차 있었다. 그는 타자기에서 종이를 꺼내더니 의자를 빙글 돌려서 헤이즐에게 건네주었다. 그건 바로 〈시애틀 타임스〉에 게재할 성명서였다. 그 요지는 간단했고 대담한 주장이었다. 즉 워싱턴 대학의 에이트 조정 선수단이 1936년 베를린올림픽에서 금메달을 따게 되리라는 내용이었다. 헤이즐은 그 문서를 읽고 나서 당혹스러운 눈으로 남편을 바라보았다. 그녀는 남편이 미쳤다고 생각했다. 자기가 알던 앨 울브릭슨은 절대로 이런 성명서 따위를 만들 사람이 아니었고, 자신의 꿈과 희망이 무엇인지에 관해서는 결코 어렴풋이나마, 하다못해 집에서도 입 밖에 꺼내지 않는 사람이었다.

울브릭슨은 자리에서 일어나 성명서를 접은 다음 〈시애틀 타임스〉의 주소가 적힌 봉투에 집어넣었다. 그는 일종의 루비콘 강을 건넌 셈이었다. 자기가 계속해서 조정 분야에 남고 싶다면, 올해에는 결코 한 번도 2등에 머물러서는 안 된다는 것이었다. 포킵시에서건, 다른 어디에서건 마찬가지라고 그는 헤이즐에게 말했다. 지난 가을의 경기에 데리고 나갔던 선수들과 비슷한 선수들을 두 번 다시 만나지 못할 거라고 그는 말했다. 만약 그런 선수들을 데리고도 이기지 못한다면, 만약 이번에도 그런 선수들의 딱 맞는 조합을 찾아내지 못한다면, 만약 이 모든 과정을 거치고도 1936년에 베를린에서 금메달을 따내지 못한다면, 이번 시즌이 끝나자마자 코치 일을 그만둘 것이라고 했다. 9월 10일에 울브릭슨은 경주정 보관고에서 기자들과 만났다. 그는 헤이즐 앞에서 했던 맹세를 똑같이 읊어대지는 않았지만, 올해에는 큰 모험을 해보아야 할 것 같다는 생각은 확실히 내놓았다. 차분하고도 잘 계산된 어조로, 흥분의 기미는 전혀 없이, 그는 자기와 선수들이 "이 나라에서 일찍이 나타난 적이 없는 힘든 경쟁을 거쳐서, 성조기가 새겨진 옷을 입고 베를린에 가겠다."고 말했다. "우리는 야심이 있으며, 가을의 소집일 바로 첫날부터 워싱턴의 노잡이들은 올림픽 대표 선발전을 염두에 둘 것이다." 그는 이것이 모험에 가까운 일이라는 것을 잘 안다고 말했다. 캘리포니아가 유리하다고들 모두 생각하지만 "시도해보는 것조차도 잘못이라고 할 수는 없지 않느냐."고 그는 결론을 내렸다.

말이야 얼마든지 할 수 있음을 울브릭슨도 잘 알았다. 문제는 그 말을 현실로 옮기는 것이었다. 그러기 위해서는 자기가 가진 모든 자원을 총동원하고, 매우 어려운 결정을 몇 가지 내려야만 했다. 개인적으로 좋아하는 선수들을 간과하는 대신에, 자기가 본래 좋아하지 않은 선수들과 함께 일해야만 했다. 그는 카이 이브라이트의 허를 찌를 작정이었다. 결코 쉬운 일은 아니었다. 그는 또 한 번의 불경기로 드러날 가능성이 농후한 한 해를 버티기 위한 자금 조달법을 찾아내야 했다. 그리고 그는 아마도 자신의 가장 큰 자원이라 할 수 있는 조지 포코크를 선용해야 할 것이었다.

앨과 헤이즐 울브릭슨 부부는 종종 조지와 프랜시스 포코크 부부와 함께 저녁식사를 했고, 이때의 모임 장소는 둘 중 어느 한쪽의 집이었다. 저녁식사가 끝나면 두 남자는 몇 시간씩 조정에 관해서 이야기를 나누었다. 이들은 보트의 설계며 삭구 설치하는 기술을 논의하고, 경기 전략에 관해서 토론하며, 과거의 승리와 패배를 돌이켜보고, 다른 팀과 코치의 장점과 단점을 분석했다. 평소에 과묵했던 울브릭슨에게는 이것이야말로 긴장을 늦추고, 마음을 열고, 이 영국인에게 본심을 털어놓으면서, 경주정 보관고에서의 일에 관해 농담하고, 선수들이 보지 않는 곳에서 담배를 피울 기회였다. 그리고 다른 무엇보다도, 이것이야말로 워싱턴의 코치들이 1913년 이후로 줄곧 해왔던 일을 할 기회였다. 바로 포코크에게서 뭔가를 얻어낼 기회였던 것이다. 셰익스피어 가운데 한 구절이라든지, 경주를 연속적으로 여는 더 나은 방법이며, 노잡이의 마음속에서 벌어지는 내면의 작용을 이해하는 방법까지 그 내용은 다양했다. 올림픽이 열리는 해로 접어들면서, 이들의 대화는 울브릭슨이 현재 맡은 선수들의 장점과 단점에 관한 내용으로 자연스레 접어들었다.

올림픽 금메달을 향한 성공적인 추구를 위해서는 예외적으로 뛰어난 체력, 우아함, 지구력, 그리고 다른 무엇보다도 정신적 강인함을 지닌 아홉 명의 선수를 찾아내는 것이 필수적이었다. 이들은 장거리와 단거리 모두에서, 온갖 종류의 상황에서 거의 흠 없이 노를 저을 수 있어야 했다. 매번 몇 주씩 좁은 곳에서 서로 뒤엉켜서도 잘 지낼 수 있어야 했다. 즉 여행하고, 먹고, 자고, 경기하는 중에도 내부의 분열이 있어서는 안 되었다. 이 종목에서도 가장 유명한 무대에 올라, 압도적인 심리적 압박 아래서, 전 세계가 지켜보는 가운데 실력을 발휘해야만 했다.

그해 가을의 언젠가부터 조 랜츠 이야기가 나오기 시작했다. 울브릭슨은 이미 1년째 조를 관찰해오고 있었다. 톰 볼스는 일찌감치 그 선수가 예민하고 고르지 못하다는 경고를 전해주었다. 즉 어느 날은 마치 수은처럼 (워낙 매끄럽고 유연하고 강력하기 때문에, 마치 자기가 보트와 노와 물의 일부가 된 것처럼 보이도록) 노를 젓다가도 또 어느 날은 그야말로 엉성하게 노를 젓는다는 것이었다. 그 이야기를 들은 뒤로 울브릭슨은 온갖 수단을 다 사용해보았다. 조를 야단치기도 하고, 추켜세우기도 하고, 강등시키기도 했으며, 다시 승격시키기도 했다. 하지만 코치의 입장에서는 이 선수의 수수께끼를 결코 이해할 수 없었다. 울브릭슨은 포코크에게 도움을 요청해야겠다고 생각했다. 그는 이 영국인에게 랜츠를 한번 살펴봐달라고 부탁했다. 그와 함께 이야기를 나눠주십사, 그가 어떤 녀석인지를 알아봐주십사, 그리고 가능하다면 그를 좀 고쳐주십사 특별히 부탁한 것이다.

맑고 상쾌한 9월의 아침, 경주정 보관고의 다락에 있는 자기 작업장 계단으로 올라가던 포코크는 보관고 안쪽에 놓인 벤치에서 조가 윗몸 일으키기를 하는 것을 보았다. 그는 조에게 오라고 손짓한 다음, 평소에도 작업장을 기웃거리는 것을 알고 있었다면서, 괜찮으면 들어와서 구경이나 하라고 권했다. 그러자 조는 얼른 계단으로 뛰어올라갔다.

다락방은 밝고 공기가 잘 통했으며, 두 개의 커다란 유리창을 통해서 아침햇빛이 쏟아져 들어왔다. 공기 중에는 달콤하면서도 매캐한 선박용 니스 냄새가 감돌았다. 바닥에는 톱밥과 대팻밥이 뭉쳐서 돌아다니고 있었다. 다락방 안에는 그 세로 길이에 맞먹는 I자 형태의 빔이 하나 있었는데, 그 위에는 한창 제작 중인 에이트 경주정의 뼈대가 놓여 있었다.

포코크는 자기가 사용하는 여러 가지 공구를 설명하기 시작했다. 그가 조에게 보여준 대패의 나무 손잡이는 수십 년 동안 사용한 까닭에 반질반질 윤이 났고, 날은 나무를 깎아낼 만큼 날카롭고 정밀한 동시에 마치 화장지만큼이나 얇고 투명했다. 그는 영국에서 올 때 가져온 여러 가지 줄과 송곳과 끌과 나무망치를 꺼내 보여주었다. 그중 몇 가지는 한 세기가 넘은 것이라고 했다. 그는 각각의 공구마다 약간씩의 변형이 있으며, 예를 들어 똑같아 보이는 줄도 서로 다르게 마련이고, 저마다의 용도가 있으며, 훌륭한 경주정을 만드는 과정에서는 어느 것 하나 불필요하지 않다고 설명했다.

그는 목재 보관용 선반으로 조를 데려가서 자기가 사용하는 여러 가지 나무의 샘플을 꺼내 보여주었다. 부드럽고 가공이 쉬운 슈가소나무, 단단한 가문비나무, 향기가 나는 삼나무, 새하얀 물푸레나무. 그는 샘플을 하나하나 집어들고 살펴본 다음, 손에 붙잡은 상태로 계속 돌려보면서 각각의 목재가 지닌 독특한 성질에 관해 이야기했고, 이 모두를 사용해야만 그 각각의 성질이 발휘되며 경주정이 물 위에서 생명을 얻게 된다고 설명했다. 그는 긴 삼나무 판자 하나를 선반에서 꺼낸 다음, 매년 생겨나는 나이테를 가리켜 보였다. 조야 물론 삼나무의 성질이며 나이테에 관해서는 찰리 맥도널드와 함께 나무를 베던 시절부터 잘 알고 있었지만, 포코크가 그게 자기한테 무슨 의미인지 설명을 시작하자마자 금세 빨려들고 말았다.

조는 자기보다 나이 많은 이 남자 옆에 주저앉아서 그 나무를 살펴보며 상대방의 말에 귀를 기울였다. 포코크는 나이테가 나무의 나이 이상의 것을 알려준다고 말했다. 나이테는 최대 2,000년에 달하는 나무의 삶을 이야기해주며 나이테의 굵고 얇은 정도는 어려웠던 해의 힘든 노력과 풍요롭던 해의 급격한 성장을 이야기해주고, 나이테의 서로 다른 색깔은 나무의 뿌리가 만난 (일부는 거칠고 성장을 저해했으며, 일부는 비옥하고 영양을 제공해준) 다양한 토양과 광물에 관해 이야기해준다는 것이다. 결함과 불규칙성은 이 나무가 산불과 번개와 폭풍과 병충해를 견디고도 계속 자라났음을 이야기해주었다.

포코크가 이야기를 하는 동안 조는 점점 도취해갔다. 단순히 이 영국인이 하는 말 때문은 아니었으며, 이 영국인의 부드럽고도 소박한 목소리의 억양 때문도 아니었고, 오히려 그가 나무에 관해 이야기할 때 드러내는 차분한 존경에 (마치 나무에는 뭔가 거룩하고 성스러운 것이라도 있는 듯한 태도에) 조는 그만 빨려들었던 것이다. 나무는 생존에 관해서, 어려움을 극복하는 것에 관해서, 적을 압도하는 것에 관해서 우리에게 가르쳐 준다고 포코크가 중얼거렸다. 하지만 나무는 그보다 앞서 우리에게 또 다른 뭔가를 가르쳐주는데, 그건 바로 이런 활동의 배후에 놓인 생존의 이유라고 했다. 즉 무한한 아름다움에 관해서, 죽지 않는 우아함에 관해 서, 우리 자신보다 더 크고 더 위대한 것에 관해서, 그리고 우리 모두가 여기 있는 이유에 관해서 가르쳐주는 것이다.

"그래, 나야 물론 보트를 만들 수 있지." 포코크가 말했다. 곧이어 그는 시인 조이스 킬머Joyce Kilmer의 말을 빌려 이렇게 덧붙였다. "하지만 나무 는 오로지 하느님만 만드실 수 있지."

포코크는 얇은 삼나무 판자를 하나 꺼냈다. 경주정의 외피로 삼기 위 해 9밀리미터 두께로 켜낸 것이었다. 그는 나무를 휘더니, 조에게도 똑 같이 해보라고 했다. 그러더니 배 끝의 만곡에 관해서, 그리고 이 부분 이 나무에 긴장을 더함으로써 경주정에 부여하는 생명에 관해서 이야 기했다. 그는 삼나무에 들어 있는 개별 섬유가 지닌 배후의 힘에 관해서 이야기했으며, 이런 힘이 탄력과 합쳐짐으로써 나무에는 되튀면서 그 형태를 온전하면서도 본래대로 되찾으려는 능력이 부여되며, 거기다가 증기와 압력을 가하면 새로운 형태를 취하고 그 상태를 유지하게 된다 고 설명했다. 이처럼 양보하려는, 휘어지려는, 굴복하려는, 적응하려는 능력이야말로 나무에 있는 능력의 원천이며, 만약 그것이 내면의 결단 과 원칙에 의거하여 다스려질 경우에는 사람에게도 자기 능력의 원천 이 되는 것이다.

그는 자기가 제작 중인 새로운 경주정의 뼈대가 놓인 긴 I자 형태의 빔 한쪽 끝으로 조를 데려갔다. 포코크는 소나무 용골을 살펴보더니, 조 에게도 똑같이 해보라고 했다. 이 부품은 19미터에 달하는 보트의 길이 전체에 걸쳐서 완전히 곧아야만 하는데, 혹시 이쪽 끝에서 저쪽 끝까지 단 1센티미터라도 차이가 있으면 보트는 온전하게 달리지 못하기 때문이라고 했다. 그리고 이런 온전함은 오로지 그 제작자에게서 비롯되는 것이라고, 즉 자신이 배를 만드는 과정에서 동원하는 세심함으로부터, 자신이 배에 쏟는 마음의 양으로부터 비롯되는 것이라고 했다.

포코크는 말을 멈춘 다음, 경주정의 뼈대 있는 곳에서 몇 걸음 뒤로 돌아가더니, 양손을 허리에 얹고 자기가 지금까지 해놓은 일을 유심히 쳐다보았다. 자기에게는 보트를 만드는 작업이야말로 곧 종교나 마찬가지라고 했다. 기술적 세부사항을 숙달하는 것만 가지고는 충분하지가 않았다. 여기다가 영적으로 자신을 바쳐야만 했다. 자기 자신을 이 일에 완전히 바쳐야만 했다. 보트를 완성하고 뒤돌아서 떠날 때, 자기의 일부를 그 안에 영원히 남겨놓는다는 느낌을 반드시 받아야만 했다.

그는 조를 바라보았다. "조정이란 그런 거야." 그가 말했다. "인생도 대부분 그런 식이지. 즉 그 부분들이 정말로 중요한 거야. 내 말이 무슨 뜻인지 알겠나, 조?" 조는 약간 신경이 곤두선 채, 자기가 정말 이해했는지도 잘 모르는 상태에서 머뭇거리며 고개를 끄덕였고 다시 아래층으로 내려와서 윗몸일으키기를 하며 방금 들은 이야기를 마음에 새기려 노력했다.

바로 그달에 나치당은 뉘른베르크에서 제7회 연례 당 대회를 개최했는데, 이때의 주제는 무척이나 아이러니하게도 '자유를 위한 대회'였다. 다시 한 번 돌격대와 친위대가 수십만 명이나 몰려왔다. 다시 한 번 레니 리펜슈탈은 (이제 서른세 살이었으며, 히틀러의 애호를 받는 영화 제작자로 자리를 굳히고 있었다.) 이 장관을 기록하기 위해 그곳에 와 있었지만, 이때의 촬영 분량을 이용해서 나온 결과물은, 독일의 재무장에 반대하는 베르사유조약을 독일이 아랑곳하지 않는다는 사실을 극화하기 위해서 당 대회에서 히틀러가 무대에 올린 전쟁놀이를 기록한 짧은 영화 하나뿐이었다.

전쟁이 끝난 뒤에 리펜슈탈은 '자유를 위한 대회'에 자기가 참여했다는 사실에 관해서는 가급적 말을 아꼈다. 이때쯤에 가서는 이 행사가 단순히 전쟁놀이 때문에 기억되는 것이 아니라, 오히려 9월 15일 저녁에 일어난 한 사건 때문에 기억되고 있었다.

이 당 대회의 절정은 바로 그날 밤, 아돌프 히틀러가 독일의 국회인 제국 의회에 출석하여 새로운 법안들을 제출한 것이었다. 1543년 이후 처음으로 뉘른베르크에서 소집된 제국 의회가 통과시켜야 할 법안은 모두 세 개였는데 (이날 의회의 법안 통과 과정 자체가 일종의 대중적인 구경거리가 될 예정이었다.) 하나는 나치의 상징인 만卍 자를 독일의 공인 국기로 만드는 것이었다. 히틀러에게는 두 개의 법안이 더 있었으며, 이것이야말로 1935년의 당 대회를 사람들이 영원히 기억하게 만든 이유인 동시에, 리펜슈탈이 훗날 이 사건으로부터 되도록 몸을 사리게 만든 이유이기도 했다.

'제국 시민권법'은 독일 국적자 가운데 "게르만 민족의, 또는 이와 관련된 혈통"인 사람만을, 그리고 "게르만 민족과 제국에 성실하게 봉사할 의향과 자격이 있음을 본인의 품행을 통해 입증한" 사람만을 자국 시민으로 규정했다. 뒤집어 말하면, 독일 국적자 중에서도 "게르만 민족의, 또는 이와 관련된 혈통"이 아닌 사람은 따라서 국가의 피지배자 지위로 강등된다는 것이었다. 이 법률이 시행되면 1936년 1월부터 독일 유대인은 시민권과 이에 수반되는 모든 권리를 박탈당하게 되었다.

'혈통법'은 (정식 명칭은 '게르만의 혈통과 게르만의 명예 보호에 관한 법률'이다.) 유대인과 비유대인 간의 결혼을 금지했다. 나아가 이 법률을 무시하고 이루어진 모든 결혼을 무효화했고, 심지어 다른 나라에서 이루어진 결혼조차도 마찬가지로 간주했다. 아울러 유대인과 비유대인 간의 혼외 성관계도 금지했고, 유대인이 자기 가정에서 45세 이하의 독일인 여성을 고용하는 것도 금지했다. 그리고 유대인이 새로 정해진 독일 국기를 내거는 것도 금지했다. 나중에 밝혀진 바에 따르면, 이것은 단지 시작에 불과했다. 이후 몇 달, 그리고 몇 년이 지나면서, 제국 의회는 독일 유대인의 삶의 모든 국면에서 제약을 가하는, 급기야 유대인의 존재 자체를 사실상 불법으로 만들어버리는 수십 가지의 부가 법안을 더할 예정이었다.

뉘른베르크 법이 도래하기 전부터 독일 유대인의 삶은 한마디로 참을 수 없는 상태가 되어가고 있었다. 1933년에 나치당이 정권을 잡은 이래로, 유대인은 (법률에 의하여, 위협에 의하여, 그리고 전적인 폭력에 의하여) 관청이며 공직에서 쫓겨나게 되었다. 의학이나 법률이나 언론 분야 직업에서도 쫓겨났다. 증권거래 분야에서도 쫓겨났다. 이것 말고도 다양한 공영 및 민영 공간에도 출입이 금지되었다. 독일의 크고 작은 도시마다 호텔, 약국, 식당, 수영장, 각종 상점마다 "유대인 출입금지Juden unerwünscht" 간판이 걸렸다. 유대인 소유 사업장은 국가에서 후원하는 대규모 보이콧의 표적이 되었다. 루트비히스하펜이라는 도시 인근에는 다음과 같은 도로 표지판이 있었다. "운전 조심! 급회전 길! 유대인만 시속 120킬로미터를 유지하시오." 1935년에 이르자 독일 유대인 가운데 절반쯤이 생계수단을 잃고 말았다.

독일을 방문한 사람이라면 누구에게나 이런 사실은 명백했고, 심지어 독일 내에서 가장 평화롭고 전원적인 장소에서도 매한가지였다. 그뤼나우에 있는 랑거 호수 주위를 에워싸고 있는 참피나무와 자작나무 숲이 그해 가을에 노란색과 붉은색으로 변하기 시작하면서, 이 지역의 여러 조정클럽에 소속된 회원들은 아침 일찍이나 주말에 계속해서 모였으며, 이미 수십 년 동안 해온 것처럼, 맑고 파란 호수 위에 경주정을 띄워놓고 조정대회 경주로를 따라 위아래로 노를 저었다. 노를 열심히 젓고 나면, 이들은 인근의 식당에 모여서 맥주와 프레첼을 먹거나, 보트 보관고 앞에 있는 잔디밭에 누워서 한창 건설 중인 새로운 올림픽 시설의 진척 과정을 지켜보았다.

하지만 그 표면 아래에서는 그뢰나우가 크게 변화된 다음이었다. 조정이라는 오래된 유흥 가운데 상당수는 이미 사라진 뒤였다. 유대인으로만 이루어진 '헬베티아 조정클럽Helvetia Rowing Club'이라는 대규모 조직은 이미 1933년에 완전히 불법화되었다. 이제는 유대인과 비유대인이 섞여 있는 클럽 가운데 상당수도 회원 명부를 정리하지 않는 한 해체의 위협에 놓였다. 이보다 소규모로 신중하게 운영되던 유대인 전용 클럽 몇 군데는 계속해서 명맥을 유지했지만, 유대인은 더 이상 시민 자격이 없었으므로, 이런 클럽들이며 그 회원들은 해당 지역 나치당 간부들이 부리는 변덕의 표적이 될 수밖에 없었다. 즉 어느 날 갑자기 습격을 당하고, 문을 닫고, 장비를 모조리 빼앗길 위험에 처했던 것이다.

평생 동안 함께 노를 저었던 사람들이 이제는 예전의 동료들이며 이웃들에게 등을 돌리기 시작했다. 명단에 적혀 있던 이름이 지워졌다. 경주정 보관고 앞에는 출입금지 표시가 붙었다. 자물쇠가 걸리고, 열쇠가 바뀌었다. 그뢰나우의 멋진 교외 풍경 속에 자리한 크고 편리한 집들은 원래 유대인 상인들과 전문직들의 소유였지만, 지금은 판자로 막아두었거나, 또는 그 실제 가격의 일부밖에 안 되는 가격에 독일인 가족이 세내어 살았고, 원래의 주인 가운데 충분히 돈 많고 눈치 빠른 사람은 이미 독일을 떠나는 방법을 찾아낸 다음이었다.

미국에서는 1933년에 나치가 권력을 장악한 후, 1936년의 올림픽을 보이콧하자는 이야기까지 나오는 실정이었다. 이제는 이 나라의 일부 지역에서 이런 여론이 들끓어오르고 있었다.

시애틀에서는 앨 울브릭슨이 10월 21일까지 대학대표팀 선발 시험을 연기하고 있었다. 그에게는 체스판 위에 놓인 말들을 검토할 시간이, 그러니까 첫 말을 놓기도 전부터 올림픽이라는 마지막 결전을 위한 전략을 궁리할 시간이 더 필요했다.

덕분에 조는 공학 강의에 집중하는 한편, 조이스가 하루나 반나절 휴가를 얻을 때마다 함께 있을 여유를 몇 주간 더 얻을 수 있었다. 길고도 여유로운 주말 오후마다, 공기가 투명하고 낙엽 냄새로 가득한 오후마다, 두 사람은 또다시 카누를 빌려서 포티지 만 주위를 돌아다녔다. 이들은 풋볼 경기를 보러 가거나, 경기가 끝나면 늘 벌어지는 무도회에 참석했다. 해리와 술라 부부가 멀리 가 있을 때면, 베이글리의 부모님 댁에 들러서 조의 의붓동생들을 프랭클린 자동차에 태우고, 길모퉁이의 상점에서 볼로냐 소시지와 하루 지난 빵과 우유를 저렴하게 구입하고, 그린 호수로 잠깐 소풍을 다녀왔다. 그런 뒤에 해리와 술라가 돌아오기 전에 아이들을 집으로 데려다주었다. 공기가 맑고 별이 총총한 깜깜한 밤이면 시내에 나가서 상점들의 진열창을 구경했으며 (봉 마르세, 프레더릭 앤드 넬슨, 노드스톰 구두점 같은 곳의 진열창을 들여다보는 것이었다.) 미래에 자기들이 올릴 결혼식에 관해서, 그리고 미래에 자기들이 이런 곳에 들어가 실제로 물건을 사게 될 날에 관해서 이야기를 나누었다. 일요일 오후에는 15센트를 내고 극장에 들어갈 여유가 있을 경우에는 영화를 보러 갔다. 파라마운트 극장에서는 조지 번스와 그레이시 앨런 주연의 〈쿠키가 온다Here Comes Cookie〉를 보고, 리버티 극장에서는 클로데트 콜버트 주연의 〈상사와 결혼한 여자She Married Her Boss〉를 보고, 오피엄 극장에서는 프레드 애스테어와 진저 로저스 주연의 〈실크 해트Top Hat〉를 보았다.

조이스가 외출할 수 없는 때면, 조는 자유 시간 가운데 대부분을 경주정 보관고에서 보냈다. 최종적인 좌석 배치까지는 아직 몇 주쯤 여유가 있었고, 작년에 느꼈던 긴장이 어느 정도 누그러진 상태이다 보니, 그는 조니 화이트며 척 데이며 로저 모리스며 쇼티 헌트 같은 친구들과 어울리는 것이 즐겁기만 했다. 이들은 함께 체조를 하거나, 풋볼을 던지고 받으며 놀거나, 경주정을 꺼내서 예정에 없던 연습을 했으며, 한마디로 앞으로 다가올 시즌에 관한 이야기를 피하기 위해서라면 무슨 일이든지 마다하지 않았다.

하루 일과가 끝나면, 다른 선수들이 각자의 집으로 가거나 파트타임 아르바이트를 하러 간 다음에도, 조는 작년 봄에 그랬던 것처럼 저녁 늦게까지 여전히 경주정 보관고에 남아 있었다. 그러던 어느 날, 그가 증기탕에서 수건만 두르고 밖에 나와보니, 스티브 맥밀린이 빗자루로 사방을 쓸고 쓰레기통을 비우는 등 청소를 하고 있었다. 조는 맥밀린이 아마도 경주정 보관고의 청소원으로 아르바이트를 하는 모양이라고 생각했다. 양쪽 보트 사이의 좋지 않은 감정 때문에 조는 지금까지 단 한 번도 맥밀린과 이야기를 할 기회가 없었는데, 그가 일하는 모습을 보니 문득 상대방에게 호감이 생겨났다. 조는 먼저 다가가 한 손을 내밀었고, 드디어 서로 이야기를 나누게 되었으며, 마침내 그는 다른 친구들 모르게 오랫동안 간직했던 비밀을 털어놓았다. 바로 자기가 YMCA에서 야간 청소원으로 일하고 있다는 사실이었다.

머지않아 조는 맥밀린이 무척이나 마음에 든다고 생각했다. 스티브는 시애틀의 퀸 앤 힐에서 자라났으며, 조에 못지않게 가난했다. 그는 대학에 들어오기 위해 무슨 일이든지 (잔디 깎기, 신문 배달, 바닥 청소 등등) 닥치는 대로 해치운 경험도 있었다. 조정과 공부와 수면을 제외한 나머지 시간에는 줄곧 일했지만, 그렇게 벌어들인 돈으로는 옷을 입고 식사를 하는 데에도 빠듯하다고 했다. 조는 맥밀린 옆에 있으면 마음이 편안했다. 심지어 자신의 경제 상황에 관해 이야기를 할 때에도 경계심을 약간 늦출 수 있다는 느낌마저 받았다. 머지않아 조는 거의 매일같이 밤늦게까지 남아서 빗자루를 들고 돌아다니며 맥밀린의 청소를 도왔고, 덕분에 그가 빨리 집에 돌아가 공부할 수 있도록 해주었다.

가끔은 맥밀린을 돕는 대신에 경주정 보관고의 안쪽 계단으로 올라가서, 혹시 조지 포코크가 여유가 있으면 이야기를 나누기도 했다. 만약 이 영국인이 여전히 일하고 있으면, 조는 벤치에 걸터앉아 긴 다리를 구부리고 그가 일하는 모습을 바라보았다. 말을 많이 하지는 않으면서, 이 보트 제작자가 나무를 만지는 모습을 지켜보는 것이었다. 포코크가 하루 일과를 끝내면, 조는 상대방이 공구를 정리하고 목재를 치워놓고 톱밥과 대팻밥을 쓸어내는 것을 도와주었다. 포코크는 두 사람이 처음 이야기를 나누었을 때처럼 나무나 조정이나 인생에 관해 더 이상 긴 설교를 늘어놓지는 않았다. 대신 그는 조에 관해서 더 많은 것을 알아내는 데에 관심을 가진 것처럼 보였다.

어느 날 오후, 경주정 보관고에서 포코크는 조에게 어떻게 이곳까지 오게 되었느냐고 물었다. 이것이야말로 사소한 방식으로 물어본 중요한 질문이라는 사실을 조는 깨달았다. 그는 머뭇거리며, 또 경계하며 대답을 내놓았는데, 왜냐하면 이때까지만 해도 자기 자신을 드러내는 데에는 익숙하지 않았던 까닭이다. 하지만 포코크는 끈질겼으며, 그의 가족에 관해서, 그리고 그가 어디서 왔으며 앞으로 어디로 가고 싶은지 등에 관해서 부드러우면서도 솜씨 좋게 캐물었다. 조는 드문드문 말했으며, 주로 자기 어머니와 아버지와 술라에 관해서, 스포켄과 금-루비 광산과 세큄에 관해서 어쩐지 긴장한 듯한 태도로 말했다. 포코크는 그가 좋아하는 것과 싫어하는 것, 그를 아침에 일어나게 만드는 것, 그가 두려워하는 것에 관해서도 질문했다. 그러면서 천천히 자기가 가장 궁금해하는 것에 초점을 맞추었다. "자네는 왜 노를 젓는가?" "자네는 이 일에서 무엇을 얻고 싶은가, 조?" 조를 설득해서 더 많은 이야기를 이끌어내면 낼수록, 포코크는 이 소년의 수수께끼의 내부 구조를 더 많이 짐작할 수 있었다.

포코크의 어머니가 그를 낳고서 겨우 6개월 만에 사망했다는 사실도 조와의 대화에서는 도움이 되었다. 그의 아버지가 얻은 두 번째 부인도 불과 몇 년 뒤에 사망했기 때문에, 조지는 새어머니가 있었는지조차 잘 기억나지 않았다. 그는 어머니 없는 집에서 자라나는 것에 관해서, 그리고 그런 일이 한 아이의 가슴에 뚫어놓는 구멍에 관해서 분명히 아는 바가 있었다. 아울러 그는 한 사람을 온전하게 만들고자 하는 부단한 충동에 관해서, 그리고 끝없는 그리움에 관해서 분명히 아는 바가 있었다. 그는 조 랜츠의 본질 속으로 천천히 다가가기 시작했다.

10월 21일 오후에 대학대표팀 선발 시험이 시작되자, 네 척의 보트에 탄 선수들이 나타났는데 이제는 하나같이 숙련된 노잡이들이었다. 이와 동시에 작년 시즌의 경쟁의식과 원한과 불확실성이 다시 한 번 분출되었다. 노잡이들이 조정용 운동복으로 갈아입는 중에도 경주정 보관고는 눈에 띄는 긴장감으로 가득 찼다. 울브릭슨은 이를 굳이 누그러뜨리려 하지 않았다.

이번에는 열띤 연설 따위는 전혀 없었다. 굳이 그럴 필요가 없었다. 올해의 목표가 무엇인지는 모두가 알고 있었으니까. 그는 모든 선수를 경사로에 모아놓은 다음, 넥타이를 똑바로 편 뒤, 일상적인 지시를 몇 가지 내놓았다. 봄에 '졸업 축하 경주'가 있기 전까지는 사실상 2학년이나 3학년이나 4학년 보트의 구분은 없을 것이고, 나아가 오로지 어느 한 학년 선수들로만 이루어진 보트가 있지도 않을 것이었다. 가끔은 예전의 배치대로 경주를 시키겠지만, 대개는 자기가 염두에 둔 배치대로 선수들을 섞고 바꾸어서, 결국 다른 팀보다 확실히 월등한 보트 한 척을 찾아내겠다고 했다. 이상적인 조합이 발견되기 전까지 선발 여부는 각자가 하기 나름이라고 했다. 그리고 시작부터 선수들은 2,000미터 전력질주는 물론이고 더 긴 경주 모두를 연습할 것이라고 했다. 포킵시와 베를린 모두에서 승리하기 위해서는 전력질주에 필요한 속도와 4마일 경주에 필요한 지구력 모두를 가진 보트가 필요하다고 했다. 그것이야말로 카이 이브라이트가 작년 봄에 포킵시와 롱비치에 이끌고 나오지 못했던, 따라서 올해에도 역시나 이끌고 나오지 못할 것으로 여겨지는 바로 그런 종류의 보트라고 했다.

울브릭슨에게는 마치 마법 같은, 거의 연금술 같은 재료가 있었다. 작년에 활약했던 톰 볼스의 저 돋보이는 신입생팀 챔피언이 이제는 2학년이 되어 있었다. 또 조의 보트에 탔던 선수들은 모두 3학년이 되었고 여전히 기세등등했다. 그리고 지난 시즌의 준대표팀 보트에 탔던 선수들이 있었는데, 3학년과 4학년이 뒤섞인 상태였다. 그리고 울브릭슨이 9월에 이 문제를 놓고 심사숙고했던 일이 이제는 처음부터 이득을 제공하는 것처럼 보였다. 그는 맨 처음의 보트 배치를 놓고 상당히 많은 생각을 했는데, 처음 며칠 동안의 연습에서는 새로운 팀 가운데 두 가지가 각별히 가망성이 있어 보였다. 우선 한 보트는 작년의 신입생들을 핵심으로 구성한 팀이었다. 여기서는 덩치 크고 힘 좋은 돈 흄을 스트로크 노잡이로, 고디 애덤을 7번 좌석에, 윌리엄 시먼William Seaman을 6번 좌석에, 조니 화이트를 4번 좌석에 앉혔다. 지난번에 1번 보트에서 조의 동료였던 선수 중에서는 쇼티 헌트가 이 팀의 2번 좌석에 앉았다. 각별히 가망성이 있어 보인 또 다른 보트에는 조의 동료였던 선수 중에서 세 명이 속해 있었다. 밥 그린이 6번 좌석에, 찰스 하트먼이 2번 좌석에, 로저 모리스가 뱃머리에 있었다. 하지만 조 랜츠는 두 척의 보트 어느 쪽에도 들지 못했다. 이후 몇 주 동안 그는 두 척의 다른 보트를 왔다 갔다 했으며, 올해의 경쟁이 얼마나 힘들지를 자각하는 순간부터 그는 아무리 열심히 노를 저어도 사기가 또다시 저하되었다.

그해 가을에 조를 심란하게 만든 요인은 단순히 보트 배치뿐만이 아니었고, 베를린에 가는 일이야말로 자기가 지금까지 했던 그 어떤 일보다 더 힘들 것이라는 자각만도 아니었다. 경쟁을 치러야 하는 대부분의 조정선수가 그러하듯이, 그는 또 다른 것들에 관심이 쏠렸다. 훌륭한 도전의 기회라면 그는 항상 관심을 가졌고 매력을 느꼈다. 여러 면에서 그가 조정경기를 좋아하는 이유도 바로 그것이었다.

그를 현재 심란하게 만드는 요인은 단순히 실패에 대한 두려움이라기보다는 오히려 스멀스멀 다가오는 상실감이었다. 그는 무려 2년 동안 함께 노를 젓는 (그리고 승리를 거두는) 사이에 2학년 동료들 사이에서 자라났던 은근한 동지애가 그리웠다. 그는 울브릭슨으로부터 야단을 맞을 때마다 쇼티 헌트가 자기 뒤에 앉아서 속삭이던 말이 그리웠다. "걱정 마, 조. 너의 등 뒤는 내가 맡을게." 그는 신입 부원 등록 첫날부터 퉁명스럽고 냉소적이고 나이 많은 로저 모리스와 함께 나누었던 편안하면서도 말이라고는 거의 없던 동료애가 그리웠다. 이전까지만 해도 그는 보트에 함께 탔던 저 두 명의 동료가 자기한테 중요하다고 진심으로 생각한 적이 없었는데, 알고 보니 이들은 그에게 각별했으며, 그것도 무척이나 중요했던 것이다. 자기가 그런 것을 갖고 있었음을 제대로 이해하지 못한 상태였다가, 이제 와서야 그것을 잃고 말았음을 놀랍고도 고통스럽게 깨달은 것이다. 그는 그랜드 쿨리에서 사귄 친구 조니 화이트와 쇼티가 다른 보트에 타고 자기 옆을 달리는 것을 볼 때마다, 즉 이제는 그들이 다른 뭔가의 일부가 되었고 자기가 탄 보트를 꺾으려는 다른 팀의 일원이 되었음을 자각할 때마다 번번이 똑같은 감정을 느꼈다. 세큄에서 가족에게 버림받았을 때에만 해도, 그는 자신의 행복이나 자존감을 얻기 위해 두 번 다시 다른 누구에게 의존하지 않겠다고, 심지어 조이스에게도 의존하지 않겠다고 다짐했었다. 그런데 이제 그는 자기가 그동안 바로 그런 일을 하고 있었음을, 그리하여 평소처럼 고통스러운 결과를 맞이하게 되었음을 깨달았다. 그는 이런 일을 예상하지 못했고, 그래서 준비하지 못했는데, 이제 그의 발밑에 있던 땅이 전혀 예측 불가능한 방식으로 흔들리고 있는 것처럼 보였다.

그러다가 시즌이 시작된 지 불과 며칠도 지나지 않아서, 조의 발밑에 있던 땅이 완전히 기울어버리는 일이 발생했다. 10월 25일, 그가 흠뻑 젖은 몸으로 길고도 추웠던 연습을 마치고 경주정 보관고에 돌아와 보니, 프레드가 부양선착장 위에서 비를 맞으며 중절모 테 아래에서 하얗게 질린 채 굳은 표정으로 그를 기다리고 있었다. 병원에 가 있던 해리에게서 연락을 받고, 베이글리로 가서 아이들에게 소식을 전해주고 오는 길이라고 했다. 술라가 죽은 것이다. 장폐색으로 인한 패혈증이 사인이었다.

조는 멍한 기분이었다. 술라에 관해서 뭘 어떻게 생각하거나 느껴야 할지 몰랐다. 딱하기는 했는데, 왜냐하면 세 살 이후로 그녀는 그가 아는 한 어머니에 가장 가까운 존재였기 때문이다. 스포켄에서는 그래도 세 사람이 뒤뜰의 향긋한 밤공기 속에서 그네에 나란히 앉아 있거나, 또는 거실의 피아노 주위에 모여 앉아 노래를 부르는 등의 즐거운 시절도 있었다. 이미 여러 해 동안이나, 그는 두 사람 사이의 문제가 시작되었을 때 자기가 무슨 일을 했어야 상황이 좀 더 나아졌을까를 놓고 곰곰이 생각하곤 했었다. 어쩌면 잘 지내려고, 그녀의 갑갑한 상황을 이해하려고, 어쩌면 아버지가 그녀에게서 본 좋은 모습을 자기도 마찬가지로 보려고 그가 더 열심히 노력했어야 했는지도 몰랐다. 이제 그는 자기가 어떤 사람이 될지 그녀에게 보여줄 기회 자체를 잃어버린 셈이었다. 하지만 그는 또 한편으로 자기의 후회에는 분명한 한계가 있음을, 그리고 어느 정도를 넘어서면 자기는 그녀에게 그리 좋은 감정을 느낄 수 없음을 깨달았다. 오히려 그는 아버지를, 그리고 의붓동생들을 더 많이 걱정했다. 만약 조가 확실히 아는 한 가지가 있다면, 그건 바로 어머니 없는 아이가 된다는 기분이었다.

다음 날 아침, 조는 베이글리의 부모님 댁으로 갔다. 그는 현관문을 똑똑 두들겼다. 하지만 아무 대답도 없자, 그는 뒷문이라도 두들겨보려고 수국이 피어난 화단을 지나 집 뒤로 갔다. 수북하게 웃자란 뒷마당의

테이블에는 아버지와 동생들이 앉아 있었다. 해리는 아이들이 좋아하는 체리 맛 쿨에이드를 만드는 중이었다. 조는 아무 말 없이 이들과 함께 테이블에 앉아서 식구들의 얼굴을 살펴보았다. 로즈와 폴리는 두 눈이 새빨겠다. 마이크도 마찬가지였다. 해리 2세는 잠을 못 잤는지 뭔가 정신없고 지친 표정이었다. 조의 아버지는 큰 상처를 받은 표정이었고, 갑자기 훨씬 늙어 보였다.

조는 아버지에게 뭐라고 위로를 드려야 할지 모르겠다고 말했다. 해리는 고맙다고 하더니, 쿨에이드를 딕시 컵에 담고 지친 듯 주저앉았다.

이들은 술라의 삶에 관해서 잠깐 이야기를 나누었다. 동생들이 딕시 컵 너머로 자기를 바라보고 있다는 사실을 의식하자, 조는 가급적 자기가 좋게 기억하는 것만 골라서 이야기했다. 해리는 두 사람이 최근에 메디컬 호수로 다녀온 여행에 관해 말을 꺼내다가, 갑자기 목이 메어 이야기를 중단하고 말았다. 해리는 벌써 두 번이나 젊은 아내를 잃은 사람치고는 의외로 태연해 보였다. 이번에는 캐나다나 다른 어딘가로 도망치려는 의향은 없어 보이는 대신 일종의 내적 결단을 하려는 것처럼 보였다.

마침내 해리가 조를 바라보며 말했다. "얘, 내가 계획을 하나 세웠다. 우리 모두가 함께 살 집을 짓는 거야. 그 집이 완성되면 너도 들어와 살도록 해라."

이 마지막 한마디에, 조는 그야말로 어안이 벙벙한 상태로 아버지를 쳐다볼 수밖에 없었다. 이 말을 어떻게 받아들여야 할지, 과연 이 사람을 믿어도 될지 알 수가 없었다. 그는 애매한 대답만 내놓았다. 그리고 아버지와 술라 이야기를 좀 더 나누었다. 아울러 이제부터 자기가 자주 들러서 친구 노릇을 해주겠다고 동생들에게 말했다.

하지만 그날 밤 YMCA로 차를 몰고 돌아오면서 그는 이제 뭘 해야 할지 몰랐고, 혼란이 결국 원망으로 변했고, 원망이 조용한 분노와 합쳐졌으며, 급기야 분노가 또다시 혼란으로 이어졌고, 이 모두가 마치 파도처럼 그의 몸을 연이어 훑고 지나갔다.

조는 내면의 정서뿐만 아니라 외면의 신체조차도 무감각한 상태였다. 조정부 연습이 재개된 직후, 3년 연속으로 이례적인 추위와 폭풍이 시애틀을 덮쳤다. 10월 29일에 시속 80킬로미터의 강풍이 워싱턴 외곽 해안을 덮쳤다. 시속 48킬로미터의 강풍이 워싱턴 호수에 떠 있던 보트를 이리저리 흔들었다. 그날 밤에 수은주는 영하 15도로 뚝 떨어졌고, 폭설이 내리기 시작했다. 시애틀에서는 눈 때문에 굴뚝이 막힌 집 아홉 채가 불에 탔다. 이후 7일 동안 매일매일이 어제보다 더 추워졌다.

이런 상황에도 아랑곳하지 않고, 앨 울브릭슨은 네 척의 대학대표팀 후보 보트들을 워싱턴 호수로 내보냈다. 심각하게 추운 날씨에도 불구하고 노를 젓게 하겠다는 뜻이었다. 학생들은 이빨을 달각거리면서 곱은 손으로 노를 저었고, 워낙 춥다 보니 손에 붙잡은 노가 거의 느껴지지 않을 지경이었으며, 발이 시린 나머지 아파서 욱신거릴 정도였다. 뱃머리와 배꼬리는 물론이고, 노받이를 고정하는 삭구에도 고드름이 매달려 흔들렸다. 노가 들어갔다 나왔다 하는 동안 투명하고도 단단한 얼음이 노의 자루에 겹겹이 얼어붙어 그로 인해 노가 더 무거워졌다. 선수들의 상의는 물론이고 귀까지 눌러쓴 털모자에 이르기까지 물이 튀는 곳마다 얼음 덩어리가 맺혔다.

이들은 평소보다 좌석의 활주 거리가 짧아서 스트로크 자체도 짧게 만드는 절반 활주와 반의 반 활주 자세로 노 젓는 연습을 했다(일반적인 스트로크보다 활주대 위에서 몸을 덜 움직이며 구사하는 짧은 스트로크를 말하는데, 주로 경주 출발 시나 준비운동 때에 구사한다-옮긴이). 하루는 전력질주로 노를 저었고, 다음 날은 10마일이나 12마일씩 힘들게 노를 저었다. 울브릭슨은 추위조차도 잊은 듯했다. 코치 전용 보트를 타고 호수 위아래로 따라다니며, 오버코트와 목도리를 두른 상태로, 메가폰을 이용해 호통을 쳤다. 급기야 어마어마하게 추운 어느 날 오후, 날이 어두워서야 노 젓기를 멈추고 선착장으로 돌아왔을 무렵, 선수들은 노를 빼내기 위해서 노받이에 맺힌 얼음을 깨뜨리지 않을 수 없었다. 그런 다음 경주정을 들어올려 머리에 쓰고는, 삭구에 맺힌 고드름이 기묘하게도 우뚝 선상태로, 팔다리 근육이 추운 날씨에 욱신거리는 상태로, 얼음 낀 선착장과 경사로를 따라 미끄러지고 비틀거리며 경주정 보관고로 향했다. 증기탕 안에서 팔다리의 감각을 되찾는 동안, 선수들은 벤치 위에 몸을 누이고 고통스러운 신음을 뱉어냈다.

11월 중반에 날씨가 온화해졌는데, 다시 말하면 11월의 시애틀에서 항상 그랬던 것처럼 날씨가 추워지고 비가 내렸다는 뜻이다. 지금껏 거쳐온 추위에 비하면 선수들에게는 이것이야말로 거의 열대기후나 다름없었다. 울브릭슨은 가을 훈련을 마무리하는 의미에서 11월 25일에 완전한 경기 상황을 가정하고 2,000미터 경주를 벌이겠다고 발표했다. 그 결과에 따라서 선수들이 과연 크리스마스 연휴 이후에 더 길고 힘든 훈련을 거쳐야 할지 말지를 알게 될 것이라고 했다.

25일에 또 한 번의 추운 날씨가 찾아왔다. 울브릭슨은 네 척의 보트에서 키잡이를 맡은 선수들에게 박자를 26회 이상으로는 올리지 말라고 지시했다. 그는 어느 쪽에 힘이 있는지를 보고 싶으며, 더 낮은 스트로크 비율이면 그 사실이 잘 드러날 것이라고 했다. 그 결과는 울브릭슨에게 매우 만족스러웠다. 이날의 훈련이 끝나고 나서 기자를 만났을 때, 그는 본인의 기준에 따르면 신이 난 상태였다. "우리는 1935년 봄보다 더 강한 라인업을 보유하게 되었습니다." 그가 말했다. "그리고 1월이 되면 세 척의 아주 빠른 보트를 갖게 되리라 예상합니다." 가을 내내 압도적인 실력을 나타냈던 바로 그 보트가 (즉 작년의 신입생 네 명을 중심으로 구성한 팀이) 6분 43초라는 기록에 인상적인 세 정신이라는 격차로 선두를 차지했다. 그가 빠른 2,000미터라고 간주하는 것에는 훨씬 못 미쳤지만, 낮은 스트로크 비율을 감안하면 좋은 기록이었다. 2위는 가을 내내 두 번째로 뛰어났던 보트가 차지했다. 바로 덩치 큰 스터브 맥밀린이 가운데에 앉고 로저 모리스가 뱃머리에 앉은 보트였다. 조의 보트는 3위로 들어왔다.

조는 벌써 몇 주째 노 젓는 일에 애를 먹고 있었고, 술라가 사망한 후로 특히 그러했다. 그러다가 그는 세큄에서 온 편지를 받았다. 찰리 맥도널드가 101번 고속도로에서 일어난 교통사고로 사망했다는 소식이었다. 이것이야말로 치명타였다. 찰리는 그의 조언자 겸 선생님이었고, 그의 곁을 줄곧 지키면서, 아무도 주지 않았던 기회를 준 사람이었다. 그런데 이제 그가 사망하고 나자, 조는 고향에서의 상실 말고는 그 무엇에도 정신을 집중할 수 없는 상황이 되었다.

가을 시즌이 끝나가면서, 그의 정신은 결코 보트 안에 집중되지 못했으며, 이는 그의 노 젓는 모습에 그대로 드러났다. 그는 울브릭슨이 언론에 대고 세 번째 보트도 여전히 경쟁을 하고 있다고 말한 사실에서 약간이나마 위안을 받았다. 하지만 그로선 울브릭슨의 말이 진담인지 궁금하지 않을 수 없었다. 조가 아는 한, 코치 전용 보트에 있는 어느 누구도 더 이상은 그를 주목하지 않았다.

하지만 실제로는 누군가가 그를 매우 가까이서 주목하고 있었다. 조지 포코크도 가을 내내 코치 전용 보트에 종종 같이 타고 나왔다는 사실이야 조도 알기는 했지만, 그의 쌍안경이 과연 어디를 향하고 있는지까지는 미처 모르고 있었다.

12월 2일, 그러니까 술라가 사망하고 한 달이 조금 지나서, 해리 랜츠는 돈을 마련하여 2,000달러 상당의 호숫가 부동산을 구입했다. 워싱턴 호수의 북쪽 끝 근처에 있는, 그의 아들 며느리인 프레드와 셀마 부부가 사는 집 바로 옆이었다. 그는 연필과 종이를 꺼내서 새로운 집을 설계하기 시작했다. 자기 손으로 지어서 다시 한 번 조와 가족이 재결합하게 만들 집이었다.

그로부터 며칠 뒤인 12월 8일, 뉴욕의 코모도어 호텔에서는 미국 아마추어체육연맹이 유대인에 관한 나치의 부당한 처우와 관련된 주장을 조사하기 위해 3인 위원회를 독일에 파견한다는 결의안을 표결에 붙였다. 개표 결과 (부분 표결까지 포함해서) 58.25 대 55.75로 결의안은 미결되고 말았다. 이와 함께 (수년간의 논란에도 불구하고) 베를린올림픽을 보이콧하려는 미국의 진지한 노력 가운데 맨 마지막 시도는 사실상 끝나버렸다. 여러 면에서 이는 올림픽에 참가할 기회를 얻기 위해 노력하던 미국 젊은이 수천 명의 승리였다. 이것은 또한 미국 올림픽위원회(AOC) 회장인 에이버리 브런디지의 승리인 동시에, 보이콧을 막기 위해 필사적으로 싸운 그의 동지들의 승리이기도 했다. 다른 무엇보다도 이것은 아돌프 히틀러의 승리이기도 했는데, 왜냐하면 그는 온 세계가 얼마나 기꺼이 속을 준비가 되어 있는지 금세 배웠기 때문이다.

비교적 최근인 11월 말까지만 해도 보이콧 운동은 매우 활기를 띠고 있었다. 11월 21일에 나치 반대 시위자들이 경찰 호위 아래 뉴욕의 러시아워 차도를 지나서 평화적으로 행진했다. 이들이 들고 있는 플래카드며, 그 뒤를 따르는 깃발에는 이렇게 적혀 있었다. "나치반대연맹은 모든 미국인에게 나치 독일에서의 올림픽 경기를 보이콧하자고 요구한다." 시위자들은 8번 애버뉴를 따라 내려가, 거기서 23번 스트리트를 따라 동쪽으로 가서, 매디슨 스퀘어 파크에 모였다. 거기서 군중은 (대부분은 걱정에 휩싸인 유대인, 노동계 지도자, 대학 교수, 가톨릭교도 등이었다.) 20명 이상의 연사들이 현재 독일에서 벌어지고 있는 일에 관해, 나치가 어떻게 그런 일을 숨기는지에 관해, 그리고 미국이 올림픽에 참가하는 일이 왜 불합리한지에 관해 증언하는 내용을 들었다.

AOC의 에이버리 브런디지와 그의 동료들은 이런 시도에 열심히 반격을 가했다. 브런디지는 올림픽 정신을 굳게 믿었으며, 특히 정치가 스포츠에서 아무런 역할도 하지 않아야 한다는 정신을 굳게 믿었다. 그러니 독일의 정치 때문에 미국의 운동선수들이 세계무대에서 경쟁할 기회를 빼앗기도록 내버려두는 것은 불공정하다는 주장을 합리적으로 내놓았다. 하지만 독일의 상황이 점점 암울해지고, 가능할지도 모르는 보이콧을 둘러싼 다툼이 악화되자, 그의 주장 가운데 일부는 이전과 다른 모습으로 변화되기 시작했다. 1934년 9월에 브런디지는 독일을 직접 여행했다. 그는 나치 정부의 신속하고도 면밀하게 감독된 시찰 프로그램을 이용해 독일의 체육 시설을 둘러보았으며, 나치가 유대인 운동선수를 공정하게 대하고 있다는 인상을 확실히 받았다. 그는 미국으로 돌아오자마자 나치의 탄압에 관한 유대인의 아우성은 사실무근이더라는 내용의 보고를 자신 있게 큰 목소리로 내놓았다.

하지만 나치는 굳이 큰 노력이 없어도 얼마든지 브런디지를 속여 넘길 수 있었을 것이다. 브런디지의 시각 자체가 (같은 계급의 미국인 상당수의 시각처럼) 본인의 반유대주의적인 편견에 물들어 있었기 때문이다. 그는 1929년에 우월한 인종의 도래 가능성에 관해서 섬뜩한 용어를 동원해 이렇게 쓴 적이 있었다. "신체적으로 강건하고, 정신적으로 예리하고, 도덕적으로 건전한 인종. 억지로 부과될 수 없는 인종." 이제 보이콧 운동하고 싸우는 과정에서도 그는 여러 가지 불쾌한 주장을 내놓았다. 그는 자기가 속한 클럽에서도 유대인을 받아들이지 않기는 마찬가지라고 하면서, 마치 한 가지 잘못이 또 다른 잘못을 정당화하는 것처럼 주장했다. 나치와 마찬가지로 그는 계속해서 유대인과 공산주의자를 싸잡아서 비난했으며, 종종 보이콧 운동 지지자들 모두를 똑같은 일반적 범주에 집어넣었다. 그와 그의 동료들은 심지어 공개적인 자리에서조차도 "미국인"과 유대인을 구분해서, 마치 둘이 하나가 될 수 없으며, 동질적일 수도 없다는 투로 말했다.

어쩌면 이런 동료 가운데 가장 중요한 인물일 법한 전직 터키 주재 미국 대사 찰스 H. 셰릴Charles H. Sherrill은 종종 자기 자신이 유대계 미국인의 친구라고 주장했다. 하지만 브런디지와 마찬가지로 그 역시 최근에 독일을 여행한 바 있었다. 사실 1935년에 히틀러의 개인 손님으로 뉘른베르크 당 대회에 참석한 적도 있었다. 그곳에서 히틀러와의 사적인 만남을 통해서, (수많은 독일 방문 미국인과 마찬가지로) 히틀러의 인격의 힘이며, 독일의 경제를 부흥시킨 부인할 수 없는 업적에 완전히 매료되었다. 브런디지와 마찬가지로 공허한 확신을 품고 귀국한 셰릴은 독일의 유대인들에게 무슨 일이 벌어지고 있는지를 보여주는 점점 뚜렷해지는 증거를 체계적으로 부정하기 시작했다. 또한 자신의 "친유대인" 성향을 빙자해 위협을 가하기도 했다. "저는 친유대인 성향을 자처하는 바이며, 바로 그런 이유에서 미국의 유대인 사회를 향해 경고를 내놓고자 합니다. 이 올림픽과 관련한 선동에는 크나큰 위험이 있습니다. 이 나라에 사는 500만 명의 유대인이 자기네 이익을 위해서 1억 2,000만 명의 미국인을 이용하고 있다는 생각 때문에, 이전까지만 해도 반유대주의를 결코 생각해본 적 없는 사람들 사이에 반유대주의 열풍이 불게 될 것이라고 우리는 거의 확신하고 있습니다." 하지만 보이콧 반대라는 대의를 진작시키기 위해 가장 왜곡된 논리를 동원한 인물은 다름아닌 브런디지 본인이었다. "깨끗한 미국의 스포츠를 이용해서 구세계의 증오를 미국으로 이식하는 도구로 삼는 것을 이 나라의 운동선수들은 결코 묵인하지 않을 것입니다." 결국 문제는 (즉 "구세계의 증오"라는 것은) 나치에서 유래하는 것이 아니라, 오히려 그 당시 독일에서 벌어지는 일에 반대해 감히 목소리를 높이는 유대인과 그 동료들에게서 유래한다는 식의 주장이었다. 1935년 말에 이르러, 의도적이었건 아니었건 간에, 브런디지는 기만하는 자와 기만당하는 자의 경계를 확실히 넘어버린 셈이었다.

그럼에도 불구하고 이 문제는 이미 매듭지어진 다음이었다. 미국은 베를린올림픽에 나가게 될 것이었다. 이제 남은 문제는 미국 깃발을 들고 나치 국가의 중심부로 갈 운동선수를 고르는 것뿐이었다.

제4부
1936년

아돌프 히틀러, 안방에서 패배하다

1936년의 대학대표팀 선수들
(왼쪽에서부터) 돈 흄, 조 랜츠, 쇼티 헌트, 스티브 맥밀린,
조니 화이트, 고디 애덤, 척 데이, 로저 모리스, (무릎 꿇은) 바비 모크

제13장

여러분이 에이트에서 리듬을 얻게 되면, 그 리듬 안에 있다는 것은 순수한 기쁨이 된다. 리듬이 (그러니까 흔히 말하는 "스윙"이) 오면 그때부터는 힘든 일이 아니다. 에이트에서 스윙이 왔을 때에 선수들이 기쁨을 이기지 못하고 비명을 지르는 것도 나는 들은 적이 있다. 그것이야말로 이들이 평생 결코 잊지 못할 만한 일이다.

－조지 요먼 포코크

　1월 9일 저녁, 앨 울브릭슨은 선수들을 경주정 보관고로 불러 모은 뒤 따끔한 경고를 내놓았다. 다음 주 월요일의 대학대표팀 선발 시험에 출전할 선수라면 누구든지 "워싱턴의 가장 위대하고도 가장 힘겨운 조정부 시즌에 참여할 준비가 반드시 되어 있어야 한다."는 것이었다. 몇 달 동안 이야기해오던 올림픽이 개최되는 해가 드디어 당도한 것이다. 울브릭슨은 여기에 참가하는 과정에서 비롯되는 위험이라든지 가혹한 대가를 어느 누구라도 과소평가하지 않았으면 했던 것이다.

　문제의 월요일에 조는 경주정 보관고에 들어와 칠판을 흘끗 바라보고는 깜짝 놀랐다. 자기 이름이 쇼티 헌트며 로저 모리스와 함께 대학대표팀 1호 보트 선수들 가운데 들어 있었기 때문이다. 가을 내내 3호와 4호 보트에서 노를 저었던 조는 왜 갑자기 자기가 승격되었는지 알 수 없었다. 그런데 알고 보니 이것은 승격이라 할 만한 조치가 아니었다.

울브릭슨은 어디까지나 임시적으로 1935년의 예전 보트 배치 가운데 일부를 부분적으로 재현했을 뿐이었다. 그는 처음 몇 주 동안 기본에 관한 훈련을 할 생각이었다. "일반적인 법칙에 따르면." 그가 말했다. "인간은 친숙한 팀원들과 함께 훈련할 때 지적을 더 잘 받아들이게 마련이다." 하지만 선수들이 경주용 박자로 노를 젓기 시작하면, 그는 보트 배치를 흩어놓을 것이었고, 그때가 되면 선수들은 각자의 힘으로 경쟁에 나서게 될 것이었다. 그러니 현재로서는 보트 배치가 사실상 아무런 가치도 없었다.

그렇게 해서 선수들이 다시 한 번 물 위로 나섰다. 1월의 나머지 기간과 2월 초까지, 일주일에 엿새 동안 노를 저으면서, 반의 반 활주와 절반 활주로 노를 저었고, 더 짧은 스트로크를 구사하며 기술에 초점을 맞추었다. 이들은 경주에서의 출발 연습을 했고 각자의 약점을 보완하는 연습을 했다. 며칠에 한 번씩 워싱턴 호수에는 눈발이 흩날렸다. 눈이 오지 않을 때에는 날씨가 맑고, 끔찍하게 춥고, 바람이 강했다. 그래도 선수들은 노를 저었고, 그중 일부는 낡은 땀복을 걸쳤으며, 일부는 어울리지 않게도 반바지에 털모자를 뒤집어썼다. 유니버설 영화사에서 찾아와 이들의 모습을 뉴스영화로 찍어 갔는데, 혹시나 올림픽 때 필요할지도 모른다는 생각에서였다. 가끔 선수들은 서로를 상대로 단거리 경주를 벌였다. 현재 명목상의 1호 보트, 즉 조가 탄 보트는 계속해서 3등으로 들어왔다. 그리고 3호 보트가 계속해서 1등으로 들어왔다. 울브릭슨은 조가 탄 보트의 선수들이 처음에는 잘 가다가, 곧이어 스윙을 잃어버리고, 잠시 후에 되찾았다가, 또다시 잃어버리고 한다는 것을, 심한 경우에는 경주 한 번에 무려 세 번이나 그렇게 한다는 것을 깨달았다. 이들의 움키기야말로 3위 안에 있는 보트 중에서도 최악이었다.

2월의 어느 흐린 날, 울브릭슨은 코치 전용 보트에 타고서 1호 보트의 문제를 고치기 위해 애쓰다가 아무런 효과가 없자 서서히 짜증이 치밀어오르던 차에, 마침 저 멀리서 조지 포코크가 혼자 스컬 보트를 저으며 지나가는 모습을 보았다. 그는 선수들을 향해 "이제 그만!" 하고 외친 뒤, 자기가 탄 모터보트의 시동을 끄고 계속해서 포코크를 지켜보았다.

선수들은 울브릭슨의 시선이 다른 곳을 향했음을 깨닫고, 좌석에서 몸을 돌려 그가 바라보는 것을 똑같이 바라보았다. 포코크는 무척이나 손쉽게 물을 가로지르고 있었으며, 물 위를 뒤덮은 옅은 안개 속에서 그의 보트는 마치 유령처럼 보였다. 그의 마르고 꼿꼿한 몸은 보트 안에서 물 흐르듯이, 아무런 주저함이나 막힘 없이 앞뒤로 활주했다. 그의 노는 아무 소리도 없이 물에 들어갔다 나왔다 했으며, 그의 보트 양옆의 검은 수면에는 넓고도 자연스러운 웅덩이 흔적이 연이어 생겨났다.

울브릭슨은 메가폰을 붙잡고 보트 제작자에게 경주정 쪽으로 오라는 몸짓을 하고는 이렇게 말했다. "조지, 제가 이 녀석들한테 가르치려는 게 뭔지 저 대신 좀 말씀해주세요. 우리가 여기서 달성하려고 애쓰는 게 뭔지 말씀 좀 해주시라고요." 포코크는 자기 보트를 타고 경주정 주위를 빙빙 돌면서, 선수 하나하나에게 나지막이 뭔가를 말하며 긴 삼나무 경주정으로 계속해서 몸을 기울였다. 그러더니 그는 울브릭슨에게 손을 흔들고는 다시 노를 지어 가버렸다. 불과 3분도 걸리지 않은 일이었다.

울브릭슨이 "저어!" 하고 다시 소리를 지르자, 선수들은 곧바로 노를 당기며 경주정을 앞으로 몰았고, 이들의 움키기와 노 젓기는 갑자기 확실하고도 깨끗해졌다. 바로 그날부터 조지 포코크는 거의 매일같이 코치 전용 보트에 함께 올라탔으며, 오버코트와 목도리를 두르고 귀까지 중절모를 푹 눌러쓴 채 뭔가를 기록하고 울브릭슨에게 지적하곤 했다.

전반적으로는 울브릭슨도 기뻐하고 있었다. 좋지 않은 날씨와 1호 보트의 변덕스러운 실력에도 불구하고 상황은 매우 좋아지고 있었기 때문이다. 아직 시즌 초반인데도 불구하고 시간 기록도 바람직한 편이었다. 예외적으로 뛰어났던 작년의 신입생 보트에다가 새로운 피를 주입함으로써, 그는 또다시 재능 있는 선수를 많이 보유함으로써 생기는 행복한 딜레마에 직면하게 되었다. 가끔은 좋은 것과 탁월한 것, 그리고 탁월한 것과 가장 탁월한 것을 딱딱 구분하기가 어렵기도 했다. 그렇지만 2월 말에 이르러 그는 대학대표팀의 1호 보트가 (즉 베를린에 갈 보트가) 어떤 모습이어야 할지 구체적인 생각을 정리하기 시작했다.(물론 아직까지는 언론이나 선수들에게 이야기할 준비까지는 되어 있지 않았지만.) 동등한 조건 아래서 경쟁을 벌이는 한, 이들은 계속해서 나아질 가능성이 있어 보였다. 최소한 한 가지는 분명했다. 만약 워싱턴의 보트가 그해에 베를린의 랑거 호수 위에서 달릴 수 있다고 한다면, 메가폰을 머리에 쓰고 그 배꼬리에 앉아 있을 사람은 다름아닌 바비 모크라는 사실이었다.

168센티미터에 54킬로그램인 모크는 키잡이로서 완벽한 체구를 지니고 있었다. 사실 조지 포코크는 경주정을 만들 때 54킬로그램의 키잡이가 탔을 때에 최적으로 움직이도록 설계한 바 있었다. 일반적으로는 체중이 더 적을수록 바람직하지만, 최소한 키잡이가 되려면 보트의 방향을 조종할 힘은 가져야 했다. 경마 기수와 마찬가지로, 키잡이는 종종 체중을 줄이기 위해 기묘한 수단을 다 사용하게 마련이다. 굶기도 하고, 하제를 복용하기도 하고, 억지로 운동을 하고, 오랫동안 증기탕에 들어가 500그램에서 1킬로그램이라도 땀으로 배출하려 노력한다. 가끔은 자기네 키잡이가 너무 무겁다고 생각한 노잡이들이 이 문제를 직접 해결하기 위해, 가뜩이나 덩치 작은 선장을 증기탕에 몇 시간씩 가둬놓기도 했다. "전형적인 키잡이 괴롭히기가 그거였죠." 워싱턴의 키잡이 가운데 한 명은 훗날 이렇게 말하며 웃었다. 바비 모크의 경우, 작은 덩치를 유지하는 것은 사실 문제가 되지 않았다. 설령 그가 몸의 여기저기에 몇 킬로그램의 군살을 덧붙인다 하더라도, 약 1.4킬로그램에 해당하는 그의 두뇌라면 충분히 보상이 되고도 남았기 때문이다.

키잡이의 첫 번째 임무는 경주가 진행되는 동안 경주정을 직선 방향으로 모는 것이었다. 1930년대에 제작된 포코크의 경주정에서 키잡이는 배꼬리에 장착된 한 쌍의 밧줄을 잡아당기는 방법으로 키를 조종했다. 그 밧줄 장치 뒤에는 한 쌍의 나무 장부촉이 있었는데, 이걸 "때리개"라고도 불렀다. 왜냐하면 가끔은 스트로크 비율을 올리기 위해서 그걸 가지고 보트 양옆에 달아놓은 유칼리나무 때리개 판을 두들겼기 때문이다. 여덟 명의 덩치 큰 남자가 60센티미터 너비의 배 안에서 계속해서 움직이는 한편, 바람도 불고 물결이나 물살이 계속해서 배를 옆으로 밀어내려는 상황에서 키를 잡는다는 것은 결코 만만한 일이 아니었다. 하지만 이것이야말로 키잡이가 걱정해야 하는 문제들 중에서 가장 간단한 편에 속했다.

경주정이 출발한 바로 그 순간부터 키잡이는 그 배의 선장이 되는 셈이었다. 따라서 그는 경주정에서 벌어지는 모든 일을 물리적으로나 심리적으로나 조종해야 했다. 훌륭한 키잡이는 자기네 노잡이의 내면과 외면을 (즉 각자의 강점과 약점을) 모두 알게 마련이며, 어느 순간에 각자에게서 최대한의 힘을 뽑아내는 방법도 알게 된다. 그는 설령 모든 것이 끝난 듯한 상황에서조차도, 이미 지친 키잡이들에게 더 깊이 노를 찌르고 더 힘껏 노력하라고 영감을 제공하는 인격의 힘을 갖고 있다. 그는 상대편에 관해서도 백과사전적인 이해를 가졌다. 즉 상대편이 경주를 어떻게 할 가능성이 있는지, 상대편이 출발 시의 전력질주를 어떻게 할 것인지, 상대편이 언제쯤 기다릴 가능성이 있는지 등등을 아는 것이다. 조정대회 전에 키잡이는 경주 계획을 코치에게서 건네받으며, 이 계획을 성실하게 실행에 옮기는 책임을 떠맡는다. 하지만 팀 경주처럼 유동적이고 역동적인 상황에서는 환경이 갑자기 바뀌기 때문에 경주 계획을 결국 내버리게 되는 경우가 종종 있다. 키잡이는 경주정에서 유일하게 앞을 바라보고 있는 사람이며, 경주 내내 상황이 어떻게 펼쳐지는지

볼 수 있는 유일한 사람이기도 하다. 따라서 예상치 못한 전개에 재빨리 반응할 수 있도록 대비해야 한다. 만약 경주 계획이 결과를 만들어내는 데에 실패한 경우 새로운 결과를 만들어내는 임무가 키잡이에게 달려 있다면, 대개는 그야말로 눈 깜박할 정도로 짧은 순간에 계획을 새로 만들어서 선수들에게 빠르고도 확실하게 전달해야 하는 것이다. 그리고 이 과정에서 고함과 감정 자극이 상당히 많이 이루어지게 마련이다. 1928년에 암스테르담에서 있었던 올림픽 금메달 경주에서는 캘리포니아의 돈 블레싱이 (〈뉴욕 타임스〉의 말마따나) "지구상에서 들린 것 중에서도 가장 끔찍스러운 울부짖음을 토해내는 위대한 연기 가운데 하나"를 수행했다. "하지만 그 언어와 단어 하고는! 그걸 듣는 사람은 자기도 모르게 두 눈을 질끈 감으며, 갤리선 노예들의 등짝에 잔인무도한 채찍이 철썩 하고 떨어지는 소리가 들리지 않을까 상상했다." 한마디로 요약하면, 훌륭한 키잡이란 쿼터백과 치어리더와 코치를 한 몸에 구현하는 셈이었다. 그는 생각이 깊게 마련이며, 여우처럼 신중하고, 영감을 북돋우며, 대개의 경우 그 보트에서도 가장 강인한 사람이었다.

덩치 작은 바비 모크로 말하면, 이 모두에 해당하는 동시에 심지어 더한 인물이었다. 그는 워싱턴 주 남서부의 치핼리스 강 옆에 있는 안개 자욱한 작은 벌목도시 몬테사노에서 자라났다. 이곳은 습하고도 어둑어둑한 세계였다. 커다란 나무와, 커다란 트럭과, 커다란 사람들이 지배하는 세계였다. 도시 외곽의 안개 자욱한 산비탈에는 거대한 더글러스전나무와 삼나무가 자라났다. 육중한 벌목용 트럭들이 덜컹거리며 밤낮으로 마을을 들락거렸고, 44번 고속도로를 따라서 애버딘에 있는 제재소로 향했다. 덩치 좋은 벌목꾼이 두꺼운 플란넬 셔츠를 입고 징 박은 신발을 신고 대로를 활보했으며, 토요일 밤이면 스타 수영장에 뛰어들었으며, 일요일 아침이면 몬테사노 카페에서 커피를 항아리로 들이켰다.

바비의 아버지 가스통Gaston은 스위스 출신의 시계공 겸 보석세공사였으며, 덩치가 큰 사람은 아니었다. 그는 이 도시의 저명한 시민 가운데 한 명이었으며, 자율 소방대의 자랑스러운 일원이기도 했고, 애버딘에서 몬테사노까지 19킬로미터 거리를 자동차로 주파한 최초의 인물 가운데 하나였다.(그때에도 입이 떡 벌어질 만한 기록인 한 시간 반 안에 주파한 바 있었다.) 바비가 다섯 살이었을 때 맹장수술이 잘못되어 자칫 죽을 뻔한 적이 있었다. 그로부터 회복되는 과정에서 그는 초등학교 때는 물론이고 이후로도 줄곧 키가 작고, 마르고, 병약한 (심한 천식까지 앓는) 상태였다. 자신의 허약함과 체구 때문에 좌절하지는 않겠다고 작정한 그는 고등학교 때부터 상상 가능한 모든 스포츠에 뛰어들었으며, 그중 어느 것도 숙달하지는 못했지만 이 모두에 끈덕지게 매달렸다. 학교 풋볼 팀에 들어가지 못하자, 그는 자기와 마찬가지로 덩치가 충분히 크지 못해서 커트라인을 통과하지 못한 다른 아이들과 함께 자기 집 바로 아래에 있는 브로드 스트리트의 공터에 모여서, 헬멧이나 보호대 같은 사치품도 없이 막무가내로 풋볼을 시작했다. 그렇게 작은 아이들 중에서도 가장 작은 아이였던 바비는 편을 가를 때마다 맨 나중에 뽑히게 마련이었으며, 매번 경기 때마다 흙에 얼굴을 박으며 대부분의 시간을 보내야 했지만, 그는 이때의 경험이야말로 훗날 자신의 인생에서 성공의 밑거름이 되었다고 말했다. "몇 번이나 태클을 당해 쓰러지느냐 하는 것은 중요하지 않아." 그는 딸 매릴린Marilyn에게 이렇게 말했다. "정말 중요한 것은 몇 번이나 다시 일어나느냐 하는 것이지." 고등학교 졸업반 때에 그는 순수한 의지로 (정말 놀랍게도) 농구부에서 뛰게 되었다. 그가 머릿속에 넣고 다니는 1.4킬로그램에 달하는 두뇌 역시 수업시간에 그에게 잘 봉사했다. 그는 결국 반에서 1등을 했으며, 1932년에 몬테사노 고등학교의 고별사 낭독자가 되었다.

워싱턴 대학에 들어왔을 무렵, 그는 키잡이가 되려는 목표를 설정했다. 이제껏 시도했던 다른 모든 일과 마찬가지로, 그는 치열하게 싸운 끝에 앨 울브릭슨의 보트 가운데 한 곳의 배꼬리에 좌석을 얻을 수 있었다. 일단 그 좌석을 차지하고 나자, 그때부터는 앨 울브릭슨이 그의 끈질긴 성격에 홀딱 반하게 되었다. 경주정 보관고에 있는 다른 모든 사람과 마찬가지로 울브릭슨이 금세 간파한 사실이 하나 있었는데, 그건 바로 모크가 키를 잡은 보트가 선두에서 달리고 있을 때는 정작 이 키잡이는 전혀 행복하거나 편안해 보이지 않는다는 것이었다. 오로지 다른 보트가 자기 앞에 달리고 있는 모습을 볼 때에만, 다시 말해 뭔가 극복할 것이나 누군가 쓰러뜨릴 녀석이 있을 때에만 이 키잡이는 불이 붙었던 것이다. 1935년에 모크는 준대표팀에서 메가폰을 머리에 썼으며, 그 시즌의 대학대표팀 자격을 놓고 조와 다른 2학년 선수들과 격돌했다. 물론 그는 선수들 사이에서 인기가 좋지는 않았다. 2년 동안이나 한 배에 타면서 노잡이들로부터 좋은 평가를 받았던 키잡이 대신 그가 들어서자, 새로운 동료들은 키잡이에게 절대적으로 필요한 존중을 모크에게는 표하려 들지 않았다. 그러자 모크는 이들을 더욱 거세게 밀어붙이기만 했다. "정말로 힘든 한 해였다. 아무도 나를 좋아하지 않았으니까." 그는 훗날 말했다. "나는 그들에게 더 잘하라고 요구했고, 그래서 많은 적을 만들고 말았다." 모크는 마치 채찍을 든 노예감독처럼 선수들을 몰아세웠다. 그는 체격이 작은 남자치고는 놀랄 만큼 굵은 바리톤 목소리를 냈으며, 이를 잘 이용하여 절대적인 권위를 지닌 명령을 큰 목소리로 내렸다. 하지만 그는 선수들을 언제쯤 봐주고, 언제쯤 칭찬하고, 언제쯤 구슬리고, 언제쯤 농담으로 웃겨야 하는지를 잘 알고 있었다. 그리하여 그는 천천히 새로운 팀원들의 마음을 사로잡게 되었다.

결론은, 바비 모크는 원체 똑똑한데다가 자기의 똑똑함을 사용하는 방법까지 잘 알았다는 것이다. 실제로 1936년 시즌이 끝나자 그는 (앨 울브릭슨과 마찬가지로) 자기 손가락에 우등생의 상징인 파이베타카파 열쇠를 들고서 빙빙 돌릴 수 있게 되었다.

2월 말에 선수들을 분류하는 과정에서, 울브릭슨은 자기가 1호, 2호, 3호라고 이름 붙인 보트에 점점 더 많은 중요성을 부과하기 시작했다. 조는 1호 보트에서 2호 보트로 다시 강등되었다. 2월 20일, 폭설과 꾸준한 동풍 속에서 열심히 노를 저은 끝에 2호 보트와 1호 보트가 똑같이 결승선을 통과했다. 조는 희망에 부풀었다. 하지만 일주일 뒤에 울브릭슨은 그를 3호 보트로 강등시켰다.

날씨는 계속해서 지독해지기만 했다. 대부분의 선수들은 아랑곳하지 않고 노를 저었다. 추위와 비와 진눈깨비와 싸락눈과 함박눈 정도야 그냥 무시해버렸다. 하지만 바람이 워싱턴 호수의 수면을 워낙 많이 흔들어놓아서, 자칫 노를 젓다가 물에 빠질 가능성이 있었다. 이런 날씨에도 불구하고, 시간 측정 기록은 맨 위의 보트들이 여전히 좋은 것으로 나타났으며, 그렇지만 울브릭슨이 이 시점에서 기대했던 것만큼 빠르게 향상되지는 않았다. 그는 다른 보트들을 확실히 따돌릴 만큼 좋은 보트를 아직까지 찾아내지 못하고 있었다. 그리고 추운 날씨 때문에 조정 연습이 아예 불가능한 날이 드문드문 끼어 있다 보니 선수들의 사기는 떨어지기 시작했다. "불평꾼들이 너무 많다." 울브릭슨은 2월 29일자 업무일지에 이렇게 휘갈겼다.

유난히 폭풍이 심한 3월 초의 어느 오후 선수들이 뚱한 표정으로 경주정 보관고를 서성이고 있을 때, 조지 포코크가 조의 어깨를 툭툭 치더니 다락으로 올라오라고 했다. 몇 가지 해줄 말이 있다는 것이었다. 작업장에 올라가자 포코크는 새로운 경주정을 한쪽으로 기울이고, 뒤집어놓은 선체에다가 니스를 바르기 시작했다. 조는 톱질용 작업대를 끌고 와서 반대편에 놓고 그 위에 걸터앉아 나이 많은 남자를 바라보았다.

포코크는 우선 자기가 조의 노 젓는 모습을 한동안 지켜보았다고, 자기가 보기에는 매우 뛰어난 노잡이라고 말했다. 그런데 그가 보니 몇 가지 기술적 결함이 있다고 했다. 조가 스트로크를 할 때 팔을 굽혔다가 약간 일찍 풀어버리는 경향이 있어서 물 움키기를 깨끗하게 해내지 못한다고, 만약 보트 아래에서 물이 흐르는 속도와 똑같은 속도로 손을 계속 움직인다면 훨씬 더 깨끗하게 해낼 수 있을 것이라고 말했다. 하지만 그가 하려는 말의 본론은 이게 아니었다.

포코크가 말했다. 가끔은 조가 자신이 보트 안에서 유일한 사람인 것처럼 생각하는 경향이 있어 보인다고, 마치 보트를 결승선까지 저어 가는 일이 오로지 자기 혼자의 어깨에 달려 있다고 믿는 듯하다고 말했다. 그런 식으로 노를 젓게 되면, 결국에는 물과 함께 움직이는 것이 아니라 물을 공격하게 되기가 쉽다고 했다. 그리고 더 나쁜 경우에는, 노 젓는 일에서 동료들이 그를 돕게끔 허락하지 않기가 쉽다고 말했다.

포코크는 조에게 제안했다. 노를 잘 젓는 경기를 교향악에 비유해보라고, 즉 자기는 오케스트라에서 단 한 명의 연주자에 불과하다고 생각해보라고 말이다. 만약 오케스트라의 단원 한 사람이 잘못된 음을 연주하거나 또는 다른 박자로 연주하면 그 곡 전체를 망쳐버리는 것이다. 조정도 이런 식이었다. 한 사람이 노를 얼마나 세게 젓느냐보다 중요한 것은, 그가 보트에서 하는 모든 행동이 다른 팀원의 행동과 얼마나 잘 조화를 이루느냐 하는 것이다. 그리고 한 사람이 팀원에게 마음을 열지 않는 한, 그는 결코 그들과 조화를 이룰 수 없었다. 그는 조정에 헌신하는 것뿐만 아니라 나아가 팀원에게도 헌신해야만 했다. 설령 그 과정에서 감정이 상하는 한이 있더라도 말이다.

포코크는 말을 멈추고 조를 바라보았다. "혹시 같은 보트의 동료 가운데 마음에 들지 않는 친구가 있다면, 조, 자네는 그 친구를 좋아하는 법을 배워야만 해. 자네가 경주에서 이기느냐의 여부만이 중요한 게 아니라, 그 친구가 경주에서 이기느냐 하는 것까지도 자네에게 중요하게 여겨져야 해."

포코크는 조에게 이 기회를 놓치지 않도록 주의하라고 말해주었다.

그는 이미 고통을 넘어서는, 탈진을 넘어서는, 너는 할 수 없다고 속삭이는 내면의 목소리를 넘어서는 수준으로까지 노 젓는 법을 터득했다고 상기시키기도 했다. 다시 말해 그는 이미 대부분의 사람이 차마 기회조차도 얻을 수 없는 일을 할 기회를 가졌다는 것이다. 곧이어 포코크는 조가 평생 결코 잊을 수 없는 한마디로 이야기를 끝맺었다. "조, 자네가 정말로 다른 선수들을 신뢰하기 시작한다면, 이제까지 상상한 것보다도 훨씬 거대한 힘이 자네의 내면에서 발휘되는 것을 느낄 거야. 가끔은 마치 이 지구를 벗어나 저 별들까지도 계속 노 저어 갈 수 있을 것처럼 느낄 거야."

다음 날은 일요일이었고, 그는 벌써 몇 주째 주말마다 했듯이, 조이스와 함께 아버지가 새로운 집을 짓고 있는 워싱턴 호수의 부지로 갔다. 지하실은 이미 완공되었고, 2층 부분이 아직 완공되지 않은 상태에서 해리는 일단 아이들과 함께 이곳으로 이사 와 있었다. 외관만 놓고 보면 주택이라기보다는 창고와 유사했는데, 커다란 주차장 형태의 문이 출입구로 사용되고, 호수 쪽으로는 작은 유리창만 하나 나 있었다. 해리는 목재 난로를 하나 설치해놓아서, 그 내부는 최소한 따뜻하고 건조했다.

조는 아버지와 함께 오전 내내 폭우 속에서 공사 현장까지 길을 따라 목재를 들어 나르고, 훗날 집의 1층이 될 곳에 목재를 수평으로 얹어놓는 일을 했다. 조이스는 집 안에 있는 아이들을 돌보았으며, 카드놀이를 하고, 난로에서 퍼지와 코코아를 만들었다. 그녀와 조는 네 아이 모두를 걱정해 마지않았다. 아이들은 여전히 어머니를 잃은 충격에 적응하느라 힘들어 했다. 해리가 하루 종일 공사에만 매달리다 보니, 아이들은 제대로 된 관심을 받지 못하고 있었다. 아이들은 종종 악몽에 시달렸으며, 로즈와 폴리는 집에 혼자 남겨지면 울었고, 모두 학교를 다니기는 했지만 성적이 바닥으로 곤두박질쳤다. 조는 동생들이 A학점을 받을 때마다

10센트 동전 하나씩을 주겠다고 약속했다. 이제는 조이스가 아이들을 데리고 어머니 노릇을 하기 위해 최대한 애쓰고 있었다.

　술라의 아이들에게 어머니 노릇을 하는 것이야말로 조이스에게는 거의 모든 면에서 쉽고도 자연스러운 일이었다. 그녀는 슬픔에 사로잡힌 아이들이 뭔가를 필사적으로 원하고 있음을 보았고, 그녀의 내면에 있는 모든 본능이 그녀로 하여금 이들을 끌어안고 달래주라고 요구하고 있었다. 술라의 사망 이후에 그녀가 이 아이들을 보자마자 맨 처음 한 일도 바로 그것이었다. 자기가 술라에게 여전히 품고 있는 원망과 분노는 마음 한쪽에 깊이 묻어두고서, 아이들이 차마 보지 못하게 만들었다. 하지만 조이스에게 이보다 더 힘든 일은 조의 아버지를 어떻게 대하며, 어떤 감정을 갖느냐 하는 것이었다. 표면상으로는 두 사람은 잘 지내고 있었다. 해리는 그녀를 친근하게, 심지어 따뜻하게 대했고, 그녀도 마찬가지 방식으로 상대방을 대했다. 하지만 내면에서 조이스는 여전히 분

워싱턴 호숫가에 지은 해리의 새 집 앞에 서 있는 조의 모습

노를 느끼고 있었다. 그녀는 해리가 지금까지 줄곧 조를 제대로 돌보지 않았다는 사실을, 그가 그토록 나약해 빠졌었다는 사실을, 술라가 조를 마치 떠돌이 개처럼 내쫓아버렸을 때에도 그가 수수방관했다는 사실을 차마 잊을 수도 없고 용서할 수도 없었다. 그리고 이 문제를 더 많이 생각할수록 그녀는 더 많이 화가 치밀었다.

그날 오후 늦게, 조는 아버지와 함께 목재를 제 위치에다가 모두 갖다 놓았고, 비가 점점 더 많이 내리자 해리는 집 안으로 들어가려고 했다. 그러자 조가 아버지의 등 뒤에 대고 말했다. "저는 좀 있다 들어갈게요, 아버지." 그러고 나서 그는 바로 옆에 있는 프레드의 집 선착장에 올라서서 호수의 회색과 흰색의 일렁이는 파도를 바라보며 자신의 가까운 미래를 생각해보았다.

4월에 열릴 태평양 연안 조정대회의 결승선은 바로 이곳에서 2킬로미터도 안 되는 곳에 자리하고 있었다. 대학대표팀 보트가 이 선착장을 지나갈 때 과연 그는 그 보트 안에 있게 될까? 아마 아닐 거라고 그는 생각했다. 바람이 훅 불어와서 그를 덮쳤다. 빗방울이 그의 얼굴을 때렸다. 그는 아랑곳하지 않았다. 그는 수면을 바라보면서, 바로 전날 포코크가 했던 말을 숙고하며, 그 보트 제작자의 조언을 마음속에 새겼다.

지난 6년 동안 조는 끈질기게 이 세상에서 자기만의 길을 만들어나갔으며, 금욕적인 자기신뢰에 의거하여 자기 정체성을 빚어냈기 때문에, 그로선 다른 사람에게 의존하도록 마음을 정하는 것보다 더 무서운 일이 없었다. 사람은 그에게 실망을 주었기 때문이다. 사람은 그를 버려두고 떠났기 때문이다. 사람에게 의존하고, 사람을 신뢰한다는 것은 결국 그가 상처를 받을 수도 있다는 뜻이었다. 하지만 포코크가 요구하는 것에서의 핵심은 바로 신뢰 같았다. 다른 동료들과 조화를 이루라고 포코크는 말했다. 그 말에는 일종의 절대적 진리가, 그가 화해해야 할 필요가 있는 뭔가가 있었다.

그는 한참 동안 선착장에 서서 호수를 바라보았으며, 비가 내린다는 것은 어느새 잊어버렸다. 여러 가지 생각이 알아서 떠오르더니, 다른 생각들과 연결되면서 새로운 방향으로 나아갔다. 조화야말로 그가 음악가로서 잘 이해하는 바였다. 그는 해리 세커와 함께 던지니스 강에서 커다란 왕연어를 낚은 적도 있었다. 그는 찰리 맥도널드의 짐말인 프린츠와 딕이 나란히 자리에 앉았다가 화물을 끌고, 커다란 사시나무를 마치 성냥개비마냥 손쉽게 움직이고, 두 마리가 마치 하나의 동물인 양 일치해서 움직이는 것을 본 적이 있었다. 찰리는 두 마리가 모두 마구가 끊어질 때까지, 또는 가슴이 터질 때까지 짐을 잡아당길 거라고 했었다. 그랜드 쿨리의 절벽 표면에서 조는 다른 사람들과 함께 위에서 돌이 떨어지지 않나 서로를 위해 망을 봐주었다. 저녁과 주말마다 그는 조니 화이트며 척 데이와 함께 모험을 찾아 B 스트리트를 돌아다녔지만, 그 와중에도 서로를 누르려는 의도는 없었다.

조는 뒤로 돌아섰고, 비의 장막을 뚫고 아버지가 짓는 집 안으로 들어섰다. 집 바로 뒤로 화물열차가 하나 지나갔는데, 캘리포니아와의 경주가 벌어지는 동안에 관람열차가 지나갈 그 철길이었다. 집 안에서는 아이들과 조이스와 아버지가 한지붕 아래에서, 난로 앞에 앉아서, 빗속에 나가 있던 그가 들어오기를 기다리고 있었다. 빗속에 서 있는 동안 조의 감정은 바뀌기 시작했다. 마치 악보 위의 음표처럼 이리저리 움직였으며, 새로운 선율의 크고 작은 조각들이 제자리에 떨어지기 시작했다.

아버지가 짓고 있는 따뜻한 창고 안으로 들어온 조는 머리카락을 수건으로 닦아 말리고, 밴조를 꺼내서, 의자를 난로 앞으로 가져다 놓았다. 그런 뒤에 동생들을 주위로 불렀다. 그는 밴조의 음을 정확히 맞추고 조율 나사를 돌리며 쇠줄을 퉁겨보았다. 그런 뒤에 목을 가다듬었고 환한 미소를 지으면서 노래를 부르기 시작했다. 동생들과 조이스와 해리도 하나둘씩 따라 부르기 시작했다.

3월 19일, 앨 울브릭슨은 자기가 올림픽 출전 보트를 위한 최적의 조합을 찾았다고 생각했다. 그는 이 팀을 여전히 칠판에다가 2호 보트로 지칭해서 걸어놓았지만, 거기 타고 있는 선수들은 계속해서 1호 보트를 근소한 차이로 이기기 시작했고, 울브릭슨은 이 보트에다가 자기가 최종적으로 고른 선수들을 태웠다.

뱃머리 좌석에는 로저 모리스를 앉혔다. 2번 좌석에는 척 데이였다. 3번 좌석에는 톰 볼스의 작년 신입생들 가운데 하나인 고디 애덤을 앉혔는데, 그는 캐나다와의 국경 근처 누크색 강 상류의 낙농장 출신이었다. 고디는 교실이 달랑 두 개인 자기 고향의 학교에 다니다가, 데밍이라는 작은 도시의 마운트 베이커 고등학교를 졸업했다. 그 후에 알래스카로 가서 몇 달 동안 베링 해에서 연어를 잡는 힘든 일을 했는데, 대학에 들어가기 위한 충분한 돈을 벌기 위해서였다. 그는 과묵하고도 젊은 청년이었다. 워낙 과묵하기 때문에, 캘리포니아를 상대한 작년의 경주 때에는 한쪽 엄지손가락이 뼈가 드러날 정도로 크게 베였는데 아무에게도 이야기하지 않고 2마일 내내 노를 저은 바 있었다. 이 사실을 기념하기 위해, 로열 브로엄은 이제 그를 고디 "커리지(용기)" 애덤이라고 부르고 있었다.

4번 좌석에다가 울브릭슨은 유연하고도 잘생긴 조니 화이트를 앉혔다. 덩치 크고 팔다리가 긴 스터브 맥밀린은 5번 좌석이었다. 쇼티 헌트가 6번 좌석이었다. 7번 좌석은 톰 볼스의 지난번 신입생들 가운데 하나인 머턴 해치Merton Hatch로 정했다. 스트로크 노잡이 자리에는 작년의 신입생들 가운데 네 번째인 포커페이스 돈 흄을 골랐다.

겨우 열아홉 살짜리 2학년생을 중요한 스트로크 노잡이 자리에 앉힌 것은 이례적인 조치였지만, 흄은 신입생 시절에 자기야말로 (울브릭슨이 바로 그 좌석에 선수로 앉았을 때 이후로, 아니 어쩌면 울브릭슨을 능가할 정도로) 워싱턴 최고의 스트로크 노잡이라는 사실을 워낙 센세이션하게 입증한 바 있었다. 그는 시애틀에서 북쪽으로 80킬로미터쯤 떨어진 거친 벌목업 및 통조림 제조업 도시 아나코테스 출신이었다. 고등학교 시절에 그는 만능 운동선수였으며 (풋볼, 농구, 육상 모두에서 스타였고) 우등생이기도 했다. 그는 또한 뛰어난 피아노 연주자였는데, 재즈 음악가인 패츠 월러Fats Waller를 좋아했으며, 스윙 곡에서부터 멘델스존까지 무엇이든지 연주할 수 있었다. 그가 피아노 앞에 앉으면 사람들이 주위에 몰려들었다. 주식시장 붕괴 이후에 그의 아버지는 펄프 제재소에서 쫓겨났고, 일자리를 찾아서 올림피아로 이사하게 되었다. 돈은 아나코테스에 계속 남아 지인의 집에 머물면서 원목 제재소에 결국 일자리를 얻었다.

아나코테스와 구에메스 섬 사이의 해협에 있는 자갈 해변을 걷던 어느 날, 돈은 누군가가 못 쓰게 되어 버린 길이 4미터의 겹판 보트를 하나 발견했다. 그는 이를 고쳐서 타고 물로 나갔으며, 노 젓기가 재미있다는 사실을 깨달았다. 사실 지금까지 한 다른 어떤 일보다도 재미있다고 생각했다. 고등학교 졸업 후 1년 동안 그는 신들린 듯 노를 저어 다녔다. 안개 낀 날에는 해협 이쪽저쪽으로 오갔고, 맑은 날에는 산후안 제도 사이로 멀리까지 다녀오기도 했다. 원목 제재소에서의 일을 끝내고, 그는 올림피아에 있는 부모님을 찾아가기로 작정했으며, 결국 거기까지 노를 저어 갔다. 엿새가 걸렸는데, 거의 160킬로미터를 지나간 셈이었다. 그해 가을에 시애틀로 이사했고, 대학에 지질학 전공으로 등록했으며, 곧이어 경주정 보관고 앞에서 줄을 섰다. 톰 볼스와 앨 울브릭슨은 비범한 운동선수가 자기네 손에 들어왔음을 금세 깨달았다.

흄은 마치 비단처럼 부드럽게 노를 잡아당겼으며, 그 와중에 메트로놈처럼 정확하고도 기계적인 규칙성을 드러냈다. 그는 태생적으로 깊이 뿌리박힌 박자 감각이 있는 듯했다. 하지만 이뿐만이 아니라 노를 다루는 숙달된 솜씨, 그의 안정적인 믿음직스러움, 그리고 바위처럼 단단한 자신감이 워낙 뚜렷했기 때문에, 같이 보트에 탄 다른 선수들도 이를 곧바로 감지할 수 있었으며, 따라서 물의 상태라든지 경주의 상황과는 무관하게 흄과 손쉽게 동작을 일치시킬 수 있었다. 그야말로 핵심이었다.

울브릭슨의 최고 선수들만 골라 모은 보트의 배꼬리에서 메가폰을 머리에 쓰고 있을 사람은 당연히 바비 모크였다.

조는 3호 보트에 여전히 남아 있었다. 그리고 계속 거기에만 남아 있을 것처럼 보였다. 아직까지만 해도 심지어 준대표팀으로 예상되는 보트에도 오르지 못했으며, 따라서 캘리포니아와의 경주나 이후의 경주에서 노를 저을 기회가 전혀 없어 보였다. 하지만 3월 21일에 경주정 보관고로 들어가 보니 그의 이름이 칠판에 적혀 있었다. 그것도 바로 2호 보트의 7번 좌석, 그러니까 벌써부터 모두들 대학대표팀 경쟁에서 가장 유리하다고들 말하는 보트였다. 그는 차마 믿을 수가 없었다. 혹시 조지 포코크가 울브릭슨에게 뭐라고 귀띔이라도 한 것인지, 아니면 머턴 해치가 뭔가 큰 실수를 저지르기라도 한 것인지, 아니면 그날따라 7번 좌석에 다른 누군가를 앉혀보고 싶었는지는 알 수 없었다. 이유가 무엇이든 간에 이것이야말로 그에게는 기회였다.

조는 어떻게 해야 할지 잘 알았으며, 그렇게 하는 것이 놀라우리만치 쉽다는 것을 깨달았다. 그날 오후 경주정 안에 발을 딛는 그 순간부터 그는 마음이 편해졌다. 그는 함께하는 선수들이 마음에 들었다. 고든 애덤이나 돈 흄과 잘 알지는 못했지만, 두 사람 모두 그가 함께 타는 것을 반겼다. 오랜 친구이며 경주정 보관고에서 가장 믿을 만한 친구인 로저 모리스는 뱃머리에 앉아 있다가 그를 보더니 한 손을 흔들면서 보트 뒤쪽에 대고 외쳤다. "어이, 조, 드디어 너한테 딱 맞는 보트를 찾아왔구나!" 그랜드 쿨리 시절의 친구들인 척 데이와 조니 화이트도 앞쪽에 앉아 있었다. 그가 신발을 발판에 묶는 사이에, 스티브 맥밀린이 밝은 얼굴로 말했다. "좋았어, 이제 이 보트는 하늘을 날아가게 될 거야, 친구들."

쇼티 헌트는 그의 등을 철썩 때리며 속삭였다. "너의 등 뒤는 내가 맡을 게, 조."

그날 조는 이전까지 한 번도 해보지 못한 방식으로 노를 저었다. 포코크가 조언한 그대로, 자기 자신을 동료들의 노력에 전적으로 내맡기고, 마치 자기가 바로 앞에 앉은 선수며 바로 뒤에 앉은 선수의 연장이라도 되는 것처럼, 흄의 스트로크를 흠 없이 따라 하고, 근육과 나무로 이루어진 하나의 지속적인 흐름에 담아서 자기 뒤에 앉은 쇼티에게 전달해주자, 마치 일종의 마법이 그를 엄습하는 것만 같았다. 그가 기억하는 한 이와 가장 유사한 일은 신입생 때 유니언 호수에서, 시애틀의 밤 불빛이 수면에 반짝이고 동료들과 그의 숨소리가 일치되어 어둡고 추운 공기 속에서 흰 입김을 뿜어내던 그때였다. 이제 황혼 속에서 보트를 내리면서, 이런 변화가 단순히 포코크가 조언한 대로 자신이 노를 저어서 생긴 것이라기보다는, 오히려 자기가 바로 이 동료들과 함께 있기 때문에 그런 일을 '할' 수 있음을 깨달았다. 단지 동료들을 믿기만 하면 되었던 것이다. 결국 이렇게 쉬운 일이었다. 울브릭슨은 업무일지에 이렇게 적었다. "랜츠와 해치를 교체하니 큰 도움이 되었다."

하지만 이 말은 변화의 어마어마한 정도를 과소평가한 것으로 나타났다. 이것이야말로 울브릭슨에게는 마지막 선수 교체가 되었다. 이후 며칠 동안 이들의 보트는 스터브 맥밀린의 단언처럼 그야말로 하늘을 날기 시작했다.

3월 22일에는 이들의 보트가 출발선에서 결승선까지 다른 보트들을 줄곧 앞질렀다. 3월 23일에는 이들의 보트가 한 번의 경주에서는 일곱 정신이라는 놀라운 격차를, 그리고 또 한 번의 경주에서는 서너 정신이라는 뚜렷한 격차를 드러냈다. 3월 27일 아침에는 늦봄의 큰 눈폭풍이 밀려왔는데도 불구하고 세 정신 앞서 들어왔다. 그날 오후, 2,000미터 전력질주를 할 때에는 돈 흄이 스트로크 비율을 무지막지한 40회까지 올렸고, 다른 선수들이 아무런 흠 없이 그에게 맞춤으로써, 다른 보트들을 훨씬 앞서서 결승선을 통과했다. 3월 28일에는 가벼운 눈이 여전히 흩날리는 가운데, 울브릭슨이 이 보트를 대학대표팀 지위로 정식 승격시켰다. 이 사실을 언론에는 곧바로 보도하지 않고 며칠 더 기다릴 것이었지만, 그는 이미 자기 경력을 건 결정을 내린 다음이었다. 바로 이들이야말로 그가 베를린올림픽에 도전하며 내놓을 카드였다.

그날 오후에 조지 포코크는 선수들이 이제 예선에서 타게 될 새로운 경주정에 직접 이름을 지어주었다. 조와 동료들이 경주정을 높이 치켜들자, 포코크는 뱃머리에 수수께끼의 액체를 붓고 이렇게 말했다. "나는 이 보트를 '허스키 클리퍼'로 명명하노라. 부디 그 어떤 물 위에서나 속도 내기에 성공하기를. 특히 베를린에서 그러하기를." 이 보트를 경사로 아래로 들고 가 물에 띄우던 선수들 가운데 일부는 코를 킁킁거리면서 과연 뱃머리에 묻은 이 특이한 액체가 무엇일까 알아보려 했다. 그러자 포코크가 허허 웃으며 말했다. "사우어크라우트(양배추를 식초에 절여 만든 독일 특유의 음식—옮긴이) 국물이라네. 그래야 이 배가 독일에 적응하지."

4월 4일, 울브릭슨은 태평양 연안 조정대회의 출전 명단을 공식적으로 발표하기 직전에 마지막으로 3마일 경주를 벌였다. 시험이 시작되고 배가 2마일 표시를 지날 무렵, 바비 모크는 박자를 32회로 올려서 그대로 유지했다. 3마일 경기의 기록은 16분 33초 4였고, 바로 1934년에 조가 연락선 위에서 지켜보았던 워싱턴 대학대표팀이 세운 기록이었다. 이제 조와 그의 동료들은 16분 20초를 기록했으며, 경주가 끝나고 나서도 모두들 똑바로 앉아서, 편안하게 숨을 쉬며, 기분이 좋다고 느끼고 있었다. 매번 허스키 클리퍼 호에 올라탈 때마다 이들은 점점 더 나아지는 기분이 들었다.

이러한 일이 벌어지는 데에는 간단한 이유가 있었다. 클리퍼 호에 탄 선수들은 극심한 경쟁을 통해서 걸러져 나온 사람들이었고, 이 과정에서 공통된 성격이라 할 만한 것이 두드러졌던 것이다. 모두 실력이 있었고, 모두 강인하고, 강한 의지를 가졌으며, 의외로 모두 심성이 고왔다. 모두 보잘것없는 출신이거나, 또는 어려운 시기에 자라나다 보니 재난으로 인해 졸지에 보잘것없는 신세가 된 경우였다. 저마다 방식은 달랐지만, 삶에서 당연하다고 간주될 수 있는 것은 없음을 배웠고, 각자의 힘과 좋은 외모와 젊음에도 불구하고 이 세상에는 자기들보다 훨씬 더 큰 힘이 작용한다는 걸 배웠다. 이들이 함께 마주한 도전들은 이들에게 겸손을 (보트 전체를 위해서 각자의 자아를 굴복시켜야 하는 필요성을) 가르쳤으며, 겸손은 곧 이들을 함께하도록 만들어준, 그리고 이전까지는 전혀 할 수 없었던 일을 하게 하는 공통의 문이 되었다.

하지만 프린스턴에서 열리는 올림픽 예선 전에, 앨 울브릭슨은 또 다른 일련의 도전들에 직면해야 했다. 첫째로는 워싱턴 호수에서 개최되는 캘리포니아와의 태평양 연안 조정대회가 있었다. 이 대회의 세 부문 모두에서 승리한다면, 6월에 포킵시에서 열리는 전국선수권대회에 세 척의 보트 모두를 내보낼 후원금을 다시 모아달라고 시애틀 시민들에게 확신을 심어줄 수 있을 것 같았다. 그런 다음에는 (포킵시에서 이기건 지건 간에) 그는 대학대표팀을 이끌고 7월에 프린스턴에 갈 것이었다. 이곳에서 승리하면 결국 베를린행이 정해지는 것이고, 이후 자격 확증을 위한 경주를 한두 번쯤 더 하고 나서, 마침내 전 세계에서 가장 뛰어난 조정선수들을 상대로 금메달 경쟁을 벌이는 것이다. 쉽지 않은 일이었지만, 새로운 대학대표팀 선수들이 물에 나와 있는 것을 볼 때마다, 앨 울브릭슨은 해낼 수 있다는 자신감이 부풀어올랐다.

버클리에서는 카이 이브라이트도 곧 시애틀에서 열릴 조정대회나 심지어 올림픽 전망에 관해서도 앨 울브릭슨 못지않게, 아니 어쩌면 그보다 더 자신감에 넘쳐 있었다. 그 역시 울브릭슨의 대학대표팀이 기록한

16분 20초라는 3마일 경기 기록에 관한 기사를 읽었을 것이 확실한데, 그 뉴스에도 불구하고 그는 당황해하지 않았다. 캘리포니아의 선수들은 에스추어리에서 이미 15분 34초라는 놀라운 3마일 경기 기록을 달성했기 때문이다. 물론 조류의 도움을 받았을지도 모르지만, 그래도 1분 가까이나 차이가 나는 기록이었다. 4월 8일에 그는 조류의 영향 없이 잔잔한 물에서 다시 한 번 시간 기록을 재보았다. 캘리포니아의 대학대표팀은 16분 15초를 기록했으며, 이것만 해도 울브릭슨의 선수들에 비하면 5초나 더 빠른 셈이었다. 하지만 자기만족을 경계한 까닭에, 선수들이 선착장에 도착하자 이브라이트는 그저 퉁명스럽게 말할 뿐이었다. "기분전환 삼아서 내보냈더니 잘하는군." 사실 이브라이트로선 1936년과 관련된 일이 이루어지는 모습을 지켜보며 기분 좋아할 만한 이유가 충분했으며, 그로선 시애틀에서 들려오는 소식을 아무리 들어도 이런 자기 마음을 바꿀 만한 까닭이 없었다.

하지만 그는 요행수를 믿고 싶지는 않았다. 사실 올림픽이 개최되는 해의 멋진 출발을 위해서, 시애틀에서 워싱턴을 격파하는 일에 자기가 가진 역량을 모조리 쏟아 붓고 있었던 것이다. 그는 자기 노잡이의 이름을 모조리 종잇조각에 쓴 다음, 그걸 모자 안에 집어넣는 것으로 시즌을 시작했다. 포킵시에서의 챔피언들과 함께 다른 2학년, 3학년, 4학년 경쟁자들을 나란히 놓았다. 그런 다음에, 한 번에 한 명씩 꺼내서 새로운 보트 배치를 완성했다. 여기서의 핵심은, 그가 거느린 선수 가운데 어느 누구도 작년의 실력에만 의존해서 올해 대학대표팀 보트의 좌석을 차지할 수는 없다는 것이었다. 그들 각자는 다시 한 번 실력을 발휘해서만 좌석을 차지할 수 있었다.

그때 이후로 상황은 줄곧 좋게만 펼쳐졌다. 끝도 없는 캘리포니아의 좋은 날씨 덕분에 그는 자기 속도에 맞춰서 선수들을 훈련시킬 수 있었고, 에스추어리에서 연습한 여러 차례의 3마일 경기가 누적되면서 이들은 최적의 몸 상태와 최고의 모습을 갖추게 되었다. 그가 단거리로 시험해보았다면 선수들은 이것도 잘했을 것이다. 이런 점을 고려해보면, 그리고 작년 여름에 캘리포니아가 포킵시와 롱비치 모두에서 워싱턴을 박살냈음을 고려해보면, 이브라이트는 워싱턴과 포킵시 모두에서 더 긴 경주를 벌이고, 올림픽 선발전과 베를린에서의 더 짧은 경주를 압도하는 과정에서도, 자기가 유리한 위치에 있다고 생각했다.

마지막 몇 주 동안에, 이브라이트는 1932년의 올림픽 우승 이후 자기가 채택한 전통을 다시 실시했다. 즉 대학대표팀 전용 만찬이었다. 두 척의 대학대표팀 보트에 타게 된 선수라면 누구나 버클리 캠퍼스의 스티븐스 유니언에서 열리는 공짜 저녁식사 때 동료들과 함께 앉을 자격이 있었다. 이들이 겪은 힘든 시간을 고려하면, 이런 기회는 두 척의 보트 가운데 하나에 반드시 들어가겠다는 강력한 동기를 선수들에게 부여했다. 또한 이는 자기네 선수들이 입 안에 우겨 넣는 음식의 영양 가치를 조절할 수 있는 능력을 이브라이트에게 부여했다. 전용 만찬에는 풍성한 음식이 나왔다. 특히 단백질과 칼슘이 풍부했다. 저녁마다 크고 육즙이 많은 스테이크에다가, 선수들이 양껏 마실 수 있는 만큼의 우유가 제공되었다.

시애틀에는 이런 선수 전용 만찬을 제공할 만한 예산이 없었다. 하지만 앨 울브릭슨은 경주 시즌을 앞둔 상황에서 선수들을 잘 먹이는 일에 이브라이트만큼이나 관심을 쏟았다. 그리고 이 문제에 대한 울브릭슨의 처방은 스테이크만큼 입이 즐거운 것까지는 아니었다. 매일 오후마다 워싱턴의 선수들이 의무적으로 거치는 행사가 있었으니, 우선 분필 맛이 나는 분홍색 칼슘 용액을 한 잔 마시고 나서, 이어서 녹스 탄산 젤라틴을 또 한 잔 마시는 일이었다. 그런데 이 젤라틴은 언제 어떻게 섞었느냐에 따라 자칫 골칫거리가 될 수 있었다. 이 용액은 마시자마자 굳어버리기 전에 얼른 목으로 넘겨야 했으며, 그렇지 않았다가는 구역질이

날 수도 있었다. 그해 말에, 울브릭슨 특유의 식이요법에 관한 기사를 읽고, 이어서 그의 선수들이 거둔 성공에 관해 숙고한 톰 스미스^{Tom Smith}라는 말 조련사는, 자기가 돌보는 경주마를 위해서 칼슘 함량이 높은 건초를 찾아다니기 시작했다. 그 경주마의 이름은 '시비스킷'이었다.

카이 이브라이트와 그의 선수들은 4월 14일 화요일 오후 늦게 시애틀에 도착했고, 에드먼드 미니 호텔에 투숙했다. 그날 일찍, 울브릭슨은 상당히 거친 물에도 불구하고 선수들을 내보냈는데, 이날의 수면 상태는, 캘리포니아가 무려 열여덟 정신 차이로 상대를 격파했고 워싱턴이 배에 물이 차오르는 상황에서 결승선에 도달하기 위해 애를 썼던 1932년 이래로 처음 겪는 수준으로 나빴다.

하지만 수요일 오전에 캘리포니아의 선수들이 몬틀레이크 컷 수로에 등장하는 순간, 햇볕이 쨍쨍 내리쬐면서 물은 마치 유리처럼 잔잔해졌다. 경주정을 들고 경사로를 내려가 물로 들어서는 전국선수권대회 우승팀 캘리포니아의 선수들은 위협적인 모습을 과시했다. 시애틀의 기자들은 햇볕에 그을린 이들의 모습과 창백하기 짝이 없는 워싱턴 선수들의 모습이 무척이나 대조적이라는 사실에 깜짝 놀랐다. 만약 이날 경사로 위에 모여든 기자들 가운데 누구라도, 카이 이브라이트가 워싱턴의 위협을 과연 진지하게 생각하고 있는지에 관해 약간의 의심이라도 가졌던 사람이 있었다면, 그런 의심은 곧바로 멈춰버렸을 것이다. 이브라이트는 메가폰을 머리에 쓰고 자기네 대학대표팀 보트 '캘리포니아 클리퍼 호'의 키잡이 좌석에 올라앉더니, 곧바로 명령을 내리며 거기서 무려 29킬로미터 떨어진 워싱턴 호수까지 가서, 워싱턴 대학의 코치진 눈에서 아예 벗어나버렸다.

이후 이틀 동안, 울브릭슨이나 이브라이트 가운데 어느 누구도 시간 기록을 측정하지 않았으며, 설령 했다 하더라도 그 결과를 아무에게도 알리지 않았다. 양쪽 코치들은 자기네 선수들의 승리 가능성에 관해 평소처럼 우울한 전망을 내놓았다. 이브라이트는 자기네 대학대표팀이 특기할 만한 것이 없는 선수들이라고 말했다. 본인의 말을 빌리자면 "그냥 보통 수준"이라는 것이었다. 울브릭슨은 이보다 더 깊은 수준의 절망을 드러내며, 베어스야말로 승리 가능성이 높다면서, 이렇게 탄식했다. "올해 우리는 험악한 날씨 때문에 불이익을 보았다." 곧이어 그는 뻔한 거짓말을 내놓았다. "우리 선수들은 아주 탁월한 것까지는 아니다."

4월 18일은 조정경기를 구경하기에는 딱 좋은 날이었지만, 경주정을 저어야 하는 사람에게는 참 힘든 날이었다. 하늘은 구름 한 점 없이 새파랬다. 기온은 경기 시간에 이르러 영상 20도 대 초반까지 올라갔다. 오전 중반에 남쪽에서 따뜻한 공기가 꾸준히 불어오면서, 워싱턴 호수의 새파란 수면에 물결이 일었다. 이 같은 날씨에 열리는 조정대회라면, 호수 북쪽의 물가에 사람들이 줄지어 늘어서 구경하게 마련이었다.

조는 아버지의 새로운 집 근처에 이런 관람객이 찾아오는 시기에 맞춰서 돈을 좀 벌어보려는 계획을 떠올렸다. 그는 해리와 함께 껍질을 벗기지 않은 땅콩을 두 부대나 구입했는데, 무게로 따지면 45킬로그램에 달했다. 경기 전날 조이스, 해리, 로즈, 마이크, 폴리, 해리 2세는 밤늦게까지 땅콩을 종이봉지에 넣었고, 다음 날 경기를 보러 온 팬들에게 판매할 계획이었다. 이제 땅콩 봉지가 수백 개나 준비되고, 오후 일찍 사람들이 모여들기 시작하자, 조이스는 아이들과 함께 호숫가를 돌아다니며 한 봉지에 10센트씩 판매했다.

1934년과 마찬가지로 오후 1시가 되자 연락선이 (올해에는 치페와 호MV Chippewa가) 워싱턴 대학의 학생들과 행진 악단을 가득 태우고 '해양연구선 전용 부두'에서 출발했다. 치페와 호는 연락선치고는 상당히 우아한 선박이었다. 이 배의 승객 가운데 상당수는 마치 북대서양 횡단 여객선을 타고 있는 듯한 느낌이라고 말했는데, 필리핀산 마호가니를 덧댄 주객실이며, 남성용 흡연실이며, 여성용 휴게실이며, 완벽한 식당이며, 붉은 가죽을 덧댄 좌석이며, 유리창이 완비된 전면의 전망실까지 있었다. 이 선박은 종종 야간 특별 항해에도 나섰는데, 그때에는 전망실에서 연주되는 생음악이 정교한 스피커 장치를 통해 배 전체에 울려 퍼졌다. 워싱턴의 행진 악단은 이제 바로 그 전망실에 자리를 잡았고, 마이크를 켜고 춤곡을 연주하기 시작했다. 2년 전과 마찬가지로, 헐렁한 바지와 셔츠 차림의 남자들과, 주름장식 달린 여름 드레스 차림의 여자들이 선실에서 나와 갑판에서 춤을 추었다.

치페와 호가 북쪽으로 향하며 결승선이 자리한 셰리던 비치가 있는 호수 쪽으로 올라가자, 해군 순양함 한 척과 약 400대에 달하는 다른 선박들도 자주색과 금색의 삼각기를 휘날리며 합류했다. 이제는 남쪽에서 불어오는 바람도 제법 강하게 바뀌어 있었다. 큰 배들의 굴뚝에서 뿜어져 나오는 검은 연기와 하얀 증기는 북쪽 방향으로 재빨리 흩어졌고, 바람이 물결을 육지에 쌓아올리는 호수의 북쪽 끝에는 하얀 파도가 춤추기 시작했다.

오후 2시 15분에 유니버시티 역에서는 관람열차가 출발하여, 신입생 부문 2마일 경주가 열리는 출발지인 125번 스트리트로 향했다. 북서부의 조정대회 역사상 가장 많은 관중이 경주로를 따라 모여들고 있었다.

톰 볼스는 자기네 신입생 대표팀을 뒤따라서 코치 전용 보트에 타고 출발선으로 향했다. 자기가 이 경주정에 뛰어난 선수들을 태우고 있다고 다시 한 번 확신했지만 (신입생 코치들이 항상 그렇듯이) 자기 선수들의 진정한 역량을 측정할 믿음직한 방법을 얻으려면, 일단 이들이 큰 경쟁자에 맞서 경주를 벌이는 모습을 직접 보아야 했다.

이들은 그를 실망시키지 않았다. 오후 3시 정각에 신입생팀 경주가 시작되자 우열을 가리기 힘든 경기가 될 것만 같았다. 캘리포니아가 먼저 선두로 나섰지만, 날씨 때문에 노를 젓기는 힘든 상황이었다. 경주로와 직각 방향에서 파도가 밀려와, 자칫 보트가 뒤집힐 위험을 계속 가하고 있었다. 그러니 파도와 파도 사이의 허공에서 노가 헛돌 가능성이라든지, 파도 속으로 너무 깊이 찔러 넣어서 "게 잡이를 할" 가능성이 무척이나 많았다. 4분의 1마일 지점에서 캘리포니아의 7번 좌석에 앉은 선수가 바로 그렇게 했고, 그로 인해 우현에 있는 노 네 개가 한동안 거의 멈춘 상태로 있었다. 배가 다시 움직이기 시작하자마자, 이번에는 3번 선수가 또다시 게 잡이를 하고 말았다. 그 와중에 워싱턴은 상당한 격차로 선두를 차지했으며, 계속해서 그 추세를 이어나갔다. 네 정신 반의 격차로 이들이 결승선을 통과했을 때, 정식 기록은 10분 11초 2였다. 이것이야말로 1934년에 조와 그의 신입생 동료들이 이 종목에서 세운 11분 24초 8이라는 기록을 무려 1분 넘게 앞당긴 신기록이었다. 다른 네 명의 비공식 시간 측정 요원은 10분 42초라는 좀 더 그럴듯해 보이는 시간을 제시했고, 결국 공식 기록도 수정되었다. 하지만 그래도 상당한 격차로 달성된 이 종목 신기록이기는 마찬가지여서, 톰 볼스는 워싱턴 호수에서 여전히 무패의 상태로 남게 되었다. 이날 하루가 다 가기 전에 동부 연안의 학교들은 (특히 하버드는) 이 사실을 각별히 주목하게 될 것이었다. 볼스가 워싱턴에서 머물 날도 이제 얼마 남지 않은 터였다.

준대표팀의 경주는 오후 3시 45분에 시작되었고, 모든 면에서 이 경주는 출발선을 떠난 지 불과 100미터 만에 이미 끝난 것이나 다름없었다. 워싱턴의 보트에 탄 선수들 가운데 네 명은 (버드 샤크트, 조지 룬드, 델로스 쇼크, 척 하트먼) 조가 속했던 작년의 2학년팀에 포함된 고참들이었다. 즉 거친 물에서 노 젓는 방법을 아는, 그리고 이기는 방법을 아는 선수들이었다. 워싱턴은 처음부터 손쉽게 선두를 차지했고, 4분의 1마일을 표시하는 부표를 지날 때마다 그 격차를 더욱 벌렸으며, 캘리포니아를 무려 여섯 정신이나 앞서면서 결승선을 통과했다. 워싱턴의 기록은

16분 14초 2였으며, 캘리포니아가 세운 이 종목 기록을 거의 1분 가까이 앞당겼다.

프레드 랜츠의 집에 설치된 선착장에서는 해리와 그의 자녀들과 조이스가 땅콩을 까먹으며 호수에 껍질을 버리고 있었다. 이날 오전의 판매 성과는 신통치 않았다. 결국 이들은 앞으로 오랫동안 땅콩을 까먹어야만 할 것 같았다. 해리는 쌍안경을 가지고 호수에서 출발선인 샌드 포인트 쪽을 바라보았다. 집 안에 있는 라디오는 (그가 이때를 위해 중고로 구입해놓은 사치품이었다.) 소리를 가장 크게 틀어놓았기 때문에, KOMO 라디오에서 내보내는 NBC의 대학대표팀 경주 중계방송을 밖에서도 충분히 들을 수 있었다.

조이스는 선착장 가장자리로 다리를 내밀고 흔들며 앉아 있었다. 호수의 북쪽 끝에는 은색 비행기 한 대가 결승선 위를 맴돌고 있었다. 그녀는 땅콩 껍질이 둥둥 떠 있는 물 저편을 바라보았다. 초조한 기분이 들었다.

그날 오전 일찍 조이스는 YMCA에 있는 좁은 방 안에서, 목에다가 수건을 두르고 옷핀으로 고정한 채 의자에 앉아 있는 조의 머리카락을 잘라주었다. 한 달에 한 번씩 그에게 해주는 의식이었는데, 그녀는 항상 이런 날이 오기만을 고대했다. 이것이야말로 조이스가 조와 가까이 있을 수 있는, 사적으로 대화를 나눌 수 있는, 다른 사람들의 눈과 귀로부터 멀어질 수 있는 유일한 기회였으며, 어쩐지 조도 이런 기회를 기뻐하는 것처럼, 마치 덕분에 긴장을 늦추는 것처럼 보였다.

하지만 그날 오전에 그녀가 솜씨 좋게 그의 금발을 빗기고, 눈으로 유심히 재고, 빗을 기준 삼아서, 그가 평소에 좋아하는 상고머리를 만들기 위해 머리카락을 자르는 동안, 조는 의자에 앉은 상태로 안절부절 못하고 있었다. 마침내 조이스는 뭐가 잘못되어서 그러느냐고 물었다. 그는 잠시 머뭇거리며 적당한 말을 찾느라 고심했는데 그의 말의 요지는, 나중에 그녀가 기억한 것처럼, 이번 경주에, 그리고 이번 보트에 뭔가 다른 데가 있다는 것이었다. 그조차도 차마 완전히 설명할 수 없었다. 다만 동료들을 실망시키고 싶지 않다는 것만큼은 분명히 알고 있었다.

오후 4시 15분, 두 대학대표팀의 선수들이 출발선을 향해 노를 저어 가는 동안, NBC 라디오 방송국이 전국 단위로 중계방송을 계속했다. 뒷바람이 더 강해졌고, 이제는 호수의 길이 방면으로 불면서, 호수의 북쪽 끝 물가에서는 가뜩이나 거친 물에다가 하얀 파도까지 더해지고 있었다. 지금까지 경주에 나섰던 네 척의 보트 모두 (하다못해 패배한 팀까지도) 이전까지의 기록을 훨씬 앞서서 들어왔다. 똑바로 앉아 있는 노잡이들의 긴 상체에 바람이 와닿으면 그들의 몸 자체가 돛과 마찬가지가 되어서 이들이 탄 경주정이 경주로를 따라 더 빨리 달리게 되는 것이었다. 이쯤 되자, 미리 예상하지 못한 재난이 벌어지지 않는 한 대학대표팀의 신기록도 곧 달성되리라는 것은 누가 봐도 당연했다.

출발선에서 허스키 클리퍼 호는 파도를 따라 위아래로 꺼떡거렸다. 앞에 앉은 로저 모리스와 고디 애덤은 직각으로 밀려오는 파도의 끝없는 힘에 맞서서 보트의 뱃머리를 정확히 북쪽으로 유지하는 데에 애를 먹고 있었다. 바비 모크는 자기 팀이 준비를 완료했다는 뜻으로 한 손을 치켜들었다. 캘리포니아의 보트에서도 키잡이 토미 맥스웰Tommy Maxwell이 똑같이 했다.

경주정 뒤에서 시동을 끄고 기다리고 있는 두 척의 코치 전용 보트에서는 앨 울브릭슨과 카이 이브라이트가 그야말로 신경이 곤두선 상태였다. 사실은 둘 중 어느 누구도 상대편의 보트가 어떤 상태인지를 제대로 알지 못하는 상황이었다. 양쪽의 코치 모두 뛰어난 선수들을 보유하고 있었으며, 이것만큼은 확신하고 있었다. 하지만 상대편 선수들에 관해서는 누구도 그만큼 확신하지 못했다. 캘리포니아의 보트에 탄 선수들은 모두 합쳐 체중이 706킬로그램이었다. 워싱턴의 보트에 탄 선수들은 모두 합쳐 708킬로그램이었고, 겨우 2킬로그램이 더 무거울 뿐이었다. 양쪽 보트 모두 영리한 키잡이와 힘세고 경험 많은 노잡이를 두고 있었다. 양쪽 모두 예술의 경지에 도달한 경주정이었다. 다시 말해 포코크가 만든 최신의, 그리고 최고의 매끈한 삼나무 걸작품인 허스키 클리퍼 호와 캘리포니아 클리퍼 호였다. 양쪽 보트 모두 길이가 약 19미터였고, 불과 1킬로그램 내외로 무게도 똑같았다. 양쪽 모두 매끄러운 삼나무 외피를 갖고 있었고, 그 두께는 똑같이 4밀리미터였다. 양쪽 보트 모두 우아한 노란삼나무 파도막이, 물푸레나무 뼈대, 가문비나무 뱃전, 비단에 니스를 발라 완성한 뱃머리 및 배꼬리 갑판을 보유하고 있었다. 가장 중요한 사실은 양쪽 보트 모두가 포코크의 상징이나 다름없는 만곡 부분, 즉 물 위에서 이 배에 압축과 탄성과 활기를 제공하는 약간 휘어진 부분을 갖고 있다는 것이었다. 그러니 어느 한쪽이 명백히 우위라고 말하기는 힘들었다. 결국 승부는 단순히 노 젓는 실력과 배짱에 달려 있는 셈이었다.

출발신호원이 "저어!" 하고 소리치는 순간, 두 척의 보트는 마치 너무 오래 출발문 안에서 대기하느라 신경이 곤두선 경주마처럼 출발선에서 뛰쳐나갔다. 양쪽 선수들은 35회인지 36회로 힘차고 빠르게 노를 저었다. 캘리포니아의 보트에서는 작년에 포킵시와 롱비치 모두에서 워싱턴을 격파했던 덩치 큰 스트로크 노잡이 유진 버켄캠프가 재빨리 동료들에게 힘을 공급하며 약간 선두로 나섰다. 처음 4분의 3마일 동안 양측의 선수들은 그 간격을 계속 유지하며 노를 저었고, 양쪽 모두 파도가 일렁이는 물을 격렬하게 휘저었다. 워싱턴의 보트에서는 돈 흄이 버켄캠프의 스트로크 비율에 맞추면서도, 굳이 상대방과 뱃머리를 나란히 하기 위해 앞으로 나아가려는 시도는 하지 않았다.

그러다가 바비 모크가 자신의 1.4킬로그램짜리 두뇌를 사용하기 시작했다. 그는 반(反)직관적이지만 영리한 방법을 실시했다. 비록 무척이나 하기 힘든 일이었지만, 그는 이것이야말로 올바른 일이라는 것을 알았다. 즉 자기 앞에 상대편이 있고 30회 대 중반으로 노를 저으며 선두를 유지하는 상황에서, 흄에게 도리어 스트로크 횟수를 줄이라고 지시했던 것이다. 흄은 곧바로 29회로 줄였다.

그러자 거의 곧바로, 워싱턴의 보트에 탄 선수들은 자기네 스윙을 찾아냈다. 돈 흄은 모범을 세우기 위해서 크고 매끄럽고 깊게 노를 저었다. 그러자 조와 다른 선수들도 그의 뒤에서 이를 따라 했다. 아주 천천히, 한 좌석 또 한 좌석, 허스키 클리퍼 호는 캘리포니아 클리퍼 호와의 격차를 따라잡기 시작했다. 1마일 표시에 도달했을 무렵, 두 척의 보트는 뱃머리를 나란히 했으며, 이제는 워싱턴이 앞서 나가기 시작했다.

캘리포니아의 보트에서는 토미 맥스웰이 충격을 받은 나머지 워싱턴을 흘끗 쳐다보며 곧바로 이렇게 외쳤다. "크게 열 번만 줘봐!" 바비 모크는 이 말을 듣고 상대방을 흘끗 바라보았지만, 이 미끼를 무는 것은 거절했다. 유진 버켄캠프와 나머지 캘리포니아 선수들은 자기네 노를 기울여서 키잡이가 요구한 열 번 추가로 힘껏 노를 잡아당겼다. 바비 모크는 몸을 웅크리더니, 돈 흄의 두 눈을 똑바로 바라보면서, 계속해서 29회를 꾸준히 유지하라고 속삭였다. 캘리포니아는 크게 열 번을 마친 다음에도 워싱턴과의 작은 격차를 차마 좁히지 못하고 있었다.

바람이 얼굴에 부딪히는 상황에서, 양쪽 선수들은 그야말로 경주로를 날아가듯 달리고 있었으며, 파도와 파도 사이를 경주정이 뛰어넘을 때마다 뱃머리에서는 물보라가 튀어올랐고, 이들의 노깃은 파도 사이를 찌르고 들어갔다 빠져나왔다. 캘리포니아는 크게 열 번을 주고 나서 스트로크 비율을 32회로 줄였다가, 다시 31회로 줄였지만, 계속 29회를 유지하는 워싱턴의 보트는 여전히 이들을 몇 센티미터 앞서고 있었다.

토미 맥스웰은 또다시 크게 열 번을 불렀다. 또다시 모크는 대응을 자제하고, 상대방의 도전에 무응답으로 대처했으며, 여전히 워싱턴은 선두 자리를 지켰다. 허스키 클리퍼 호의 뱃머리는 이제 캘리포니아의 뱃머리보다 최소한 2.5미터는 앞서 있었다.

워싱턴의 7번 좌석에서 조는 문득 뭔가를 깨달았다. 즉 자기네 보트가 호수 서쪽에 있는 아버지 집 앞을 지나가고 있다는 사실이었다. 그는 어깨 너머를 돌아보고 싶은 충동을, 가능하다면 조이스를 한번 보고 싶다는 충동을 느꼈다. 하지만 조는 그러지 않았다. 대신 계속해서 보트에 정신을 집중했다.

바로 이 순간에 관람열차는 해리 랜츠의 집 뒤를 덜컹거리며 지나갔고, 그 디젤 기관차에서 나오는 연기가 거센 바람에 앞으로 밀려갔다. 바로 옆에 있는 프레드의 집 선착장에서는 조이스와 아이들이 자리에서 일어났고, 조가 탄 보트의 뱃머리가 저 앞을 지나가는 것을 보자 펄쩍펄쩍 뛰면서 손을 흔들었다. 해리도 그 옆에 서서 낡은 쌍안경으로 보트를 바라보았으며, 풍파에 시달린 그의 얼굴에는 미소가 떠올랐다.

2마일을 알리는 부표에 도달했을 무렵, 캘리포니아의 경주정은 약간 옆으로 흔들렸다. 잠시 후에 그런 일이 또다시 일어났다. 우현의 선수 두 명이 두 번이나 물에서 노를 깨끗하게 빼내는 데에 실패한 것이었고, 그로 인해 번번이 배의 리듬이 깨지면서 느려지고 만 것이다. 워싱턴은 이제 4분의 3정신 앞서 있었다. 걱정이 된 토미 맥스웰은 동료들에게 더 많이 스트로크를 달라고 요구했다. 버켄캠프는 스트로크 비율을 다시 35회로 올렸고, 곧이어 36회로 올렸다. 바비 모크는 또다시 이들을 무시해버렸다.

마침내 반 마일이 남은 곳까지 오자, 모크는 흄을 향해 속도를 올리라고 소리쳤다. 흄은 선수들을 32회까지 이끌었으며, 이것이야말로 파도치는 물 위에서 그가 감히 갈 수 있는 최대치였으며, 그가 가야 할 필요가 있는 최대치이기도 했다. 허스키 클리퍼 호는 앞으로 치고 나갔고, 조지 바넬이 다음 날 〈시애틀 타임스〉에 쓴 것처럼 "마치 살아 있는 것과도 같았다." 워싱턴의 선수들과 캘리포니아 클리퍼 호 사이에는 이제 탁 트인 수면이 나타나 있었고, 마지막 반 마일 동안에 이들은 그 어떤 경주정도 워싱턴 호수에서 한 적이 없는 방식으로 속도를 더해갔다. 마지막 수백 미터를 날아가듯 달리는 동안, 여덟 명의 팽팽한 몸이 마치 진자처럼 앞뒤로 흔들리며 완벽한 일치를 보여주었다. 이들의 흰 노깃이 물 위에서 빛나는 모습은, 마치 대형을 이루며 날아가는 바닷새의 날개와도 같았다. 이들이 완벽하게 스트로크를 구사할 때마다, 이제는 지쳐버린 캘리포니아 선수들과의 격차는 점점 더 벌어지기만 했다. 이들의 머리 위에서 맴돌던 비행기 안에서는 언론사 사진기자들이 두 척의 보트를 한 장의 사진에 담아내려고 애쓰고 있었다. 수백 척의 선박이 경적을 요란하게 울렸다. 관람열차의 기관차도 요란한 소음을 토해냈다. 치페와 호에 타고 있던 학생들이 고함을 질렀다. 그리고 셰리던 비치를 따라 늘어서 있던 1만 명의 관중으로부터 길고도 지속된 함성이 울려 퍼지는 가운데, 허스키 클리퍼 호는 캘리포니아 클리퍼 호를 세 정신 앞서서 결승선을 통과했다.

그럼에도 불구하고 캘리포니아의 선수들은 끝까지 최선을 다해 노를 저었다. 결국 두 보트 모두 또다시 이전의 종목 기록을 깼지만, 워싱턴의 기록이 훨씬 앞섰다. 즉 이전의 기록을 37초 앞당긴 15분 56초 4로 들어온 것이다.

앨 울브릭슨은 결승선에 도달한 코치 전용 보트에 말없이 앉아서, 치페와 호에 올라탄 행진 악단이 연주하는 응원가 〈워싱턴 앞에 고개를 숙여라〉를 듣고 있었다. 선수들이 캘리포니아의 보트로 노를 저어 가서 상대편의 저지셔츠를 벗겨내는 모습을 지켜보면서, 그는 많은 것을 깨달았다. 즉 자신의 대학대표팀은 상당히 훌륭한 실력을 보유한, 그리고 작년의 전국선수권대회 우승자인 캘리포니아 선수들을 격파했으며, 그 것도 매우 어려운 경기 조건에서 그렇게 했던 것이다. 그날 오후에 그가 기자들에게 말한 것처럼, 그들은 "지금까지의 그 어느 때보다도 더 훌륭하게" 노를 저었다. 그들이 평범한 수준을 훨씬 뛰어넘는 뭔가라는 사실은 명백했지만, 과연 이 마법이 계속 유지될지 아닐지 단언하기는 너무 일렀다. 2년 연속으로 그의 대학대표팀은 태평양 연안 조정대회 때마다 이브라이트의 선수들을 격파했지만, 곧이어 포킵시에서는 여지없이 패하고 말았다. 그러니 이번의 선수들도 똑같이 되지 않으리라고 누가 장담할 수 있겠는가? 게다가 올해에는 포킵시 이후에 올림픽 선발전도 남아 있었으며, 이후에 뭐가 있는지는 차마 말할 필요도 없었다.

울브릭슨은 계속해서 고집스레 무뚝뚝한 표정을 유지했다. 하지만 다음 날인 일요일에 시애틀에서 간행된 신문에는 하나같이 베를린에 관한 열띤 이야기가 가득했다. 호수에서 벌어진 사건을 유심히 지켜본 상당수는 자기들이 단순히 훌륭한 조정경기 이상의 뭔가를 봤다고 생각했다. 〈시애틀 타임스〉에 기고한 클래런스 더크스는 특유의 비유와 달변을 섞어가면서 이 문제를 처음으로 지목한 인물이었다. "워싱턴 대학 대표팀의 경주정에 올라탄 저 뛰어난 선수들을 하나하나 구분하려는 것은 무익한 일인 것이, 이는 아름답게 작곡된 곡에서 음표 하나하나를 구분하기가 불가능한 것과 마찬가지이다. 모두가 매끄럽게 작동하는 하나의 기계로 합쳐졌다. 이들이야말로 사실상 움직임으로 이루어진 시이며, 회전하는 노깃으로 이루어진 교향악이었다."

한밤중의 포킵시 풍경

제14장

선수권대회 우승자의 실력이 되려면, 한 팀은 반드시 서로에 대한
완전한 확신을 가져야 하며, 흥에 겨워서 노를 저을 수 있어야 하며,
어느 누구도 혼자서 전력으로 노를 당기지는 않을 것이라고 확신해
야 한다. 흄이 스트로크 노잡이를 맡은 1936년의 팀은 흥에 겨워서
노를 저었으며, 훌륭하게 박자를 맞추었다. 서로에 대한 완전한 확
신을 품은 까닭에, 이들은 한 번의 강한 찌르기로 스트로크를 할 수
있었다. 그렇게 해서 보트가 제대로 달리는 동안, 재빨리 앞으로 활
주하며 다음 스트로크를 가했으며, 그 와중에 눈에 띄는 감속이라고
는 거의 없었다. 이것이야말로 최고의 기량을 선보이는 에이트의 고
전적인 사례였다.

— 조지 요먼 포코크

그로부터 이틀 뒤인 4월 20일, 아돌프 히틀러는 47세가
되었다. 베를린에서는 탱크며 장갑차며 대포 1,500대 이상이 이 도시의
커다란 공원 티어가르텐을 덜컹거리며 행군했고, 이를 사열하는 히틀러
를 구경하고 환호성을 보내기 위해 수천 명의 축하객이 몰려들었다. 샤
를로텐부르크 대로에 몰려든 군중이 워낙 많았기 때문에, 뒷줄에 있는
사람들은 아예 잠망경을 이용하여 저 앞에서 벌어지는 일을 지켜보았다.
요제프 괴벨스의 딸들은 길고 하얀 드레스와 하얀 머리띠를 하고 히틀

러에게 꽃다발을 바쳤다. '독일공무원제국연맹'에서는 중세식 필체로 양피지에 필사한 《나의 투쟁Mein Kampf》 한 부를 히틀러에게 증정했다. 강철로 제본한 이 책은 무게가 무려 35킬로그램에 달했다.

하지만 그로부터 한 달 전에 히틀러는 이보다 훨씬 큰 선물을 받은 바 있었으며, 이것은 머지않아 그의 치명적인 적이 될 사람들이 그에게 준 것이었다. 3월 7일 오전, 3만 명의 독일 군대가 비무장 상태인 라인란트에 진입했는데, 이것이야말로 독일이 체결한 베르사유조약과 로카르노 평화조약 모두를 공개적으로 위반한 것이었다. 또한 히틀러가 이때까지 시도한 행위 가운데서도 가장 뻔뻔스러운 것이었고, 그의 가장 큰 도박이었으며, 머지않아 전 세계를 휘말리게 만든 막대한 재난으로 향하는 큰 걸음이었다. 이후 이틀 동안 히틀러와 괴벨스와 다른 나치 지도자들은 전 세계의 반응을 초조하게 기다렸다. 이들은 독일이 프랑스나 영국을 상대한 전쟁에서 살아남기에 충분한 군사적 역량을 갖고 있지 못하다는 것을 (아울러 두 나라의 연합군을 상대한다는 것은 더더욱 불가능하다는 것을) 잘 알고 있었다. 따라서 히틀러가 훗날 회고한 것처럼, 이 48시간이야말로 그의 인생에서 가장 긴장된 시간이었다.

하지만 그로선 굳이 걱정할 필요가 없었다. 영국에서는 외무장관 앤서니 이든이 이 소식을 듣고 "깊은 유감"을 느낀다고 말하면서, 프랑스를 향해 도리어 과잉반응을 하지 말라고 압력을 넣기에 이르렀다. 프랑스는 과잉반응하지 않았다. 아니, 사실은 아무 반응도 하지 않았다. 이에 안심한 요제프 괴벨스는 자리에 앉아 이렇게 적었다. "총통은 무척이나 기뻐하고 있다. 영국은 소극적인 채로 남아 있다. 프랑스는 자기 혼자서는 행동하지 않을 것이다. 이탈리아는 실망했고, 미국은 무관심하다."

히틀러는 이제 서쪽에 있는 강대국들의 연약한 결의를 아주 명료하게 이해한 셈이 되었다. 하지만 라인란트 재점령에도 대가가 아주 없지는 않았다. 비록 군사적 반응은 없었지만, 외국의 수도 여러 곳에서는 여론이 들끓었다. 유럽과 미국에서 독일에 관해 다시 이야기를 꺼내는 사람이 많아졌고, 그 내용은 세계대전 동안에 그랬던 것처럼, 이들을 "훈족"이라고, 즉 무법한 야만인들이라고 간주하는 것이었다. 서양에서도 문명국가를 겨냥하기보다는 야만국가를 겨냥해서 군사를 동원하기가 더 쉽다는 것을 히틀러는 잘 알았다. 그에게는 선전을 통한 승리가 필요했다. 조국에서는 굳이 그런 것이 필요하지 않았는데, 왜냐하면 라인란트 재점령은 무척이나 큰 인기를 끌었기 때문이다. 대신 런던과 파리와 뉴욕에서의 선전이 필요했다.

나치 지도부는 이제 다가올 8월의 올림픽 경기가 그런 가면무도회를 위한 완벽한 기회를 제공해주리라고 확신했다. 독일은 이례적으로 깨끗하고, 효율적이고, 현대적이고, 기술적으로 뛰어나고, 문명화되고, 원기 왕성하고, 합리적이고, 호의적인 나라로서 스스로를 세계에 선보일 것이었다. 8월이 되면 전 세계가 보게 될 독일의 최상의 얼굴을 만들기 위해, 청소부에서부터 호텔 직원이며 정부 공무원에 이르기까지 수천 명의 독일인이 현재 열성적으로 일하고 있었다.

선전부에서는 요제프 괴벨스가 독일 언론 내에 대안적 현실을 만들기에 착수했으며, 반유대주의적인 언급을 일시적으로 없애고, 독일의 평화적 의도에 관한 정교한 허구를 지어내고, 전 세계 사람들에게 호감을 줄 수 있는 멋진 용어로 독일을 선전하게 했다. 베를린 남부에 자리한 가이어 영화사의 멋진 새 사무실에서는 레니 리펜슈탈이 280만 제국마르크의 예산을 집행하기 시작했다. 나치 정부가 선전부를 통해서 그녀에게 비밀리에 지원한 이 금액은 다가올 경기를 기록한 영화 〈올림피아〉를 제작하는 데에 들어갈 것이었다. 그 기원이 작년 10월로 거슬러 올라가는 이 비밀 작전은, 기록 영화의 제작비 지원이 정치적이고 이데올로기적인 의도에서 이루어진다는 사실을 국제올림픽위원회(IOC)가 눈치 채지 못하게 하려는 의도였다. 실제로 리펜슈탈은 남은 생애 동안 이 영화가 단지 예술적인 스포츠 다큐멘터리라고 지속적으로 주장했다. 하지만 〈올림피아〉는 그 시작부터 정치적이고 이데올로기적인 작품이었다.

우아함과 아름다움과 젊음의 생기에 관한 건전한 이미지들을 나치의 도상학이며 이데올로기와 의도적으로 뒤섞음으로써, 리펜슈탈은 영리하게도 새로운 독일 국가를 뭔가 이상적인 것으로 보이게 만들었다. 즉 고대 그리스로부터 곧장 유래되는 매우 세련된 문명의 완벽한 최종 결과물이 바로 독일인 것처럼 보이게 만든 것이다. 이 영화는, 여전히 미성숙한 반면 점점 더 뒤틀리고 있던 나치의 신화를 단순히 반영하는 것만이 아니라, 여러 면에서는 오히려 규정하기에 이르렀던 것이다.

워싱턴 호수에서 캘리포니아에 싹쓸이 승리를 거둔 직후, 앨 울브릭슨은 대학대표팀 선수들에게 2주간의 휴식을 주면서, 베를린으로 향하는 마지막 질주가 시작되기 전에 각자 전공 수업에 출석하고 개인적 용무를 처리하는 등의 일을 하게 했다. 일단 포킵시로 출발하고 나면 (그리고 일이 잘만 풀린다면) 9월까지는 시애틀에 돌아오지 못할 가능성도 있다고, 울브릭슨은 선수들에게 상기시켰다. 왜냐하면 할 일이 매우 많았기 때문이다.

5월 4일에 선수들이 경주정 보관고로 돌아오자, 울브릭슨은 선수들에게 낮은 스트로크 비율로 연습을 시켰으며, 마지막으로 몇 가지 기술적 결함을 수정하려고 여전히 애썼다. 이들은 물에 돌아오자마자 처음 며칠 동안은 힘겹게 노를 저었지만, 마침내 자기들의 스윙을 찾아냈다. 일단 그러고 나자, 이들은 호수 위에서 다른 경주정들을 곧바로 앞서기 시작했다. 하지만 5월 18일에 성적 관련 문제가 선수들에게 떨어졌다. 울브릭슨은 휴식시간을 주었는데도 불구하고 대학대표팀 선수 가운데 네 명이 재시험에 걸려서, 자칫 며칠 후에는 등록 취소로 출전 부적격자

판정을 받을 위험에 처했다는 사실을 알게 되었다. 그는 격분했다. 1월에만 해도 그는 선수들에게 분명히 경고한 바 있었다. "학과 공부 때문에 발목을 잡혀서는 안 된다. 뒤처지는 사람은 누구를 막론하고 빼버릴거다, 이상." 이제 그는 척 데이, 스터브 맥밀린, 돈 흄, 쇼티 헌트를 사무실로 불러 모으고, 문을 쾅 닫은 다음, 고함을 질렀다. "너희들은 이 나라에서 가장 뛰어난 노잡이들인지는 몰라도, 강의실에서 제대로 하지 않는다면 우리 팀에서 아무런 쓸모도 용도도 없게 될 거다. 공부를 똑바로 하란 말이야!" 선수들이 사무실에서 우르르 나간 뒤에도 울브릭슨은 여전히 씩씩거리고 있었다. 모든 일이 갑자기 위기에 봉착한 듯했다. 그중에서도 최악은 이 선수들 대부분이 공부에 추가 시간을 들여야 한다는 것뿐만 아니라, 특히 돈 흄이 대표선수 자격을 유지하기 위해서는 마지막 시험에서 반드시 A학점을 받아야 한다는 것이었다.

하지만 선수들은 자기네 생애에서 최고의 시기를 보내고 있었다. 물에 들어갔다 나왔다 하면서 이들은 이제 거의 항상 함께 있었다. 이들은 함께 먹었고, 함께 공부했고, 함께 운동했다. 이들 대부분은 '대학대표팀 보트클럽'에 가입했으며, 그리하여 캠퍼스에서 북쪽으로 한 블록 떨어진 7번 애버뉴의 클럽 사무실에 들어와 살게 되었다. 하지만 조는 여전히 YMCA의 지하실에 남아 있었다. 주말 저녁이면 이들은 클럽의 응접실에 놓인 낡은 피아노 앞에 모여 앉아, 돈 흄이 연주하는 재즈곡이며 무대음악이며 블루스며 래그타임이며 하는 곡에 맞춰 여러 시간 동안 노래를 불렀다. 가끔은 로저 모리스가 색소폰을 꺼내들고 함께 연주했다. 가끔은 조니 화이트가 바이올린을 꺼내들고 컨트리풍으로 연주했다. 그리고 거의 항상 조도 밴조나 기타를 꺼내들고 합세했다. 어느 누구도 이제 그를 바라보며 웃지 않았다. 어느 누구도 차마 그를 놀릴 생각조차 하지 않았다.

돈 흄은 결국 A학점을 받았다. 다른 선수들도 재시험에 통과했다. 그리고 5월 말이 되자, 선수들은 또다시 물 위에서 놀라운 실력을 과시했다. 6월 6일, 울브릭슨은 대학대표팀과 준대표팀을 이끌고 마지막으로 4마일 경주를 벌였다. 그는 바비 모크에게 처음 2마일 동안 대학대표팀이 준대표팀을 뒤에서 따라가라고 지시했다. 하지만 이들이 호수를 가로지르는 동안 26회라는 느긋한 속도로 노를 저었는데도 불구하고, 대학대표팀은 준대표팀이라는 훌륭한 상대의 뒤에만 계속 머무를 수 없는 상황이 되었다. 단지 길고도 느린 스트로크의 힘에만 의지했는데도 계속해서 앞으로 튀어나왔다. 모크가 마침내 마지막 1마일 구간에서 고삐를 풀어주자, 선수들은 무려 일곱 정신이나 간격을 벌리며 폭발하듯 질주했고, 결승선을 통과하고 나서도 여전히 노를 젓고 있었다.

이것이야말로 앨 울브릭슨이 보고 싶어 한 광경이었다. 허드슨 강으로 출전할 때까지 훈련은 사실상 끝난 셈이었다. 그는 선수들에게 각자의 짐을 꾸리기 시작하라고, 그리고 당장 베를린에 간다고 생각하며 제대로 짐을 꾸리라고 말했다.

바로 그날 저녁 버클리에서, 카이 이브라이트와 캘리포니아의 선수들은 동부행 기차에 올라타 포킵시로 향했다. 이브라이트는 비관주의를 드러내고 있었다. 올림픽에 대비해서 독일어는 좀 공부해놓았느냐는 질문에, 이브라이트는 퉁명스레 쏘아붙였다. "이제 와서 굳이 그 나라 말을 알아야 할 것 같지는 않네요." 결국에는 금메달을 따낸 1928년과 1932년의 올림픽을 앞두고도 마찬가지로 비관적인 전망을 하지 않았느냐고 반문하자, 그는 역시나 퉁명스럽게 쏘아붙였다. "이번에는 상황이 다르다니까요." 하지만 역시나 이런 불안과 우울은 위장술에 불과했다. 이브라이트는 워싱턴 호수에서의 패배 이후 자기네 선수들의 라인업을 약간 바꾸었고, 이 새로운 팀은 에스추어리에서 두드러지게 좋은 시간 기록을 달성했다. 그는 워싱턴 호수에서 있었던 3마일 경기에서의 패배가, 곧 허드슨 강에서 벌어질 4마일 경기에 관해서 자기에게 반드시 뭔가를 말해주는 것은 아님을 알았다.(캘리포니아가 작년에 거둔 승리가 올해의 승리까지 보장하지는 않는 것도 마찬가지였다.) 최소한 이브라이트는 자기네 선수가 포킵시에서도 중심에 있게 될 것이라고 믿었음이 분명하다. 워싱턴은 작년에 그랬던 것처럼 막판에 가서 힘이 빠질 가능성이 있었다. 설령 워싱턴이 우위를 점한다 하더라도, 곧 프린스턴에서 개최될 올림픽 선발전은 무대가 또 달라질 것이었다. 워싱턴은 자기들이 2,000미터 전력질주에서도 이길 수 있음을 아직 입증하지 못했다. 만약 운이 따른다면 이브라이트는 전국선수권대회 우승과 함께 베를린에서의 3연속 금메달 획득에 성공하여 금의환향할 수 있을 것이었다. 베이 에어리어의 신문들도 그렇게 말했고, 전국 단위 신문들이 모두 그렇게 말했기 때문에, 카이 이브라이트도 결국 그렇다고 믿지 않을 수 없었다.

그로부터 나흘 뒤인 6월 10일 저녁 8시에, 붉은 불빛을 번뜩이고 사이렌을 울리면서 경찰차가 차량 대열을 인도하여 그리크 로^{Greek Row}를 지나갔고, 환호성을 올리는 학생들 사이로 시애틀 시내를 가로질러 유니언 역으로 향했다. 선수들은 들뜬 기분이었으며, 코치들도 마찬가지였다. 지시받은 대로 이들은 9월까지는 돌아오지 못한다고 가정하고 짐을 꾸렸다. 그중 일부는 올림픽이 끝난 뒤에 유럽을 여행할 계획까지 세웠는데 (이것이야말로 시애틀 출신의 촌놈들에게는 흥분되는 생각이었다.) 정작 그런 여행이 가능하다면 여비는 어떻게 마련할 것인지는 어느 누구도 생각하지 못한 상태였다. 조니 화이트는 모두 합쳐 14달러를 갖고 있었다. 조지 포코크는 아버지 애런에게 편지를 써서, 잘하면 런던에 들러서 인사를 드릴 수도 있겠다고 말했다. 바비 모크는 아버지에게 스위스와 알자스로렌에 있는 친척들의 주소를 물어보아서, 잘만 하면 찾아가보려고 했다. 그의 아버지 가스통은 어딘가 좀 주저했으며, 바비가 차마 알지 못하는 어떤 이유로 인해 깜짝 놀란 듯했지만, 나중에 아들이 정말로 유럽에 가게 된다면 주소를 알려주겠다고 했다.

기차역에 도착한 뒤에는, 작년에 했던 것처럼 행진 악단이 응원가를 연주하고 치어리더들이 춤을 추는 가운데 코치들이 짧게 연설을 했고, 카메라 플래시가 터지고 뉴스영화 카메라가 돌아가는 가운데 선수들이 기차에 올랐다. 올해에는 역에 사람들이 가득 들어차 있었으며, 단순히 학생들과 기자들만이 아니라 부모들과 형제들과 친척들과 이웃들과 전혀 모르는 사람들까지도 잔뜩 몰려와 있었다. 어쩌면 이것이야말로 이 도시 자체가 마침내 세상에 알려질 기회인지도 몰랐다. 만약 그렇다고 한다면, 모두들 이 역사적인 장면을 직접 보고 싶어 했던 것이다. 기차에 올라타던 로열 브로엄은 조정부 선수들이 대회에 나갈 때 "이처럼 쾌활한 결의와 낙관이 드러난 것"은 지금까지 살면서 처음 보았다고 생각했다. "이들은 그런 승리의 기분을 벌써부터 뼛속 깊이 느끼고 있었으며, 사실상 지금부터 금메달을 딴 선수가 된 기분으로 히틀러와 악수를 나누고 있었다."

하지만 브로엄은 걱정도 되었다. 그는 예전에도 이 모든 과정을 지켜본 바 있으며, 바로 작년에 시애틀에서 좌절된 희망의 결과를 보았던 것이다. 그는 객실에서 타자기를 꺼내놓고 앉아서 자기가 쓰는 칼럼을 다음과 같이 마무리했다. 잊지는 말자고 그는 독자들에게 경고했다. "그 마지막 1마일의 잊을 수 없는 환영을" 잊지는 말자는 것이었다. 지금 당장은 올림픽 예선에서의 2,000미터 전력질주와 관련된 더 깊은 걱정은 아예 이야기하지 않고 남겨두었다.

기차가 덜컹거리며 흔들리더니 곧이어 앞으로 달리기 시작하자, 선수들은 창밖으로 몸을 내밀고 작별인사를 외쳤다. "다녀올게요, 엄마!" "베를린에서 편지할게요." 조 역시 창밖으로 몸을 내밀고 주위를 둘러보았다. 그리고 멀리 떨어진 한쪽 구석에서 그녀를 발견했다. 조이스가 그의 아버지며 동생들과 나란히 서서, 머리 위로 커다란 초록색 네잎클로버를 그린 그림을 들고서 펄쩍펄쩍 뛰고 있었다.

   기차가 동쪽으로 향하는 동안, 선수들은 자유롭고도 느긋한 마음으로 좌석에 앉아 있었다. 날씨는 따뜻했지만 숨이 막힐 정도까지는 아니었으며, 이들은 원하는 만큼 침대에서 뒹굴 수 있었고, 카드놀이를 즐기고, 기차가 지나가는 길에 있는 소와 개를 겨냥해 물풍선을 집어 던지는 오랜 전통을 되살렸다. 첫째 날 오전이 지났을 무렵, 앨 울브릭슨이 이들에게 반가운 소식을 전했다. 포킵시에 도달하기 전에 선수들이 모두 2킬로그램씩 체중을 늘렸으면 좋겠다는 것이었다. 식당차는 온통 이들 차지였다. 아무런 제한도 없었다. 선수들은 신이 나 달려갔다. 조는 정말 믿지 못할 지경이었다. 그는 스테이크를 한 장 주문했고, 또 한 장 주문했고, 이번에는 아이스크림도 함께 주문했다.

   선수들이 음식을 먹어치우는 동안 앨 울브릭슨과 톰 볼스와 조지 포코크는 이들을 어떻게 코치할 것인지를 놓고 전략회의를 가졌다. 카이 이브라이트가 무슨 생각을 하고 있을지, 로열 브로엄이 무엇을 가지고 안달할지, 그리고 동부의 언론 가운데 상당수가 무슨 말을 하게 될지 이들은 잘 알고 있었다. 즉 모두들 워싱턴은 4마일의 대학대표팀 경주에서 마지막 100여 미터를 남기고 또다시 힘이 빠질 것이라고 여길 것이었다. 무슨 일이 있더라도 올해만큼은 절대로 그런 식으로 패배하지 말자고 결심했다. 그래서 이들은 경주 계획을 세웠다. 울브릭슨은 원래 뒤에 머물러 있다가 따라잡는 작전을, 즉 경주의 마지막을 위해 힘을 아끼는 작전을 좋아했다. 하지만 최근까지는 항상 힘차게 출발하고, 경기 내내 선두와 바짝 붙어 있다가, 막판에 가서 죽자 사자 전력질주를 해서 상대를 격파하는 전략을 선택했다. 새로운 전략은 이 기본적인 전략에다가 약간의 변형을 가한 것이었다. 즉 출발선을 나설 때에는 상대편 뒤에서 약간의 가속도를 얻을 정도로만 강하게 나가고, 그다음부터는 곧바로 스트로크 비율을 28회나 29회로 낮게 뚝 떨어뜨린다는 것이었다. 뿐만 아니라, 다른 보트들이 어떻게 하든 간에 이 비율을 계속 유지함으로써 선두에서 대략 두 정신은 계속 유지한다는 것이었다. 이상적인 상황이라면 처음 1마일 반 동안은 계속해서 낮은 박자를 유지하다가, 2마일 표시에 도달하는 순간 박자를 31회로 올릴 것이었다. 2마일부터는 바비 모크가 돈 흄에게 속도를 올리라고 지시하고, 그때쯤 지치기 시작했을 선두를 따라잡을 것이다. 애초부터 의도적으로 느린 출발을 하는 것은 위험부담이 컸다. 그렇게 한다면 강 위에서 다른 모든 보트를 앞질러야만 결승선까지 갈 수 있으며, 최소한 마지막에 가서도 전력으로 노를 저어야 할 것이기 때문이었다. 전략 문제가 합의되자, 앨 울브릭슨은 바비 모크에게 가서 이 계획을 설명해주었다.

워싱턴의 선수들은 6월 14일 오전 일찍 천둥번개를 동반한 여름 폭풍 한가운데에 있는 포킵시에 도착했다. 억수 같은 비 때문에 흠뻑 젖은 이들은 경주정을 화차에서 꺼낸 다음, 머리에 쓰다시피 떠메고 강을 따라 내려가 보트를 창고에 집어넣은 뒤, 자기들이 사용하게 될 새로운 숙소를 둘러보았다. 올해는 강변의 하일랜드 쪽에 있는 허름하고 낡은 오두막을 보관고로 사용하는 것이 아니었다. 앨 울브릭슨이 교섭을 통해서 예전에 코넬이 사용하던 보관고를 쓰게 되었는데, 동쪽 강변에 있는 더 튼튼한 구조물인 이곳은 마침 캘리포니아의 보관고 바로 옆이었다. 젖은 코트를 벗고 건물 안을 돌아다니던 선수들은 새로운 숙소의 호화로운 설비에 깜짝 놀랐다. 온수 샤워장이며, 운동시설이며, 전깃불이며, 널찍한 합숙소도 있었고, 키가 큰 조정선수들을 배려하여 각별히 긴 침대도 있었다. 심지어 라디오도 있어서, 선수들은 야구 중계에서부터 인기 방송극 〈피버 맥기와 몰리 Fibber McGee and Molly〉며, 카네기 홀에서 연주되는 뉴욕 필하모닉의 공연 실황부터 (만약 조가 라디오 채널을 돌렸다면) 시카고에서 방송되는 컨트리 음악 프로그램인 〈내셔널 반 댄스National Barn Dance〉까지 뭐든지 들을 수 있었다. 방충망이 설치된 넓은 베란다도 있어서, 날씨가 정말 더울 때에는 거기 나가서 잘 수도 있었다. 비가 억수같이 내린다 하더라도 지붕이 새지 않으니 걱정할 것이 없었다.

짐을 풀었을 무렵, 선수들은 음식 냄새를 맡을 수 있었다. 코가 (특히 조 랜츠의 코가) 가리키는 방향으로 따라가보니, 이들은 이 새로운 숙소의 가장 훌륭한 특징을 알아낼 수 있었다. 바로 현관문에서 7미터 떨어진 곳에 있는 강변의 조리실이었다. 조리실을 지휘하는 사람은 이반다 메이 칼리마Evanda May Calimar라는 덩치 큰 흑인 여성이었는데, 알고 보니 상당히 솜씨가 뛰어난 요리사였다. 아들 올리버, 어머니와 형부에 이르기까지 가족 모두가 워싱턴 선수들의 점심을 마련하기 위해 열심히 닭을 튀기고 있었다. 선수들은 그야말로 천국의 한가운데에 떨어졌음을 발견했다. 로열 브로엄은 선수들이 이곳에서 첫 끼니를 해결하는 모습을 무척이나 재미있게 지켜보았고, 급기야 이 이야기를 기사로 써서 고향에 보냈다. 〈시애틀 포스트 인텔리전서〉는 조의 사진을 싣고 그 아래에 이런 캡션을 달았다. "조 랜츠, 식사대회 챔피언."

이후 며칠 동안 조지 포코크는 이곳저곳의 다른 학교 보트 보관고를 돌아다니면서 워싱턴의 경쟁자들의 경주정을 하나씩 점검해주었다. 이 해에 출전한 18척의 보트 가운데 17척이 역시나 그의 작업장에서 제작된 경주정이었다. 포코크는 다른 선수들과 일하는 것을 좋아했으며, 삭구를 조정해주고, 선체에 니스를 다시 칠해주고, 이런저런 사소한 수선을 해주었다. 그는 자기 이름이 적혀 있는 보트가 초라하거나 무책임한 상태로 남들 앞에 등장하는 것을 싫어했다. 그리고 이런 종류의 서비스는 고객과의 관계를 돈독히 하는 데에도 큰 도움이 되었다. 당연히 그는 바로 옆에 있는 캘리포니아의 경주정 보관고도 찾아가서, 카이 이브라이트의 선수들이 타는 보트들을 점검해주었다.

하지만 워싱턴의 선수들은 캘리포니아의 선수들과 말 섞는 것조차도 거부했으며, 저쪽 역시 사정은 마찬가지였다. 양쪽이 공동으로 사용하는 부양선착장에서 마주칠 때에도, 양쪽 선수들은 아무 말 없이, 심지어 시선조차 외면하며 스쳐 지나갔고, 마치 싸움을 앞두고 맴도는 개들처럼 한 번씩 옆으로 흘끗 쳐다볼 뿐이었다. 그리고 이런 싸움의 가능성은 실제로 있었다. 이들이 도착한 지 얼마 되지 않아서, 한 기자가 쇼티 헌트에게 다가가 이런 말을 했다. 즉 자기가 캘리포니아의 경주정 보관고에 가보았더니, 그쪽에서는 워싱턴 선수들이 무척이나 거친 인상을 주는 것처럼 보인다고, 언제라도 싸움을 벌이고 싶은 것처럼 보인다고, 혹시나 싸울 상대를 얻지 못한다면 자기들끼리라도 싸움을 벌일 것처럼 보인다고, 하지만 우리 캘리포니아 선수들은 그런 말썽에 휘말리지 않을 것이라고 말했다는 것이다. 그러자 쇼티가 대답했다. "저 녀석들이 싸우고 싶다면 우리야 기꺼이 싸워줄 겁니다. 하지만 우리는 지금 아무하고도 싸우고 싶지 않을 뿐이에요."

그 와중에 울브릭슨과 볼스는 선수들을 고되게 훈련시켰으며, 느린 박자로 먼 거리를 노 저어 가게 하면서, 기차를 타고 오는 동안 자기들이 의도적으로 권해서 불려놓은 2킬로그램의 체중을 도로 빼려고 시도했다. 이들의 이론은, 이렇게 함으로써 경기 당일인 6월 22일에는 너무 무겁지도 않고 너무 가볍지도 않은, 완벽한 경주용 체중과 완벽한 체력 상태에 도달할 수 있으리라는 것이었다. 하지만 칼리마 여사의 요리는 이 코치들이 시도한 최선의 노력에 역행하는 것으로 금세 드러났다.

곧이어 캘리포니아의 대학대표팀이 4마일 종목에서 19분 31초라는 놀라운 기록을 세웠다는 소식이 흘러나왔다. 이것이야말로 올해에 강물에서 나온 기록치고는 현재까지 가장 빠른 것이었다. 코넬의 선수들 역시 상당히 인상적인 기록을 내놓기 시작했다. 6월 17일 저녁에 울브릭슨은 상대방의 콧대를 꺾기 위해 자기들도 시간 측정 훈련을 실시했다.

밤 9시에 어둠을 틈타 강한 물살 속에서 실시된 이 훈련에서, 조와 그의 동료들은 상류에서 하류까지 4마일 거리를 주파했으며, 앨 울브릭슨이 기자들에게 말한 기록은 캘리포니아의 인상적인 19분 31초에 상당히 못 미치는 19분 39초였다. 하지만 그날 밤에 조니 화이트가 일기에 기록한 실제 기록은 19분 25초였다.

다음 날 캘리포니아가 다시 한 번 시간 측정 훈련을 실시했다는 소문이 사방에 돌았다. 이브라이트는 정확한 기록을 공개하지는 않았지만, 그 모습을 지켜본 사람들은 그의 대학대표팀이 18분 46초라는 경이적인 기록으로 들어왔다고 말했다. 〈포킵시 이글뉴스Poughkeepsie Eagle-News〉에서는 18분 37초라고 적었다. 로열 브로엄은 〈시애틀 포스트 인텔리전서〉에다가 우울한 보도를 전송했다. "햇볕에 그을린 캘리포니아의 노잡이들이 다시 한 번 우위를 점하는 것으로 나타났다. 그건 조정이 아니라 비행이었다."

하지만 울브릭슨은 흔들림이 없었다. 그는 자기네 선수들이 경기를 앞두고 푹 쉬기를 원했으며, 자기네 선수들의 우위를 입증하는 증거를 이미 충분히 본 상태였다. 그는 선수들에게 휴식하라고 말했다. 이제부터 22일의 경기 당일까지는 감을 유지하기 위한 가벼운 훈련만 있을 것이었다. 선수들로서는 기쁜 일이었다. 이들은 다른 누구도 모르는 뭔가를, 심지어 울브릭슨도 모르는 뭔가를 이미 알고 있었기 때문이다.

마지막 시간 측정 훈련 당일 늦게, 바람이 잦아들고 물도 잔잔해지자, 이들은 신입생팀과 준대표팀 보트와 나란히 서서 다시 강을 거슬러 노를 저어 갔다. 곧이어 코치 전용 보트의 붉은색과 초록색 불빛이 상류에서 꺼졌다. 경주정들은 노란 불빛이 가물거리는 장식줄을 걸친 두 개의 다리를 지나갔다. 강변을 따라 이어지는 절벽 위로는 주택들과 경주정 보관고의 창문마다 따뜻하고 노란 불빛이 쏟아지고 있었다. 달도 없는 밤이었다. 물은 잉크처럼 새까맸다.

바비 모크는 대학대표팀 선수들에게 22회, 또는 23회의 느긋한 박자로 노를 젓게 했다. 조와 그의 동료들은 다른 두 척의 보트에 탄 선수들과 조용히 이야기를 나누었다. 하지만 이들은 머지않아 뜻지 않게 선두를 차지하게 되었으며, 그저 가볍고 꾸준하게 노를 저었을 뿐인데도 그러했다. 그제야 이들은 물에 들어갔다 나왔다 하는 노깃의 부드러운 중얼거림을 제외하면, 자기들의 귀에는 아무것도 들리지 않았음을 하나둘씩 깨달았다. 이들은 이제 완전한 어둠 속에서 노를 젓고 있었다. 이들은 침묵과 어둠의 영역 안에 홀로 남아 있었다. 오랜 세월이 흐른 뒤에도, 그러니까 노인이 되어서도, 이들은 그 순간을 모두 기억하고 있었다. 바비 모크는 이렇게 회고했다. "노가 물에 들어가는 소리 말고는 아무 소리도 들리지 않았다. 그냥 '퐁당' 하는 소리, 들리는 것은 그뿐이었고 노를 빼는 순간에도 노받이가 덜걱거리는 소리조차 없었다." 이들은 완벽하게, 물 흐르듯이, 무심하게 노를 젓고 있었던 것이다. 이들은 마치 다른 차원에 있는 것처럼, 마치 별들이 가득한 검은 허공에 있는 것처럼, 즉 포코크가 그럴 것이라고 말한 바로 그대로 노를 저었던 것이다. 그건 정말 아름다웠다.

포킵시 조정대회를 앞둔 마지막 며칠 사이에, 미국 전역의 신문 스포츠면은 물론이고 가끔은 1면 헤드라인까지도 장식했던 또 다른 중요한 스포츠 기사가 있었다. 바로 헤비급 권투경기였다. 1930년부터 1932년까지 세계 헤비급 챔피언이었던 독일의 막스 슈멜링Max Schmeling이 제임스 브래덕James Braddock한테서 챔피언 타이틀을 되찾기 위해 나선 것이다. 그런데 갑자기 디트로이트 출신의 흑인 권투선수인 22세의 조 루이스Joe Louis가 나타나 슈멜링의 앞을 가로막았다. 루이스는 프로 권투선수가 되고 나서 27회의 대결을 펼치며 23회의 KO승을 거두고 한 번도 패배하지 않음으로써, 세계에서 가장 두각을 나타내는 도전자의 지위에 올랐다. 이 과정에서 그는 미국 백인들 상당수의 인종차별적인 태도를 서서히 (물론 전부까지는 아직 멀었지만) 무너뜨리기 시작했다. 사실 그는 미국의 평범한 백인들로부터도 대체적으로 영웅 대접을 받는 최초의 흑인이 되어가는 와중에 있었다. 루이스의 명성 획득 과정이 워낙 화려했기 때문에, 미국의 스포츠 기자나 스포츠 도박사 가운데 어느 누구도 슈멜링에게는 그리 큰 기대를 걸지 않았다.

하지만 독일 내에서는 이 경기를 바라보는 시각이 전혀 달랐다. 비록 슈멜링이 나치당원은 아니었지만, 요제프 괴벨스와 나치 엘리트들은 그와 열심히 친분을 맺었으며, 급기야 그를 게르만족과 아리아인의 탁월성을 나타내는 상징으로 격상시켰다. 선전 장관의 신중한 지시 아래서 독일 언론은 곧 있을 대결을 무척이나 많이 보도했다.

대서양 양편의 모든 사람들이 이 대결의 결과에 관해 저마다 의견을 내놓았다. 심지어 포킵시에 모인 조정 코치들조차도 짬을 내어 이 대결에 관한 의견을 개진했다. "슈멜링은 4라운드까지는 버틸 겁니다." 앨 울브릭슨의 말이었다. 반면 카이 이브라이트는 훨씬 더 퉁명스러웠다. "루이스가 그를 아주 죽여놓을 겁니다."

6월 19일에 양키 스타디움에서는 모든 좌석이 매진된 가운데 대결이 시작되었고, 이때까지 뉴욕에서는 루이스가 8 대 1로 압도적인 응원을 받고 있었다. 반면 독일에서는 이 대결에 관심이 대단하기는 했지만, 이를 둘러싸고 돈을 거는 사람은 거의 없다시피 했다. 슈멜링의 승리 확률이 워낙 낮았기 때문에 돈을 날릴 위험을 감수하는 사람이 적었고, 또한 미국의 흑인에게 돈을 걸었다가 남의 눈에 띄고 싶은 사람은 아무도 없었기 때문이다.

경기장의 거대하고 어두운 허공 속에 하얀 조명을 받는 작은 링 안에서, 루이스는 3라운드 동안 마치 먹이를 찾아다니는 포식자처럼 슈멜링을 몰아붙였고, 상대방의 얼굴에 강한 레프트 잽을 연타했다. 얼핏 보기에는 이날 저녁의 대결이 금방 끝날 것만 같았다. 하지만 4라운드에 들어서자 난데없이 슈멜링이 강한 라이트를 상대방의 관자놀이에 적중시켰고, 루이스는 그만 링에 주저앉고 말았다. 심판이 둘을 세었을 때 루이스는 자리에서 도로 일어났으며, 얼굴을 가린 채 공이 울릴 때까지 계속 피해다녔다. 5라운드 내내 루이스는 어지럽고 힘이 없는 것처럼 보였다. 그러다가 라운드가 끝날 즈음에 가서야 공이 울린 후에 (함성이 워낙 컸기 때문에 두 선수 모두 듣지 못했다.) 슈멜링이 유난히 파괴적인 라이트를 루이스의 머리 왼쪽에 날렸다. 이후 여섯 라운드 동안 루이스는 링에서 계속 비틀거렸으며, 턱에 계속해서 라이트를 얻어맞으면서, 어찌어찌 자기 발로 서 있기는 했지만 공격을 해도 딱히 점수를 얻지는 못했고, 독일인 권투선수에게 거의 아무런 타격을 주지 못하고 있었다. 백인이 압도적으로 많은 관중 가운데 상당수는 이제 갑자기 루이스에게 등을 돌리고 가혹하게 굴었다. 〈뉴욕 타임스〉의 표현을 빌리자면, "기쁨에 도취해서" 이들은 루이스를 끝내버리라고 슈멜링에게 고함을 질렀다. 마지막 12라운드에서 슈멜링은 정말 상대방을 죽여놓기 위해 달려들었다. 이제 루이스가 거의 방향도 모르는 상태로 링을 배회하는 사이, 독일인은 루이스에게 가까이 파고들어 강력한 라이트를 상대방의 머리와 얼굴에 소나기처럼 퍼부었고, 마지막 한 방을 턱에 먹였다. 루이스는 무릎을 꿇고 주저앉았고, 얼굴을 바닥에 박고 쓰러졌다. 심판인 아서 도노번Arthur Donovan은 열을 세어서 그의 패배를 선언했다. 잠시 후, 탈의실에 들어온 루이스는 5라운드 이후의 일이 전혀 기억나지 않는다고 말했다.

그날 밤 뉴욕의 할렘에서는 다 큰 어른들이 거리에서 보란 듯이 엉엉 울었다. 더 젊은 남자들은 경기를 관람하고 돌아오는 백인 팬들을 향해 돌을 던졌다. 뉴욕의 독일계 미국인 거주지에서는 사람들이 거리로 나와 춤을 추었다. 베를린에서는 아돌프 히틀러가 슈멜링에게 축전을 보냈으며, 이 선수의 아내에게는 꽃다발을 보냈다. 하지만 이날 밤의 결과를 지켜보며 독일 내에서 누구보다도 기뻐한 사람은 바로 요제프 괴벨스였다. 그는 이날 밤에 슈바넨베르더에 있는 자신의 호화로운 여름 별장에서 아내인 마그다와, 그리고 슈멜링의 아내 안니Anny와 함께 라디오 중계방송을 들었다. 곧이어 그는 슈멜링에게 별도의 축전을 보냈다. "당신이 자랑스럽습니다. 진심으로 축하드리며, 하일 히틀러." 곧이어 그는 국가의 통제를 받는 로이터 통신사에 연락해서 다음과 같은 성명을 발표하게 했다. "확고하면서도 변명의 여지 없이, 우리는 브래덕이 독일에 와서 타이틀을 방어하라고 요구하는 바이다." 바로 다음 날, 여전히 흥분한 상태로, 괴벨스는 자리에 앉아서 일기에 이렇게 적었다. "우리는 슈멜링의 아내와 함께 저녁 내내 조바심을 내고 있었다. 슈멜링이 검둥이를 쓰러뜨렸다. 환상적이다. 극적이고 짜릿한 싸움이었다. 슈멜링은 독일을 위해 싸워서 승리했다. 백인이 흑인을 이긴 것이며, 여기서 백인은 독일인이었다. 새벽 5시까지 잠을 이루지 못했다."

하지만 맨 마지막에 웃은 사람은 다름아닌 조 루이스였다. 그로부터 2년 뒤에 그는 맥스 슈멜링과 다시 싸웠으며, 이때에는 불과 2분 4초만에 슈멜링 편에서 링에다가 수건을 던지고 말았다. 루이스는 1937년부터 1949년까지 세계 헤비급 챔피언으로 군림했다. 베를린 소재 제국 수상 관저의 불타고 남은 폐허에서 불에 그을린 요제프 괴벨스의 시신이 수습되어 마그다와 아이들의 시신 옆에 놓인 때로부터 한참이 지난 뒤까지도, 루이스는 여전히 챔피언으로 남아 있었다.

토요일 저녁, 울브릭슨은 대학대표팀 선수들에게 코치 전용 보트를 타고 한 바퀴 돌아다녀도 괜찮다고 허락해주었다. 선수들은 언덕 바로 위에 있는 놀이공원에 질린 참이었고, 울브릭슨은 선수들이 저녁 내내 숙소 근처를 맴돌기만 하면서 월요일의 경기 생각에 점점 초조하고 불안해하는 것을 원치 않았다.

선수들은 조정부의 학생 매니저 가운데 한 명을 조타수 겸 항법사로 삼고서 보트에 올라탔다. 하지만 어디로 가야 할지 모르는 상태에서, 결국 이 강 상류 어디엔가 산다는 미국 대통령을 찾아가보기로 했다. 이들은 시동을 걸었고, 보트는 해군사관학교와 컬럼비아의 경주정 보관고를 지나서 북쪽으로 강을 거슬러 올라가기 시작했다. 이들은 요란한 소리를 내며 크럼 엘보Crum Elbow에 있는 강굽이를 지나서 북서쪽으로 향했다. 숲과 절벽을 따라 3킬로미터를 더 가서야 "하이드 파크 스테이션"이라는 간판이 달린 선착장에 도달했다. 이곳에서 그들은 대통령 저택으로 가는 길을 누군가에게 물어보았고, 거기서 1.6킬로미터 강을 도로 내려가서 나오는 만으로 가야 한다는 설명을 들었다.

이들은 만에 도착하자마자 학생 매니저를 보트에 대기시켰고, 철길을 건너고 좁은 버팀다리를 조심스레 건너서 숲을 지나 언덕을 올라갔다. 이후 30분 동안이나 이들은 좁은 승마용 도로와 풀이 웃자란 도로를 헤매다가, 넓은 잔디밭을 지나고, 인적 없는 제분소와 대성당만 한 크기의 마구간을 지난 끝에, 마침 사람이 사는 것 같은 정원사 오두막과 온실에 도착했다. 이들이 문을 두들기자 나이 많은 부부가 나왔다. 선수들이 대통령 저택이 이 근처에 있느냐고 물어보자, 이들은 열심히 고개를 끄덕이면서, 당신들이 지금 서 있는 바로 이곳이 그 구내라고 말하면서, 본채로 가는 길을 가르쳐주었다. 그 옆의 종묘원을 지나 또다시 오솔길을 지나가자 넓은 잔디밭이 나왔는데, 거기에는 벽돌과 석재를 이용해 건축하고 하얀 그리스 식 기둥으로 떠받치는 반원형 주랑 현관으로 마무리한 위풍당당한 루스벨트 가문의 3층짜리 저택 스프링우드Springwood가 자리하고 있었다. 선수들 중 어느 누구도 이보다 더 웅장한 집은 본 적이 없었다.

불안을 느꼈지만, 이제는 돌아갈 수도 없는 상황이 되자, 이들은 머뭇거리며 반원형 주랑 현관으로 들어서서 집 안을 들여다보았다. 시간은 벌써 9시였고, 이미 날은 어두워지고 있었다. 집 안에서는 이들과 비슷한 나이의 청년이 긴 탁자 끝에 앉아서 책을 읽고 있었다. 선수들은 문을 두들겼다. 청년은 하인을 부르는 것 같더니, 잠시 후에 책을 내려놓고 자기가 직접 현관으로 나왔다. 그가 문을 열자 선수들은 자기들이 누구인지 말하며, 작년에 대통령의 자제분인 존 루스벨트와 만난 적도 있다고 덧붙인 다음, 혹시 대통령께서 계시면 잠깐 뵈어도 되는지 물어보았다. 청년은 대통령은 안 계시다고 대답했지만, 그래도 이들을 반갑게 맞아들였다. 그 청년은 바로 대통령의 둘째아들인 프랭클린 루스벨트 2세였는데, 선수들에게는 그냥 '프랭크'라고 불러달라고 부탁했다. 그는 씩 웃으면서, 자기도 하버드의 준대표팀 보트에서 6번 좌석에 앉는 선수라고, 그리고 코네티컷 주 뉴런던에서 개최된 예일과의 연례 시합을 끝내고 방금 돌아온 참이라고, 하버드 크림슨Crimson 대학대표팀은 이번에 예일을 격파했지만 준대표팀은 아직 그렇지 못했다고 말했다. 그의 말에 따르면, 경기 직전에 하버드의 코치 찰리 화이트사이드Charlie Whiteside 가 경질되었으며, 하버드의 차기 수석코치는 톰 볼스라는 사람이 될 가능성이 높다는 이야기가 파다하다고, 만약 볼스가 포킵시에서 또다시 신입생팀의 우승을 이루어낸다면 거의 그렇게 될 거라고 말했다. 루스벨트는 워싱턴에서 온 청년들에게 신이 나서 이야기를 늘어놓았다.

그는 이들을 데리고 대통령의 서재로 들어간 다음, 자리에 함께 앉아 조정과 코치에 관해서 많은 이야기를 나누었다. 그가 이야기를 하는 동안, 선수들은 그 방의 모습에 입이 딱 벌어졌다. 대부분의 벽에는 바닥부터 높은 천장까지 책이 잔뜩 진열되어 있었다. 책이 차지하지 않은 벽에는 미국의 여러 대통령과 루스벨트 가문의 선조들 초상화가 붙어 있었다. 이들은 방 끝에 있는 화려한 벽난로 앞에 자리 잡았다. 벽난로 앞에는 길이 4.5미터의 서재용 탁자가 있었고, 그 위에는 온갖 분야의 신간 서적이 잔뜩 쌓여 있었다. 방 안의 다른 탁자에는 거의 모두 생생한

꽃이 든 꽃병이나 도자기 상(像)이 놓여 있었다. 쇼티 헌트는 긴장이 풀리기 시작했는지 벽난로 가까이에 있는 편안하고 쿠션 달린 의자에 걸터앉았다가, 그게 바로 대통령이 특히 좋아하는 자리이며 라디오로 방송되는 저 유명한 노변정담을 할 때에도 거기 앉곤 한다는 프랭크의 설명을 듣자 깜짝 놀라 벌떡 일어났다.

이들은 한 시간 동안 이야기를 나누었다. 그날 밤 늦게 경주정 보관고로 돌아와 조니 화이트는 일기장을 꺼내 마치 시애틀에 있는 어느 이웃집이라도 다녀온 것처럼 이렇게 적었다. "오늘 밤에는 하이드 파크에 있는 대통령 댁에 다녀왔다. 정말 좋은 집이었다."

조정대회 당일 아침까지만 해도, 동부의 신문 대부분의 일치된 의견은 최소한 캘리포니아와 코넬이 대학대표팀의 최강자 자리를 놓고 경쟁할 것이며, 워싱턴은 선두보다 한두 발 늦게 결승선에 들어올 것이라는 예상이었다. 여하간 코넬은 작년에 캘리포니아보다 겨우 0.25초쯤 늦어서 아깝게 패한 바 있으니 말이다. 시애틀의 신문들은 간발의 차이로 워싱턴의 우세를 점쳤다. 로열 브로엄은 이전의 우울한 전망에도 불구하고, 이미 자신의 개인적 예측을 발표했다. 즉 워싱턴이 우승, 코넬이 2등, 캘리포니아가 3등이라는 것이었다. 하지만 그날 아침에 〈시애틀 포스트 인텔리전서〉에 게재된 글에서 그는 스포츠 도박사들 사이에서는 캘리포니아가 간발의 차이로 우승 후보로 점쳐질 가능성도 있다고 말했다. 실제로 포킵시의 담배 가게에 몰려든 스포츠 도박사들은 캘리포니아와 워싱턴의 확률을 똑같이 보았고, 코넬은 8 대 5로 약간 뒤처진다고 보았다. 결론은 이들 세 학교 가운데 하나가 결국 대학대표팀 경주 우승의 영예를 차지하리라는 것이었다.

이제 브로엄은 시내를 뒤지고 다녔다. 마지막 경주가 끝난 뒤 자리에 앉아서 자기만의 이야기를 빚어내기 전에 최대한의 정보를 얻어내려 애썼던 것이다. 물살의 상황 때문에 경주는 막 해가 지고 나서인 오후 8시가 되기 전까지는 시작되지 않을 것이라고 했다. 따라서 브로엄에게 는 시간 여유가 있었고, 소소한 소식을 찾아 나섰던 것이다. 그는 이날 이야말로 포킵시에서는 맑고 좋은 날이라고 생각했다. 새하얀 뭉게구름 몇 점이 새파란 하늘에 뜬 채, 충분히 쾌적한 시원한 날씨를 유지하기에 딱 알맞은 산들바람에 밀려서 날아가고 있었다.

오후 중반이 되자 그는 가파른 내리막길을 지나서 부두로 향했다. 결 승선 근처에는 미국 해군 소속 구축함 한 척과 해안경비대 순시선 두 척이 자리 잡고 있었으며, 그 주위에는 평소와 마찬가지로 요트와 돛배 와 카누와 크고 작은 보트 등이 집합해 있었다. 캘리포니아의 경주정 보 관고에서는 카이 이브라이트가 위층 베란다에 앉아서 색안경을 낀 채, 저 아래에 밀려드는 사람들을 바라보며 아무 말 없이 고개를 끄덕이면 서 미소만 짓고 있었다. 바로 옆 건물에서는 앨 울브릭슨이 이례적으로 화려한 옷을 입고 (하얀 천 모자에다가, 노란 줄이 들어간 스웨터에다가, 1926년 에 로열 사우디한테서 받은 행운의 자주색 넥타이까지) 워싱턴의 경주정 보관 고 바로 앞 선착장에 앉아 있었다. 기자들이 다가와서 한마디 해달라고 부탁하자, 울브릭슨은 강물에 침을 뱉고 풀을 하나 뜯어 입에 물더니, 한동안 바람에 물결이 이는 강을 바라보고 있다가 이렇게 말했다. "강물 이 조금만 더 잔잔하면 빨리 갈 수 있을 텐데." 로열 브로엄이 그에게 다 가왔다. 오늘만큼은 모든 언론사 기자들이 울브릭슨을 쫓아다니게 될 것을 그도 알고 있었다.

오후 늦게, 메인 스트리트의 부두에는 관람열차가 있는 강 건너편으 로 가려고 연락선을 타려는 사람들로 북적였다. 브로엄은 가만히 앉아 서 더 작은 배 열댓 척이 (엔진이 밖으로 나와 있는 모터보트에서부터, 심지어 노 젓는 보트까지) 각양각색의 사람들을 더 많이 강 건너로 데려다주고 있 는 모습을 지켜보았다. 한창 유행인 5번 애버뉴의 모자를 쓰고 비틀비틀 걷는 여자도 있었고, 입에 궐련을 문 뚱뚱한 남자도 있었으며, 너구리 털 코트를 걸치고 특정 대학의 삼각기를 든 노인도 있었다.

신입생팀 선수들이 하나씩 하나씩 각자의 경주정에 올라타고 컬럼비아의 경주정 보관고 (워낙 우아한 건물이었기 때문에, 마치 동부에 있는 훌륭한 컨트리클럽 하나를 그대로 옮겨다 놓은 것 같았다.) 근처 상류의 출발선 쪽으로 노를 저어 왔다. 6시 정각이 되기 직전에, 로열 브로엄은 강의 서쪽에서 3킬로미터 떨어진 신입생팀 출발선을 향해 막 후진하려는 관람열차에 가까스로 올라탔다. 이 열차에는 보도진 전용 객차가 한 량, 그리고 흰색 차양 밑에 관람석을 설치하고 승객을 가득 채운 무개화차가 스물세 량이나 붙어 있었다. 이제 허드슨 강 양편으로 최대 9만 명의 관객이 늘어섰다. 이 정도면 지난 몇 년 사이에 가장 많은 관중이었다. 앞서 불었던 산들바람은 잦아들었고, 수면은 평온하고 매끄럽고 유리 같았으며, 늦은 오후의 기울어가는 햇빛이 비쳐서 청동색을 띠었다. 울브릭슨의 말이 맞았다. 이제는 배가 빨리 달릴 수 있었다.

기차가 후진하기 시작하는 사이, 행운을 가져다주는 특유의 낡아빠진 중절모를 쓰고 있던 톰 볼스에게는 생각할 것이 무척 많았다. 그는 찰리 화이트사이드에게 무슨 일이 벌어졌는지를 전해들었다. 하버드는 신임 수석코치를 구하는 과정에서 자신들이 원하는 바를 얻어내기 위해서는 충분한 금액을 지불할 용의가 있음을 만천하에 알렸다. 그리고 볼스는 자기가 이번에도 이들의 명단 맨 꼭대기에 있음을 알았다. 만약 그의 선수들이 올해에도 우승을 거둔다면 또다시 제안을 받을 것이며, 이번에는 아마도 받아들여야 하겠다는 생각이 들었다.

그의 선수들은 실제로 우승을 거두었다. 그리고 신속하고도 멋지게 그 일을 해냈다. 6시 정각에 경주가 시작되자마자, 해군사관학교와 캘리포니아가 일찌감치 선두를 차지했다. 워싱턴은 비교적 낮은 박자인

32회를 유지하면서도 선두에 가까이 머물렀다. 우아하고도 효율적으로 노를 저으면서 이들은 점차 해군사관학교를 따라잡았으며, 캘리포니아 뒤에 자리를 잡았다. 1마일 표시에 이르렀을 때, 철교 아래를 지나면서 이들은 캘리포니아를 서서히 앞서 나갔다. 캘리포니아는 몇 번이나 도전을 제기했지만, 워싱턴은 거듭해서 앞으로 나왔으며 이 과정에서 계속 32회를 유지했다. 마침내 결승선까지 4분의 1마일이 남은 상황에서 캘리포니아가 전력질주를 시작했고, 뒤에서 다시 한 번 치고 나오며 볼스의 선수들을 앞지르려고 시도했다. 워싱턴의 키잡이 프레드 콜버트Fred Colbert는 선수들을 얽매었던 고삐를 풀어버렸다. 워싱턴은 폭발하듯 앞으로 달려나갔고, 39회로 노를 저으면서 한 정신 꼬박 캘리포니아를 따돌리고 결승선을 통과했다. 이로써 워싱턴은 경주에서 승리함과 동시에 톰 볼스를 잃게 되었다.

그로부터 한 시간 뒤에 준대표팀 경주가 시작되었고, 여기서도 워싱턴은 또다시 신속하게 상대편을 해치웠으며, 놀라우리만치 앞서와 유사한 방식으로 노를 저었다. 처음에는 해군사관학교와 코넬이 4분의 1정신만큼 워싱턴을 앞서 나갔다. 하지만 자기네 선수들이 비교적 느슨한 30회, 또는 31회로 노를 저어도 뱃머리를 그 위치로 유지할 수 있다는 사실을 깨달은 워싱턴의 키잡이 윈슬로 브룩스Winslow Brooks는 가만히 앉아서 선두의 두 팀이 경쟁하느라 힘을 낭비하는 모습을 지켜보기만 했다. 사실 그는 1마일 반 동안을 이렇게 가만히 앉아 있다가, 자기네가 굳이 스트로크 비율을 올리지 않아도 애너폴리스와 이타카에서 온 선수들과 천천히 뱃머리를 나란히 하고 있음을 깨달았다. 그리고 결승선까지 1마일을 남긴 상황에서 그는 마침내 스트로크 비율을 올리라고 지시했다. 박자는 37회까지 올라갔으며, 워싱턴은 그야말로 벌떡 일어나서 성큼성큼 걸어나간 격이 되었다. 해군사관학교와 코넬의 선수들이 탄 보트는 마치 노를 젓다가 그 자리에 우뚝 멈춰서버린 것처럼 보였다.

마지막 1마일 구간에서 매번 스트로크를 할 때마다 워싱턴은 격차를 더 벌려놓았다. 이들은 해군사관학교보다 세 정신이나 앞서서 결승선을 통과했으며, 자기들 뒤로 길게 늘어선 보트들의 대열 선두에서 계속해서 노를 저어 나갔다.

마지막 보트가 결승선을 통과하고 환호성이 잦아들 무렵, 물가에 서 있는 관중 사이에서 귀에 뚜렷한 중얼거림이 퍼져나가기 시작했는데, 이는 그들이 뒤늦게야 몇 가지 사실을 깨달았기 때문이다. 하나는 워싱턴이 벌써 2년 사이에 두 번째로 조정대회에서 싹쓸이 우승을 거둘 찰나에 있다는 점이었다. 또 하나는 캘리포니아가 무려 4년 연속으로 대학대표팀 경주에서 우승하는 역사상 두 번째 팀이 될 찰나에 있는 것은 물론이고, 3회 연속으로 올림픽에 출전하는 최초의 팀이 될 수도 있다는 점이었다. 하지만 동부의 팬들에게는 여전히 희망이 남아 있었다. 코넬이 마치 올해에는 자기네의 대의를 되찾을 것처럼 보였기 때문이다. 아니면 해군사관학교라도 말이다.

관람열차가 대학대표팀 경주에 앞서 출발선으로 되돌아가는 사이, 분위기는 점점 달아오르고 있었으며, 어둑어둑한 하늘은 요란한 소음으로 가득 찼다. 관중은 떠들기 시작했다. 배의 경적이 요란하게 울렸다. 졸업생들은 서로의 어깨를 얼싸안고 응원가를 불렀다. 오늘은 누가 되든지 간에 크게 이기는 셈이었다. 그리고 누가 되든지 간에 크게 지는 셈이었다.

강을 거슬러 4마일 올라간 장소, 그러니까 크럼 엘보의 바로 아래에서는 조 랜츠가 동쪽 강변 가까이 자리한 허스키 클리퍼 호에 앉아서 다섯 발의 축포 소리를 들었고, 이로써 5번 레인에 있던 워싱턴 준대표팀이 우승을 거두었음을 알게 되었다. 그는 한쪽 주먹을 조용히 공중으로 치켜들었다. 쇼티 헌트와 로저 모리스도 똑같이 했다. 준대표팀 보트의 선수들 가운데 절반은 1935년의 2학년으로 이루어진 팀의 일원이었다. 그들은 지금 조와 쇼티와 로저가 앉아 있는 보트, 그러니까 오후 8시 정각에 대학대표팀 경기를 기다리는 이 보트에 함께 앉지 못했다는 사실 때문에 실망한 바 있었다.

해는 이미 서쪽 강변에 솟아오른 절벽 너머로 넘어가버렸다. 포킵시 동부의 교회 첨탑 끝에만 이날의 햇빛 가운데 나머지가 간신히 달라붙어 있을 뿐이었다. 강 하류에는 마치 회색의 안개와도 유사한 땅거미가 덮이고 있었다. 강물은 진하고도 도발적인 보라색으로 변했으며, 머리 위의 하늘빛을 반사하고 있었다. 회색의 고정 보트로 이루어진 선이 강 위를 가로지르면서 출발선을 표시하고 있었다. 저 아래 하류에서는 결승선 인근에 정박한 덩치 큰 요트 가운데 일부의 현창을 통해 반짝이는 불빛이 나타나기 시작했다. 동쪽 강변에는 여객열차 한 대가 쏜살같이 지나가면서 뭉게뭉게 연기구름을 남겼다. 서쪽 강변에는 고정 보트의 출발선에 맞춰서 관람열차가 정지해 있었다. 출발선 바로 위에서는 전신기사가 가파른 강둑 위에 앉아서, 한 손에 전신 입력기를 들고서 (거기 연결된 구리선이 그의 뒤쪽으로 언덕을 올라가면 나타나는 전신주에서 본선과 연결되었다.) 경주 시작을 곧바로 전 세계에 전하려 준비하고 있었다. 조와 그의 동료들은 고정 보트로 이루어진 출발선으로 노를 저어 가서 자리를 잡았다. 배꼬리에서는 바비 모크가 오늘의 경주 계획을 다시 한 번 이들에게 나지막이 설명하고 있었다. 시애틀에서는 헤이즐 울브릭슨이 경기 중계를 듣는 동안 아무에게도 방해받지 않으려고 자기 집 현관문을 아예 걸어 잠그고 집 안에 들어앉아 있었다. 조이스는 텔라이트 여사의 허락을 받아서 그 집 응접실에 있는 커다란 진열장형 라디오의 채널을 중계방송에 맞춰놓았다.

관람열차의 보도진 전용 칸에는 워싱턴의 코치들과 졸업생들과 스포츠 기자들이 타고 있었으며, 조지 포코크와 톰 볼스는 줄곧 복도를 이리저리 서성거렸다. 앨 울브릭슨은 혼자서 조용히 앉아 있었으며, 껌을 열심히 씹어대면서, 하얀 천 모자의 차양 아래로 지금 조가 대기하고 있는 장소를 유심히 바라보았다. 워싱턴은 가장 좋지 않은 7번 레인을 받았는데, 이곳은 (바람이나 물살이 있다고 치면 가장 강한 곳인) 강의 한가운데에서 가장 멀었을 뿐 아니라, 날이 어두워지다 보니 멀리서 봐서는 아예 보트의 모습을 구분하기조차 어려웠다. 1935년과 마찬가지로 캘리포니아가 가장 잘 보호되는 1번 레인을 받았고, 마침 철도가 지나가는 강둑에서 가장 가까웠기 때문에, 사실상 울브릭슨의 코앞에 앉아 있는 셈이었다.

지금으로부터 10년 전에 울브릭슨 본인도 워싱턴의 대학대표팀 선수로서 바로 이곳 전국선수권대회에서 노를 저은 바 있었다. 그때 이후로 워싱턴의 대학대표팀은 단 한 차례도 이곳에서 우승한 적이 없었다. 울브릭슨은 자기가 아내에게 했던 맹세를, 그리고 작년에 시애틀에서 내놓았지만 결국 지키지 못한 약속을 떠올렸다. 올림픽이 눈앞에 떠올라 있었다. 앨 울브릭슨이 평생 동안 바라온 거의 모든 것이 앞으로 20분 내에 결말지어질 참이었다.

오후 8시 정각, 출발신호원이 소리를 질렀다. "준비됐나?" 두 명의 키잡이가 손을 치켜들었다. 출발신호원은 1, 2분 더 기다렸다가 다시 한번 소리를 질렀다. "모두들 준비됐나?" 이번에는 세 명의 키잡이가 손을 들었다. 출발신호원은 짜증이 났지만, 다른 팀들이 몇 가지 마무리 조정을 끝낼 때까지 기다렸다. 그가 세 번째로 소리를 질렀다. "이제 '모두들' 준비됐나?" 이번에는 일곱 명 모두가 손을 들었다.

출발신호가 탕 하고 울리자, 보트들은 출발선에서 쏜살같이 뛰쳐나갔다. 강둑에서 대기하고 있던 전신기사는 입력기를 두들기며 포킵시의 제38회 연례 대학대표팀 경주가 마침내 시작되었음을 전 세계에 알렸다.

다섯 번의 완전한 스트로크 동안 일곱 척의 보트는 엇비슷한 상태를 유지했으며, 선수들은 최대한 강하게 노를 저었다. 그러다가 워싱턴이 갑자기 뒤로 처졌다. 나머지 팀들은 곧바로 이들 앞으로 달려나갔다. 바비 모크에게는 이것도 괜찮았다. 이것이야말로 딱 그가 원하는 상황이었다. 그는 선수들을 꾸준한 28회로 안정시킨 다음, 경쟁자인 다른 팀 키잡이들의 등이 저 아래 강의 어둠 속으로 사라지는 모습을 지켜보았다. 선수들을 안정된 상태로 유지하기 위해, 모크는 가장 최근에 고안한 노 젓기 주문을 스트로크 박자에 맞춰 외우기 시작했다. "아껴, 아껴, 아껴." 다시 말해 힘을 비축하는 것이 핵심이라는 사실을 선수들에게 상기시키려는 것이었다.

펜실베이니아, 해군사관학교, 캘리포니아는 재빨리 선두로 치고 나갔으며, 처음에는 빠른 박자로 노를 젓다가, 점차 각자의 스트로크 비율을 비교적 낮은 30회로 떨어뜨렸다. 반 마일을 지났을 때, 워싱턴은 일곱 팀 가운데 일곱 번째였고, 선두와는 거의 일곱 정신 격차로 벌어져 있었다. 워싱턴과 함께 뒤에 처진 팀으로는 우선 시러큐스가 있었고, 놀랍도 저 막강한 (동부의 희망인 일명 "빅 레드Big Red") 코넬도 있었는데, 이들은 아마도 저마다의 속셈이 있었을 것이다.

바비 모크는 자기네 경주정을 시러큐스의 레인 쪽으로 몰고 들어가기 시작했다. 그는 앞서 생각하고 있었다. 이 경주로를 계속 따라가면, 그가 배정받은 레인에서 철교 아래를 지나는 부분에서 허스키 클리퍼 호는 물이 교각 옆을 따라 소용돌이치며 흐르는 과정에서 생겨난 역류를 만나게 될 예정이었다. 만약 그 소용돌이와 정면으로 부딪친다면 이들의 보트는 잠시나마 움직임을 멈추게 될 것이다. 그러니 이 장애물을 피하는 방법은 자기 레인과 시러큐스의 레인 사이의 경계선을 지나는 것뿐이었다. 클리퍼 호가 그 선을 향해 다가가자, 오렌지 팀의 노깃이 허스키의 노깃과 거의 맞닿을 지경이 되고 말았다. 화가 난 시러큐스의 키잡이는 모크를 향해 큰 소리로 욕을 퍼붓기 시작했다. 워싱턴이 뱃머리를 상대편과 나란히 하자, 모크는 시러큐스의 보트를 향해 몸을 굽히며 미소를 지은 채 나지막하지만 뚜렷한 바리톤의 목소리로 이렇게 말했다. "지옥으로나 꺼지셔, 시러큐스." 시러큐스의 키잡이가 또다시 욕을 퍼붓기 시작하자, 그 선수들의 타이밍이 흐트러지며 보트는 뒤처지기 시작했다.

1마일을 지날 무렵, 관람열차에 타고 있던 관중이 깜짝 놀랄 만한 일이 벌어졌다. 컬럼비아가 어느새 세 번째로 치고 올라와 캘리포니아를 제치고 해군사관학교와 펜실베이니아 바로 다음에 자리한 것이었다. 뉴욕 시에서 온 선수들이 빠르게 스트로크를 구사하면서 버클리에서 온 선수들을 제치는 순간, 기차에 타고 있던 뉴요커들은 환호성을 올리기 시작했다. 하지만 1마일 반 표시에 이르렀을 때, 이번에는 캘리포니아가 역습을 가하며 컬럼비아와 펜실베이니아를 제치고 두 번째로 치고 올라왔다. 이제는 해군사관학교, 캘리포니아, 펜실베이니아가 한덩어리가 되어서 맨 앞으로 치고 나갔으며, 서로 앞서거니 뒤서거니 하면서 선두 경쟁을 했다. 워싱턴은 이들 선두 보트에서 네 정신이나 뒤떨어져 있었다. 코넬은 지금 무슨 일이 일어나는지를 깨닫지 못하는 듯 워싱턴 근처에 함께 머물러 있었다. 그리고 시러큐스는 이미 저만치 뒤에 떨어져 있었다.

보도진 전용 칸에서는 허스키 클리퍼 호가 얼마나 뒤처졌는지를 지켜보던 워싱턴 주에서 온 기자들과 코치들 사이에 점차 침묵이 깔렸다. 사람들이 중얼거리기 시작했다. "힘 내, 바비, 따라잡아, 따라잡으라고." 앨 울브릭슨은 아무 말이 없었고, 차분하고 마치 스핑크스 같은 모습으로 천천히 껌을 씹고만 있었다. 이제 언제라도 바비 모크가 애초에 계획한 대로의 작전을 개시할 것이라고 그는 생각했다. 점점 짙어지는 어둠이 경주정을 에워싸기 시작한 가운데, 그는 이전보다 훨씬 더 열심히 강을 주시했다. 사람들이 실제로 식별할 수 있는 워싱턴의 모습이라고는 그 노깃의 하얀 끄트머리가 물에 드나들면서 리드미컬하게 나타났다 사라졌다 하는 것뿐이었다. 여전히 괜찮은, 꾸준한, 느긋한 28회였다.

2마일을 지날 무렵, 펜실베이니아가 처지기 시작했고, 결국 컬럼비아의 뒤로 물러났다. 캘리포니아와 해군사관학교가 선두를 차지하기 위해 경쟁을 벌이고 있었다. 코넬이 물러나면서, 이제 워싱턴이 다섯 번째로 나섰다. 하지만 바비 모크는 여전히 박자를 바꾸지 않고 있었다. 그의 배는 여전히 네 정신 뒤처져 있었다. 보도진 전용 칸에서는 앨 울브릭슨이 서서히 불안해하고 있었다. 선두로부터 두 정신 이상 뒤처지지는 말라고 모크에게 단단히 일러두었기 때문이다. 그런데 지금 워싱턴의 보트는 그 두 배나 더 뒤떨어져 있었다. 그리고 지금쯤은 모크가 작전을 시작해야 할 때였다. 이것이야말로 모크에게 애초에 지시한 경주 계획과는 전혀 다른 상황이었다. 톰 볼스와 조지 포코크는 자리에 앉아서 언짢은 표정을 지었다. 이 모든 상황이 마치 자살 시도처럼 보였기 때문이다. 하지만 물 위에서는 바비 모크가 돈 흄에게 이렇게 말하고 있었다. "천천히 가도 돼. 우리가 마음만 먹으면 언제든 저 녀석들을 따라잡을 수 있으니까."

2마일 반 표시를 지날 즈음에도 상황은 사실상 매한가지였다. 캘리포니아와 해군사관학교가 맨 앞에 나섰고, 컬럼비아가 그 뒤를 쫓고 있었다. 워싱턴은 이미 허약해진 펜실베이니아 팀을 따라잡았지만, 아직 선두와는 네 정신이라는 상당한 차이로 뒤떨어져 있었다. 울브릭슨은 여전히 눈썹 하나 까딱하지 않았다. 다만 물 위에서 펄럭이는 흰 노깃을 바라보기 위해 창밖을 주시하며 계속 껌을 씹고 있을 뿐이었다. 하지만 그는 서서히 좌석에서 몸을 늘어뜨리기 시작했다. 지금 벌어지는 일을 도무지 믿을 수가 없었다. 모크라는 녀석, 도대체 무슨 짓을 하고 있는 걸까? 도대체 왜 아직 선수들의 고삐를 풀어주지 않는 걸까?

보트 안에서는 바비 모크가 자기네 뱃머리와 캘리포니아의 배꼬리 사이의 네 정신이라는 간격을 흘끗 바라본 다음, 자기네 선수들에게 이렇게 외쳤다. "좋았어, 친구들! 선두하고는 한 정신 차이뿐이야."

하류에서는 강가와 요트와 다른 선박에 모여 있던 수천 명의 팬들이 아직까지는 이쪽으로 오고 있는 경주정을 볼 수 없었지만, 키잡이들이 질러대는 고함소리만큼은 마치 수많은 물개 떼가 짖는 듯 강의 어둠을 뚫고 그곳까지 전달되었다. 고함소리가 천천히 점점 더 가까워졌다. 그러다가 세 척의 뱃머리가 철교 너머의 땅거미 속에서 서서히 나타나자, 경기의 현재 상태를 식별하기 시작한 군중의 함성이 들렸다. 해군사관학교와 캘리포니아가 막상막하였으며, 이 두 척의 보트가 확고하게 선두로 나선 것 같았고, 놀랍게도 컬럼비아가 세 번째를 차지한 것처럼 보였다. 역시나 놀랍게도 코넬은 아예 보이지 않았지만, 적어도 동부는 이번 경주에서 최소한 한 척, 또는 두 척의 순위 입상자를 갖게 될 것 같았다. 워싱턴의 경주정이 강 한복판에 느릿느릿 모습을 드러낸 것을 눈치 챈 사람은 거의 없다시피 했는데, 워낙 뒤처져 있어서 가뜩이나 짙어지는 어둠 속에서 잘 보이지 않았기 때문이다.

워싱턴의 보트가 3마일을 나타내는 철교의 시커먼 뼈대 아래를 지나갈 때, 이제 1마일이 남은 상황에서 선두와의 격차는 거의 세 정신이었다. 선두 팀들은 약간 속도가 느려졌고 그로 인해 격차도 줄어들기는 했지만, 만약 모크가 스트로크 비율을 더 높이지 않는다면 사실상 따라잡기가 불가능했다.

워싱턴의 선수들은 이제 일종의 황홀 상태에서 노를 젓고 있었으며, 자기 자신으로부터는 초연해진 대신에 다른 선수들의 동작은 아주 사소한 것까지도 예리하게 알아차리고 있었다. 강 한복판에는 소리가 거의 나지 않았으며, 모크가 중얼거리는 주문만이, 노받이와 노가 마찰되는 소리만이, 그들의 깊고 리드미컬한 숨소리만이, 그리고 그들의 귀에 들리는 심장박동만이 들릴 뿐이었다. 고통이라고는 사실상 없다시피 했다. 5번 좌석의 스터브 맥밀린은 무려 3마일이나 노를 젓고 있는데도 불구하고 자기가 여전히 코로 편안히 숨을 쉬고 있다는 사실을 깨닫고 깜짝 놀랐다.

기차에서는 앨 울브릭슨이 사실상 자포자기한 다음이었다. "너무 뒤처져 있어." 그가 중얼거렸다. "저 녀석들이 너무 과했어. 3등으로 들어오는 것도 운이 좋아야만 가능할 거야." 울브릭슨의 얼굴은 하얗게 질려 있었다. 마치 완전히 돌로 변한 것처럼 보였다. 그는 심지어 껌 씹는 것도 멈추어버렸다. 그에게서 가장 가까운 레인에서는 캘리포니아가 힘차게 앞으로 튀어나왔고, 아름답게 노를 젓고 있었다. 지쳐버린 다른 팀들을 뒤로하고, 이제 1마일도 채 남지 않은 상황에서, 캘리포니아야말로 승리를 요구하는 위치에 있는 듯했다. 카이 이브라이트가 또다시 그의 허를 찌른 듯했다.

하지만 앨 울브릭슨의 허를 찌른 누군가가 있었다면, 그건 바로 그의 팀 키잡이, 즉 파이베타카파 열쇠를 빙빙 돌리는 키 작은 녀석이었다. 이제 그는 자기 솜씨를 보여주려 하고 있었다. 갑자기 그는 돈 흄의 얼굴 쪽으로 몸을 기울이더니 이렇게 외쳤다. "울브릭슨을 위해 세게 열 번만 저어봐!" 여덟 개의 긴 가문비나무 노가 물을 열 번 저었다. 그러자 모크가 또다시 소리를 질렀다. "포코크를 위해 열 번만 더 저어봐!" 다시 한 번 열 번의 어마어마한 스트로크가 이어졌다. 곧이어 또 한 번의 거짓말이 튀어나왔다. "캘리포니아가 코앞에 있어! 우리가 따라잡고 있어! 엄마랑 아빠를 위해 크게 열 번만 더 저어봐!" 이 말과 함께 허스키 클리퍼 호는 아주 천천히 컬럼비아를 젖혀버린 다음, 이제 두 번째로 달리고 있는 해군사관학교에 다가가기 시작했다.

기차에서는 누군가가 무심코 이렇게 중얼거렸다. "어라, 워싱턴이 속도를 올리는데." 그로부터 1분이 지나자, 또 다른 누군가가 좀 더 다급하게 외쳤다. "워싱턴 좀 봐봐! 워싱턴 좀 보라니까! 워싱턴이 따라잡는다!" 기차에서나 강가에서나 모든 사람의 눈은 이제 선두의 보트가 아니라 강 한가운데에서 보일락 말락 하는 여덟 개의 하얀 노깃으로 옮겨졌다. 군중 사이에서는 다시 한 번 깊은 곳에서 올라오는 함성이 터져나왔다. 워싱턴이 저 격차를 따라잡는다는 것은 불가능해 보였다. 이제 결승선까지는 반 마일밖에 남지 않았는데, 여전히 세 번째였고 여전히 두 정신 뒤처져 있었기 때문이다. 하지만 이들이 움직이기 시작하자, 그 움직임 때문에라도 사람들은 즉각적이고 절대적인 관심을 쏟을 수밖에 없었다.

보트 안에서는 모크가 열의에 불타고 있었다. "좋았어! 지금! 지금! 지금!" 그가 소리쳤다. 돈 흄은 스트로크를 35회로 올렸으며, 곧이어 36회로, 그리고 37회로 올렸다. 우현에서는 조 랜츠가 역시나 비단처럼 매끄럽게 그를 따라 했다. 보트는 스윙을 시작했다. 뱃머리가 물 위에서 앞으로 나아가기 시작했다. 해군사관학교의 보트가 마치 물에 못 박힌 듯 꼼짝도 않는 사이에, 워싱턴은 사관생도들을 앞질러 나아갔다.

캘리포니아의 노잡이 그로버 클라크는 출발선을 떠난 직후 처음으로 뒤를 돌아보고 나서야, 워싱턴의 보트가 자기네 배꼬리로 빠르게 다가오고 있음을 깨달았다. 깜짝 놀란 그는 선수들에게 속도를 높이라고 지시했고, 캘리포니아의 스트로크 비율은 재빨리 38회로 올랐다. 모크는 흄에게 한 단계 더 높이라고 외쳤고, 워싱턴은 40회로 올렸다. 캘리포니아 보트의 리듬은 약간 주춤한 듯하더니 곧이어 불규칙해지기 시작했다.

캘리포니아와 워싱턴은 마지막 500미터를 앞서거니 뒤서거니 했으며, 관람객의 보트들이 늘어선 사이로 탁 트인 물의 통로를 쏜살같이 달려갔다. 노 젓는 배에 앉아 있던 사람들은 이제 자리에서 일어났고, 자칫 물에 빠질 수도 있는 위험까지 감수하며 현재의 상황을 확인하려 들었다. 커다란 유람선 가운데 일부는 강 한가운데 쪽으로 기울어지기 시작했는데, 그 안의 관중이 한꺼번에 난간으로 몰려든 까닭이었다. 군중의 함성이 노잡이들을 감싸기 시작했다. 선박의 경적 소리가 날카롭게 울려 퍼졌다. 워싱턴의 경주정 보관고 앞에 있는 부양선착장에서는 선수들의 끼니를 책임졌던 주방장 이반다 메이 칼리마가 프라이팬을 머리 위로 흔들며 선수들에게 힘을 내라고 응원했다. 워싱턴의 보도진 전용 칸에서는 난리법석이 일어났다. 〈시애틀 타임스〉의 조지 바넬은 기자 신분증을 입에 물고 질겅질겅 씹기 시작했다. 톰 볼스는 행운을 가져다준다는 낡은 중절모를 벗어들고 누군지도 모르는 앞사람의 등짝을 두들겼다. 로열 브로엄은 그저 소리만 질렀다. "어서, 워싱턴! 어서!" 오로지 앨 울브릭슨만이 움직임도 없고 말도 없는 상태로 남아 있었고, 여전히 자기 좌석에서 꼼짝도 않은 채 차가운 회색의 돌덩어리가 된 눈으로 여전히 강에 보이는 흰 노깃을 주시했다. 〈뉴욕 월드 텔레그램New York World-Telegram〉의 조 윌리엄스Joe Williams는 그를 흘끗 쳐다보며 이렇게 생각했다. "이 양반은 핏줄 속에 얼음물이 흐르는 모양이로군."

짙어가는 어둠 속에서 결승선이 눈앞에 나타나자, 바비 모크는 뭔가 알아들을 수 없는 소리를 질렀다. 3번 좌석에 앉아 있던 조니 화이트는 마치 자기들이 노를 젓는 것이 아니라 하늘을 날고 있는 듯한 느낌을 받았다. 스터브 맥밀린은 지금쯤 캘리포니아가 있으리라 예상되는 곳을 돌아보고 싶었지만, 감히 그렇게 하지는 않았다. 6번 좌석에서는 쇼티 헌트가 군중의 함성 속에서 라디오를 통해 들려오는 누군가의 열띤 목소리를 감지했다. 그는 그 말이 무슨 뜻인지 구분하려 했지만, 그가 아는 바라고는 지금 일어나는 일이 뭔가 어마어마하게 흥분된다는 사실 하나뿐이었다. 그로선 상황이 어떻게 돌아가는지를 전혀 몰랐고, 단지 캘리포니아의 보트가 아직까지도 자기 시야에 전혀 보이지 않는다는 사실만 알았다. 그는 계속해서 조 랜츠의 목 뒤만 주시했으며, 전심전력으로 노를 잡아당겼다. 조는 모든 것을 단 하나의 동작, 하나의 지속적인 움직임, 하나의 생각으로 응축시켰다. 이 팀의 오래된 주문이 마치 강물처럼 그의 마음을 따라 흐르고 있었으며, 계속해서 귀에 들렸고, 그것도 자기 목소리가 아니라 조지 포코크의 또렷한 옥스퍼드 억양으로 들려왔다. "엠-아이-비, 엠-아이-비, 엠-아이-비."

마지막 180미터 구간에 들어서자, 아무 생각도 안 나면서, 갑자기 고통이 보트 안으로 덮쳐와 이들 모두를 짓눌렀으며, 이들의 다리와 팔과 어깨를 마비시키고, 이들의 등을 할퀴고, 이들의 가슴과 폐를 찢어발기는 바람에 필사적으로 공기를 들이켜게 만들었다. 그리고 바로 이 마지막 구간에서, 정말로 비범한 속도의 분출과 함께 분당 40회의 스트로크 비율로 노를 저어서, 물 위에 거품을 만들어내며 워싱턴은 캘리포니아를 결국 앞질렀던 것이다. 스트로크를 할 때마다 선수들은 자기네 경쟁자를 좌석 하나의 간격씩 뒤로 밀어냈다. 그리고 두 보트가 결승선을 통과했을 무렵, 황혼의 마지막 남은 햇빛 속에 허스키 클리퍼 호의 배꼬리와 캘리포니아 클리퍼 호의 뱃머리 사이에는 탁 트인 수면이 반짝이고 있었다.

보도진 전용 칸에서는 앨 울브릭슨의 입가가 마지못해 씰룩거리며 미소와 유사한 뭔가를 희미하게 만들어내고 있었다. 그는 다시 천천히, 그리고 열심히 껌을 씹기 시작했다. 옆에 서 있던 조지 포코크는 고개를 뒤로 젖히고 마치 귀신 같은 날카로운 비명을 질러댔다. 톰 볼스는 계속해서 자기 앞에 있는 사람의 등짝을 낡은 중절모로 두들겨댔다. 조지 바넬은 완전히 곤죽이 되어버린 자신의 기자 신분증을 입에서 뱉어냈다. 시애틀에서는 헤이즐 울브릭슨과 아들 앨 2세가 커피테이블의 유리 상판을 하도 두들겨대서 유리가 완전히 박살나고 말았다. 자동차 전용교위에서는 마이크 보고가 일곱 발의 축포를 연이어 발사하는 확실한 기쁨을 누렸다. 보트 안에서는 선수들이 어두운 밤하늘에 대고 각자의 주먹을 연신 휘둘러댔다.

팬들이 열차로 달려와서 축하의 인사를 건네며 등짝을 신나게 두들기는 상황에서도, 울브릭슨은 한참 동안 그저 가만히 앉아서 어둠을 응시하기만 했다. 그가 자리에서 일어나자 기자들이 몰려들었고, 그러자 그는 짧게 한마디를 남겼다. "가까스로 따라잡았습니다. 하지만 이겼군요." 곧이어 그는 좀 더 길게 한마디를 남겼다. "저 조그만 녀석이 제대로 하는 법을 알았던 모양입니다."

워싱턴은 전국선수권대회 챔피언이 되었으며, 허드슨 강에서 싹쓸이 우승을 달성했다. 대학대표팀이 이날 거둔 놀라운 막판 뒤집기 승리는 그 범위와 극적 효과라는 면에서 정말 역사적이었다. 포킵시 기차역에 마련된 취재본부에서는 전국의 스포츠 기자들이 타자기 앞에 앉아서 최상급의 단어를 찍어내고 있었다. 〈뉴욕 타임스〉의 로버트 켈리는 이것이야말로 "포킵시의 역사에서 최고의 순간"이라고 불렀다. 〈뉴욕 포스트〉의 허버트 앨런Herbert Allan은 이를 가리켜 "극적이고도 유례가 없는" 일이라고 했다. 〈크리스천 사이언스 모니터〉의 조지 팀슨George Timpson은 "찬란하다"고 표현했다. 〈뉴욕 월드 텔레그램〉의 제임스 버차드James Burchard는 이보다 더 독창적인 표현을 만들어냈다. "이것은 심리학, 순수한 배짱, 그리고 노를 젓는 지성에 관한 이야기이다. 모크의 머리야말로 워싱턴의 보트에서 가장 훌륭한 노였다." 로열 브로엄은 바비 모크가 만들어낸 결과를 뭐라고 일컬을지를 놓고 길고도 열심히 생각했다. 마침내 그는 이렇게 썼다. "그것이야말로 긍정적으로 냉혈적이었다."

앨 울브릭슨은 물가로 내려가 코치 전용 보트에 올라타고 선수들을 뒤따라 상류의 경주정 보관고로 향했다. 울브릭슨은 따뜻한 여름의 어둠 속에서 노를 저어 강을 거슬러 가는 동안, 선수들이 흠이라곤 없이, 그리고 금세 이들의 기준이 된 예외적으로 탁월한 우아함과 정확성을 드러내며 노를 젓는 모습을 지켜보았다. 그는 메가폰을 붙잡고 물을 가르는 모터보트의 엔진 소리보다 더 크게 소리를 질렀다. "그래, 바로 이거야! 그런데 왜 아까 경기에서는 이런 식으로 노를 젓지 않았지?" 선수들은 서로의 얼굴을 쳐다보며 머쓱한 듯 씩 웃었다. 과연 코치가 농담을 하는 건지 아닌지 아무도 알 수 없었다.

물론 농담이었지만, 코치의 말은 나름의 목적을 갖고 있었다. 자신의 목표에 도달하기 위해서, 울브릭슨은 이브라이트를 한 번 더 꺾어야 했다. 앞으로 2주가 채 안 되는 시간 안에, 이들은 또다시 경주를 벌일 것이며, 두 차례에 걸친 2,000미터 전력질주를 통해서 베를린에서 미국을 대표할 자격을 획득할 것이었다. 그 경주 가운데 한 번은 캘리포니아가 바로 옆 레인에 있을 것이며, 그것이야말로 마침내 상대편에게 복수를 안기고 자기들은 독일로 갈 마지막 한 번의 기회였다. 그래서 울브릭슨은 선수들이 다시 한 번 우쭐해하지 않기를 원했던 것이다. 또한 결과만 놓고 보면 충분히 짜릿했지만, 모크가 고분고분 말을 듣지 않았다는 사실만큼은 코치도 완전히 기뻐할 수 없었다. 어쨌거나 누가 더 위에 있는지를 선수들에게 상기시켜야 할 필요도 있었다.

하지만 그의 별명이 "뚱한 덴마크인"이건 아니건 간에, 울브릭슨은 또한 이번 일에 상응하는 뭔가를 한마디 해야 할 필요성을 느꼈다. 경주정보관고에 도달했을 때, 수백 명의 열성 팬들이 흔들거리는 부양선착장이며 건물 앞을 가득 메우고 함성과 박수갈채를 보내고 있었다. 선수들은 보트에서 내리자마자 바비 모크를 허드슨 강에 던져 넣어서 구경꾼들을 기쁘게 만들었다. 이어서 그를 물에서 꺼낸 선수들은 밀집 대형을 취한 뒤 사람들을 뚫고 건물로 나아갔으며, 시애틀에서 온 취재진 몇 명만 빼고는 모두를 내보내고 문을 닫았다. 울브릭슨은 벤치에 올라섰고, 선수들은 패배한 선수들에게서 빼앗아온 저지셔츠를 들고서 그를 에워싸고 바닥에 주저앉았다. "오늘 너희는 역사를 만든 거다. 신입생팀, 준대표팀, 대학대표팀 노잡이들과 키잡이들이, 너희가 정말 자랑스럽다. 워싱턴 주의 모든 사람들도 너희를 자랑스러워할 거다. 역사상 그 어떤 조정팀도 오늘 대학대표팀이 한 것보다 더 씩씩하게 싸워서 이 나라에서 가장 손꼽히는 조정 분야의 명예를 얻어낸 적은 없었다. 무척 자랑스럽고 행복하다는 말밖에는 너희에게 할 말이 없다." 그는 말을 멈추고 주위를 둘러보더니 이렇게 끝을 맺었다. "이보다 더 훌륭한 조정경기는 두 번 다시 없을 거다." 그는 벤치에서 내려왔다. 아무도 환호성을 지르지 않았다. 아무도 자리에서 일어나 박수를 치지 않았다. 모두들 그저 가만히 앉아서, 조용히 그 순간의 감동에 젖어들 뿐이었다. 1935년 1월의 폭풍우 치던 날 밤, 울브릭슨이 올림픽에 가겠다고 처음으로 공개 발언을 하던 날, 모두들 자리에서 일어나 환호성을 질렀다. 하지만 그때는 그런 일이 마치 꿈처럼 느껴졌기 때문이다. 이제 그들은 실제로 그 일을 해내기 직전에 있었다. 그러니 이제 와서 환호성은 자칫 산통을 깨버릴 것처럼 보였던 것이다.

바비 모크

성공적인 팀의 비밀은 바로 그 안에 들어 있다. 그들의 "스윙", 즉 조정의 사차원은 오로지 스윙을 하는 팀에서 노를 저어본 노잡이만이 알아차릴 수 있다. 즉 질주가 곧 초자연적인 일이 되고, 경주정을 추진하는 일이 곧 기쁨이 되는 곳에 가본 사람만이 알아차릴 수 있는 것이다.

– 조지 요먼 포코크

"무려 4년 연속으로, 극서부에서 온 허름한 이방인들이 허드슨 강을 지배하게 되었다." 〈뉴욕 월드 텔레그램〉의 조 윌리엄스는 포킵시의 경주 다음 날 이렇게 썼다. "조정대회는 그 원래의 형태와 유형을 모두 잃어버리고 말았다. 이제는 더 이상 동부만의 독무대가 아니며, 서부의 한 팀이 이기지 못하면 또 다른 팀이 이기고, 워싱턴은 어제 강에서 얻을 수 있는 영예를 모두 차지했다. 이 도시 사람들은 외부 방문객들이 여러 군데 다리와 커다란 유람선에서 조용히 떠나가준 것에 안도의 한숨을 내쉬었다." 윌리엄스는 거기서 더 나아가 (물론 농담조로) 이처럼 "매우 불편한 상황"에 뭔가 조치를 내리라며 루스벨트 대통령을 향해 촉구했다.

어조는 비록 신랄하기는 했지만, 동부의 조정 팬들에게는 윌리엄스의 글 내용이 결코 농담이 아니었다. 애초에 그들이 응원하는 학교들의 조정 실력을 검증하고 입증하기 위해 고안된 조정대회에서, 이제 그 학교 들이 경쟁에서 밀려나버린 것처럼 보였기 때문이다.

게다가 1936년의 조정대회 이후에 자기들이 새로운 현실에 직면했음을 깨달은 사람은 단지 동부의 스포츠 기자들과 팬들만이 아니었다. 카이 이브라이트는 대학대표팀 경주에서 자기가 본 광경의 의미를 잘 알고 있었으며, 충분히 똑똑하고 외교적인 인물인 까닭에 이 문제를 확실하게 인정하고 넘어가려 했다. 올림픽 대표 선발전이 열리는 (그리고 워싱턴을 향해 다시 한 번 비수를 꽂을 기회의 장소인) 프린스턴으로 가기 위해 자기네 선수들과 짐을 꾸리면서, 이브라이트는 조와 그의 동료들을 손으로 가리키며 말했다. "저들이야말로 미국 최고의 조정팀이다. 저 보트가 베를린에 가야 마땅하며, 올림픽에서 저들을 물리치려 하는 세계 다른 국가들에서는 뭔가 매우 대단한 팀을 배출해야만 할 것이다." 이것은 그와 앨 울브릭슨이 평소에 펼쳐 보이던 경주 직전의 "내 가능성을 낮춰 잡기" 전략과는 전혀 어울리지 않았다. 이브라이트는 정말 진지하게 한 말이었는데, 그로선 버클리에서 치솟는 기대를 억눌러야 할 필요가 있었다. 물론 캘리포니아도 프린스턴에 가서 올림픽 대표 선발전에 출전할 것이며, 올림픽 출전권을 따내기 위해 노력할 것이었다. 하지만 바비 모크가 그토록 냉정하고, 계산적이고, 갑작스러운 승리를 만들어내는 것을 본 순간, 이브라이트는 그 사건이 자기네 선수들에게 끼치는 사기 저하 효과를 재빨리 간파했다. 워싱턴이 그 경주에서 의도적으로 노를 저은 방식이야말로 한편으로는 도전이었고, 한편으로는 자신감이었지만, 또 한편으로는 일종의 경고처럼 보였다. 경주로를 따라 달려가는 내내, 모크는 배꼬리에다가 다음과 같은 문장이 적힌 깃발을 달아놓고 있었다. "건드리기만 해봐라." 그 옆에는 똬리 튼 방울뱀이 그려져 있었다.

7월 1일, 포킵시에서 일주일간의 연습과 휴식을 취한 뒤에, 선수들은 각자의 짐을 챙겨 허스키 클리퍼 호를 화물칸에 실은 다음, 1936년 미국 올림픽 대표 선발전을 위해 출발했다. 그날 저녁 6시에 이들은 프린스턴에 도착했고, 이른바 아이비리그의 세계에 들어섰다. 이곳이야말로 지위와 전통의 세계였고, 세련된 취향과, 사회 계층에 관한 암묵적인 가정이 지배하는 세계였으며, 은행가와 변호사와 상원의원의 아들들이 사는 세계였다. 노동 계급의 아들인 청년들에게 이곳은 불확실하지만 흥미를 돋우는 영역이었다.

이들은 위풍당당한 프린스턴 인Princeton Inn에 묵었는데, 스프링데일 골프클럽의 잘 다듬어진 잔디밭 가장자리에 웅장하게 자리한 이곳과 비교하면, 하이드 파크에서 본 대통령의 저택조차도 약간 작고 허름해 보일 정도였다. 선수들은 창밖에서 프린스턴 졸업생들이 짧은 바지와 마름모무늬 양말과 트위드 모자 차림으로 골프 코스를 돌아다니는 것을 구경했다. 카네기 호수를 살펴보고, 프린스턴 보트 보관고에 들러서 시설도 점검해보았다. 이 커다란 석조 구조물에는 보트 보관고로 들어가는 입구 위에 고딕풍의 아치가 장식되어 있었다. 이들 대부분이 살던 판잣집에 비하면 어마어마하게 우아한 구조물이었다. 워싱턴 조정부의 건물인 낡은 비행기 격납고하고도 큰 차이가 있었고, 오히려 시애틀에 있는 수잘로 도서관과 더 비슷했다. 심지어 카네기 호수 그 자체도 부와 명성의 상징이었다. 20세기 초까지만 해도 프린스턴의 조정부는 캠퍼스의 남쪽을 일직선으로 지나가는 델라웨어-래리탄 운하에서 노를 저었다. 하지만 프린스턴의 선수들은 이 운하를 오가는 석탄 운반용 바지선과 유람선 사이에서 노를 젓는 것이 불편하다고 여긴 나머지 부호 앤드류 카네기Andrew Carnegie에게 부탁해서 전용 호수를 하나 만들었다. 카네기는 대략 10만 달러를 (오늘날의 가치로는 250만 달러쯤 된다.) 들여서 마일스턴 강의 부지 5킬로미터가량을 매입했고, 거기다가 댐을 쌓아서 최상급의 조정경기 경주로를 만들었다. 가늘고, 곧고, 비바람의 영향이 없고, 멋진 외양에, 석탄 운반선은 전혀 없는 경주로를 말이다.

프린스턴에서의 처음 며칠 동안, 선수들은 호텔과 컨트리클럽의 호화로운 주변 환경 속에서 휴식과 사치를 즐겼다. 돈 흄은 지독한 감기의 영향을 완전히 떨쳐버리려고 시도했다. 하루 두 번씩 이들은 경주정에 올라타고 가벼운 훈련을 했다. 대개는 빠른 스트로크 비율로 전력질주와 출발 훈련을 했다. 출발이야말로 2,000미터 경주에서는 가장 중요한 요소였으며, 최근 들어 이들이 가장 골치를 앓는 문제이기도 했다.

베를린으로 가는 자격을 놓고 모두 여섯 개 팀이 겨루었다. 워싱턴, 캘리포니아, 펜실베이니아, 해군사관학교, 프린스턴, 그리고 뉴욕 체육회였다. 경기는 세 팀씩 두 조로 나뉘어 7월 4일에 우선 단판 예선전을 치렀다. 그리고 각 조의 1등과 2등만 바로 다음 날 네 팀이 겨루는 결승전을 치렀다.

단판 예선전을 앞두고 날씨는 과도하게 더워졌다. 이것이야말로 동부 전체를 휩쓸게 될 치명적인 폭염의 첫 번째 전조였다. 7월 3일 밤 선수들은 점점 불안과 초조를 느꼈는데, 이제 와서야 자기네가 직면한 일의 어마어마함을 직시하게 된 까닭이었다. 습한 열기 속에서 잠을 잘 이루지 못했다. 앨 울브릭슨은 방마다 돌아다니며 선수들을 안정시키려 말을 걸었지만, 그의 목소리에도 불안감을 드러내는 기미가 있었다. 그날 밤 불을 끈 뒤에도 한참 동안, 조와 로저는 어둠 속에서 일어나 앉아 농담을 하고, 서로 이야기를 주고받음으로써 감정적인 절벽을 따라 내려갈 수 있도록 노력했다. 가끔 한 번씩 어둠 속에서 빨간 불빛이 작게 타올랐는데, 척 데이가 평소에는 금지된 담배를 다시 한 번 빨아들이는 것이었다.

이들이 심각하게 걱정하는 것은 단순히 예선전만이 아니었다. 이들은 프린스턴과 뉴욕 체육회의 '윙드 푸터스Winged Footers 호'를 상대로 경주를 펼칠 계획이었다. 둘 중 어느 쪽도 진짜 경쟁자는 아니었다. 반면 캘리 포니아는 펜실베이니아와 해군사관학교를 상대해야 했으며, 양쪽 모두 전력질주에는 탁월한 팀이었다. 이들의 걱정은 오히려 예선전 이후에 벌어질 일에 맞춰져 있었다. 펜실베이니아는 포킵시에 출전했던 노잡이 여덟 명 가운데 세 명을 갈아치웠는데, 새로 들어온 선수들은 최근의 졸 업생이기 때문에 대학 간 조정대회에는 출전 자격이 없었지만 올림픽 출전에는 당연히 자격이 되었다. 해군사관학교에서는 해병대 소속의 빅 크룰락 Vic Krulak 중위를 키잡이로 투입했다. 캘리포니아에서도 최근의 졸 업생을 보트에 태웠다. 오로지 재학생으로만 구성된 팀은 워싱턴 하나 뿐이었다. 워싱턴이 예선전을 통과한다 하더라도, 결승전에서 만나게 될 상대는 어느 정도까지는 미지의 선수들로 이루어질 예정이었다. 그 리고 이 미지의 선수들은, 이들이 얼마 전에 포킵시에서 격파한 선수들 보다도 더 뛰어날 것으로 예상되었다.

토요일인 7월 4일 독립기념일에 선수들은 오후 6시 30분 직전에 경 주를 위해 프린스턴 경주정 보관고를 떠났다. 날벌레가 많고 무더운 저 녁이었다. 수천 명의 관객이 예선전을 보기 위해 호숫가에 늘어서 있었 고, 그중 대부분은 결승선에 새로 건축된 관람석에 올라가 있었다. 선수 들은 허스키 클리퍼 호를 (올림픽 대표 예선전을 위해 특별히 설치된) 출발대 인 부양승강장에 집어넣고 기다렸다.

출발신호가 울리자마자 워싱턴은 38회라는 높은 박자로 출발대에서 튀어나왔다. 허스키 클리퍼 호는 곧바로 맨 앞으로 치고 나가기 시작했 다. 1분이 지났을 무렵, 모크는 돈 훔에게 비율을 줄이라고 지시했다. 훔 은 박자를 34회로 내렸다. 3분이 지났을 무렵 훔은 다시 박자를 32회로 내렸고, 선수들이 스트로크 비율을 내리는 와중에도 보트는 선두를 지 키며 격차를 더 벌리고 있었다. 뉴욕 체육회의 윙드 푸터스 호와 프린스 턴 선수들은 양쪽 모두 35회로 노를 젓고 있었다. 절반 거리 표시에 도달했을 무렵, 워싱턴과 두 보트 사이에는 탁 트인 수면이 드러나 있었다. 결승선을 향해 다가가는 동안 윙드 푸터스 호가 앞으로 치고 나오면서 전력질주를 통해 프린스턴을 지나치고 워싱턴에 도전했다. 모크는 홈에게 스트로크 비율을 다시 38회로 올리라고 지시했다. 허스키 클리퍼 호는 재빨리 앞으로 달려나갔으며, 두 정신 반이라는 격차로 윙드 푸터스 호를 앞지르며 결승선을 가로질렀다.

당연히 자신감이 있기는 했지만, 그럼에도 불구하고 워싱턴의 선수들은 자기들이 너무나도 쉽게 승리한 것에 깜짝 놀랐다. 후덥지근한 저녁 공기에도 불구하고 이들은 땀 한 방울 흘리지 않고 있었다. 이들은 경주용 레인에서 벗어난 뒤 1,500미터 표시가 있는 호숫가에 자리를 잡았다. 이날의 진짜 문제는 과연 캘리포니아가 예선전을 어떻게 치르느냐 하는 것이었으며, 이제 선수들은 이 질문의 답을 직접 보고 싶어 했다.

오후 7시에 해군사관학교, 펜실베이니아, 캘리포니아가 출발대에서 떠났고, 모두들 강하고 빠르게 노를 저었다. 처음 1,000미터 동안에는 세 척의 보트가 안정을 찾고서 다소간 엇비슷하게 선두 경쟁을 했다. 그러다가 어느 순간에 펜실베이니아가 속도를 올리면서 천천히 앞으로 튀어나왔다. 마지막 500미터 구간에 들어서자, 이번에는 캘리포니아가 관람석의 팬들을 벌떡 일어서게 만들었다. 버클리에서 온 선수들은 어마어마한 질주를 실시했으며, 갑자기 해군사관학교와 펜실베이니아를 제치고 나아가 선두를 차지하더니, 4분의 1정신 차이로 결승선을 먼저 통과했다. 이것이야말로 인상적인 광경이었으며, 그로 인해 오랫동안 지속된 한 가지 믿음을 강화해주었다. 그날 예선전에 참석한 수많은 코치들과 기자들이 공유한 그 믿음이란, 비록 워싱턴이 포킵시와 시애틀의 장거리 경주에서는 우승을 차지했어도, 탁월한 단거리팀은 오히려 캘리포니아라는 것이었다. 그렇지 않다고 반대 논증을 펼치기란 어려운 일이었다. 캘리포니아의 예선전 기록은 6분 7초 8이었다. 반면 워싱턴은 똑같은 거리에서 무려 10초나 더 느린 6분 17초 8을 기록했다. "이것이야말로 허스키들에게는 차마 극복할 수 없는 약점이다." 〈뉴욕 선 New York Sun〉의 맬컴 로이 Malcolm Roy는 이렇게 주장했다.

그날 밤 프린스턴 인으로 돌아온 워싱턴 선수들은 폭포수 같은 불안을 느꼈다. 앨 울브릭슨은 이날 저녁 대부분의 시간을 들여가면서 침대 끝에 앉아 선수들을 다독였으며, 포킵시에서 마지막 2,000미터 구간 동안 전력질주를 해서 이기지 않았느냐고 상기시키고, 그들이 이미 마음으로는 알고 있었지만 다시 한 번 들어야 했던 이야기를 해주었다. 즉 그들은 미국의 그 어떤 팀도, 그 어떤 거리에서도 물리칠 수 있으며, 캘리포니아라고 해서 예외는 아니라는 것이다. 그들이 할 일은 계속해서 서로를 믿는 것뿐이라고 그는 선수들에게 말했다.

선수들은 고개를 끄덕이며 코치의 말에 동의했다. 봄에 있었던 여러 차례의 전투는 (이들이 처음으로 함께 물에 나갔을 때 모두가 느꼈던 즉각적인 동료애며, 워싱턴 호수에서 캘리포니아를 상대로 거둔 확실한 승리며, 포킵시에서 거둔 놀라운 막판 따라잡기 승리며, 이날 거의 손쉽게 거둔 예선전의 승리까지도) 함께 있으면 위대함을 성취할 수 있다는 자신감을 이들에게 단단히 각인시켰다. 그들 중 누구도 보트에 있는 다른 누군가를 의심하지 않았다. 하지만 서로를 믿는 것은 더 이상 문제가 되지 않았다. 이보다 더 어려운 것은 자기 자신을 확신하는 것이었다. 이들의 머리와 가슴에서는 두려움이라는 경고 물질이 계속해서 솟아났던 것이다.

그날 밤 늦게, 울브릭슨도 마침내 자기 숙소로 돌아가고 나서, 선수들은 하나씩 둘씩 호텔을 빠져나와 카네기 호숫가를 걸었다. 보름달 아래의 호수는 은색으로 반짝였다. 이들의 발치 풀밭에서는 귀뚜라미가 울었다. 이들은 달빛을 받은 하늘의 별들을 바라보고, 나지막이 이야기를 나누고, 자기들이 누구며 무슨 일을 했는지 서로에게 상기시켰다. 그들 중 일부에게는 이것만으로도 충분했다. 조는 세월이 흐르고 나서도 그날 자기한테 다가온 냉정의 감각을 회고했다. 결의가 그의 몸속에 흘러들어오기 시작했고, 처음에는 눈 녹은 물처럼 졸졸, 나중에는 강물처럼 콸콸 흘러들어왔다. 머지않아 이들은 각자의 방으로 들어가 잠이 들었다. 일부는 평화롭게 잤지만, 일부는 뒤척거리면서 잤다.

다음 날 아침, 척 데이는 일어나자마자 일기장에 이렇게 적었다. "올림픽 대표 선발전 마지막 날. 매우 긴장되지만 확신이 넘친다." 조니 화이트는 이렇게 썼다. "일어났을 때에는 모두 겁에 질려 있었고, 앨빈 코치님도 우리 방에 계속해서 들락거렸다."

앨빈 울브릭슨 본인조차도 차마 느긋하게 있지는 못했다. 이날이야말로 그에게는 심판일이었다. 그의 동료 가운데 상당수가 이날 저녁의 경기를 이곳에서 직접 보게 될 것이었다. 이브라이트뿐만 아니라 시러큐스의 연세 지긋한 짐 텐 에이크며, 예일의 짐 리더Jim Leader, 코넬의 짐 레이Jim Wray, 1904년의 올림픽 스컬 동메달리스트인 콘스턴스 타이터스Constance Titus까지도. 그뿐만 아니라 로열 브로엄도 그곳에 있을 것이며, CBS 방송국을 통해 전국의 50개 방송국이 이 경기를 생방송으로 중계할 것이었다. 시애틀 주민 모두가 (그리고 이 나라의 나머지 지역에 있는 사람 대부분이) 그 방송에 귀를 기울일 것이었다. 만약 선수들이 그를 위해 승리하지 못한다면 그로선 더 이상 숨을 곳조차 없을 것이었다.

이날 아침 뉴저지 주에는 천둥번개를 동반한 폭풍이 몰려왔고, 프린스턴 인의 지붕에는 비가 억수처럼 쏟아졌다. 하지만 정오가 되자 구름은 지평선 너머로 사라져버리고, 날씨는 뜨거우면서도 후덥지근했지만, 그래도 하늘은 맑게 개었다. 카네기 호수의 수면은 마치 거울처럼 매끈했으며, 투명한 파란 하늘을 반사했다. 올림픽 대표 선발전의 마지막 경기는 오후 5시 이후에나 있을 것이었기 때문에, 선수들은 이날 대부분을 프린스턴의 경주정 보관고에서 어슬렁거리며 최대한 냉정을 유지하려고 애썼다. 오후 늦게 조정 팬들을 가득 태운 검은색의 고급 승용차들이 카네기 호수에 도착하기 시작했다. 그 운전사들은 경주로에서 마지막 수백 미터쯤 되는 부분의 나무 그늘 아래에 승용차를 세워놓고, 소풍용 돗자리를 잔디 위에 펼쳐놓은 뒤 샌드위치와 시원한 음료가 가득 든 바구니를 열어놓았다. 결승선에 자리한 관람석에는 안내지를 가지고 부채질을 하면서 관람객들이 서서히 모여들고 있었다. 중절모와 파나마 모자를 쓴 남자들, 테가 평평한 모자를 멋진 각도로 머리에 올려놓은 여자들도 있었다. 모두 1만 명쯤 되는 사람들이 열기에도 불구하고 겨우 6분여의 경주를 구경하기 위해 찾아온 것이었다. 이 6분이 지나고 나면, 이제 곧 물 위에 나설 선수들 가운데 딱 아홉 명을 제외한 나머지 모두의 꿈은 산산조각이 나게 될 것이었다.

오후 4시 45분, 전날의 예선전에서 1등과 2등을 차지한 네 팀이 (캘리포니아, 펜실베이니아, 워싱턴, 뉴욕 체육회) 프린스턴의 경주정 보관고에서 나와 카네기 호수로 노를 저어 들어갔다. 이들은 석조 다리 아래의 우아한 아치를 지났고, 길고도 물살이 빠른 호수의 굽이를 지난 뒤 일직선으로 출발대까지 갔다. 윙드 푸터스 호가 자기네 보트를 한 바퀴 돌리더니 후진해서 맨 먼저 출발대에 들어섰고, 이어서 펜실베이니아도 똑같이 했다. 워싱턴이 후진하려는 순간 크고 고집스러운 백조 한 마리가 이들의 길을 가로막는 바람에, 급기야 바비 모크가 메가폰으로 소리를 지르며 양팔을 힘껏 휘젓고 나서야 비로소 천천히 옆으로 비켜섰다. 곧이어 캘리포니아도 후진해서 출발대에 들어섰다.

늦은 오후의 햇빛 아래, 강둑을 따라 선 키 큰 나무들이 출발대와 보트 모두에 긴 그림자를 드리웠지만, 그렇다고 해서 열기가 눈에 띄게 줄어든 것은 아니었다. 워싱턴의 선수들은 웃통을 벗고 있었는데, 보트에 올라타기 직전에 각자의 저지셔츠를 벗어 던진 까닭이었다. 이제 그들은 시작과 동시에 강하게 잡아당길 수 있도록 노를 물에 넣어두고 가만히 앉아서, 저마다 자기 앞사람의 목덜미를 뚫어져라 바라보며, 최대한 느리고 편안하게 숨을 쉬려고 노력하면서, 가슴과 정신을 보트 안에 집중하려고 애쓰고 있었다. 바비 모크는 자기 좌석 아래로 손을 뻗어서 톰 볼스의 소유인 행운의 중절모를 만져보았다. 보트에 몇 그램의 무게를 더하는 대신 행운을 얻고자 했던 것이다.

오후 5시가 조금 지났을 때 출발신호원이 소리쳤다. "모두들 준비됐나?" 네 명의 키잡이가 모두 손을 들자 곧바로 총소리가 울려 퍼졌다.

워싱턴은 출발이 늦고 말았다. 경기가 시작되고 나서 네 번째인지 다섯 번째 스트로크 만에 고디 애덤과 스터브 맥밀린이 '쓸리기'를 했기 때문이다. 다시 말해 이들이 당기기를 완전히 끝내기도 전에 노가 물 밖으로 튀어나왔다는 것인데, 이런 경우에는 보트가 순간적으로 균형을 잃게 되고, 선수들이 만들어내려고 노력하고 있는 중요한 가속도를 갑자기 방해해버린다. 다른 세 척의 보트는 앞으로 곧장 튀어나갔다. 다음번 스트로크 때에 워싱턴의 노 여덟 개는 물속에서 깨끗하게, 완벽하게 곧바로 움키기를 실시했다.

뉴욕 체육회는 잠깐 동안이나마 선두로 나섰지만, 분당 40스트로크라는 높은 박자로 물을 휘저은 펜실베이니아가 곧바로 선두를 빼앗았다. 38회로 노를 젓고 있던 캘리포니아는 세 번째 자리를 지켰으며, 그로부터 3미터 떨어진 곳에 워싱턴의 뱃머리가 있었다. 바비 모크와 돈 흄은 스트로크 비율을 39회로 올려서 다시 가속도를 얻었지만, 그 즉시로 다시 비율을 낮춰서 38회로, 37회로, 다시 36회로, 35회로 만들었다. 비율을 낮추는 와중에도 허스키 클리퍼 호는 계속해서 캘리포니아의 뱃머리 바로 뒤의 위치를 유지하고 있었다. 저 앞에서는 펜실베이니아가 여전히 39회의 박자로 호수를 질주하고 있었다. 경주로에서 4분의 1 지점에 도달했을 즈음, 바비 모크는 자기네 배가 캘리포니아를 서서히 따라잡고 있음을 깨달았다. 하지만 그는 비율을 더 낮추라고 흄에게 말했고, 홉은 놀라우리만치 낮은 박자인 34회로 만들었다. 절반 표시에 도달했을 무렵, 뉴욕 체육회가 갑자기 처지기 시작하더니 워싱턴보다도 한참 뒤로 밀려나고 말았다. 펜실베이니아는 여전히 캘리포니아와 4분의 3정신 차이로 선두를 유지했으며, 천천히 그 간격을 넓혀나갔다. 허스키 클리퍼 호는 캘리포니아의 꼬리에 계속 못 박힌 듯 머물러 있었다. 이때 선수들은 계속해서 34회로 노를 젓고 있었다.

하지만 그 34회는 정말 대단한 34회였다. 좌현의 돈 홉과 우현의 조 랜츠는 길고, 느리고, 달콤하고, 물 흐르는 듯한 스트로크로 이 박자를 맞추고 있었으며, 그 뒤의 다른 선수들도 홉 하나 없이 이들에게 맞춰가고 있었다. 카네기 호수의 강변에서는 워싱턴의 선수들과, 노들과, 허스키 클리퍼 호가 마치 하나의 물체인 듯 우아하고도 힘 있게 수축과 이완을 반복하며 수면에서 앞으로 나아가는 것처럼 보였다. 여덟 명의 벌거벗은 등이 완벽한 일치를 이루며 앞뒤로 움직였다. 여덟 개의 하얀 노깃이 마치 거울처럼 맑은 물 위에서 정확하게 똑같은 순간에 맞춰서 물에 들어갔다 나왔다 했다. 노깃이 호수에 들어갈 때마다, 물이 튀거나 잔물결이 이는 법이라고는 거의 없다시피 한 상태에서 물속으로 사라졌다. 노깃이 물속에서 나올 때마다, 배는 막힘이나 주저함 없이 앞으로 달려나갔다.

1,500미터 표시 바로 앞에서 바비 모크는 돈 홉에게 몸을 기울이고 이렇게 소리를 질렀다. "캘리포니아가 여기 있어! 캘리포니아를 우리가 여기서 따라잡아야 돼!" 홉은 스트로크 비율을 약간 올려서 36회로 만들었고, 워싱턴은 재빨리 캘리포니아를 한 좌석 한 좌석 앞질러 나갔다. 이들은 펜실베이니아의 배꼬리로 다가섰고, 펜실베이니아의 스트로크 노잡이인 로이드 색스턴Lloyd Saxton은 허스키 클리퍼 호의 뱃머리가 자기네 바로 뒤에 따라오는 것을 보고는 그야말로 무지막지한 41회로 박자를 올렸다. 하지만 펜실베이니아의 스트로크가 빨라지다 보니 스트로크

의 길이는 오히려 더 짧아질 수밖에 없었다. 워싱턴의 노깃이 물 위에 남기는 '웅덩이' 흔적을 흘끗 본 색스턴은 양쪽의 거리를 보고 깜짝 놀랐다. "우리가 1미터를 갈 동안에 그들은 1.5미터를 가더군요. 정말 믿을 수 없었습니다." 그는 경주가 끝나고 말했다. 워싱턴은 결국 펜실베이니아와 뱃머리를 나란히 하고 달렸다.

하지만 바비 모크는 아직까지도 자기네 선수들의 고삐를 완전히 풀어준 것이 아니었다. 500미터를 남긴 상황이 되자, 그는 마침내 고삐를 완전히 풀어주었다. 그는 박자를 더 올리라고 흄에게 고함쳤다. 스트로크 비율은 39회로 올라갔고, 곧이어 40회로 올라갔다. 대여섯 번의 스트로크가 이루어지는 사이에, 두 척의 뱃머리는 선두를 놓고 다툼을 벌였으며, 마치 마지막 직선 구간에 접어든 두 마리 경주마의 머리처럼 앞뒤로 흔들렸다. 마침내 워싱턴의 선수들이 약 1미터 차이로 확실히 앞으로 나섰다. 바로 그때부터, 고디 애덤이 훗날 말한 것처럼, 상황은 "식은 죽먹기"였다. 400미터를 남긴 상황에서, 워싱턴은 말 그대로 지쳐버린 펜실베이니아 선수들을 완전히 제치고 나아갔으며, 마치 아침 통근 열차 옆을 지나가는 특급 열차처럼 마지막 수백 미터 동안에 이례적인 우아함과 힘을 드러내며 질주했다. 쇼티 헌트가 다음 날 부모님한테 써 보낸 편지에 따르면, 마지막 20회의 스트로크는 그가 "지금까지 보트에 올라타고 느낀 것 중에서 최고"였다. 결승선 앞에서도 이들은 한 정신 차이로 선두를 유지했으며, 그 간격을 계속 늘려가고 있었다. 결승선을 통과하는 순간, 바비 모크는 물리학과 상식의 법칙 모두를 무시하고 갑자기 폭 60센티미터의 경주정 배꼬리에서 벌떡 일어나 한쪽 주먹을 치켜들고 의기양양하게 공중에 휘둘렀다.

펜실베이니아는 두 번째로 들어왔다. 캘리포니아는 세 번째였다. 뉴욕 체육회의 경주정은 워싱턴의 보트보다 세 정신 하고도 4분의 3 차이로 들어왔는데, 그 선수들 가운데 절반쯤은 열기에 지친 나머지 노 위에 푹 엎어져 있었다.

워싱턴 주 곳곳에서는 (올림픽 반도에 있는 연기 자욱하고 작은 제재소 도시에서, 캐스케이드 산맥에 자리한 허름한 낙농장에서, 시애틀의 캐피틀 힐에 있는 멋진 빅토리아풍 주택에서, 몬틀레이크 컷 수로에 자리한 '허스키'들의 낡은 경주정 보관고에서도) 사람들이 자리를 박차고 일어나 환호성을 질렀다. 어머니들과 아버지들이 웨스턴 유니언의 사무실로 가서 동부에 있는 아들들에게 축전을 보냈다. 신문기자들은 헤드라인을 만들기 위해서 서둘러 달려갔다. 바텐더들은 손님들에게 공짜 술을 한 잔씩 돌렸다. 방금 전까지만 해도 꿈이던 것이 현실이 되었다. 워싱턴 선수들이 올림픽에 나가게 된 것이다. 역사상 처음으로 시애틀이 세계무대에서 경기를 치르게 된 것이었다.

워싱턴 호숫가에 자리한 아직 완공되지 않은 해리 랜츠의 집에서도 조이스와 꼬마들이 라디오 옆에 앉아 있다가 환호성을 질렀다. 해리는 아무 말도 하지 않았지만, 갑자기 얼굴이 환해지더니, 웬 상자 안을 뒤적뒤적하다가 커다란 성조기를 꺼내 라디오 위의 벽에다가 걸어놓고는 뒤로 몇 걸음 물러서서 바라보았다. 꼬마들은 이웃의 친구들에게 자랑하려고 달려갔다. 조이스는 말없이 기뻐하면서, 꼬마들이 조마조마해하면서 경기에 귀를 기울이는 동안 바닥에 잔뜩 떨어뜨린 땅콩 껍질을 치우기 시작했다. 순간 그녀의 마음 한편에서는 작은 아쉬움이 고개를 들었다. 이건 결국 이번 여름이 끝나기 전까지는 조가 집에 돌아오지 않으리라는 뜻이었기 때문이다. 하지만 그건 사소한 불평에 불과하다는 것을 그녀도 잘 알았다. 게다가 올림픽 선수복을 입은 조가 시애틀에 도착해 기차에서 내리는, 그리하여 가을에 결국 집에 돌아오는 모습을 상상하는 순간, 그녀의 이런 아쉬움은 순수한 기쁨에 자리를 내주었다.

조와 그의 동료들은 환한 얼굴에 커다란 미소를 띠우며 노를 저어서 프린스턴 경주정 보관고로 돌아와, 우승자의 전통대로 바비 모크를 물에 던져 넣었다가 꺼낸 다음, 부양선착장에서 그들을 기다리던 신문과 뉴스영화 기자들 앞에 서서 자세를 취했다. 미국 올림픽조정위원회의 헨리 펜 버크Henry Penn Burke가 바비 모크 옆에 서서 은제 우승컵을 건네주었다. 뉴스영화 촬영용 카메라가 돌아가는 가운데, 웃통을 벗은 채로 물에 흠뻑 젖은 모크가 우승컵의 한쪽 귀를 붙잡았고, 정장과 넥타이 차림의 버크가 다른 한쪽 귀를 붙잡았다. 곧이어 버크가 이야기를 시작했다. 그는 계속 말하고, 말하고, 또 말했다. 선수들은 지쳐 있었고, 선착장 위는 마치 불타는 듯 뜨거워서, 이들은 얼른 샤워를 하고 축하를 시작하고 싶었다. 하지만 버크는 계속해서 자기 말만 했다. 마침내 모크가 우승컵을 슬쩍 잡아당기자, 버크의 손에서 우승컵이 떨어져나왔다. 하지만 버크는 계속 이야기를 하고 있었다. 뉴스영화 카메라가 여전히 돌아가는 가운데 계속해서 떠들어대는 버크를 선착장에 남겨두고, 선수들은 컵을 들고 앞장선 모크와 함께 그곳을 떠났다.

앨 울브릭슨도 이보다는 훨씬 짧게 몇 마디를 언론에 남겼다. 올해 대학대표팀이 거둔 성공을 어떻게 설명하겠느냐는 질문을 받자, 그는 곧바로 문제의 핵심으로 들어갔다. "보트 안의 선수들 모두 자기 동료 한 명 한 명에 절대적인 신뢰를 품고 있습니다. 그들이 승리한 이유는 누구 하나 덕분이라고 할 수 없고, 심지어 스트로크 노잡이인 돈 흄 덕분이라고도 할 수 없습니다. 올해 봄 내내 이루어진, 진심에서 우러난 협력이야말로 승리의 원인입니다."

울브릭슨은 시인과는 거리가 멀었다. 그건 오히려 포코크의 영역이었다. 하지만 그가 한 말은 그의 마음속에 있는 내용을 최대한 가깝게 포착해냈다. 지난 여러 해 동안 잡힐 듯 잡히지 않던 것을 드디어 손아귀에 넣었음이 확실하다고, 그는 뱃속에서부터 느껴지는 종류의 강한 확신을 품고 알게 되었다. 모든 것이 하나로 합쳐져 있었다. 적절한 태도, 적절한 인성, 적절한 기술을 보유한, 적절한 노잡이가 있었다. 매끈하고 균형 잡히고 놀라우리만치 빠른, 완벽한 보트가 있었다. 단거리와 장거리 모두에서 승리의 전략이 있었다. 어려운 결정을 내리는 것은 물론이고, 그런 결정을 빨리 내릴 만한 배짱과 똑똑함을 구비한 키잡이가 있었다. 이 모두를 합치자, 차마 그가 설명할 수 없는 뭔가가, 차마 어느 시인도 감히 설명할 수 없을 법한 뭔가가 생겨났다. 그 부분의 총합보다 더 큰 뭔가가, 신비스럽고도 차마 말할 수 없고도 바라보기에 멋진 뭔가가 생겨난 것이다. 그리고 그는 바로 그 뭔가에 크게 감사해야 한다고 생각했다.

그날 저녁에 앨 울브릭슨은 조지 포코크와 함께 프린스턴 인으로 돌아오고 있었다. 따뜻하지만 습한 저녁에 각자의 코트를 어깨에 걸치고 걷다가, 울브릭슨이 갑자기 멈춰 서서 불쑥 포코크를 돌아보더니 오른손을 내밀며 말했다. "도와주셔서 고맙습니다, 조지." 포코크는 이 순간을 추억하며 훗날 이렇게 말했다. "앨이 그런 말을 했다는 것은 불꽃놀이와 행진 악단을 동원한 화려한 축하에 맞먹을 만한 일이었다."

그날 밤 늦게, 선수들을 위한 연례 로열 사우디 축하 연회가 개최되었다. 선수들 각자의 자리에는 전통에 따라 자주색 넥타이 하나와 5달러 지폐 한 장씩이 놓여 있었다. 하지만 이들이 식사를 하고 축하를 나누는 와중에도, 프린스턴 인의 복도에는 한 가지 불편한 소문이 돌기 시작했다.

오후 8시가 되자 이 소문은 결국 사실로 확인되었다. 프린스턴의 경주정 보관고 앞 선착장에서의 기나긴 연설이 끝나자, 헨리 펜 버크가 앨 울브릭슨과 조지 포코크, 그리고 워싱턴 대학의 체육부장인 레이 에크먼Ray Eckman을 데리고 어느 방으로 들어가더니, 이들에게 사실상의 최후통첩을 한 것이었다. 즉 워싱턴이 베를린에 가고 싶다면 선수들이 그 여비를 알아서 부담해야 한다는 것이었다. "화물이며 기타 비용도 알아서 부담해야 합니다." 버크가 말했다. "우리한테는 예산이 전혀 없거든요."

마침 버크는 필라델피아 소재 펜실베이니아 체육회의 회장 겸 핵심적인 기금 모금인이었다. 급기야 그는 펜실베이니아는 원래 돈도 많고 이번에 2등도 차지했으니, 워싱턴이 양보만 한다면 펜실베이니아가 기꺼이 베를린에 갈 의향이 있다고 말하기까지 했다.

마침 그 주에는 미국 곳곳에서 이와 유사한 드라마가 펼쳐진 바 있었다. 미국 올림픽위원회는 기금 부족에 직면해 있었다. 수영, 펜싱, 그리고 다른 열댓 개 팀의 선수들도 베를린까지의 여비를 완전히, 또는 부분적으로 알아서 해결하라는 통보를 받았다. 하지만 문제는, 이 직전까지만 해도 AOC나 올림픽조정위원회나 간에 자기들이 이 예선전의 승자를 올림픽에 내보낼 능력이 없다는 사실을 입도 뻥긋하지 않았다는 점이었다. 예상 밖의 상황에 직면한 울브릭슨은 놀라고도 격분했다. 선수들을 동부의 포킵시와 프린스턴까지 보내는 비용을 마련하는 과정에서도, 이미 대학 측은 졸업생과 시애틀 시민 모두에게 애원해서 동전 한 푼까지 긁어모아야만 했다. 게다가 선수들 가운데 어느 누구도 각자의 여비를 부담할 가능성은 전혀 없었다. 이들은 대기업의 상속자나 후계자도 아니었다. 이들은 노동 계급에 속한 미국인에 불과했다. 울브릭슨에게는 이 모든 일이 역겹기만 했다. 워싱턴 측 사람들이 자리에서 일어나려는 와중에도 버크는 계속 떠들어댔다. 그는 캘리포니아도 1928년과 1932년 모두 여비를 자체 부담했었다고 지적했다. 1924년에 예일도 "자체 기금"을 모으는 데에 아무 문제가 없었다고 했다. 그러니 시애틀에 있는 누군가가 돈을 낼 수 있으리라는 것이었다.

하지만 울브릭슨이 아는 바로는 그렇지 않았다. 예일에는 무슨 일에나 큰돈을 내놓을 만한 사람이 수두룩했으며, 1928년이야 대공황 전이니 기금을 모으는 일도 1936년보다는 쉬웠을 것이다. 게다가 1932년에 이브라이트는 선수들을 데리고 버클리에서 올림픽 개최지인 로스앤젤레스까지 560킬로미터만 가면 그만이었다. 그렇다면 비용을 얼마나,

또 언제까지 모아야 하느냐고 그는 버크에게 냉랭하게 물어보았다. 5,000달러를 이번 주말까지 모아야 한다고 버크가 대답했다. 그렇지 못하면 펜실베이니아가 대신 올림픽에 출전한다는 것이었다.

이 일 직후에 울브릭슨은 로열 브로엄이며 조지 바넬과 상의했으며, 불과 몇 분 뒤에 두 사람은 헤드라인과 특별 칼럼을 작성해서 내일자 〈시애틀 포스트 인텔리전서〉와 〈시애틀 타임스〉에 게재하도록 전송했다. 그로부터 몇 분 뒤에, 시애틀에서는 곳곳에서 전화가 울리기 시작했다. 레이 에크먼은 자기 부하인 칼 킬고어 Carl Kilgore에게 우선 전화를 걸었고, 곧이어 킬고어가 그 지역 곳곳에 다시 전화를 돌렸다. 시애틀 시간으로 오후 10시에 킬고어는 이 도시의 지도자급 인사 열댓 명과 통화하고 대략적인 계획을 세웠다. 다음 날 아침에 이들은 워싱턴 체육회 건물에 본부를 개설하고, 본부장을 선출한 다음, 작업팀을 조직할 것이었다. 그 와중에 모두가 전화를 더 많이 돌리기 시작했다. 앨 울브릭슨은 선수들을 놀라게 하지 않으려고 최대한 애썼다. 이처럼 터무니없는 상황 때문에 자칫 선수들이 공연히 초조해질 수 있었다. 그는 선수들에게 기금 부족액을 최소한으로 줄여서 말했고, 덕분에 선수들은 만사가 잘 해결되리라 믿고 그날 밤 편안한 마음으로 잠자리에 들었다.

다음 날 아침, 쇼티 헌트는 부모님한테 짧은 편지를 보냈다. "드디어 꿈이 이루어졌어요! 이런, 세상에, 우리가 얼마나 운 좋은 애들인지 몰라요! 행운의 여신이 우리 어깨에 올라앉아 있다는 걸 어느 누구도 부정하지 못할 거예요." 곧이어 그는 다른 선수들과 함께 멜론과 아이스크림을 잔뜩 먹어치우고 나서, 폭스 무비톤의 뉴스영화 카메라 앞에 줄지어 섰다.

그로부터 몇 시간 뒤, 시애틀 사람들은 잠에서 깨자마자 깜짝 놀랄 만한 헤드라인과 라디오 뉴스 속보를 접하게 되었다. 온 도시가 곧바로 팔을 걷어붙이고 나섰다. 여름방학을 맞아 집에 돌아간 여학생들은 저마다 모금통을 들고 이웃들을 집집마다 찾아갔다. 동문회장 폴 커플린Paul Coughlin은 졸업생 가운데서도 가장 유명한 사람 몇 명에게 전화를 걸었다. 수천 개의 모금용 배지가 금세 제작되었고, 여름 보충 강의를 위해 캠퍼스에 남은 학생들이 그걸 개당 50센트씩에 판매하기 시작했다. 라디오 아나운서가 아침 프로그램에서 기금 마련을 호소하기도 했다. 시내에서는 퍼시픽전화전신의 지국장 I. F. 딕스I. F. Dix가 위원장으로 선출되었다. 곧이어 딕스의 사무실에서 이 주에 속한 크고 작은 도시와 마을을 향해 전보가 날아가기 시작했다. 재향군인회의 지부와 기타 민간 및 친교 조직에도 1,000통 이상의 편지가 작성되어 배달되었다.

이날 오후가 되자 현금과 기부 서약이 쏟아져 들어오기 시작했다. 〈시애틀 타임스〉가 내놓은 500달러라는 꽤 많은 금액이 시작이었다. 하이드 어웨이 맥줏집에서는 5달러를 내놓았다. 저 유명한 스탠더드 오일에서도 50달러를 내놓았다. 끝까지 익명으로 남기를 원한 기부자도 1달러를 내놓았다. 하이럼 코니베어 밑에 있던 키잡이로 현재 타코마에 살고 있는 세실 블로그도 5달러를 내놓았다. 선수들의 고향에서도 (벌써 몇 주째 이들의 업적이 그 지역의 신문 헤드라인을 장식한 바 있었다.) 돈이 들어오기 시작했다. 바비 모크의 고향 몬테사노에서 50달러, 고디 애덤이 자라난 낙농장에서 가장 가까운 도시인 벨링엄에서 50달러, 돈 흄의 고향 올림피아에서 299달러 25센트, 조 랜츠의 고향 세큄에서 75달러를 보냈다. 모금 운동 첫째 날이 끝날 무렵, 자원봉사자들이 개당 50센트짜리 배지를 판매해 얻은 수익금은 1,523달러였다. 둘째 날이 끝날 무렵, 시애틀 상공회의소 소장인 T. F. 데이비스T. F. Davies가 5,000달러 지불 보증 수표를 봉투에 넣어서 항공우편으로 앨 울브릭슨에게 보냈다.

이로써 울브릭슨과 선수들은 7월 14일에 맨해튼 호를 타고 독일로 출발할 준비를 기분 좋게 마쳤다. 헨리 펜 버크를 만나고 돌아온 울브릭슨은 저녁에 로열 브로엄이며 조지 바넬과 잠깐 만나 이야기를 나누었다.

버크와 AOC를 찾아가 최대한 포커페이스를 유지하며 (즉 그의 평소 표정 그대로) 워싱턴은 베를린까지의 여비에 충당할 기금을 마련했다고 사무적인 어조로 말했다는 내용이었다. 도대체 무슨 수로 5,000달러라는 거금을 그토록 빨리 모았느냐는 어색한 질문을 누가 던지기도 전에, 그는 재빨리 롱아일랜드 사운드 인근에 있는 자기네 시설에서 연습하게 해주겠다는 뉴욕 체육회의 초청을 받아들이고 서둘러 프린스턴을 벗어났다.

이제 공식적으로 '미국 올림픽 조정 에이트 종목 대표팀'이 된 선수들은 트래버스 섬에 머물게 되었는데, 그제야 자기들이 부지불식간에 전국적인 유명인사가 되었음을 실감했다. 물론 이들의 고향 시애틀에서는 완전히 슈퍼스타 대접을 받고 있었다. 동부의 코치들과 스포츠 기자들은 1934년에 포킵시에서 거둔 신입생팀 우승 이후 점점 더 관심을 보이며 이들을 따라다녔다. 그리고 이제 프린스턴에서의 마지막 스무 번의 스트로크를 본 뒤, 전국의 신문기자들이 뒤따라 기사를 작성하기 시작했다. 그 내용은, 그로부터 2주 전에 포킵시의 저녁 어스름 속에서 조와 그의 동료들이 갑자기 모습을 나타냈을 때 그들이 비로소 처음으로 떠올린 바로 그 생각이었다. 즉 이 청년들이야말로 역사상 가장 위대한 대학 조정부원들인지도 모른다는 것이다.

롱아일랜드 사운드에 자리한 트래버스 섬은 뉴로셸의 남쪽이었다. 이곳에 있는 뉴욕 체육회의 시설은 1888년에 완공되었으며 30에이커의 깔끔하게 단장된 부지 한가운데에 호화롭고 넓은 클럽하우스가 세워져 있었다. 만찬장과 굴 요리점, 당구장, 각종 시설이 완비된 체육관, 보트 보관고, 상상 가능한 모든 체육 장비, 트랩 사격장, 야구장, 볼링장, 권투 경기장, 테니스장, 스쿼시장, 육상경기장, 사우나 시설, 수영장, 이발소, 주차 서비스, 넓게 펼쳐진 잔디밭 등이 갖춰져 있어서 그 어떤 실용적 목적에도 걸맞았으며, 아마추어 운동선수에게는 컨트리클럽 기능을 했고, 웨스트체스터 카운티의 중요한 행사가 열리는 장소 노릇을 했다. 쉽게 갈 수 있는 훌륭한 조정경기장도 해협에 마련되어 있었다. 태평양 연안 북서부의 들판이며 숲이며 작은 도시에서 온 워싱턴의 선수들에게 가장 좋은 점은, 바로 이곳이 뉴욕 시의 다층적인 수수께끼와 경이로부터 불과 몇 킬로미터 떨어지지 않았다는 점이었다.

그 주 내내 동부 연안과 미국 대부분의 지역에는 어마어마한 더위가 지속되고 있었지만, 선수들은 이에 아랑곳하지 않고 뉴욕의 별칭인 '빅 애플Big Apple'을 한 입 맛보러 나섰다. 이들은 율리시스 그랜트 대통령의 기념관인 '그랜트 영묘Grant's Tomb'를 참배했고, 최신형 호화 여객선 '퀸 메리Queen Mary 호'에 타보려고 했지만 뜻을 이루지는 못했으며, 컬럼비아 대학 캠퍼스를 구경하고, 개장한 지 얼마 안 된 록펠러 센터를 구경하고, 브로드웨이를 이리저리 거닐어보고, 은퇴한 권투선수 잭 뎀프시가 운영하는 식당에서 식사를 했다. 이들은 성인용 버라이어티 쇼인 민스키 벌레스크Minsky's Burlesque를 보러 당당하게 들어갔다가, 공연이 끝나자 눈이 휘둥그레지고 멋쩍은 웃음을 지으며 나왔다. 조니 화이트는 이날의 감회를 일기장에 적었다. "너무 저속했다." 이들은 월스트리트 근처를 돌아다녔고, 1929년에 부모님들이 이곳에 관해서 소리 죽여 뭔가 이야기하던 모습을 회고했다.

이들은 지하철을 타고 유원지인 코니아일랜드로 갔는데, 막상 도착해보니 한 주의 중반인데도 불구하고 맨해튼의 숨 막히는 열기를 피해 도망친 수십만 명의 뉴요커들이 이들보다 한 발 앞서 그곳에 와 있었다. 인파가 북적이는 보도 위에서, 바닷가 이쪽 끝에서 저쪽 끝까지 눈 닿는 범위 내에는, 수많은 사람들이 모래밭에 몰려들어 마치 시커멓고 꿈틀거리는 덩어리처럼 보였다. 이들은 긴 대열을 뚫고 나가면서, 뉴욕의 오만가지 목소리에 매료되었다. 이탈리아어로 말하는 어머니들, 에스파냐어로 말하는 푸에르토리코 출신 아이들, 이디시어로 말하는 할아버지들, 폴란드어로 말하는 아가씨들, 그리고 수십 가지의 서로 다른 억양과 종류의 영어로 서로를 부르는 아이들이 있었는데 이들의 목소리에는 브롱크스와 브루클린과 뉴저지 특유의 억양이 깃들어 있었다. 이들은 네이선스Nathan's에서 5센트짜리 핫도그를 사먹고, 솜사탕과 아이스크림과 코카콜라를 사먹었다. 이들은 높이 45미터의 대관람차에 올라타고, 머리카락이 쭈뼛 서는 사이클론 롤러코스터를 탔다. 이들은 루나 파크의 첨탑과 포탑 아래를 누비고, 이것저것 더 탔으며, 땅콩을 우물거리고, 코카콜라를 더 마셨다. 시내로 돌아올 때가 되자 이들은 지치기도 했으며 코니아일랜드에 완전히 감명을 받지도 못했다. "어찌나 지저분하던지." 척 데이는 일기장에 이렇게 적었다. "더럽고, 사람 많고, 바가지만 썼다." 그는 덥고 사람 많은 대뉴욕에도 그리 감명을 받지 못했다. "뉴욕 사람들은 하나같이 지치고, 창백하고, 연약해 보인다. 웃는 모습은 거의 없고, 서부처럼 건강하고 원기왕성해 보이지도 않는다."

뉴욕을 탐험하는 과정에서 이들은 하나둘씩 자기들이 처한 상황에 새로운 깨달음을 얻게 되었다. 어느 날 오후 타임스퀘어에서 키가 크고 육중한 체구의 남자가 쇼티에게 달려와 그를 유심히 바라보더니 이렇게 말했다. "당신, 쇼티 헌트죠!" 그는 다른 선수들도 바라보았다. "워싱턴 선수들, 맞죠?" 이들이 맞다고 대답하자, 그는 신문에 나온 쇼티의 얼굴을 딱 알아보았다고 말했다. 그 역시 컬럼비아의 노잡이 출신이며, 최근에 이들이 세운 업적을 보고는, 자기 아들도 서부의 대학으로 보내 뛰어난 노잡이로 만들 작정이라고 했다. 이것이야말로 이들이 이제는 워싱턴 대학만의 대표 선수가 아니라 미국의 대표 선수라는 사실을 처음으로 일깨워준 사건이었다. 다시 말해 이들의 저지셔츠에 박혀 있는 "W"라는 철자가 이제 곧 "USA"로 바뀔 참이라는 것이었다.

몇 년 전에 개장한 엠파이어스테이트 빌딩의 86층 전망대에서 조에게 에피파니의 순간이 찾아왔다. 선수들 가운데 어느 누구도 엘리베이터를 타고 호텔의 몇 층 이상을 올라가본 적이 없었으며, 빠른 상승 속도 때문에 모두들 짜릿해하면서도 겁을 먹었다. "귀가 먹먹해지고, 눈이 튀어나왔죠." 그날 밤에 쇼티 헌트는 집에 보내는 편지에 이렇게 적었다.

조는 이제껏 한 번도 비행기를 탄 적이 없었고, 자신의 190센티미터 가까운 키에서 제공하는 것보다 더 높은 곳에서 도시를 내려다본 적이 없었다. 그런데 이제 전망대에 오른 그는 연기와 수증기와 아지랑이 사이로 솟아난 뉴욕의 수많은 첨탑을 내려다보게 되었고, 과연 자기가 이걸 아름답다고 느끼는지, 아니면 무섭다고 느끼는지 여부도 알지 못할 지경이었다.

그는 낮은 석조 난간 밖으로 얼굴을 내밀어서, 거리를 지나가는 조그마한 자동차와 버스와 사람을 내려다보았다. 저 아래 펼쳐진 도시가 뭔가를 웅얼거리고 있음을 조는 깨달았다. 거리에 서 있을 때에는 빵빵대는 경적과 사이렌 소리와 덜컹거리는 전차의 불협화음이 그의 귀를 괴롭혔지만, 이 높이에 올라오자 뭔가 더 부드럽고 마음을 진정시키는 것이 마치 거대한 생물의 나지막한 숨소리처럼 들렸다. 이것이야말로 그가 생각한 것보다 훨씬 더 크고, 훨씬 더 상호 연결된 세상이었다.

그는 망원경에 동전을 넣고 브루클린 교를 자세히 살펴본 다음, 이어서 맨해튼 남부를 가로질러 멀리 떨어진 자유의 여신상을 바라보았다. 며칠 뒤면 그는 자유의 여신상 옆을 지나서 어떤 곳으로 가게 될 것이었다. 그런데 그가 이해한 바에 따르면, 그 어떤 곳에서는 사람들이 자유를 누리지도 못했고, 또한 일종의 폭력이 자행되는 것처럼 보였다. 다른 선수들도 이미 깨닫기 시작한 사실을, 조도 깨닫기 시작한 것이다.

이들은 이제 자기 자신보다 더 큰 뭔가의 (어떤 삶의 방식의, 어떤 공통된 가치들의) 대표자인 셈이었다. 자유는 아마도 그중에서도 가장 근본적인 가치일 것이다. 하지만 이들을 엮어주는 것들은 (즉 서로에 대한 신뢰, 상호

존중, 겸손, 페어플레이, 서로를 지켜주는 것 등은) 역시나 이들 모두에게 미국이 의미하는 바의 일부이기도 했다. 그리고 그것들이야말로 자유를 향한 열정과 함께 그들이 베를린으로 가져가려는, 그리고 그뤼나우 호수의 물 위로 나갈 때 그들이 세계 앞에 내놓을 것이었다.

갑작스러운 폭로는 바비 모크에게도 찾아왔다. 그가 트래버스 섬의 탁 트인 들판에 있는 나무 아래 앉아서 편지봉투를 열었을 때의 일이었다. 봉투 안에는 아버지가 보낸 편지가 들어 있었는데, 유럽을 방문했을 때 찾아가볼 친척들의 주소를 알려달라고 예전에 부탁했던 것에 관한 답장이었다. 그런데 봉투 안에는 또 다른 편지봉투가 밀봉된 채로 들어 있었고, 겉에는 다음과 같은 지시가 적혀 있었다. "혼자 있는 곳에서 뜯어보아라." 깜짝 놀란 모크는 이제야 나무 밑에 혼자 앉아 두 번째 편지봉투를 뜯어서 내용물을 읽어보았다. 편지를 다 읽었을 무렵, 그의 얼굴에서는 눈물이 흘러내렸다.

21세기의 기준으로 보면 별로 대단하지 않은 소식이었지만, 1930년대 미국의 사회적 태도라는 맥락에서는 이것이야말로 상당히 큰 충격이 아닐 수 없었다. 가스통 모크는 아들에게 이렇게 적어 보냈다. 유럽에 있는 친척들을 만나게 되면, 너는 그제야 처음으로 너와 네 가족이 유대인이라는 사실을 알게 될 것이라고.

바비는 나무 아래에 앉아서 이 문제를 오랫동안 곰곰이 생각해보았다. 단순히 아직까지도 소수자로서 상당한 차별을 당하는 집단에 자기가 속한다는 사실을 깨달아서이기보다는, 오히려 이 소식을 받아들이는 과정을 겪고 나서야 아버지가 그토록 오랜 세월을 조용히 혼자서 감내해야 했을 그 끔찍한 고통을 처음으로 깨달았기 때문이다. 지난 수십 년 동안 그의 아버지는 자기가 미국에서 성공하기 위해서는 자기 정체성의 본질적 요소를 친구와 이웃과 심지어 자녀에게도 숨겨야 한다고 생각했던 것이다. 바비는 모든 사람이 그 행동과 성격에 따라서 대우받아야 마땅하며, 단순히 사회의 통념에 따라 대우받아서는 안 된다고 배우며 자라났다. 그렇게 그를 가르친 사람은 바로 아버지였다. 하지만 이제는 그의 아버지가 바로 그 단순한 원칙을 준수하며 살아갈 만큼 스스로 안전하다고 느끼지 못했다는 사실이 폭로된 셈이었다. 그는 자신의 혈통을 고통스럽게도 숨겨야만 했고, 이것이야말로 미국에서도, 그리고 심지어 사랑하는 아들에게도 부끄러운 비밀이었던 것이다.

7월 9일, 뉴욕 시에는 역사적인 폭염이 몰려와 찜통으로 변해 있었다. 한 달 동안에 걸쳐서 유례가 없던 고온이 서부와 중서부를 달구었다. 1934년의 저 끔찍한 여름도 이처럼 지독하지는 않았다. 이제는 열기의 돔이 서부 연안에서 동부 연안까지, 그리고 북쪽으로는 캐나다까지 전국을 뒤덮고 있었다. 3,000명의 미국인이 고온을 견디지 못해 사망하고 말았는데, 그중 40명의 희생자가 뉴욕에서 나왔다.

하지만 미국 올림픽 조정 에이트 종목 대표팀은 최대한 시원하게 지냈다. 매일 오후마다 이들은 보트에 올라타고 트래버스 섬에서 1.6킬로미터 떨어진 롱아일랜드 사운드의 시원한 물 사이에 있는 뉴욕 체육회의 전용 휴양지 허클베리 섬으로 갔다. 이 섬은 면적 12에이커의 낙원이었는데, 선수들은 체육회 회원들이 이 섬을 찾을 때마다 항상 착용하는 칠면조 깃털 달린 인디언 머리띠 차림으로, 이곳의 여러 작은 화강암 후미 가운데 한 곳에 있는 바닷가에 도착해 자기네 보트에서 내린 순간 이곳을 좋아하게 되었다. 이들은 바위에서 시원한 초록 바닷물로 뛰어들었고, 헤엄치고, 돌아다니고, 따뜻한 화강암 판석 위에 큰대자로 누워서 몸을 갈색으로 그을리다가 또다시 물속에 뛰어들었다.

척 데이는 럭키스트라이크를 피우며 농담을 건네었다. 로저 모리스는 졸린 표정으로 누워서 데이의 담배 피우는 버릇에 관해 퉁명스러운 말로 참견했다. 고디 애덤은 인디언 머리띠를 두른 채 조용히 햇볕에 몸을 그을리는 데에 만족했다. 조는 이 섬의 지질 구조를 알아보기 위해 돌아다니다가 화강암에 새겨진 빙하 자국을 발견했다. 바비 모크는 휴식도 훈련의 연장이라며 동료들을 이리저리 몰고 다니려 하다가, 결국 귀찮게 생각한 친구들에게 붙잡혀서 서너 번쯤 바다에 내던져졌다. 그곳에서는 모두가 느긋했으며, 아주 편안했다. 바다와 숲 모두가 가깝다 보니, 이들은 화려하게 번쩍거리는 맨해튼에서는 결코 할 수 없는 방식으로 자기들의 구미에 맞는 장소에 있는 셈이었다.

이곳에서의 셋째 날, 앨 울브릭슨은 선수들이 헤엄치고 노는 일을 중지시켰다. 조정 외의 다른 모든 연습은 조정선수들에게 오히려 좋지 않다는 것이 그의 지론이었다. 그러다가는 자칫 엉뚱한 근육이 발달할 수 있었다.

마침내 짐을 싸서 독일로 떠날 준비를 할 시간이 찾아왔다. 7월 13일에 포코크의 감독 아래 선수들은 길이 19미터의 허스키 클리퍼 호를 대형 트럭에 실었고, (경찰의 호위 아래) 뉴욕 시 중심부에 있는 허드슨 강의 60번 부두로 향했다. 그곳에는 맨해튼 호가 이틀 뒤에 출항할 준비를 마치고 있었다. 포코크는 트래버스 섬에서 지내는 동안 경주정의 선체를 사포로 문지르고, 선박용 니스를 겹겹이 발랐으며, 니스를 한 번 바를 때마다 닦고 문질러서 경주정에 윤기가 나게 만들었다. 이것은 단순히 미적인 문제만이 아니었다. 포코크는 자기가 만들 수 있는 한 가장 빠른 경주정 바닥을 만들고 싶었던 것이다. 베를린에서는 몇 분의 1초라는 시간이 결국 승패를 가를 수 있었으니까.

맨해튼 호의 옆에 다가가서야 포코크는 선착장 위에 각종 사무실이며, 보관 창고며, 화물 더미며, 덮개 씌운 승객용 통로 등이 가득 펼쳐져 있는 것을 발견했다. 그는 선수들이 보트를 선박에 싣는 일을 감독하다가 그 긴 경주정을 무사히 배에 실을 수 있도록 이리저리 움직일 만한 공간이 충분하지 않다는 것을 깨달았다. 마침 이들은 모두 넥타이를 하고 있었는데, 이날 늦게 링컨 호텔에서 열리는 만찬 이후 벌어지는 리셉션에 참석하기 위해서였다. 숨 막히고 습한 열기 속에서, 이들은 경주정을 거꾸로 들어서 머리에 쓰고, 조심스럽고도 힘겹게 선착장 위를 거의 한 시간 동안 이리저리 걸어다녔으며, 여객선의 크고 붉은 선체를 올려다보면서 보트를 싣기 위해 정말 온갖 방법을 다 동원해보았다.

그러다가 선착장 맨 끝에서 누군가가 땅과 60도 각도로 기울어진 화물 전용 활강로를 발견했다. 이들은 조심스럽게 경주정의 뱃머리 끝을 활강로에 집어넣었다. 그리고 두 손과 두 발로 엉금엉금 활강로를 기어들어가 유보 갑판으로 올라갔다. 거기서 또다시 경주정을 자기네 머리 위로 높이 치켜들고 구명보트 갑판까지 간 다음 방수포로 덮고, 제발 누가 그걸 벤치로 착각하고 걸터앉지 않기를 바라고 또 기원했다. 곧이어 이들은 리셉션에 참석하기 위해 서둘러 떠났는데, 시간은 이미 매우 늦었고, 이들은 땀에 흠뻑 젖어 있었다.

링컨 호텔에서 이들은 AOC에 정식으로 등록했고, 올림픽에 함께 출전하는 동료들과 로비에서 처음으로 만났다. 글렌 커닝엄 Glenn Cunningham은 예리한 느낌의 회색 정장을 입고 밝은 노란색 넥타이를 매고 있었다. 방 한구석에는 사진기자들이 아이스크림색 비슷한 하얀 정장 차림의 제시 오언스 Jesse Owens를 한쪽에 몰아놓고, 그에게 색소폰을 들고 포즈를 취하라고 했다. "내가 불라고 하면 그걸 불어요." 한 사진기자가 말했다. 이 명령에 제시는 색소폰을 불었다. 그러자 악기에서는 길고 픽픽 하는 바람 빠지는 소리가 났다. "그 타이어 손 좀 봐야겠는데, 제시. 바람 빠지는 소리가 나잖아." 누군가가 농담을 건네었다.

방 안을 돌아다니는 동안, 워싱턴의 선수들은 자기들이 이곳에서 가장 유명한 사람은 아니며, 또한 가장 발이 빠른 사람도 아니고, 심지어 가장 힘이 센 사람도 아닐 거라고 추측하게 되었다. 하지만 (바비 모크를

예외로 친다면) 그들은 아마 가장 큰 사람일 가능성은 있어 보였다. 그러
다가 그들은 사상 최초의 미국 올림픽 농구 대표팀 선수인 2미터의 조
포텐베리 Joe Fortenberry와 2미터 3센티미터의 윌러드 슈미트 Willard Schmidt를 만
났다. 193센티미터인 스터브 맥밀린조차도 슈미트와 악수를 나누면서
그의 두 눈을 똑바로 바라보며 이러다가 목이 부러지겠다고 말했을 정
도였다. 바비 모크는 그렇게 할 엄두조차 내지 않았다. 그러려면 사다리
가 하나 있어야 할 것 같다고 생각했다.

다음 날에도 이런저런 활동으로 상당히 바빴다. 올림픽 대표 선수 자
격증과 독일 비자를 발급받았고, 마지막으로 몇 가지 자질구레한 일을
처리했으며, 여행자 수표를 구입했다. 조니 화이트는 유럽에 가져갈 용
돈을 어떻게 마련해야 할지 몰라 막막했다. 고향을 떠날 때 갖고 있던
14달러를 여전히 갖고 있기는 했지만, 그 정도 금액이면 오래가지도 않
을 것이었다. 그러다가 정말 막판에 가서야 100달러가 든 편지봉투가

조의 올림픽 출전 당시 여권

시애틀에서 날아왔다. 누이인 메리 헬렌Mary Helen이 그동안 모은 저금을 거의 모두 털어 보내면서, 그의 바이올린을 자기가 사는 값으로 치자고 했던 것이다. 하지만 조니는 누이가 바이올린에는 애초부터 아무 관심도 없음을 잘 알고 있었다.

이들은 뉴욕 관광의 마지막으로 로 스테이트 극장에 갔는데, 마침 이곳에서는 듀크 엘링턴Duke Ellington의 재즈 악단이 일주일 동안의 공연을 마무리하고 있었다. 조와 로저에게는 특히나 이것이야말로 뉴욕 체류의 하이라이트나 다름없었다. 이 극장의 커다란 크리스털 샹들리에 아래에서 붉은 플러시 천 객석에 앉아 도금된 목재 장식에 에워싸여서, 이들은 엘링턴 악단이 연주하는 〈보랏빛 기분Mood Indigo〉〈젊음의 강조Accent on Youth〉〈감상적인 기분으로In a Sentimental Mood〉〈업타운 다운비트Uptown Downbeat〉를 비롯해 열댓 가지 곡에 매료되어 귀를 기울였다. 조는 밝고 경쾌한 노래에 푹 빠졌으며, 자기 몸을 뒤덮는 음악을 흠뻑 빨아들이고, 그 음악이 자기 안에서 요동하는 것을 느꼈다.

그날 늦게, 이들은 다음 날 시작될 더 커다란 모험을 앞두고 마지막으로 '알파 델타 파이 클럽'에 묵었다. 불을 끄는 순간, 이들이 있는 곳에서 80킬로미터 떨어진 뉴저지 주 레이크허스트에서는 체펠린 비행선 힌덴부르크 호가 정박장을 벗어나고 있었다. 이 비행선은 이후 대서양을 건너 고향인 독일로 돌아가고, 1936년의 올림픽에서 작게나마 역할을 담당할 예정이었다. 밤하늘에 떠오른 그 비행선의 꼬리날개에는 검은색의 만卍 자가 큼직하게 적혀 있었다.

뉴스영화 촬영용 카메라가 돌아가고 플래시가 펑펑 터지는 가운데, 선수들은 이튿날 오전 10시 30분에 탑승 통로를 지나서 맨해튼 호에 들어섰다. 이 배에 탑승한 미국 올림픽 대표팀 소속의 다른 선수들 325명과 마찬가지로, 이들 역시 잔뜩 들뜨고 순전한 기쁨으로 가득한 상태였다. 이들 중 어느 누구도 시애틀에서 타던 연락선보다 더 큰 배에 탄 적이 없었는데, 맨해튼 호는 (길이 200미터에 무게 2만 4,289톤에, 객실이 8층에 걸쳐 있고, 1,239명의 승객을 태울 수 있었으므로) 일반 연락선과는 차원이 달랐다. 이 배야말로 완전한 의미에서의 초호화 여객선이었다. 취항한 지 겨우 5년밖에 되지 않았으며, 자매선인 워싱턴 호와 함께 1905년 이후로 미국에서 건조된 최초의 대형 북대서양 여객선인 동시에, 이때까지 미국에서 건조된 배 가운데 가장 컸다.

그날 아침에 허드슨 강에 정박해 있던 맨해튼 호는 누가 보더라도 미국 배 같은 모습을 하고 있었다. 즉 선체는 붉은색이고, 선루는 번쩍이는 흰색이며, 그 위에는 두 개의 굴뚝이 있었는데, 약간씩 뒤로 기울어진 그 굴뚝에는 붉은색과 흰색과 푸른색의 줄무늬가 수평으로 들어가 있었다. 신이 나서 배에 오를 때 운동선수들은 저마다 작은 성조기를 하나씩 받았으며, 머지않아 난간에서는 밝은 표정의 젊은이들이 국기를 흔들며 저 아래 선착장에 모인 가족과 전송객들에게 인사를 건네었다.

조정팀은 일반 객실에 배정된 자기네 방에다 짐을 풀어놓았다. 그리고 베를린에서 미국을 대표하는 조정의 다른 종목 선수들과도 만나서 악수를 나누었다. 싱글 스컬 종목 대표는 펜실베이니아 체육회 소속의 댄 배로Dan Barrow였다. 페어 종목 선수들 역시 유타와 무타 모두 펜실베이니아 체육회 소속이었다. 더블 스컬 선수들은 필라델피아 소재 '언딘 바지클럽Undine Barge Club' 소속이었다. 포어 종목의 두 팀 가운데 유타는 매사추세츠 소재 '리버사이드 보트클럽'에 소속된 하버드 선수들로 구성되었고, 무타는 뉴욕 주 버펄로 소재 '웨스트사이드 조정클럽' 소속이었다.

격식을 다 차리고 나자, 이들은 갑판으로 올라가 깃발을 흔드는 다른 선수들과 합류했다. 정오로 예정된 출항 시간이 다가오자, 1만 명 이상의 관람객이 60번 부두에 모여들었다. 하늘에서는 비행선과 비행기가 맴돌았다. 뉴스영화 촬영기사들은 갑판 위에서 조금 더 촬영을 하다가,

곧이어 이들이 떠나는 장면을 촬영하기 위해 배에서 내려 다시 카메라를 설치했다. 붉은색과 흰색과 푸른색이 칠해진 굴뚝에서 시커먼 연기가 분출되기 시작했다. 여객선 앞뒤의 깃대에서는 삼각기가 가볍고 뜨거운 산들바람에 펄럭이고 있었다.

정오 직전에 선수들은 모두 상갑판에 모였으며, 에이버리 브런디지와 다른 AOC 관리들이 크고 하얀 오륜기를 펼쳐서 뒤쪽 깃대에 게양했다. 선착장의 전송객들은 모자를 벗어서 머리 위로 치켜들고 흔들었으며, 천둥 같은 소리로 응원가를 불렀다. "만세! 만세! 만세! 미국을 위하여!" 악단이 군가를 연주했으며, 밧줄이 풀어지면서, 맨해튼 호는 천천히 허드슨 강을 빠져나가기 시작했다.

조와 다른 선수들은 난간으로 달려가 각자 국기를 흔들면서 서슴없이 응원가를 따라 불렀다. "만세! 만세! 만세! 미국을 위하여!" 선착장에서 전송객들이 소리를 질렀다. "여행길 무사하기를!" 예인선과 연락선, 그리고 근처에 있던 다른 선박들도 경적을 울리기 시작했다. 강에서는 소방선이 사이렌을 울리며 하얀 물줄기를 공중으로 높이 뿜어올렸다. 비행기들도 하늘에서 한쪽으로 기체를 기울이며 맴돌았고, 그 안의 촬영기사들이 공중에서 본 모습을 찍었다.

예인선들의 도움을 받아 강 아래쪽을 향해 돌아선 맨해튼 호는 드디어 맨해튼 서쪽을 위풍당당하게 지나갔다. 배터리 공원 옆을 지나갈 무렵, 조는 며칠 만에 처음으로 시원한 산들바람을 느꼈다. 배가 엘리스 섬을 지나고 자유의 여신상을 지나는 순간, 조는 다른 모든 사람과 마찬가지로 우현으로 달려가 그 상징물이 옆을 스치는 모습을 바라보았다. 그는 여객선이 스테이튼 섬과 브루클린 사이의 해협을 지나가는 동안에도 갑판에 머물러 있었다. 곧이어 배는 만 아래쪽을 지나서 마침내 대서양으로 접어들었으며, 거기서 약간 옆으로 흔들리면서 길고 느리고 크게 좌현으로 선회했다.

여전히 조는 갑판에 남아 있었으며, 난간에 몸을 기대고 시원한 공기를 즐기면서 롱아일랜드가 지나가는 모습을 지켜보았다. 그 모든 광경을 흡수하려고, 그 모든 것을 기억하려고, 그래서 고향에 돌아가면 조이스에게 모두 이야기해주려고 작정했다. 몇 시간이 지나서야, 그러니까 해가 서쪽으로 지고 나서야 조는 마침내 갑판에서 추위를 느끼고는 배 안으로 들어갔고, 그제야 배의 흔들림에 익숙해져서 다른 친구들과 먹을 것을 찾아 나섰다.

맨해튼 호가 북동쪽으로 향하던 그날 밤, 어둠이 주위를 뒤덮은 뒤에도 안에서는 불빛과 음악이 활활 타올랐으며, 즐겁게 노는 젊은이들의 웃음으로 활기가 넘쳤다. 이들은 인생 최고의 순간을 맞이하고 있었으며, 북대서양의 검은 공허를 지나서 히틀러의 독일로 향하는 것이었다.

맨해튼 호

좋은 생각은 좋은 조정과 밀접한 관계가 있다. 한 팀의 모든 근육이 일치하여 움직이는 것만으로는 충분하지 않다. 그들의 가슴과 정신 도 반드시 하나가 되어야만 한다.

— 조지 요먼 포코크

맨해튼 호에서 조가 잠에 빠져들었을 무렵, 베를린에 스 며드는 새벽빛 아래에서는 총부리가 겨누는 가운데 거리를 행진하는 남자와 여자와 아이들로 이루어진 작은 무리가 나타났다. 체포는 이보 다 몇 시간 전부터, 그러니까 밤을 틈타서 이루어졌다. 경찰과 돌격대 (SA)가 롬Roma족과 신티Sinti족, 다시 말해 집시의 거처인 판잣집들과 마차 들을 급습해서, 잠자던 그들을 밖으로 끌어냈던 것이다. 이제 그들은 베 를린 교외의 마르찬Marzahn이라는 하수처리장으로 향하고 있었는데, 이 후 이들은 올림픽 때문에 베를린을 방문할 외국인들 눈에 띄지 않도록 한동안 강제수용소에 갇혀 있을 것이었다. 그리고 머지않아 동쪽에 있 는 죽음의 수용소로 끌려가 살해될 것이었다.

이들의 제거야말로, 나치가 베를린을 마치 거대한 영화촬영장과 같은 뭔가로 변모시키던 지난 몇 달 동안 벌어진 과정에서 단지 한 걸음에 불과했다. 즉 나치는 이곳을 환상이 완성되는 곳으로 만들려고, 비현실 적인 것이 마치 현실적인 것으로 보이게 하는 동시에 현실을 감춰버릴 수 있는 곳으로 만들려고 의도한 것이다. 공공장소에 유대인의 출입을 금지하는 간판은 이미 철수되고, 나중에 다시 사용하기 위해 잘 보관되었다. 격하게 반유대주의적이던 (괴기한 유대인 캐리커처와 함께 "유대인은 우리의 불행"이라는 표어를 내세웠던) 신문 〈슈튀르머Der Stürmer〉도 일시적으로 신문 가판대에서 철수했다. 자신의 주된 선전용 매체 〈안그리프Der Angriff〉에서 요제프 괴벨스는 베를린 주민들에게 이 공연에서 각자의 몫을 알려주는 대본을 제시하면서, 유대인을 점잖게 대하는 동시에 곧 찾아올 외국인을 환영해야 한다는 지침을 내놓았다. "우리는 반드시 파리 사람들보다 더 매력적이고, 빈 사람들보다 더 태평하고, 로마 사람들보다 더 쾌활하고, 런던 사람들보다 더 세계주의적이고, 뉴욕 사람들보다 더 실용적이어야만 한다."

외국인들이 찾아오자 모든 상황이 쾌적하기만 했다. 베를린은 성인을 위한 일종의 즐거운 놀이공원이 되었다. 방문객이 지불해야 하는 온갖 요금에 대해서 (예를 들어 아들론 같은 호화 호텔에 투숙하는 요금에서부터 도시 곳곳의 길가 노점에서 판매하는 소시지 가격까지도) 엄격한 통제가 이루어졌다. 경관 향상을 위해 집시뿐만 아니라 1,400명 이상의 노숙자도 모아서 거리에서 제거했다. 수백 명의 창녀도 체포하여 성병 보유 여부를 강제로 검사한 뒤, 방문객의 육체적 만족을 위한 각자의 사업에 종사하도록 도로 풀어주었다.

새로운 독일에서 받은 각자의 인상을 전 세계에 알릴 외국 언론인들에게는 특별한 편의와, 가장 좋은 장비와, 경기를 구경하는 가장 좋은 관람석과, 무료 보조 인력도 제공했다. 하지만 한 가지 우발적인 사건을 염두에 두어야 했는데, 만약 그런 일이 일어난다면 최대한 섬세하게 다루어야만 했다. 즉 외국 언론인이 독일 유대인을 인터뷰하거나, 또는 "유대인 문제"를 조사하려고 하는 경우, 그들에게는 가까운 게슈타포 사무실로 출두하도록 정중한 안내를 함으로써 그들의 의도에 관해 질문을 마치고 내보낸 다음 은밀하게 뒤를 밟았다.

　방문객들이 베를린까지 여행하게 될 철로변에는 허름한 건물에 흰 칠을 하고, 텅 빈 아파트를 저렴하게 임대하고, 아파트 창문마다 (심지어 여전히 텅 빈 아파트에도) 붉은 제라늄이 가득한 똑같은 화분을 놓아두었다. 철로변에 있는 사실상의 모든 집마다 붉은색과 흰색과 검은색이 어우러진 만卍 자 깃발을 걸어두었다. 상당수는 또한 새하얀 오륜기도 함께 걸었다. 몇몇 집에서는 (대부분 유대인의 집이었다.) 오로지 오륜기만 내걸었다. 수천 개의 만 자 깃발이 기차역에도 걸렸다. 사실상 베를린 전체가 만 자 깃발로 뒤덮여 있었다. 베를린의 넓은 중앙도로인 운터 덴 린덴은 원래 수백 그루의 보리수가 자라기 때문에 그런 이름이 붙은 곳인데, 이제는 그 나무들이 사라진 자리에 붉은 만 자 깃발을 단 14미터 길이의 커다란 깃대가 줄줄이 설치되었다. 마찬가지로 브란덴부르크 문에도 긴 깃발이 늘어져 있었다. 아돌프 히틀러 광장에는 오륜기들이 휘날리는 높은 깃대가 원형으로 배열되어 있고, 그 한가운데의 탑에는 약 19미터 높이로 스무 개의 만 자 깃발이 늘어져서, 초록색 광장 한가운데에 핏빛처럼 붉은 원통의 극적인 모습을 만들어내고 있었다. 그뤼나우의 조정 경주로로 이어지는 쾌적하고 그늘진 거리에도 나무마다 설치된 작은 깃대에 만 자 깃발이 줄줄이 걸려 있었다.

　거리는 청소하고 또 청소했다. 상점 진열창도 닦았다. 기차는 칠을 새로 했다. 깨진 유리창은 갈았다. 올림픽 주경기장 바깥에는 수십 대의 최신형 메르세데스 리무진이 VIP들을 기다리며 줄 맞춰 주차해 있었다. 택시기사에서부터 환경미화원에 이르기까지 모든 사람이 말끔한 새 제복을 착용했다. 외국서적이며, 금서며, 1933년의 화형식을 가까스로 피해 살아남은 책들이 서점 진열장에 다시 나타났다.

　완벽하게 장식된 세트에서 레니 리펜슈탈은 바쁘게 수십 명의 촬영기사와 음향기사를 동원하고, 수십 대의 카메라를 정해진 위치에 놓아두

오륜기가 장식된 베를린의 모습

었다. 그녀는 개막식 한 번을 촬영하기 위해서 제국 종합운동장 내의 올림픽 주경기장에다가 무려 서른 대의 카메라를 설치했다. 낮은 각도의 화면을 잡으려고 땅을 파고 카메라를 설치했으며, 높은 각도에서 화면을 잡으려고 강철 탑을 세웠다. 레일을 깔고 이동식 대차에 카메라를 설치한 다음, 붉은색의 육상 트랙을 따라 달리며 촬영했다. 올림픽 수영 및 다이빙 경기장에도 방수 덮개를 씌운 카메라를 집어넣었다. 안장에도 카메라를 달아서 승마 경기를 촬영했고, 평저선에도 카메라를 설치하여 수영경기를 촬영했다. 카메라를 베를린 중심가 주요 건물에 설치하고, 트럭 위에 설치하고, 비행선에 설치하고, 여러 개의 구덩이를 파고 설치했다. 이 모두는 도시 곳곳을 누비게 될 마라톤이며 성화 봉송 주자를 지면 높이에서 촬영하기 위해서였다. 그뤼나우의 조정 경주로에서는 아예 랑거 호숫가에 가교를 하나 설치한 다음, 그 위에 레일을 깔고 이동식 대차와 카메라를 얹어놓아서, 마지막 100미터 구간 동안 경

458

주정을 따라갈 수 있게 했다. 그리고 공군에서 방공용 기구를 하나 빌려 결승선 위에 띄우고, 촬영기사 한 명이 거기 타서 공중에서 본 장면을 찍게 했다.

어디에나 카메라를 설치함으로써, 리펜슈탈은 이 공연의 궁극적인 스타인 아돌프 히틀러와 그의 측근들의 모습에 가장 아부하는 각도, 즉 아래에서 위로 찍는 각도를 확보했다. 카메라가 대부분 제자리에 설치되자, 그녀를 비롯한 베를린의 모든 사람들은 나머지 출연진이 도착하기만을 기다렸다.

돈 흄과 로저 모리스는 그날 아침 맨해튼 호에 있는 자기네 숙소에서 멀미 때문에 줄곧 누워만 있었다. 앨 울브릭슨은 상태가 좋았지만, 흄과 모리스 때문에 걱정이 되었다. 두 사람은 가뜩이나 보트에서도 가장 체중이 가벼운 노잡이들이었기 때문에, 코치는 이번 항해 동안 그들의 체중을 늘리려고 계획하던 참이었다.

조 랜츠는 일어날 때부터 기분이 최고였다. 유보 갑판으로 올라가보니, 그곳에서는 대표선수들의 훈련이 한창이었다. 유연한 체조선수들은 평행봉과 2단 평행봉에 올라가 있는가 하면, 안마의 긴 도약 연습을 하면서, 선박의 느린 흔들림과 자기들의 정확한 움직임을 일치시키려고 노력하고 있었다. 땅딸막한 역도선수들은 커다란 쇳덩어리를 머리 위로 치켜들고 그 무게를 버티며 약간씩 몸을 떨고 휘청거렸다. 권투선수들은 임시 링 안에서 스파링을 했는데 최대한 발을 빠르게 움직이려고 노력했다. 펜싱선수들은 찌르기 연습을 했다. 육상선수들은 가볍게 달리며 주위를 빙글빙글 돌았으며, 발목을 다치지 않으려고 조심했다. 배의 작은 해수 수영장 안에서는 수영 코치들이 고무 밧줄을 묶어놓았는데, 그래야만 수영선수들이 제자리에서 헤엄을 칠 수 있을 뿐만 아니라, 혹시나 큰 파도 때문에 배가 흔들리더라도 갑판 밖으로 쏠려가지 않을 것이었다. 사격선수들과 10종 경기 선수들도 배꼬리에서 텅 빈 바다를 향해 각자의 무기를 발사하는 연습을 했다.

종이 울리며 식사시간을 알리자 조는 배정받은 식탁으로 갔는데, 대표선수들은 제한된 특별 메뉴만을 주문할 수 있다는 사실을 알게 되었다. 이는 체중 조절이 중요한 여자 선수나 키잡이를 위해 고안된 조치인 모양이었다. 그는 일단 주문 가능한 것을 모조리 시켜 먹고, 다시 한 번 주문을 했지만 거절당했다. 그는 식당에 들어갔을 때와 마찬가지로 배고픈 상태로 식당을 나왔다. 그리고 이 문제를 울브릭슨에게 항의하기로 작정했다.

그 와중에 그는 배 안을 둘러보았다. 선실 가운데에는 훈련 장비가 가득한 체육관을 비롯해서 어린이 놀이방, 이발소, 매니큐어 숍, 미장원도 있었다. 그는 일반 객실이 있는 층에서 편안한 라운지도 하나 발견했는데, 거기에는 이른바 "사진촬영용" 스크린이 완비되어 있었다. 이 모두

베를린으로 가는 배에서

만 해도 조에게는 그야말로 신나는 구경거리였다. 하지만 1등 객실이 있는 층으로 올라가보고서, 그는 그야말로 전혀 다른 세계를 발견했다.

그곳의 선실들은 이국적인 목재를 벽널로 사용하고, 널찍했으며, 붙박이 편의시설에다가, 플러시 천에 솜을 넣은 가구며, 페르시아산 양탄자며, 침대 옆의 전화기며, 온수와 냉수 샤워기가 달린 개인 욕실이 있었다. 조는 조용히 플러시 천 카펫 위를 걸어다니며 복도로 이루어진 미로를 헤매다가, 완비된 칵테일 바며 담배 가게, 참나무 벽널과 육중한 들보가 있는 도서관과 열람실을 지나갔다. 흡연용 라운지에 들어가보니 장작 때는 벽난로가 방의 한쪽 벽을 가득 메우고 있고, 그곳에 장식된 벽화와 조각은 마치 흡연가가 아스텍 신전에 들어온 듯한 기분을 느끼도록 의도되어 있었다. '베란다 카페'도 있었는데, 이곳의 벽에는 베네치아의 풍경이 그려져 있었고, 커다란 타원형 무도장도 설치되어 있었다. '차이니즈 팜 코트Chinese Palm Court'라는 곳에는 살아 있는 야자수뿐 아니라, 높고 흰색인 로코코풍 천장과 대리석 기둥과 수작업으로 그린 섬세한 아시아의 벽화며, 치펜데일풍 가구도 설치되어 있었다. 최고급 식당도 있었는데, 이곳에는 오케스트라 베란다가 설치되어 있고, 오목하니 들어간 창문 뒤에서 은은하게 비치는 코브 조명 때문에 마치 낮이 계속되는 듯한 착각을 일으켰으며, 둥근 식탁 위에는 우아한 식탁보가 덮여 있었고, 루이 16세 시대 양식의 놋쇠 램프가 하나씩 놓여 있었으며, 식당 위 돔 천장에는 바쿠스 축제 같은 신화의 한 장면을 묘사한 벽화가 그려져 있었다. 마지막으로 '그랜드 살롱'에는 연극용 무대와 극장 스크린이 설치되어 있었으며, 페르시아산 양탄자가 더 많이 깔려 있었고, 호화스러운 소파와 안락의자며, 홈이 파인 호두나무 기둥, 수작업으로 새긴 장식, 커다란 창문과 벨벳 커튼, 또 하나의 높은 돔형 로코코 벽토 천장이 있었다.

조는 188센티미터의 큰 키인 청년치고는 가급적 남의 눈에 띄지 않으려고 애썼다. 엄밀하게 말해서 그는 원래 이런 곳에 함부로 돌아다녀서는 안 되었다. 대표선수들은 일반 객실에 남아 있어야 했으며, 낮 동안에 유보 갑판에 올라가서 훈련을 할 때에만 예외가 인정될 뿐이었다. 이런 곳이야말로 조가 이전에 목격한 프린스턴의 골프장이라든지, 또는 허드슨 강변에 줄지어 있던 깔끔한 잔디밭을 소유한 저택에 드나드는 유의 사람들을 위한 장소였다. 하지만 그는 이곳을 계속 기웃거렸으며, 이 배에 탄 다른 절반의 사람들이 사는 모습을 엿보면서 마치 최면에 걸린 느낌이었다.

선실로 돌아왔을 때, 그는 그곳에서 자기를 기다리는 뭔가를 발견하고는 비로소 자기도 상당히 고급이 되었다고 느꼈다. 뉴욕에서 올림픽 때 착용할 의상을 맞추려고 선수들 치수를 쟀는데, 그 치수에 맞춘 파란색 더블브레스트 서지 스포츠 코트와, 이에 어울리는 푸른색 운동복 바지가 그의 침대 위에 펼쳐져 있었던 것이다. 코트에는 미국 올림픽 대표팀 기장이 가슴팍에 붙어 있었고, 반짝이는 놋쇠 단추에는 축소판 기장이 새겨져 있었다. 흰색 플란넬 운동복 바지 두 벌, 파란 리본이 둘러진 흰색 밀짚모자 하나, 빳빳하고 새하얀 와이셔츠 한 벌, 붉은색과 흰색과 푸른색 띠가 둘러진 하얀 양말, 흰색 구두 한 켤레, 푸른색 줄무늬가 있는 넥타이도 하나 있었다. 그리고 조정대표팀의 유니폼도 있었다. 하얀 반바지에 우아한 흰색 저지셔츠였는데, 왼쪽 가슴에는 미국 올림픽 대표팀 기장이 붙어 있고, 목둘레와 가슴에는 붉은색과 흰색과 푸른색의 띠가 꿰매어져 있었다. 1년 내내 똑같이 잔뜩 구겨진 스웨터를 입고 조정 연습을 하던 선수에게는 이것이야말로 최고의 재단사가 만들어낸 놀라운 옷들이 아닐 수 없었다.

저지셔츠의 옷감은 워낙 부드러워서 마치 비단 같았고, 그가 더 잘 바라보기 위해 치켜들자 선실 현창으로 스며드는 오후의 햇빛을 받아 반짝반짝 빛났다. 그는 이제껏 한 번도 경기에서 진 적이 없었고, 따라서 경쟁 팀의 노잡이에게 저지셔츠를 빼앗긴 적도 없었다. 그는 이 저지셔츠를 난생처음으로 다른 누군가에게 빼앗기려는 의도는 전혀 없었다. 반드시 이 저지셔츠를 들고 집으로 돌아가겠다고 작정했다.

이후 며칠 동안 돈 흄과 로저 모리스가 뱃멀미에서 점차 회복되자, 선수들도 함께 떼를 지어 배 안을 돌아다니기 시작했다. 이들은 갑판에서 조정 연습용 기계를 발견하고 시험해보았으며, 신문의 사진기자를 위해 포즈를 취해주었다. 앨 울브릭슨도 선수들과 포즈를 취해주었지만 촬영이 끝나자마자 곧바로 선수들을 그 기계에서 내려오게 하면서, 자기가 종종 그랬던 것처럼, 조정에 어울리는 근육을 만드는 유일하게 적절한 방법은 진짜 경주정에서 노를 젓는 것뿐이라고 말했다. 선수들이 물러가던 중에, 로저 모리스가 어깨 너머로 씩 웃으며 코치에게 이렇게 말했다. "코치님, 저희가 진짜 경주정에서 연습하는 걸 보고 싶으시면 클리퍼 호를 꺼내다가 이 배 옆에 놓아주세요. 그러면 여기서부터는 저희가 알아서 독일까지 노 저어 갈 테니까요."

울브릭슨이 지켜보고 있지 않을 때면, 선수들은 갑판에서 달리기를 하고, 체육관에서 개인 훈련을 하고, 다른 대표선수들과 원반밀어치기나 탁구를 하면서 놀았고, 머지않아 미국 전역에 이름을 떨치게 될 대표선수들과도 (그중에는 100미터, 200미터, 400미터 계주와 멀리뛰기를 석권한 4관왕 제시 오언스, 400미터 계주 금메달리스트인 랠프 멧캐프, 1,500미터 동메달리스트인 글렌 커닝엄 등도 있었다.) 서로 말을 트며 친하게 지냈다. 조니 화이트는 여자 선수들에게 접근했지만 밝은 전망을 얻지는 못하고 부루퉁해 돌아왔다. 그리고 돈 흄을 제외한 나머지 선수들 모두 체중이 불기 시작했다.

앨 울브릭슨은 여객선 주방과 AOC에 있는 누군가를 찾아갔고, 기껏해야 13세짜리 체조선수에게나 어울릴 법한 메뉴는 190센티미터의 조정선수에게는 어울리지 않는다고 지적하면서, 앙상한 해골만 남은 선수들을 보트에 태워서 무슨 금메달을 딸 수 있겠느냐고 반문했다. 결국 엄격한 메뉴 제한은 곧바로 사라졌으며, 선수들은 사실상 일반 객실의 식당에서 살다시피 했다. 이제는 자기들이 원하는 메뉴를 얼마든지 계속 시킬 수 있었으므로 (물론 설탕이 든 디저트나 지방 함유량이 각별히 높은 음식은 제외되었다.) 이들은 그저 먹기만 했고, 일찍이 포킵시로 가는 기차에서 했던 것처럼 메인 요리를 시키고 또 시켜 먹었다. 이들이야말로 식사 시간에 맨 먼저 나타나서 맨 나중에 사라지는 선수들이었다. 그리고 어느 누구도 (예외가 있다면 아마 캘리포니아 주 토런스 출신의 육상 장거리 선수인 루이스 잠페리니 정도였을 것이다.) 조 랜츠보다 더 많이 먹지는 못했다. 물론 스터브 맥밀린도 도전은 해보았다. 어느 날 아침, 그는 다른 동료들보다 먼저 식당에 들어왔다. 접시 하나에 핫케이크를 두 무더기나 쌓아놓고, 버터를 잔뜩 바르고, 시럽에 풍덩 빠뜨려 먹기 시작하려는 찰나 앨 울브릭슨이 들어왔다. 코치는 자리에 앉더니 자기네 선수 앞에 놓인 접시를 바라보자마자 자기 앞으로 끌어다 놓고 말했다. "고맙다, 짐. 날 위해서 벌써부터 준비해놓으니 말이야." 그러더니 코치는 핫케이크를 천천히 먹기 시작했고, 맥밀린은 토스트가 담긴 접시 너머로 상대방을 노려볼 수밖에 없었다.

매일 저녁마다 배에서는 공연이 벌어졌다. 버라이어티 쇼, 장기자랑, 모의재판과 모의 결혼식, 빙고게임, 체커와 체스 대회가 있었으며, 카지노가 열리는 밤에는 대표선수들이 장난감 화폐로 도박을 했다. 이들은 시끄럽게 합창을 하고, 무도회도 열었으며, 이때에는 모두가 풍선과 호각과 파티용 모자를 하나씩 받았다. "서부보다 동부가 살기는 더 좋은 곳이다."라는 논란의 여지가 있는 주장을 둘러싸고 말다툼이 벌어지기도 했다. 대표선수들은 일반용 라운지에서, 그리고 1등실 승객들은 그랜드 살롱에서 각자 영화를 보았다. 하지만 워싱턴의 선수들은 이런 등급의 차별에 별로 개의치 않았으며, 따라서 대놓고 무시해버렸다. 나아가 대여섯 명의 덩치 큰 노잡이가 그랜드 살롱에 들어가 앉아 있다 하더라도, 이들이 미국을 대표하는 올림픽 출전 선수들인 상황에서는 아무도 감히 따지려 들지 않는다는 사실을 알게 되었다. 그리하여 이들은 매일 저녁 영화를 볼 때마다 그랜드 살롱으로 갔고, 커다란 접시 한가득 간식을 담아가지고는 영화를 보는 내내 자기들끼리 돌려가며 먹어치우곤 했다.

하지만 맨해튼 호에서는 이들이 차마 넘어서는 안 될 선이 있음이 금세 분명해졌다. 엘리너 홈Eleanor Holm은 22세의 아름다운 기혼 여성으로, 워너 브러더스의 영화 몇 편에서 단역을 맡은 약간은 유명인사였다. 그녀는 흰색 카우보이모자에 흰색 수영복에 하이힐 차림으로 카바레에서 〈나는 늙은 카우보이I'm an Old Cowhand〉라는 노래를 부른 것으로 적잖이 악명을 떨친 바 있었다. 그녀는 수영 실력이 뛰어나서, 1932년 로스앤젤레스 올림픽에서 금메달을 땄다. 그녀는 베를린에서도 배영 100미터 종목 우승자로 널리 예상되고 있었다. 그런데 뉴욕을 출발한 지 이틀째 되던 날, 기자들이 그녀를 1등 선실로 초대해 밤새 파티를 열었는데, 그녀는 이때 샴페인을 잔뜩 마시고, 캐비아를 잔뜩 먹고, 윌리엄 랜돌프 허스트 2세William Randolph Hearst Jr.를 비롯한 여러 기자들을 홀렸다. 다음 날 새벽 6시에 그녀는 잔뜩 취한 상태로 남들의 부축을 받아서 일반 승객층에 있는 자기 객실로 돌아왔다. 돌아오자마자 에이버리 브런디지가 그녀를 호출해서 단단히 야단을 치고, 계속 이렇게 술을 마시면 아예 대표팀에서 쫓아내겠다고 경고했다. 하지만 그녀는 이런 경고조차 무시해버렸다. 며칠 뒤에 다시 한 번 기자들과 어울려서 잔뜩 술에 취한 것이었다. 이번에는 수영팀의 여성 매니저인 에이다 새킷Ada Sackett이 그녀를 현장에서 붙잡았다.

다음 날 아침, 새킷과 선의船醫는 선실로 찾아와서 숙취에 심하게 시달리는 홈을 깨웠다. 선의는 그녀를 보자마자 알코올중독이라는 판정을 내렸다. 여자 수영팀의 코치 디 뵈크만Dee Boeckman은 홈의 동료 선수들을 밀어젖히고 선실로 들어오더니, 창백하고 어수선한 몰골로 구토하는 홈을 가리키며, 알코올이 얼마나 끔찍한 물건인데 그랬느냐며 비난을 퍼부었다. 그날 늦게 에이버리 브런디지는 결국 홈을 올림픽 대표팀에서 쫓아내고 말았다.

홈은 절망했으며, 그녀의 동료 선수들은 격분했다. 일부 선수들은 뭔가 이야기를 꾸며내려는 기자들의 의도적인 술책에 홈이 속아 넘어갔을 뿐이라고 생각했다. 또 다른 선수들은 그녀가 음주 때문에 쫓겨난 것이 아니라, 오히려 브런디지의 심기를 건드려서라고 생각했다. 대표선수들이 받은 지침에서는 음주가 금지되어 있기는 했지만, 브런디지는 뉴욕을 떠난 바로 첫날에 미국 대표팀 전체를 모아놓고 "음식을 먹고, 담배를 피우고, 술을 마시는" 문제는 각자의 판단에 맡긴다고 말한 바 있었다. 실제로 브런디지는 홈을 대표팀에서 쫓아낸 이유 가운데는 "불복종"도 들어 있다고 말했다. 대표팀의 선수들 가운데 200명 이상이 홈을 구제해달라는 청원서에 서명했다. 그들은 모두 배 안 어디에나 알코올은 널려 있으며, 특히 아래쪽 선실에서는 널리 애용된다는 사실을 잘 알고 있었다. 홈이 기자들과 함께 1등 선실에서 밤샘 파티를 벌이던 바로 그 시간에, 척 데이와 그의 동료들도 일반 선실에서 역시나 밤샘 파티를 벌이면서 우유와 음료수와 알코올을 신나게 섞고 있었다. 하지만 브런디지는 원칙을 고수하며 버텼다.

엘리너 홈의 이야기는 (최소한 기자들 가운데 몇 명이 예상한 것처럼) 미국에서 며칠 뒤부터 헤드라인을 장식했지만, 장기적으로는 오히려 그녀의 경력에 도움이 되었다. 금주법이 끝난 직후이다 보니 상당수의 미국인은 독주의 위험에 관해 듣는 것 자체를 지겨워했으며, 언론의 보도도 대부분 홈에게 동정적이었기 때문이다. AP의 앨런 굴드Alan Gould는 곧바로 그녀를 특파원으로 고용해 베를린올림픽의 취재를 맡겼다.(물론 그녀가 썼다는 기사는 사실 남이 대필해준 것이었지만 말이다.) 그로부터 몇 년이 지나지 않아서 그녀는 장편영화에서 배역을 따냈으며, 〈타임〉 지 표지를 장식하기도 했다. 그녀의 이야기는 유럽에서도 헤드라인을 장식했으며, 심지어 요제프 괴벨스의 눈에도 띄었는데, 그로 말하자면 브런디지와 똑같은 사고방식의 소유자였다. "문제는 그녀 자신만이 아니었다. 오히려 다른 사람들, 그리고 원칙이 문제였던 것이다. 원칙을 위해서라면 그 어떤 제물도 아깝지 않다. 제아무리 그녀가 많은 눈물을 흘리게 되더라도 말이다." 선전부 장관은 이렇게 선언했다.

7월 21일, 선수들은 아일랜드 남서부 해안의 등대 불빛을 보았다. 다음 날 새벽 3시에 맨해튼 호는 코브Cobh라는 작은 항구에 도착했다. 그곳

베를린에 도착한 미국 올림픽 대표팀

467

을 다시 출발한 여객선은 콘월 해안을 거쳐 플리머스로 갔다가, 거기서 다시 도버 해협을 건너 르아브르Le Havre에 도달했는데, 이때가 7월 22일 이른 아침이었다. 선수들은 배에서 내릴 수 없었지만, 이들은 이날 하루 대부분 갑판 난간에 매달려서 프랑스의 부두 노동자들이 화물을 싣고 내리는 모습을 지켜보았다. 이들 모두에게는 난생처음 보는 유럽의 모습이었으므로, 사소한 것 하나하나에도 호기심이 동했다. 예를 들어, 허름하고 낡은 건물들이며, 사람 팔만큼이나 긴 빵 덩어리를 들고 자전거를 몰고 가는 여자들이며, 베레모를 멋지게 쓰고 가는 아이들이며, 부두에서 일하는 노동자들이 가끔 한 번씩 쉬면서 와인을 마시는, 그리고 일을 얼른 끝내려고 서두르지 않는 모습까지도 그러했다.

그날 밤에 이들은 동쪽에서 반짝이는 칼레Calais의 빛을 받으며 도버 해협을 따라 항해했다. 7월 23일 저녁식사 시간에 이들은 독일에 도착했다. 쿡스하펜에서 나치 깃발을 펄럭이는 모터보트가 여객선 옆으로 다가오더니, 르아브르에서 여객선에 올라탔던 독일의 신문기자들과 사진기자들을 데려갔다. 맨해튼 호는 엘베 강을 거슬러 올라가 해질 무렵에 함부르크에 도달했다. 조정선수들도 다른 대표선수들과 함께 갑판으로 달려나갔다. 이들은 불안을 느꼈으며, 배에서 내리고 싶어 안달이었다. 또다시 감기에 걸려 고생하던 돈 흄을 제외하면 모두가 2, 3킬로그램씩 체중이 불어났기 때문이다. 그래서 자기들은 근력이 없다고, 정말이지 운동선수답지 않다는 생각을 하기 시작했던 것이다. 이들은 어서 손발을 죽 펼치고 경주정에 올라타기를 원했다. 그리고 이 나치 국가를 직접 보기를 원했다.

눈앞에 펼쳐진 광경을 보고 이들은 깜짝 놀랐다. 세월이 흐른 뒤에도 이들은 엘베 강을 거슬러 올라갔던 그날 밤의 일이야말로 그 여행에서 하이라이트였다고 기억했다. 맨해튼 호의 선원들은 뒤쪽 깃대에 걸어놓은 크고 하얀 오륜기며, 앞쪽 깃대에 걸어놓은 성조기며, 붉은색과 흰색과 푸른색으로 장식된 배의 굴뚝 모두에 투광 조명을 비추었다. 여객선이 강을 거슬러 올라가는 동안, 독일인들이 선착장이며 부두에 몰려나와 그 모습을 구경했다. 이들은 손을 흔들었고, 어설프게나마 영어로고함을 질렀으며, 환호성을 올렸다. 선수들은 손을 흔들며 와, 하고 소리를 질러주었다. 커다란 여객선 옆을 지나치는 작은 선박이며 유람선에도 만卍 자 깃발이 배꼬리마다 걸려 있었다. 이들과 마주치는 보트마다 불을 껐다 켰다 하거나, 경적이나 기적을 울려서 환영의 뜻을 나타냈다. 이들이 지나가는 길목에는 전깃불이 환히 밝혀진 맥줏집도 보였는데, 그 안에는 사람들이 잔뜩 모여 신나게 노래를 부르고, 춤을 추고, 이들을 향해서 맥주잔을 들어올리며 건배를 제안했다. 상갑판에서는 1등객실 승객들이 샴페인을 마치며 역시 노래를 불렀다. 모두들 독일에 왔다는 사실로 인해 기분이 좋아지기 시작했던 것이다.

다음 날 함부르크에서 선수들은 새벽 5시에 일어났고, 억수 같은 비를 맞으면서 맨해튼 호에서 허스키 클리퍼 호를 꺼냈다. 공식 올림픽 유니폼을 입은 상태에서, 이들은 경주정을 들고 이 갑판에서 저 갑판으로 오가며, 구명정을 매단 철주와 밧줄을 이리저리 피해 움직였다. 조지 포코크와 앨 울브릭슨은 걱정스러운 얼굴로 이 모습을 지켜보고 있었다. 적극적인 독일의 부두 노동자들이 돕겠다고 나섰지만, 포코크는 자기가 아는 독일어를 사실상 총동원하여 오히려 이들을 가로막고 나섰다. "나인Nein! 고맙습니다만, 사양하겠습니다! 당케Danke!" 혹시나 부두 노동자들이 자기네 경주정의 가뜩이나 예민한 외피에 손이나 발을 댔다가는 망가질까봐 걱정한 까닭이었다. 마침내 경주정을 부두에 내려놓은 선수들은 서지 코트가 물에 흠뻑 젖고 밀짚모자 챙이 축 처진 상태에서 다시 맨해튼 호에 들어가 공식 하선 명령이 떨어지기를 기다렸다.

한 시간 뒤에 이들은 미국 올림픽 대표팀의 다른 선수들과 함께 배에서 내려 화물을 담은 나무통과 궤짝이 가득한 창고를 지나서 천장이 높은 연회장으로 들어섰으며, 이곳에서는 수백 명의 독일인이 환호성을 지르고, 악단이 미국을 상징하는 수자의 행진곡을 연주하며 이들을 반겼다. 이들은 손을 흔들고 미소를 지으며 버스에 올라탔고, 함부르크의 좁은 길을 지나서 오래된 시청으로 향했다. 이곳에서 이 도시의 시장인 열혈 나치 칼 핀첸트 크로그만^{Carl Vincent Krogmann}이 긴 환영 연설을 독일어로 내놓았다. 그 말을 한마디도 이해하지 못한 선수들은 쇼티 헌트의 말마따나 "가만히 앉아서 듣기만 했다." 그러다가 이들이 생기를 얻은 것은, 시 공무원들이 다가와 공짜 궐련과 와인과 맥주와 오렌지주스를 나눠주기 시작했을 때였다.

정오가 되자, 이들은 기차를 타고 베를린으로 향했다. 그날 오후에 이 도시의 티어가르텐 바로 북쪽에 있는 웅장하고 유서 깊은 레어터 역에 도착했을 때, 이들은 환영 행사를 보고 깜짝 놀랐다. 이들이 기차에서 내려 동료들과 함께 줄을 지어 서자, 또 다른 악단이 다시 한 번 수자의 행진곡을 연주하기 시작했다. 에이버리 브런디지는 독일 IOC 위원인 메클렌부르크 공작 아돌프 프리드리히 알브레히트 하인리히와 서로의 뺨에 입을 맞추었다. 곧이어 미국 대표선수들은 승강장을 따라 행진했고, 양옆에 만卍 자 문양을 단 검은 기관차 옆을 지났다. 이들은 또 다른 환영회장에 들어섰는데, 여기서는 수천 명의 독일인이 이들을 구경하러 나와 기차역을 가득 메우고 있었다. 쇼티 헌트는 이 광경을 보자마자 곧바로 움찔했다. "마치 무슨 구경거리가 된 기분이었다. 입을 헤 벌리고 나를 손가락질하면서 '츠바이 메터' 어쩌고 떠들어대는데, 그건 당연히 우리의 키가 180센티미터가 넘는다는, 즉 2미터는 되어 보인다는 말이었다." 하얀 옷을 입은 균형 잡힌 몸매의 청년들이 이들을 인솔하여 군중을 뚫고 지나가더니, 성조기가 달려 있는 지붕 없는 진흙색의 군용 버스에 태웠다.

버스 행렬은 제국 의회 건물 옆을 지나고, 브란덴부르크 문을 지나서, 만 자 깃발이 늘어진 운터 덴 린덴을 따라 동쪽으로 향했다. 거리에는 수만 명의 독일인이 (한 집계에 따르면 최대 10만 명 이상이) 늘어서서 환호성을 올리며 오륜기와 나치 깃발과 (가끔은) 성조기를 흔들고, 독일어와 영어 모두로 환영 인사를 했다. 버스의 지붕을 걷어낸 상태였기 때문에, 워싱턴의 선수들은 버스 위로 상체를 드러내고 일어섰으며, 다소간 깜짝 놀라 말문이 막힌 상태에서 군중을 향해 열심히 손을 흔들면서, 베를린 사람들이 얼마나 친근한지를 비로소 실감하기 시작했다. 붉은 벽돌로 지은 시청에서는 에이버리 브런디지가 이 도시의 기념 열쇠를 건네받았으며, 짧은 연설을 행했다. 보이콧 논란을 둘러싼 긴 전투 끝에 이곳에 왔다는 사실 때문에 브런디지는 기쁜 기색이 역력했다. 주최 측인 독일인들의 박수갈채를 받으면서 그는 이렇게 단언했다. "고대 그리스 이후 그 어떤 나라도 이번의 독일처럼 진정한 올림픽 정신을 제대로 포착한 적은 없었습니다."

브런디지가 연설하는 동안 조와 그의 동료들은 자기들 뒤에 근엄한 표정으로 도열한 지체 높은 독일인들을 지친 표정으로 흘끔거렸다. 이들은 벌써 지쳐 있었다. 이날 맨해튼 호에서 새벽 5시에 일어나 하루를 시작했기 때문이다. 따라서 더 이상은 자기들이 이해하지도 못하는 연설을 듣고 싶은 마음이 없었다. 다행히도 브런디지가 이야기를 끝내자 대표선수들은 밖으로 나갔고, 가볍게 비가 내리는 가운데 군중도 흩어지기 시작했다. 대부분의 대표선수들은 버스에 올라타고 샤를로텐부르크 대로에 있는 올림픽 선수촌을 향해 서쪽으로 달렸지만, 조정선수들은 두 대의 버스에 나눠 타고 베를린 남서부에 있는 쾨페니크라는 작은 마을로 향했다.

바로 그날, 미국에서는 리처드 윈게이트 Richard Wingate 라는 남자가 자리에 앉아서 〈뉴욕 타임스〉의 스포츠 담당 부장에게 편지를 쓰고 있었는데,

이 편지는 머지않아 일종의 예언인 것으로 드러났다. "브런디지 씨가 도착한 목적지는, 스포츠 정신과 선의의 유토피아인 동시에, 나치의 맥주와 유대인의 피가 하염없이 흐르는 곳이기도 합니다." 그는 이렇게 편지를 시작했다. "히틀러가 만든 로봇들이 멀쩡한 사람을 고문하고 박해하여 죽이는 곳입니다. 이제 두 달 동안은 죽은 자가 묻힐 것입니다. 하지만 9월에 올림픽이 끝나고 나면 이들의 무덤은 다시 파헤쳐질 것이고 죽은 자들이 독일 거리를 다시 배회할 것입니다."

그날 오후 늦게, 선수들은 이후 몇 주 동안 자기들의 집이 될 곳에 도착했다. 바로 쾨페니크에 있는 경찰 후보생 훈련소였는데, 거기서 랑거 호수를 따라 몇 킬로미터만 가면 그뤼나우의 올림픽 조정경기장이 나왔다. 이 건물은 (온통 유리와 강철과 콘크리트로 지어진) 완전 새것이고 워낙 현대적인 디자인이었기 때문에, 더 나중에 가서도 1930년대에 지어졌다기보다는 오히려 1970년대나 1980년대에 지어진 것처럼 보일 정도였다. 원래 이 건물에 살고 있던 경찰 후보생들은 미국 및 다른 나라에서 온 조정선수들을 위해 잠깐 다른 곳으로 옮겨 지내고 있었다. 후보생들이 남겨놓은 것은 1층에 있는 기마경찰용 말들이 가득한 마구간뿐이었다. 건물 안을 둘러보던 선수들은 이곳이 무척이나 깔끔하고 조명도 밝고 효율적이기는 하지만, 항상 추운데다가 샤워기에서도 찬물밖에는 나오지 않는다는 사실을 발견했다. 포킵시의 예전 경주정 보관고를 연상시키는 반갑잖은 현실이었다.

전통을 자랑하는 여객운항회사인 노르트도이처 로이드에서 이번 올림픽을 위해 파견한 직원들이 잔뜩 만들어 대접한 미국식 음식을 식당에서 만끽한 후, 선수들은 각자의 침대에 누워서 책을 읽거나 집에 편지를 썼다. 조는 근처를 산책하면서 이곳이 어떤지를 살펴보기로 작정했다. 곧이어 그는 자기가 마치 독일의 동화 속을 돌아다닌다는 느낌을 받왔다. 조에게 쾨페니크는 중세풍의 도시처럼 여겨졌지만, 사실 그가 본 풍경의 상당수는 18세기에 지어진 것뿐이었다. 좁은 포석 도로에서 그는 빵집과 치즈 가게와 정육점을 지나쳤는데, 저마다 손으로 직접 새기거나 칠한 간판이 바깥에 걸려서('베커라이 Bäckerei', '케저라이 Käserei', '플라이셰라이 Fleischerei') 그 각자의 품목을 고딕체로 적어놓고 있었다. 그는 이 도시의 시청을 지나쳤는데, 거기에는 높은 시계탑과 더 가느다란 여러 개의 탑과 고딕풍의 아치가 있었다. 음악과 웃음, 그리고 독일 맥주의 달콤한 향기가 건물의 지하 식당에서 흘러나왔다. 그는 프라이하이트 거리에서 상당히 오래된 유대교 회당을 지나쳤는데, 그곳의 뾰족한 지붕에는 밝은 '다윗의 별'이 걸려 있었다. 그 도시의 남쪽 끝에서 그는 프로이센의 한 군주가 1690년에 건축한 성을 발견하고, 해자 위의 다리를 건너 안으로 들어가보았다. 그 성 너머에는 정원이 있었다. 그는 그곳 벤치에 앉아서 길게 펼쳐진 랑거 호수를 바라보았다. 저 너머에 있는 그뤼나우의 조정경기장이야말로 앞으로 2주도 지나지 않아서 올림픽에 관한 그의 희망이 성취되거나 박살날 장소였다. 해가 지고, 하늘은 맑게 개고, 호수는 그의 앞에 마치 반짝거리는 돌처럼 펼쳐져서 이날 하루의 남은 햇빛을 반사하고 있었다. 이것이야말로 지금까지 본 중에서도 가장 평화로운 광경이라고 그는 생각했다.

그로선 쾨페니크와 그 잔잔한 물이 감추고 있는 피투성이의 비밀을 알 길이 없었다.

다음 날 아침, 선수들은 일찍 잠이 깨었고 물에 나가고 싶어서 안달하고 있었다. 아침식사를 하고 나서, 회색의 독일 육군 버스가 이들을 태우고 랑거 호수를 따라 5킬로미터 떨어진 그뤼나우의 조정경기장에 데려다 주었다. 이들은 독일 조정 대표팀이 새로 지은 벽돌과 치장 벽토 재질의 경주정 보관고를 같이 쓰게 되었다는 사실을 알았다. 입구 위에는 성조기와 나치 깃발이 나란히 마주하고 걸려 있었다. 독일 조정선수들은 정중했지만, 그렇다고 해서 상대편을 적극적으로 환영하는 기색은 드러내지 않았다. 조지 포코크는 이들이 약간 고집스럽다고 생각했다. 이 선수들이 글라이더 팀으로 소속되어 있는 베를린의 바이킹 조정클럽에서 생산된 장비들은 평균적으로 워싱턴의 선수들이 사용하는 것보다 오래되어 보였다. 이들은 예외적이라 할 만큼 튼튼하고 훈련이 잘 되어 있었으며, 거의 군인과도 같은 느낌을 주었다. 그해 여름에 그뤼나우에 있었던 다른 독일 선수들과 달리 이 에이트 선수들은 나치 정부에서 개별적으로 선발한 것이 아니었다. 이들은 한 팀으로서 뚜렷한 실력을 드러냈기에 독일 대표팀으로 선발된 것이다. 하지만 조지 포코크와 앨 울브릭슨은 나치 정부가 막대한 보조금을 지출하면서까지 이들에게 광범위한 훈련을 시키지 않았나 하는 강한 의구심을 품었다.

선수들이 허스키 클리퍼 호를 타고 랑거 호수에 처음으로 나가보려고 준비하는 사이, 사진기자 한 명이 사진을 찍겠다며 경주정 밑으로 들어갔다가 갑자기 일어서는 바람에 머리를 쿵 하고 부딪혔고, 그 충격으로 경주정 선체에 길고 미세한 균열이 생겨버렸다. 그래서 조지 포코크가 다시 손볼 때까지는 경주정을 탈 수가 없었다. 짜증이 난 앨 울브릭슨은 포코크가 클리퍼 호를 수리하는 동안 선수들에게 자유시간을 주었다. 선수들은 일단 경찰 훈련소로 돌아온 다음, 부엌에서 각설탕을 몇 개 슬쩍해서 마구간에 있는 경찰용 말들에게 먹였고, 얼마 지나지 않아서 지루함을 느낀 나머지 빗속에서 쾨페니크를 이리저리 거닐었는데, 어딜 가든지 호기심을 드러내는 동네 사람들이 이들을 따라다녔다.

포코크가 경주정 수리를 마친 뒤 선수들이 다시 물로 나갔을 때, 그 결과는 눈에 띄게 실망스러웠다. 이들의 시간 기록은 평소보다 뒤떨어졌고, 이들의 당기기는 약하고 비효율적이었다. 전력질주를 연습하는 캐나다와 오스트레일리아의 선수들이 빠르게 스치고 지나가며 대놓고 능글맞은 웃음을 지어 보였다. "우리는 정말 형편없었다." 조니 화이트는 그날 밤의 일기에 이렇게 적었다. 앨 울브릭슨도 마찬가지 의견이었다. 그가 이 선수들을 보트에 처음 모아놓은 3월 이후, 이처럼 엉터리로 노를 젓는 모습은 처음 보았기 때문이다. 이제는 할 일이 많았으며, 그들 대부분은 체중의 상당 부분을 운동으로 태워 없애야만 했다. 그런데 설상가상으로 이들은 거의 모두가 어느 정도까지는 감기를 앓고 있었으며, 돈 흄의 경우에는 아예 증상이 심각해지며 가슴에 자리 잡은 듯해서, 단순히 재채기 이상으로 걱정스러운 뭔가가 되어가는 듯했다. 꾸준히 비가 내리고, 랑거 호수의 수면에 쌀쌀한 바람이 계속 불어오며, 경찰 후보생 훈련소의 숙소가 너무 춥고 환기가 잘 안 되는 등의 문제도 도움이 되지 않기는 마찬가지였다.

이후 며칠 동안 선수들은 마치 정해진 일과에 따라 움직이는 듯했다. 오전에는 형편없이 노를 젓고, 오후에는 베를린으로 가서 신나게 놀았다. 올림픽 대표선수 여권 덕분에, 이들은 이 도시의 거의 모든 장소에 무료로 입장할 수 있었다. 이들은 보드빌 공연을 보고, 세계대전 당시의 무명 용사 무덤을 방문하고, 경가극을 보았다. 이들은 제국 종합운동장을 방문하고, 그 주경기장의 거대함과 현대성에 깊은 인상을 받고 돌아왔다. 이들은 철도편으로 도심에 갔으며, 이곳에서 (22달러라는 금액을 선뜻 내놓을 수 없었던 조를 제외하고는) 모두가 코닥 레티나 카메라를 한 대씩 사거나 주문했다. 이들이 운터 덴 린덴 거리를 활보하는 동안 보도에는, 최근 며칠 사이에 이 도시로 100만 명 이상이나 몰려든 외국인 방문객과 지방에서 올라온 독일인들이 북적이고 있었다. 이들은 길가 노점에서 소시지를 사 먹고, 독일 여자들과 시시덕거리고, 검은 셔츠 차림의 SS 장교들이 번쩍이는 메르세데스 리무진을 타고 지나가는 모습을 구경했다. 독일의 일반인들은 이들을 볼 때마다 거듭해서 오른손 손바닥을 아래로 하고 앞으로 내밀며 이렇게 외쳤다. "하일 히틀러!" 그러자 선수들도 한 손을 똑같이 내밀면서 이렇게 외쳤다. "하일 루스벨트!" 그러면 독일인들은 대부분 못 들은 척했다.

저녁마다 이들이 쾨페니크로 돌아와보면, 이 도시의 지도급 인사들은 선수들이 원하든 원하지 않든 간에 밤마다 오락거리를 제공해야 한다는 사명감에 불타는 듯했다. 어느 날 밤에는 성에서 잘 훈련된 경찰견을 전시하는 행사가 열렸다. 또 어느 날 밤에는 음악회가 열렸다. "정말 형편없는 오케스트라였다. 음이 하나도 맞지 않았다." 로저 모리스는 일기에다가 이렇게 투덜거렸다. 조니 화이트도 같은 의견이었으며, 불쾌감을 드러낼 때 즐겨 사용하는 표현을 썼다. "어찌나 지저분하던지." 어디를 가든 동네 사람들이 마치 이들이 영화배우라도 되는 양 둘러싸고는 사인을 해달라고 부탁했다. 처음에는 선수들도 재미있어 했지만, 나중에는 지치고 말았다. 마침내 선수들은 저녁마다 보트를 여러 대 빌려 빗속에서 성 주위를 노 저어 다녔으며, 같은 물 위에서 오가는 백조들을 벗 삼아 약간의 평화와 고요를 즐겼다.

물론 이들이 남들의 관심을 완전히 싫어한 것은 아니었다. 7월 27일에 이들은 허클베리 섬에서 연습할 때 착용했던 깃털 달린 인디언 머리띠를 쓰고 그뤼나우에 나오는 장난을 했다. 그 결과 조니 화이트의 말마따나 "작은 소동"이 벌어졌는데, 독일 팬들이 잔뜩 몰려들어 이들을 구경하면서, 혹시 미국 북서부에서 온 진짜 인디언 종족의 선수들이 아닌가 궁금해했던 것이다. 물론 장난삼아 한 일이었지만, 이는 한편으로 경주정 보관고에서 축 늘어진 사기를 향상시키려는 노력의 일환이기도 했다.

보트는 여전히 예상만큼 잘 움직이지 않았고, 대부분의 선수가 감기에서 회복되고는 있었지만 고디 애덤과 돈 흄은 여전히 아팠다. 7월 29일에 흄은 아파서 노를 저을 수조차 없었다. 사실은 너무 아파서 자리에서 일어나지도 못했다. 울브릭슨은 이때를 대비해서 함께 데려간

조 랜츠, 스터브 맥밀린, 바비 모크, 척 데이, 쇼티 헌트

대체 노잡이 가운데 한 명인 돈 코이Don Coy를 그 중요한 스트로크 노잡이 자리에 투입했다. 하지만 선수들은 그 자리에서 노를 젓는 코이의 스트로크에 영 익숙하지가 않았다. 보트 자체가 뭔가 제대로 된 느낌이 아니었던 것이다.

이쯤 되자 앨 울브릭슨도 걱정하기 시작했다. 다른 나라의 선수들이 속속 그뤼나우에 도착하자, 그는 조지 포코크와 함께 상당한 시간을 물가에서 보내며 자기들의 경쟁 상대를 살펴보았다. 독일 선수들이 얼마나 잘 훈련되었는지를 보고 나서, 그는 이들을 매우 심각한 상대로 대하게 되었다. 이탈리아 대표팀 역시 상당한 위협으로 보였다. 그중 네 명의 고참 선수는 1932년에 캘리포니아에 0.2초 차이로 지는 바람에 금메달을 놓쳤던 그 리보르노Livorno 출신 팀에 소속된 바 있었다. 이들은 덩치가 크고, 거칠고, 노동 계급 출신의 청년들이었으며, 워싱턴 선수들보다 상당히 나이가 많았다. 이들의 평균 나이는 28세였는데, 그중 일부는 이미 30대 중반이었으며, 상당히 좋은 상태에 있는 것처럼 보였다. 이들은 전심전력으로 노를 저었고, 스트로크를 할 때마다 각자의 머리를 극적으로 앞뒤로 흔드는 경향이 있었다. 울브릭슨은 이들 역시 독일 선수들과 마찬가지로 파시스트 정부로부터 보조금을 받을 가능성이 크다고 보았다. 하지만 도쿄 제국대학에서 온 일본 대표팀에 대해서는 그리 걱정하지 않았다. 이들은 길이가 겨우 16미터밖에 안 되는 작은 보트를 사용했고, 노의 길이도 짧고 노깃의 크기도 작았는데, 이 모두는 이들의 작은 체구에 맞춘 것이었다. 이 팀의 노잡이는 평균 체중이 65킬로그램에 불과했다. 하지만 이들은 더 작은 배의 한 가지 장점을 여실히 드러냄으로써 그뤼나우에서 훈련을 시작한 첫날부터 모두를 깜짝 놀라게 만들었다. 즉 불과 15초 만에 자기네 노 젓는 박자를 27회에서 갑자기 56회라는 터무니없는 숫자로 올리면서, 하얀 거품을 내면서 수면을 휘젓고 아주 빠른 속도로 가속을 했던 것인데, 이들의 모습은 울브릭슨의 말마따나 "물 위에서 날아오르려 발버둥치는 오리의 모습과도 닮아" 있었다. 오스트레일리아 대표팀은 뉴사우스웨일즈 출신의 덩치 크고 근육이 우람한 경찰관들로 이루어져 있었는데, 비록 기술은 그리 대단해 보이지 않았지만, 어딘가 넉넉해 보이는 뱃살이며, 오스트레일리아인 특유의 여유로운 태도 속에 의외로 활활 타오르는 불길 같은 기질을 갖고 있었다. 그리고 이런 태도는 영국 대표팀을 대할 때 두드러졌다.

그달 초에 오스트레일리아 대표팀은 조정대회 중에서도 가장 유명하고 유서 깊은 '헨리 로열 조정대회Henley Royal Regatta'의 '그랜드 챌린지 컵'에 도전했다. 그런데 헨리에 도착한 이들은 이 조정대회의 (1879년부터 생겨난) 규칙상 "현재 기계공, 장인匠人, 노동자의 직업에 종사하거나 과거에 종사했던 사람"은 참가가 금지된다는 정중하지만 엄격한 통보를 받았다. 즉 경찰관도 "노동자"로 간주된다는 것이었다. 그리하여 이들은 아쉽게도 그 조정대회에서 노를 저을 수 없었다. 생계를 위한 일자리가 있는 선수라면 "늘 앉아만 있는 직업"을 가진 다른 청년들에 비해서 더 유리할 터이므로 부당하다는 것이었다. 분격한 오스트레일리아 대표팀은 영국을 떠나서 곧장 베를린으로 왔으며, 이곳에서 무슨 일이 있더라도 "저 빌어먹을 영국 놈들"을 이기고야 말겠다고 복수를 다짐한 상태였다.

하지만 누가 보더라도 (심지어 앨 울브릭슨과 조지 포코크가 보기에도) 베를린에서 가장 우승 가능성이 높아 보이는 팀은 영국이었다. 어쨌거나 조정 그 자체가 영국에서 비롯된 스포츠이며, 1936년 베를린올림픽에 출전한 에이트 대표팀은 저 유명하고 유서 깊은 '리앤더 클럽Leander Club' 소속이었다. 이곳의 노잡이들과 키잡이들은 영국 내에서도 최고 수준이었으며, 옥스퍼드와 케임브리지의 뛰어난 선수들 중에서도 또다시 신중하게 선발된 선수들이었다. 이들은 학교에서 트위드 정장과 넥타이를 매고 수업을 들었으며, 가끔은 보트 보관고에서도 비단 스카프를 매고 운동을 했으며, 종종 흰색 반바지와 무릎까지 오는 검은 양말과 스카프 차림으로 경주정에 올라탔고, 그럼에도 불구하고 마치 이 일을 위해서 이 세상에 태어난 것처럼 멋지게 노를 저었다.

울브릭슨은 이들을 좀 더 가까이서 지켜보고 싶어 안달이 나 있었다. 오스트레일리아 대표팀도 마찬가지 입장이었다.

8월 1일 오후 중반쯤, 미국 대표팀의 조와 다른 선수들은 제국 종합운동장의 5월 광장의 넓은 잔디밭 위에서 무려 두 시간 이상이나 깔끔하게 줄을 맞춰 서 있었다. 이들은 아돌프 히틀러의 도착과 아울러 이때까지의 역사상 가장 극적이었을 대중 행사의 시작을 기다리고 있었다. 그 행사란 바로 제11회 올림피아드의 개막이었다. 이날을 위해 계획된 모든 일은 그 규모에서 이전까지 한 번도 시도되지 않았던 것들이지만, 며칠 전에 〈뉴욕 타임스〉의 앨비언 로스Albion Ross가 쓴 것처럼, 이른바

"선전, 광고, 허식의 가능성에 관한 새로운 깨달음을 통해 승리를 거둔 정권에 의해서" 올림픽이 개최된 것은 이때가 처음이었다. "이것이야말로 전문가들이 만들어낸 작품이고, 그것도 역사상 가장 재능 있고 재간이 뛰어나고 성공적인 전문가들이 만들어낸 작품이다."

선수들이 도착한 뒤로 줄곧 가벼운 비가 밀짚모자에 떨어졌지만, 이제는 구름이 사라지기 시작하고 있었으며, 푸른색 블레이저와 넥타이와 하얀 플란넬 바지를 입은 이들은 다른 미국 대표선수들과 마찬가지로 불편함을 느끼기 시작했다. 저 멀리서는 비행선 힌덴부르크 호가 오륜기를 휘날리며 베를린 도심에서 선회하다가 방향을 바꾸어 천천히 경기장으로 날아왔다. 제복 차림의 젊은 독일 여성들이 대표선수들 사이로 돌아다니면서, 미소를 지으며 과자와 오렌지주스를 건네주어 모두를 원기 왕성한 상태로 유지하려 노력했다. 하지만 미국 선수들은 가만히 서서 기다리는 일에 싫증이 나 있었다.

다른 나라의 선수들이 다소간 차렷 자세를 유지하는 사이, 미국 선수들은 여기저기 돌아다니면서 살펴보기 시작했다. 자기네를 향하고 늘어선 장식용 대포의 포신을 들여다보고, 경기장 입구의 커다란 석상을 살펴보고, 축축한 잔디밭에 몸을 뻗고 밀짚모자를 얼굴에 덮은 채 낮잠을 청하기도 했다. 조와 동료들도 출입문을 통과해서 깎아지른 듯 솟아난 종탑 아래를 지난 다음, 히틀러의 육군 의장대가 앞뒤로 행진하는 모습을 구경했다. 석재 포장도로 위에서 의장대가 거위걸음(군인들이 행진할 때 몸과 직각을 이루도록 다리를 곧게 뻗어서 번쩍번쩍 치켜들며 걷는 방식을 말한다—옮긴이)으로 어찌나 씩씩하게 걷던지, 징을 박은 이들의 검은 구두 아래에서 돌가루가 피어올라 사방으로 날아다녔다. 쇼티 헌트가 가만 보니, 여기서는 심지어 말들조차도 거위걸음으로 걷고 있었다.

주경기장 안에서는 레니 리펜슈탈과 요제프 괴벨스가 서로를 향해 소리를 질러대고 있었다. 리펜슈탈은 오전 6시부터 이곳에 나와 있었는데, 이리저리 뛰어다니고, 30대의 카메라와 60명의 카메라맨을 지휘하고, 음향 장비를 설치하고, IOC 위원들을 만날 때마다 위협을 하거나 애원하는 방식으로 자기가 원하는 장소에 장비를 설치했으며, 전 세계의 뉴스영화 촬영팀을 자기 앞에서 몰아내고, 이날의 행사를 가장 잘 포착할 수 있는 장소를 계속해서 물색하고 요구했다. 그중에서도 가장 중요한 장소는, 나치 관리들이 이날의 행사를 보기 위해 앉을 연단의 난간에 기대어놓은 카메라를 받치는 난간 앞부분의 좁은 콘크리트 돌출부였다. 연단 위에는 당의 최고위직들이 모여 앉아서 복잡해질 예정이었으므로, 리펜슈탈은 어쩔 수 없이 자기네 촬영기사를 난간 밖의 콘크리트 돌출부에 배치하는 대신, 안전을 위해서 카메라와 촬영기사 모두를 연단의 난간에 묶어놓았다. 이것이야말로 어색한 모습이 아닐 수 없었지만, 덕분에 리펜슈탈은 자기가 항상 추구하던 것을 할 수 있었다. 즉 완벽한 화면, 이상적인 화면을 얻는 것이었다. 바로 아돌프 히틀러가 자기를 향해 인사하는 군중을 바라보는 클로즈업 장면이 그녀의 목표였다.

하지만 이보다 더 이른 오후에 리펜슈탈은 SS 장교들이 자기의 카메라와 촬영기사를 모두 연단 난간에서 철수시켰음을 알았다. 격분한 그녀는 지금 당신들이 무슨 짓을 하는지 아느냐고 따졌고, 곧바로 카메라와 촬영기사의 철수 문제는 괴벨스의 지시로 이루어졌다는 답변을 들었다. 리펜슈탈은 화가 머리끝까지 치민 나머지, 카메라를 여기 놓아도 된다는 허락은 자기가 히틀러에게서 직접 받은 것이라며 장교들에게 고함을 질렀다. 이에 SS 대원들은 머뭇거리며 뒤로 한 발짝 물러섰다. 그러자 리펜슈탈은 난간으로 올라가 다시 직접 카메라를 설치했고, 경기가 시작되기 전까지 자기가 거기 버티고 있겠다고 선언했다. 곧이어 나치의 최고위층이 차례차례 도착하여 연단에서 좌석을 차지하다 말고 그녀를 빤히 바라보았다. 왜냐하면 본인의 말에 따르면, 리펜슈탈은 이

때 난간에 매달려 있으면서 분노를 이기지 못해 눈물을 흘리며 몸을 덜덜 떨고 있었기 때문이다.

잠시 후에 괴벨스가 달려왔다. "당신 미쳤소?" 그는 리펜슈탈을 보자마자 고함을 질렀다. "여기 있지 마시오. 당신이 지금 이 행사의 배열 전체를 망치고 있으니까. 당신이고 당신 카메라고 간에 지금 당장 여기서 떠나시오."

그러자 리펜슈탈이 그에게 반박했다. "이 일에 관해서는 총통께 일찌감치 부탁을 드렸어요. 그리고 허락을 받았다고요."

"그럼 차라리 연단 옆에다가 탑을 하나 세우지 그랬소?" 괴벨스도 버럭 소리를 질렀다.

"그건 이 경기장에서 허락을 안 해줬으니까 그랬죠!" 리펜슈탈도 똑같이 소리를 질렀다.

리펜슈탈의 말에 따르면, 괴벨스는 이제 "분노로 하얗게 질린" 상태가 되었다. 하지만 그녀는 자기가 차지한 자리를 결코 포기하지 않을 태세였다. 제아무리 막강한 제국의 선전 장관이라 하더라도, 그녀와 이 영화에 관한 그녀의 구상 사이에 감히 끼어들 수는 없었다.

바로 이 상황에서, 히틀러 다음가는 나치의 2인자 헤르만 괴링Hermann Göring이 돋보이는 흰색 군복을 착용하고 육중한 체구를 흔들며 연단으로 올라왔다. 괴링을 보자마자 괴벨스는 아까보다 더 큰 소리로 리펜슈탈을 야단쳤다. 하지만 괴링이 갑자기 한 손을 치켜들자, 괴벨스도 곧바로 입을 다물고 말았다. 상황을 짐작한 괴링은 평소에 사이가 좋지 않던 선전 장관을 골탕 먹이려는 듯, 리펜슈탈을 바라보며 좋은 말로 달랬다. "괜찮소, 아가씨. 내 배가 아무리 나왔어도 들어갈 자리는 충분하니까." 이 말에 리펜슈탈은 비로소 난간에서 내려왔고, 카메라는 그녀가 의도한 자리에 놓이게 되었다.

괴벨스는 조용히 분노를 삭였다. 하지만 리펜슈탈과 그의 전투는 (역설적이게도 이 전투는 양쪽 모두 나치의 이상을 드높인다는 공동의 목표를 각자의 방법대로 추구하는 과정에서 비롯된 것이었다.) 남은 올림픽 기간은 물론이고 이후까지도 지속되었다. 며칠 뒤에 그는 자리에 앉아서 일기장에 이렇게 적었다. "리펜슈탈이 말도 못하게 날뛰기에 따끔하게 야단쳤다. 히스테리한 여자다. 한마디로 남자가 아니다!"

오후 3시 18분, 아돌프 히틀러가 베를린 중심가의 수상 관저를 나섰다. 총통은 전용 메르세데스 리무진에 올라타고 똑바로 일어서서 오른팔을 들어 나치 경례를 했다. 수만 명의 히틀러 소년단, 돌격대, 철모를 쓴 친위대가 브란덴부르크 문에서부터 티어가르텐을 지나 제국 종합운동장으로 향하는 그의 행로에 도열해 있었다. 수십만 명의 평범한 독일 시민도 길가에 모였고, 창밖으로 몸을 내밀고 깃발을 흔들거나, 열두 겹도 넘게 거리에 줄지어 서서 잠망경까지 이용해 히틀러의 모습을 구경했다. 그의 리무진이 지나가면 사람들은 오른팔을 치켜들고 나치 경례를 했다. 사람들의 얼굴이 밝아졌고, 마치 황홀경에 빠진 듯 그가 다가올 때마다 수많은 팔들이 파도처럼 올라가며 인사를 건넸다. "하일! 하일! 하일!"

5월 광장에 모여 있던 선수들도 멀리서 들려오는 군중의 환호성을 들었다. 그 소리는 천천히 커지면서 가까워지더니, 곧이어 스피커에서 쩌렁쩌렁한 목소리가 흘러나왔다. "그분께서 오십니다! 그분께서 오십니다!" 선수들은 미국 대표선수단의 이미 흐트러진 대열 쪽으로 천천히 걸어갔다. 3시 30분에 국제올림픽위원회 위원들이 금빛 장식 끈을 드리우고, 높은 실크 해트와 연미복 코트를 입고 5월 광장으로 걸어 들어와 두 줄로 늘어섰다. 3시 50분에 히틀러가 종탑에 도착했다. 자기 앞으로 지나가는 의장대를 사열한 뒤에, 히틀러는 5월 광장 안으로 걸어 들어왔다. 그는 국방색 군복을 입고 굽 높은 검정 장화를 신은 키 작은 남자였으며, 잠시 동안이지만 방대한 잔디밭 위에 혼자 서 있었다. 히틀러는 IOC 위원들의 대열 사이를 지나고, 각국 대표선수단 옆을 지나가기 시작했는데, 그와 이들 사이에는 밧줄로 통제선이 설치되어 있었다. 대부분의 곳에서 대표선수단은 각자의 자리를 지키고 있었지만, 미국 선수들은 예외여서 그중 상당수가 히틀러를 더 잘 구경하려고 통제선 가까이 다가갔다. 워싱턴의 조정선수들은 그저 잔디밭에 앉아서 그가 지나가는 동안 손을 흔들었다.

오후 4시 정각에 히틀러는 주경기장의 서쪽 끝에서 안으로 들어섰다. 초대형 오케스트라가 (베를린 필하모닉에 국립 오케스트라를 더하고, 대여섯 군데의 군악대까지 덧붙여 구성했다.) 바그너의 〈충성 행진곡〉을 연주했다. 히틀러가 마라톤 계단을 내려와 경기장에 서자, 11만 명의 관중이 자리에서 일어나 모조리 오른손을 내밀며 박자에 맞춰 구호를 외치기 시작했다. "지크 하일(승리 만세)! 지크 하일! 지크 하일!"

회색 군복의 나치 장교들이 양옆에 도열하고, 올림픽 위원들이 실크 해트 차림으로 뒤따르는 가운데, 히틀러는 붉은색의 육상 트랙을 따라 걸어갔고, "하일"을 외치는 목소리가 주경기장에 메아리쳤다. 다섯 살 소녀 구드룬 딤Gudrun Diem이 하늘색 드레스와 화관으로 치장하고 앞으로 나와 이렇게 말했다. "만세, 우리 총통 각하!" 그러면서 소녀는 작고 앙증맞은 꽃다발을 그에게 건네주었다. 히틀러는 소녀를 바라보며 활짝 웃었고, 꽃을 받아들더니 넓은 관람대의 계단을 올라갔고, 그곳에서 다시 귀빈석으로 걸어간 다음 군중을 굽어보았다. 리하르트 슈트라우스Richard Strauss가 지휘하는 대규모 오케스트라가 독일 국가Deutschlandlied를 연주했고, "독일, 독일이 무엇보다 우선이다."라는 후렴이 끝나자, 곧바로 나치당의 노래인 〈호르스트 베셀의 노래Horst-Wessel-Lied〉가 연주되었다.

가뜩이나 귀에 거슬리던 나중 노래의 마지막 소절이 끝나자 잠시 침묵이 흘렀다. 그러더니 5월 광장 너머에서 커다란 종이 울리기 시작했는데, 처음에는 느리고도 부드러운 소리였지만, 역시나 그리스를 선두로 하는 각국 선수단이 주경기장으로 행진해 들어오면서부터 그 소리가 점점 더 커지고, 더 집요해지고, 더 널리 울려 퍼졌다. 각국 선수단이 히틀러 앞을 지나갈 때마다, 이들은 자기네 깃발을 잠깐씩 아래로 내려 경의를 표했다. 또한 대부분은 경례 비슷한 인사를 건네었다. 일부는 올림픽 경례를 했는데, 그 모습은 불운하게도 나치 경례와 비슷한 데가 있었다. 즉 손바닥을 아래로 향하게 하고 오른팔을 뻗는 것까지는 똑같지만, 팔을 앞으로 곧게 내미는 나치 경례와는 달리 팔을 좀 더 옆으로 비스듬히 뻗는 것이 올림픽 경례였다. 일부 선수들은 아예 나치 경례를 똑같이 따라 하기도 했다. 하지만 프랑스를 비롯한 대부분의 선수들은 이두 가지 사이에서 약간 애매한 경례를 했다. 일부 선수들은 아예 경례를 하지 않았다. 이들 각자의 경례 때마다, 관중은 선수들이 나치 경례를 얼마나 비슷하게 따라 하느냐에 따라 열심히 박수를 치거나 마지못해 박수를 쳤다.

5월 광장에서는 미국 선수들이 마침내 적절한 대열을 갖추고, 넥타이며 치마의 주름을 펴고, 모자를 고쳐 쓰고, 주경기장으로 들어가는 터널 쪽으로 걸어가기 시작했다. 행진은 이들의 주특기가 아니었으며, 독일인들과 비교하자면 더더욱 그러했다. 하지만 터널로 들어가는 순간 주경기장에서 들려오는 숱한 "하일" 소리를 듣자, 이들은 가슴을 당당히 펴고, 걸음을 빨리하며, 자발적으로 큰 소리로 노래를 부르기 시작했다[길버트와 설리번의 희가극 《펜잰스의 해적The Pirates of Penzance》(1879)에 나오는 유명한 노래 〈고양이 같은 발걸음으로〉의 후렴이다—옮긴이].

만세, 만세, 패거리가 다 모였네
과연 우리 무엇을 더 신경 쓰랴?
과연 우리 무엇을 더 신경 쓰랴?

만세, 만세, 우리 기쁨 충만하네

과연 우리 무엇을 더 신경 쓰랴?

체조선수 앨프리드 조아킴Alfred Joachim이 기수가 되어 성조기를 치켜들
고 앞장선 가운데, 이들은 터널의 어둠 속에서 이런 노래를 부르며 주경
기장의 넓은 내부로 들어섰다. 이것이야말로 이들 대부분이 이후로도
결코, 심지어 할아버지 할머니가 되고 나서도 잊지 못할 광경과 소리였
다. 오케스트라가 가볍고 경쾌한 곡을 연주하는 가운데, 이들은 8열 횡
대로 육상 트랙에 들어섰다. 히틀러 앞에 오자, 이들은 고개를 돌려 오
른쪽을 바라보고, 표정 없는 얼굴로 그를 바라보고, 밀짚모자를 벗어서
자기네 가슴에 갖다 대고 계속 걸어갔으며, 그러는 내내 조아킴은 성조
기를 보란 듯이 높이 치켜들고 있었다. 관중은 점잖게 박수를 보냈지만
그 박수 소리 사이마다 간간이 휘파람과 발 구르는 소리가 들렸는데, 이
것이야말로 유럽에서는 야유와 고함에 맞먹는 행동이었다.

하지만 불만을 표시하는 소리는 금세 잦아들었다. 미국 선수단의 맨
마지막 선수가 아직 히틀러 앞을 지나가지도 않은 상황에서, 빳빳한 흰
색 리넨 정장에 흰색 요트 모자를 착용한 독일 선수단이 터널을 지나
들어오기 시작한 때문이었다. 곧바로 어마어마한 함성이 관중 사이에서
터져나왔다. 사실상 11만 명의 관객 모두가 다시 한 번 자리를 박차고
일어나 나치 경례를 했다. 오케스트라는 지금까지 연주하던 가벼운 행
진곡을 내팽개치고 갑자기 또 한 번 독일 국가를 우렁차게 연주하기 시
작했다. 군중은 그 자리에 얼어붙다시피 한 채 각자의 팔을 뻗은 상태로
열심히 국가를 따라 불렀다. 연단에 있던 히틀러는 두 눈을 번뜩였다.
만卍자 깃발을 든 독일 기수가 그의 앞을 지나는 순간, 레니 리펜슈탈의
카메라가 돌아가는 가운데 히틀러는 경례를 했다가 오른손을 자기 가
슴에 갖다 댔다. 미국인들은 독일 국가를 들으면서 어색하게 육상 트랙

을 돌아 경기장 한가운데 구역으로 들어갔다. 조지 포코크가 훗날 말한 바에 따르면, 독일 국가가 들려오는 순간부터 미국 선수들은 일부러 그 음악에 발을 맞추지 않은 상태로 행진하기 시작했다고 한다.

모든 선수단이 경기장 한가운데 구역에 줄을 맞춰 집결하자, 독일 올림픽조직위원회 위원장인 테오도르 레발트가 연단에 놓인 마이크 앞으로 걸어나와 정말 끝도 없이 긴 연설을 시작했다. 연설이 계속되는 동안, 그걸 고국에 중계하던 영국의 한 라디오 아나운서는 청중을 지루하지 않게 하려고 무척이나 애를 먹었다. "잠시 후에 히틀러 씨가 다시 나올 겁니다. 환호성이 울려 퍼집니다. 레발트 씨의 연설이 끝난 것 같군요. 아니네요, 다시 계속합니다." 레발트의 목소리가 배경에 울려 퍼지는 가운데, 아나운서는 최대한 공백을 메우기 위해서 여러 선수단의 옷차림을 설명하고, 연설자가 서 있는 연단을 묘사하고, 마치 커다란 달덩이마냥 머리 위를 맴도는 힌덴부르크 호를 설명했다.

마침내 레발트가 연설을 끝냈다. 이때까지 레니 리펜슈탈과 잡담을 하던 히틀러가 마이크 앞에 다가오더니, 짧은 몇 마디 문장으로 올림픽의 개최를 선언했다. 그러자 영국의 아나운서는 방심하고 있다가 허를 찔린 듯 재빨리 끼어들어서 흥분하고 안심한 투로 이렇게 말했다. "히틀러 씨의 말이었습니다! 이제 올림픽이 시작되었습니다!"

행사는 점점 더 흥분이 고조되었다. 마라톤 문에 늘어선 트럼펫 연주자들이 팡파르를 울렸다. 오륜기가 게양되었다. 리하르트 슈트라우스는 초대형 오케스트라를 지휘해 자기가 작곡한 〈올림픽 찬가〉를 초연했다. 주경기장 밖의 대포가 천둥 같은 소리를 냈다. 수천 마리의 하얀 비둘기가 갑자기 우리에서 풀려나 하얀 돌풍이 되어서 주경기장 위를 한 바퀴 돌았다. 또 한 번의 팡파르가 울리자, 흰 옷으로 차려입은 늘씬한 금발 청년이 성화를 치켜든 채 주경기장 동문에 나타났다. 관중이 갑자기 침묵을 지키는 가운데, 그는 우아하게 동쪽 계단을 달려 내려와 붉은색의 육상 트랙을 돌더니 서쪽 계단으로 올라갔고, 거기서 다시 멈추더니 늦은 오후의 하늘을 배경삼아 검은 그림자만 보이는 상태에서 성화를 들어올렸다. 순간 올림픽 종이 울리자, 그는 뒤로 돌아 까치발을 하고 거대한 청동 성화대에 점화했다. 그러자 성화대에서는 불길이 확 피어올랐다. 마침내 올림픽 성화 너머로 해가 지기 시작하는 가운데 흰색 옷을 차려입은 수천 명이 헨델의 〈메시야〉에 나오는 〈할렐루야 합창〉을 부르기 시작했다. 관중도 자리에서 일어나 따라 불렀다. 음악과 목소리가 뒤섞이며 경기장의 거대한 내부에서 물결쳤으며, 그곳을 빛과 사랑과 기쁨으로 가득 메웠다.

그날 저녁에 대표선수단이 주경기장 밖으로 행진해 나갈 즈음, 그곳에 있던 사람들은 너나 할 것 없이 어느 정도씩은 깜짝 놀란 상태였다. 어느 누구도 방금 나타난 것과 같은 일은 한 번도 목격한 적이 없는 까닭이었다. 세계 각국 기자들은 텔레타이프로 달려갔고, 전신이 빗발쳤으며, 다음 날 아침 전 세계의 신문에는 열광적인 헤드라인이 장식했다. 워싱턴에서 온 선수들도 역시나 감명을 받았다. "지금까지 내가 본 것 중에서 가장 인상적인 광경이었다." 로저 모리스의 말이었다. 조니 화이트는 "그걸 보면서 굉장하다는 느낌을 받았다."고 말했다. 사실 이 일이 그처럼 세심하게 고안된 목적도 바로 그것이었다. 사람들에게 굉장하다는 느낌을 주려는 것이었다. 드디어 새로운 독일에 관한 전 세계의 의견을 결정하려는 절차가 시작된 것이다. 이 행사에서는 모두가 볼 수 있도록 간판을 내걸었다. "제3제국에 오신 것을 환영합니다. 우리의 진짜 모습은 당신들이 말하는 바와 다릅니다."

올브릭슨의 마지막 조언

승리하는 팀의 경기 모습을 지켜본다는 것은 곧 모든 것이 제대로 이루어지는 완벽한 조화를 목격하는 것이다. 그것은 바로 인내와 성공의 공식이기도 하다. 물리적 힘으로는 물론이고 온 가슴과 머리로도 노를 저어야 하는 것이다.

― 조지 요먼 포코크

8월 초인데도 랑거 호수의 날씨는 제법 쌀쌀한 편이었다. 그뤼나우의 경주로에는 차갑고 거센 바람이 계속해서 불어왔다. 선수들은 스웨터 셔츠를 입은 채로 바람을 맞으며 노를 저었고, 다리에는 연고로 사용하는 거위 기름을 듬뿍 바른 채였다. 예선전이 2주도 채 남지 않은 상황이었지만, 이들은 아직 제 실력을 되찾지 못하고 있었다. 보트는 움키기를 하다가 멈칫거렸고, 거친 물을 만나면 효율적으로 지나가지 못하고 흔들거렸다. 타이밍도 영 맞지 않았다. "게 잡이를 하는" 경우도 있었다. 선수들의 몸은 아직 최적의 상태가 아니었다. 이들은 자책하는 글을 일기장에 여기저기 적어놓았다. "우리는 형편없었다." 조니 화이트는 간략하게 적었다.

선수들은 하나같이 걱정을 하면서도, 일단 물 밖에 나오면 그해 여름 베를린을 에워싼 들뜬 분위기에 계속해서 휩쓸려 다녔다. 즉 몇 명씩 짝지어서, 이 도시를 이리저리 돌아다니고, 슈니첼을 먹고, 맥주를 마시고,

맥주잔을 들어올리고 자기네 학교 응원가인 〈워싱턴 앞에 고개를 숙여라〉를 불렀다. 스탠퍼드 대학 체육부장 잭 라이스Jack Rice가 호화로운 아들론 호텔에서 식사하자며 초청을 해오자, 이들은 기꺼이 받아들였다. 평소와 마찬가지로 커다란 W자가 앞에 새겨진 연습용 스웨터 차림으로, 이들은 경찰의 통제선을 지나 호텔의 멋지게 장식된 로비로 들어섰는데, 그곳에서는 가죽과 몰트위스키 냄새가 웃음소리며, 유리잔 부딪치는 소리며, 나지막하고 느린 피아노 음악 소리와 뒤섞여 있었다. 천장이 높은 식당에서는 연미복을 입은 웨이터가 상아 촛대와 흰색 리넨이 깔린 식탁으로 이들을 안내했다. 이들은 눈이 휘둥그레진 채 자리에 앉아서 식당 안의 다른 손님들을 두리번거렸다. 국제올림픽위원회 위원들, 부유한 미국인과 영국인, (치렁치렁한 실크나 시폰이나 매끄러운 금란이나 세퀸 달린 공단 재질) 이브닝 가운 차림의 우아한 독일 여성들도 있었다. 여기저기 SS 장교들도 앉아 대화를 나누고, 웃고, 프랑스산 와인을 마시고, 비프스테이크나 쇠고기찜을 나이프와 포크로 먹고 있었다. 회색과 검은색으로 이루어진 제복을 걸친 이들은, 은색 해골과 뼈 문양으로 장식된 뾰족한 모자를 식탁 위에 얹은 채 다른 손님들과 약간 떨어져서 자기들끼리만 앉아 있었다. 이들은 말쑥하고 엄숙하고 어딘가 불길한 모습이었다. 하지만 어느 누구도 이들의 존재를 꺼려하지는 않았다.

8월 6일에 앨 울브릭슨은 선수들을 불러 모았다. 이제부터 경기가 끝날 때까지는 더 이상 베를린이나 다른 어디로 놀러 나가지 말라는 지시가 나왔다. 이제 예선전까지 6일밖에 남지 않은 상황에서, 울브릭슨은 선수들의 진전 상태가 전혀 마음에 들지 않았다. 사실 그의 마음에 들지 않는 것은 한두 가지가 아니었다. 춥고 습한 날씨며, 난방도 안 되는 경찰 훈련소 때문에 돈 흄이 감기를 (또는 그의 가슴에 자리를 잡은 듯한 다른 뭔가를) 떨쳐내기는 여전히 어려운 상황이었다. 7월 초에 프린스턴에서 처음 병을 앓았을 때에도 흄은 계속해서 기침을 하고 골골거렸다. "흄은 우리에게 무엇과도 바꿀 수 없는 존재이다. 그가 빨리 회복해서 제 상태를 찾지 않는다면 우리에게는 기회가 많지 않을 것이다." 울브릭슨은 일주일 전에 AP에 이렇게 말했다. 그런데 흄은 아직까지도 이전과 마찬가지로 몸이 아팠다.

그리고 경주로에 관한 문제도 있었다. 8월 5일에 울브릭슨은 국제조정연맹(FISA)과 독일 올림픽위원회 위원들과 (요란하게 여러 가지 언어를 동원하고도 대개는 관계자들이 서로의 말을 이해하지 못한 상태의) 언쟁을 벌였다. 그뤼나우의 경주로는 여섯 개의 레인으로 이루어져 있었는데, 이 가운데 한쪽 가장자리의 두 레인은 (즉 5번과 6번 레인은) 랑거 호수의 강한 바람에 워낙 많이 노출되어 있어서, 말 그대로 노를 젓는 것 자체가 불가능한 경우가 종종 있었다. 그날 일찍 울브릭슨은 자칫 자기네 선수들이 바깥쪽 레인에서 물에 빠져 죽을 위험이 있다면서 연습을 취소하기도 했을 정도였다. 반면 남쪽 호숫가에 가까이 붙어 있는 1번부터 3번 레인은 경주로 대부분이 거의 전적으로 바람에서 안전한 상태였다. 이처럼 상황이 제각각이다 보니, 이곳은 동등한 조건에서 경주를 펼칠 수 있는 장소가 아니었다. 만약 경기 당일에도 이렇게 바람이 분다면, 바깥쪽의 5번과 6번 레인을 배정받는 팀은 안쪽 레인을 받는 팀에 비해 두 정신쯤의 불리함을 출발 때부터 안고 가야 할 것이었다. 그래서 울브릭슨은 바깥쪽의 두 레인을 아예 폐쇄하기를 바랐다. 이전까지의 모든 올림픽 경기에서도 예선전과 결승전에서는 항상 네 척의 보트가 겨루는 것으로 되어 있었다고 그는 지적했다. 하지만 길고도 열띤 대화 끝에 울브릭슨은 결국 뜻을 이루지 못하고 말았다. 결국 여섯 개의 레인 모두를 사용하기로 한 것이다.

울브릭슨의 걱정이 또 한층 늘어난 까닭은, 드디어 영국 팀의 면모를 가까이서 제대로 지켜볼 수 있었기 때문이다. 그 보트의 핵심 전력은 배

의 뒤쪽에 앉아 있는 케임브리지 소속의 두 선수, 즉 키잡이 존 노엘 덕
워스John Noel Duckworth와 스트로크 노잡이 조지 레널드 먼델 로리George Ranald
Mundell Laurie였다. 덕워스는 훗날 누군가의 말마따나 "키는 작지만 가슴은
넓은" 사람이었다. 키에 관한 평가는 그를 딱 보기만 해도 알 수 있었다.
가슴에 대한 평가는 그가 물에 나설 때마다 증명되었다. 또한 몇 년 뒤
에 남태평양에서 그의 부대가 일본군에 포위 당하자, 그가 상부의 명령
에도 불복하고 부상 당한 영국군 병사들과 뒤에 남은 데에서도 드러났
다. 나중에 일본군이 몰려와서 부상자를 처형하려고 하자, 덕워스는 이
들에게 욕설을 퍼붓다가 죽도록 얻어맞기는 했지만, 덕분에 전우들의
생명을 구할 수 있었다. 이들은 악명 높은 싱가포르의 창기 포로수용소
로 가게 되었다. 그리고 1,679명의 다른 죄수들과 함께 정글을 354킬
로미터나 걸어서 태국의 송크라이 제2포로수용소에 도착했으며, 그곳
에서 태국-버마 간 철도를 부설하는 노예 노동에 종사했다. 이곳에서
포로들은 각기병, 디프테리아, 천연두, 콜레라, 고문으로 인해 죽어나가
기 시작했다. 덕워스는 강제 노동에 종사하면서도 군목으로 병사들을
돌보았다. 최종 생존자는 250명뿐이었으며, 덕워스도 그중 한 명이었다.
 동료들 사이에서는 "랜Ran"이라는 애칭으로 통하던 로리는 아마도 영
국 최고의 스트로크 노잡이였을 것이며, 체중 85킬로그램에 힘과 우아
함과 날카로운 지성을 소유한 인물이었다. 그의 아들인 배우 휴 로리Hugh
Laurie[의학 드라마 〈하우스〉(2004~2012)에서 독선적인 성격의 천재 의사로 출연
해 큰 인기를 얻었다-옮긴이]도 훗날 케임브리지에서 조정선수로 활약했
다. 모두의 의견을 종합해보면, 랜은 이례적이다 싶을 정도로 친절한 청
년이었다. 덕워스와 로리는 케임브리지 팀을 이끌고 옥스퍼드와의 연례
보트 경주에서 3회 연속으로 (모두 7회 연속 승리 가운데 이들이 담당한 몫이
그만큼이었다.) 승리를 거둔 바 있었다.(옥스퍼드는 이런 추세를 뒤집으려는 필
사적인 노력의 일환으로 나중에는 자기네 선수들의 식탁에 맥주 대신 우유를 놓는

파격적인 조치마저 단행했지만 소용없었다.) 울브릭슨은 그런 경험 (즉 50만 명에서 100만 명에 달하는 관중이 템스 강변에 몰려든 상황에서 경기를 펼쳤다는 경험) 하나만으로도 영국 팀은 자신감 면에서 모두를 압도하고도 남겠다고 판단했다.

하지만 영국 팀이 그뤼나우에서 연습하는 모습을 지켜보면서 앨 울브릭슨이 가장 걱정한 것은 저 경쟁자들의 모습이 자기네 선수들과 참으로 흡사하다는 것이었다. 물론 체격 면에서는 그들 중 어느 누구도 자기네 선수들을 따라올 수 없다고 생각했고, 실제로도 그러했다. 그러나 그들의 노 젓는 모습만큼은 상당히 비슷했다. 영국 선수들은 영국의 예비학교와 대학에서 이미 여러 세대에 걸쳐 가르치는 '긴 눕기' 방식을 구사하면서 노를 젓고 있었다. 다만 워싱턴은 조지 포코크가 템스 강의 뱃사공 방식에서 차용하여 지금으로부터 20년 전에 하이럼 코니베어에게 전수했던 더 짧고, 더 똑바로 서는 방식의 눕기를 구사했다.

영국 선수들이 울브릭슨의 선수들과 유사한 또 한 가지는 바로 전략이었다. 이들은 워싱턴의 선수들이 그토록 잘하는 전략을 똑같이 구사했던 것이다. 이들은 뒤에 처지면서도 일정한 간격을 유지하는, 노를 강하지만 느리게 젓는, 상대를 압박해서 스트로크 비율을 아주 빨리 아주 높게 올리도록 만드는, 그리고 나서 다른 선수들이 지치면 자기들이 전력질주로 추월하고, 상대방이 모르는 사이에 따라잡고, 상대방을 무기력하게 만들고, 상대방을 완전히 깔아뭉개는 방식을 사용했다. 크리켓 모자와 목 스카프를 걸쳤다는 사실만 제외하면, 키잡이 좌석에서 덕워스가 보여주는 모습은 바비 모크와 놀라우리만치 닮아 있었다. 그리고 랜 로리가 스트로크 노를 잡는 모습은 돈 흄과 놀라우리만치 닮아 있었다. 그러니 두 팀이 랑거 호수에서 만나 한 경기에서 격돌했을 때의 모습을 지켜보는 것은 무척이나 흥미로울 것이었다.

올림픽 예선전이 다가오고, 앞으로 벌어질 일에 무게감이 느껴지자, 울브릭슨의 선수들은 또다시 긴장하고 위축되기 시작했다. 일기를 쓰거나 집에 편지를 쓰는 선수들은 프린스턴에서 있었던 올림픽 대표 선발전에서 느낀 것과 같은 긴장감을 토로했다. 척 데이는 앨 울브릭슨을 찾아가서 자신감 쌓기 훈련을 시작했다. 그리고 그사이마다 럭키스트라이크와 캐멀로 줄담배를 피우며, 담배를 좀 줄이라는 동료들의 말을 웃어넘기곤 했다.

긴장을 느끼는 것은 미국 선수들만이 아니었다. 24개국의 선수들 모두가 그뤼나우와 쾨페니크에서 똑같은 연습 및 식사 시설을 공유하고 있었다. 이들 모두는 덩치가 크고, 건강하고, 극도로 경쟁심 투철한 청년들이었으며, 이들 각각은 자기 삶에서 결정적인 순간을 곧 맞이할 상황이었다. 대개의 경우 올림픽 정신을 준수하고 있었지만, 여러 가지 새로운 우정이 나타난 것은 이들이 독일에서 함께 살고 경쟁하던 3주 동안에 나타난 것이었다. 워싱턴에서 온 선수들은 오스트레일리아의 경찰관으로만 이루어진 팀과 특히 친해졌는데, 일단 서로의 언어도 같았을 뿐만 아니라 편안하고 확신 넘치고 긍정적인 삶의 태도 때문이었다. 이들은 또한 스위스 팀과도 사이가 좋았다. 조니 화이트는 그들을 가리켜 "지독한 녀석들"이라고 적었지만, 그래도 명랑하고 호의적인 태도가 가득한 선수들이었다. 워싱턴 선수들은 쾨페니크와 그뤼나우를 오가는 버스에 이들과 함께 탔고, 그때마다 스위스 선수들은 요들송을 큰 소리로 불러댔다.

하지만 예선전이 다가오자 그뤼나우와 쾨페니크에 있는 모든 팀은 신경이 곤두섰다. 오스트레일리아 선수들은 영국 선수들에 갖는 반감을 굳이 숨기려 들지 않았다. 영국 선수들은 독일 선수들을 볼 때마다 지난번의 전쟁을 떠올리는 동시에 앞으로 있을지도 모를 또 다른 전쟁을 걱정했다. 워싱턴에서 온 선수들은 잠을 못 이룰 지경이었다. 거의 매일 밤 이들의 숙소 창문 아래 포석 깔린 길에서 잠을 방해하는 소리가 들려왔다. 어느 날 밤에는 갈색 셔츠 차림의 돌격대가 노래를 부르면서 징 박힌 구두를 뚜벅거리며 행진했다. 또 어느 날 밤에는 군대의 야간 기동 훈련이 있었다. 오토바이와 사이드카, 초록색 경광등을 장착한 트럭, 야포를 운반하는 차량에 이르기까지 이 모두가 요란한 소리와 함께 거리를 지나갔다. 경찰 후보생들은 희한한 시간에 훈련을 했다. 곧이어 독일 노잡이들이 노래를 불렀다. 또 이미 경기에 나섰다가 크게 패한 카누 종목 선수들이 아래층에서 일종의 패전 위로 파티를 요란하게 열기도 했다.

짜증이 치민 선수들은 이 문제를 어떻게든 해결해보기로 작정했다. 마침 이들 가운데 무려 여섯 명이 공학도였기에, 이 문제를 공학적으로 접근해보기로 했다. 결국 이들은 한 가지 장치를 만들었는데, 침대에 누운 상태에서 굳이 일어날 필요도 없이 끈만 잡아당기면, 창가의 양동이가 기울어지며 저 아래 길가에서 떠들어대는 작자들의 머리에 물벼락을 내린 다음, 문제의 양동이는 감쪽같이 방 안으로 들어와 시치미를 뚝 뗄 수 있게 하는 장치였다. 이 장치를 실제로 가동할 기회가 찾아온 것은, 유고슬라비아 팀이 거리에서 시끄럽게 떠들던 어느 날 밤이었다. 워싱턴 선수들은 끈을 잡아당겨서 물벼락을 내렸는데, 엉뚱하게도 그 희생자 중에는 유고슬라비아 팀만이 아니라 오히려 이들을 진정시키려고 출동한 독일 경찰 후보생들도 있었다. 흠뻑 젖은 선수들과 경찰 후보생들은 건물을 향해 고함을 질렀다. 그러자 다른 나라 선수들도 자다 말고 방에서 뛰쳐나와 계단으로 달려 내려갔다. 급기야 모두가 서로 다른 언어로 소리를 지르는 상황이 펼쳐졌다. 워싱턴 선수들은 맨 마지막에야 잠에 취하고 어리둥절한 순진무구한 표정을 지으며 나타났다. 도대체 누가 물을 뿌렸는지 아느냐는 질문을 받자, 이들은 어깨를 으쓱하면서 저 위에 있는 캐나다 팀의 방을 슬쩍 가리켜 보였다.

다음 날 점심시간에도 또다시 문제가 터졌다. 식사시간에는 두 나라씩 번갈아가면서 자기네 나라의 대표곡을 부르는 것이 일종의 전통처럼 되어 있었다. 유고슬라비아 선수들이 일어나 노래를 부를 차례가 되자, 이들은 미국을 상징하는 노래인 〈양키 두들Yankee Doodle〉을 기묘하게도 바꿔 불렀다. 도대체 이들의 의도가 무엇인지는 아무도 짐작할 수 없었다. 과연 이들이 지금 영어로 노래를 부르는지, 아니면 유고슬라비아에서 사용하는 여러 가지 언어로 부르는지도 불분명했다. 하지만 미국 선수들은 이 노래를 잘 알고 있는데다가, 척 데이가 가만 보니 몇 군데 가사는 어젯밤 사건의 범인이 미국 대표팀이라는 사실을 안 유고슬라비아 선수들이 대놓고 미국을 지독하게 욕하는 내용인 것이 분명했다. 급기야 데이는 자리를 박차고 일어나 유고슬라비아 팀에게 돌진해 주먹을 날렸다. 바비 모크는 자기 바로 옆에 있는 선수에게 달려들었는데, 상대방은 유고슬라비아의 키잡이가 아니라 오히려 가장 덩치 큰 선수였다. 모크에 뒤이어 워싱턴의 나머지 선수들도 달려들었고, 이에 질세라 오스트레일리아 선수들도 이들을 도우러 나섰다. 독일 팀은 유고슬라비아 선수들을 도우러 나섰다. 의자가 날아다녔다. 갖가지 욕설이 난무했다. 가슴과 가슴이 맞부딪쳤다. 선수들은 서로를 떠밀었다. 몇 번인가 더 주먹질이 난무했다. 모두가 또다시 고함을 질렀고, 역시나 아무도 서로의 말을 이해하지 못했다. 마침내 네덜란드 대표팀이 중재에 나섰고, 엉겨붙은 선수들을 떼어놓고 각자의 자리로 돌려보낸 다음, 또렷하고도 완벽하고 외교적인 영어를 구사하며 문제를 매듭지었다.

하지만 이렇게 초조와 흥분을 느끼는 와중에도 울브릭슨의 선수들에게서는 뭔가 다른 것이 조용히 작동하고 있었다. 서로에게서 긴장과 불안의 흔적을 보자 이들은 본능적으로 똘똘 뭉치게 되었다. 매번 연습의 시작 전이나 종료 후마다 이들은 부양선착장에 모였고, 각각의 노를 이

전보다 더 잘 저으려면 어떻게 해야 하는지를 논의하고, 서로의 눈을 똑바로 쳐다보면서 진심으로 이야기를 나누었다. 농담과 장난은 이제 잠시 옆으로 밀어놓았다. 이들은 지금까지 한 번도 없었던 방식으로 진지해지기 시작한 것이다. 이들 각자는 자기 인생의 결정적인 순간이 눈앞에 닥쳤음을 알고 있었다. 어느 누구도 이 기회를 놓치는 것을 바라지 않았다. 그리고 어느 누구도 친구들이 이 기회를 놓치는 것을 바라지 않았다.

훈련 내내 조 랜츠는 자기야말로 팀에서도 약한 고리가 분명하다고 생각했다. 그는 이 보트에 맨 마지막으로 합류했으며, 이 운동의 기술적인 측면에 숙달하려고 무척이나 애를 썼지만, 여전히 지금도 변칙적으로 노를 젓는 경향이 있었다. 하지만 조가 미처 몰랐던 (그리고 그가 훗날까지도, 그러니까 본인과 동료들이 노인이 된 다음까지도 제대로 이해하지 못했던) 사실 하나는, 이 보트에 타고 있던 다른 선수들도 모두 그해 여름에 각자 똑같이 자책하고 있었다는 사실이다. 이들 모두는 자기가 이 보트에서 노를 젓게 된 것이 어디까지나 운이 좋았기 때문이라고, 자기는 다른 선수들의 뚜렷한 탁월함에 차마 미치지 못한다고, 그리고 여차하면 자기 때문에 다른 선수들이 실패하게 될까봐 걱정해 마지않았다. 그래서 이들 모두는 다른 동료들을 실망시키지 않겠다고 단단히 각오하고 있었다.

마지막 며칠 동안에 걸쳐서 선수들은 천천히 (저마다의 방법으로) 정신을 집중하고 마음을 가라앉혔다. 선착장에 모여서 이들은 서로의 어깨를 얼싸안고 경주 계획을 논의했으며, 나지막하지만 확신에 가득한 목소리로 이야기하며, 소년에서 어른이 되는 거친 길을 따라 나아가는 걸음에 속도를 내기 시작했다. 이들은 포코크의 말을 인용해서 서로에게 조언했다. 로저와 조는 랑거 호숫가를 따라 산책을 다니고 돌멩이를 주워 수면에 던지면서 마음을 진정시켰다. 조니 화이트는 서관 앞의 잔디밭에서 셔츠를 벗고 누워 햇볕을 쬐었는데, 한편으로는 원체 새하얀 자신의 미소를 보완하기 위해 몸을 그을리려는 것도 있었고, 또 한편으로는 어떻게 노를 저을 것인지를 머릿속에 그려보는 것도 있었다. 쇼티 헌트는 집에 긴 편지를 써 보냈고, 자신의 불안감을 종이에 옮겨 적음으로써 마음을 깨끗이 하려 노력했다. 마침내 이들이 탄 보트가 다시 생명을 얻기 시작했다. 하루 두 번 연습을 하면서, 이들은 자기들 몸에 잠재되어 있던 것을 방출하기 시작했고, 자기들의 스윙을 찾아내기 시작했다. 돈 흄이 스트로크를 담당하는 동안만큼은 모든 것이 다시 한 번 제대로 되었다고 느끼기 시작했다. 실제로 흄이야말로 핵심인 것처럼 보였다. 울브릭슨이 흄을 빼버렸을 때 선수들이 느낀 주저함과 어색함과 불확실함은 그가 돌아오자마자 싹 증발하고 말았다. 조지 포코크는 이런 변화를 한눈에 파악했다. 선수들이 원래의 모습으로 돌아온 것이다. 8월 10일에 포코크가 선수들에게 조언한 바처럼, 이제 이들에게 필요한 것은 약간의 경쟁심이었다. 그다음 날 영국의 한 기자가 이들의 연습을 구경한 뒤, 리앤더 클럽 소속인 자기네 대표팀이 미국 대표팀이라는 만만찮은 상대를 만나게 될지도 모른다고 고국의 독자들에게 경고했다. "워싱턴 대학의 에이트 팀은 여기서 가장 뛰어난 팀이며, 조정선수로서 가장 완벽한 모습을 보여주고 있다."

1936년 올림픽 조정경기에서 처음 고안된 규칙에 따르면, 에이트 종목의 14개 팀은 8월 14일에 벌어지는 결승전에 나갈 기회를 두 번 만난다. 우선 8월 12일에 열리는 예선전에서 승리한 팀은 곧장 결승전에 진출하게 되어 하루 휴식을 취할 수 있었다. 그리고 패배한 팀들은 8월 13일에 열리는 패자부활전에 진출하게 되는데, 결국 결승전 바로 전날 다시 한 번 노를 젓는 부담을 감수해야 하는 것이다. 워싱턴 선수들과 예선을 치르게 되는 상대는 프랑스, 일본, 체코슬로바키아, 그리고 이들

그뤼나우의 관람석에서 본 경기장 풍경

이 가장 걱정하는 상대인 영국이었다.

보트가 마침내 예상대로 움직이기 시작하면서, 앨 울브릭슨은 큰 경기를 앞두고 하던 일을 역시나 했다. 즉 가벼운 노 젓기 외에는 가급적 훈련을 삼가고, 선수들에게 첫 번째 경기를 위해 푹 쉬라고 조언한 것이다. 8월 11일에 선수들은 그뤼나우의 관람석에 앉아서, 내일 자기들이 출전할 에이트를 제외한 나머지 부문의 예선전을 모조리 지켜보았다. 미국 조정선수단 모두가 높은 기대와 예상을 안고 베를린에 도착한 바 있었다. "조정 분야의 전문가와 비평가들은 오늘 미국이 올림픽 단체전에서 상당한 몫을 가져가게 될 것이라고 만장일치로 예상했다." 7월 28일에만 해도 한 스포츠 기자는 이렇게 대담하게 주장하면서, 다음과 같이 확신에 찬 헤드라인을 내걸었다. "전문가들, 조정 부문에서 미국의 싹쓸이 예상." 하지만 조지 포코크는 그렇게 확신을 품지는 않았다. 다른 미국 선수들의 장비를 직접 검사한 결과, 너무 무겁고, 질이 나쁘고,

오래되고, 낡았다고 판단한 까닭이었다.

그날 열린 여섯 부문의 예선전에서 미국은 세 부문에서는 꼴찌에서 두 번째를 차지했고, 나머지 세 부문에서는 꼴찌를 했다. 관람석에 앉은 워싱턴 선수들 주위에 모여 있던 관중이 매우 기뻐하는 가운데, 독일 선수들이 여섯 개 예선전 모두에서 1위를 차지했다. "아주 형편없는 경기였다." 척 데이는 그날 밤 이렇게 적었다. "오늘부터 경기가 시작되었지만, 우리 미국 선수들은 출발 방법 자체를 잊어버린 듯했다." 로저 모리스는 이렇게 말했다. "이제 모든 것은 우리의 어깨에 달린 것 같다." 조니 화이트의 말이었다.

8월 12일, 그러니까 에이트의 예선전이 열린 당일에 돈 흄은 포킵시 때 유지했던 78킬로그램의 원래 체중에서 무려 6킬로그램이나 줄어든 상태였다. 이제 185센티미터에 72킬로그램인 그의 몸은 완전히 뼈와 가죽뿐이었다. 그의 가슴은 여전히 울혈이 생긴 상태였고, 약간의 열이 났다가 안 났다가 하는 상태였다. 하지만 그는 노를 저을 채비가 되었다고 우겼다. 앨 울브릭슨은 최대한 그를 쾨페니크에서 침대에 누워 있게 했다. 그리고 그날 오후에 그를 일으켜 세워 버스에 태운 다음, 다른 선수들과 함께 조정경기장으로 향했다.

경기장의 상태는 조정경기에 이상적이었다. 하늘에는 구름이 약간 끼어 있었지만, 기온은 영상 20도 대 초에 불과했다. 다만 약간의 바람이 불어와서 랑거 호수의 짙은 회색 수면에 잔물결을 일으킬 뿐, 그나마도 보트의 배꼬리 쪽으로 불어오는 바람이었다. 워싱턴 선수들은 오후 5시 15분에 시작되는 첫 번째 예선전에서 1번 레인을 배정받았다. 이 레인은 이 경주로에서 바람의 영향을 가장 덜 받는 곳이었지만, 날씨가 좋았기 때문에 다른 곳과 별 차이는 없을 것이었다.

선수들이 그뤼나우에 도착했을 무렵, 신이 난 관중들이 쌍안경과 카메라를 가지고 조정경기장 앞에 마련된 매표소에 줄지어 섰다. 경기장 안으로 들어오는 관객 중에서 더 비싼 표를 구입한 사람들은 가까운 이쪽 물가에 마련된 차양이 설치된 상설 관람석 안으로 들어갔다. 더 싼 표를 구입한 사람들은 부교를 지나서, 먼 저쪽 물가에 마련된 커다란 일반 관람석에 앉았으며, 그 구조물의 넓은 뒤판에는 조정 종목에 출전한 여러 나라의 국기가 펄럭이고 있었다. 서관 앞의 깃대에는 커다란 오륜기가 천천히 펄럭이고 있었다.

그곳에서 2,000미터 떨어진 호수 저편에는 출발선을 표시하는 통행로가 랑거 호수를 가로질러 100미터에 걸쳐 설치되어 있었다. 제복 차림의 진행요원들이 그곳에 대기하고 있다가, 보트들이 출발을 위해 그곳에 도착하면 배꼬리를 붙잡고 있을 예정이었다. 통행로에서 한참 떨어진 곳에서는 특이하게도 키잡이의 눈에 보이지 않는 곳에 출발신호원이 평저선의 상층부에 설치된 단에 올라가 있었다. 전 세계 언론사의 기자들이 저마다 메모장과 카메라를 들고 맞은편 강둑에 모여 있었다. 거기서 조금 떨어진 곳에는 자동차가 여러 대 서 있었는데, 예선전 때마다 출발선부터 결승선까지 따라가며 경기를 관람할 예정이었다. 아나운서와 단파 라디오 송신기가 있는 보트 한 대도 출발선 뒤에 머물러 있다가 경주정들의 뒤를 따라가면서 예선전의 현황을 구체적으로 중계함으로써, 결승선에 있

금메달을 향해 나아가기 직전의 모습

는 스피커를 통해, 관람객과 기자가 눈으로 보기 전부터 각 보트의 진척 상황을 알 수 있게 할 예정이었다.

조와 동료들이 준비운동을 마치고 나서 노를 저어 경주정을 출발선으로 끌고 간 시각은 5시 15분 직전이었고, 그때는 아마도 2만 5,000명이 조정경기장에 들어와 있었을 것이다. 선수들은 허스키 클리퍼 호를 후진시켜 통행로에 갖다 대고 가만히 기다렸다. 바로 옆에 자리한 2번 레인에는 랜 로리와 노엘 덕워스를 비롯한 영국 대표팀이 똑같이 하고 있었다. 덕워스는 바비 모크를 바라보며 고개를 끄덕였고, 모크도 이 인사에 똑같이 응답했다.

경기는 5시 15분 정각에 시작되었다. 미국 선수들은 역시나 이번에도 출발이 좋지 못했다. 프린스턴에서 겪었던 것과 마찬가지로, 첫 번째인지 두 번째인지의 스트로크 때 보트 한가운데에서 '쏠리기'가 일어났던 것이다. 4번 레인에서는 일본 팀이 재빨리 물을 휘저으며 선두로 치고 나갔는데, 짧은 노와 짧은 활주를 이용해 분당 거의 50회에 달하는 박자로 노를 저었다. 노엘 덕워스와 랜 로리는 영국 보트를 힘차게 몰고 나갔지만, 곧이어 속도를 늦추고 일본 바로 뒤에서 2위를 유지했으며, 그 뒤에 체코슬로바키아와 프랑스가 따라가고 있었다. 미국은 맨 꼴찌에서 38회로 노를 젓고 있었다.

모크와 흄은 스트로크 비율을 계속 높여서 300미터 즈음에서 체코 팀을 앞질렀다. 그런 다음에는 박자를 다시 34회로 줄였다. 일본 팀은 선두에서 여전히 신들린 것처럼 노를 젓고 있었고, 영국을 한 정신 차이로 따돌리고 선두를 지켰다. 하지만 모크도 덕워스도 일본 팀을 굳이 의식하지는 않았다. 오히려 양쪽 모두 서로를 생각하고 있을 뿐이었다. 나머지 700미터 동안 보트들은 원래의 상태를 그대로 유지하고 있었다. 그러다가 절반 표시에 도달했을 즈음, 이미 지친 일본 팀이 예상대로 갑자기 속도를 잃고 뒤처지기 시작해 체코와 나란히 달리게 되었다. 프랑스도 마찬가지 상황이었다. 이제 남은 것은 애초의 예상대로 미국과 영국뿐이었으며, 관람석과 보트 보관고들이 저 멀리 모습을 드러낸 가운데에서 이들은 다른 팀들을 완전히 따돌리고 앞에 나선 상태였다. 이제는 누가 누구를 앞지르느냐 하는 것이 문제였다.

모크는 흄에게 스트로크 비율을 높이라고 지시했는데, 과연 상대방이 어떻게 나오는지를 떠보려는 생각이었다. 흄은 36회로 박자를 높였다. 그러자 미국 보트는 영국 보트의 배꼬리에서 겨우 반 정신 떨어진 곳까지 접근했다. 덕워스는 어깨 너머를 흘긋 바라보았다. 그러더니 로리와 함께 영국 선수들을 부추겨 박자를 38회로 높였다. 결국 미국 팀의 접근은 저지되고 말았다. 영국 보트는 계속 선두를 지켰다. 양쪽의 선수들은 모두 이제 호숫가에 모여든 군중의 함성을 들을 수 있었다. 양쪽의 키잡이들은 관람석과 "결승선Ziel"이라는 커다란 흑백 간판을 볼 수 있었다. 즉 결승선이 바로 앞에 있다는 것을 알리는 표시였지만, 둘 중 어느 쪽도 먼저 자기 패를 내놓지는 않았다. 양쪽 모두 기다리고 있었다. 영국 선수들은 길고도 커다란 동작으로 스트로크를 구사했으며, 매번 당기기를 마칠 때마다 등을 완전히 뒤로 뉘었다. 미국 선수들은 이보다 더 짧은 스트로크를 구사했으며, 스트로크와 스트로크 사이에 복귀하는 시간이 더 짧게 걸렸다.

마침내 250미터가 남은 상황에서 모크가 소리를 질렀다. "지금, 얘들아, 지금! 열 번만 줘봐!" 선수들은 힘차게 노를 저었고, 허스키 클리퍼 호의 앞 갑판에서 휘날리던 성조기가 재빨리 덕워스를 지나치더니, 영국 보트의 길이에서 절반쯤 되는 부분에 자리하게 되었다. 이에 덕워스와 로리는 분당 40회로 스트로크 비율을 올렸다. 잠시 동안 두 팀은 이 상태를 유지했으며, 미국 경주정의 하얀 노깃이 영국 경주정의 진홍색 노깃과 나란히 힘차게 번뜩였다. 바비 모크는 흄에게 다시 한 번 스트로크 비율을 올리라고 외쳤고, 클리퍼 호는 앞으로 나아가기 시작했다.

영국 보트에서는 랜 로리가 미친 듯이 물을 휘젓고 있었다. 그는 아직도 비교적 생생한 상태였다. 그는 박자를 더 높이고 싶었다. 하지만 당시 영국의 스트로크 노잡이 대부분이 그러했듯이, 그는 다른 동료들에 비해 더 작고 좁은 노깃이 달린 노를 젓고 있었다. 왜냐하면 스트로크 노잡이의 역할은 보트에 힘을 제공하는 것이 아니라 속도를 정하는 것이기 때문이었다. 이렇게 작은 노깃을 가졌기 때문에 그는 자칫 힘이 소진되어서 박자를 흐트러뜨리는 위험을 겪지 않을 수 있었다. 하지만 바꿔 말하면, 이것은 결국 그가 전심전력으로 노를 젓지 않았다는 뜻이 된다. 그리고 이제 그는 자칫 모든 것을 불태우지 않은 채 가장 중요한 경주를 마무리할지도 모르는 위험에 처해 있었다. 이것이야말로 모든 노잡이가 결코 바라지 않는 바였다.

150미터가 남은 상황에서 영국의 뱃머리는 여전히 미국의 뱃머리보다 앞서 있었다. 하지만 미국 선수들은 드디어 자기들의 스윙을 찾아냈고, 이를 계속해서 유지하고 있었다. 이들은 그 어느 때보다도 더 강하게 노를 저었으며, 물에 크게 휘두르는 찌르기를 거듭해서 구사했고, 마치 하나로 주조된 것처럼 박자에 맞춰 몸을 흔들었고, 이제 분당 40회의 스트로크에 도달해 있었다. 이들의 몸에 있는 모든 근육, 힘줄, 인대가 고통으로 타올랐지만, 이들은 고통을 넘어서서 노를 저었고, 완벽하고 흠 없는 조화 상태에서 노를 젓고 있었다. 그 무엇도 이들을 멈춰 세울 수는 없었다. 마지막 20회의 스트로크 동안, 그리고 특히 마지막 12회의 대단한 스트로크 동안, 이들은 말 그대로 결정적이면서도 의심의 여지 없이 영국 보트를 앞질러버렸다. 이들의 뱃머리가 영국의 경주정보다 무려 6미터나 앞서 결승선을 통과하는 순간, 관람석에 있던 2만 5,000명의 세계 각국 관중은 (그중 상당수는 미국인이었다.) 자리를 박차고 일어나 환호성을 질렀다. 잠시 후에 돈 흄은 몸을 앞으로 기울이더니 자기 노 위에 풀썩 엎어지고 말았다.

모크가 1분 동안이나 흄의 얼굴에다가 물을 뿌려준 뒤에야 그는 다시 똑바로 앉아서 동료들과 함께 경주정을 몰고 부양선착장으로 갈 수 있었다. 선수들이 그곳에 도착하자, 기쁜 소식이 기다리고 있었다. 이들의 시간 기록이 6분 00초 8로 이 부문 신기록이라는 것이었다. 이보다 더 기쁜 소식은, 이것이 세계 신기록인 동시에 올림픽 신기록이며, 1928년에 캘리포니아가 세운 6분 03초 2를 경신했다는 것이었다. 앨 울브릭슨은 부양선착장에 올라오더니, 보트 옆에 몸을 숙이고 수수께끼 같은 미소를 지으며 조용히 말했다. "모두들 잘했다."

조는 자기네 코치가 이렇게 조용한 목소리로 말하는 것을 한 번도 들어본 적이 없었다. 그 목소리에는 어쩐지 침묵 속에 경의가 엿보이는 듯했다. 거의 존경에 가까운 감정이 말이다.

그날 밤, 쾨페니크의 경찰 후보생 훈련소에 돌아와 식사를 할 때 선수들은 기쁨에 가득찼다. 이제 영국 팀은 다음 날의 패자부활전에 출전해서 반드시 이겨야만 결승전에 진출하는 여섯 척의 보트 가운데 하나가 될 수 있었다. 반면 미국 선수들은 하루를 쉴 수 있었다. 하지만 앨 울브릭슨은 기쁨과는 거리가 멀었다. 오히려 그는 깊이 우려하고 있었다. 저녁을 먹고 나서 그는 돈 흄에게 다시 침대에 누워 있으라고 지시했다. 그는 마치 시체처럼 창백한 몰골이었다. 그의 병명이 무엇이든지 간에, 감기 이상의 뭔가가 있음은 분명했다. 어쩌면 기관지염이거나 가벼운 폐렴인지도 몰랐다. 어느 쪽이든 울브릭슨은 무슨 일인지를 알아내야만 48시간 뒤에 자기네 선수들이 결승전에 나갈 때 스트로크 노잡이를 누구로 할지 결정할 수 있을 것이었다.

다음 날 선수들은 점심을 먹고 나서 시내를 돌아다녔다. 서로 장난을 치고, 여기저기 가게를 기웃거리며, 새로 산 카메라로 사진을 찍고, 몇 가지 기념품을 사고, 아직 구경 못한 쾨페니크의 구석구석을 돌아보았다.

그해 여름에 베를린을 방문한 대부분의 미국인과 마찬가지로, 이들은 새로운 독일이 상당히 멋진 곳이라는 결론을 내렸다. 깨끗하고, 사람들은 지나치리만큼 친근하고, 모든 일이 깔끔하고 효율적으로 이루어지며, 여자들도 예뻤다. 쾨페니크는 매력적이고도 이색적이었다. 그뤼나우는 푸르고, 나무가 우거지고, 전원적이었다. 두 도시 다 이들의 고향 워싱턴에 있는 것과 마찬가지로 쾌적하고 평화롭기만 했다.

하지만 선수들이 차마 못 본 독일도 있었는데, 그 독일은 의도적으로나 시기적으로 이들의 눈에 띄지 않게 잘 감춰져 있었다. 단순히 "유대인 금지"나 "유대인 이곳에 출입 금지" 같은 간판을 떼어내버렸기 때문에, 또는 집시를 체포해서 구금했기 때문에, 또는 악의적인 〈슈튀르머〉를 쾨페니크 담배 가게의 신문 가판대에서 치워버렸기 때문만은 아니었다. 이보다 더 크고, 더 어둡고, 더 포괄적인 비밀이 이들 주위에 숨어 있었다.

선수들은 1933년 6월에 슈프레 강과 랑거 호수에 흩뿌려진 핏줄기에 관해서는 미처 알지 못하고 있었다. 당시에 돌격대가 쾨페니크의 유대인과 사회민주당원과 가톨릭교도 수백 명을 체포하고 고문한 나머지, 그중 91명이 사망하고 말았던 것이다. 당시에 심하게 두들겨 맞아 장기가 파열되고 피부가 찢어졌으며, 심지어 다친 상처에 뜨거운 타르 세례를 받는 등 잔뜩 손상된 시신들은 이 도시의 잔잔한 수로에 유기되었다. 선수들은 그해 여름 베를린 북부에 건설되고 있던 작센하우젠 강제수용소를 보지 못했다. 머지않아 이곳에는 20만 명 이상의 유대인, 동성애자, 여호와의 증인, 집시, 그리고 소련군 전쟁 포로, 폴란드 민간인, 체코 대학생 등이 수용되고, 이 가운데 1만 명이 사망하게 될 것이었다.

조금만 더 시간이 흐르면 이보다 더한 일이 벌어질 예정이었다. 이 도시 외곽에 노란색의 과열벽돌로 지어진 아에게 카벨베르크AEG Kabelwerk 공장 건물 단지가 있는 것을 선수들도 보기는 했지만, 머지않아 이곳에서 수천 명의 노예 노동자들이 하루에 열두 시간씩 일하면서 전선電線을 만들고, 인근의 지저분한 수용소에서 지내면서 발진티푸스나 영양실조로 죽게 되리라는 것은 미처 몰랐다. 선수들은 '자유'를 의미하는 프라이하이트 거리 8번지에 있는 멋진 유대교 회당을 구경하기는 했지만, 얼마 후인 1938년 11월 9일, 이른바 '수정의 밤Kristallnacht'에 폭도들이 횃불을 들고 쫓아와서 이곳을 약탈하고 불태워버릴 것임은 전혀 몰랐다.

만약 이들이 리하르트 히르슈한Richard Hirschhahn의 옷가게 안을 들여다보았다면, 리하르트와 헤트비히Hedwig 부부가 가게 안쪽의 재봉틀 앞에 앉아 있는 동안, 이들의 딸들인 18세의 에바Eva와 9세의 루트Ruth가 가게 앞쪽에서 손님맞이를 하는 모습을 볼 수 있었을 것이다. 히르슈한 가족은 유대인이었으며, 프라이하이트 거리의 유대교 회당에 출석했고, 당시의 독일 상황에 크게 우려하고 있었다. 하지만 리하르트는 세계대전에 참전해서 부상을 입은 바 있었기 때문에, 장기적으로는 자기나 가족에게 어떤 위해가 가해질 것이라고는 생각하지 않았다. "나는 독일을 위해 피를 흘렸지. 독일은 나를 실망시키지 않을 거야." 그는 아내와 딸에게 즐겨 말했다. 하지만 헤트비히는 최근에 위스콘신 주를 방문하고 돌아왔으며, 히르슈한 가족은 차라리 그곳으로 이민을 갈까 생각하기 시작한 참이었다. 사실 미국에 사는 친구 가운데 몇 명이 올림픽을 보러 왔다가 그 주에 쾨페니크에서 이들의 집에 머물고 있었다.

선수들이 만약 이날 그 가게를 들여다보았다면 이들 가족을 모두 볼 수 있었을 것이다. 하지만 그날 밤에 SS 대원들이 이 집의 막내인 루트를 데리러 찾아왔다. 루트는 천식을 앓는데다가 너무 허약해서 일을 못한다는 이유로 맨 먼저 죽을 수밖에 없었다. 나머지 가족은 결국 쾨페니크에서 쫓겨나 노예로 일하다가 (에바는 지멘스 탄약 공장에서, 그녀의 부모는 독일군의 군복을 만드는 공장에서) 1943년 3월이 되어서야 고향으로 돌아오게 될 것이었다. 그러고 나서 SS 대원들이 리하르트와 헤트비히를 체포하여 아우슈비츠행 기차에 태울 것이었다. 에바는 간신히 체포를 모면하고 베를린으로 도망친 다음, 그곳에서 숨어 지내다가 기적적으로 전쟁에서 살아남을 것이었다. 하지만 그녀는 가족 중에 유일하게 남은 사람, 가장 보기 드문 예외가 될 것이었다.

히르슈한 가족과 마찬가지로, 그날 오후에 선수들이 거리에서 마주친 쾨페니크 사람들 가운데 상당수는 죽을 운명이었다. 이들을 가게에서 기다리던 사람들도, 성의 마당에서 산책하던 할머니들도, 포석 깔린 길에서 유모차를 밀고 가던 어머니들도, 놀이터에서 신나게 깔깔대던 아이들도, 개를 끌고 가던 할아버지들도 마찬가지였다. 사랑을 받았고 사랑을 했던 이들 모두는 결국 가축 운송 열차에 실려서 죽음으로 향하게 될 것이었다.

그날 저녁에 선수들은 그뤼나우에 다시 가서 패자부활전을 관람하면서, 미국, 헝가리, 스위스와 함께 결승전에 나갈 팀이 어디인지를 알아보았다. 놀랍게도 독일과 이탈리아는 (즉 울브릭슨이 생각하기에 영국 다음으로 가장 걱정스러웠던 두 팀은) 예선전에서 승리를 거두지 못하고 패자부활전에 진출해 있었다. 하지만 이제 회색 하늘 아래 펼쳐진 경기에서, 독일은 체코와 오스트레일리아 경찰관들을 손쉽게 따돌리고 승리했다. 이탈리아 역시 빠른 스트로크를 구사하는 일본과 유고슬라비아, 그리고 브라질을 물리쳤다. 양쪽 승자들은 모두 마지막에 가서 기세를 늦추면서, 힘을 아끼며 비교적 느리게, 충분히 승리를 차지할 정도의 속도로만 달렸다. 반면 영국은 캐나다와 프랑스를 상대해서도 전심전력을 다했으며, 이날의 패자부활전에서 가장 빠른 기록으로 이겼다.

앨 울브릭슨은 이제 다음 날 자기들과 금메달을 놓고 싸울 상대가 누구인지를 확실히 알게 되었다. 이탈리아, 독일, 영국, 헝가리, 스위스였다. 하지만 레인 배치를 확인하러 갔을 때, 그는 깜짝 놀라고 말았다. 독일 올림픽위원회와 국제조정연맹에서 (전자는 독일제국체육협회의 조정 분과 위원장인 하인리히 파울리가, 후자는 리코 피오로니가 각각 대표를 맡고 있었는데) 지금까지 올림픽에서 한 번도 시행한 적 없는 새로운 레인 배정 방식을 채택한 것이었다. 울브릭슨은 그 배정 공식이 무엇인지조차도 알수 없었으며, 과연 그 당시에 어떤 배정 공식이 실제로 있기는 했는지도 아직까지는 불분명한 상태였다. 여하간 그 결론은 일반적인 절차, 즉 가장 빠른 예선 기록을 세운 팀이 가장 좋은 레인을 차지하는 것과는 정반대였다. 이쯤 되어 그뤼나우에 있는 모든 사람이 절실히 깨달은 것처럼, 가장 좋은 레인은 바로 호숫가에서 가깝고 바람의 영향이 가장 덜한 1번과 2번과 3번 레인이었다. 그리고 덜 좋은 레인은 랑거 호수에서 폭이 가장 넓은 곳을 지나가는 5번과 6번 레인이었다. 울브릭슨은 레인배정 현황을 보자마자 깜짝 놀라고 격분했다. 1번 레인은 독일, 2번 레인은 이탈리아, 3번 레인은 스위스, 4번 레인은 헝가리, 5번 레인은 영국, 6번 레인은 미국이었다. 이것이야말로 예선전에서 거둔 성적을 완전히 거꾸로 뒤집은 셈이었다. 가장 실력이 뛰어나고 빠른 보트들을 불리한 곳에 배정하고, 가장 느린 보트들을 유리한 곳에 배정한 것이다. 바람의 영향이 가장 적은 레인을 주최국과 최우선 동맹국에게 배정하고, 가장 나쁜 레인은 잠재적인 적국에 배정했다. 누가 봐도 수상적은 배치였고, 울브릭슨이 그뤼나우의 경주로를 보자마자 걱정하던 일이 일어난 것이었다. 만약 다음 날 맞바람이나 옆바람이 불어온다면, 그의 선수들은 설령 두 정신을 앞서 출발한다 하더라도 자칫 다른 팀보다 빨리 들어오지 못할 수도 있었다.

다음 날 아침은 쌀쌀했고, 그뤼나우에는 꾸준하게 비가 내렸으며, 거센 바람이 경주로를 스치고 지나갔다. 쾨페니크의 경찰 훈련소에서는 기쁨이 이미 싹 가셔 있었다. 돈 흄은 여전히 누워 있었고, 열이 다시 한 번 치솟았으며, 앨 울브릭슨은 결국 그가 노를 저을 수 없다는 판단을 내렸다. 돈 코이가 그 대신 경주정에서 스트로크 노잡이 자리에 앉게 될 것이었다. 울브릭슨은 우선 이 소식을 흄에게 전한 다음, 아침이 되어 자리에서 일어난 선수들에게 향했다.

아침식사 때 선수들은 스크램블드에그와 스테이크를 먹으면서 조용히 있었고, 어느 것에도 누구에게도 시선을 주지 않았다. 오늘이야말로 이들이 지난 수년간이나 (상당수가 무려 3년간이나) 고대하며 노력해온 바로 그날이며, 마지막 경주에서 자기들이 모두 함께 있지 못한다는 사실은 상상조차 할 수 없었기 때문이다. 이들은 이 문제를 다시 이야기하기 시작했으며, 이야기를 하는 동안 이들은 더욱 확신하게 되었다. 즉 이건 옳지 않다는 것이다. 흄이 자기들과 함께 있어야 하며, 무슨 일이 있어도 그래야 한다는 것이었다. 그들은 단지 보트에 올라탄 아홉 명의 선수가 아니었다. 그들은 한 팀이었다. 그들은 자리에서 일어나 함께 울브릭슨을 찾아갔다. 이제는 스터브 맥밀린이 팀의 주장이었기 때문에, 흠흠하고 목소리를 가다듬은 다음, 대변인이 되어 앞으로 나섰다. 흄이야말로 자기네 보트의 리듬에 필수적인 인원이라고 그는 코치에게 말했다. 다른 어느 누구도 경주 도중에 반드시 실시해야 하는 순간순간의 조정에 그 친구처럼 빠르고 매끄럽게 반응하지는 못한다고 말했다. 바비 모크도 맞다고 거들었다. 흄을 제외한 어느 누구도 자기 눈을 똑바로 바라보면서, 자기가 차마 생각하기도 전에 생각을 알아차리지는 못한다고 그는 말했다. 그는 흄을 단지 자기 앞에 앉혀만 달라고 말했다. 조도 앞으로 한 걸음 나섰다. "그 친구를 보트 안에 앉게만 허락해주시면요, 코치님, 그럼 우리가 그 친구를 데리고 결승선을 넘겠습니다. 그냥 보트 안에 묶어만 주세요. 우리랑 같이 타고 달릴 수만 있게요."

울브릭슨은 선수들에게 위층으로 올라가 장비를 챙기라고, 그리고 경기가 열리는 그뤼나우까지 데려다줄 독일 육군 버스에 올라타라고 명령했다. 선수들은 위층으로 향하기 시작했다. 잠시 후에 울브릭슨이 계단에 대고 선수들에게 소리를 질렀다. "그리고 흄도 같이 데려가는 거다!"

이른 오후가 되었지만 그뤼나우에서는 여전히 비가 그치지 않고 있었다. 조정경기장을 굽어보는 뮈겔베르크 산의 봉우리에는 낮은 구름이 덮여 있었고, 물 가까이에 있는 숲에는 안개가 끼었다. 랑거 호수는 물이 거칠었으며, 바람이 여전히 빠른 속도로 수면을 스쳐서, 풍경 자체가 어둡고 우울해 보였다.

하지만 대부분 독일인인 수만 명의 관중은 검은 우산을 쓰거나 우비와 모자를 걸친 모습으로 벌써부터 조정경기장으로 몰려들고 있었다. 궂은 날씨에도 불구하고 이들은 모두 들떠 있었다. 1930년대에 조정은 올림픽에서 두 번째로 (즉 육상 다음으로) 인기가 높은 종목이었으며, 예선 때부터 독일 팀은 비록 압도적이지는 않았어도 상당히 경쟁력 있다는 사실을 증명했기 때문에, 올해의 결승전에 기대도 높았던 것이다. 팬들은 줄지어서 부교를 건너 강 건너편으로 간 다음, 경주로의 서쪽 끝에 설치된 커다란 목제 객석에 앉았다. 수천 명의 더 많은 사람들은 호숫가의 풀밭에 빽빽하게 모여서, 빗속에서 서로 어깨를 부딪치며 서 있었다. 3,000명의 가장 운 좋은 사람들은 결승선 바로 앞에 있는 커다란 상설 관람석의 차양 아래에서 비를 피했다. 첫 번째 경기 시간이 다가올 무렵에는 무려 7만 5,000명쯤 되는 팬이 조정경기장을 가득 메웠는데, 이때까지 올림픽 조정 종목의 관중으로는 가장 많은 사례였다.

레니 리펜슈탈의 촬영기사들이 사방을 돌아다니면서, 카메라 앞을 가리지 않도록 관중을 이리저리 몰아내고, 자기네 장비가 비에 젖지 않도록 관리했다. 서관에 자리한 호화스러운 언론 보도본부에서는 전 세계에서 모인 수백 명의 기자들이 각자의 텔레라이터를 점검하고, 각자의 단파 라디오와 일반 무선 송신 장치를 살펴보았다. NBC의 해설자 빌

빗속에서 기다리는 독일 팬들

슬레이터Bill Slater는 중계를 위해 뉴욕을 호출했다. 올림픽 심판들은 결승선의 전자 기록 장치를 점검했다. 단파 방송 보트도 출발선 뒤의 제자리에 서 있었다. 랑거 호숫가에 늘어선 정교한 보트 보관고 안에서는 노잡이들이 각자의 평상복을 사물함에 집어넣고 대표팀 유니폼으로 갈아입기 시작했다. 그중 일부는 마사지용 침상에 누워서 마사지사들의 도움을 받아 경기 전에 등과 어깨 근육의 긴장을 풀고 있었다. 미국 선수들은 비어 있는 마사지용 침상에다가 돈 흄을 뉘어두었다. 그를 마치 시체처럼 오버코트에 둘둘 말아놓은 다음, 최대한 따뜻하고 건조한 상태를 유지시키기 위해 모두가 신경을 썼다. 그 와중에 조지 포코크는 허스키 클리퍼 호의 바닥에 향유고래기름을 한 겹 더 바르기 시작했다.

오후 2시 30분에 선수들이 각자의 경주정 보관고에서 준비를 계속하는 사이, 출발선에서는 이날의 첫 번째 경기인 포어 부문의 결승전이 시작되었다. 스위스 팀이 처음에는 선두에 나섰지만, 금세 독일 팀이 이들을 앞질렀다. 보트들이 결승선으로 점차 접근하자, 경주정 보관고 바깥에 모여 있던 군중의 함성도 솟아오르더니, 곧이어 다음과 같은 노랫소리가 미국 선수들의 귀에까지 들려왔다. "독일! 독일! 독일!" 이 소리가 점점 더 빨라지는가 싶더니, 결국 독일이 스위스보다 무려 8초나 빨리 결승선을 통과했다. 곧이어 독일 국가가 울려 퍼지더니 수만 명의 목소리가 따라 불렀다. 그러다가 또 다른, 더 굵은, 더 육중한 고함소리가 군중 사이에서 흘러나오며, 또 다른 노래를 불러 젖혔다. "지크 하일! 지크 하일! 지크 하일!"

아돌프 히틀러가 나치 고위 관리들로 이루어진 대규모 수행원을 거느리고 조정경기장에 나타난 것이다. 검은 군복과 발치까지 내려오는 방수 망토 차림인 그는 잠시 멈춰 서서 국제조정연맹의 대표인 이탈리아계 스위스인 리코 피오로니와 악수를 나누었고, 두 사람은 미소를 지으며 활발한 대화를 나누었다. 이어서 히틀러는 서관 앞에 마련된 넓은 베란다로 향하는 계단을 올라가서 귀빈석의 자기 자리에 도달한 다음, 군중과 랑거 호수를 바라보며 오른손을 치켜들었다. 수행원들도 그의 양옆에 자리를 잡자, 군중과 전 세계 언론은 그가 나치의 최고위층을 거의 모조리 대동했음을 깨달았다. 그의 오른쪽에는 요제프 괴벨스가 있었다. 군중은 계속해서 "지크 하일!"을 외쳤고, 히틀러가 손을 내리자 비로소 경기가 재개되었다.

군중은 더 큰 소음을 만들어낼 기회를 금세 많이 얻게 되었다. 그날 오후에 벌어진 경기 때마다 독일의 노잡이들이 경쟁자들보다 더 빨리 경주로를 주파하며, 처음 다섯 번의 경주에서 연속으로 금메달을 따냈던 것이다. 경기가 끝나고 나면 매번 나치 깃발이 서관 앞에 게양되었고, 매번 군중은 "독일이 무엇보다 우선이다."라는 노랫말을 이전보다 더 크게 합창했다. 독일 보트가 결승선을 통과할 때마다, 베란다에서는 옅은 색의 트렌치코트와 중절모 차림의 괴벨스가 마치 연극을 하듯이, 거의 어릿광대 시늉을 하며 박수를 쳤다. 검은색 군복에 히틀러처럼 망토를 두른 헤르만 괴링은 독일이 승리를 거둘 때마다 몸을 굽히고 무릎을 철썩철썩 때리면서 히틀러를 향해 활짝 웃어 보였다. 히틀러는 쌍안경으로 경기를 지켜보며, 독일 보트가 1등으로 결승선을 통과할 때마다 그저 열심히 고개를 끄덕일 뿐이었다. 오후 5시 30분에 비는 완전히 그쳤고 하늘은 밝아졌으며, 이러다가 독일이 오늘의 경기를 모두 싹쓸이하게 될지도 모른다는 전망이 떠오르며 관중은 열광의 도가니에 빠져들었다.

여섯 번째 경기인 더블 스컬 부문 결승전에서도 독일 보트는 마지막 250미터를 남겨둔 상황까지 줄곧 선두를 유지했다. 하지만 영국의 잭 베레스포드 Jack Beresford와 딕 사우스우드 Dick Southwood가 무서운 질주를 보이며 거의 6초 차이로 우승을 차지했다. 이와 동시에 그뤼나우의 조정경기장에는 이날 처음으로 기묘한 침묵이 깔렸다. 경주정 보관고에서 허스키 클리퍼 호의 삭구를 마지막으로 다시 한 번 확인하던 조지 포코크도 잠시 일손을 멈추고 멍하니 있다가, 영국 국가가 흘러나오자 (오랜 습관대로) 자기도 모르는 사이에 곧장 자리에서 일어나 똑바로 서 있는 것을 깨닫고는 뒤늦게야 자부심을 느꼈다.

이날의 마지막이자 가장 중요한 경기인 에이트 결승전이 다가오자, 관중은 다시 한 번 점점 더 소란스러워지기 시작했다. 이것이야말로 여러 나라가 다른 어떤 부문보다도 자신 있어 하는 종목이며, 청년들이 함께 노를 젓는 능력의 궁극적인 시험대인 동시에, 물 위에서 펼쳐지는 힘과 우아함과 배짱의 가장 멋진 구경거리였기 때문이다.

6시 직전에 돈 흄은 줄곧 누워서 쉬던 마사지용 침상에서 일어나 허스키 클리퍼 호를 어깨에 멘 동료들을 따라 물가로 내려갔다. 독일 선수들과 이탈리아 선수들은 이미 자기네 보트에 타고 있었다. 이탈리아 선수들은 반질반질한 하늘색 유니폼을 입었으며, 마치 해적처럼 머리에는 하얀 머리띠를 멋지게 두르고 있었다. 독일 선수들은 흰색 반바지와 빳빳한 흰색 저지셔츠를 걸치고 있었는데, 그 각각에는 검은 독수리와 만卍 자가 새겨져 있었다. 미국 선수들은 어울리지도 않게 육상용 반바지와 낡고 오래된 스웨터를 입고 있었다. 기껏 받아놓은 새 유니폼이 더러워질까봐 모두들 걱정한 까닭이었다.

바비 모크는 행운을 가져다준다는 톰 볼스의 낡은 중절모를 배꼬리의 자기 좌석 밑에 집어넣었다. 약간 떨어진 물 위에서는 독일 해군 장교 한 명이 보트 뱃머리에 똑바로 서서, 히틀러가 서 있는 쪽으로 한쪽 팔을 들어 경례를 하고 있었다. 선수들은 잠깐 울브릭슨과 모여 섰고, 코치는 마지막으로 다시 한 번 경주 계획을 알려주었다. 곧이어 선수들은 경주정에 올라탔고, 좌석에 앉아서 두 발을 발판에 고정하고, 부양선착장에서 배를 밀어내고는 노를 저어 출발선으로 다가갔다. 울브릭슨과 포코크와 로열 브로엄은 쌍안경을 움켜쥔 채 군중 사이를 지나서 결승선 가까이에 있는 경주정 보관고 가운데 한 곳의 베란다로 올라갔다. 이들은 모두 굳은 표정이었다. 자기네 선수들이 뛰어나기는 하지만, 사실상 금메달을 딸 가능성은 희박하다고 생각했다. 하필이면 6번 레인에서, 하필이면 시체 같은 몰골의 돈 흄을 데리고는 어렵다는 생각이었다.

그 시각 시애틀은 이른 아침이었다. 벌써 며칠째 백화점이며, 전자제품 대리점이며, 피아노 대리점이며, 심지어 귀금속 판매점에서도 오랫동안 '올림픽 맞이' 신제품 진열장형 라디오를 판매하는 반짝 장사를 실시했다. 49달러 95센트라는 만만찮은 가격에도 불구하고 시애틀 사람들은 앞다투어 이 물건을 구입했다. 아울러 NBC의 표준 라디오 방송과, 베를린에서 다양한 언어로 이루어지는 단파 방송 모두를 깨끗하게 수신할 수 있도록, 단파 튜너와 특수 '고성능 안테나'를 함께 구입했다.

이제 경기 시간이 다가오면서, 판매 대리점들도 마지막 몇 대의 라디오를 전날 밤까지 시애틀의 여러 가정에 배달하고 설치를 마쳤다.

워싱턴 호숫가에서 이제는 완공된 해리 랜츠의 집에서는 국제 방송을 수신할 수 있는 최신형 라디오를 구입할 돈이 없었지만, 해리는 지난 4월에 자기가 캘리포니아에서 사온 낡은 라디오를 이용하더라도 KOMO 라디오에서 방송하는 NBC 중계를 수신할 수 있으리라 생각했다. 그는 동이 트기 전부터 일어나서 커피를 만들었고, 제대로 작동하는지 궁금한 마음에 라디오를 미리부터 켜놓았다. 잠시 후에 조이스가 찾아와 아이들을 깨우고, 모두 함께 부엌에 모여서 오트밀을 먹고, 서로 어색한 미소를 지으면서 긴장된 마음을 달래려 애썼다.

미국 전역에서 수백만 명이 (포킵시 조정대회 이전까지만 해도 시애틀에 관해서는 사실상 들어본 적이 없던 사람들이, 그리고 혹시나 운이 좋아서 직장이 있다면 금요일 아침이기 때문에 잠시 후에 출근해야 할 사람들이, 그리고 아직 운이 좋아서 농장이 있다면 잠시 후에 농장 일을 돌봐야 할 사람들이) 자기네 라디오의 채널을 돌리기 시작했다. 제시 오언스의 이야기가 이미 온 나라에 신선한 충격을 던졌으며, 이 올림픽 경기의 진정한 매력이 무엇인지를 이해하게 만들었다. 이제 온 미국은 워싱턴 주 출신의 거친 청년들이 이 이야기의 또 한 페이지를 어떻게 써나가는지를 지켜보고 있었다.

오전 9시 15분, 베를린에서 중계하는 NBC의 해설자 빌 슬레이터의 목소리가 시애틀의 KOMO 라디오 전파를 타고 들리기 시작했다. 조이스는 지갑을 뒤져서 작은 책을 하나 꺼냈다. 그리고 책장을 넘겨서 가냘픈 네잎클로버를 꺼냈다. 예전에 조한테 선물 받아서 책장에 끼워놓았던 것이다. 그녀는 네잎클로버를 라디오에 올려놓고, 의자를 끌어다 앉은 다음, 귀를 기울이기 시작했다.

선수들이 출발선을 향해 노를 저어 가는 동안, 날씨는 물론이고 레인 배정까지도 이들에게는 불리하게 작용하리라는 것이 점차 분명해졌다. 하늘에서는 소나기가 비스듬히 쏟아졌지만, 비 정도는 문제가 되지 않았다. 이들은 어쨌거나 비가 많이 오는 시애틀 출신이었기 때문이다. 하지만 바람이 서쪽에서 변덕스럽게 확확 불어왔으며, 경주로와 대략 45도 각도를 이루면서 경주정의 우현을 때때로 강하게 때리곤 했다. 앞에서는 로저 모리스와 척 데이가 보트의 균형을 잡느라 고생하고 있었다. 뒤에서는 바비 모크가 키 조종용 밧줄에 달린 때리개를 붙잡고서, 어느 순간에는 이쪽을 당기고 또 어느 순간에는 저쪽을 당기면서 키를 조종해 보트를 직선 방향으로 몰려고 최대한 애쓰고 있었다.

워싱턴 선수들은 시애틀에서나 포킵시에서나 항상 바람이 많은 상황에서도 노를 저어보았지만, 이렇게 강하고 거의 옆바람에 가까운 상황은 충분히 문제가 될 것 같았다. 모크는 차라리 꾸준하게 정면으로 다가오는 앞바람을 선호했다. 그의 바로 앞에서는 돈 흄이 그를 바라보며 최대한 힘을 아껴두려고, 자기 뒤에 앉은 동료들을 위해 훌륭하고도 요령 있는 노 젓기 속도를 맞춰주면서도, 정작 자기는 스트로크를 그리 세게 하지 않고 있었다. 모크는 상대방의 모습이 매우 좋지 않다고 생각했다.

하지만 조 랜츠는 상당히 기분이 좋았다. 군중의 소음이 등 뒤로 멀어지자, 경주정 안의 세계는 점차 조용하고도 차분해졌다. 아무래도 이야기를 할 때는 아닌 것 같았다. 조와 함께 보트 한가운데 앉은 선수들은 부드럽게 몸을 앞뒤로 흔들었고, 느리고 낮게 노를 저었으며, 유연함을 유지하고, 숨이 들어갔다 나가는 것을 즐기고, 근육이 구부러졌다 펴지는 것을 즐겼다. 그 아래에 놓인 보트는 편안하고, 번쩍이고, 유연하게 느껴졌다.

오전 내내 조의 뱃속에서는 불안감이 부글거렸지만, 이제는 희박하게나마 차분함이 그 자리를 대체했으며, 신경이 곤두선다기보다는 오히려 결의가 굳어지는 느낌이었다. 경주정 보관고를 떠나기 직전, 선수들은 잠깐 모여서 상의를 했다. 돈 흄이 이번 경주에서 노를 저을 만한 배짱을 갖고 있으니, 이제 다른 선수들이 해야 할 일은 그를 실망시키지 않는 것뿐이라는 데에 모두가 동의했다.

이들은 경주정을 몰고 출발선 앞에 도달한 다음, 허스키 클리퍼 호를 180도 회전시키고, 보트를 후진시켜 통행로에 갖다 댔다. 보이스카우트 제복 같은 옷을 입은 곱상해 보이는 청년이 몸을 웅크리더니 한쪽 팔을 뻗어서 배꼬리를 붙잡았다. 이들은 이제 랑거 호수 한복판에 나와 있다. 이들 앞에는 북쪽 호숫가의 만곡에 의해 형성된 탁 트이고 사방으로 노출된 만㴰이 나타나 있었다. 바람은 아까 관람석 앞에 있을 때보다 더 강해졌고, 지칠 줄 모르고 이들의 뱃머리를 밀어댔으며, 작고 불규칙한 파도를 끌고 와서 좌현을 때렸다. 로저 모리스와 고디 애덤은 우현 쪽에서 노를 저으면서, 바람 속에서 보트의 균형을 잡는 한편, 뱃머리를 레인의 한가운데에 어느 정도 맞추려고 애쓰고 있었다. 바로 옆 레인에서는 영국 보트가 출발선에 자리를 잡았다. 노엘 덕워스는 아예 배꼬리에 웅크리고 앉아 있었으며, 크리켓 모자를 머리에 단단히 묶어서 바람에 날아가지 않게 해두었다.

이들은 출발신호를 기다렸다. 바비 모크는 메가폰을 내려서 얼굴 앞에 고정했다. 거듭해서 그는 저 앞의 로저와 고디에게 이런저런 지시를 내렸으며, 출발신호원이 출발신호 보트 꼭대기에 있는 캔버스 대기소에서 나왔는지 확인하기 위해 가끔 한 번씩 뒤를 돌아보았다. 덕워스도 옆 레인에서 똑같이 하고 있었다. 하지만 두 사람은 주로 뱃머리에 신경을 쏟고 있었다. 출발 때 보트가 일직선으로 서는 것이 중요했기 때문이다. 그때 이들의 뒤쪽에서 미처 이들의 눈에 띄지 않은 채 출발신호원이 갑자기 대기실에서 나오더니 깃발을 높이 치켜들었다. 잠시 동안 깃발이 그의 머리 위에서 거세게 휘날렸다. 거의 즉시로, 그는 1번과 2번 레인 쪽으로 고개를 약간 돌린 다음, 거센 바람 속에서 대뜸 자기 할 말만 프

랑스어로 줄줄이 쏟아냈다. "준비됐습니까Êtes-vous prêts? 출발Partez!" 그러면
서 그는 깃발을 내렸다.

바비 모크는 그의 말을 듣지 못했다. 깃발도 전혀 보지 못했다. 노엘
덕워스도 상황은 마찬가지였다. 네 척의 보트는 이미 앞으로 달려 나갔
다. 영국의 보트와 미국의 허스키 클리퍼 호는 그 끔찍한 순간에 출발선
에 멈춰 선 채로 물 위에 가만히 떠 있었다.

그뤼나우에 모인 나치들

제18장

여러분처럼 튼튼한 사람이라면, 일상적인 체력이 모두 사라진 다음에도, 훨씬 더 커다란 힘을 간직한 수수께끼의 저장고에서 체력을 끌어올 수 있다. 그러면 여러분은 별에까지 도달할 수 있는 것이다. 챔피언을 만드는 방법이 바로 이것이다.

―조지 요먼 포코크

조는 곁눈질을 하다가 의외의 움직임을 포착했다. 갑자기 두 레인 건너에 있는 헝가리 팀 보트가 앞으로 튀어나가고, 그곳의 노잡이는 이미 노를 당기는 중이었다. 불과 몇 분의 1초 사이에 바로 옆의 영국 팀 보트도 똑같이 했다. 영국 보트에서 소리를 질렀다. "어서 출발해!" 바비 모크도 소리를 질렀다. "저어!" 미국 팀의 노 여덟 개가 모조리 물속으로 들어갔다. 또다시 몇 분의 1초 사이에 허스키 클리퍼 호는 선수들의 발밑에서 약간 흔들렸으며, 거의 1톤에 달하는 육중한 무게가 움직임에 완강히 저항했다. 하지만 곧이어 보트는 앞으로 달려나갔고, 선수들은 물 위를 달리고 있었다. 이들은 생애 최고의 경기에서 이미 한 스트로크 반이나 뒤쳐져 있었다.

무슨 일이 벌어졌는지를 깨닫는 순간, 척 데이의 자신감은 확 줄어들었다. 순간적으로 그는 가슴 깊은 곳에서 날카롭고도 철렁 하는 기분을 느꼈다. 로저 모리스의 머릿속에도 불안한 생각이 스쳤다. '우리하고 영

독일 에이트 대표팀

국 녀석들은 완전히 망했군.' 바비 모크도 똑같은 생각을 했지만, 그의
역할은 당황하는 것이 아니라 뭔가 상황을 역전시킬 방법을 생각해내
는 것이었다. 그는 이번 경기에서도 평소처럼 처음에는 뒤처져 갈 계획
이었다. 하지만 다른 팀보다 출발이 훨씬 늦었기 때문에, 가뜩이나 불리
한 레인 배정으로 얻게 된 두 정신가량의 불리함은 이전보다 더 크게
느껴질 것이었다. 이제 뭔가 가속도를 만들어야 했으며, 가급적 빨리 만
들어야 했다. 맞바람을 받으면서 가속을 하려면 어마어마한 노력이 필
요했다. 그는 흄을 향해 노를 세게 저으라고 외쳤다. 흄은 박자를 38회
로 빠르게 잡았다. 그리고 선수들은 강하고도 빠르게 노를 저었다.

경주로 저편의 1번과 2번 레인에서는 독일과 이탈리아가 깨끗한 출
발에 뒤이어 선두로 재빨리 나서 있었다. 영국 팀 보트는 일단 출발하고
나자 역시나 강하게 노를 저었고, 빠른 속도로 경쟁에 뛰어들었다. 그보
다 더 뒤쪽에서는 미국 팀 보트가 이보다 느리게 제자리를 찾았다. 맨

이탈리아 에이트 대표팀

앞의 보트들이 100미터 표시를 지날 즈음, 단파 라디오 보트에 타고 있던 아나운서가 결승선의 스피커를 통해 현재 상황을 설명했다. 독일이 1등이라는 사실을 알게 되자, 독일 군중은 환호성을 질렀다. 물론 압도적인 선두까지는 아니었고 경주의 초반이었기 때문에 사실은 별로 의미가 없었다. 여섯 척의 보트는 대략 비슷하게 서로 뭉쳐 있었다고 봐야 맞았고, 맨 앞의 독일 팀 뱃머리와 맨 뒤의 미국 팀 뱃머리 사이의 거리는 기껏해야 한 정신 반에 불과했다. 바비 모크는 흄에게 스트로크 비율을 조금 줄이라고 말했고, 흄은 다시 35회로 박자를 내렸다. 하지만 모크가 원하던 박자보다는 여전히 좀 높아서 사실상 전력질주의 스트로크 비율이었지만, 그래도 경쟁에서 밀리지 않기 위해서는 이 상태를 유지해야만 했다. 그는 재빨리 머릿속으로 몇 가지 계산을 해보았다. 만약 경주에서 계속 뒤쪽에 남아 있으면서 30대 중반의 횟수로 박자를 유지한다면, 막판에 가서는 불가피한 전력질주를 위한 힘을 여전히 남겨놓을 수 있겠다고 그는 판단했다. 그리하여 선수들은 박자를 유지하며 보트와의 스윙을 시작했다.

이들이 랑거 호수의 가장 넓은 부분으로 접어든 순간, 바람은 더 강해졌다. 하얗게 거품을 일으키는 파도가 앞 갑판에서 거세게 흔들리는 작은 성조기에 물보라를 흩뿌리기 시작했다. 돌풍이 좌현을 때리는 상황에서, 바비 모크는 키 조종 밧줄을 붙잡고 씨름하기 시작했다. 이렇게 강한 바람 속에서 보트가 갈지자로 나아가지 않게 유지하는 유일한 방법은 노를 이용해 보트를 약간 좌현으로 빗나가게 함으로써 일직선으로 움직이게 하는 것이다. 하지만 그러려면 뱃머리와 배꼬리가 원래 의도한 진행 방향과 일직선을 이루지 못하게 마련이었다. 아울러 물에서도 더 많은 저항이 일어나 보트의 끌림도 늘어나게 되고, 따라서 노를 잡고 있는 선수들은 더 많은 힘을 써야 한다는 의미였다. 그리고 이 일은 무지막지하게 까다로웠다. 키를 너무 많이 돌렸다가는 자칫 보트가 기울어지면서 왼쪽 레인을 침범할 수 있었고, 너무 적게 돌렸다가는 오른쪽에 바람을 많이 받음으로써 경주로에서 완전히 이탈할 수 있었다.

200미터 표시에서 노엘 덕워스와 랜 로리는 초기에 선두를 잡으러 나섰고, 독일을 제친 다음 스위스 바로 뒤에서 2위 자리를 확보하며 선두를 강하게 압박했다. 바비 모크는 그들의 모습을 흘끗 바라보았지만 미끼를 물지는 않았다. 만약 영국이 경주의 처음 절반 동안 힘을 낭비한다면 그로선 나쁠 것이 없었다. 그런데 300미터에 이르렀을 때, 모크는 순간적으로 가슴이 철렁해지는 광경을 목격했다. 자기 바로 앞에 앉은 돈 흄이 하얗게 질린 얼굴을 하고서 완전히 눈을 감아버린 것이었다. 그는 입을 벌린 채였다. 여전히 노를 젓고 있었으며, 여전히 꾸준한 리듬을 유지하고 있었지만, 모크는 과연 흄이 지금의 행동을 이해하고 있는지 여부가 의심스러울 지경이었다. 모크가 그에게 소리를 질렀다. "돈! 괜찮은 거야?" 흄은 대답도 하지 않았다. 모크는 과연 그가 지금 기절하기 일보 직전인지, 아니면 이미 기절한 상태인지조차 판가름할 수 없었다. 그는 일단 현재의 상황을 있는 그대로 가져가기로 결심했지만, 전력 질주 때에 할 일은 고사하고, 과연 흄이 이 경주를 마칠 수 있을지조차도 진지하게 의구심을 갖기 시작했다.

보트들은 이제 500미터 표시에 도달하고 있었고, 경주로의 4분의 1을 지나온 상황에서 스위스와 영국과 독일이 사실상 똑같이 선두를 유지하고 있었으며, 미국과 이탈리아 경주정은 그 뒤를 따라가고 있었다. 헝가리는 꼴찌로 처져 있었다. 영국을 제외한 선두의 두 팀은 남쪽 호숫가에서 가까운 레인을 지나가고 있었는데, 이곳은 물이 거의 잔잔하다시피 했다. 미국 선수들은 겨우 한 정신 뒤에 처져 있었지만, 여전히 호수의 가장 넓은 부분을 지나가고 있어서 끝도 없이 불어오는 강한 바람과 싸워야 했으며, 노를 물에서 뺄 때마다 물보라가 하늘로 날아다닐 정도였다. 이들의 팔과 다리에서 불타는 듯한 고통이 느껴지기 시작하더니 등을 타고 춤추듯 올라갔다. 매우 느리게, 이들은 뒤로 더 처지기 시작했다. 600미터를 지났을 무렵, 이들은 한 정신 반이나 뒤처져 있었다. 800미터를 지났을 무렵, 이들은 또다시 맨 꼴찌로 처져 있었다. 이들의 심장박동도 이제는 분당 160회에서 170회로 치솟고 있었다.

잔잔하기 짝이 없던 2번 레인에서 이탈리아가 갑자기 뒤에서 치고 나오더니 독일을 제치고 약간 더 선두로 나섰다. 이탈리아 보트의 뱃머리가 경주로의 절반에 해당하는 1,000미터 표시를 지나자, 이때부터 종이 울리기 시작했으며, 결승선의 관중에게 경쟁자들이 다가오고 있음을 알렸다. 7만 5,000명이 자리에서 일어나, 드넓은 랑거 호수의 수면을 헤치고 마치 긴 다리를 가진 가느란 몸통의 거미들처럼 자기들 쪽으로 달려오는 보트들을 처음으로 제대로 보기 시작했다. 서관의 베란다에서는 히틀러와 괴벨스와 괴링이 각자의 쌍안경을 눈에 대고 있었다. 그 옆에 있는 보트 보관고의 베란다에서는 앨 울브릭슨이 바깥쪽 레인에서 영국 보트와 함께 달려오는 허스키 클리퍼 호를 지켜보고 있었다. 나무와 건물 때문에 그는 가까운 쪽의 레인이며 그곳의 보트를 볼 수 없었다. 잠시 동안이나마 그가 있는 곳에서는 마치 자기네 선수들과 영국 선수들이 선두를 차지하고 있는 것처럼, 즉 단둘이 경쟁을 벌이는 것처럼 보였다. 그러다가 장내 방송 아나운서가 1,000미터 통과 기록을 발표하자 관중이 환호성을 질렀다. 이탈리아가 1등이었지만, 2등인 독일보다 겨우 1초 빠른 것에 불과했기 때문이다. 3등인 스위스는 또다시 독일보다 1초가 느렸다. 헝가리가 4등이었다. 영국은 뒤쪽으로 처져 있었고, 사실상 미국과 막상막하로 꼴찌였다. 울브릭슨의 선수들은 이제 거의 5초나 선두에 뒤져 있었다.

허스키 클리퍼 호의 배꼬리에서는 바비 모크가 더 이상 기다릴 수 없다고 생각했다. 그는 몸을 앞으로 굽혀서 흄에게 스트로크 비율을 높이라고 지시했다. "더 높여!" 그가 흄의 얼굴에 대고 외쳤다. "더 높이라고!" 하지만 아무 반응도 없었다. "더 높여, 돈! 더 높이라고!" 그는 소리를 질렀고 거의 애원하다시피 했다. 흄은 보트의 리듬에 맞춰 머리를 앞뒤로 까딱까딱 흔들었고, 마치 꾸벅꾸벅 조는 것 같았다. 그는 뭔가 바닥에 있는 것을 응시하는 듯 보였다. 모크는 차마 그와 눈을 마주칠 수조차 없었다. 선수들은 35회로 계속 노를 젓고 있었으며, 바람과의 싸움에서 지고 있었고, 물 위에 나온 다른 모든 보트와의 싸움에서도 지고 있었다. 바비 모크는 밀려드는 공포와 싸우려고 애를 썼다.

1,100미터 표시에 이르렀을 즈음, 독일이 다시 이탈리아에게서 선두를 탈환했다. 이제는 호수 바로 아래에 있는 군중에게서 또 한 번의 커다란 함성이 울려 퍼졌다. 곧이어 이 함성은 독일의 스트로크 박자에 맞춘 다음과 같은 구호로 바뀌었다. "독-일! 독-일! 독-일!" 베란다에 앉아 있던 히틀러도 모자 챙 아래로 바깥 상황을 살펴보더니, 이 구호에 맞춰서 몸을 앞뒤로 흔들었다. 앨 울브릭슨은 그제야 독일과 이탈리아

의 보트를 볼 수 있었고, 이들이 호수에서 가까운 쪽을 달리면서 뚜렷이 선두를 차지했음을 깨달았다. 하지만 그는 상대편을 깡그리 무시하고 오로지 호수 저편에서 달리고 있는 미국 보트에만 자신의 회색 눈을 고정한 채, 바비 모크의 생각을 읽어내려고 애썼다. 마치 포킵시 때의 상황이 또다시 반복되는 것처럼 보였다. 울브릭슨은 이게 과연 좋은 일인지, 아니면 나쁜 일인지 판가름할 수가 없었다. 시애틀에서는 해리 랜츠의 집 거실에 침묵이 깔렸다. 베를린에서 과연 무슨 일이 벌어지고 있는지는 몰랐지만, 중간 기록 발표는 정말 놀랍기만 했다.

보트 안에서 조는 현재 벌어지는 상황을 전혀 이해하지 못한 상태였고, 단지 자기들보다 뒤처지는 보트가 전혀 없다는 사실만을 어렴풋이 알고 있을 뿐이었다. 경주로를 뒤따르는 배라고는 진행요원들과 리펜슈탈의 촬영기사들을 태운 여러 대의 모터보트뿐이었다. 그는 줄곧 바람에 맞서서 노를 젓고 있었으며, 그의 팔과 다리는 이제 마치 시멘트 안에서 굳어버린 것처럼 느껴지기 시작했다. 힘을 제대로 아껴둘 기회라고는 전혀 없었다. 전력질주를 시작하기에는 아직 너무 일렀지만, 실제로 모크가 전력질주를 지시했을 때에는 과연 무슨 일이 일어날지 궁금한 생각도 들었다. 과연 자기한테 얼마나 더 힘이 남았을까? 과연 다른 동료들에게는 얼마나 더 힘이 남은 것일까? 그가 할 수 있는 최선이라고는 모크의 판단을 믿는 것뿐이었다.

그보다 두 좌석 앞에서는 바비 모크가 이제 해야 할 일을 필사적으로 생각하고 있었다. 흄은 여전히 반응이 전혀 없었고, 이들은 1,200미터 표시를 지나가고 있었으므로 상황은 치명적이 되어갔다. 이제 모크에게 남은 유일한 선택지, 그러니까 그가 생각할 수 있는 유일한 방법은 스트로크 노잡이의 역할을 조에게 넘겨주는 것이었다. 이것은 위험한 행동이 될 것이었고 (사실상 이제껏 없던 일이었고) 여차하면 노를 쥐고 있는 다른 모든 선수들을 혼란시킬 가능성이 컸으며, 자칫 보트의 리듬을 완전히 혼돈으로 만들어버릴 수도 있었다. 하지만 돈 흄이 무기력해짐으로써 모크는 보트의 박자를 조절할 능력을 이미 상실한 상태였으므로, 이러다가는 파멸이 확실했다. 그러니 만약 한 좌석 너머에 앉은 조에게 리듬을 정하게 할 수만 있다면, 흄도 이 변화를 감지하고 자기도 따라 움직일 수 있을지 몰랐다. 어쨌거나 그로선 일단 뭐라도 해야 했고, 그것도 지금 당장 해야만 했다.

모크가 앞으로 몸을 기울여서 조에게 스트로크를 담당하고 비율을 올리라고 말하려는 바로 그 순간, 돈 흄이 갑자기 고개를 들고는 두 눈을 번쩍 뜨더니 입을 악문 채로 바비 모크의 두 눈을 똑바로 바라보았다. 모크는 깜짝 놀란 상태에서 상대방의 눈을 바라보며 외쳤다. "박자를 올려! 박자를 올리라고!" 흄은 박자를 올렸다. 모크가 또다시 외쳤다. "이제 한 정신 남았다! 600미터만 가면 돼!" 선수들은 노를 붙잡고 몸을 기울였다. 스트로크 비율은 36회로, 이어서 37회로 계속 뛰어올랐다. 1,500미터 표시를 지날 즈음, 허스키 클리퍼 호는 5위에서 3위로 올라섰다. 자기네 보트의 움직임을 바라본 순간 경주로 저편 경주정 보관고의 베란다에서는 앨 울브릭슨의 희망이 조용히 치솟고 있었지만, 자기네 선수들은 아직 선두에서 멀었기 때문에 그 움직임도 별로 커 보이지는 않았다.

500미터를 남긴 상황에서, 이들은 여전히 1번과 2번 레인의 독일과 이탈리아에 한 정신 가까이 뒤처져 있었다. 스위스와 헝가리는 이미 한참 뒤로 처졌다. 영국이 다시 따라잡았지만, 또다시 랜 로리의 좁은 노깃 때문에 낭패를 보았다. 이들의 보트가 바람과 파도를 지나서 달리도록 도움을 줄 만큼 충분한 움키기를 하지는 못했기 때문이다. 모크는 흄에게 박자를 하나 더 올리라고 지시했다. 저 너머에서는 독일 보트의 키잡이 빌헬름 말로프Wilhelm Mahlow가 스트로크 노잡이인 게르트 푈스Gerd Völs에게 똑같은 지시를 내리고 있었다. 이탈리아 보트에 탄 30세의 체사레

530

밀라니Cesare Milani도 자기네 스트로크 노잡이 엔리코 가르첼리Enrico Garzelli에게 똑같은 지시를 내리고 있었다. 결국 이탈리아가 1미터쯤 앞서며 선두가 되었다.

랑거 호수가 직선 코스 앞에서 좁아지면서, 허스키 클리퍼 호는 마침내 높이 자란 나무와 건물 덕분에 바람의 영향을 덜 받는 구간으로 접어들었다. 경기는 이제부터 시작이었다. 바비 모크는 다시 키를 보트의 선체와 일직선으로 놓았으며, 클리퍼 호는 마침내 자유롭게 달리기 시작했다. 경주로가 먼저보다 더 평탄해지고, 돈 흄이 멀쩡한 상태로 돌아오자, 선수들은 결승선까지 350미터 남은 상황에서부터 다시 움직이기 시작했고, 한 좌석 한 좌석씩 선두를 따라잡았다. 300미터 남은 상황에서는 미국 보트의 뱃머리가 독일 및 이탈리아의 뱃머리와 거의 나란해졌다. 마지막 200미터에 접근하면서, 미국은 3분의 1정신 앞으로 튀어나갔다. 군중 사이에서 깨달음의 파문이 서서히 퍼져나갔다.

바비 모크는 결승선을 알리는 커다란 흑백의 "결승선" 간판을 흘끗 쳐다보았다. 그는 이제 왼쪽에 있는 보트들보다 더 빨리 결승선에 도달하기 위해 자기 선수들에게서 뭘 뽑아내야 할지를 계산하기 시작했다. 이제는 본격적으로 거짓말을 해야 할 때였다.

모크가 외쳤다. "스트로크 스무 번만 더!" 그러고 나서 그는 숫자를 거꾸로 세어나가기 시작했다. "열아홉, 열여덟, 열일곱, 열여섯, 열다섯⋯⋯ 스물, 열아홉⋯⋯." 매번 그는 열다섯까지 세다 말고 다시 스물로 돌아갔다. 정신이 멍한 상태에서, 자기들이 마침내 결승선을 통과한다고 믿어 의심치 않았던 선수들은, 한 번 한 번 스트로크를 할 때마다 긴 상체를 뒤로 내던지다시피 했으며, 격렬하고도 흠 없고도 섬뜩하다 싶을 정도의 우아함을 드러내며 노를 저었다. 이들의 노는 마치 활처럼 휘어졌고, 노깃은 깨끗하고도 매끈하고도 효율적으로 물에 들어갔다 나왔다 했으며, 향유고래기름을 바른 경주정의 선체는 노를 잡아당길 때마다 쏜살같이 앞으로 달려나갔고, 그 날카로운 삼나무 뱃머리가 검은 물을 가르고 지나가면서 보트와 사람이 하나가 되었으며, 마치 생물처럼 격렬하게 앞으로 질주했다.

그러다가 이들은 혼란의 세계 속으로 노를 저어 들어가게 되었다. 이들은 완전 전력질주 상태였으며, 스트로크 비율을 이제 40회까지 올리고 있었는데, 갑자기 소리의 벽을 만났다. 이들은 경주로 북쪽 호숫가에 자리한 거대한 목제 관람석 옆을 달려가게 되었고, 한목소리로 고함을 지르는 수천 명의 관중으로부터 불과 3미터도 떨어지지 않은 곳을 지나갔다. "독-일! 독-일! 독-일!" 고함소리가 마치 폭포수처럼 이들에게 쏟아졌고, 이쪽 물가에서 저쪽 물가까지 메아리쳤으며, 급기야 바비 모크의 목소리를 압도해버렸다. 심지어 키잡이와 불과 45센티미터밖에 떨어지지 않은 곳에 앉은 돈 흄조차도, 과연 지금 모크가 뭐라고 외치는지 알아차릴 수 없을 정도였다. 이들은 소리의 급습을 받았으며, 소리 때문에 당황했다. 저편에서는 이탈리아의 보트가 다시 한 번 앞으로 치고 나오기 시작했다. 독일의 보트도 마찬가지여서, 양쪽 다 이제는 40회 이상으로 노를 젓고 있었다. 양쪽 모두 미국 보트와 다시 뱃머리를 나란히 했다. 바비 모크는 이들의 모습을 발견하고 흄의 얼굴에 대고 외쳤다. "더 높여! 더 높이라고! 가진 힘을 다 내놓아봐!" 하지만 어느 누구도 그의 말을 들을 수 없었다. 스터브 맥밀린은 무슨 일이 벌어지고 있는지 전혀 몰랐지만, 그게 뭐든지 간에 그의 마음에는 들지 않는 일이었다. 그의 입에서 상스러운 욕설이 튀어나왔지만 바람에 날아가버렸다. 조 역시 무슨 일이 벌어지고 있는지 전혀 몰랐지만, 다만 이 보트에서 이제껏 겪어본 적이 없을 정도로 큰 신체적 고통을 느끼고 있다는 사실만큼은 잘 알았다. 마치 불에 달군 칼이 그의 팔과 다리의 힘줄을 끊어버리고, 매번 스트로크를 할 때마다 자기 넓은 등을 쑤시는 것만 같았다. 필사적으로 숨을 쉴 때마다 그의 폐가 쓰라렸다. 그는 두 눈을 흄의 목덜미에 맞춘 채, 다음번 스트로크를 수행해야 하는 자신의 간단하면서도 잔인한 필요성에 정신을 집중했다.

서관의 베란다에서는 히틀러가 쌍안경을 아예 옆으로 내려놓고 있었다. 그는 군중이 외치는 구호에 맞춰 계속 몸을 앞뒤로 흔들었고, 몸을 앞으로 기울일 때마다 오른쪽 무릎을 문질렀다. 괴벨스는 양손을 머리 위로 올리고 열심히 박수를 보냈다. 괴링은 옆에 앉은 전쟁 장관 베르너 폰 블롬베르크Werner von Blomberg의 등짝을 두들기기 시작했다. 바로 옆 건물의 베란다 위에서는 "무표정한 녀석" 앨 울브릭슨이 아무런 움직임도 없고, 아무런 표정도 없이, 입에 담배를 문 채 가만히 서 있었다. 그는 돈 홈이 언제라도 자기 노를 휘두르며 앞으로 달려나오리라 확실히 기대하고 있었다. 시애틀의 KOMO 라디오에서는 NBC의 빌 슬레이터의 목소리가 울려 퍼지고 있었다. 해리와 조이스와 아이들은 도대체 무슨 일이 벌어지고 있는지 알 수 없는 상태에서도 전부 자리에서 일어나 있었다. 어쩌면 자기네 선수들이 선두에 있을지도 모른다고 생각했다.

모크는 왼쪽을 흘끗 바라보았고, 독일과 이탈리아 선수들이 다시 앞으로 달려나오는 것을 보았다. 어쩌면 자기네 선수들이 지금보다 더 높은 박자로 가야 할지도 모르겠다고, 어쩌면 이들이 줄 수 있는 것보다도 더 많은 것을 내놓아야 할지도 모르겠다고 그는 생각했다. 물론 지금 이들이야 이미 가진 것을 모조리 주고 있었지만 말이다. 그는 선수들의 얼굴을 볼 수 있었다. 조의 일그러진 표정이며, 돈 홈의 커지고 놀란 눈까지도. 특히 돈 홈의 눈은 마치 현재가 아니라 차마 측량이 불가능한 어떤 허공을 응시하는 것만 같았다. 그는 키 조정용 밧줄에 달아놓은 나무 때리개를 움켜쥐고, 선체 양옆에 매달아놓은 유칼리나무 때리개 판을 두들기기 시작했다. 설령 선수들이 소리로는 듣지 못하더라도 그 진동을 느낄 수는 있으리라는 계산이었다.

선수들은 실제로도 그 진동을 느꼈다. 그리고 이들은 그게 무슨 신호인지를 곧바로 알아차렸다. 즉 불가능한 일을, 즉 더 높은 박자로 달리는 일을 하라는 신호였다. 이들은 각자의 몸속 깊은 곳 어디선가, 미처 자기에게 있는 줄도 몰랐던 의지와 힘의 파편들을 모조리 긁어모았다. 이들의 심장은 이제 무려 분당 200회 가까이 박동했다. 이들은 완전히 탈진 너머의 상태까지 가 있었고, 이들의 몸이 견딜 수 있는 한도 너머까지 가 있었다. 이들 가운데 누구 하나라도 사소한 실수를 저지른다면 결국 "게 잡이를 하는" 상황이 되어서 파국이 불가피할 것이었다. 그늘진 관람석에서 소리치는 수많은 군중의 얼굴이 물 위에 번쩍번쩍 스쳐 지나갔다.

이제는 거의 막상막하였다. 베란다에서는 앨 울브릭슨이 이를 악물다 못해 입에 물고 있던 담배가 두 동강 나버렸다. 그는 담배를 뱉어버리고 의자 위로 뛰어올라가 모크를 향해 소리 질렀다. "지금! 지금! 지금!" 어디선가 스피커를 통해 누군가가 째지게 소리를 질렀다. "이탈리아! 독일! 이탈리아! 아…… 미국! 이탈리아!" 세 척의 보트는 쏜살같이 결승선을 향해 달려왔고, 앞서거니 뒤서거니 선두가 바뀌었다. 모크는 유칼리나무를 최대한 빠르고 강하게 두들겼고, 배꼬리에서는 딱-딱-딱 하는 소리가 마치 기관총 쏘는 것처럼 들려왔다. 돈 흄은 박자를 더 높이고 높여서, 선수들은 급기야 44회에 달했다. 이렇게 높은 박자로는 이제껏 한 번도 노를 저어본 적이 없었다. 아니, 이렇게 노를 젓는 것이 가능하리라고 차마 생각해본 적조차 없었다. 이들은 간발의 차이로 앞섰지만, 이탈리아가 다시 바짝 붙기 시작했다. 독일도 바로 곁에 있었다. "독-일! 독-일! 독-일!" 선수들의 귀에 군중의 함성이 메아리쳤다. 바비 모크는 배꼬리에 앉은 채 몸을 앞으로 숙이고 나무판을 두들기며 차마 누구도 알아들을 수 없는 소리를 질러댔다. 선수들은 마지막 한 번의 큰 스트로크를 가했고, 배를 결승선 너머로 몰고 갔다. 불과 1초 사이에 독일, 이탈리아, 미국 보트가 모조리 결승선을 통과했다.

베란다에서는 히틀러가 한쪽 주먹을 불끈 쥐고 어깨 높이까지 들어올렸다. 괴벨스는 위아래로 펄쩍펄쩍 뛰었다. 헤르만 괴링은 다시 한 번 무릎을 쳤고, 광적인 웃음이 그의 얼굴에 나타났다.

미국 대표팀 보트에서는 돈 흄이 마치 기도라도 하는 듯한 자세로 머리를 푹 숙이고 있었다. 독일 대표팀 보트에서는 게르트 될스가 뒤로 몸을 벌렁 젖혀서 뒤에 있는 선수의 무릎에 누워버렸고, 그에게 무릎을 내준 7번 좌석의 헤르베르트 슈미트 Herbert Schumidt 는 주먹을 불끈 쥐고 머리 높이 치켜들었다. 군중은 계속해서 외쳤다. "독-일! 독-일! 독-일!"

하지만 누가 이겼는지는 아직 아무도 몰랐다.

미국 보트는 호수를 따라 천천히 흘러갔고, 관람석 너머의 좀 더 조용한 세상으로 접어들었다. 선수들은 각자의 노에 몸을 기대고 숨을 헐떡이며 여전히 고통으로 인해 얼굴이 일그러져 있었다. 쇼티 헌트는 눈의 초점조차도 맞추기 힘든 상황이었다. 누군가가 속삭였다. "누가 이긴 거야?" 로저 모리스가 갈라지는 목소리로 대답했다. "어…… 우리가 이긴 것 같아…… 내 생각에는."

마침내 스피커에서 지지직 하는 소리와 함께 공식 결과가 발표되었다. 미국 보트의 뱃머리가 결승선을 통과한 시간은 6분 25초 4, 이탈리아 보트보다 0.6초 빨랐고, 독일 보트보다 딱 1초 더 빨랐다는 것이다. 마치 수도꼭지라도 확 잠가버린 것처럼, 군중이 외치던 구호는 뚝 끊겨버렸다.

서관의 베란다에서는 히틀러가 아무 말 없이 돌아서서 건물을 내려가기 시작했다. 괴벨스와 괴링과 다른 나치 고위층도 서둘러 그를 뒤따라갔다. 미국의 보트에서는 선수들이 한동안 독일어로 한 발표를 이해하지 못하고 있었다. 하지만 비로소 무슨 뜻인지를 이해하자마자, 고통으로 일그러진 이들의 얼굴에는 크고 환한 미소가 번졌다. 이들의 미소는 수십 년 뒤까지도 오래된 뉴스영화에 여전히 살아남아서, 이들의 삶에

금메달이 확정된 순간. 미국은 가장 먼 레인에 있었다.

서 가장 위대한 순간을 보여줄 것이었다.

시애틀에서는 조의 의붓동생들이 고함과 함성을 지르고, 환호성을 올리고, 집 안 곳곳을 뛰어다니며, 쿠션과 베개를 공중에 집어던졌다. 해리는 이 혼란의 한가운데에 서서 박수를 치고 있었다. 조이스는 안락의자에 앉아 있다가 부끄러운 줄도 모르고 감격의 눈물을 흘렸다. 여전히 얼굴에는 눈물이 흐르는 상태에서 그녀는 자리에서 일어나 라디오를 껐다. 그리고 네잎클로버를 자기 책에 도로 집어넣은 다음, 난생처음으로 시아버지가 될 사람을 꼭 끌어안아주었다. 그리고 샌드위치를 만들기 시작했다.

메달 수여식. 바비 모크가 단상에 올라가 있다.

조정의 영적인 가치란 무엇인가? 바로 자기를 완전히 상실하고, 팀 전체의 협동적인 노력에 전념하는 것이다.

─조지 요먼 포코크

이겼다는 확신이 들자, 선수들은 천천히 조용한 박수 속에서 노를 저어 관람석을 지났다. 앨 울브릭슨과 조지 포코크는 베란다에서 내려와 서관 앞의 잔디밭에 모인 사람들을 헤치며 선수들에게 다가가려고 필사적으로 애를 썼다. 로열 브로엄은 기자실로 재빨리 달려가, 자기에게는 일생일대의 스포츠 기사를 쓰기 시작했으며, 온 마음을 쏟아 붓고, 온 영혼을 다 바쳐서, 방금 자기가 목격한 광경을 제대로 묘사하기 위한 단어를 찾으려고 애썼다. 하지만 그 시간에 하필이면 〈시애틀 포스트 인텔리전서〉의 기자 조합이 파업을 결의하고 사무실 주위에서 피켓 시위를 벌이고 있다는 사실은 그도 미처 모르고 있었다. 결국 다음 날 아침에는 〈시애틀 포스트 인텔리전서〉가 발행되지 않았고, 그의 기사는 빛을 보지 못하고 말았다. 레니 리펜슈탈의 카메라가 이 모든 광경을 계속해서 포착하는 상황에서, 선수들은 서관 바로 앞에 있는 부양선착장에 경주정을 갖다 댔다. 몇 명의 나치 장교가 무심하게 지켜보는 가운데, 올림픽 위원 몇 사람이 내려와 바비 모크와 악수를 나누었고, 돈 흄에게 커다란 월계수 화환을 건네주었는데, 어찌나 큰지 마치 사람이 아니라 말의 목에 걸어주려고 만든 것처럼 보였다. 흄은 어쩐지 부끄럽기도 하고, 이걸 가지고 뭘 어떻게 해야 할지 모르는 상황에서, 화환을 잠시 목에 걸었다가, 수줍게 웃으며 도로 빼서 자기 뒤의 조에게 건네주었다. 조도 똑같이 하더니, 이번에는 쇼티 헌트에게 건네주었고, 이런 식으로 해서 결국 뱃머리의 로저 모리스까지 화환을 차례대로 만져보게 되었다. 앨 울브릭슨이 숨을 헐떡이며 부양선착장으로 달려와 보트 옆에 몸을 굽히고 섰지만, 차마 뭐라고 말을 해야 할지 몰랐다. 마침내 그는 태연함을 가장하고 화환을 손으로 가리키며 로저 모리스에게 중얼거렸다. "저 풀 더미는 어디서 난 거냐?" 로저는 엄지손가락으로 어깨 너머를 가리켜 보였다. "하류에서 주웠어요."

선수들은 경주정에서 나와 차렷 자세를 취했고, 독일 악단이 미국 국가를 연주했다. 곧이어 선수들은 악수를 몇 번 나눈 뒤 허스키 클리퍼 호를 어깨에 메고 경주정 보관고로 향했다. 전 세계의 눈에 비친 그들은, 지저분한 스웨터와 어울리지도 않는 반바지 차림이다 보니, 마치 워싱턴 호수에서 하루 연습을 마치고 막 나오는 듯한 모습이었다. UP의 한 기자가 경주정 보관고로 향하는 앨 울브릭슨에게 다가가, 그의 선수들을 어떻게 생각하느냐고 물었다. 이번에는 울브릭슨도 제대로 할 말을 생각해냈다. 그래서 그는 이렇게 딱 부러지게 대답했다. "제가 지금까지 본 조정선수들 가운데 단연 최고입니다. 그냥 뛰어난 선수들이야 많았습니다만."

다음 날 아침 일찍, 이들은 그뤼나우로 돌아와 있었다. 레니 리펜슈탈의 촬영팀과 세계 각국의 뉴스영화 촬영기사들이 이들의 모습을 다시 촬영하고 싶어 했기 때문이다. 물론 리펜슈탈은 금메달 결승전의 장면을 보트 안에서나 호숫가에서나 충분히 많이 포착한 다음이었지만, 그녀는 승리를 거둔 키잡이와 스트로크 노잡이의 관점에서 클로즈업을 하고 싶었다. 선수들은 카메라맨을 한 번은 훕의 좌석에 앉힌 채로, 그리고 또 한 번은 바비 모크의 자리에 앉힌 채로 노를 저었다. 이탈리아와 독일 선수들도 리펜슈탈을 위해 똑같은 일을 해주었다. 그 결과는 정말 놀라웠다. 조정 에이트 부문의 장면은 지금까지도 〈올림피아〉에서 가장 극적인 장면으로 손꼽히기 때문이다. 리펜슈탈은 영리하게도 보트의 진행을 보여주는 롱 쇼트와, 바비 모크와 다른 키잡이들이 카메라를 바라보며 지시를 내리는 클로즈업을 교묘하게 교차 편집했다. 여기다가 스트로크 노잡이들이 앞뒤로 리드미컬하게 몸을 흔들며 힘을 쓰느라 찡그린 표정으로 카메라를 향해 몸을 숙였다가 젖히는 장면까지도 클로즈업으로 담아냈다.

촬영이 끝나자 선수들은 허스키 클리퍼 호를 시애틀로 실어 보내기 위해 준비한 다음, 올림픽 유니폼을 다시 한 번 걸치고, 오스트리아와 이탈리아 간의 축구 결승전을 관람하기 위해 제국 종합운동장으로 향했다. 시상식에서 이들이 독일과 이탈리아 선수들과 나란히 줄을 서자, 올림픽 위원들이 앞으로 다가와 미국 선수들 목에 금메달을 걸어주고 작은 월계관을 머리에 씌워주었다. 선수들 가운데 가장 키가 작은 바비 모크가 단상의 가장 높은 곳에 올라섰다. 뒤에 서 있던 선수들 가운데 하나가 한마디 했다. "결국 이것 때문에 이놈의 것을 그렇게 따고 싶어했던 거지? 한 번이라도 우리보다 더 키가 커지고 싶어서 말이야." 누군가가 항아리에 담긴 떡갈나무 묘목을 모크에게 건네주었다. 주경기장 동쪽 끝의 너비 13미터짜리 알림판에 갑자기 이들의 이름이 큼지막하게 등장했다. 미국 국가 "The Star-Spanged Banner"가 연주되는 동안, 성조기가 천천히 알림판 너머 깃대를 따라 게양되었다. 한 손을 가슴에 올린 채 국기가 게양되는 모습을 지켜보던 조는 어느새 눈가에 눈물이 고인 것을 발견하고 깜짝 놀랐다. 연단 위의 모크도 목이 메어 있었다. 스터브 맥밀린도 마찬가지였다. 시상식이 끝났을 무렵, 모두들 눈물을 참으려 애쓰고 있었다. 심지어 "뚱한 덴마크인"인 앨 울브릭슨마저도.

그날 밤 조를 제외한 나머지 선수들은 시내로 나갔다. 어느 시점엔가 이들은 뭔가 말썽에 휘말린 듯했는데, 그 내용에 관해서는 오로지 척 데이의 일기에만 모호하게 기록되어 있을 뿐이다. "우리끼리 몇 군데 들렀다가 경찰도 만나고⋯⋯." 새벽 4시 30분까지도 이들은 베를린 동부를 돌아다니면서 서로를 얼싸안고 〈워싱턴 앞에 고개를 숙여라〉를 불러댔다. 오전 10시 30분이 되어서야 이들은 어마어마한 숙취를 달래기 위해 쾨페니크로 돌아왔다.

그런데 경찰 후보생 훈련소로 돌아와보니, 조는 여전히 자지 않고 깨어 있었다. 그는 밤새도록 자기가 받은 금메달을 지켜보고 있었는데, 자기 침대 끝에 매달아놓고 그것을 응시하고 있었다. 그것을 간절히 원했던 만큼, 그것이 자기 고향과 전 세계에 어떤 의미를 지니는지를 잘 알고 있었던 만큼, 그는 자기가 독일에서 고향으로 가져가는 것 중에서 가장 중요한 것이 단지 이것만은 아니라는 사실을 깨달았다.

경주가 끝난 직후, 결승선을 지나 랑거 호수에서 둥실둥실 떠가는 허스키 클리퍼 호에 앉아 있는 동안, 어마어마한 차분함이 그를 에워싼 바 있었다. 필사적이었던 마지막 수백 미터의 구간 동안, 그 격렬한 전력질주의 끔찍한 고통과 요란한 소음 속에서 조가 놀라우리만치 명료하게 깨달은 한 가지 특이한 사실이 있었는데, 바로 자기가 경기에서 승리하기 위해서는 현재 하고 있는 것 이상으로는 더 할 것이 없다는 점이었다. 이 한 가지 말고는 없었던 것이다. 결국 그는 모든 의심을 버리고, 자기와 자기 앞의 선수들과 뒤의 선수들 모두가 어떤 일을 정확히 해야 하는 바로 그 순간에 그 일을 정확히 해내리라는 사실을 아무런 조건 없이 절대적으로 신뢰했다. 머뭇거림이 전혀 없어야 하며, 미적거림도 없어야 한다는 것을 그는 알고 있었다. 매번 스트로크 때마다 자기 자신을 내던지는 것밖에는 방법이 없었고, 이것은 마치 의문의 여지 없는 믿음을 품고 절벽에서 허공으로 몸을 날리는 것과도 유사했으며, 경주정의 온 무게를 자기 노깃 하나로만 지탱하지 않게끔 다른 동료들이 자기를 구해주기 위해 기다리고 있을 것이라는 생각과도 비슷했다. 그리고 그는 실제로 그렇게 했다. 거듭해서, 분당 44회의 박자로, 그는 앞뒤 가리지 않고 자기 미래를 향해 몸을 내던졌으며, 다른 선수들 모두가 그 귀중한 매순간, 그를 기다리고 있을 것이라는 사실을 단순히 믿었을 뿐만 아니라 확실히 알고 있었다.

그뤼나우에서의 그 마지막 몇 미터 동안에 겪은 활활 타오르는 감정의 용광로에서, 조와 동료들은 마침내 자기들이 온 시즌 내내 추구했던 상을, 그리고 조가 거의 평생 추구해온 상을 주조해냈던 것이다.

그는 충만한 느낌을 받았다. 이제 그는 집으로 돌아갈 준비가 되어 있었다.

자녀와 함께 있는 조와 조이스 부부

에필로그

조화, 균형, 리듬. 이 세 가지야말로 평생 동안 여러분과 함께할 것들이다. 이 세 가지가 없으면 문명은 곤경에 처할 것이다. 노잡이라면 누구나 살면서 자기 인생과 맞서 싸우고, 자기 인생을 뜻대로 다룰 수 있는 이유가 바로 이것이다. 이것이야말로 그가 조정에서 얻는 바이다.

—조지 요먼 포코크

시애틀 전역에서 (시내의 아늑한 식당에서건, 윌링포드의 담배 연기 자욱한 술집에서건, 발라드의 식기 달그락거리는 소리 요란한 커피숍에서건, 에버릿에서 타코마까지 늘어선 식품점에서건 간에) 사람들은 끝도 없이 그 이야기를 하고 또 했다. 이후 몇 주 동안이나 극장에는 군중이 가득 들어차서 자기네 선수들이 베를린에서 해낸 일을 직접 구경했다.

집으로 가는 길에 선수들은 뉴욕에 잠깐 들러서, 마천루에서 온갖 종이가 (진짜 색종이도 있었지만, 오래된 전화번호부에서 오려낸 종이며, 신문지 조각도 있었다.) 빙글빙글 돌며 떨어지는 가운데, 지붕 없는 차를 타고 이 도시의 거대한 빌딩으로 이루어진 협곡을 행진했다. 워싱턴 주 세퀸 출신의 조 랜츠는 금발머리에 유연한 모습으로 환한 미소를 지었고, 조정 선수용 저지셔츠를 머리 위로 치켜들고 있었다. 그 셔츠 앞에는 검은색 독수리와 만卍 자가 새겨져 있었고, 뒤쪽으로 빙 둘러서는 핏빛으로 베

545

인 자국이 있었다.

9월 중순에 조는 드디어 고향으로 돌아왔고, 워싱턴 호숫가에 있는 새 집에 들어가 아버지 침실 바로 옆에 마련된 자기 침실에서 자게 되었다. 조는 베를린에서 부상으로 받은 떡갈나무 묘목을 대학에 전달했고, 관리인은 이를 경주정 보관고 근처에 심었다. 곧이어 조는 학기가 시작되기 전에 몇 달러라도 벌기 위해서 팔을 걷어붙이고 나섰다.

돈 흄도 서둘러 집으로 돌아갔는데, 그 역시 조와 마찬가지로 1년 더 학교에 다니려면 돈을 벌어야 했기 때문이다. 스터브 맥밀린은 조지 워싱턴 기념관이 있는 마운트 버넌과 뉴욕에 며칠 더 머물다가, 친척들이 구두 상자에 하나 가득 준비해준 샌드위치와 과일을 챙겨가지고 집으로 가는 먼 기차여행을 떠났다. 조니 화이트와 고디 애덤은 우선 필라델피아로 가서 조니의 친척을 만나고, 곧이어 디트로이트로 가서 조니의 아버지가 주문한 플리머스 승용차를 찾아서 몰고 집으로 돌아왔다. 쇼티 헌트는 자기네 고향에서 개최되는 연례 퓨알럽 축제에 맞춰서 돌아왔다. 로저 모리스와 척 데이와 바비 모크는 6주 동안의 유럽 여행을 끝내고 10월 초가 되어서야 시애틀에 돌아왔다.

조지와 프랜시스 포코크 부부, 그리고 앨과 헤이즐 울브릭슨 부부는 집으로 돌아가는 길에 영국에 들렀다. 포코크는 무려 23년 만에 (이제는 여러 가지 상황과 세월의 영향으로 많이 쇠약해진) 아버지를 방문했다. 이튼 칼리지의 유서 깊은 보트 보관고에서는 자기가 어린 시절에 함께 일했던 사람들 가운데 두 명이 (프로기 윈저Froggy Windsor와 보시 배러트Bosh Barrett가) 여전히 일하고 있음을 알아내기도 했다. 두 사람은 그를 반갑게 끌어안더니, 포코크가 난생처음으로 제작한 경주정이 있는 곳으로 데려갔다. 그로부터 27년 전에 푸트니에 출전해서 50파운드의 상금을 따냈을 때에 탔던, 노르웨이산 소나무와 마호가니로 만든 싱글 스컬용 경주정인데, 여전히 상태가 멀끔해서 이튼 재학생들이 선호하는 배라고 했다. 포코크는 곧바로 이 배를 템스 강에 띄우고 윈저 성 아래에서 자랑스럽게 배를 몰았으며, 프랜시스는 가정용 영상 촬영기로 그 모습을 기록했다.

10월 중순에는 모두가 시애틀로 돌아왔고, 이제는 1936~37년도 조정 시즌을 준비할 때였다. 바비 모크는 차석으로 졸업하자마자 앨 울브릭슨 밑에서 신임 부코치로 일하게 되었다. 다른 모든 선수들은 또다시 보트에 올라타게 되었다.

이듬해 봄, 1937년 4월 17일 아침 〈샌프란시스코 크로니클〉에는 다음과 같은 두 가지 헤드라인이 나란히 나와 있었다. 하나는 "시비스킷, 오늘 출전!"이었고, 또 하나는 "캘리포니아, 오늘 워싱턴 팀과 격돌"이었다. 그날 오후, 시비스킷은 샌브루노 소재 탄포란 경마장Tanforan Racetrack에서 열린, 상금 1만 달러가 걸려 있는 마치뱅크 핸디캡Marchbank Handicap 경마에서 우승했다. 그리고 그곳에서 만을 하나 건넌 곳에 자리한 오클랜드 에스추어리에서는 워싱턴 선수들이 무려 다섯 정신이라는 압도적인 격차로 캘리포니아를 격파했다. 당시 시비스킷은 화려한 경력의 시작 즈음에 있었다. 반면 워싱턴 선수 대부분은 화려한 경력의 마무리 즈음에 있었다. 하지만 이들은 그 경력을 완전히 끝내기 전에 조정의 역사에 한 가지 더 획을 그을 예정이었다. 6월 22일에 이들은 포킵시에서 열린 전국선수권대회에 출전했다. 먼저 출전한 신입생팀은 이미 승리를 거두었다. 준대표팀도 마찬가지였다. 출발신호가 떨어지자 선수들은 쏜살같이 강을 내달렸고, 2마일 지점에서 해군사관학교를 앞질렀고, 이들과 다른 다섯 팀을 멀찌감치 떨어뜨린 상태에서 네 정신 차로 승리를 거두었다. 아울러 이들은 이 부문 신기록을 세웠으며, 불과 몇 시간 전까지만 해도 동부의 기자들이 불가능하다고 단언하던 일, 즉 포킵시 조정대회에서의 싹쓸이 2연패를 달성해냈다.

경기가 끝나고 나서, 앨 울브릭슨의 동료들 가운데서도 가장 현명하고 가장 나이 많은 인물이던 시러큐스의 짐 텐 에이크는, 워싱턴의 대학 대표팀 보트를 지켜보며 자기가 줄곧 생각해오던 바를 솔직하게 털어놓았다. "지금까지 내가 본 팀 중에서 가장 훌륭했으며, 내 생각에는 앞으로도 저런 팀은 나오지 않을 것 같다." 1861년 이래로 수많은 조정팀을 봐온 사람에게서 나온 말이니만큼 대단한 칭찬이 아닐 수 없었다.

로저 모리스와 쇼티 헌트와 조 랜츠에게는 포킵시의 경기가 결국 마지막 경기로 남았다. 그날 저녁에 로열 브로엄이 냅킨 위에다 해본 계산에 따르면, 4년을 대학 조정부에서 활동하는 동안 선수들 각자는 대략 4,344마일을 주파했으며 이는 시애틀에서 일본까지의 거리에 맞먹었다. 그 와중에 이들은 각자의 노를 가지고 대략 46만 9,000회의 스트로크를 실시했는데, 이 모두가 겨우 28마일 거리에 불과한 실제 대표팀 경기를 준비하기 위한 것이었다. 그 4년 동안에, 그리고 그 28마일의 거리 동안에, 이 세 사람은 (즉 조와 쇼티와 로저는) 단 한 번도 패배한 적이 없었다.

로열 브로엄은 다음 날 포킵시의 경주정 보관고를 떠나는 선수들을 멀찍이서 지켜본 뒤 이렇게 썼다. "그 여덟 명의 노잡이는 조용히 악수를 나누었고, 서로 다른 길로 뿔뿔이 흩어졌으며, 이로써 역사상 가장 뛰어난 조정선수들로 칭송되던 팀은 역사 속으로 사라지고 말았다."

1936년 올림픽 폐막식이 있고서 며칠 후에 나치는 독일 유대인을 비롯하여 자기네보다 열등하다고 여겨지는 사람들에게 탄압을 재개했으며, 그것도 야만적이고 무차별적인 복수심을 드러내면서 그렇게 했다. 반유대주의 간판이 다시 내걸렸다. 야만성과 공포가 재개되고 더욱 강화되었다. 12월에 헤르만 괴링은 독일 산업계 지도자들과 베를린에서 만난 자리에서, 아직 공개적으로는 말할 수 없었던 이야기를 전했다. "우리는 현재 총동원 직전의 상황이며, 이미 전쟁을 벌이고 있다. 아직

발포만 하지 않았을 뿐이다."

세계 다른 나라는 이런 사실을 전혀 모르고 있었다. 올림픽 경기를 둘러싼 환상이 완벽했고, 그 기만술이 워낙 탁월했기 때문이다. 요제프 괴벨스는 훌륭한 선동가라면 마땅히 그래야 하는 방식으로 자기 임무를 멋지게 달성했으며, 나치 버전의 현실이 타당하며 나치 반대자 버전의 현실은 편향된 것이라고 전 세계에 납득시켰다. 이 과정에서 괴벨스는 새로운 독일에 설득력 있는 환상을 만들어냈을 뿐만 아니라, 서양에 있던 나치의 적들을 (그 적들이 뉴욕 시의 미국 유대인이든지, 런던의 국회의원이든지, 심지어 우려하는 파리지앵이든지 간에) 깎아내렸고, 그들이 단지 호들갑스럽고, 히스테리하고, 오도된 것처럼 보이게 만들었다. 그해 가을에 경기 관람을 마치고 고향으로 돌아온 수천 명의 미국인 가운데 상당수는, 독일의 어느 선전용 간행물에 인용된 한 미국인의 말마따나 "이 히틀러라는 사람을 우리가 미국으로 데려가서, 그가 독일에서 한 것처럼

〈올림피아〉 개봉일에 레니 리펜슈탈을 치하하는 히틀러와 괴벨스

미국에서도 체계화를 이루어야 한다."고 생각할 정도에 이르렀다.

　레니 리펜슈탈의 〈올림피아〉는 1938년 4월 20일에 베를린 소재 우파 팔라스트 암 추 극장UFA-Palast am Zoo에서 화려한 행사와 함께 개봉되었다. 히틀러와 나치 고위층이 그 자리에 참석했고, 미국과 영국을 비롯한 무려 40개국 이상의 대사와 공사가 참석했다. 군 고위층과 영화배우와 운동선수도 참석했는데, 그중에는 권투선수 막스 슈멜링도 있었다. 영화의 음악은 베를린 필하모닉이 연주했다. 영화 상영이 끝나고 리펜슈탈이 무대에 등장하자 대대적인 박수와 함성이 터져나왔다. 베를린 사람들은 이 영화를 무척 좋아했다. 리펜슈탈은 이 영화를 직접 들고 유럽 각국으로 상영 일주를 떠나 전 세계에서 박수갈채를 받았으며, 급기야 미국 상영 일주를 거쳐서 할리우드까지 진출했다.

　이 영화의 개봉일에 요제프 괴벨스는 리펜슈탈에게 10만 제국마르크의 보너스를 제공했다. 바로 그날 히틀러는 빌헬름 카이텔Wilhelm Keitel 장군을 만나서 체코슬로바키아의 주데텐란트를 침공하고 점령하기 위한 사전 계획을 논의했다.

　1939년 9월, 문명화된 나치 국가에의 환상이 갑자기 산산조각 나버렸다. 히틀러가 폴란드를 침공하면서 역사상 가장 파국적인 전쟁이 시작된 것이다. 이후 5년 동안 이 전쟁으로 인해 5,000만 명 내지 6,000만 명에 달하는 (워낙 숫자가 많다 보니 정확한 집계조차도 어려울 정도의) 사망자가 나왔다. 전쟁이 미국에까지 미친 것은 1941년 말의 일이었으며, 그로 인해 일찍이 베를린에서 노를 저었던 선수들의 삶도 (온 나라의 다른 사람들의 삶과 마찬가지로) 영향을 받았다. 이들 모두는 전쟁에도 불구하고 무사히 살아남았다. 그중 일부는 키가 너무 커서 군 복무가 불가능했으며, 또한 그중 상당수가 당시에 공학 학위를 얻은 뒤였기 때문이다. 그 귀중한 학위 덕분에 이들은 탱크나 참호에 들어가 있도록 배치된 것이 아니라, 보잉 항공사를 비롯한 주요 군수업체에서 일하게 되었다.

조는 조정부 활동으로 놓쳐버렸던 2년간의 화학 실습을 추가로 마치고 나서야 1939년에 워싱턴 대학을 졸업했다. 조이스도 조와 같은 날에 파이베타카파 자격을 얻으며 졸업했고, 그날 저녁 8시에 결혼식을 올렸다. 화학공학 학사학위를 취득한 조는 일단 캘리포니아 주 로데오 소재 유니언 석유회사에서 일했고, 1941년에 시애틀로 돌아와 보잉 사에서 일하게 되었다. 보잉에서 그는 군수품인 B-17기의 설계를 거들었으며, 나중에는 층류層流를 이용한 '청정실' 기술을 연구했는데, 이 기술은 훗날 NASA가 우주 개발 프로그램에서 사용했다. 안정적인 일자리를 얻게 되자, 조는 워싱턴 대 캘리포니아의 조정경기 결승선에서 멀지 않은 곳에 자리한 레이크 포레스트 파크에 집을 구입했다. 그와 조이스는 이후 평생 동안 그곳에 살 예정이었다.

세월이 흐르며 조와 조이스는 다섯 명의 (프레드, 주디, 제리, 바브, 제니) 아이를 낳았다. 조이스는 남편이 어린 시절에 겪어야 했던 온갖 일들을 결코 잊지 않았고, 두 사람의 관계에서 자기가 일찌감치 했던 맹세를 결코 잊지 않았다. 무슨 일이 있더라도, 조가 두 번 다시 그런 일을 겪지 않도록 하겠다는, 그가 버림받게 내버려두지 않겠다는, 항상 따뜻하고 사랑 넘치는 가정을 만들겠다는 맹세였다.

보잉 사에서 퇴직한 말년에 이르러 조는 삼나무를 만지는 예전의 취미에 푹 빠져들었다. 그는 북서부의 숲속 깊이 들어가서, 가파른 산 경사면을 오르고 쓰러진 나무 사이를 뒤지며, 전기톱과 갈고리 장대와 나무망치를 들고 주머니에는 강철 쐐기를 잔뜩 넣어가지고 다니면서, 건질 만한 목재를 찾아보았다. 자기가 찾던 것을 발견하면, 그는 마치 남들이 못 보고 지나치거나, 또는 남겨놓고 간 귀중한 물건을 발견한 어린애처럼 흥분했다. 그는 산에서 원목과 씨름한 끝에 결국은 그걸 가지고 자기 작업장으로 돌아왔으며, 거기서 울타리 기둥과 가로대를 비롯해

결혼식 날의 조와 조이스

여러 가지 쓸모 있는 물건들을 직접 만들었고, 삼나무 목공품을 제조하
는 작지만 성공적인 사업체를 꾸려가게 되었다. 90대에 접어들자 그의
딸 주디라든지, 식구들 가운데 다른 누군가가 그와 함께 가서 도와주면
서 그가 괜찮은지 지켜보곤 했다.

바비 모크는 법과대학원에 입학하고 결혼한 후에도 계속해서 워싱턴
의 부코치로 있다가, 1940년에 MIT에서 수석코치 자리를 제안 받았다.
그는 특유의 고집을 부리다가 결국 그 자리를 수락했으며, 하버드 법과
대학원으로 학교를 옮기고 나서, 이후 3년 동안이나 코치 일을 하는 동
시에 미국 내에서 가장 권위 있는 법학 박사학위를 얻으려고 애썼다.
1945년에 그는 매사추세츠와 워싱턴 주 양쪽에서 변호사 시험에 합격
했으며, 시애틀로 돌아와 변호사로 개업했다. 그는 이후 매우 성공적인
법조인 경력을 유지했으며, 나중에는 미국 연방 대법원까지 올라간 사
건에서도 변론을 펼쳐 승소했다.

스터브 맥밀린은 독일에서 돌아오자마자 돈 때문에 학교를 그만둘 수밖에 없었는데, 고맙게도 시애틀 레이니어 클럽에서 350달러를 모아준 덕분에 나머지 학업을 마칠 수 있었다. 키가 너무 크다는 이유로 병역 면제를 받은 그는 MIT로 가서 바비 모크의 후임으로 코치가 되었으며, 이후 12년간 그곳 실험실에서 비밀 연구를 담당했다. 나중에 그는 시애틀로 돌아와 베인브리지 아일랜드에 정착하고, 보잉 사에서 일하면서 결혼도 했다.

척 데이는 의학 학위를 취득했으며, 전쟁이 발발하자 해군에 입대했다. 남태평양에서 군의관으로 일한 뒤에는 시애틀로 돌아가 산부인과 의사로 개업해 성공을 거두었다. 하지만 그는 럭키스트라이크와 캐멀 담배를 피우는 습관을 지속했으며, 그로 인해 결국 치명적인 대가를 치르고야 말았다.

쇼티 헌트는 여자친구 엘리너Eleanor와 결혼했고, 졸업 후에는 한 건설회사에 들어가 일하다가, 전쟁 기간 동안에는 공학자로서의 전문적인 능력을 살려 남태평양의 건설 부대에서 근무했다. 전쟁이 끝나고 시애틀로 돌아와 그는 건설회사를 차리고 엘리너와 정착해서 두 딸을 키웠다.

돈 흄은 전쟁 동안에 샌프란시스코를 거점으로 하는 무장 상선대에서 복무했다. 전쟁이 끝나자 그는 석유와 가스 탐사에 관련된 경력을 쌓았으며, 그로 인해 출장을 다니는 일이 잦아서, 한번은 보르네오 같은 먼 곳까지도 다녀온 바 있었다. 훗날 그는 '웨스트코스트 광업협회'의 회장이 되었다. 그리고 끝까지 결혼은 하지 않았다.

조니 화이트는 1938년에 야금공학 학위를 취득하고 졸업했으며, 1940년에 결혼했다. 그는 아버지의 뒤를 이어 철강 분야에 뛰어들었는데, 베슬리엄 스틸에서 일하게 되었으며, 이후 영업 상무까지 승진했다. 1946년에 누이인 메리 헬렌은 100달러를 내놓는 대가로 가져갔던 바이올린을 그에게 결국 돌려주었다.

고디 애덤은 졸업하기도 전에 돈이 다 떨어지는 바람에, 4학년 때부터 보잉 사에서 파트타임으로 야간 일자리를 구했다. 그는 이후 38년 동안 이 회사에 남아서 B-17과 B-29와 707과 727 같은 기종 개발에 관여했다. 그는 1939년에 결혼했다.

로저 모리스는 기계공학 학위를 취득하면서 졸업하고 결혼을 했으며, 전쟁 기간 동안에는 샌프란시스코 베이 에어리어에서 군사 시설을 건설했고, 이후 시애틀 인근으로 돌아와 맨슨 건설회사에서 일하면서 주로 대규모의 하천 준설 프로젝트를 담당했다.

앨 울브릭슨은 이후 23년 동안 워싱턴에서 코치로 일했다. 그 기간 동안 그는 여러 차례 놀라운 승리를 거두고, 몇 번인가는 처참한 패배를 당하기도 했다. 그의 대학대표팀은 IRA 대회에서 여섯 번 우승했다. 그의 준대표팀은 열 번 우승했다. 그는 1956년에 톰 볼스, 카이 이브라이트, 하이럼 코니베어와 나란히 '전국 조정인 명예의 전당'에 이름을 올렸다. 그가 근무하던 기간 내내 워싱턴 대학은 미국 내에서는 물론이고 전 세계에서도 최강의 대학팀 가운데 하나로 손꼽혔으며, 지금도 역시 마찬가지이다. 1959년에 울브릭슨이 은퇴 문제를 논의하기 위해 기자들과 만나 자기 경력의 전성기를 돌아보았을 때, 그가 맨 처음 회고한 일 가운데 하나는 1936년에 자신의 올림픽 대표팀 보트에 조 랜츠를 처음 태우고 그 보트가 출발하는 모습을 지켜보던 기억이었다.

카이 이브라이트는 1948년에 런던에서 그토록 바라 마지않던 세 번째 올림픽 금메달을 따냈다. 그는 울브릭슨과 같은 해인 1959년에 은퇴했으며, 그때 이미 전국 대학대표팀 우승을 일곱 차례, 준대표팀 우승을 두 차례 달성하면서, 역사상 가장 뛰어난 조정 코치로서의 명성을 확립한 다음이었다. 그가 만든 캘리포니아의 조정부는 (워싱턴의 조정부와 마찬가지로) 그때 이후 전국적으로는 물론이고 국제적으로도 항상 최강의 팀 가운데 하나로 남아 있었다.

전쟁이 끝나자 조지 포코크는 전 세계에서 가장 뛰어난 경주정 제작
자가 된다는 꿈이 이미 오래전에 달성되었음을 깨달았지만, 이후로도
25년 동안이나 더 자신의 기술을 갈고 닦았다. 여러 세대에 걸쳐서 미
국의 노잡이들과 코치들은 포코크의 경주정을 구입해서 노를 저었으며,
그가 조정에 관해 하는 이야기는 무엇이든지 귀를 기울이고 마음에 새
겼다. 그 시절 내내 포코크의 가장 큰 관심사는 삼나무를 다듬고 정교하
고도 섬세한 경주정을 만들어내는 단순한 즐거움으로만 계속 남아 있
었다. 그가 개인적으로 가장 큰 성취감을 느낀 순간은, 옥스퍼드 대학에
서 케임브리지를 상대로 열리는 연례 보트 경주에 사용할 경주정을 서
부붉은삼나무로 만들어달라고 주문한 순간이었다.

1969년에 포코크는 뉴욕 소재 빌트모어 호텔에서 '헬름스 조정인 명
예의 전당'에 이름을 올렸다. 그때쯤에는 보트 제작소의 일 대부분을 그
의 아들 스탠Stan이 담당하고 있었다. 이후 10년 사이에 유리섬유와 탄
소섬유를 비롯한 인공 재료가 나무를 대체하여 경주정 제조에 사용되
기 시작했다. 다행히도 포코크는 삼나무 경주정 특유의 우아함이 미국
의 조정대회에서 결국 완전히 사라져버린 것을 보지 못하고 눈을 감았
다. 그는 1976년 3월 19일에 사망한 것이다.

1937년의 포킵시 조정대회 이후 워싱턴 선수들이 저마다의 길로 흩
어지게 된 것은 사실이지만, 이들은 이후에도 종종 만났다. 남은 평생
동안 이들은 긴밀한 친분을 유지했고, 공동의 추억과 깊은 존경심으로
엮여 있었다. 이들은 최소한 1년에 한 번씩 (보통은 두 번씩) 자리를 함께
했다. 때로는 달랑 아홉 명만이었지만, 시간이 흐르면서 각자의 배우자
와 자녀를 데려오는 경우가 늘어났다. 이들은 뒤뜰에서 바비큐를 굽거
나, 식탁에 둘러앉아 허물없이 간단한 식사를 즐겼다. 배드민턴과 탁구
를 즐기거나, 풋볼을 던지고 받으며, 또는 수영장에서 놀기도 했다.

이들은 좀 더 공식적인 행사에도 참석했다. 그 가운데 맨 처음은 1946년 여름에 있었는데, 이때 이들은 허스키 클리퍼 호를 선반에서 내린 뒤, 반바지와 스웨터를 걸치고서, 마치 10년 동안 하나도 잊어버린 것이 없다는 듯 워싱턴 호수로 시원하게 노를 저어 나갔다. 바비 모크는 이들에게 26회라는 편안한 박자를 주문했고, 이들은 언론사 기자들 앞에서 이리저리 오가며 시범을 보여주었다. 1956년에 이들은 또다시 한 자리에 모여 노를 저었다. 하지만 1966년의 기념일을 앞둔 상황에서 척 데이가 그만 폐암으로 쓰러져 자기가 근무하던 병원에서 결국 사망하고 말았다. 그의 사망 소식이 전해지자 함께 일하던 간호사와 의사 모두 복도에서 눈물을 흘렸다.

1971년에는 뉴욕에서 열린 성대한 행사와 함께, 이들 팀 전원이 헬름스 조정인 명예의 전당에 이름을 올렸다. 1976년에 아직 남아 있는 여덟 명은 40주년 기념행사를 위해 다시 뭉쳤다. 이들은 웃통을 벗고 노

1956년에 다시 뭉친 선수들

를 든 채로 사진 촬영을 위해 코니베어 경주정 보관고 앞에 줄지어 섰다. 이미 어깨는 축 처지고, 배는 불룩 튀어나오고, 머리는 대부분 벗어지거나 그나마 남은 것도 하얗게 변해 있었다. 저녁 뉴스에 방영할 영상을 찍기 위해 텔레비전 카메라가 돌아가는 동안, 이들은 허스키 클리퍼 호에 올라타고 노를 젓기 시작했다. 그리고 이들은 (속도가 약간 느리기는 했지만) 상당히 노를 잘 저었다. 여전히 깔끔하고, 깨끗하고, 효율적이었다.

그로부터 10년이 더 지난 1986년, 그러니까 베를린에서 승리를 거둔 지 50주년이 되는 해에 이들은 마지막으로 다시 노를 저었다. 흰색 반바지와 조정 셔츠를 걸치고, 바퀴 달린 수레에 올려놓은 허스키 클리퍼 호를 워싱턴 호수에 밀어 넣은 다음, 사진 기자들이 주위를 에워싸고 언제라도 부축해주려는 가운데 이들은 그 위에 조심스레 올라탔다. 바비 모크는 낡은 메가폰을 입에다 대고 크게 외쳤다. "저어!" 가뜩이나 아픈 관절과 등에도 불구하고, 이들은 하얀 노깃을 물에 집어넣고 워싱턴 호수를 질주했다. 여전히 하나가 되어서 노를 저으며, 이들은 늦은 오후의 태양으로 청동색이 되어 있는 수면을 빠르게 가로질렀다. 저녁이 되자, 이들은 경주정 보관고의 경사로를 도로 걸어오르며 사진기자들에게 손을 흔들고, 자기네 노를 마지막으로 선반에 올려놓았다.

선수들과 그 가족들은 물 밖에서도 계속해서 어울렸으며, 서로의 생일이나 다른 일이 있을 때마다 모여 축하해주었다. 그런데 1990년대부터는 이들이 장례식에 모이는 일이 생기기 시작했다. 1992년에는 고디 애덤이, 1997년에는 조니 화이트가 사망했다. 1996년에는 워싱턴 주의 수도 올림피아에서 이들의 승리 60주년을 기념하는 군악대 연주회가 열렸다. 1999년에는 쇼티 헌트가 사망했다. 2001년 9·11사건이 벌어진 지 닷새 뒤에는 돈 흄이 사망했다.

그로부터 1년 뒤인 2002년 9월에는 조이스가 조의 곁을 떠났다. 그 당시에 두 사람은 좋은 요양시설에서 나란히 한 방을 쓰고 있었다. 그는 골반 골절에서 회복되는 중이었고, 그녀는 심부전과 신장부전으로 죽어가고 있었다. 요양원 직원들은 흔치 않은 동정심을 발휘하여 그녀의 침대를 그의 침대 곁에 나란히 붙여서 두 사람이 서로 손을 잡게 해주었다. 조이스는 바로 그런 상태에서 눈을 감았다. 그로부터 며칠 뒤, 조는 장례식에 참석했다. 그리고 자기 방으로 돌아와 무려 63년 만에 처음으로 다시 혼자가 되었다.

2005년 1월에 바비 모크가 사망했고, 그해 8월에는 스터브 맥밀린이 뒤를 따랐다. 이제 남은 사람은 조와 로저 둘뿐이었다.

조이스가 사망한 후, 체력이 감퇴하는 와중에도 조는 가족의 도움을 받아 오랜 꿈을 실현하기에 나섰다. 비록 이제는 휠체어 신세를 지는 입장이었지만, 그는 가족과 함께 유람선을 타고 알래스카로 가서, 증기 외륜선을 타고 컬럼비아 강을 거슬러 올라가보고, 캐스케이드 산맥에 있는 마을 리븐워스까지 '설국열차'를 타고 가보고, 아이다호 주에 있는 금-루비 광산 터를 찾아가보고, 비행기를 타고 하와이에도 가보고, 또 다시 증기 외륜선을 타고 미시시피 강을 거슬러 올라가보고, 로스앤젤레스로 가서 로즈와 폴리와 바브를 만나고, 밀워키로 가서 딸 제니며 그 가족들을 만나고, 내슈빌에 가서 컨트리 음악 공연인 〈그랜드 올 오프리 Grand Ole Opry〉를 관람하고, 유람선을 타고 파나마 운하를 지나가보았다.

2007년 초에 조는 호스피스의 방문을 받으며 주디의 집에서 살았다. 그해 3월에 그는 자주색의 '허스키 명예의 전당' 재킷을 입고 시애틀에서 열린 대학대표팀 보트클럽 행사에 참석했다. 450명의 참석자들은 자리에서 일어나 그에게 박수갈채를 보냈다. 5월에 그는 휠체어를 타고 컷 수로의 물가에서 워싱턴의 선수들이 개막식 경주를 펼치는 모습을 지켜보았다. 그리고 8월에 그는 마침내 마지막 결승선에 도달했다. 그는 9월 10일에 주디의 집에서 평온하게 눈을 감았다. 내가 그를 처음 만나고 나서 이 책을 쓰기 위해 인터뷰를 시작한 지 불과 몇 달 만의 일이었다. 화장한 그의 유해는 세큄으로 옮겨져 조이스 곁에 안장되었다.

조가 올림픽에서 돌아오면서 가져온 떡갈나무는 대학 캠퍼스 안에서 몇 번이나 옮겨져 심기다가 결국 죽어버렸다. 조는 말년에 들어서 이 사실을 무척 안타깝게 생각했다. 그래서 2008년의 어느 겨울날, 코니베어 경주정 보관고 옆에 몇 사람이 모였다. 주디의 재촉을 이기지 못한 대학 당국이 새로운 떡갈나무를 심기로 한 것이다. 워싱턴의 조정부장인 밥 언스트Bob Ernst가 짧게 연설을 마치자, 주디는 삽으로 천천히, 그리고 경건히 아홉 번 흙을 퍼서 뿌렸다. 선수들 한 명 한 명을 기념하기 위해서였다.

조가 동료들 가운데 맨 처음으로 만난 로저 모리스는 맨 마지막에 떠난 사람이 되고 말았다. 그는 2009년 7월 22일에 사망했다. 그의 장례식 추도사에서 주디는 조와 로저가 마지막 몇 년 동안 (전화로나 직접 만나서나) 종종 어울렸던 일을 회고했다. 두 사람은 함께 있는 동안 아무일도 하지 않았고, 아무 말도 하지 않았으며, 그저 조용히 앉아 있었다. 이들은 단지 친구와 함께 있는 것 자체를 바란 것이다.

그들은 이렇게 하나둘씩 세상을 떠났으며, 단순히 올림픽 금메달리스트로서가 아니라 (개인으로서도, 그리고 한 팀으로서도) 훌륭한 사람으로서 있는 모습 그대로 모두에게 사랑받고 기억되었다.

2011년 8월에 나는 베를린으로 가서 워싱턴 선수들이 75년 전에 금메달을 딴 장소를 직접 찾아보았다. 올림픽 주경기장을 방문한 다음, 고속 전철을 타고 쾨페니크로 향했는데, 이곳은 전후에 소련군 점령지인 동베를린에 속해 있었다. 그곳에서 나는 포석 깔린 거리를 거닐었고, (가끔 한번씩 벽돌 외벽에 총탄 자국이 난 것을 제외하면) 전쟁에도 거의 손상

되지 않은 채로 남은 오래된 건물 사이를 누볐다. 1938년 11월 9일 밤까지만 해도 쾨페니크의 유대교 회당이 서 있던 프라이하이트의 공터를 지나가면서, 나는 문득 히르슈한 가족을 떠올렸다.

그뤼나우에서 나는 조정경기장이 1936년 이후로 약간 바뀌었음을 알았다. 결승선 근처에 커다란 전광판이 설치되어 있었다. 하지만 이를 제외하면 그곳은 예전 뉴스영화와 사진에 나온 모습 그대로였다. 인근 지역도 여전히 멋있었고, 나무가 우거져 있었다. 결승선 근처에는 차양 달린 관람석도 남아 있었다. 랑거 호수는 여전히 잔잔하고 고요했다. 경주정에 올라탄 젊은 남녀가 1936년에 설치되었던 것과 똑같은 경주 레인에서 질주하고 있었다.

나는 그뤼나우의 '수상 스포츠 박물관'을 방문했고, 이곳의 관장 베르너 필립Werner Phillip은 친절하게도 서관 베란다까지 나를 안내해주었다. 나는 그곳에 오랫동안 조용히 서 있었으며, 지금으로부터 75년 전에 히틀러가 서 있던 곳 가까이에 서서, 랑거 호수를 바라보며, 아마도 그가 바라보았을 법한 풍경을 목격했다.

저 아래에서는 청년 몇 명이 트럭에 싣고 온 경주정을 내리면서, 독일어로 무슨 노래를 흥얼거리며, 저녁에 노 저을 준비를 하고 있었다. 물 위에서는 스컬 선수 한 명이 노깃을 반짝이면서 레인 가운데 한 곳을 따라 경주선 끝에 있는 "결승선" 간판을 향해 나아가고 있었다. 더 가까운 곳에서는 제비들이 조용한 날갯짓으로 물 위에 낮게 날면서 저물어가는 햇빛 속에 검은 그림자로 나타났고, 때때로 물을 스치면서 은색 수면에 잔물결을 만들었다.

거기 가만히 서서 저 아래를 바라다보고 있자니 문득 이런 생각이 들었다. 지금으로부터 75년 전, 조와 그의 동료들이 뒤쪽에서 빠르게 치고 나오며 이탈리아와 독일을 앞지르는 장면을 히틀러가 지켜보던 순간, 비록 본인은 아직 모르고 있었지만, 그는 자기가 맞게 될 파국의 전

조를 보고 있었던 셈이었다. 비록 본인은 아직 모르고 있었지만, 머지않아 조와 그의 동료들과 비슷한 또래의, 그들과 본질적인 성격을 공유하는 (즉 버젓하고도 꾸밈없고, 특별히 혜택을 누리거나 호의를 얻은 것도 없으면서, 단지 충성스럽고 헌신적이고 고집스러울 뿐인) 청년 수십만 명이 올리브색 군복을 입고 그를 쫓기 위해 독일로 돌아올 예정이었다.

그들은 이제 거의 모두 떠나버렸다. 내가 세상에 태어나기 훨씬 전에 이 세계를 구원한 수많은 청년들은 이제 더 이상 없다. 하지만 그날 오후, 서관의 베란다에 선 채로, 나는 이들의 선의와 이들의 우아함에, 이들의 겸손함과 이들의 영예에, 이들의 소박한 공손에, 그리고 이들이 저녁의 물 위를 빠르게 스쳐 지나가서 결국 어둠 속으로 사라지기 전에 우리에게 가르쳐준 모든 것에 감사하지 않을 수 없었다.

하지만 1936년 금메달 결정전의 생존자 가운데 한 명은 여전히 우리 곁에 있다. 바로 허스키 클리퍼 호이다. 오랜 세월 동안 이 배는 오래된 경주정 보관고에 보관되어 있었으며, 10년에 한 번씩 열리는 선수들의 기념 탑승 때에만 사용되었다. 1960년대에 이 배는 타코마 소재 퍼시픽 루터란 대학에 여러 해 동안 임대된 바 있었다. 1967년에 워싱턴이 이 배의 반환을 요구한 다음, 수리를 거쳐서, 학생회관에 전시했다. 나중에 이 배는 시애틀 소재 '조지 포코크 기념 조정센터'에 전시되었다.

오늘날 이 배는 1949년에 건립되어 최근 개축 공사를 거친 널찍한 건물인 워싱턴 대학의 코니베어 경주정 보관고에 전시되어 있다. 전시 장소는 이곳의 식당으로서, 천장에서 늘어뜨린 고정장치에 매달려 있으면서, 삼나무와 가문비나무로 만든 커다란 바늘 같은 외관이며 목제품 특유의 붉은색과 노란색 광택이 작은 조명장치에 번쩍이며 드러나고 있었다. 그 너머, 그러니까 이 건물의 동편에 설치된 여러 개의 유리창 너머로는 워싱턴 호수가 보인다. 간혹 사람들이 이곳에 들어와 경주정을 보고 감탄한다. 이들은 사진을 찍은 다음, 자기가 이 배에 관해서, 그리고 베를린에서 이 배를 조종한 사람들에 관해서 아는 바를 이야기한다.

하지만 이 배는 단순히 장식이나 감탄을 위해 거기 매달려 있는 것이 아니다. 오히려 영감을 제공하기 위해서 매달려 있는 것이다. 매년 가을이면 수백 명의 신입생이 (하루는 남자, 또 하루는 여자인데, 대부분은 키가 무척 크고, 몇 명은 무척 작다.) 10월 오후의 어느 날 그 아래에 모인다. 이들은 가입 신청서를 작성하고, 뭔가 불안한 듯 주위를 둘러보면서 서로를 견주어보며 불안한 목소리로 이야기를 나누다 보면, 신입생팀 코치가 나타나 크고 엄한 목소리로 조용히 하라고 말한다. 주위가 조용해지면, 코치는 조정부에 들어오려는 학생들이 무엇을 각오해야 하는지를 설명하기 시작한다. 처음에는 그 훈련이 얼마나 힘든지를, 얼마나 많은 시간을 잡아먹는지를, 얼마나 춥고 축축하며 처량할지를 주로 설명한다. 워싱턴의 조정부 선수들이 캠퍼스 내의 다른 어떤 운동부보다도 높은 평균 학점을 자랑한다고 지적하면서, 이건 결코 우연이 아니라고 말한다. 이들은 보트 안에서뿐만 아니라 강의실에서도 훌륭한 성적을 내야 한다고 말한다. 그런 다음에 어조를 약간 바꾸어서, 워싱턴의 하얀 노깃 가운데 하나를 당길 수 있는 기회가 어째서 영광인지를 설명하기 시작한다. 최근의 지역 경기에서 거둔 승리에 관해서, 이제는 유서 깊은 전통이 되어버린 캘리포니아와의 경쟁관계에 관해서, 그리고 자기네 조정부의 전국적이고 국제적인 명성에 관해서, 워싱턴의 남녀 선수들이 우승한 수많은 선수권대회에 관해서, 그리고 자기네 조정부가 배출한 열댓 명의 올림픽 메달리스트에 관해 이야기한다.

마지막으로 코치는 잠시 말을 멈추었다가, 흠흠 하고 목을 가다듬은 다음, 한 손을 치켜올려 허스키 클리퍼 호를 가리킨다. 수백 명이 목을 빼고 그쪽을 바라본다. 젊은이들의 시선이 위로 향한다. 새로운, 아까보다 더 깊은 침묵이 깔린다. 그러면 코치는 이야기를 시작한다.

숲에 앉아 있는 조 랜츠

만약 책에도 마음과 영혼이 있다면 (나는 물론 그런 게 있다는 쪽인데) 이 책은 다른 누구보다도 바로 이 한 사람에게 빚지고 있다고 말해야 할 것이다. 바로 조 랜츠의 딸 주디 윌먼Judy Willman이다. 이 프로젝트의 매단계마다 주디의 깊은 협조가 없었더라면, 나는 조의 이야기는 물론이고 1936년의 올림픽 대표팀에 관한 더 큰 이야기도 결코 할 수 없었을 것이다. 그녀의 공헌은 매우 지대하기 때문에 여기에 차마 다 열거할 수는 없지만, 무엇보다도 문서와 사진으로 이루어진 자신의 방대한 컬렉션을 공개한 것에서부터, 대표팀 선수들 및 그 가족들과 나를 연결해준 것이며, 이 책의 원고가 완성되는 과정에서 매단계마다 꼼꼼히 읽고 논평해 준 것을 꼽을 수 있겠다. 하지만 이런 모든 것을 삽시간에 빛바래게 만드는 결정적인 공헌이 있다면, 그녀는 자기 집 거실에 나와 함께 앉아서 여러 시간 동안 아버지 이야기를 해주었으며, 때로는 눈물겹고 때로는 재미있게, 무한한 자부심과 사랑을 품고 이야기해준 것이다.

주디는 자라면서 아버지가 이룬 업적의 구체적인 내용은 물론이고 아버지가 견뎌야 했던 고난, 그리고 이 두 가지가 아버지에게 끼친 심리적 영향까지도 고스란히 흡수했다. 아버지가 젊은 시절에 어머니가 담당한 역할에 관해서는 부엌에서 어머니와 나란히 서서 일하면서 알게 되었다고 한다. 여러 해에 걸쳐 자주 모이는 과정에서, 그녀는 다른 여덟 명의 노잡이와도 잘 알게 되었으며, 이들을 거의 가족의 일원으로 생각하기에 이르렀다. 그녀는 할아버지가 (그때에 가서는 가족과 완전히 화해한 다음이었다.) 자기 입장에서 해주던 이야기도 들은 바 있었다. 아울러 작은 아버지한테서 (즉 술라의 아들 해리 2세로부터) 술라의 입장에서 하는 이야기도 들을 수 있었다. 거의 60년 동안이나 그녀는 수많은 질문을 던졌고, 신문 기사와 기념품을 수집했으며, 모든 세부사항을 기록해두었다. 한마디로 그녀야말로 자기 가족의 역사를 기록한 장본인이었다.

이 책의 몇 군데에서 나는 이런저런 대화를 인용하거나, 또는 조와 조이스 단둘만 아는 내용을 나름대로 상상해 꾸며보기도 했다. 물론 그런 대화가 이루어지는 것을 듣고 기록한 사람은 없으며, 조와 조이스의 생각이 어떤지를 적어놓은 사람도 없지만, 그들의 삶에 핵심적인 증인은 바로 조와 조이스 본인들이고, 이들이야말로 이 이야기에 들어 있는 이런 내용의 궁극적인 원천이다. 조가 사망하기 직전 몇 달 동안 내가 수행한 인터뷰에서, 그는 그 이야기의 기본 사실뿐만 아니라 그 이야기에서 중요했던 시점마다 자신의 구체적인 감정과 생각이 어땠는지를 매우 정교하고도 구체적으로 설명해주었다. 예를 들어 그는 조지 포코크와 경주정 보관고에서 나누었던 대화라든지, 세큄에서 버림받았을 때의 감정적 황폐라든지, 그랜드 쿨리에서의 경험이라든지, 아버지며 술라와의 삐거덕거리던 관계를 자세히 설명했다. 나중에 조가 사망하고 나서, 그 오랜 시간 동안 주디와 나란히 앉아 사진과 편지와 스크랩북을 뒤적이는 동안, 그녀는 내가 남은 여백을 채우는 데에 도움을 주었으며, 특히 그 이야기의 핵심 내용들에서 그러했는데, 그중 상당수는 어머니와 아버지가 평생 동안 그녀에게 거듭해서 해준 이야기였기 때문이다. 이들의 대화와 회고는 내 홈페이지에 게시될 이 책의 완전판 주석에 기록되어 있다.

책을 만드는 것이야말로 공동의 노력의 기회를 그 무엇보다도 많이 제공한다. 이런 사실을 염두에 두고, 나는 주디 외에도 이 책을 만드는 데에 도움을 준 분들에게 깊은 감사의 마음을 전하고자 한다.

우선, 주디의 '부군' 되는 레이 윌먼Ray Willman은 이 프로젝트의 출범 첫날부터 크고 작은 일에서, 정말 셀 수 없이 많은 면에서 필요 불가결한 인물이 되어주었다.

출판계에서는 WME에서 일하는 나의 놀라우리만치 현명하고 근사하리만치 활기찬 에이전트 도리언 카치마Dorian Karchmar, 정말 유능한 인재들인 애너 드로이Anna DeRoy, 라파엘라 드 앤젤리스Raffaella De Angelis, 라이하네 샌더스Rayhané Sanders, 시몬 블레이저Simone Blaser에게 감사드린다. 바이킹 출판사에서는 나의 귀중한 편집자 웬디 울프Wendy Wolf에게 감사드린다. 그녀는 워낙 전문가답게 메스를 휘두르기 때문에, 나에게 아무런 고통도 주지 않은 상태에서 원고에 대수술을 가했고, 나는 그 결과에 감사한다. 이 책의 계약과 초고 편집을 담당한 조시 켄달Josh Kendall, 부편집자 매기 릭스Maggie Riggs, 그리고 바이킹의 똑똑하고도 재치 넘치는 전문가들 모두에게도 감사드린다. 그리고 내가 이 길을 가는 동안 여러 모로 지원해준 저 멀리 맨해튼의 제니퍼 풀리Jennifer Pooley에게도 감사드린다.

1936년의 팀을 가족, 또는 가까운 친구라고 부르는 많은 분들이 너그럽게도 각자의 추억을 나눠주고, (스크랩북, 편지, 일기 같은) 문서와 기념품으로 이루어진 개인 컬렉션을 공개해주었다. 크리스틴 체니Kristin Cheney, 제프 데이Jeff Day, 크리스 데이Kris Day, 캐슬린 그로건Kathleen Grogan, 수전 핸쇼Susan Hanshaw, 팀 흄Tim Hume, 제니퍼 허프먼Jennifer Huffman, 조시 허프먼Josh Huffman, 로즈 케네베크Rose Kennebeck, 매릴린 모크, 마이클 모크Michael Moch, 펄리 몰든Pearlie Moulden, 조앤 멀렌Joan Mullen, 제니 머도프Jenny Murdaugh, 팻 세이빈Pat Sabin, 폴 심다스Paul Simdars, 켄 타박스Ken Tarbox, 메리 헬렌 타박스Mary Helen Tarbox, 해리 랜츠 2세, 폴리 랜츠, 제리 랜츠, 히서 화이트Heather White, 샐리 화이트Sally White.

워싱턴 대학 경주정 보관소에 있는 분들에게도 감사드린다. 에릭 코언Eric Cohen, 밥 언스트, 루크 매기Luke McGee는 이 책의 원고를 읽고 여러 가지 훌륭한 제안과 중요한 수정 사항을 알려주었다. 마이클 캘러핸Michael Callahan과 케이티 가드너Katie Gardner는 사진을 찾아내는 데에 도움을 주었다. 에릭의 훌륭한 웹사이트(www.huskycrew.com)에도 특히나 주목할 필요가 있다. 이곳이야말로 워싱턴 조정부의 길고도 화려한 역사에 관해 알고자 하는 사람 누구에게나 지금까지는 최상의 자료 출처이다.

조정선수 및 코치 전반에 관해 조언해준 밥 가철Bob Gotshall, 존 홀버그John Halberg, 앨 매키나이즈Al Mackenize, 짐 오잘라Jim Ojala, 스탠 포코크에게도 감사드린다.

도서관과 먼지 자욱한 기록보관소에서 도움을 준 브루스 브라운Bruce Brown, 그렉 레인지Greg Lange, 엘리너 토스Eleanor Towes, 수즈 바베이언Suz Babayan에게도 감사드린다.

독일 관련 내용에서 도움을 준 그뤼나우 소재 수상 스포츠 박물관의 베르너 필립Werner Phillip, 그리고 정곡을 찔러준 이사벨 쇼버Isabell Schober에게도 감사드린다.

사실 이 책은 여러 면에서 가정이라고 부를 수 있는 곳으로 돌아오고자 했던 한 젊은이의 긴 여정에 관한 내용이라 할 수 있다. 그 젊은이 이야기를 쓰다 보니 나만큼 축복 받은 가정을 누린 사람이 세상에 또 없다는 생각을 거듭 하게 되었다. 그런 가정을 만들어준 세 여성에게 감사하는 바이다. 이 책을 만드는 데에 저마다의 독특한 재능으로 기여한 나의 두 딸 에미Emi와 바비Bobi, 그리고 아내 샤론Sharon이 바로 그들이다. 특히 아내는 원고를 꼼꼼히 읽었으며, 그 내용에 관해 많은 이야기를 나누었고, 깊은 통찰력을 지닌 아내의 평가와 제안 덕분에 이 책은 모든 면에서 더 나아질 수 있었다. 아내의 사랑, 아내의 확신, 그리고 아내의 지속적인 지원이야말로 애초에 내가 이 책을 쓸 수 있었던 원동력이다. 아내가 없었다면, 결국 이 책도 없었을 것이다.

| 후주 |

원래 이 책의 원고에는 1,000개 이상의 주석이 들어 있었다. 다음에 서술하는 것들은 그 방대한 주석의 매우 축약되고 불완전한 버전에 불과하다. 완전판 주석은 나의 웹사이트(www.danieljamesbrown.com)에서 찾아볼 수 있다(2014년 9월 현재, 저자의 웹사이트에도 "금방 올라올 예정"이라고만 나와 있고, 주석의 완전판은 아직 찾아볼 수 없다–옮긴이). 이 축약 버전에서 사용한 약자는 다음과 같다. *ST*(〈시애틀 타임스〉), *PI*(〈시애틀 포스트 인텔리전서〉), *WD*(〈유니버시티 오브 워싱턴 데일리〉), *NYT*(〈뉴욕 타임스〉), *DH*(〈뉴욕 데일리 헤럴드〉), *HT*(〈뉴욕 헤럴드 트리뷴〉), *NYP*(〈뉴욕 포스트〉).

서두 인용문과 프롤로그

포코크의 인용문은 고든 뉴얼의 탁월한 다음 전기에서 가져왔다. Gordon Newell, *Ready All!: George Yeoman Pocock and Crew Racing*(Seattle: University of Washington Press, 1987), 159. 이 책의 나머지 부분에 인용한 포코크의 인용문은 워싱턴 대학 출판부의 허가를 받아 사용했다. 그리스어 인용문은 호메로스의 《오디세이아》 제5권 219~20행과 223~24행에서 가져왔다. 영어 번역문은 에미 C. 브라운Emi C. Brown의 것을 인용했다.

프롤로그의 제사題詞로 사용된 포코크의 인용문은 뉴얼의 책에서 가져왔다(Newell, 154).

제1장

이 장의 제사는 포코크가 C. 레버리치 브레트C. Leverich Brett에게 보낸 편지에서 가져왔다. 이 편지는 1944년 6월에 필라델피아에서 인쇄된 '국립 아마추어 노잡이 연합회National Association of Amateur Oarsmen'의 다음 정기간행물에 나와 있다. *Rowing News Bulletin*, no. 3(Season 1944). 이 책 전체에 걸쳐서 시애틀의 날씨에 관한 설명은 시애틀 인근의 여러 관측소에서 '협력 관측원들'이 매일 기록해서 미국 기상청에 보고한 기상 기록에서 가져왔다. 대공황의 영향에 관한 더 자세한 통계는 다음을 보라. Piers Brendon, *The Dark Valley: A Panorama of the 1930s*(New York: Vintage, 2002), 86; Joyce Bryant, "The Great Depression and New Deal," *American Political Thought*, vol. 4 (New Haven: Yale-New Haven Teacher's Institute, 1998). 에릭 라슨의 탁월한 저서에는 영화 〈킹콩〉을 아돌프 히틀러가 각별히 좋아했다는 언급도 나와 있다. Erik Larson, *In the Garden of Beasts*(New York: Crown, 2012), 375(에릭 라슨 지음, 원은주 옮김, 《야수의 정원》, 은행나무, 2012). 이 시기 주식시장

의 현황에 관한 더 자세한 내용은 〈월스트리트 저널〉의 "다우존스 산업평균지수의 하루 등락폭 역대 순위"(http://online.wsj.com/mdc/public/page/2_3024-djia_alltime.html)에서 찾아볼 수 있다. 1943년 11월 23일에 가서야 다우지수는 비로소 381포인트를 넘어섰다. 그 최저점에 도달했던 1932년에 다우는 그 가치 가운데 89.19퍼센트를 잃어버렸다. Harold Bierman, *The Causes of the 1929 Stock Market Crash*(Portsmouth, NH: Greenwood Publishing, 1998). 후버의 발언 전문은 다음을 보라. *U. S. Presidential Inaugural Addresses* (Whitefish, MT: Kessinger Publishing Company, 2004), 211.

학생들의 등장과 옷차림에 관한 묘사는 그해 가을에 워싱턴 캠퍼스에서 촬영한 사진을 참고했다. 조와 로저가 경주정 보관고에서 보낸 첫날에 관한 서술은 2008년 10월 2일에 로저 모리스와 직접 가진 인터뷰에 부분적으로 의거했다. 로열 브로엄에 관한 내용은 다음을 보라. Dan Raley, "The Life and Times of Royal Brougham," *PI*, October 29, 2003. 경주정 보관고에 관한 묘사는 나의 직접 관찰에도 부분적으로 의거하고, 다음 자료에 나오는 앨 울브릭슨의 설명에 부분적으로 의거했다. "Row, Damit, Row," *Esquire*, April 1934. 그날 선착장에 모여든 선수들에 관한 사실 및 통계는 다음 자료에서 가져왔다. "New Crew Men Board Old Nero," *WD*, October 12, 1933. 바로 그날 경주정 보관고에 있던 사람 가운데 세 명이 여러 해 뒤에 '프랭클린 고등학교 명예의 전당'에 이름을 올렸으니, 바로 앨 울브릭슨과 로열 브로엄, 그리고 조니 화이트였다.

베를린 소재 올림픽 시설의 공사에 관한 막대한 양의 정보는 다음 공식 결과 보고 자료에서 찾아볼 수 있다. Organisationskomittee für die XI Olympiade Berlin 1936, *The XIth Olympic Games Berlin, 1936: Official Report*, vol. 1 (Berlin Wilhelm Limpert, 1937). 올림픽에 대한 히틀러의 원래 태도에 관해서는 다음을 보라. Paul Taylor, *Jews and the Olympic Games: The Clash Between Sport and Politics*(Portland, OR: Sussex Academic Press, 2004), 51. 도드 일가가 느낀 괴벨스의 인상은 다음 책에 잘 나와 있다. Larson, *In the Garden of Beasts*. 괴벨스와 언론에 관한 설득력 있는 이야기는 다음을 보라. "Foreign News: Consecrated Press," *Time*, October 16, 1933.

이 책에 나온 천문 관련(예를 들어 해가 뜨고, 해가 지고, 달이 뜨고 한 것 등에 관한) 자료는 미국 해양기상국의 웹사이트에서 가져왔다. 워싱턴 조정부의 역사에 관한 단일 자료 출처로 가장 좋은 것은 에릭 코언의 훌륭한 온라인 개요를 들 수 있다. "Washington Rowing: 100+ Year History"(http://www.huskycrew.com). 1924년 올림픽 금메달리스트인 예일 대학의 노잡이 여덟 명 가운데 한 명은 훗날 육아 교육법으로 유명해진 벤저민 스포크Benjamin Spock 박사이다.

제2장

포코크의 제사는 뉴얼의 책에서 가져왔다(Newell, 94-95). 라이트 형제의 비행에 관한 내용은 다음 자료에서 가져왔다. "A Century of Flight," *Atlantic Monthly*, December 17,

2003. 조지 와이먼의 오토바이 여행에 관한 자세한 내용은 다음 웹사이트를 참고하라. AMA Motorcycle Hall of Fame(http://motorcyclemuseum.org/halloffame). 비교적 주목할 만한 해인 1903년에 관한 더 흥미로운 사실과 통계는 다음 기사에서 찾아볼 수 있다. Kevin Maney, "1903 Exploded with Tech Innovation, Social Change," USA Today, May 1, 2003. 포드가 제작한 자동차와 관련해서는 자칫 혼란을 일으킬 사실이 하나 있는데, 바로 최초의 A형 모델은 1927~1931년에 제작된 저 유명한 A형 모델(그다음에 나온 것이 큰 성공을 거둔 T형 모델이다.)과는 전혀 다른 자동차였다는 점이다.

이 장에서 조의 삶에 관한 내용의 세부사항 가운데 일부는 "프레드 랜츠의 자서전"("Autobiography of Fred Rantz")이라는 미간행 타자 원고에서 가져온 것이다. 술라 라폴레트의 부모님 이름과 생몰년은 워싱턴 주 링컨 카운티 소재 라폴레트 공동묘지에 있는 비문에서 가져왔다. 술라의 삶에 관한 여러 사실들은 2009년 7월 11일에 내가 해리 랜츠 2세와 직접 인터뷰하면서 조금씩 모은 것이다. 금-루비 광산의 역사에 관한 개관은 다음 자료를 참고했다. "It's No Longer Riches That Draw Falks to Boulder City," Spokane Spokesman-Review, September 28, 1900; "John M. Schnatterly" in N. N. Durham, Spokane and the Inland Empire, vol. 3(Spokane, WA: S. J. Clarke, 1912), 566. 술라의 "투시력"에 관한 일화는 그녀의 딸인 로즈 케네베크가 저술한 미간행 원고 "회상"("Remembrance")에서 가져온 것이다.

제3장

포코크의 제사는 뉴얼의 책에서 가져왔다(Newell, 144). 조정이라는 스포츠의 혹독함에 관한 로열 브로엄의 다채로운 묘사는 다음 자료에서 인용했다. "The Morning After: Toughest Grind of Them All?" PI, May 32, 1934. 조정 관련 생리학과 부상에 관한 논의는 미국 조정협회 웹사이트의 다음 자료에서 일부를 가져왔다. "Rowing Quick Facts"(http://www.usrowing.org/About/Rowing101). 또 다음 자료를 참고했다. Alison McConnell, Breathe Strong, Perform Better(Champaign, IL: Human Kinetics, 2011), 10; J. S. Rumball, C. M. Lebrun, S. R. Di Ciacca, and K. Orlando, "Rowing Injuries," Sports Medicine 35, no. 6(2005): 537-55.

포코크는 템스 강의 뱃사공 중에서도 가장 뛰어난 인물 가운데 하나인 어니스트 배리Ernest Barry의 노 젓는 양식을 연구하고 모방했다. 배리는 1903년의 '도게츠 코트 앤드 배지'에서 우승하고, 1912년, 1913년, 1914년과 1920년에 스컬 부문 세계 챔피언에 등극했다. 포코크 가족의 역사에 관한 더 자세한 내용은 뉴얼의 책을 참고하라. 나는 그 책의 내용을 많이 인용하는 한편, 두 번에 걸친 스탠 포코크와의 직접 인터뷰에서 여러 가지 세부사항을 가져왔다. 또 다음의 자료도 참고했다. Clarence Dirks, "One Man Navy Yard," Saturday Evening Post, June 25, 1938. 그리고 포코크 본인이 1972년에 작성한 미간행 타자 원고 "회고록"("Memories")도 참고했다. 울브릭슨보다 앞서서 워싱턴에서 코치로 재직했던 러스티 캘로는 훗날 포코크에 관해 이렇게 말했다. "자기 일에서의 성실한 노력과 자부심이야말로 그에게는 종교나 다름없었다."

하이럼 코니베어 관련 정보 가운데 상당수는 1923년에 작성된 다음 미간행 타자 원고에서 가져왔다. Broussais C. Beck, "Rowing at Washington." 이 자료는 워싱턴 대학 기록보관소에 소장된 "베크 문서Beck Papers"에서 찾아볼 수 있다.(고유번호는 0155-003이다.) 또 다음 자료를 참고했다. "Compton Cup and Conibear," *Time*, May 3, 1937; David Eskenazi, "Wayback Machine: Hiram Conibear's Rowing Legacy," *Sports Press Northwest*, May 6, 2011(http://sportspressnw.com/2011/05/wayback-machine-hiram-conibears-rowing-legacy/). 또 앞서 언급한 에릭 코언의 웹사이트도 참고했다. 포코크를 향한 노잡이들의 존경에 관한 바비 모크의 언급은 다음 책을 보라. Christopher Dodd, *The Story of World Rowing*(London: Stanley Paul, 1992).

베크의 미간행 원고("Rowing at Washington")에 따르면 올드 네로 호에는 또 하나의 초기 버전이 있었는데, 여기에는 노잡이 좌석이 겨우 열 개뿐이었다고 한다. 하지만 앨 울브릭슨의 증언("Row, Damit, Row")에 따르면, 이 배의 좌석은 열여섯 개였다고 한다. 울브릭슨이 1930년대에 가르친 기초 스트로크에 관한 묘사는 그의 증언("Row, Damit, Row")에 근거했다. 세월이 흐르면서 워싱턴 대학에서 사용되던 스트로크는 여러 가지 방식으로 진화했다. 골프공에 관한 비유는 포코크 본인의 창작이며, 그의 "회고록"("Memories," 110)에 나온다.

제4장

제사는 포코크가 C. 레버리치 브레트에게 보낸 편지에서 가져왔다.(서지사항은 앞을 보라.) 세큄에서의 생활에 관한 세부사항은 대부분 조 랜츠의 회고에 의거했으며, 아울러 해리 랜츠 2세의 회고를 참고했다. 또 2005년에 저자가 자비 출판한 다음 자료에서 일부를 가져왔다. Doug McInnes, *Sequim Yesterday: Local History Through the Eyes of Sequim Old-Timers*. 몇 가지 추가적인 사실은 다음 자료에서 가져왔다. Michael Dashiell, "An Olympic Hero," *Sequim Gazette*, January 18, 2006. 대공황 당시에 농장의 가격이 준 영향에 관한 논의는 다음 자료를 보라. Piers Brendon, *The Dark Valley*, 87; Timothy Egan, *The Worst Hard Time*(Boston: Mariner, 2006), 79. 조는 세큄에서 버림받았던 경험이며, 이후의 생존 노력을 평생 동안 여러 번 자세하게 설명했으며, 이 책에 나온 나의 묘사는 그에게서 직접 들은 이야기에다가 주디 윌먼과 해리 랜츠 2세와의 인터뷰에서 얻은 세부사항을 근거로 삼았다. 찰리 맥도널드와 그의 짐말, 그리고 맥도널드 가족에 관한 사실 가운데 일부는 2009년 6월 1일에 펄리 맥도널드가 주디 윌먼에게 보낸 이메일에 나온 개요를 참고했다.

이 장과 다른 부분에 나오는 조이스 심다스의 전기 자료는 그녀의 딸 주디 윌먼과의 직접 인터뷰에서, 그리고 주디가 내게 공개한 사진과 문서에서 가져왔다. 루스벨트 고등학교 체육관에서 울브릭슨이 조를 처음 발굴한 일화는 내가 인터뷰를 시작했을 때 조가 맨 처음 한 이야기 가운데 하나였다.

제시는 역시 포코크의 말이며 뉴얼의 책에 인용된 것이다(Newell, 144). 로저 모리스의 전기 자료는 대부분 2008년 10월 2일에 그와 직접 인터뷰한 내용에서 가져왔다. 대공황 초기의 주택 상실에 관한 내용은 다음을 보라. David C. Wheelock, "The Federal Response to Home Mortgage Distress: Lessons from the Great Depression," *Federal Reserve Bank of Saint Louis Review*(http://research.stlouisfed.org/). 또 다음을 보라. Brian Albrecht, "Cleveland Eviction Riot of 1933 Bears Similarities to Current Woes," *Cleveland Plain Dealer*, March 8, 2009.

조가 조정선수로 활동하던 기간 내내 간직했던 스크랩북은 경주정 보관고에서 그의 생활, 그의 아르바이트, 그의 생활 여건, 그리고 그와 조이스가 대학 시절 내내 함께한 일에 관한 사소한 세부사항 가운데 상당수의 출처이다. 1933년 가을의 워싱턴 대학 캠퍼스 생활에 관한 묘사는 그해 가을에 간행된 WD의 여러 호에서 가져왔다.

1933년의 먼지 폭풍에 관한 서술은 주로 다음 자료에 의거했다. "Dust Storm at Albany," *NYT*, November 14, 1933. 그해 가을의 독일 정치 상황에 관한 여러 사실은 다음 자료를 참고했다. Edwin L. James, "Germany Quits League; Hitler Asks 'Plebiscite,'" *NYT*, October 15, 1933; "Peace Periled When Germany Quits League," *ST*, October 14, 1933; Larson, *Garden of Beasts*(152); Samuel W. Mitcham, Jr., *The Panzer Legions: A Guide to the German Army Tank Divisions of World War II and Their Commanders*(Mechanicsburg, PA: Stackpole, 2006), 8; "U. S. Warns Germany," *ST*, October 12, 1933. 질산염 화물의 파나마 운하 통과에 관한 내용은 다음 자료에서 가져왔다. "Munitions Men," *Time*, March 5, 1934. 윌 로저스의 인용문은 다음 자료에서 가져왔다. "Mr. Rogers Takes a Stand on New European Dispute," *Will Rogers' Daily Telegrams*, vol. 4, *The Roosevelt Years*, edited by James M. Smallwood and Steven K. Gragert (Stillwater: Oklahoma State University Press), 1997.

일부 기상학자들은 2006년 11월의 강우 기록이 1933년 12월의 기록을 거뜬히 능가한다고 주장하지만, 2006년의 공식적인 측정은 시애틀에서 13킬로미터 남쪽에 있는 시택 공항Sea-Tac Airport에서 이루어진 것이며, 이곳에서는 강우량이 좀 더 많은 경향이 있었다. 다음을 보라. Sandi Doughton, "Weather Watchdogs Track Every Drop," *ST*, December 3, 2006. 또 다음을 보라. Melanie Connor, "City That Takes Rain in Stride Puts on Hip Boots," *NYT*, November 27, 2006.

제시는 뉴얼의 책에 나온다(Newell, 88). 1934년 2월 18일자 *ST*에 수록된 사진을 보면, 낡은 스쿠너선의 제1사장 아래로 노를 저어 가는 신입생들의 모습을 볼 수 있다. "춤추러 다니는 놈들이 너무 많다."는 울브릭슨의 말에서 언급되는 행사는 워싱턴 주와 브리티시컬럼비아

주의 서부에서는 '톨로Tolo'라고 일컬어지고, 다른 대부분의 지역에서는 '새디 호킨스Sadie Hawkins'라고 일컬어지는 무도회를 말한다. 즉 여자가 남자더러 춤추러 가자고 초대하는 행사이다. '톨로'라는 말은 19세기에 북서부의 여러 인디언 부족이 사용하던 은어인 치누크어의 '툴루tulu'(이기다)라는 말에서 유래한 것으로 일컬어진다.

여러 선수들과 여러 팀의 실력에 관한 울브릭슨의 계속되는 논평은 다음 자료에서 가져왔다. "Daily Turnout Log of University of Washington Crew," vol. 4(1926; 1931-43). 이 자료는 현재 워싱턴 대학 특별 컬렉션 "앨빈 에드먼드 울브릭슨 문서Alvil Edmund Ulbrickson Papers"에 소장되어 있다.(고유번호는 2941-001이다.) 이후로는 "울브릭슨의 업무일지Ulbrickson's logbook"라고 약칭하겠다.

더 나중에 이브라이트의 헌신적인 제자가 된 노잡이 중에는 영화배우 그레고리 펙도 있었다. 버즈 슐트의 인용문은 다음 책에서 가져왔다. Gary Fishgall, *Gregory Peck: A Biography*(New York: Scribner, 2001), 41. 돈 블레싱의 인용문은 다음 신문기사에서 가져왔다. "Ebright: Friend, Tough Coach," *Daily Californian*, November 3, 1999. 이브라이트의 캘리포니아 부임 초기 및 워싱턴과의 경쟁관계에 관한 정보는 (이른바 "악의적이고 피 튀기는"이라는 인용문도 포함해서) 1968년에 아서 M. 알레트Arthur M. Arlett와 이브라이트의 인터뷰에서 가져왔으며, 현재 이 자료는 캘리포니아 대학 부설 뱅크로프트 도서관Bancroft Library 내 '지역 구술사 연구실'에 소장되어 있다. 이브라이트와 포코크 사이의 퉁명스러운 서신은 1931년 10월부터 1933년 2월까지 오간 것들이다. 이 서신 역시 뱅크로프트 도서관에 소장되어 있다. 포코크의 "회고록"("Memories," 63)을 보면, 맨 처음 캘리포니아의 일자리에 이브라이트를 추천한 사람이 바로 포코크였다.

1934년의 캘리포니아 대 워싱턴 친선 경기의 사전 준비에 관한 서술에서는 다음 자료를 주로 참고했다. "Freshmen Win, Bear Navy Here," *ST*, April 1934; "Bear Oarsmen Set for Test with Huskies," *San Francisco Chronicle*, April 5, 1934; "Bear Oarsmen to Invade North," *San Francisco Chronicle*, April 6, 1934; "Huskies Have Won Four Out of Six Races," *San Francisco Chronicle*, April 6, 1934; "California Oarsmen in Washington Race Today," Associated Press, April 13, 1934.

연락선에서 조의 경기를 난생처음 지켜본 조이스의 경험이야말로 그녀가 매우 잘 기억하고 있었던 사건이며, 그녀의 기분과 생각에 관한 서술은 딸인 주디와 내가 여러 번 나눈 대화 내용에서 가져왔다. 존 딜린저 관련 내용은 다음 자료에서 가져왔다. "John Dillinger Sends U. S. Agents to San Jose Area," *San Francisco Chronicle*, April 13, 1936. 2마일에 300회 이상의 스트로크를 수행한다는 추산은 다음 자료를 참고했는데, 여기서는 2,000미터에서 200회의 스트로크가, 즉 10미터당 1회의 스트로크가 이루어진다고 추산하고 있다. Susan Saint Sing, *The Wonder Crew*(New York: St. Martin's, 2008), 88. 2마일은 3,218미터에 해당하며, 따라서 대략 321회의 스트로크가 이루어진다고 할 수 있다. 하지만 단거리인 2,000미터 전력질주와 달리 장거리인 2마일 경주에서는 스트로크 비율도 당연히 더 낮을 수밖에 없을 것이다. 1934년의 캘리포니아 대 워싱턴 신입생 경주에 관한 나의 서술은 주로 다음 자료에 의거했다. Frank G. Gorrie, "Husky Shell Triumphs by 1/4 Length," Associated Press, April 13, 1934; Royal Brougham, "U. W. Varsity and Freshmen Defeat California Crews," *PI*, April 14, 1934.

요제프 괴벨스의 가정생활에 관한 자세한 내용은 다음 자료를 참고하라. Anja Klabunde, *Magda Goebbels*(London: Time Warner, 2003). '제국 종합경기장'에 관해서 이 책에 언급한 추가적인 사실은 다음 자료에서 가져온 것이다. *The XIth Olympic Games: Official Report*; Duff Hart-Davis, *Hitler's Games*(New York: Harper & Row, 1986), 49; Christopher Hilton, *Hitler's Olympic*(Gloucestershire: Sutton Publishing, 2006), 17. 성화 봉송에 관한 아이디어는 1936년 올림픽의 주요 조직가인 칼 딤Carl Diem 박사가 제안한 것으로 종종 이야기되지만, 다음 자료에 따르면 그 제안은 원래 선전부 내부에서 나온 것이었다. *The XIth Olympic Games: Official Report*, 58.

레니 리펜슈탈과 나치당 지도자들 간의 관계에 관한 최신의 설명으로는 다음 책을 강력 추천하고 싶다. Steven Bach, *Leni: The Life and Work of Leni Riefenstahl*(New York: Abacus, 2007). 또 다음을 보라. Ralf Georg Reuth, *Goebbels*(New York: Harvest, 1994), 194; Jurgen Trimborn, *Leni Riefenstahl: A Life*(New York: Faber and Faber, 2002). 전후에 리펜슈탈은 자기가 괴벨스 가족과는 물론이고 다른 나치 고위층과도 친분이 있었다는 사실을 부정했지만, 괴벨스의 1933년 일기를 비롯해서 이후에 공개된 여러 문서에 따르면 그녀는 이들 모두와 친분이 있었으며, 이들의 사교 서클에서 상당한 비중을 차지했다.

제7장

이 장 서두의 포코크의 인용문은 흥미롭게도 1958년에 '헨리 로열 조정대회'에 출전한 워싱턴 대학 팀에게 그가 건네준 노에 붙어 있던 쪽지에서 나온 것이다. 뉴얼의 책을 참고하라(Newell, 81). 1934년의 대학대표팀 경기에 관한 내 서술은 (신입생 경기 때와 마찬가지로) 상당 부분 앞에 언급했던 다음 자료를 참고했다. Gorrie, "Husky Shell Triumphs by 1/4 Length"; Brougham, "U. W. Varsity and Freshmen Defeat California Crews." 아울러 "울브릭슨의 업무일지"도 참고했다.

조가 난생처음 포킵시행 기차에 올라탔을 때에 느낀 불안과 흥분은 그가 종종 주디에게 이야기했던 내용 가운데 하나였다. 그는 동부 여행에 관한 다른 세부사항도 함께 언급하곤 했으며, 특히 자기가 노래를 시작했을 때 겪은 굴욕의 순간을 자주 이야기했다.

'포킵시 조정대회'의 역사에 관한 자세한 내용은 '전국대학조정협회 주최 포킵시 조정대회' 웹사이트에 나와 있는 다양한 자료를 참고하라(http://library.marist.edu/archives/regatta/index.html). 워싱턴이 포킵시에서 거둔 첫 번째 승리에 관한 서술은 스탠 포코크와의 직접 인터뷰 내용에 근거했다. 아울러 다음 자료에 인용된 조지 포코크의 말 등을 참고했다. "One Man Navy Yard," 49; "From Puget Sound," *Time*, July 9, 1923; Saint Sing, *Wonder*

Crew, 228; Newell, 73. 1926년의 조정대회 당시 울브릭슨이 입은 부상에 관한 언급은 다음 자료에서 가져왔다. "Unstarred Rowing Crew Champions: They Require Weak But Intelligent Minds, Plus Strong Backs," *Literary Digest* 122 : 33-34. 동부 대 서부라는 테마에 관한 더 자세한 내용은 다음을 참고하라. Saint Sing, 232-34.

1934년의 조정대회 당일 포킵시에 관한 나의 서술 가운데 상당수는 탁월한 다음 기사에서 가져온 것이다. Robert F. Kelley, "75,000 See California Win Classic on Hudson," *NYT*, June 17, 1934. 짐 텐 에이크가 1863년에 조정선수 경력을 시작했다는 이야기는 다음 자료에 나온다. Brougham, "The Morning After," *PI*, May 27, 1937. 이 글에서 텐 에이크는 또한 1936~1937년의 워싱턴 대학대표팀이 지금껏 자기가 본 조정팀 중에서도 최고라고 말했다.

1934년 포킵시 경주에 관한 내 서술은 앞서 언급한 로버트 F. 켈리의 기사뿐만이 아니라 다음 자료에도 근거했다. "Washington Crew Beats California," *NYT*, April 13, 1934; "Ebright Praises Washington Eight," *NYT*, June 17, 1934; George Varnell, "Bolles' Boys Happy," *ST*(이 기사는 조 랜츠의 스크랩북에 들어 있지만 날짜는 나와 있지 않았다.); "U. W. Frosh Win"(역시 조 랜츠의 스크랩북에 들어 있지만 날짜는 나와 있지 않았다.); "Syracuse Jayvees Win Exciting Race," *NYT*, June 17, 1934.

1934년 봄과 여름의 기상 관련 자료는 부분적으로 다음 자료를 참고했다. Joe Sheehan, "May 1934: The Hottest May on Record." 이 자료는 미국 국립 기상청 기상예보국 웹사이트(http://www.crh.noaa.gov/fsd/?n=joe_may1934)에서 찾아볼 수 있다. 아울러 다음 자료를 참고했다. W. R. Gregg and Henry A. Wallace, *Report of the Chief of the Weather Bureau, 1934*(Washington D. C.: United States Department of Agriculture, 1935); "Summer 1934: Statewide Heat Wave"(http://www.ohiohistory.org); "Grass from Gobi," *Time*, August 20, 1934. 그해의 먼지 폭풍에 관한 더 자세한 내용은 다음 책을 (특히 5페이지와 152페이지를) 보라. Egan, *Worst Hard Time*.

1934년 서부 연안의 노동 쟁의에 관한 더 많은 정보는 로드 팜퀴스트Rod Palmquist의 '부두 노동자 역사 프로젝트' 웹사이트(http://depts.washington.edu/dock)를 참고하라. 루스벨트를 향한 수사적 공격의 몇 가지 사례는 다음 자료를 참고하라. "New Deal Declared 3-Ring Circus by Chairman of Republican Party," *PI*, July 5, 1934; "American Liberty Threatened by New Deal, Borah Warns," *PI*, July 5, 1934. 이프라타에서 한 루스벨트의 발언 전문은 '미국 대통령직 프로젝트' 웹사이트(http://www.presidency.ucsb.edu)에 수록된 다음 자료에 기록되어 있다. "Remarks at the Site of the Grand Coulee Dam, Washington," August 4, 1934.

제8장

포코크의 인용문은 뉴얼의 책에서 가져왔다(Newell, 156). 나무망치와 설도를 이용해 삼나무를 쪼개는 방법에 관한 설명은 조에게서 그 기술을 물려받은 딸 주디에게 내가 직접 배운 바에 의거했다. 경주정 보관고의 경사로에서 선수들에게 한 울브릭슨의 연설은 여러 언론 보도에 의거했으며, 아울러 그로부터 몇 달 전에 〈에스콰이어〉 지에서 클래런스 디크에게 그 연설에 관해 다시 언급한 본인의 말에도 의거했다. 보트 인원 배치에 관한 부분은 1935년 봄에 작성된 앨 울브릭슨의 "업무일지", 그리고 WD의 여러 기사에서 가져왔다.

랜츠 가족의 시애틀 시절에 관한 세부사항은 주로 해리 랜츠 2세와의 직접 인터뷰에서, 그리고 그의 미간행 타자 원고 "어머니에 관한 추억Memories of My Mother"에서 가져왔다. 시애틀의 무료 배급소와 사회주의자들의 활동에 관한 더 자세한 내용은 다음을 보라. "Communism in Washington State"(http://depts.washington.edu/labhist/cpproject). 골든-룰 사의 노동 쟁의에 관해서는 '워싱턴 주의 대공황' 웹사이트의 다음 자료를 참고하라. "Labor Events Yearbook: 1936"(http://depts.washington.edu/depress/yearbook1936.shtml). 조가 베이글리에 있는 술라의 집을 찾아갔던 사건은 조와 조이스의 기억에 선명한 흔적을 남겼기 때문에, 두 사람 모두 이 일과 나중에 승용차 안에서 나눈 대화에 관해 훗날 매우 자세하게 여러 번 이야기한 바 있었다. 포코크를 향한 선수들의 존경심, 특히 그가 작업장에서 일하고 있을 때의 이런 분위기가 무엇인지는 2011년 2월 22일에 짐 오잘라와의 직접 인터뷰 때 확실히 깨닫게 되었다. 저술가 겸 출판인 겸 노잡이 겸 포코크 가족의 친구인 짐은 포코크의 작업장 풍경에 관해서 상당히 많은 통찰을 내게 제공했으며, 아울러 그 덕분에 나는 이 책에 사용한 사진 가운데 일부를 얻었다. 이 대목에 인용된 포코크와 이브라이트 간의 서신은 1934년 9월 1일부터 10월 30일 사이에 오간 것이다.

포코크의 경주정 제작 기법에 관해서는 다음 자료에서 많은 것을 배웠다. Stan Pocock, Way Enough!(Seattle: Blabla, 2000). 아울러 스탠과의 직접 인터뷰 내용, 그리고 다음 자료도 참고했다. Newell (95-97, 149); "George Pocock: A Washington Tradition," WD, May 6, 1937; George Pocock, "Memories."

1934년의 대단한 폭풍에 관한 서술은 주로 다음 자료에 의거했다. "15 Killed, 3 Ships Wrecked As 70-Mile Hurricane Hits Seattle," PI, October 22, 1934. 이 자료에 나온 일부(예를 들어 최종 사망자 숫자 같은) 통계는 나중에 업데이트되었다. 몇 가지 사실은 다음 자료에서 가져왔다. Wolf Read, "The Major Windstorm of October 21, 1934"(http://www.climate.washington.edu/stormking/October1934.html); WD, October 23, 1934. 동부 대학들이 사용한 조정 연습용 수조에 관해 다채로운 설명을 해준 워싱턴 대학의 조정부장 밥 언스트에게도 감사드린다.

레니 리펜슈탈의 〈의지의 승리〉에 관한 서술은 앞서 언급한 그녀의 전기를 주로 참고했으며, 아울러 다음 자서전도 참고했다. Leni Riefenstahl: A Memoir(New York: St. Martins Press, 1993). 이 당시의 사건 가운데 상당수에 관한 리펜슈탈의 설명을 접할 때에는 신빙성 여부를 신중히 따져볼 필요가 있다. 나 역시 필요한 경우에는 그녀의 주장에서 신빙성 문제를 지적해보려 노력했다.

"졸업반, 빚 많고 일자리 없는 삶에 직면"이라는 신문기사는 조의 스크랩북에 들어 있었으며, 그는 말년에 가서도 이걸 처음 읽었던 순간의 느낌을 생생히 기억하고 있었다.

제9장

제사는 포코크가 '국립 아마추어 노잡이 연합회'에 보낸 편지에서 가져왔으며, 자세한 서지 사항은 앞을 참고하라. 울브릭슨의 발언은 다음 몇 가지 언론 보도에서 재조합한 것이다. Clarence Dirks, "Husky Mentor Sees New Era for Oarsmen: Crews Adopt 'On to Olympics' Program as They Launch 1935 Campaign," *PI* January 15, 1935; "Husky Crew Can Be Best Husky Oarsmen," *WD*, January 15, 1935. 브루세 C. 베크 1세에 관한 더 자세한 내용은 워싱턴 대학 도서관 특별 컬렉션 소장 "베크 문서"에 수록된 "브루세 C. 베크 노조 스파이 보고서 및 단발성 기록물"을 참고하라.(고유번호는 0155-001이다.) 이례적으로 추웠던 1월의 날씨에 관한 설명은 시애틀 언론사의 여러 기사에 기록되어 있다.(자세한 서지 사항은 내 홈페이지의 온라인 주석을 참고하라.) 모크와 그린 사이의 관계에 관한 일화는 매릴린 모크와의 직접 인터뷰를 참고했고, 또한 2004년에 이루어진 마이클 J. 소콜로Michael J. Socolow와 모크 본인의 인터뷰 내용을 현재 모크 가족이 소장한 인터뷰 녹취록에서 참고했다. 울브릭슨과의 "면담"에 참석한 2학년 학생들의 명단은 1935년 2월 13일자 "업무일지"에 나와 있다.

쇼티 헌트에 관한 설명 가운데 몇 가지 세부사항은 그의 딸 크리스틴 체니와 캐시 그로건과의 직접 인터뷰 내용을 참고했다. 돈 홈의 성격에 관한 설명은 다음 기사에서 가져왔다. Royal Brougham, "Varsity Crew to Poughkeepsie," *ST*, June 1936. 척 데이에 관한 설명은 크리스 데이와의 직접 인터뷰 내용에 일부 근거했다.

다양한 보트 배치를 이용한 울브릭슨의 실험 내역은 그의 "업무일지"에, 그리고 *ST*와 *PI*의 기사 내용에 기록되어 있다. 그해 봄의 처음으로 따뜻했던 날에 둘이서 카누를 탔던 경험이야말로 조와 조이스 모두 소중히 간직한 추억이었으며, 이들은 훗날 이 이야기를 주디에게 기분 좋게 이야기해주었다. 조와 아버지가 골든-룰 제과 회사 앞에서 승용차에 올라타고 이런저런 이야기를 나눈 것 역시, 그가 평생에 걸쳐 주디에게, 그리고 나에게도 매우 자세하게 설명한 핵심 내용 가운데 하나였다. "스윙"에 관한 묘사는 여러 키잡이들을 직접 만나서 나눈 대화에 근거했다. 그중에서도 이 문제에 대한 에릭 코언의 정보야말로 특히나 귀중했다. 캘리포니아를 상대하는 대학대표팀을 누구로 정할지 울브릭슨이 모호한 태도를 드러냈던 일은 1935년 4월 내내 *ST, PI, NYT*에 수록된 여러 기사에 기록되어 있다.(자세한 서지사항은 내 홈페이지의 온라인 주석을 참고하라.) 울브릭슨의 그달 치 업무일지에서도 몇 가지 사실을 가져왔다. 1935년 4월 12일에 울브릭슨이 내놓은 "미안하다."는 발언은 바비 모크가 마이클 소콜로와의 2004년 인터뷰 때에 언급한 내용을 참고했다. 오클랜드 에스추어리에서의 경주에 관한 설명은 다음 자료를 참고했다. Bill Leiser, "Who Won?" *San Francisco Chronicle*, April 14, 1935; "Husky Crew Make Clean Sweep," *ST*, April 14, 1935; Bruce Helberg, "Second Guesses," *WD*(바비 모크의 스크랩북에 들어 있는 기사인데 날짜는 나와 있지 않았다.);

"Husky Crews Win Three Races," *ST*, April 14, 1935; "Washington Sweeps Regatta with Bears: Husky Varsity Crew Spurts to Turn Back U. C. Shell by 6 Feet," *San Francisco Chronicle*, April 14, 1935.

시애틀에서의 환영 퍼레이드에 관해서는 다음 자료에 나와 있다. George Varnell, "Crew, Swim Team Welcomed Home," *ST*, April 19, 1935; "City Greets Champions," *PI*, April 19, 1935. 잭 메디카도 1936년 올림픽에 출전해서 자유형 400미터 부문 금메달, 그리고 은메달 두 개를 획득했다. 조는 박수갈채를 받으며 당혹감과 자부심을 동시에 느꼈던 순간을 내 앞에서 회고한 바 있었는데, 오랜 세월이 흘렀는데도 불구하고 그의 눈에는 여전히 눈물이 고였다.

제10장

포코크의 말은 뉴얼의 책에서 가져왔다(Newell, 85). 이른바 '강철 어깨보호대'에 관한 이야기는 다음 책에 등장한다. Pocock, *Way Enough*, 51. 시애틀의 초창기 스포츠에 관한 간략한 개요는 다음 자료에 근거했다. Dan Raley, "From Reds to Ruth to Rainiers: City's History Has Its Hits, Misses," *PI*, June 13, 2011; C. J. Bowles, "Baseball Has a Long History in Seattle"(http://seattle.mariners.mlb.com); Dan Raley, "Edo Vanni, 1918-2007: As player, manager, promoter, he was '100 percent baseball,'" *PI*, April 30, 2007; "Seattle Indians: A Forgotten Chapter in Seattle Baseball"(Historylink.org); Jeff Obermeyer, "Seattle Metropolitans"(http://www.seattlehockey.net/Seattle_Hockey_Homepage/Metropolitans.html). 시애틀이 마침내 메이저리그 야구단을 갖게 된 것은 1969년의 일이었다. 그 팀이 바로 '시애틀 파일러츠'였는데, 불과 창단 1년도 못 되어 파산하고 말았다.

'검은 일요일'에 관한 서술은 다음 책을 참고했다. Egan, *Worst Hard Time*, 8. 또한 '오클라호마 기후학 연구소' 웹사이트의 다음 자료도 참고했다. "Black Sunday Remembered," April 13, 2010(http://climate.ok.gov); Sean Potter, "Retrospect: April 14, 1935: Black Sunday"(http://www.weatherwise.org). 대평원 주들에서 비롯된 대 이주가 시애틀에 끼친 영향에 관한 내용은 다음 자료를 일부 참고했다. "Great Migration Westward About to Begin," *PI*, May 4, 1935. "조정은 마치 아름다운 오리와도 같다."는 누군가의 말은 꽤 오래전부터 이 분야에서 떠돌던 것이었지만, 그 출처가 정확히 어디인지는 아무도 모르는 듯하다. 앨 울브릭슨은 서로 다른 신체 능력을 지닌 노잡이가 함께 노를 저음으로써 생기는 복잡성에 관해서 국제올림픽위원회에서 간행하는 다음 자료에서 언급한 바 있다. *Olympische Rundschau (Olympic Review)* 7(October 1939). 뛰어난 팀에는 신체 능력과 인성 유형이 혼합되어야만 한다는 핵심적인 아이디어를 알려준 밥 언스트에게 감사드린다.

2학년팀 보트에서 조가 겪은 지속적인 문제, 그리고 포킵시 조정대회에서 준대표팀 보트가 결국 대학대표팀으로 결정된 사건에 관해서는 1935년 5월 초부터 6월 초까지의 *PI*, *ST*, *NYT*,

〈뉴욕 아메리칸〉 같은 여러 매체에 연이어 기사가 실린 바 있다.(구체적인 서지사항은 내 홈페이지의 온라인 주석을 참고하라.) 바비 모크가 사용한 '암호표'는 그의 스크랩북에 나와 있는 것을 매릴린 모크 덕분에 참고할 수 있었다.

1935년의 포킵시 조정대회에 관한 설명에서 세부사항은 대부분 다음 자료에서 가져왔다. "Huge Throng Will See Regatta," *ST*, June 17, 1935; "California Varsity Wins, U. W. Gets Third," *PI*, June 19, 1935; "Western Crews Supreme Today," *ST* June 19, 1935; Robert F. Kelley, "California Varsity Crew Victor on Hudson for 3rd Successive Time," *NYT*, June 19, 1935; "Sport: Crews," *Time*, July 1, 1935; Hugh Bradley, "Bradley Says: 'Keepsie's Regatta Society Fete, With Dash of Coney, Too,'" *New York Post*, June 25, 1935; Brougham, "The Morning After," *PI*, June 20, 1935.

제11장

포코크의 인용문은 뉴얼의 책에서 가져왔다(Newell, 85-87). 그랜드 쿨리에 갔던 것이며, 그곳에서 한 경험은 이후 조가 평생 즐겨 이야기한 주제였으며, 주디와 조이스는 물론이고 훗날 나에게도 같은 이야기를 매우 자세히 설명해주었다. 이 책에서는 그의 경로를 내가 직접 운전해 따라가면서 관련 지역을 답사하며 관찰한 세부사항을 군데군데 넣어 보충했다. 하지만 그해 여름 동안 그가 겪은 경험과 감정의 구체적인 부분은 내가 직접 듣거나, 또는 주디를 통해서 간접적으로 들은 그의 증언에 전적으로 의거했다. 미줄라 호수와 선사시대의 기록적인 홍수에 관한 더 자세한 내용은 다음을 보라. "Ice Age Floods: Study of Alternatives," section D: "Background"(http://www.nps.gov/iceagefloods/d.htm); William Dietrich, "Trailing an Apocalypse," *ST*, September 30, 2007; "Description: Glacial Lake Missoula and the Missoula Floods"(http://vulcan.wr.usgs.gov/Glossary/Glaciers/IceSheets/description_lake_missoula.html).(현재는 웹사이트 자체가 바뀌어서 해당 문서를 찾을 수 없다-옮긴이)

롱비치에서의 2,000미터에 관한 사실을 수록한 자료는 다음을 보라. "Crew Goes West," *ST*, June 20, 1935; Theon Wright, "Four Boats Beat Olympic Record," United Press, June 30, 1935.

메이슨 시티의 식품 소비량 관련 통계는 다음 자료에서 가져왔다. "Here's Where Some Surplus Food Goes," *Washington Farm News*, November 29, 1935. 그랜드 쿨리와 B 스트리트에 관한 더 자세한 내용은 다음을 보라. Roy Bottenberg, *Grand Coulee Dam* (Charleston: Arcadia Press, 2008); Lawney L. Reyes, *B Street: The Notorious Playground of Coulee Dam*(Seattle: University of Washington Press, 2008).

조니 화이트의 전기적 소묘에 관한 여러 세부사항은 그의 누이 메리 헬렌 타박스와의 직접 인터뷰에서 가져왔다. 나머지 내용은 그녀의 미간행 타자 원고 "메리 헬렌 타박스, 1918년 11월 11일 워싱턴 주 시애틀 태생"에서 가져왔다. 척 데이의 성격 묘사는 그의 딸 크리스 데이와 직접 나눈 대화에 근거했다.

제12장

제시는 뉴얼의 책에서 가져왔다(Newell, 78). 올림픽 주경기장 건설과 관련한 세부사항 가운데 일부는 '베를린올림픽 주경기장' 웹사이트(http://www.olympiastadion-berlin.de)에서 가져왔다. 나머지 세부사항은 다음 자료에서 가져왔다. Dana Rice, "Germany's Olympic Plans," *NYT*, November 24, 1935; *The XIth Olympic Games: Official Report*. 나치 장교들이 독일군 소년들을 처형한 사건에 대한 언급은 다음 자료에서 가져왔다. David Large, *Nazi Games: The Olympics of 1936*(New York: W. W. Norton, 2007), 324. 그뤼나우의 조정 역사에 관한 설명은 그뤼나우 소재 '수상 스포츠 박물관' 홈페이지(http://www.wassersportmuseum-gruenau.de)에 나와 있는 독일어 자료("Geschichte des Wassersports")에서 가져왔다.(번역을 도와준 이사벨 쇼버에게 감사드린다.) 이 시설에 관한 다른 사실들은 내가 해당 박물관을 방문해 베르너 필립과 나눈 대화에서 가져왔다.

해리와 술라 랜츠가 워싱턴 동부로 다닌 여행에 관한 정보 가운데 상당수는 해리 랜츠 2세와의 직접 인터뷰에서 가져왔다. 베를린에서 금메달을 따겠다는 울브릭슨의 결의에 관한 일화의 상당 부분은 1987년 시애틀 소재 '미국 영화 비디오 연구소'에서 제작한 헤이즐 울브릭슨과의 비디오 인터뷰("U of W Crew—The Early Years")에서 가져왔다. 울브릭슨과 포코크가 나눈 대화며, 그를 "고치기" 위한 포코크의 임무에 관해서는 조도 여러 해 후에야 비로소 알게 되었다. 이후 포코크와 몇 번인가 더 나눈 대화는 조에게 막대한 인상을 남겼으며, 그는 일찍이 주디에게 했던 것처럼, 나에게도 매우 상세한 세부사항까지 설명해주었다. "나무는 오로지 하느님만 만드실 수 있지."라는 포코크의 말은 조이스 킬머의 시 〈나무〉에서 가져온 것이다. Joyce Kilmer, "Trees," *Trees and Other Poems*(New York: George H. Doran, 1914). '뉘른베르크 법'의 영어 번역문은 '미국 홀로코스트 박물관' 웹사이트(http://www.ushmm.org)에서 찾아볼 수 있다. 또 다음 자료를 참고했다. Tom Kuntz, "Word for Word/The Nürnberg Laws: On Display in Los Angeles: Legal Foreshadowing of Nazi Horror," *NYT*, July 4, 1999. 이 법률이 독일에서 끼친 즉각적인 영향에 관해서는 이 분야의 고전인 다음 책을 보라. William Shirer, *The Rise and Fall of the Third Reich*(New York: Simon and Schuster, 1960), 233-34(유승근 옮김, 《제3제국의 흥망》 전 4권, 에디터 1993). 1933년에 유대계인 '헬베티아 조정클럽'이 불법화된 사건은 앞서 언급한 독일어 자료 ("Geschichte des Wassersports")에 나와 있다.

맥밀린이 경주정 보관소에서 청소 일을 하는 대목은 주로 조의 회고에 근거했으며, 2004년 11월에 맥밀린 본인이 마이클 소콜로와 나눈 인터뷰의 녹취록에서 직접 밝힌 내용도 참고했다. 아울러 모크 가족의 소장 자료와 함께 다음 부고도 참고했다. "Legendary U. W. Rower Jim McMillin Dies at Age 91," August 31, 2005(http://www.gohuskies.com). 술라의 죽음에 관한 세부사항은 해리 랜츠 2세와의 직접 인터뷰에서 가져왔다. 찰리 맥도널드의 죽음에 관한 세부사항은 앞서 언급했던 필리 맥도널드의 이메일에서 가져왔다. 술라의 사망 후 아버지와 처음 나눈 대화는 이후 조의 마음에 평생 동안 잊을 수 없는 기억으로 남았다.

뉴욕에서 있었던 보이콧 찬성 시위는 다음 자료에 나와 있다. "10,000 in Parade Against Hitlerism," *NYT*, November 22, 1935. 보이콧의 최종적 중지는 다음 자료에 기록되어 있다. "A. A. U. Backs Team in Berlin Olympic: Rejects Boycott," *NYT*, December 9, 1935. 보이콧 운동에 관한 설명, 특히 에이버리 브런디지를 겨냥해 반대를 촉구하던 압력에 관해서는 다음을 참고했다. Susan D. Bachrach, *The Nazi Olympics: Berlin 1936*(Boston: Little, Brown, 2000), 47-48; Guy Walters, *Berlin Games: How the Nazis Stole the Olympic Dream*(New York: Harper Perennial, 2007), 24; "U. S. Olympic Chief Brands Boycotters as Communists," *PI*, October 25, 1935; Stephen R. Wenn, "A Tale of Two Diplomats: George S. Messersmith and Charles H. Sherrill on Proposed American Participation in the 1936 Olympics," *Journal of Sport History* 16, no. 1 (Spring 1989); "Sport: Olympic Wrath," *Time*, November 4, 1935; "Brundage Demands U. S. Entry," *ST*, October 24, 1935.

제13장

제사는 뉴얼의 책에서 가져왔다(Newell, 85). 울브릭슨의 좌절감은 1월 중반부터 2월까지의 "업무일지"에서 뚜렷하게 나타난다. "조지, 제가 이 녀석들한테 가르치려는 게 뭔지 저 대신 좀 말씀해주세요."라는 울브릭슨의 발언은 다음 책에 나온다. Emmett Watson, *Once Upon a Time in Seattle*(Seattle: Lesser Seattle, 1992), 109. "전형적인 키잡이 괴롭히기"라는 말은 에릭 코언이 했으며, 이 장에 나오는 키잡이 관련 내용 가운데 상당수도 역시 그의 설명을 참고했다. 돈 블레싱의 말은 다음 자료에서 가져왔다. Benjamin Ivry, *Regatta: A Celebration of Oarsmanship*(New York: Simon and Schuster, 1988), 75. 바비 모크에 관한 전기적 소묘는 매릴린과 마이클 모크와의 직접 인터뷰에 근거했으며, 몇 가지 추가적인 세부사항은 다음 자료에서 가져왔다. Amy Jennings, "Bob Moch: Monte's Olympian," *Vidette*, January 1, 1998. 경주정 보관소에서 두 번째로 포코크를 만난 일화는 역시 조 본인의 회고에 근거했다.

아버지의 집 뒤에 있는 선착장에 혼자 서서 가졌던 회고와 통찰의 순간이야말로 조의 추억에서 핵심에 해당했다. 즉 바로 이 순간부터 그의 개인적 삶에서의 큰 전환이 시작되었기 때문이다. 이 순간에 관한 세부사항은 그로부터 직접 들은 내용에서, 그리고 더 이전에 주디가 들은 내용에 관한 회고에서 가져왔다.

고디 애덤과 돈 홈에 관한 몇 가지 전기적 사실은 웨인 코디Wayne Cody가 1986년 8월 1일에 애덤, 홈, 헌트, 화이트와 가진 KIRO 라디오 인터뷰에서 가져왔다. 고디에 관한 더 자세한 내용은 조지 A. 호다크George A. Hodak가 1988년 5월에 고든 B. 애덤과 가진 인터뷰에도 나오며, 현재 '로스앤젤레스 아마추어 체육재단'의 웹사이트에서 볼 수 있다.(http://library.la84.org/6oic/OralHistory/OHAdam.pdf). 홈에 관한 더 자세한 내용은 다음을 보라. Wallie Funk,

"Hume Rowed from Guemes to Berlin in '36," *Anacortes American*, August 7, 1996; "The Laurel Wreath to Don Hume," *WD*, April 21, 1936.

조를 보트에 태우면 곧바로 어떤 효과가 나타나는지에 관해서는 울브릭슨의 1936년 3월 21일자 "업무일지"에 기록되어 있다. 이후 며칠 동안의 항목을 보면, 이 새로운 배치에 관해서 그가 점차 확신하는 것을 알 수 있다. 새로운 팀원들로부터 받은 환영 인사는 조에게 큰 의미를 지니게 되었으며, 그는 주디로부터 약간 부추김을 받자 그 일을 신나게 회고했다. 사우어크라우트 국물을 허스키 클리퍼 호에 뿌린 이야기는 뉴얼의 책에 나온다(Newell, 137). 이브라이트가 모자에 선수 명단을 넣고 뽑았다는 일화는 다음 자료에 나온다. Sam Jackson, "Ky Ebright Pulls Crew Champions Out of His Hat," *Niagara Falls Gazette*, February 22, 1936. 이브라이트가 '대학대표팀 전용 만찬'을 제공했다는 이야기는 다음 자료에 나온다. Jim Lemmon, *Log of Rowing at the University of California Berkeley, 1870-1987*(Berkeley: Western Heritage Press, 1989), 97-98. 훗날 울브릭슨 밑에서 조정선수로 뛰었던 폴 심다스는 이브라이트의 만찬에 관한 자기네 코치의 대안이 바로 칼슘 용액과 액체 젤라틴이었다고 말했다. 톰 스미스가 워싱턴 조정선수들의 이야기를 듣고 나서 칼슘 함량이 많은 건초를 찾게 되었다는 이야기는 다음 자료에 나온다. Laura Hillenbrand, *Seabiscuit: An American Legend*(New York: Ballantine, 2001).

로열 브로엄은 1936년의 조정대회야말로 역사상 가장 많은 관람객이 찾아온 경기였다고 주장했다. Royal Brougham, "U. W. Crews Win All Three Races: California Crushed," *PI*(존 화이트의 자료 가운데 스크랩되어 있지만 날짜는 나와 있지 않았다). 훗날 딸 주디와의 대화에서 조이스가 밝힌 바에 따르면, 경기를 앞두고 그녀와 조 모두가 무척이나 불안해했다고 전한다. 경기 당일에 관한 묘사는 앞의 신문기사와 다음 자료를 참고했다. "75,000 Will See Crews Battle," *WD*, April 17, 1936; Clarence Dirks, "U. W. Varsity Boat Wins by 3 Lengths," *PI*, April 19, 1936; George Varnell, "U. W. Crews in Clean Sweep," *ST*, April 19, 1936; "Coaches Happy, Proud, Says Al, Grand, Says Tom," *ST*, April 19, 1936. 그리고 울브릭슨의 1936년 4월 18일자 "업무일지"도 참고했다.

제14장

포코크의 인용문은 뉴얼의 책에서 가져왔다(Newell, 106). 이 시기 베를린에 관한 흥미로우면서도 섬뜩한 동시대 매체의 개관은 다음 자료에서 찾아볼 수 있다. "Changing Berlin," *National Geographic*, February 1937. 이 당시 독일의 상황에 관한 더 자세한 내용은 다음 자료에서 찾아볼 수 있다. "Hitler's Commemorative Timepiece," *Daily Mail Reporter*, March 7, 2011; Claudia Koonz, *The Nazi Conscience*(Cambridge: Harvard University Press, 2003), 102; Walters, *Berlin Games*, 90-92. 리펜슈탈과 괴벨스와 나치 정부가 〈올림피아〉 제작을 위한 자금원을 숨기게 된 자세한 내용은 다음 책에 길게 나와 있다. Bach, *Leni*, 174-76.

선수들의 성적 미달로 인한 자격 문제 때문에 벌어진 소동은 다음 자료에 나와 있다. George Varnell, "Varsity Quartet to Make Up Work Before Leaving," *ST*.(로저 모리스의 스크랩북에 들어 있는데 날짜는 나와 있지 않다.) 이 문제는 1936년 5월 18일자 울브릭슨의 "업무일지"에도 언급된다. 아울러 이 시기의 "업무일지"에는 이 팀이 세운 점점 더 인상적인 시간 기록도 나와 있다.

포킵시로의 출발 이후 사건에 관해서는 선수들 가운데 세 명의 일기를 통해 그 주인공들의 시점에서 사건을 이해할 수 있다. 바로 조니 화이트와 척 데이, 그리고 (더 나중에 쓰기 시작한) 로저 모리스의 일기이다. 포킵시로의 기차 여행 중에 잉태된 경기 전략은 이후 다음 기사에 소개되었다. George Varnell, "Varnell Says: New Tactics for U. W. Plan," *ST*, June 13, 1936. 하지만 바비 모크는 실제 경기 중에 이 전략에 크게 주의를 기울이지는 않았다. 포킵시 경주정 보관고에서의 분위기, 그리고 조정대회 직전까지의 다른 사건들에 관한 세부사항은 여러 언론 보도에서 가져왔다.(구체적인 서지사항은 온라인 주석을 참고하라.) 그날 허드슨강에서의 거의 신비스러운 밤에 관한 바비 모크의 설명은 에릭 코언의 웹사이트에 올라온 다음 자료를 참고하라. "Washington Rowing: 100+ Year History"(http://www.huskycrew.com/1930.htm).

루이스와 슈멜링의 대결에 관한 사실들은 다음 자료에서 가져왔다. James P. Dawson, "Schmeling Stops Louis in Twelfth as 45,000 Look On," *NYT*, June 20, 1936; "Germany Acclaims Schmeling as National Hero for Victory Over Louis," *NYT*, June 21, 1936. 그날 밤 할렘에서 벌어진 소요와 독일계 거주지에서의 축하 분위기에 관해서는 다음 자료를 참고했다. "Harlem Disorders Mark Louis Defeat," *NYT*, June 20, 1936. "백인이 흑인을 이긴 것"이라는 괴벨스의 발언은 1936년 6월 20일자 일기 항목에 나와 있다.

워싱턴 선수들의 하이드 파크 방문에 관한 설명은 대부분 쇼티 헌트가 자기 가족에게 보낸 편지에서 가져왔다. 이 내용은 훗날 그 지역 신문에 다음과 같이 기사화되기도 했다. "Local Youth Meets Son of President on Visit to Hyde Park," *Puyallup Press*, June 25, 1936.

워싱턴 대학대표팀이 승리를 거둔 1936년 포킵시 경기는 역사상 최고의 명승부 가운데 하나로 손꼽힌다. 이 대목에 관한 설명은 다양한 자료를 참고했는데, 그중 가장 중요한 몇 가지를 소개하면 다음과 같다. Robert F. Kelley, "Rowing Fans Pour into Poughkeepsie for Today's Regatta," *NYT*, June 22, 1936; "Washington Gains Sweep in Regatta at Poughkeepsie," *NYT*, June 23, 1936; Ed Alley, "Ulbrickson's Mighty Western Crew Defeats Defending Golden Bears," *Poughkeepsie Star-Enterprise*, June 23, 1936; Hugh Bradley, "Bradley Says: 'Keepsie Regatta Society Fete with Dash of Coney Too," *NYP*, June 23, 1936; Harry Cross, "Washington Sweeps Poughkeepsie Regatta as Varsity Beats California by One Length," *HT*, June 23, 1936; "Husky Crews Take Three Races at Poughkeepsie," *PI*, June 23, 1936; James A. Burchard, "Varsity Coxswain Hero of Huskies' Sweep of Hudson," *New York World-Telegram*, June 23,

1936; "Huskies Sweep All Three Races on Hudson," *PI*, June 23, 1936; Malcolm Roy, "Washington Sweeps Hudson," *New York Sun*, June 23, 1936; Herbert Allan, "Moch Brains Enable Husky Brawn to Score First 'Keepsie Sweep," *NYP*, June 23, 1936; Royal Brougham, "U. W. Varsity Boat Faces Games Test," *PI*, June 23, 1936. 경기가 끝난 뒤에도 워싱턴 선수들은 코로 편안하게 숨을 쉬고 있었다는 증언은 2004년 11월에 마이클 소콜로와의 인터뷰에서 짐 맥밀런이 한 말이다. 헤이즐 울브릭슨에 관한 설명, 그리고 "지옥으로나 꺼지셔, 시러큐스"라는 모크의 발언은 앞서 언급한 비디오 인터뷰("U of W Crew—The Early Years")에서 가져왔다. 몇 가지 추가적인 세부사항은 조니 화이트의 일기에서 가져왔다.

제15장

포코크의 인용문은 뉴얼의 책에서 가져왔다(Newell, 156). 돈 흄이 앓은 "지독한 감기"와의 싸움에 관한 내용은 베를린에서의 결승전보다 정확히 6주 전에 간행된 다음 자료에 등장한다. George Varnell, "Shells Late in Arriving: Drill Due Tomorrow," *ST*, July 1, 1936. 선수들의 불안이 늘어나서 잠을 이루기 힘들었다는 이야기는 7월 4일부터 화이트와 데이의 일기에 나온다. 프린스턴에서의 결승전에서 거둔 승리에 관한 이야기는 다음 자료에 나온다. "Washington's Huskies Berlin Bound After Crew Win at Princeton," *Trenton Evening Times*, July 6, 1936; Harry Cross, "Washington Crew Beats Penn by Sixty Feet and Wins Olympic Final on Lake Carnegie," *New York Herald Tribune*, July 6, 1936; Robert F. Keley, "Splendid Race Established Washington Crew as U. S. Olympic Standard Bearer," *NYT*, July 6, 1936; George Varnell, "Huskies Win with Ease Over Penn, Bears, and N. Y. A. C," *ST*, July 6, 1936; Royal Brougham, "Huskies Win Olympic Tryouts in Record Time," *PI*, July 6, 1936. 추가적인 세부사항은 조니 화이트의 일기에서 가져왔고, 앞서 언급한 조지 애덤과 조지 A. 호다크의 1988년 인터뷰를 참고했으며, 쇼티 헌트가 이 시기에 집에 써 보내서 그 지역 신문(*Puyallup Valley Tribune*, July 10, 1936)에도 게재된 몇 통의 편지 가운데 하나도 참고했다. 조이스는 프린스턴 경주 당일에 중계를 듣던 기억이며, 조가 올림픽에 나간다는 사실을 깨달은 순간에 자기가 느낀 자부심에 관해 주디에게 이야기할 때마다 무척 즐거워했다고 전한다. 은제 우승컵을 슬쩍 잡아당긴 일화는 바비 모크가 2004년 11월에 마이클 소콜로와의 인터뷰에서 언급한 것이다. "앨이 그런 말을 했다는 것"에 관한 조지 포코크의 언급은 뉴얼의 책에 나온다(Newell, 101).

베를린까지의 여비가 없어서 생긴 위기, 그리고 시애틀에서 벌어진 모금 운동에 관한 내용은 이후 며칠 동안 시애틀의 신문에 게재된 여러 기사에 잘 기록되어 있다.(자세한 내용은 온라인 주석을 참고하라.) 1936년의 지독한 폭염에 관한 통계는 주로 다음 자료를 참고했다. "Mercury Hits 120, No Rain in Sight as Crops Burn in the Drought Area," *NYT*, July 8, 1936; "130 Dead in Canada as Heat Continues," *NYT*, July 12, 1936. 선수들의 트래버스 섬 체류와 뉴욕 여행은 조니 화이트와 척 데이의 일기, 그리고 쇼티 헌트가 계속해서 집에 써 보낸 편지에 잘 기록되어 있다. 엠파이어스테이트 빌딩 전망대에 가본 경험은 조에게 상당히 뚜렷한 인상을 남겼다. 그곳에서 곧 다가올 여행에 관해 받은 느낌을 그는 훗날 주디에게 종종 이야기했으며, 그녀는 또다시 나에게 이야기해주었다. 바비 모크가 아버지에게 받은 편지의 내용, 그리고 그가 편지를 읽고 보인 반응에 관해서는 매릴린 모크와의 직접 인터뷰에서 설명을 들었다. 허스키 클리퍼 호를 맨해튼 호에 싣는 과정에서의 일화 가운데 상당수는 조지 포코크의 "회고록"에서 가져왔다. 뉴욕에서 보낸 마지막 시간에 관한 다른 세부사항은 데이와 화이트의 일기에서 가져왔다.

1936년 미국 올림픽 대표단은 382명으로 이루어져 있었지만, 그들 모두가 맨해튼 호에 탑승한 것은 아니었다. 맨해튼 호의 역사와 건조에 관한 세부사항 가운데 몇 가지는 다음 자료에서 가져왔다. "S. S. Manhattan & S. S. Washington," *Shipping Wonders of the World*, no. 22(1936). 출발에 관한 설명은 다음 자료를 일부 참고했다. "United States Olympic Team Sails for Games Amid Rousing Send-Off," *NYT*, July 16, 1936.

제16장

제사는 뉴얼의 책에서 가져왔다(Newell, 79). 베를린에서의 올림픽 준비에 관한 더 자세한 내용은 다음을 보라. Walters, *Berlin Games*, 164-65; Brendon, *Dark Valley*, 522; Bach, *Leni*, 177; Richard D. Mandell, *The Nazi Olympics*(New York: Macmillan, 1971), 143-44. 추가적인 세부사항은 다음 공식 결과 보고 자료를 참고하라. *The XIth Olympic Games Berlin, 1936: Official Report*. 리펜슈탈이 관여한 준비에 관해서는 앞서 언급한 그녀의 회고록에 나온 설명을 주로 참고했다.

맨해튼 호에서의 생활에 관한 설명은 조의 회고, 그리고 쇼티 헌트가 집에 보내서 지역 신문(*Puyallup Press*, July 31, 1936)에 게재된 편지를 참고했다. 데이와 화이트의 일기, 그리고 조지 포코크의 "회고록"에도 역시나 흥미로운 여러 일화가 실려 있었다. 또 다음 자료를 참고했다. Arthur J. Daley, "Athletes Give Pledge to Keep Fit," *NYT*, July 16, 1936; M. W. Torbet, "United States Lines Liner S. S. Manhattan: Description and Trials," *Journal of the American Society for Naval Engineers* 44, no. 4(November 1932): 480-519. 짐 맥밀린과 핫케이크에 관한 이야기는 앨 울브릭슨 본인이 다음 기사에서 말한 것이다. Al Ulbrickson, "Now! Now! Now!" *Collier's*, June 26, 1937.

엘리너 홈 사건에 관해 참고한 자료는 다음과 같다. *The Report of the American Olympic Committee: Games of the XIth Olympiad*(New York: American Olympic Committee, 1937), 33; "Mrs. Jarret Back, Does Not Plan Any Legal Action Against A. A. U.," *NYT*, August 21, 1936; Richard Goldstein, "Eleanor Holm Whalen, 30's Swimming Champion, Dies," *NYT*, February 2, 2004; Walters, *Berlin Games*, 157. 아울러 데이와 화이트의 일기도 참고했다.

선수들이 유럽에 도착했을 때의 일에 관해서는 데이와 화이트의 일기를 주로 참고했고, 앞서 언급한 것처럼 쇼티 헌트가 집에 보낸 편지에서 추가 정보를 얻었다. 함부르크와 베를린에서 이들이 받은 환영 행사는 다음 자료에 나와 있다. Arthur J. Daley, "Tens of Thousands Line Streets to Welcome U. S. Team to Berlin," NYT, July 25, 1936; "Olympic Squad Receives Warm Nazi Welcome," Associated Press, July 24, 1936; 브런디지의 의기양양한 베를린 도착에 관한 리처드 윈게이트의 반응은 다음 자료에 나온다. "Olympic Games Comment," NYT, July 24, 1936.

쾨페니크와 그뤼나우와 독일 팀에 관해 워싱턴 선수들이 받은 인상에 관해서는 우선 로저 모리스의 일기와 다음 자료를 참고했다. Lewis Burton, "Husky Crew Gets Lengthy Workout," Associated Press, July 27, 1936. 조지 포코크가 받은 인상에 관해서는 뉴얼의 책을 참고했고(Newell, 104), 포코크의 "회고록"도 참고했다. 선수들이 베를린과 쾨페니크를 구경한 일화는 세 선수(데이, 화이트, 모리스)의 일기, 그리고 앞서 소개했던 고든 애덤과 호다크의 인터뷰에 나와 있다. 이탈리아 팀에 관한 이야기는 다음 자료에 나와 있다. Peter Mallory, Sport of Rowing(Henley on Thames: River Rowing Museum, 2011), 735-38. '헨리 로열 조정대회' 당시 오스트레일리아 팀이 굴욕을 당하고 격분한 것에 관한 포코크의 설명은 뉴얼의 책에 언급된다(Newell, 104).

개회식에 관한 설명은 여러 자료에서 가져왔다. Albion Ross, "Nazis Start Olympics as Gigantic Spectacle," NYT, July 26, 1936; Leni Riefenstahl: A Memoir, 191-92; Trimborn, Leni Riefenstahl, 141(괴벨스의 일기가 인용되어 있다.); Christopher Hudson, "Nazi Demons Laid to Rest in World Cup Stadium," Daily Mail, July 6, 2006; Frederick T. Birchall, "100,000 Hail Hitler: U. S. Athletes Avoid Nazi Salute to Him," NYT, August 2, 1936; Royal Brougham, "120,000 Witness Olympic Opening," PI, August 2, 1936; John Kiernan, "Sports of the Times," NYT, August 2, 1936; "Olympic Games," Time, August 10, 1936; Bethlehem Steel, "John White Rowed for the Gold... and Won It," Bottom Line 6, no. 2(1984). 이외에도 쇼티 헌트가 집에 보내서 지역 신문(Puyallup Press, August 21, 1936)에 게재된 편지, 데이와 화이트와 모리스의 일기, 2004년에 바비 모크가 마이클 소콜로와의 인터뷰에서 한 이야기, 그리고 포코크의 "회고록"을 참고했다.

제17장

포코크의 인용문은 뉴얼의 책에서 가져왔다(Newell, 79). 베를린과 쾨페니크와 그뤼나우에서 겪은 선수들의 모험에 관한 내용도 역시나 그 이야기를 기록한 세 명의 일기에서 가져왔다. 그 시기 내내 언론 보도는 주로 돈 흄의 건강과 관련한 지속적인 우려를 드러냈다. 노엘 덕워스에 관한 더 자세한 내용은 '처칠 칼리지 보트클럽'의 웹사이트에 수록된 줄리아 스미스Julia Smyth의 약전(http://www.chu.cam.ac.uk/societies/boatclub/history.html#duckworth)(현재는 웹사이트 자체가 없어졌다-옮긴이)을 참고하라. 또 그의 태평양 전쟁 당시 경험에 관한 흥미로운 자료는 1945년 9월 12일에 싱가포르에서 영국으로 전해진 라디오 방송 녹취록이다 (http://www.historyinfilm.com/kwai/padre.htm). 1936년의 연례 보트 경주에 관한 다음 기사에는 랜 로리와 덕워스의 이야기가 나오는데, 이것 역시 내가 로리에 관해 참고한 자료 가운데 하나였다. "Beer Scores Over Milk," *NYT*, April 5, 1936. 로리는 워낙 겸손했기 때 문에, 그의 아들 휴도 자기 아버지가 (1948년의) 올림픽 금메달리스트라는 사실을 모르고 있 다가, 나중에 우연히 아버지의 양말 서랍을 열어보았다가 그 안에 들어 있는 금메달을 발견하 고 나서야 알게 되었다고 전한다. 경찰 후보생들이 물벼락을 맞은 사건이며, 이후 유고슬라비 아 팀과의 주먹다짐에 관한 내용은 선수들의 일기에 기록되었으며, 나중에 뉴얼의 책에서도 언급되었다(Newell, 105).

미국의 에이트가 "완벽하다"는 영국의 평가는 다음 자료에 나온다. "Chances of British Oarsmen," *Manchester Guardian*, August 11, 1936. 흄의 체중과 몸 상태는 다음 자료에서 다시 한 번 언급된다. "Hume Big Worry," Associated Press, August 12, 1936. 예선전에 관 한 내용은 선수들의 일기와 다음 기사를 참고했다. Royal Brougham, "U. S. Crew Wins Olympic Trial," *PI*, August 13, 1936; Arthur J. Daley, "Grünau Rowing Course Mark Smashed by Washington in Beating British Crew," *NYT*, August 1936(스크랩 자료이며, 구체적인 날짜는 나와 있지 않았다.); "Leander's Great Effort," *Manchester Guardian*, August 13, 1936.

쾨페니크에서 벌어진 나치의 만행에 관해서는 다음을 보라. "Nazi Tortures Told in 'Blood Week' Trial," *Stars and Stripes*, June 14, 1950; Richard J. Evans, *The Coming of the Third Reich*(New York: Penguin, 2005), 360. 작센하우젠 강제수용소 관련 내용은 '미 국 홀로코스트 박물관' 웹사이트(http://www.ushmm.org)에 있는 '홀로코스트 백과사전'의 해당 항목에서, 그리고 '브란덴부르크 기념 재단'의 웹사이트(http://www.stiftung-bg.de/ gums/en/index.htm)에서 찾아볼 수 있다. 나치와 공모한 기업들의 목록은 '유대 문화 가상 도서관'에 있는 다음 내용을 보라. "German Firms That Used Slave or Forced Labor During the Nazi Era"(http://www.jewishvirtuallibrary.org/jsource/Holocaust/germancos. html). 강제노동 수용소가 어떠했는지를 알려주는 섬뜩한 체험담은 스웨덴 '룬드 대학 도서 관' 웹사이트에 있는 '라벤스브뤼크의 목소리Voices from Ravensbrück' 항목을 보라. "Record of Witness Testimony number 357"(http://www.ub.lu.se/collections/digital-collections/ voices-from-ravensbr-ck). 히르슈한 가족이 겪은 고난에 관한 설명은 '위스콘신 역사협 회' 웹사이트(http://www.wisconsinhistory.org)에 올라온 "위스콘신의 홀로코스트 생존자 들"이란 자료 가운데 에바 라우퍼 도이치크론Eva Lauffer Deutschkron의 구술사 기록에 의거했다.

레인 선택에 관한 새로운 규정은 다음 자료에 언급되어 있다. *The XIth Olympic Games: Official Report*, 1,000. 독일의 레인 배정에 관해 더 자세한 내용은 다음을 보라. Albion Ross, "Germany Leads in Olympic Rowing as U. S. Fares Poorly in Consolation Round," *NYT*, August 14, 1936. 그때 독일과 이탈리아가 가장 좋은 레인을 배정받고, 미국이 가장 나

뺀 레인을 배정받은 것이야말로 의도적인 행위였다고, 워싱턴의 선수들과 코치들은 이후 평생 동안 믿어 의심치 않았다.

조지 포코크는 영국 국가를 듣는 순간의 자신의 감정을 "회고록"에서 설명했다. 결승전 직전과 직후에 찍은 사진, 그리고 경주 그 자체를 찍은 영상 모두 미국 선수들이 경주 동안에 공식 유니폼이 아니라 위아래가 맞지 않는 복장을 착용하고 있었음을 보여준다.

돈 흄이 보트에 타고 있다는 사실에서 비롯되는 심리적 중요성은 결코 과장이 아니었다. 선수들은 훗날 이 경주에 관해 이야기할 때마다 그 이야기를 꺼내곤 했다. "돈이 돌아오자, 선수들은 이제 아무것도 자기들을 막을 수 없다고 작정했다." 앨 울브릭슨도 경주 직후에 이렇게 말했다는 기록이 다음 자료에 나온다. Alan Gould, "Huskies, It's Revealed, All But Ready for Sick Beds Before Winning Race," *Associated Press*, August 14, 1936.

제18장

포코크의 제사는 역시 뉴얼의 책에서 가져왔다(Newell, 81). 결승전 동안에 허스키 클리퍼호 안에서 벌어진 일에 관한 설명은 상당 부분 선수들의 일기와 조의 회고에 의거했다. 다른 자료로는 1988년에 있었던 고든 애덤과 호다크의 인터뷰, 매릴린 및 마이클 모크와의 직접 인터뷰, 이때의 일에 관한 모크 본인의 육성 증언(http://huskycrew.com/bobmoch.mp3), 1986년 8월 1일에 애덤과 흄과 헌트와 화이트와 가진 웨인 코디의 KIRO 라디오 인터뷰, 앞서 언급한 비디오 인터뷰("U of W Crew—The Early Years"), 포코크의 "회고록" 등이 있다. 바비 모크가 스트로크 횟수를 제대로 세지 않고 일부러 반복했다는 이야기는 그가 2004년 11월에 마이클 소콜로와 한 인터뷰에 나온다. 짐 맥밀린이 상스러운 욕설을 내뱉었다는 이야기는 그가 2004년 11월에 역시 소콜로와 한 인터뷰에 나온다.

결승전 당일에 관한 주요 자료는 다음과 같다. "Beresford's Third Gold Medal," *Manchester Guardian*, August 15, 1936; Arthur J. Daley, "Fifth Successive Eight-Oared Rowing Title Is Captured by U. S.," *NYT*, August 15, 1936; Grantland Rice, "In the Sportlight," *Reading Eagle*, January 21, 1937; J. F. Abramson, "Washington 8 Wins Title of World's Greatest Crew," *HT*, August 15, 1936; Tommy Lovett, "Went to Town as Bob Knocked"(존 화이트의 문서에 있는 신문 스크랩인데, 날짜와 출처가 나와 있지 않다.); Alan Gould, "U. W. Crew Noses Out Italians," Associated Press, August 14, 1936; Al Ulbrickson, "Now! Now! Now!" *Collier's*; *The XIth Olympic Games: Official Report* Berlin, 1936. 히틀러와 그의 측근들에 관한 설명은 그날 촬영된 사진과 뉴스영화에 근거한 것이다.

제19장

포코크의 인용문은 앞서 소개한 것처럼 국립 아마추어 노잡이 연합회에 보낸 편지에서 가져왔다. 이 경주를 직접 본 로열 브로엄이 작성한 기사는 마침 시애틀에서 벌어진 신문기자

파업 때문에 결국 실리지 못했다. 대신 그는 훗날 이때를 다시 돌아보았다. "That Day Recalled," *PI*, July 24, 1976. 모크의 작은 키에 관한 동료들의 농담은 매릴린 모크와의 직접 인터뷰 때에 전해들었다. 시상대에 오른 선수들의 눈물에 관한 내용은 다음 자료에 나와 있다. Gail Wood, "Olympians to Be Honored," *Olympian*.(조 랜츠의 스크랩북에 들어 있지만, 날짜는 나와 있지 않았다.) 밤새 베를린을 쏘다녔던 일에 관한 기록은 세 선수의 일기 모두에 자세히 서술된다. 그때의 다른 몇 가지 일들 중에는, 샴페인 병을 무척 많이 비웠다는 것, 베를린의 악명 높은 '페미나' 나이트클럽을 방문했다는 것, 엉뚱한 기차를 타는 바람에 다음 날 아침에는 엉뚱하게 포츠담에 가 있었다는 것 등이 있었다.

에필로그

제사는 역시나 포코크에게서 가져왔는데, 이번에는 1965년 '워싱턴 대학 대학대표팀 보트 클럽'에서 행한 연설의 일부이다. 조정부 웹사이트에서 오디오파일로 들을 수 있다(http://www.huskycrew.org/audio-video/Pocock65mp3.mp3). 맥밀런이 친척을 방문하기 위해 뉴욕에 더 오래 머물렀던 것은 2004년에 소콜로와의 인터뷰에서 본인이 언급했다. 조니 화이트가 고향으로 돌아오기까지의 과정은 메리 헬렌 타박스와의 직접 인터뷰에서 들었다. 쇼티 헌트의 귀향에 관한 기록은 다음과 같다. "When Olympic Athletes Were Honored by Valley," *Puyallup Valley Tribune*, September 29, 1936. 포코크의 영국 방문은 다음 자료에서 언급된다. "One-Man Navy Yard," 49; Newell, 111. 바비 모크의 올림픽 이후 경험은 매릴린 모크와의 직접 인터뷰 때에 들었고, 다음 신문에도 일부 세부사항이 나와 있다. Montesano *Vidette*, November 11, 1999.

1937년의 포킵시 조정대회에서 선수들이 거둔 비범한 업적을 잘 설명한 자료는 다음과 같다. "Washington Crews Again Sweep Hudson Regatta," *NYT*, June 23, 1937. 선수들이 뿔뿔이 흩어지게 된 것에 관한 로열 브로엄의 묘사는 다음을 보라. "Ulbrickson Plans Arrival on July 5," *PI*, June 23, 1937.

괴링의 "이미 전쟁을 벌이고 있다."는 발언은 다음 자료에 나온다. Shirer, *Rise and Fall*, 300. 전쟁 전의 섬뜩한 독일 선전물에 나오는 누군지 알 수 없는 어느 미국인의 발언은 다음 자료에 등장한다. Stanley McClatchie, *Look to Germany: The Heart of Europe*(Berlin: Heinrich Hoffmann, 1936). 리펜슈탈의 〈올림피아〉를 평가한 자세한 내용은 다음을 보라. Bach, *Leni*, 196-213.

선수들의 이후 삶에 관한 세부사항 가운데 상당수는 일련의 부고에서 가져온 것이다.(각각의 서지사항은 온라인 주석을 참고하라.) 조를 1936년 대학대표팀 보트에 넣은 첫날에 관한 울브릭슨의 생생한 회고는 다음 자료에 나온다. George Varnell, "Memories of Crew: Al Recalls the Highlights of a Long, Honored Career," *ST*.(조 랜츠의 스크랩북에 들어 있지만, 날짜는 나와 있지 않다.) 이브라이트의 이후 경력에 관한 세부사항 가운데 일부는 1968년에 아서 M. 알레트Arthur M. Arlett가 행한 인터뷰에 나온다. 10년마다 한 번씩 열리는 탑승 행사는 그 기간 내내 일련의 신문 기사와 지역 텔레비전 방송을 통해 보도된 바 있다.

　한 가지 작지만 주목할 만한 아이러니는, 1945년 4월에 엘베 강을 건너서 소련군과 접촉한 (당시 소련군은 베를린을 포위하고 히틀러의 운명에 종지부를 찍던 중이었다.) 최초의 연합군이 다름아닌 재치 넘치는 한 무리의 미국 청년들이었다는 점이다. 당시 이들은 자기들이 노획한 독일제 경주정을 타고 노를 저어서 강을 건넜다고 한다.

찾아보기

기타

옮긴이 박중서

출판기획가 및 전문번역가로 활동하고 있다. 한국저작권센터(KCC)에서 근무했으며 '책에 대한 책' 시리즈를 기획했다. 옮긴 책으로 《대구》《무엇WHAT?》《언어의 천재들》《빌 브라이슨의 유쾌한 영어 수다》《아주 짧은 세계사》《무신론자를 위한 종교》《거의 모든 사생활의 역사》《지식의 역사》《프루스트가 우리의 삶을 바꾸는 방법들》등이 있다.

1936년
그들은 희망이 되었다

1판 1쇄 인쇄 2014년 9월 26일
1판 1쇄 발행 2014년 10월 3일

지은이 대니얼 제임스 브라운
옮긴이 박중서

발행인 양원석
편집장 송명주
책임편집 김정옥
교정교열 김명재
전산편집 김미선
해외저작권 황지현, 지소연
제작 문태일, 김수진
영업마케팅 김경만, 정재만, 곽희은, 임충진, 장현기, 김민수, 임우열
　　　　　 윤기봉, 송기현, 우지연, 정미진, 윤선미, 이선미, 최경민

펴낸 곳 ㈜알에이치코리아
주소 서울시 금천구 가산디지털2로 53, 20층 (가산동, 한라시그마밸리)
편집문의 02-6443-8856 구입문의 02-6443-8838
홈페이지 http://rhk.co.kr
등록 2004년 1월 15일 제2-3726호

ISBN 978-89-255-5375-7 (03840)

RHK 는 랜덤하우스코리아의 새 이름입니다.